기억의
기억들

Памяти памяти
by Maria Stepanova

The original Russian edition was published in 2017 by Novoe Izdatelstvo

기억의 기억들

마리아 스테파노바 장편소설 | 박은정 옮김

복복서가

차례

1부

2부

3부

일러두기

1. 주석은 모두 옮긴이주이다.
2. 본문 중 고딕체는 원서에서 이텔릭체나 대문자로 강조한 부분이다.

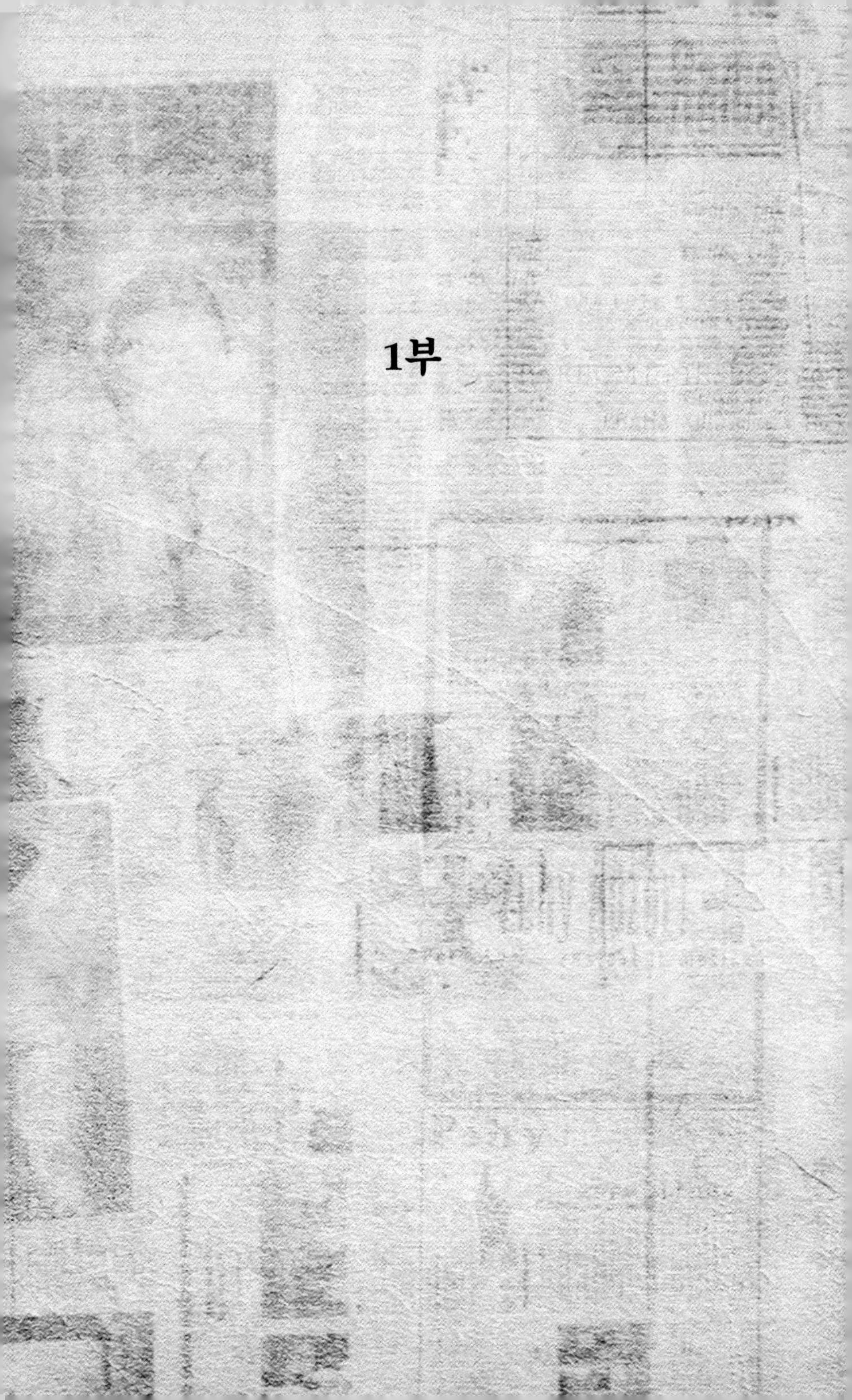

1부

"그림도 대화도 없는 책이라면 무슨 소용이 있을까?" 앨리스는 생각했다.

—루이스 캐럴

할머니가 말씀하셨다.

"그 아이도 이제 그럴 나이가 된 게로구나. 술은 산 자들과 마셔라, 원하는 만큼 마시되, 죽은 자들과는 절대 마시지 말아야 해."

나는 이해가 되지 않았다.

"어떻게 죽은 사람과 술을 마셔요? 이해가 안 돼요."

"그야 아주 쉽지." 할머니가 대답하셨다. "사람들은 대부분 죽은 자들과 술을 마시거든. 너는 그러지 마라. 술 한 잔에 백 년이 지나간단다. 두 잔에 또 다른 백 년이 지나가고. 석 잔을 마시면 또 백 년이 지나고 말이야. 밖으로 나가보면 벌써 삼백 년이 훌쩍 흘러서 아무도 너를 알아보지 못할 게다. 그리고 세상도 완전히 달라져 있겠지."

나는 할머니가 나를 겁주려고 하시는 말씀이라고 생각했다.

—빅토르 소스노라

"정말이지 끔찍해요!" 숙녀들이 말했다. "당신은 대체 여기서 무슨 놀라운 점을 발견한 거죠?"

—알렉산드르 푸시킨

1장
타인의 일기

아빠의 누나, 나의 고모가 돌아가셨다. 고모는 갓 여든을 넘긴 참이었다. 우리는 그리 가까운 사이가 아니었는데, 거기엔 가족의 해묵은 불화와 상처의 긴 역사가 자리한다. 엄마와 아빠는 고모와, 말하자면 어렵고 복잡한 관계에 놓여 있어서 나는 고모를 자주 만나지 못했다. 고모와 나 사이에는 우리만의 무언가가 쌓일 틈조차 없었다. 우리 가족과 고모는 아주 가끔 전화를 주고받거나 그보다 더 가끔 얼굴을 볼 뿐이었고, 결국 고모는 몇 년씩 전화 연락마저 끊은 채("누구 얘기도 듣고 싶지 않아!") 자기 손으로 만든 세상 속으로, 자신의 작은 아파트를 그득 채운 크고 작은 물건들의 두터운 층으로 깊이, 더 깊이 숨어들었다.

갈카는 아름다움을 꿈꾸며 살았다. 집안 물건들을 가장 이상적인 구도로 재배치한다든지, 벽을 칠한다든지, 커튼을 해 단다든지 하는 일들이 늘 고모의 머릿속을 차지했다. 몇 년 전 어느 해인가 고모는 대대적인 집 정리에 들어갔고, 그 일은 서서히 집을 점령해나갔다. 꼭 필요하다 싶은 것들을 다시 꺼내 흔들어 털고 다시 살펴보는 과정이 끝도 없이 되풀이되었다. 아파트의 물건들은 분류되어 체계화해야만 했고, 찻잔 하나하나는 신중한 고민이 필요했으며, 책과 종이는 더 이상 책과 종이가 아니라 한데 모이거나 높게 쌓여 차단벽처럼 통행을 방해하는, 무작정 공간을 차지하고 나선 찬탈자가 되어버렸다. 방은 두 개였다. 방 하나가 물건들로 가득차자 갈카는 가장 필요하고도 중요한 것들만 골라 남은 방으로 옮겼다. 하지만 거기서도 선별 작업과 재평가의 과정이 시작되었다. 집은 자기 장기를 밖으로 쏟아내고 그걸 다시 안으로 집어넣지 못한 채 살았다. 어떤 게 중요하고 중요하지 않은지 이제 고민할 필요도 없었다. 어차피 모든 물건이 저마다 의미를 지니고 있었으니까. 심지어 수십 년 동안 차곡차곡 모아놓은 누렇게 빛바랜 신문들, 높다란 기둥을 이룰 만큼 수북이 쌓인 신문 스크랩 더미들조차 벽과 침대를 떠받치는 역할을 했다. 집주인을 위한 공간은 가운데가 푹 꺼진 소파가 유일했다. 엽서며 텔레비전 잡지의 어지러운 바다 한가운데 놓인 그 작은 소파에 고모와 둘이 함께 앉아 있던 일이 떠오른다. 고모는 나에게 가지 요리 같은 걸 먹이고 싶어했고 손님이 올 경우에 대비해 아껴둔 귀한 초콜릿을 내 입안으로 밀어넣었지만 나는 수줍게 거절했다. 가장 가까이 있던 신문더미의 맨 꼭대기를 차지한 기사의 제목은 이랬다. "당신의 별자리에는 어떤 성상*이 필요할까." 신문의 이름과 발행일이 신문 상단에, 오래전 생기를 잃은 종이 위에 파란색 잉크의 완벽한 필체로 조심스럽게 적혀 있었다.

* 러시아정교회에서 예수, 성모마리아, 기독교 성인들의 모습을 담은 신성한 초상.

*

우리는 간병인의 전화를 받은 지 한 시간 정도 지나 그곳에 도착했다. 계단은 어스름에 잠겨 있었고, 그 어스름 속에서 윙윙 소리가 울리는 것 같았다. 계단 위와 층계참에 처음 보는 사람들이 서거나 앉아 있었다. 고모가 돌아가신 것을 어떻게들 알았는지 장례 서비스니 서류 작성이니 따위의 일을 자신들이 알아서 처리하겠다며 맨 먼저 여기로 달려온 사람들이었다. 누가 이 사람들에게 고모 소식을 알렸을까? 경찰? 아니면 의사? 그들 중 한 사람이 우리를 따라 방으로 들어와 외투도 벗지 않은 채 서 있었다.

고모는 3월 8일* 저녁 무렵에 돌아가셨다. 미모사와 새끼오리 모양의 축하카드를 주고받는 소련의 축일, 이날은 우리 가족이 한데 모여 기념하는 날 중 하나이다. 널따란 손님용 식탁이 준비되고, 루비색의 불투명한 유리잔에 탄산음료가 넘칠 듯 가득차고, 적어도 네 가지 종류의 샐러드가 먹음직스럽게 차려졌다. 호두를 넣은 당근샐러드, 마늘이 들어간 비트샐러드, 치즈샐러드, 그리고 축일 식탁을 대표하는 샐러드 중의 샐러드 올리비에**. 하지만 이런 식탁이 차려진 지도 벌써 30년이 지났다. 축일 행사는 나의 부모님이 독일로 이주하기 훨씬 전에 끝나버렸기 때문이다. 갈카는 분노하며 러시아에 남았고, 신문들은 별자리운세니 요리법이니 가정의학 같은, 사람들의 흥미를 끄는 가벼운 내용을 기사로 싣기 시작했다.

---

* 세계 여성의 날.

** 감자, 달걀, 피클, 완두콩 등을 버무려 만든 전통적인 샐러드.

고모는 병원에 가기를 몹시 싫어했는데 거기엔 이유가 있었다. 고모의 부모님, 즉 할아버지, 할머니 두 분 모두 병원에서 돌아가신데다 고모 자신도 소위 국가에서 제공하는 무상의료 체계가 어떤지 직접 겪어봤기 때문이다. 그렇지만 구급차를 불러야 할 상황이 왔고, 연휴만 아니었으면 영락없이 그렇게 병원으로 실려갈 참이었지만 월요일까지 기다리기로 했고, 그 덕분에 갈카는 자유롭게 몸을 뒤척이기도 하면서 자다가 집에서 임종을 맞을 수 있었다. 간병인이 사용하는 옆방에는 내 아버지의 사진과 그림들이 사방 벽을 따라 바둑판처럼 빼곡하게 붙어 있었다. 문과 가장 가까운 벽에는 아버지가 1960년대에 촬영한, 내가 좋아하는 동물병원 시리즈 중 하나인 흑백사진이 자리를 차지했다. 무척 아름다운 사진이었다. 한 소년과 소년의 개가 병원 벽에 기대앉아 의사를 기다리는 모습을 담은 것으로, 열넷 정도 돼 보이는 소년은 시무룩한 표정이었고, 복서*는 소년의 품에 어깨를 밀어 넣고 있었다.

*

고모의 아파트는 이제 어찌할 바를 모른 채 잔뜩 움츠러들었고, 갑자기 평가절하된 물건들로 넘쳐났다. 큰방의 구석구석 놓인 텔레비전들은 쓸쓸하게 침묵을 지켰고, 새로 들인 크나큰 냉장고는 얼음 색이 돼버린 양배추며 꽁꽁 얼어붙은 빵덩어리들로 빈틈을 찾을 곳이 없었다("미샤는 빵을 좋아하니까 많이 사둬야지."). 책장에는 고모 집에

* 마스티프 종을 조상으로 둔 독일 원산의 견종.

놀러올 때면 식구라도 되는 양 내가 인사를 건네곤 했던 바로 그 책들이 모두 꽂혀 있었다. 『앵무새 죽이기』, 표지에 한 소년과 함께 등장한 검은 샐린저, 파란색 장정의 '시인의 도서관', 회색의 체호프 작품들. 녹색의 디킨스 전집. 선반 위에는 낯익은 오래된 물건들이 진열돼 있었다. 나무 개와 노란 플라스틱 개, 그리고 실로 만든 깃발을 달고 있는 곰 조각상. 다들 이곳에 더 머물러도 되는지 미심쩍어하며 먼길을 떠나기 전에 잠깐 쭈그려 앉아 있는 것 같았다.

며칠 후, 종이며 서류들을 정리하는데 사진과 축하 엽서들만 잔뜩 있을 뿐 고모가 손으로 쓴 글은 거의 찾아볼 수 없었다. 보온용 내의와 속바지들이 깊숙이 보관돼 있었고, 예쁜 새 재킷과 치마들도 있었는데, 아직도 소련 가게의 냄새가 가시지 않은 것으로 보아 한 번도 입지 않고 특별한 날을 위해 아껴둔 것 같았다. 전쟁 전에 만든 수가 놓인 남자 셔츠, 소녀 감성이 물씬한 작고 투명한 상아 브로치들. 장미 한 송이, 또 장미 한 송이, 그리고 학 한 마리. 모두 갈카의 엄마, 즉 나의 할머니 도라의 것들로, 지난 40년 동안 이를 착용한 사람은 아무도 없었다. 이 물건들 사이엔 절대적이면서 직접적인 관계가 존재했다. 이들은 모두 하나의 전체로서, 대를 이어 전해지는 삶이라는 공동의 틀 안에서만 그 의미와 가치를 지녔다. 그런 이들이 이제 내 눈앞에서 한 줌의 먼지로 사라지고 있었다. 뇌의 구조에 관한 어느 책에서 나는 인간의 얼굴을 얼굴로 인식하게 하는 중요한 요소는 특징들의 조합이 아니라 타원이라고 읽은 적이 있다. 타원이라는 형체 없이는 인식 자체가 불가능하다는 말이다. 타원은 우리의 역사를 제한하는 것이면서도 우리의 역사를 이해가 가능한 하나의 통일체로 모으는 것이기도 하다. 어쩌면 삶이 지속되는 동안에는 삶 자체가 타원일지도 모른다.

아니면 사후에 일어난 일들을 하나의 이야기로 이어주는 연결선일 수도 있다. 자신을 불필요한 존재라고 느끼는 이 집의 유순하고 순종적인 물건들은 단숨에 인간의 온기를 잃어버렸고, 더이상 어떤 기억도 의미도 지니지 않게 되었다.

이들을 내려다보며, 해야 할 일을 하며, 또 이처럼 읽을거리가 많은 이 집에 글로 쓴 건 이리도 적을까 놀라며, 나는 고모가 했던 말 중에 기억나는 몇 가지 단어와 구절들을 조심스럽게 떠올려보았나. 얼마 전 또는 오래전 이야기, 마당개 주인에 관한 이야기, 아이는 어떻게 지내느냐고, 그러니까 한창 자라기 바쁜 나의 아들에 관해 끝없이 쏟아지던 질문들, 1930년대에는 오래도록 걷고 걸어서 들판을 지나다녔다는 이야기, 그리고 재빨리 증발해버린, 다시는 되살릴 수 없는 고모의 또 다른 말들. 한번은 갈카가 내게 단호한 어조로 이렇게 말했다. "나는 말할 때 결코 멋을 부리지 않는단다. 멋지게는 말하지만!" 그리고 기억은 잘 안 나지만 뭔가 다른 말도 했었다. 아버지의 안부, 친구들 근황, 이웃들의 소식과 같은, 몹시 외롭고 혼자서 모든 걸 해결하며 사는 삶의 소소한 이야기들이었던 것 같다.

그리고 고모의 아파트는 글을 쓰는 곳이기도 했다. 나는 곧 그 사실을 알게 되었다. 갈카가 마지막 순간까지 고이 간직했고 가져다달라고 부탁한 끝에 손에 들고 어루만지던 고모의 물건 중에는, 빼곡하게 글로 채워진 여러 권의 일기장과 매일매일 일상이 기록된 공책들이 있었다. 고모는 몇 년 동안 일기를 썼고, 단 하루도 몇 자라도 적지 않고 그냥 넘어가는 날이 없었다. 글쓰기는 고모에게 잠자리에서 일어나면 으레 씻는 일만큼이나 당연한 일상이었다. 일기장과 공책들은 여전히 침대 머리맡의 나무상자 안에 보관돼 있었고, 분량이 꽤 많았다. 나는 그것들을 커다란 가방 두 개에 꽉 차도록 담아 우리 집, 반느이 페레울로크*로 가져갔다. 집으로 돌아오자마자 나는 자리에 앉아 이야기와 설명을 찾기 위해, 고모 인생의 타원형을 찾기 위해 곧장 읽어내려가기 시작했다.

*

다양한 종류의 일기와 개인 공책에 열렬한 관심을 보이는 독자들을 위해 설명하자면, 이들은 두 가지의 뚜렷한 범주로 나뉜다. 우선 일부러 공식적이면서 설명하는 투로 쓴 글이 있다. 즉, 다른 사람이 읽을 수도 있음을 염두에 둔 글이다. 이런 경우 공책은 외부로 드러나는 자신을 위한 연병장이자 훈련소이다. 마리 바시키르체프**의 일기처럼 공개 선언이자, 보이진 않지만 동정 어린 관심을 가질 게 분명한 독자의 감수성에 호소하는 끝없는 독백이 된다.

나는 장인의 손에 특별히 맞춰져 있어 외부인에게는 거의 쓸모가 없는 작업 도구인 다른 형태의 일기에 훨씬 더 관심이 간다. 작업 도구, 이는 수십 년 동안 이런 예술 장르를 갈고 닦은 수전 손태그가 자신의 일기를 두고 표현한 말이지만, 나는 이 표현이 완벽하게 적절한지는 잘 모르겠다. 손태그의 글 공책(비단 그녀의 공책만이 아니라)은 그저 다람쥐가 도토리를 넣어두는 먹이 주머니처럼 나중에 쓸 아이디어를 채워두는 수단이 아니며, 필요할 때 기억해내기 위해 일어난 사

---

* 모스크바 중심지에 위치한 거리 이름.

** 프랑스에서 활동한 우크라이나 출신 화가.

건의 개요를 재빨리 모아둔 기록집도 아니다. 글 공책은 특정 유형의 사람들에게는 절대적으로 필요한 일상활동이자 현실에 대한 애착과 그 현실이 영원히 지속되리라는 믿음을 지탱시키는 안전망이다. 그런 텍스트는 오직 한 명의 독자만을 염두에 두지만, 대신 이 독자는 텍스트와 깊은 관련이 있는 자이다. 당연하지 않은가! 그 한 명의 독자는 공책의 어느 곳을 펼쳐도 자신의 현실을 똑똑히 볼 수 있다. 공책은 삶에는 역사와 지속성이 있음을, 그리고 무엇보다 과거의 어느 시점이든 우리의 손이 가닿을 수 있음을 확인해주는 물리적인 증거들이 모인 곳이다.

그 증거들은(손태그의 일기장은 그녀가 본 영화들이며 읽은 책들의 목록, 그녀의 마음을 사로잡은 아름다운 단어들, 버섯처럼 바싹 말린 과거의 추출물 같은 것들로 넘쳐났다) 대부분 공책 밖을 벗어나지 않으며, 따라서 책이나 기사, 영화로 전개되지도, 대중을 위한 작품의 뼈대나 출발점이 되지도 않는다. 이들은 누군가에게 무엇을 설명하려는 의도가 전혀 없다(물론 자신에게는 그렇지 않겠지만. 그리고 어찌나 빠르게 휘갈겨 쓰는지 때론 무슨 말인지 도무지 알아보기 힘들 정도이지만). 이는 그저 냉장고와 같다. 아니면 그 먼 옛날 그랬듯이, 금세 상해버리기 십상인 식품인 기억을 저장하는 얼음 저장고이자 목격자의 진술과 확증이, 곤차로프*의 표현을 빌리자면, 비물질적 관계들의 물질적 저당물이 차곡차곡 축적된 땅이다.

다만 재료의 과잉을 고려한다 쳐도 여기엔 애매모호하게 불쾌한 뭔가가 있다. 내가 분명하고도 확실하게 이런 말을 하는 이유는 나 자신

* 러시아의 대표적인 사실주의 작가.

이 그런 사람 중 하나이며, 내 기록 공책들이 쓸모없게 느껴질 때가 너무 많기 때문이다. 생기를 잃은 과중한 짐이라 이별을 고하고 싶지만, 그러면 나에게 남는 게 무엇이겠는가? 재닛 맬컴*은 『침묵하는 여인』에서 실내를 묘사하는데, 내 공책의 내용과 묘하게 비슷해서 소름이 끼쳤다. 맬컴의 책엔 잡지, 책, 담뱃재로 꽉 찬 재떨이, 먼지투성이의 페루 기념품, 씻지 않은 그릇, 빈 피자 상자, 깡통, 병따개, 정확한 정보를 책임지는 책자 『누가 누구?』** 그리고 오래전에 본연의 형체를 잃어버려서 도대체 무엇인지 알아볼 수 없는 어떤 물건들이 등장했던 것이 기억난다. 맬컴에게 이 주거공간은 보르헤스의 알레프***이자 진실에 대한 기괴한 풍자이며, 아직 역사의 순수한 질서를 얻지 못한 조잡한 사실들과 서로 다른 해석들이 혼재하는 곳이다.

*

하지만 갈카의 일기는 정말 특이했다. 글의 독특한 질감은 무엇보다 내게 거대한 그물을 연상시켰고 읽을수록 호기심과 흥미가 새록새록 커졌다.

어린 시절 자주 다니던 큰 미술 전시회장에는 늘 일정한 유형의 관람객들이 있었다. 왜 그런지 그들 대부분이 여자였고, 그네들은 이 그림에서 저 그림으로 자리를 옮겨다니면서 허리를 굽힌 채 그림의 이

---

* 미국의 기자이자 저술가.

** 명사 인명록.

*** 히브리어의 첫 글자이며 숫자로는 1에 해당한다. 보르헤스의 단편 제목이기도 하다.

름표를 들여다보며 종잇장이나 공책에 무엇인가를 열심히 적었다. 어느 순간 나는 그들이 그저 전시된 작품들의 이름을 일일이 옮겨 적고 있을 뿐이라는 사실을 알게 되었다. 그들은 자신들 손으로 일종의 작품 목록을 만드는 셈이었는데, 그건 눈으로 본 걸 복사기만 사용하지 않았지 거의 복제하는 것이나 다름없었다. 나는 그들이 왜 그런 짓을 하는지 궁금했다. 그때 나는 그 목록이 마치 작품을 소유한 것 같은 환상을 품게 한다는 사실을 알지 못했다. 전시회야 전시 기간이 끝나면 그걸로 사라지지만 종잇장은 눈앞에서 사라지는 그림과 조각품을 처음 순서 그대로 언제까지고 간직하지 않는가.

갈카의 일기는 그저 매일매일 일상을 기록한 내용이었지만 놀랄 만큼 상세했고, 또 놀랄 만큼 불명확했다. 일기장에는 일어나는 시각과 잠자리에 드는 시각, TV 프로그램 제목, 전화통화 횟수, 이웃들 이름, 무얼 먹었고 무엇을 했는지 따위의 일들이 매번 아주 정확하게 기록돼 있었다. 하지만 고모가 하루하루 시간을 어떻게 채웠는지 같은 진짜 알맹이는 교묘하고도 꼼꼼하게 피해나갔다. 예를 들어 '읽었다'라고 적혀 있지만 그 읽을거리가 무엇이었는지, 그것이 고모에게 무슨 의미를 지니는지는 단 한 마디의 언급도 없었다. 철저하게 문서화된 고모의 긴 삶은 모두 그런 식이었다. 고모가 어떤 삶을 살았는지 알려주는 단서는 아무것도 없었다. 고모 자신에 대한 것은 물론 다른 사람들에 대한 정보도 전혀 없었다. 오로지 중세 연대기 작가처럼 정확한 시간의 흐름을 붙잡아 고정한 채 단편적으로 세세하게 기록한 사실들뿐이었다.

나는 이 삶이 반드시 어디선가 불쑥 고개를 내밀리라 생각했다. 적어도 한 번은 자신을 드러내고 모든 이야기를 들려줄 거라고. 결국 그 삶은 독서에 대한 집착으로, 즉 번민과 고모에게 많은 의미를 지닌, 그리고 오래도록 고모의 마음을 사로잡은 이런저런 마음속 변덕과 원망과 상처의 조용한 끓어오름으로 채워진 것이었다. 그중 어느 하나라도 쏟아놓은 분노에 찬 페이지가 있어야만 했다. 갈카가 이 세상과 우리에게, 이 세상을 대표하는 자들에게 모든 진실을, 우리 가족에 대한 당신의 깊은 속내를 모두 털어놓는 그런 페이지가.

하지만 일기장에는 그런 내용이 전혀 없었다. 단지 뭔가를 암시하는 옅은 색채가 느껴졌고, 행여 감정을 드러낸 텍스트다 싶으면 살짝 접혀 있는 게 고작이었다. 아버지나 내가 전화한 날 일기장 여백에 적힌 '만세'라든지, 부모의 기념일에 대해 적은 몇 가지 씁쓸한 글귀들이 그랬다. 하지만 그게 다였다. 마치 매년 완성되는 일기장 속의 매 기록이 가진 중요한 임무는 정확하게 자신의 외적인 삶에 대한 신뢰할 만한 증거를 남기는 일 같았다. 진짜의 삶, 진정한 내면의 삶은 자신 안에만 남기기. 모든 것을 보여주기. 모든 걸 숨기기. 그리고 영원히 간직하기.

이 공책들에서 고모가 소중히 여긴 것은 무엇일까? 왜 고모는 돌아가시는 그 순간까지 이 공책들을 머리맡에 두고, 행여 없어질까 두려워하고, 가까이 더 가까이 가져다달라고 부탁했을까? 고모의 텍스트는 외로움의 이야기이자 서서히, 아주 서서히 무無를 향해 나아가는 무너짐의 이야기였고, 여전히 고모에게 다른 이를 비난해도 되는 정당성을 부여하고 있었다. 세상과 우리는 이 모든 이야기를 읽고 우리가 얼마나 고약하고 졸렬하게 고모를 대했는지 깨달아야 했다.

이상한 생각이지만, 어쩌면 이 보잘것없는 사건들 속에 고모가 불멸의 존재로 만들고 싶었던, 중요한 증언은 없지만 뭔가 이야기를 가진 텍스트, 불속에 던져져 재로 변하지 않을 텍스트 속으로 꼭 데려오고 싶었던 어떤 기쁨의 실체가 담겨 있는 건 아닐까? 만약 그렇다면 고모는 성공했다.

2002년 10월 11일

다시 똑같은 일상. 지금은 오후 1시 45분. 방금 수건과 잠옷 등, 진한 색을 빼고 필요한 빨랫거리를 물에 담갔다. 침대보는 나중에 빨아야지. 그전에 발코니에 있는 것들을 죄 안으로 들여놨다. 창밖은 영상 3도. 채소가 금방 얼어버리겠는걸! 호박 껍질을 벗기고 잘게 썰어서 냉동 보관할 상자에 넣었다. 하는 일마다 느려터졌다! 양배추 손질은 에르테에르*를 보느라 두 시간하고도 조금 더 걸렸다. 그전에 커피에 우유를 타서 마셨다.

오후 4시부터 6시까지 낮잠을 잤다. 참을 수 없이 잠이 쏟아졌다. 낮잠 자기 전, 전화기에 관해 묻는 T.V.로부터의 전화. 12시 전에도 전화해서 텔레비전은 잘 나오느냐고 물었다. 오늘 아침엔 나오는 채널이 하나도 없었다. 세료자(세 든 사람—M.S.)가 씻고 있을 때인 8시 정도에 일어났다. 나갈 준비가 오래 걸리는 바람에 9시가 넘어 집을 나섰다. 3번 버스는 9시 45분이 돼서야 도착했다. 정말 오래 기다렸다. 171번을 타러갈 걸 그랬다. 벌써 사방이 사람들로 북적댔고 모든 게 평소보다 오래 걸렸다. 우랄스카야 거리, 버스터미널, 신문. 대신 올해 처음 본 호박을 용케도 샀다. 당근도. 12시 정도 집으로 돌아왔다. 〈콜롬보〉**를 보기 위해서였다. 혈압을 잰

* 러시아 국영 TV 채널.

후 밤 1시 45분이 지나서 고혈압약을 먹었고, 혈압이 떨어지길 기다렸다가 다시 약을 먹었다. 혈압을 재려고 20분이나 애썼지만 결국 재지 못했다. 벌써 새벽 3시, 잠자리에 든다.

2004년 7월 8일

아침부터 맑게 갠 화창한 날씨, 비는 내리지 않았다. 아침에 연유에 커피를 타서 마시고 11시 정도 알타이스카야 거리로 향했다. 꽤 많은 사람이 거리에 나와 있었고 나는 오후 1시까지 제법 오래 연못가에 앉아 푸른 잔디와 구름, 하늘을 쳐다보았고 노래도 불렀다. 정말이지 기분이 좋았다!

사람들이 산책로를 따라 개를 산책시키고, 유모차에 아이를 태워 가고, 수영복을 입고 떼를 지어 일광욕하고, 휴식을 취하며 즐거워들 하고 있었다.

줄 서는 일 없이 값을 치르고 트보로크***를 사서 집으로 향했다. 새 학교는 화려할 정도로 녹음이 우거졌다. 높게 자란 토끼풀과 찔레꽃 덤불. 어쩌면 이렇게 아름다울 수가! 집으로 돌아오는 길에 다 부서진 차에서 놀고 있는 남자아이들을 보았다. 아이들은 뚜껑까지 꼬투리 씨앗으로 가득찬 플라스틱병을 가지고 있었다. 먹어도 된단다.

** 1968년부터 2003년까지 미국 NBC에서 방영된 탐정 드라마.

*** 코티지치즈와 비슷한 러시아식 우유 비지.

2005년 10월 11일

잠을 자지 못했다. 일어나는 것도 움직이는 것도, 아무것도 하고 싶지 않았다…… 10시 40분에 우편물만 들여오고는 다시 누웠다. 그리고 바로 스베타가 왔다. 정말 똑똑한 아이이다. 그러니 나보다 장을 더 잘 볼 테지! 차를 마시고 하루종일 누워 있었다. 우편물을 가져다준 V. V.에게 고맙다는 말을 전했다!……

보브로바와는 12시가 넘어서야 통화가 됐다. 그녀는 목요일에 도착했다……

병원에 전화했다. 사회복지센터의 이라에게 전화하고, 저녁에는 유르추쿠에게 전화했다. 텔레비전을 보고 의자 위의 세탁물을 정리했다. 11시 30분에 잠자리에 들었다.

날이 덥다. 토냐가 준 치마를 입었다. '누구에게도 필요하지 않은, 따분한 무채색의 삶.' 낮에는 차를 마셨고, 저녁에는 커피를 마셨다! 입맛이 없다!

그래도 여타 일기들과는 사뭇 다른 내용도 하나 있었다. 2005년 6월 17일자 일기에 고모는 이렇게 썼다.

아침부터 시마에게 전화를 걸었다. 그러고는 앨범을 꺼냈다. 물론 있는 사진 없는 사진 다 끌어내서 한참을 들여다보았다. 먹기도 싫고, 사진을 들여다보고 있자니 쓸쓸해지면서 눈물이 났다. 지나간 세월과 더이상 우리 곁에 없는 사람들 생각에, 그리고 바보 같은, 더 정확히 말하면 무의미한 나의 삶과 내 영혼의 공허함에 깊은 슬픔이 밀려왔다…… 그저 다 잊고 싶었다.

나는 다시 침대로 돌아가 누웠고 하루종일 잠을 잤다. 늦은 저녁 8시까지 일어나지 않고 잤는데, 어떻게 그렇게 오래 잘 수 있었을까 이상할 정도다. 우유를 마시고 커튼을 닫고 다시 누웠다. 그리고 이 잠은 나를 현실로부터 멀리 데려갔다. 잠은 나의 구원이다.

*

몇 달이 흘렀다. 아니 몇 년이 흘렀는지도 모른다. 갈카의 공책들은 여기저기 흩어져 있었다. 언젠가 유용하게 쓰일 수도 있겠다 싶어 눈에 띄는 곳에 놓아둔 다른 종잇장들과 조금씩 뒤섞인 채로. 그렇게 공책들은 집안의 가재도구처럼 빛이 바래고 낡아버렸다. 포친키에 도착했을 때 나는 문득 그 일기장들을 떠올렸다.

니즈니노브고로드*에서 200킬로미터 이상 떨어진 아르자마스 현의 외딴 시골 마을 포친키는 우리 집안에서 그리 환영받는 곳이 아니다. 우리 모두 여기 출신이지만 이곳으로 돌아오는 사람은 아무도 없었다. 지난 70년 동안 누구도 이곳으로 돌아오려는 시도조차 하지 않았다. 나보코프는 존재란 "마치 완벽하게 어두운 두 영원 사이에서 비치는 희미한 빛의 균열과 같다"라고 했는데, 그 첫 영원은—아직 우리가 존재하지 않는 곳—그 균열이 더 깊게 벌어진 것 같다. 누구에게도 주목받지 못하는 이 작고 조용한 시골 마을은 수십 년이 흐르는 동안 우리 가족의 집단 기억에서 최초의 어두운 영원이 되었다.

그때 우리 가족은 대가족이었다. 나는 열 명이 넘는 형제자매들의

* 모스크바에서 동쪽으로 400킬로미터 정도 떨어져 있는 러시아 제5의 도시.

이야기와 말이 끄는 수레들, 나무로 지은 건물들의 사진을 어렴풋이 기억했다. 하지만 어렴풋하게나마 남아 있던 그 기억은 나중에 들은 포친키 출신 증조할머니 사라 긴즈부르크의 놀라운 모험담에 가려 더 희미해졌다. 증조할머니는 차르 시대에 옥살이를 했고, 프랑스 파리에서 살았고, 의학 공부를 하여 의사가 되었고, 나중에 어머니와 나는 물론 소련의 아이들을 치료했다. 증조할머니에 관한 이야기는 그게 무엇이든 전설 속 월계수의 냄새를 풍겼다. 하지만 이 환상적인 이야기의 근거를 확인해줄 사람은 아무도 남아 있지 않다.

하여튼, 그래도 우리에게는 한 세기가 지나는 동안 한낱 초라한 시골 마을로 전락해버린 포친키를 방문하겠다고 나선 친척 레오니트가 있었다. 마치 극지 탐험을 준비하는 사람처럼, 그는 가깝거나 먼 친척들에게 자신과 함께 포친키를 방문하지 않겠느냐고 설득하러 다녔다. 나도 그의 마지막 설득 대상 중 하나였다. 유난히도 맑고 깨끗한 눈을 가진 그는 열정도 남달라서 마치 끊임없이 돌아가는 모터 같았다. 그 열정으로 그는 친척 어른들을 만나 열띤 논쟁을 벌였다. 모스크바에 자주 오는 편은 아니었는데, 어느 날 자신의 여행 계획을 의논하기 위해 우리 집에 왔다가 부모님이 없는 것을 알게 되었다. 부모님은 이미 독일로 떠난 뒤였다. 내가 유일하게 모스크바에 남은 가족의 대표였다. 이런 감상적인 여행은 단 한 번도 생각해본 적이 없었기에 나는 몹시도 들뜨고 설렜다. 우리 가족이 태어난 고향은 처음엔 마음만 먹으면 언제든 갈 수 있는 곳으로 보였다. 다시 말해 현실 속의 여느 도시처럼 느껴졌다. 그리고 나의 말동무가 이러다 정말 떠날 수는 있을까 싶게 만드는, 그리고 세심한 준비와 계획과 고민이 요구되는 장거리의 부담스러운 여행을 고집할수록 오히려 어떻게든 그곳에 도착하

긴 하겠다는 확신이 들었다. 이 사라토프*의 레오니트는 대가족을 이끌고 포친키로 떠나는 여행을 계획하고 수년을 준비했다. 그에게는 이 여행이 이스라엘 지파支派의 귀환과 같은 것이었다고나 할까. 하지만 결국 그는 꿈을 이루지 못한 채 10년 전에 세상을 떠났다. 포친키는 전설 속 도시 키테시**처럼 우리에게 보이지 않는 세계로 남았다.

그리고 이제 나는 조금씩 포친키에 가까워지고 있었다. 무엇이 나를 그토록 강렬하게 그곳으로 이끌었는지는 나도 모르겠다. 거기서 무얼 발견하고자 했는지도 분명치 않다. 출발하기 전에 나는 오랜 시간을 들여 인터넷을 뒤졌다. 포친키를 옛 지도에서 찾아냈다. 그곳은 정말 별세계나 다름없었다. 포친키는 루코야노프 현 아르자마스 뒤쪽 깊숙한 곳에 자리했는데, 푸시킨의 영지가 있는 볼디노 근처, 우트카와 포기벨카라는 이름의 두 정착촌에 둘러싸여 있었다. 거기는 기차도 다니지 않았고 가장 가까운 역도 차로 세 시간이나 더 가야 했다. 나는 시간과 노력을 줄이기로 결정했다. 나는 니즈니노브고로드에서 기사 딸린 차를 한 대 빌렸다.

우리는 아침 일찍 출발해 겨울 기운이 가시지 않은 분홍빛 대로를 따라 달렸다. 산업용 건물들과 새로운 세상 속에서도 꿋꿋하게 담장이며 말뚝 울타리를 그대로 간직한 목조 가옥들로 나누어진, 아직 잠이 덜 깬 이 이상한 도시는 계곡으로 쏙 미끄러져들어가는가 싶더니 어느새 다시 우리 차창 앞으로 바짝 다가왔다. 시외도로에 들어서자 우리 차는 지나치게 속도를 올리며 스스로 질주했다. 3개월짜리 아들

* 러시아 서부 볼가강 상류에 위치한 항구도시.

** 호수 밑에 잠겨 있으며 의인들이 산다고 한다.

의 아버지인 운전사는 운전대를 잡은 채 냉담할 정도로 침묵을 지켰다. 도로는 자잘한 물결이 일듯 위아래로 울퉁불퉁했고 전나무 아래에는 아직 녹지 않은 눈이 얇게 쌓여 있었다. 차가 1킬로미터를 지날 때마다 주위는 점점 더 추레한 모습으로 변했다. 거무스름한 마을마다 교회의 새 건물이 낡은 이에 새로 씌워놓은 치관처럼 하얗게 빛났다. 나는 한참 전에 차창 오른쪽으로 스쳐간 아르자마스의 아름다움을 칭송해 마지않은 여행안내서와 20년 전에 발간된, 포친키를 소개하는 소책자 한 권을 가지고 있었다. 그 책자에 재봉틀을 판매하는 유대인 긴즈부르크의 가게를 언급한 내용이 있었는데, 그뿐이었다. 영웅적인 사라에 관한 내용은 전혀 찾을 수 없었다.

우리는 한참을 달렸다. 마침내 어둑어둑한, 만델스탐의 토스카나가 아니라* 움브리아**의 능선을 닮은 짙은 구릿빛 언덕들이 모습을 드러냈다. 그 언덕들은 들숨과 날숨을 쉬듯 고르게 오르내렸다. 가끔 물줄기가 반짝하고 나타났다가는 사라졌다. 볼디노에 들어서는 갈림길을 지나자 푸시킨의 기념물들이 하나둘 눈에 띄기 시작했다. 전설에 따르면 푸시킨의 시골 연인은 루코야노프 마을 출신이었다고 한다. 나무들이 무리지어 서 있었다.

포친키는 길게 뻗은 주도로를 따라 양옆으로 들어서 있었고 그 좌우편에 깔끔한 샛길들이 반듯반듯 나 있었다. 길 건너편에 고전 양식의 교회 하나가 보였다. 나는 여행안내서를 보고 그곳이 한때 오르파

* 유대계 러시아 시인인 만델스탐은 단테가 살았던 이탈리아 토스카나 주의 피렌체를 인류 보편적인 세계 문화의 상징으로 보았다.

** 중부 이탈리아에 위치한 주.

노프 신부가 섬겼던 예수탄생대성당이라는 사실을 알았다. 나는 그 이름을 기억했다. 내가 어렸을 때 발랴 오르파노바는 내게 자주 인사를 건넸고, 한번은 어머니에게 마샤가 자기를 기억할 수 있도록 자기 이름으로 책을 한 권 사주고 싶다고 부탁한 적도 있었다. 어머니는 헌책방에서 솔로구프의 시집을 골랐다. 하지만 불행하게도 이 『위대한 기도의 종소리』는 1923년에 출간된 공산주의 혁명 시집이었다. "나는 가슴에 불타는 이상을 품은 자유로운 프롤레타리아라네"와 같은 열정 넘치는 말만 가득한 그 시집이 당시 나로서는 아무짝에도 쓸모가 없다는 생각이었고, 사실 나는 그 안에 담긴 진정한 의미를 이해할 나이도 아니었다. 그것은 다음과 같은 내용이었다.

장교의 말,
적의 군대가
곧장 심장을,
곧장 내 심장을 짓밟았네.

나는 황량하기 짝이 없는 광장을 벗어나 한시라도 빨리 직접 보고 만질 수 있는 곳으로 가고 싶었지만, 포친키의 역사학자 마리야 알렉세예브나 푸파예바가 이미 도착해서 우리를 기다리고 있었다. 일요일이었음에도 우리를 위해 지역 문화관이기도 한 도서관을 열어주었다. 그곳에는 전시회가 열리고 있었다. 백 년 전 누군가가 독일에서 보내온 수채화들을 전시중이었는데, 포친키의 가옥과 거리를 화폭에 담은 그림들이었다. 이 독일 가족은 19세기 말부터 포친키에 정착해 살았다고 한다. 문득 어린 시절 들었던 이름, 게틀링이 떠올랐다. 그림은 발랄하고 아늑한 느낌을 주는 총천연색의 수채화였다. 그중 '약국'이라는 간판을 달고 접시꽃이 흐드러진 작고 예쁜 집이 화가의 여동생인 아브구스타 게틀링의 집이었고, 바로 그 집에서 김나지움 입학을 앞둔 젊은 시절 나의 증조할머니가 수업을 받았다. 그 작은 집은 여전히 제자리를 지키고 있었지만, 집안으로 들어가는 작은 현관은 사라지고 콘크리트가 입혀져 있었으며 꽃도, 조각이 새겨진 창틀도 이젠 보이지 않았다. 20세기 초에 나의 사라와 그 가족이 살았던, 수레가 있는 마당 넓은 집을 아는 사람은 아무도 없었다.

그리고 그게 다였다. 날씨 설명, 식품 목록, TV 프로그램 제목만으로 만족해야 했던 고모의 일기장처럼 단지 그뿐이었다. 그 뒤에 감춰진 진실이 무엇이든, 그 진실은 머뭇대고 툴툴대며 자신을 보여주는 데 뜸을 들였고, 어쩌면 그럴 생각이 전혀 없는 것인지도 몰랐다. 우리는 차를 대접받았고, 시내 관광까지 안내받았다. 나는 마치 땅에 떨어진 동전을 찾으려는 사람처럼 눈으로 계속 발밑을 뒤졌다.

마을은 그 지역에서, 아니 그 현에서 가장 큰 말 박람회장 근처에 존재했던 도시답게 외형을 잘 간직하고 있었다. 우리는 예전에 시장터였던 광장을 지나갔다. 광대하리만큼 널따란 광장 터는 이제 무성하게 자란 나무들로 뒤덮였고, 한가운데는 잿빛의 레닌 동상이 자리를 차지하고 있었다. 하지만 그곳은 사람들의 관심에서 멀어진 게 분명했고, 다른 새로운 용도로 쓰이기엔 너무 크고 넓었다. 수채화 속의 집처럼 아담하고 예쁜 집들이 광장을 빙 둘러싸고 있었는데, 그중 어떤 집들은 성급하게 뜯어고쳤는지 모양이 부자연스러웠다. 그리고 또 하나의 공터를 안내받았는데 그곳은 1920년대에 사라의 동생인 솔로몬 긴즈부르크의 가게가 있던 장소로, 지금은 네모난 아스팔트 광장이 되어 있었다. 여기서 우리는 사진을 찍기 위해 잠깐 머물렀다. 외투를 입고 모자를 눌러 쓴 흐트러진 모습의 여자들 한 무리. 바람이 많이 불었다. 도로 옆 풀밭 가장자리에 또 다른 동상이 하얗게 빛났다. 이 지역에서 꼬박 20년을 훌륭하게 봉사한 종마種馬 카프랄에게 바치는 기념물이었다.

루드냐강을 가로지르는 다리를 지나 조금 더 도시 안으로 들어가면 말 사육장으로 사용되는, 작은 마을 크기의 버려진 건물 단지가 나타난다. 푸시킨 시대에 지어진 건물 단지로, 한때 기병 연대의 근위대 소유였다. 하지만 그 이전에도 거기서 말을 사육한 적이 있었다. '카바르다와 노가이의 종마들, 수컷 말들, 거세한 말들, 노가이의 암말들 그리고 러시아산 망아지들과 목축용 말들'까지. 예카테리나 2세는 말 사육을 대규모 산업으로 키웠다. 외벽에 그려진 고전적인 선과 희끗희끗 속살이 드러난 벽, 무너진 중앙탑, 맞은편에 거울처럼 반사되는 아치형 입구를 가진 이 거대한 정사각형의 건물은 문명화의 전초기지이자 질서정연한 페테르부르크의 또 하나의 작은 섬으로 쓰일 참이었다. 하지만 아주 최근에, 즉 1990년대에 완전히 쇠락해버렸다. 지금은 기나긴 겨울이 핥고 지나간 벌거숭이 들판에 빙 둘러싸여 있었다. 마지막 말들이 열린 방목장 주변을 돌아다녔다. 밝은색의 다부진 갈기를 가진, 살이 조금 오른 적갈색의 말들이었다. 녀석들은 고개를 쳐들어 우리가 내민 손에 코를 비벼댔다. 하늘은 눈부시게 맑았고, 구름은 지평선을 타고 흐르는 능선을 만들었으며, 칠이 벗겨진 건물 벽은 연한 분홍빛의 단단한 속살을 드러냈다.

이미 여행의 반이 지날 때쯤에야 나는 정작 중요한 일을 잊고 있었다는 사실을 깨달았다. 유대인들만의 묘지이든 일반 묘지이든 분명 우리 조상들이 묻힌 공동묘지가 있을 터였다. 운전기사는 120까지 속도를 높였고 수로바티카, 페셸란 같은 마을 이름들이 눈앞에서 휙휙 스쳐지나갔다. 나는 푸파예바에게 전화를 걸었다. 포친키에는 더이상 유대인이 살지 않는 것처럼 공동묘지도 사라진 지 이미 오래였다. 하지만 사실 포친키에는 한 사람의 유대인이 유일하게 남아 있었고, 푸파예바는 그 사람이 누군지, 이름이 무엇인지 알고 있었다. 정말 이상한 일도 다 있지, 그 사람의 성姓은 구레비치였다. 그리고 구레비치는 우리 엄마의 결혼 전 성이었다.

2장
시작에 대하여

30여 년 전, 처음으로 책 쓰기를 포기한 적이 있었다. 줄이 쳐진 학교 공책의 두 페이지인지 세 페이지를 채우고 난 후였다. 책을 쓰는 일은 내가 감당하기에는 그 규모와 의미가 너무도 크고 무거웠고, 그래서 스스로 '아직은 때가 아니야'라고 나를 다독이는 마음이 절로 들었다.

엄밀히 말하면, 이 책의 역사는 몇 차례의 거절로 이루어졌다. 다양한 방법으로 내가 이 책에서 벗어났던 그 순간들로. 어렸을 때처럼 '나중에 써야지, 더 나은 능력을 갖추게 되면, 그때 써야지'라고 뒤로 미루거나, 아니면 적당히 고민하며 사소하고 시시한 노력을 기울였을 뿐이었다. 이를테면 기차를 타고 가거나 전화통화를 할 때 종잇조각에 짤막한 메모를 남긴다든지 하는 것처럼(기억을 위해—이 두세 마디의 농축액에서 기억을 뽑아내어 매끈하고 이리저리 이동이 가능한 이야기의 구조물을, 이야기가 머물 수 있는 큰 건물을 세워야만 했다).

지난 일에 대한 나에게는 없는 기억 대신, 누군가가 들려준 이야기의 신선한 기억을 작동시켜야 했다. 이 신선한 기억은 무미건조한 속필速筆을 촉촉하게 적셔서 벚꽃 동산으로 만들어주었다.

20세기 초 러시아 회고록에는 이따금 어린 시절의 재미있는 놀이가 등장한다. 가령, 찻잔 바닥에 노랗고 둥그런 작은 판을 올려놓고 물을 부으면 물속에서 이 작은 판이 거짓말처럼 중국과 일본의 색으로, 이국적인 다른 세계의 빛깔로 반짝이기 시작하는 놀이. 하지만 나는 그 작은 판들을 한 번도 본 적이 없다. 지금 그들은 다 어디로 사라졌을까? 그 대신 할머니 때부터 전해내려오는 새해 장식품을 보관하는 가족용 보물창고에는 아주 작은 향로가 하나 있었다. 향로는 성냥개비 크기로, 담배를 피우는 얼굴이 까무잡잡한 청년의 형상이었는데, 이 청년은 현미경으로 들여다봐야 겨우 보이는 작디작은 하얀 담배를 입에 물고 있었다. 청년의 입에서 연기가 모락모락 피어올랐고, 담뱃불은 담배 끝에서 반짝이기 무섭게 재로 변했다. 피울 담배가 다 떨어질 때까지 이 과정은 계속 되풀이되었다. 자, 향로의 능력과 작동 방식을 설명했으니 이 정도면 행복한 결말 아닌가. 사라져가는 옛 물건과 과거의 생활상을 위한 천국은 그저 기억하고 언급해주는 단순한 관심 속에 존재하는지도 모른다.

내가 이 책을 처음 쓰기 시작한 것은 열 살 때였다. 지금 이렇게 두 번째 장의 첫 줄을 쓰고 있는 바로 여기, 모스크바 반느이 페레울로크의 아파트에서였다. 1980년대에는 창가에 가장자리가 울퉁불퉁 파인 책상과 오렌지색 책상 램프가 놓여 있었다. 나는 램프의 하얀 플라스틱 받침대에 내가 가진 그림 스티커 중 가장 좋은 것을 가져다 붙였다. 눈이 내리는 어두운 하늘 아래, 벨벳 어미 곰이 크리스마스트리와 옆으로 비스듬히 앉은 아기 곰을 썰매에 태워 끌고 가는 광경이었다. 썰매 옆에는 선물이 담긴 자루도 하나 매달려 있었다. 끈끈하고 흐릿한 광택이 도는 시트지 한 장에는 보통 대여섯 개의 그림 스티커가 붙어 있었는데, 그 스티커를 하나씩 따로 잘라내어 따뜻한 물이 담긴 그릇에 적셨다. 그리고 재빠른 동작으로 시트지에서 투명 컬러 필름을 벗겨낸 뒤 곧장 불순물이 없는 평평한 표면으로 옮겨놓은 다음 주름진 곳을 펴가며 살살 문질러주어야 했다. 부엌 찬장 문에 붙어 있던 비옷에 카니발 가면을 쓴 작은 고양이 소년과 빗살처럼 쏟아지는 분홍빛의 푸른 오로라를 등지고 선 펭귄 커플이 기억난다. 그래도 나는 곰이 가장 사랑스러웠다.

내 기억 속에 살아난 과거의 조각들을 하나하나 떠올리면 조금은 마음이 편안해지는 것 같다. 집을 수리하기 전까지 20년 동안 부엌 찬장 위에서 반쯤은 닳아 없어지고 때가 끼어 지저분하던 과거의 그 조각들이 이제야 생기를 되찾고 고운 빛깔로 반짝인다. 솜브레로*에 황록색 도미노 마스크**를 쓴 뚱뚱한 소년! 주인 잃은 반가면, 금빛 은빛으로 주위를 에워싼 크리스마스트리용 장식 술들! "그리고 거기서 기억은 멈췄다." 이제 그때의 나도 수백 개의 낡고, 닳고, 지저분해진 크고 작은 물건들과 함께 부서지고 흩어지리라. 마치 이 추억들을 하나하나 떠올리고 정리하는 일이 내 삶의 숙제인 것처럼. 마치 그 일을 위해 성장한 것처럼.

내가 두번째로 이 책을 쓰기 시작한 건 한창 비뚤어지고 제멋대로

* 라틴아메리카 국가에서 주로 쓰는 챙이 넓고 뾰족한 모자.

** 흔히 카니발에서 쓰는 눈 주위를 가리는 마스크.

였던 열여섯 살 때였다. 사실 그때는 내가 책을 쓰고 있다는 사실조차 인식하지 못했다. 문제는 나의 연애사가 끝나버렸다는 사실이었다. 그 시절 나에게는 사랑이 세상 무엇보다 소중했고 모든 것의 의미였다. 하지만 사랑은 잠깐 반짝하고는 점점 시들해졌고 한창 사랑에 빠져 있을 때 맛보았던, '모든 것의 시작'처럼 벅차오르던 그 감정을 더 이상 느낄 수 없게 되었다. 하지만 한 가지만은 기억이 또렷하다. 비록 머리로는 부인했지만 실제로는 우리의 관계가 완전히 끝났다는 사실이 명백해지자, 나는 중요하고 기억하고 싶은 몇 가지는 선택해서 기억해둬야겠다는 생각이 들었다. 전반적인 세부 사항이나 만남의 시작, 대화의 주제들, 그리고 우리가 나눴던 대화들. 나는 그것들을 마음에 새기고 싶었다. 언젠가 시작할 글쓰기를 위해서. 여기서 직선으로 곧장 써내려가는 서술은 어울리지 않는다. 선 자체가 삐뚤빼뚤 불안정하게 그려졌기 때문이다. 나는 잊지 말아야 할 주요 사항은 빠짐없이 기록해두었다. 종잇장마다 단어나 구절들을 적었고, 그건 곧바로 내 기억 속에서 어떤 장소나 사건을 떠올렸다. 우리가 나눈 대화, 길모퉁이, 농담들과 약속들. 모든 사건은 내 머릿속에서 알파벳순이든 연대순이든 일관성 있게 정리하려는 나의 모든 시도에 필사적으로 저항했다. 그래서 나는 꼬깃꼬깃한 이 작은 종잇장들을 모두 모자(아버지의 모자. 아버지는 한 번도 쓰시지 않은 멋진 회색 모자를 가지고 계셨다) 속에 집어넣은 다음 언젠가, 아니 곧, 한 번에 하나씩, 한 주제에 하나씩, 한 이야기에 하나씩 꺼내보리라고 마음먹었다. 이 기억의 부드러운 지도를 그 자체에 대한 기념비로서 홀로 남겨둬야 하는 그날이 올 때까지. 시간이 흐르면서, 삼사십여 장의 이 종잇장들은 결국 그 당시 우리가 쓰던 책상의 서랍들 속으로 흩어졌고, 나중에는 대

청소다 뭐다 해서 이리저리 자리를 바꾸고 옮겨다니다가 어느새 어디론가 사라져버렸다.

몇 년 전만 해도 행여나 잃어버릴까 그렇게나 소중하게 간직했던 40개의 단어 중 단 하나도 기억에 남지 않았음은 굳이 말해 뭐할까.

*

하지만 이미 알려졌거나 암시된 역사의 어둠 속에서 자신만의, 또는 공통된 삶의 이야기들을 맹목적으로 기억해내고 되살린다는 이 생각은 여전히 나를 설레게 한다. 이 구조 작업의 첫 단계는 내게 일상이 되었다. 전화통화 중에 봉투 위에 휘갈겨 쓴 글씨, 재빨리 공책에 적어놓은 단어 세 개, 아무렇게나 서둘러 쓴 뒤 그대로 방치된 도서관 대출 카드, 이 모든 게 지금까지도 계속되는 내 삶의 일부이다. 다만 예전에 어땠는지를 들려줄 사람들이 점점 적어질 뿐이다.

나는 언젠가 내가 가족 이야기를 책으로 쓰리라는 사실을 알고 있었고, 심지어 이 일(가족의 삶을 요약하고 하나의 이야기로 모으기)이 내 삶의 과제처럼 여겨질 때도 있었다. 하지만 그건 그저 내가 가족 중에서 처음이자 유일하게 외부를 향해 입을 열 동기를 가진 사람이었기 때문이다. 마치 따뜻한 모자 안에서 꺼내오듯 가족의 내밀한 대화에서 가져온 이야기를 기차역 중앙홀에서 공통의 집단 경험을 가진 군중에게 소리 내 들려줄 이유가 있는 사람. 살아 있는 사람이든 죽은 사람이든 이네들은 하나같이 드러나지 않는 삶을 살았고, 삶은 이네들에게 남아서 기억되고 세상의 주목을 받을 기회를 단 한 번도 주지 않았다. 이들의 평범함은 사람들의 단순한 관심마저도 이들에게서 멀어지게 했고, 그것은 나에게 불공평해 보였다. 이네들에 대해 말하고 이들을 대신해서 말할 필요가 있다고 느꼈지만, 첫발을 떼기가 두려웠고, 호기심에 찬 청취자와 수신자—전선의 접선 지점처럼 결국은 사연 많고 굴곡 많은 우리 가족사가 향하는 종착지—가 아닌 낯선 타인이 될까봐 두려웠다. 서술자, 다시 말해 선택과 배제를 결정하는 사람, 공개하지 않은 전체 가족사에서 어느 부분에 조명을 비춰야 하는지, 또 어느 부분을 어둠 속에 남겨두어야 하는지, 즉 어둠 속에 두느냐, 빛 가운데로 드러내느냐를 결정하는 자가 되는 게 무서웠다.

나의 할아버지와 할머니가 평생을 보이지 않는 존재로 살기 위해 갖은 애를 다 썼다는 사실은 흥미롭다. 두 분은 남들 눈에 띄지 않도록 노력하고, 불빛도 어두운 집안에 숨어 지내고, 거대한 서사와 수백만의 죽음이라는 결함을 지닌 커다란 역사로부터 멀리 달아나는 그런 삶을 살았다. 아마도 그건 의식적인 선택이었을 것이다. 물론 아닐 수도 있지만. 사실 누가 알겠는가. 나의 증조할머니는 아직 아가씨였을 때 전쟁터로 변한 프랑스를 떠나 우회로를 거쳐서 러시아로 돌아왔다. 1914년 가을의 일이었다. 증조할머니는 당신의 예전 일, 즉 혁명가로서의 활동을 다시 시작했을 수도, 어쩌면 역사책이나 사형수 명단에 이름을 올렸을 수도 있다. 그러나 증조할머니는 각주조차 달리지 않는 교과서 밖에 머물렀고, 우리가 볼 수 있는 것이라곤 여기저기 얼룩져 지저분한 벽지와 그 주인과 함께 옛 시절을 살아내고 20세기에도 살아남은 못생긴 노란 버터 접시뿐이었다.

그 이유를 말로 표현하거나 인정하기 좀 그렇지만, 어린 시절에는 책을 쓴다는 것이 너무도 어색했다. 아마도 이야기를 생생하고 설득력 있게 전달해야 한다는 부담감 때문이었던 것 같다. 여기서 나는 우리 가족이 가족사를 더 흥미롭게 만들려는 모종의 시도를 한 적이 거의 없었다는 점을 꼭 밝혀야겠다. 그런 일이 없었음은 특별히 전쟁기념일에 명백하게 드러났다. 전쟁은 40년하고 조금 더 전에 일어났다. 현재 내 나이와 같다. 매년 전쟁기념일이면 낯선 할아버지들이 꽃다발과 함께 훈장을 달고 우리 학교를 찾아왔는데, 그들은 거의 아무 말도 하지 않았다. (그들이 겪은 사건은 교훈거리나 영웅담으로 미화하기에 그리 좋은 소재가 아니었다.) 다만 까만 칠판 바로 옆에 가만히 서 있을 뿐이었다. 그 할아버지들이 비록 증언은 하지 않더라도 그들 자신이 이미 증언의 일부였기 때문이다. 나의 할아버지 료냐는 전선에는 나가지 않았다. 할아버지는 기술자여서 후방에서 복무했다. 나는 장교 계급에 붉은별 훈장까지 받은 또 다른 나의 할아버지 콜랴에게 기대를 걸었으나 알고 보니 콜랴 할아버지는 전쟁중 극동에서 복무했으며 심지어 할아버지가 직접 전투에 나가 싸웠는지조차 확실히 알 수 없었다.

조금 더 파고들어가자 할아버지는 직접 싸우지는 않은 것으로 밝혀졌다. 할아버지에게 무슨 일인가 벌어졌고, 그 일 이후 할아버지는 사람들의 의심을 받았다. 이 어두운 이야기는 우리 가족 위에 먹구름처럼 무겁게 드리웠고 결코 입에 올려서는 안 되는 금기가 되었다. 가족은 이 일을 두고 '아버지가 인민의 적이었던 시절'이라 칭했는데, 1938년과 1939년, 비밀리에 진행된 베리야 사면*때 일어난 사건이었다. 어떤 이들은 갑자기 풀려났고, 또 어떤 이들은 우리 할아버지처럼 감옥행을 피할 수 있었다. 그 당시 스베르들롭스크에서 정확히 무슨 일이 있

* 약 27만에서 29만 명의 범죄자들이 소련 강제수용소에서 풀려난 사건을 말한다.

었는지는 기록이 모호하다. 나는 날짜를 대조해보고서야 할머니가 그 암울했던 시절에 둘째 아이를 가졌다는 사실을 알았다. 나의 아버지는 2차세계대전이 발발하기 정확히 한 달 전 그리고 오든의 시가 발표되기 한 달 전인 1939년 8월 1일에 태어났다.

Waves of anger and fear
Circulate over the bright
And darkened lands of the earth,
Obsessing our private lives;
The unmentionable odour of death
Offends the September night.*

그 아이가 살아남았고, 어머니도 아버지도 그리고 누나까지 모두 있는 온전한 가정에서 자란 게 얼마나 기적 같은 일이었는지는 하느님만 아실 것이다. 나는 이 이야기가 어떻게 전개되었는지 그 두 가지 경우를 모두 알고 있다. 어린 시절 들었던 이야기는 이제 크리스마스 트리처럼 예쁘게 꾸며진 장식처럼 느껴진다. 그 이야기는 나중에 하기로 하자. 어쨌든 군인으로서 할아버지의 위상은 오래가지 않았다. 가족들 말로는 할아버지는 거대한 소용돌이에 휘말린 하나의 파편이었지 결코 전쟁, 승리와 함께한 역사의 주인공은 아니었다.

---

* 미국 시인인 오든의 시 〈1939년 9월 1일〉 중에서. (분노와 공포의 물결/밝은 곳을 찾아 돌아다니고/어둠에 잠긴 지구의 땅/우리의 사생활에 집착하네./말할 수 없는 죽음의 냄새/9월의 밤을 어지럽히네.)

대체로 다른 집 친척들은 모두 역사의 무대에서 각자 맡은 역할이 있었지만, 우리 친척들은 역사의 집에서 잠깐 머물다 떠나온 하숙생에 불과했던 것 같다. 우리네 중에는 전장에서 싸운 사람도, 억압받거나 처형당한 사람도 없었다. (또 다른 나의 할아버지가 체포당해 심문받았다는 확실하지 않은 소문이 돌기도 했지만 금방 수그러들었고, 할아버지는 큰일은 피한 것으로 보인다.) 그리고 독일군 치하에서 고통을 당하거나 세기의 대전투에 참전해 활약한 사람도 없었다. 레닌그라드를 지키다 사망한, 증조이모할머니 베라의 스무 살짜리 아들의 특별한 사연이 있기는 하다.* 하지만 그건 전쟁이 아니라 삶의 불공평함에 대한 이야기이며, 얼음 바늘에 온몸이 찔리듯 차갑고 고통스러운 이야기이다. 뭉툭한 앞코의 펠트 부츠를 신은 사진 속 소년을 그대로 땅속에 묻어버릴 수가 없어서 나는 여전히 내게 이 모든 사연과 이름들을 알려준 엄마가 언젠가 그랬던 것처럼 료디크라는 이름만 들어도 눈앞이 흐려지면서 따끔따끔 목이 아파온다.

그리고 굳이 언급하지 않아도 되지만, 나의 친척 중에는 유명한 사람이 없었다. 이들은 남들 눈에 띄지 않게 조용히 살겠노라 고집하는 사람들 같았다. 이네들 중에는 꽤 많은 의사와 기술자가 있었고, 건축가가 있었고(우뚝 솟은 첨탑이나 화려한 건물이 아니라 도로나 다리 같은, 특별하지만 근사하지는 않은 구조물을 설계한 건축가), 회계사와 사서도 있었다. 이들은 요란한 기계음을 내며 돌아가는 그 시대의 삶에서 멀찍이 떨어져 조용히, 정말 조용히 살았던 것 같다. 이들 대

* 2차세계대전 당시 독일군은 레닌그라드 외곽 점령을 시작으로 900일간 도시 전체를 봉쇄하지만 시민들은 백만에 가까운 희생자를 내면서도 끝내 레닌그라드를 지켜냈다.

부분은 공산당에 가입하지 않았지만 그렇다고 체제에 항거하거나 하지도 않았다. 이네들은 아주 작은 움직임마저 단박에 눈에 띄고, 반드시 그 대가를 치러야 하기 마련인 표면으로는 결코 모습을 드러내는 법이 없었고 피부 아래 깊숙한 곳에서 조용히 자신의 삶을 살았다. 이제 이네들은 영원한 어둠 속으로 사라지며 자신의 역사를 완성했기에 이들의 이야기를 세상에 풀어놓을 수도, 또 이들의 삶을 살펴볼 수도 있게 되었다. 이들을 바로 눈앞까지 가져다놓을 수 있게 되었다. 결국 이네들이 세상 가운데 드러나는 건 피할 수 없는 일이 되었다. 이 한 번의 드러남이 과연 이들에게 상처가 될까?

*

때때로, 늘 저녁에, 그것도 보통 학교가 쉬는 날 저녁에—아니면 내가 아파서 집에서 쉬어야 하는 특별한 휴일 저녁에—어머니는 언제나 사진첩을 보자며 나를 불렀다. 어렵사리 장롱 문이 열렸고(소파가 장롱을 막고 있어서 문을 열려면 약간의 요령이 필요했다) 작은 종이상자들로 빼곡한 서랍이 빠져나왔다. 상자들 안에는 자잘하지만 소중한 물건들이 들어 있었다. 여러 세대의 여권 사진들, 또 다른 사진들, 전쟁 전에 크림 해변에서 가져온 조약돌, 아주 오래된 아기 딸랑이, 할아버지의 제도 용구("다음에 네가 자라면 주마.") 그리고 그 밖의 다른 물건들. 앨범들은 장롱 안에 보관되어 있었고, 아주 많았다. 어떤 앨범은 사진이 너무 꽉 차서 표지의 가죽 장정이 얇게 늘어날 정도였다. 또 어떤 앨범은 속이 텅 비어 있었지만 그것 역시 밖으로 꺼냈다. 주황색 가죽으로 단단히 묶인, 은색의 잠금장치와 끈이 달린 앨범이 가장 인상적이었다. 에나멜 검정 가죽의 또 다른 앨범은 표지 앞면에 봉건시대를 상징하는 노란색 성이 언덕 위에 새겨져 있고 '로잔'이라는 단어가 비스듬히 적혀 있었다. 구불구불한 금속 장식에 백 년 전에도 낡아 보였을 일본 게이샤의 이미지가 새겨진 아르누보양식의 앨범도 있었다. 그리고 더 두꺼운 앨범과 더 얇은 앨범, 더 큰 앨범과 더 작은 앨범들이 있었다. 이 옛날 앨범들은 사진을 끼워넣기 좋도록 페이지마다 은색의 가장자리가 넓은데다 좁고 기다란 틈새들이 있어서 꽤 묵직했다. 광택이 돌고 매끄러운 지금의 우리 사진은 이 앨범에는 적합하지 않다는 사실이 조금은 나를 우울하게 했다. 지금 사진은 구멍에 비해 너무 넓거나 너무 좁았고 항상 너무 얇았다. 옛날 사진들은 견고하고 오랫동안 변하지 않는 품질에 그 시대에 맞는 수명을 가지고 있었다. 그리고 이상하게도, 내 사진을 옆 틈새에 끼워넣어보려는 나의 노력을 번번이 헛되게 만들었다.

물론 거기엔 사진도 있었고, 그 사진들은 저마다 사연 하나씩은 가지고 있었다. 거친 수염을 기른 남자들과 얇은 금테 안경을 쓴 남자들. 그들은 우리와 직접 관계가 있는 사람들로서 우리 증조부들이거나 고조부들이었고(몇 사람은 굳이 '증조, 고조'를 붙이지 않아도 되는데, 나는 그 명칭이 주는 웅장한 느낌이 좋아서 그렇게 덧붙여보았다), 아니면 우리 할아버지들의 지인이거나 친구들이었다. 그리고 소녀들은 구분이 힘들 정도로 비슷비슷한 이름을 가진 할머니들이거나 이모들이었다. 사냐 이모, 소냐 이모, 소카 이모는 이 초상화 사진들 속에서 서로 뒤섞이면서 매번 나이가 달라졌지만 각자 얼굴에 드러난 표정만은 늘 한결같았고, 어둑한 실내장식이나 꾸며놓은 풍경을 배경으로 앉아 있고 서 있었다. 우리는 맨 처음, 즉 수염을 기르고 옷깃을 세운 사람들부터 차례로 사진을 보기 시작했고 어느새 한밤중이 가까워졌다. 그러자 집중력이 흐트러지면서 사진들이 점점 눈앞에서 멀어지기 시작했다. 하지만 사진이나 거기 담긴 사연이 거대하다는 느낌만은 또렷했다. 지리적 범위만 해도 어마어마했다. 이 모든 이들과 세월이 흐르며 점점 늙고 하나둘 세상을 떠나는 그들의 자녀들은 하바롭스크와 고리키, 사라토프, 레닌그라드 등지에 흩어져 살았다. 하지만 이 도시들은 우리 가족사가 깃든 곳이라기보다는 어딘지 훨씬 더 멀고 낯선 곳처럼 여겨졌다. 마침내, 정말 반갑게도 엄마의 어린 시절이 담긴 작은 앨범을 펼칠 차례가 왔고, 피난 중 얄루토롭스크에서 얼굴을 찡그리고, 모스크바 근교 나하비노에서 인형을 들고, 유치원에서 세일러복을 입은 채 작은 깃발을 들고 있는 엄마의 어린 모습을 볼 수 있었다. 엄마의 앨범은 내가 이해하고 감당하기에 적당한 규모였다. 어떤 면에서는 엄마의 앨범이 그날 저녁의 절정이었다. 나의 엄마인 아이가 시무룩하고, 겁에 질리고, 아주 오래전 사라진 흙길을 따라 있는 힘껏 달리는 모습을 보는 건 절대적으로 새로운 친밀함의 영역으로 발을 내딛는 일이었다. 엄마보다 나이가 더 많은 내가 어린 엄마를 돌보고 또 가엾게 여길 수 있는 그런 영역. 오랜 세월이 흐른 지금 돌이켜보면, 그때 나는 나의 온몸을 뚫고 지나간 연민과 동등同等의 아픈 주사를 너무 일찍 맞아버렸다는 생각이 든다. 하지만 이미 벌어진 일이니 어쩌겠는가. 그리고 그렇지 않았다면 나보다 어린 엄마를 가엾게 여길 기회가 있었을까.

훨씬 후에야 나는 이 제본된 모든 앨범과 사연들, 그리고 가장자리가 황금빛으로 장식된 사진들이 모두 신부 쪽, 즉 우리 외가의 것이란 사실을 알게 되었다(왜냐하면 사진마다 가장자리와 모노그램, 사진작가의 이름과 사진을 찍은 장소의 이름, 뒷면에 적힌 글씨까지 모두 금박이 입혀 있었기 때문이다). 친가 쪽 사진은 책장 선반에 세워진 두세 장의 사진이 전부였고 그 외에는 아무것도 없었다. 사진 속 도라 할머니의 젊은 시절 모습은 놀랍게도 젊을 때 나의 엄마와 닮아 있었고, 엄한 표정의 콜랴 할아버지는 노년 시절의 파스테르나크를 연상시켰다. 그렇게 두 사람은 말없이 가장 잘 보이는 방 한쪽 귀퉁이에 모셔져 있었는데, 마치 가족사의 커다란 물줄기는 고사하고 그 강의 부두나 모래톱에도, 심지어 강어귀에조차 발을 들이지 않은 사람들 같았다.

그리고 엽서(이 엽서들은 나중에 파리, 니즈니노브고로드, 베네치아, 몽펠리에에서 증조할머니 사라가 급하게 소식을 전해온 편지 중 일부임이 밝혀졌다) 앨범도 있었는데, 그건 마치 볼살이 통통한 아름다운 여자들과 콧수염을 기른 멋쟁이 신사들, 카프탄*을 입은 러시아 아이들, 그리고 상징적인 죽음과 여인들**, 가고일***, 구걸하는 소녀들 등, 지금은 사라지고 없는 시각적인 미학의 세계를 모아놓은 미니 도서관 같았다. 끝으로 뒷면에 아무런 설명도 적히지 않은 엽서들에는 하나같이 갈색 담장에 둘러싸인 이탈리아와 프랑스, 독일의 도시 풍경이 담겨 있었다.

나는 도시의 야경을 담은 작은 엽서 시리즈가 가장 좋았다. 황혼에 물든 공원, 길모퉁이를 가득 채우며 옆으로 돌아가는 밝은 전차, 빈

---

* 옷자락이 긴 농민 외투.

** 르네상스 예술, 특히 독일의 회화와 판화에서 젊은 여성에게 찾아오는 이른 죽음의 비극을 모티브로 하는 작품들.

*** 유럽 기독교교회의 네 귀퉁이에 붙어 있는 괴물을 본뜬 조각상.

회전목마, 낡아빠진 굴렁쇠를 손으로 붙잡고 꽃밭 옆에 서 있는 길 잃은 아이, 높다란 집들과 립스틱이라도 진하게 바른 듯 지나치게 새빨간 창문, 창문 너머로 내다보이는 그 시절의 일상. 불빛 속의 이 검푸른 세상은 가장 순수한 동경을 불러일으켰지만, 그만큼 두 배, 아니 세 배는 도달할 수 없는 꿈이었다. 외국 여행 금지라는 현실은 우리 삶에서 부인할 수 없는 명백하고도 분명한 일상의 한 부분이었기에 우리 세계의 사람들은 감히 외국으로 나갈 생각조차 하지 못했다(외국 여행 허가를 받은 두셋의 지인은 희귀하고 값비싼 행운의 황금 띠를 두른 것처럼 보였다. 그건 너무도 드문 일이었고 또 아무에게나 찾아오는 기회가 아니었다). 앙드레 모루아*의 프랑스 안내책자에 묘사된 현대의 파리는 강렬한 파란색과 검은색의 파리와는 전혀 닮지 않았기에, 그때의 파리는 뭐라고 부르든 이미 오래전에 사라졌음이 분명했으며 예전의 모습으로 돌아올 희망도 없었다. 방문 카드나 진홍색 속지가 덧대진 하얀 봉투처럼 생긴 엽서들은 어떤 식으로든 어서 사용되기를 바라는 기대감에 잔뜩 부풀어 보였지만, 너무도 달라져버린 시대를 사는 우리는 그들로 무엇을 해야 할지 전혀 감이 오지 않았다. 그래서 앨범을 닫아 선반 위에 올려놓았고 엽서들은 도로 상자에 나눠 담았다. 그날 저녁은 그렇게 끝났다. 모든 저녁이 그랬던 것처럼.

그래도 이 옛 세계의 물건 중 일부는(우리 집은 옛날 물건들로 가득했고, 심지어 닭이 발로 몸을 지탱하는 것처럼 그 물건들 위에 얹혀 있다시피 했다) 새로운 삶에 잘 적응했다. 노란색 레이스는 내가 학교 축제 때 입을 삼총사의 멋진 외투 자락을 장식했고, 또 어떤 땐 길어

* 프랑스의 소설가이자 전기작가.

도 너무 긴 타조 깃털이 달린, 파리에서 건너온 검정 모자가 유용하게 쓰이기도 했다. 작은 염소 가죽 장갑은 더이상 내 손에 들어가지 않았다(세월이 흐르면서 장갑이 줄어든 탓도 있었지만 내 손이 커지고 그만큼 뼈대도 자랐기 때문이었는데, 나는 유리 구두를 신은 신데렐라의 의붓언니라도 된 양 부끄러웠다). 우리는 손님이 올 때마다 일 년에 두세 번 정도는 백 년도 훨씬 더 된 커다란 꽃무늬 찻잔에 차를 마시곤 했다. 이런 일은 모두 축일이나 휴일처럼 특별한 날의 행사였는데, 짝이 맞지 않는 장화처럼 평범한 일상에는 전혀 어울리지 않았다. 그런 날이면 모든 규칙에서 벗어나 허용되지 않던 것들이 허용되곤 했다. 나머지 다른 날들에는 앨범은 그저 제자리를 지켰고 그렇게 시간은 흘러갔다.

여기서 우리 가족은 지극히 평범했으며 부자도 아니었고 유명하지도 않았다는 사실을 분명히 밝혀둘 필요가 있다. 소련의 붕괴 후 모든 것이 수면 위로 떠오르기 시작하고 사물들이 조금씩 본래의 기능을 찾아가자, 켜켜이 쌓여 보존돼온 우리의 과거도 원래의 모습으로, 20세기 초 지식인의 생활상을 엿보게 하는 박물관으로 돌아갔다. 낡은 토넷 가구*와 한쌍의 참나무 안락의자, 그리고 검은색 가죽 장정의 톨스토이 전집. 그것은 숨겨진 보물처럼 여겨졌고 평소와는 다른, 특별한 의미를 지녔다. 시계가 시각을 알렸고, 기압계는 폭풍우를 가리켰으며, 올빼미 모양의 문진은 특별히 하는 일이 없었다. 이 소박하고 단순한 물건들의 목적은 그저 함께하는 것이었으며, 그렇다면 그들은 그 목적을 달성했다.

* 고온고압의 증기로 나무를 쪄서 구부리는 방식으로 만든 가구.

*

모든 이를 기억해내는 이 과제가 평생 나를 따라다녔다는 것, 그러함에도 불구하고 그때나 지금이나 나는 여전히 이 과제를 풀어낼 준비가 안 돼 있다는 것을 생각하면 정말 이상하다. 나는 그 모든 이름을 기억할 수 없었고 매번 같은 곳을 맴돌았다. 과거의 수중 동굴로 잠영해 들어가봤자 그건 내게 어떤 새로운 소득도 없이 언제나 똑같은 옛 이름과 상황을 되짚어보는 행위에 불과했다. 어느 땐 표도 없이 냉큼 전차에 올라타는 아이처럼 뭔가가 내 기억 속으로 불쑥 들어왔다. 그건 보통 전설이나 재미있는 사건이었는데, 그건 바르트의 어휘적인 푼크툼*이었다. 이들은 살짝 살을 보태거나 빼서 각색하기에 적합한 종류의 이야기였다. 그리고 사실 빳빳하게 풀 먹인 옷깃의 또 다른 친척이 의사든 법률가든 뭐 그리 대수로운 일인가. 하지만 놓쳐버린 기억들에 대한 죄책감이 나의 기억해내기를 방해했고 더 자세한 질문은 자꾸 뒤로 미루게 했다. 언젠가(내가 보다 나은 나 자신으로 성장했을 때) 내가 특별한 공책을 펼쳐들고 엄마와 나란히 앉을 때가 오리라는 건 이미 자명한 사실이었다. 엄마는 나에게 맨 처음부터 모든 이야기를 들려주실 테고, 그러면 그 모든 이야기에 의미도 체계도 생겨날 터였다. 가계도가 그려지고, 사촌이며 조카들이 그 가계도의 적절한 곳에서 자기 자리를 찾아내고, 마지막에는 완성된 책이 기다

* 프랑스의 비평가인 롤랑 바르트가 『카메라 루시다』에서 내세운 개념으로, 사진을 감상할 때 관객이 작가의 의도와는 관계없이 자기 경험에 비추어 작품을 받아들이는 현상을 말하며 '찌름'을 뜻하는 라틴어 punctionem에서 비롯되었다.

리고 있을 것이었다. 나는 이렇게 과거를 정확히 듣고 확인하는 과정을 반드시 거쳐야 한다는 사실을 단 한 번도 의심해본 적이 없었다.

하지만 나는 사소한 것도 쉽게 기억하는 어느 정도의 능력과 단어와 관련된 것은 다 외워버리는 원숭이의 기억력을 가졌음에도 불구하고 자세히 캐묻거나 머릿속에 잘 정리해두지 않았다. 결국 퍼즐은 맞춰지지 않았다. 그저 사냐, 소냐, 소카 같은 이모들 이름만 잰말놀이처럼 입에서 줄줄 흘러나올 뿐, 내게 남은 건 이름도 모르고 기록조차 남지 않은 이들의 꽤 많은 사진, 실제 주인공도 없이 허공에 흩어져버릴 이야기들, 그리고 낯선 이들의 익숙한 얼굴들이었다.

이 모든 것은 내가 다차*에 보관하고 있는 마작 세트와 비슷했다. 모스크바 외곽 살티코프카에 위치한 다차(작은 방 하나와 작은 부엌, 그리고 테라스에 곧게 뻗은 사과나무 몇 그루가 심긴 작은 습지가 있음)는 우리 가족이 수십 년 동안 낡고 못 쓰게 된 물건들을 죄다 실어다가 쌓아놓는 곳이기도 했다. 그 잡동사니들은 이곳에 둥지를 틀고 두번째 삶을 살고 있다. 다차에서는 물건을 함부로 버리는 법이 없었고 그 덕분에 이 낡고 오래된 물건들은 자기네 세상을 더 조밀하고 단조롭게 만들었다. 예전 가구들은 우리의 여름 살림을 넣어주고, 모아들이고, 보관하는 등 고된 노동으로 지치고 늙어버렸다. 헛간에는 이제 쓸모없어진 잉크 도구가, 서랍 속에는 백 년은 됨직한 잠옷들이, 거울 뒤편 선반에는 마작 세트가 작은 캔버스 가방에 담겨 있었다. 나는 몇 년 동안 이 마작 세트에 흥미를 느꼈고, 매년 여름이면 이 기구를 어떻게 활용하는지 알아보려 이리저리 살펴보면서 뭔가 유용하게

* 러시아식 시골 별장.

쓸 데가 있으리라 기대했다. 하지만 그런 일은 일어나지 않았다.

우리는 증조할머니가 해외에서 마작 세트를 들여오셨다는 사실을 알고 있었다(우리 집에 색 바랜 오래된 기모노 두 벌, 즉 커다란 기모노와 내 몫의 작은 기모노가 있었기 때문에, 해외란 의심의 여지없이 일본을 의미했다). 그 작은 가방에는 짙은 갈색의 상아 조각들이 가득 들어 있었고, 그 조각 하나하나의 하얀 앞부분은 이해할 수 없는 상형문자로 덮여 있었다. 하지만 그 조각들을 판독하기란 불가능했고 같은 그림끼리 맞는 것도 없어서 돛단배 모양을 돛단배와, 나무 잎사귀 모양을 잎사귀와 맞출 수도 없었다. 형태는 다양하고 많았지만 서로 공통되는 요소는 놀랄 정도로 적었다. 문득 세월이 흐르면서 사라진 조각들이 있을 거란 생각이 들었고, 그러자 나는 완전히 혼란에 빠지고 말았다. 어떤 체계가 존재하는 건 분명했지만, 그게 무엇인지 도저히 알 길이 없었고, 그렇다고 그것들을 가지고 내가 직접 더 간단한 체계를 생각해내지도 못했다. 심지어 전체의 조화를 깨뜨리게 될까봐 작은 조각 하나도 마음대로 주머니에 챙겨넣지 못했다.

내가 진지하게 기억을 떠올리려고 하자 갑자기 나에겐 아무것도 남아 있지 않다는 사실이 더 또렷이 느껴졌다. 불빛 아래 옛날 사진들을 찬찬히 들여다봤던 그 저녁들에서 남은 건 거의 아무것도 없었다. 날짜도, 개인 자료도, 심지어 가계도의 기본 뼈대조차도. 누가 누구의 형제이고 또 누구의 조카였더라? 금색 단추가 달린 짧은 재킷을 입고 귀를 쫑긋 세운 어린 소년과 장교복을 입고 역시 귀가 쫑긋한 남자는 분명히 동일 인물이었다. 그런데 나랑 어떤 관계였지? 그의 이름이 그리고리라는 기억이 어렴풋이 떠올랐지만 그다지 도움이 되지는 않았다. 친밀한 가족관계, 멀리 떨어져 있어도 따뜻한 연대감이 존재했던 그런 세상을 살았던 사람들은 모두 세상을 뜨거나 뿔뿔이 흩어지거나 길을 잃었다. 내가 처음에 직선의 속도로 배운 가족의 역사는 이제 내 머릿속에서 네모난 단상의 파편들로, 누락된 텍스트에 대한 각주로, 증명해줄 사람 없는 가설로 부서지고 말았다.

아마도 그래서 검증할 수 없는 이야기들이 엄마 기억의 언저리를 맴돌았을 것이다. 한 세대에서 다른 한 세대로 넘어가는 자연스럽고 평범한 과정에서 재미를 위한 양념은 더해졌지만 허위는 아닌, 정확한 사실에 약간의 부정확함이 끼어든 변두리의 이야기들. 그런 전설적인 요소가 가미된 이야기는 새싹과 같아서 점점 가지를 펼쳐가고 굵고 단단해질 때까지 무럭무럭 자라난다. 보통 "그가 거기 어딘가에 살았다고 들었다"라거나 "그녀가 분명 이러저러한 것 같았다" 아니면 "전설에 따르면 그들에게 이런 일이 일어났다고 한다"라는 식이다. 본래 이야기의 여백에 여운을 두는 형식을 취한다. 이것이야말로 당연히 전설의 가장 달콤한 부분이자 동화 같은 요소이니까. 이는 시간과 장소라는 지루한 환경을 초월하여 우리가 영원히 기억하는 소설의 배아들이다. 이 배아들을 가져다가 생명을 불어넣고, 다시 풀어내고, 내가 준비한 작고 소소한 이야기들로 채우고 싶다. 나는 이 이야기들을 잘 기억한다. 문제는 주인공이 없으면 전설은 무의미해지고 검증의 기회 역시 없으며, 시간이 가면서 일상적이고 전형적인 기억의 흐름에 녹아들어 자신만의 개성을 잃게 된다는 점이다. 내가 간직한 이야기가 실제 있었던 일이었는지는 고사하고 이제 그것이 무엇인지조차 말하기 어렵다. 그건 어머니에게서 딸에게로 전해진 이야기일까, 아니면 나도 모르게 내가 만들어낸 상상의 산물일까.

그리고 제멋대로 굴던 십대 시절 가끔 누군가에게 가족의 저주 이야기를 들려주며 관심을 받으려고 했던 일이 기억난다. "그 사람이 가난한 폴란드 귀족 여인과 뜨거운 사랑에 빠져 결혼했거든. 결혼하려고 기독교로 개종까지 했다니까. 그러자 아버지가 아들을 저주하면서 평생 한마디 말도 걸지 않았지. 두 사람은 지독하게 가난하게 살다가 곧 폐병으로 죽어버렸어."

하지만 그 이야기는 전혀 사실이 아니었고, 폐병으로 죽은 사람도 없었다. 그 거부당했다는 아들은 가족 앨범 속 사진에서 평범한 소련을 배경으로 안경을 쓰고 손자들과 함께 있는 행복한 모습이다. 그런데 폴란드 귀족 여인은 정말 존재했을까? 아니면 내가 그럴싸한 이야기를 위해 그 여인을 만들어낸 걸까? 이국적인 흥미를 더하기 위해 반드시 폴란드 여인이어야만 했고 상인이니, 변호사니, 의사니 같은 지루한 직업군을 벗어나기 위해 반드시 귀족이어야만 했던 건 아닐까? 모르겠다, 기억이 나지 않는다. 어머니의 이야기에는 자유로운 내 상상력을 자극하는 희미하지만 반짝이는 어떤 불꽃이 있었다. 하지만 그 불꽃을 활활 타오르게 할 방법도, 그렇다고 처음으로, 그 본질로 돌아갈 방법도 없다. 그래서 내 이야기에는 믿기지 않지만 확고하고도 절대적으로, 무조건 우리 가족의 불행의 씨앗이어야만 하는 폴란드 귀족 여인이 계속 등장하는 것이다. 저주가 있었고, 극심한 가난이 있었고, 증조할아버지는 두 번 다시 큰아들을 보지 못했고, 그후 그들은 모두 죽었다. 그러니 사실 틀린 이야기도 아니다.

그리고 내게 유산처럼 전해진 또 다른 하나가 더 있었다. 그건 바로 이 이야기의 구성 자체, 누가 어떻게 그리고 가장 먼저 이 이야기를 서사로 만들어냈는지와 관련이 있다. 그것은 우리가 모계 중심의 종족이자 한 세기에 걸쳐 이정표 역할을 해온 강인하고 독립적인 여자들의 종족이라는 확신이다. 이네들의 운명은 특별히 웅장해 보였고, 이들은 서로 붙잡거나 자리를 바꿔가며 대식구가 모두 모인 사진의 맨 앞줄을 차지하고 있었다. 이네들 모두에게 남편이 있었다는 사실을 생각하면 이상하다. 이 가문의 남자들은 무슨 까닭인지 이야기가 여주인공으로만 이루어지기라도 한 것처럼 좀체 주목받지 못했고, 이야기의 변두리로 밀려났다. 사실, 비록 남자들 잘못은 아니지만 여기엔 나름의 진실이 있었다. 집안을 지켜온 건 남자들이 아니라 바로 여자들이었다. 한 남편은 젊어서 죽었고, 다른 한 남편은 그보다 더 젊을 때 세상을 떴으며, 나머지 한 남편은 무슨 이유에서인지 그다지 중요하지도 않은 일로 늘 바빴다. 다양하고 흥겨운 일상의 소동들은 이미 선사시대의 일로, 당당하게 그 종착지인 나에게로 향하는 디딤돌로 치부해버린 후 남은 이야기, 즉 이야기의 마지막 부분은 이제 내 머릿속에서(어쩌면 엄마의 머릿속에서도) 오로지 여자들로만 완성되었다. 사라는 룔랴를 낳았고, 룔랴는 나타샤를 낳았고, 나타샤는 나를 낳았다. 몇 대의 자손을 한 몸에 품은 마트료시카는 오로지 딸에서 딸로만 이어지는 가계도를 보여주는 것 같다. 이렇게 한 딸이 다른 딸에게서 태어나므로 그 딸은 다른 모든 것들과 함께 이야기를 전해줄 유일한 화자로서의 재능과 기회까지 물려받게 되었다.

*

이 몇 년의 시간 동안 대체 나는 무엇을 하고 싶었던 걸까? 이들에게 바치는 기념비를 세우고 싶었고, 또 이들이 사람들 기억에서 지워져 이름도 없이 사라지지 않게 하고 싶었다. 그런데 알고 보니, 다른 누구보다 나 자신이 이들을 기억하지 못했다. 나의 가족사는 거의 그 주인공의 얼굴이나 이름은 어렴풋한 일화들과 겨우 4분의 1이나 알아볼까, 대부분 누군지 알 수 없는 이들의 사진, 그리고 시작점이 없기에, 더구나 어떤 경우에도 대답해줄 이가 존재하지 않기에 명확하게 물을 수도 없는 질문들로 이루어져 있다. 그럼에도 불구하고 나는 이 책을 써야만 했고 그 이유는 이렇다.

랑시에르*의 역사적 인물들에 대한 에세이는 중요한 담론을 담고 있다. 말하자면 우리 시대의 시급하고도 당면한 주제를 주로 다룬다. 예를 들어 랑시에르는 예술의 의무는 볼 수 없는 것들을 볼 수 있게 해주는 것이라 주장한다. 러시아의 시인 그리고리 다솁스키 역시 보이지 않는 사물을 가시적인 지점까지 끌어내는 일을 시의 역할로 보았기 때문에 나는 더욱 랑시에르의 주장이 마음에 든다. 하지만 여기서 내가 가장 중요하게 생각하는 점은 이것이다. 역사에 대한 글에서 랑시에르는 문서와 기념물을 대조한다. 그에게 문서란 역사에 대한 증명이자 "기억을 공식적인 것으로 만들기"를 목표로 하는, 사건에 대한 모든 종류의 철저한 기록이다. 기념물은 문서와 반대되는 용어이다. "용어의 원래 의미로 볼 때, 기념물은 그 존재 자체로 기억을 보존하는 것이자 말할 필요가 없다는 사실 그 자체로 직접 말을 하는 것이다. (……) 그래서 사람들의 노력과 성과를 기록한 그 어떤 연대기보다 인간의 활동을 더 명확하게 보여준다. 일상용품, 천조각, 그릇, 묘비, 궤짝 위의 그림, 우리는 전혀 모르는 두 사람 사이의 계약서……"

그리고 이런 의미에서, 내가 바라왔던 기념비는 오래전에 세워졌고

---

* 알제리 출신의 프랑스 철학자.

나는 그동안 이미 이집트의 피라미드에서 살 듯, 그렇게 그 기념비 속에서 살아왔다는 생각이 든다. 안락의자와 피아노 사이에서, 사라진 것과 남은 것이 공존하고 내 것과 타인의 것으로 구분된 사진과 물건들이 존재하는 공간에서 말이다. 우리 가족의 기록을 보관하고 있는 상자들은 말을 하지 않을 뿐, 침묵으로 증언하는 증인들이다. 점점 많아지는 축하카드들이며 노동조합 책자들은 스스로 말은 하지 못하지만 살아 있는 과거의 표피세포들이며 각자 자기 이야기를 들려주는, 스스로 말하는 문서들 못지않은 이야기꾼이다. 목록만 있으면 충분하다. 단순한 물건 목록만.

어쩌면 나는 이 모든 물건으로 죽은 오시리스*를, 더이상 집에 존재하지 않는 가족들을 하나의 몸으로 되살리고 싶었는지도 모른다. 이 모든 기억의 조각들과 옛 세계의 잔해들은 의심할 나위 없이 하나로서 전체를 이루고 특별한 종류의 통일성으로 단단히 결속되어 있다. 훼손되고 불완전하며 점점 더 많은 틈새와 부재로 채워지는 이 전체는 자신의 생을 다 살고도 살아남은 그 누구보다, 즉 움직일 줄 모르는 최종적인 존재 corpus(말뭉치)보다 더 나쁠 것도 더 나을 것도 없다.

떠오르는 기억을 연속되는 이야기로 조화롭게 묶어낼 능력을 상실한 이 뒤틀린 몸은 세상에 자기를 드러내고 싶어할까? 그리고 그 몸이 더이상 아무것도 원하지 않는다고 하는데도 굳이 박물관에 전시된 시시 황후**의 분홍 스타킹이나 황후에게 최후의 일격을 가한, 황후의 혈흔이 남은 녹슨 송곳처럼 그 몸을 내 책의 주제로 삼는 게 과연 옳은

---

* 이집트신화에서 죽음과 부활의 신.

** 19세기 오스트리아헝가리 제국 프란츠 요제프 1세의 황후.

일일까? 아무리 내가 내 안의 모든 사랑을 끌어다 모으고, 내가 쓸 수 있는 최고의 말로 표현한다 해도 우리 가족을 세상 사람들의 시선 앞에 세우는 것은 결국 가족의 벌거벗은 초라한 몸과 시커먼 겨드랑이, 그리고 허연 배를 드러내는 함*의 행동과 다를 게 무언가.

게다가 모르긴 몰라도 이네들에 대해 새로 알게 될 진실도 없을 테고, 이 한 가지 이유만으로도 책 쓰기가 훨씬 더 불가능한 일처럼 느껴지는 것 또한 사실이다. 여기엔 음모도 조사調査도 없다. 사랑하는 아버지가 비밀경찰의 정보원이었다는 사실을 알게 된 페테르 에스테르하지**의 지옥도, 태어날 때부터 사랑하는 사람들의 모든 것을 알고 그들을 기억하고 명예롭게 생각하는 이들의 천국도 없다. 어느 쪽도 내가 쓸 책하고는 거리가 멀다. 가족에 관한 내 책은 가족에 관한 것이 아니다. 무언가 다른 것, 아마도 그건 기억이 작동하는 방식, 그리고 기억이 나에게 원하는 것에 대한 글이 되리라.

*

2011년 늦은 봄, 한 지인이 나에게 사라토프에 한번 가줄 수 있겠느냐고 물었다. 그곳으로 가서 내가 근무했던 인터넷 저널 사이트에 대해 강연해달라는 부탁이었다. 그 지인은 자신이 사랑하는 사라토프를 위해 수고를 아끼지 않는 사람이었다. 그는 다양한 분야의 모스크

---

* 구약성경에 등장하는 노아의 셋째 아들. 노아가 술에 취해 벌거벗고 잠든 모습을 보고 형들에게 아버지 흉을 보았다.

** 헝가리의 작가.

바 사람들을 그곳으로 초청해 그들의 이야기를 들려주도록 이끌었다.

우리의 대화는 곧 강연에서 사라토프 이야기로 넘어갔다. 나는 한 번도 가본 적이 없던 사라토프는 증조할아버지가 태어난 곳이기도 하다. 이따금 사라토프에 사는 친척들이 집에 놀러오곤 했는데, 한번은 그중 누군가가 고골의 소설 『비이』를 연상시키는 이상하고도 기괴한, 하지만 행복한 결말로 끝나는 이야기를 밤새도록 들려주었다. 지체 높은 아가씨가 주인공 호마와 함께 손에 손을 잡고 흩날리는 장미 꽃잎을 맞으며 공중 계단을 따라 하늘에서 하늘로, 층에서 층으로 높이높이 날아오른다는 이야기. 그후부터 나는 그 친척이 다시 오기를 애타게 기다렸다. 돌이켜보면 『비이』 이전에 피프 사라톱스키라는 이름을 가진 미소 짓는 장난감 개의 이야기도 있었다. 그리고 다른 재미있는 이야기들도 많았지만, 시간이 흐르면서 기억에 남은 건 이 둘뿐이다.

지인은 태블릿을 꺼냈다. 그는 태블릿에 혁명 전 사라토프의 전경을 스캔한 놀라운 디지털 엽서들을 저장해놓고 있었다. 나무와 교회가 주를 이루는 녹색과 흰색의 풍경이었다. 빨리빨리 넘기다보니 기억이 뒤엉키면서 지금은 여기저기 배들이 떠다니던 넓은 강만 떠오른다. 그는 1908년의 '사라토프 전경'이라는 안내책자도 태블릿에 받아놓았으니 한번 보라고 권했다. 사람 이름, 거리 이름이 담긴 회색 목록이었다. 그는 또 친척들을 찾아보려고 애썼지만 자기처럼 그리다소프라는 성을 가진 사람들만 무려 열 페이지라면서 별 소득이 없었다고도 했다.

내 증조할아버지의 이름은 미샤 다비도비치 프리드만이었고, 덕분에 쉽게 찾을 수 있었다. 그 이름은 안내책자에 나와 있었는데, 사라토프를 통틀어 유일했다. 증조할아버지는 백 년 전 사라토프에서 당시에는 도시의 요지였음이 분명한 모스크바 거리에 살았다. 나는 그 거리가 아직 남아 있는지 물었다. 거리는 그대로 있었다. 나는 사라토프로 출발했다.

거대한 볼가강 유역은 아무것도 담기지 않은 접시처럼 텅 비었고, 좁은 거리는 지혈대처럼 강 쪽으로 곧게 뻗어 있었다. 한때 흰색과 녹색만 존재했던 장소에는 쇼핑센터들과 일본 식당들이 서로 경쟁하듯 모여 있었다. 스텝 지대는 아주 가까웠다. 맞춤옷 가게들과 기성복 가게들의 열린 문 앞에 먼지투성이의 화려한 웨딩드레스를 입은 마네킹들이 나와 있었다. 웨딩드레스의 끝자락이 스텝 지대에서 불어오는 모래바람에 노랗게 물든 채 흔들거렸다. 우리는 선실처럼 널판으로 짜맞춘 화가 파벨 쿠즈네초프의 작업실에 올라가 그곳을 구경하고 곧이어 부잔교처럼 기다란 볼가 강변의 레스토랑에서 저 멀리 건너편 강변을 바라보며 샤실리크*를 먹었다. 나는 주소를 다시 한번 확인한 후, 다음 날 아침 일찍 모스크바 거리로 향했다.

비록 그때 처음 본 집이었지만 정말 그 집이 맞는지 의심이 들 정도였다. 회색의 널따란 정면은 덕지덕지 시멘트가 발라져 있었고 그마저도 신발가게 진열대의 유리창에 앞부분이 댕강 잘린 모습이었다. 하지만 아치형 통로를 따라 마당으로 들어갈 수는 있었다.

마당에서 나는 한참 동안 사라토프의 거친 벽돌을 쓰다듬었다. 모든 것이 내가 바라던 대로였다. 아니 어쩌면 그 이상이었다. 나는 정확하게 증조할아버지의 마당을 알아보았다. 미리 본 적도, 누군가 내게 묘사해준 적도 없었지만, 내 마음속에는 의심의 여지가 없었다.

* 양고기 등을 재료로 한 러시아식 꼬치구이.

루드베키아 덤불이 무성한, 나무판자를 엮어 만든 낮은 울타리, 나무와 벽돌로 만든 기우뚱한 담벼락, 다 부서져서 뼈대만 남은, 울타리 옆의 낡은 의자까지 특별한 이유도 없이 내 것이었고, 곧장 내 가족의 일부가 되었다. 그들이 내게 여기로 오라며 말을 거는 것 같았다. 고양이 냄새가 심하게 났지만 푸르른 식물의 향기가 더 강했다. 기념으로 가져갈 만한 건 아무것도 없었다. 하지만 난 기념품이 필요치 않았다. 이 창문들 아래 모든 것을 나는 기억했다. 한층 고조된 정확하고 본능적인 감각으로 나는 우리 가족이 어떻게 이곳에 자리를 잡았는지, 어떻게 살았으며 왜 떠나야 했는지 미루어 짐작할 수 있었다. 마당이 나를, 간단히 말해, 나를 품에 안아주었다. 나는 10분 정도 더 서성거렸고, 이 모든 것을 나의 기억에 새기기 위해 애썼다. 마치 틀에서 거울을 꺼내듯 이곳의 풍경을 꺼내 작업 기억의 틈에 야무지게 끼워넣고는 아무데도 가지 못하도록 단단히 고정하고 싶었다. 그리고 정말 그렇게 되었다. 기차 차창 밖으로 배수관처럼 보이는 긴 도랑들이 선로를 따라 번쩍번쩍 스쳐지났고, 한번은 텅 빈 건널목에 작은 먼지 회오리가 빙글빙글 휘몰아치기도 했다.

일주일 정도 지난 어느 날 사라토프 지인이 전화를 걸어 아주 당황한 목소리로 주소를 혼동했다고 말했다. "거리는 거기가 맞는데 집 주소가 달라요. 용서해요, 마샤. 정말 미안하게 됐어요."

그리고 그게 내가 아는 기억의 전부다.

3장
사진 몇 장

1.

바닥이 체스판 같은 거대한 병동. 해가 높다란 아치형 창들에 강렬한 빛살을 쏟아내고, 빛을 받은 사진 오른쪽 모서리가 하얗게 빛난다. 사진은 흰색으로 가득하다. 침대의 발을 놓는 부분이 앞으로 삐죽 나와 있고 철제 등받이는 덮개를 쓰고 있다. 그 위로 높은 베개며 환자들 머리가 보인다. 콧수염을 기른 남자 환자들이 이쪽을, 카메라앵글을 응시한다. 한 남자는 팔꿈치에 몸을 기대고 반쯤 일어나 앉았는데, 간호사가 그의 어깨에 있는 뭔가를 재빨리 고쳐준다. 거대한 병실에서 그녀가 유일한 여성이다. 사진 왼쪽 귀퉁이의 풍경. 환자복을 입은, 수염이 무성한 또 다른 남자가 목발에 몸을 기댄 채 앉아 이를 훤히 드러내며 활짝 웃고 있다. 테이블 위는 종이며 의사의 진단서며 퇴원 서류가 가득하다. 그리고 이날의 주인공이자 사진작가의 방문 이유이기도 한 두 명의 주요 인물이 테이블 근처에 앉아 있다. 둘 다 무심한 듯 보이지만 방문객에 내심 만족한 표정이다. 한 사람은 흔들의자에 등을 기대고 앉았는데 검은 양복에 구두를 신고 있다. 그의 구두와 양복 깃이 하얗게 빛난다. 회색 양복을 입은 다른 한 사람도 듬성듬성한 수염 아래 역시나 하얗게 빛나는 풀 먹인 옷깃을 빳빳하게 세우고 있다. 조금 떨어진 곳에 간병인들이 지시를 기다리는 듯 누구는 가슴 위에, 누구는 배 위에 팔짱을 낀 채 나란히 서 있다. 침대 다리와 침대 기둥의 끝머리가 평행을 이룬다. 누군가 어느 기둥 뒤에서 마치 한 사람도 빠짐없이 이 사진에 나와야 할 의무가 있다는 듯 슬쩍 고개를 내밀었고, 병원 한쪽 구석 화분에 심긴 야자수가 껑충 몸을 세우고 있다. 창문은 마치 빛이 고인 웅덩이 같아서, 그 강렬한 빛이 아득히 높은 곳의 창틀을 녹이고, 간호사와 환자들마저 삼켜버리는 이 사진이 나는 가장 흥미롭다.

2.

만약 미리 알지 않았다면, 이게 시신이라는 사실은 아마 상상도 하지 못했을 것이다. 나지막한 대리석 탁자 위에 누더기가 쌓여 있는 듯 보이고 그 앞에 학생들이 귀를 기울이며 앉아 있다. 해부학 수업중. 카메라앵글 가까이 작은 탁자가 하나 더 보이는데 그 위에 자루 같기도 하고 보따리 같기도 한 불분명한 무언가가 올려져 있다. 정확히 식별이 안 된다. 짙은 색의 일상복 위에 흰 가운을 걸친 여섯 명의 여자가 테이블 주위에 모여 있고, 이들 중 유일한 남성은 돌아서서 다른 사람들이 일을 하는 동안 웃음을 지을지 얼굴을 찡그릴지 고민하고 있다. 그의 코 위에 우스꽝스러운 코안경이 걸쳐져 있고, 그의 등 뒤로 분필 낙서가 가득한 학교 칠판이 보인다. 자세히 들여다보면 많은 정보를 알 수 있다. 강의 후 남겨진 식물 신경계 도표, 높은 군모를 쓴 군인의 옆모습, 입에 담배를 문 채 결연하게 턱을 세운 아름다운 여성의 모습, 그리고 쏟아지는 달빛 아래 미소 짓는 둥근 얼굴과 그 얼굴 양쪽에 그려진 커다란 귀. 칠판이 사진 한쪽 구석에 있고, 탁자에 모인 사람이 모두 여자라는 점만 다를 뿐 〈튈프 박사의 해부학 강의〉*와 흡사한 광경이다. 목에 청진기를 두른 검은 머리의 소녀가 책을 읽고 있는 동안 듣는 이들은 얼어붙은 듯 미동도 없다. 다들 얼굴이 꼼짝없이 보초를 서는 병사들처럼 무표정하지만 딱 한 사람만은 웃음 띤 얼굴이다. 얼핏 모두 열심히 경청하고 있는 듯 보이지만 사실은 전혀 아니다. 한 명은 의자에 몸을 쭉 뻗고 앉아 아래를 내려다보고, 다른 한 명은 누가 자기 이름을 부르기라도 한 것처럼 갑자기 몸을 일으킨다. 안경을 쓴 한 학생은 의사 가운도 챙겨 입지 못한 채 자수가 놓이고 단추가 줄줄이 달린 자신의 육중한 드레스를 의사 가운처럼 보이게 하려고 진땀을 빼는 중이다. 목덜미까지 땋은 머리를 하고 책을 들고 앉은 여학생이 바로 나의 증조할머니, 사라이다. 모두 삐져나온 싸리비의 잔가지들처럼 딴 데만 바라보고 있으며 시신의 조직과 관절을 보고 싶어하는 이는 아무도 없다.

3.

프랑스 의사들은 모두 콧수염을 길렀고, 수염은 하나같이 날개처럼 하늘을 향해 뻗어 있다. 여자들은 죄다 흰 옷을 입었으며 소매를 걷어 올렸다. 전깃불이 천장에 매달려 있다. 간호사들은 머리에 위가 뾰족

* 렘브란트의 작품 중 하나.

하게 솟은 모자를 착용하고 있어서 학생들과 쉽게 구분이 된다. 끊임 없이 돌아가는 회전축처럼 공동작업이 계속되고, 등 뒤에서 삐죽이 고개를 내민 얼굴들이 시트에 덮인 채 언덕처럼 봉긋 솟은 뭔가를 어깨너머로 곁눈질한다. 수염이 허연 주임 의사는 양손에 세모날과 클램프를 들고 있다. 여기는 바로 데드존, 죽음 같은 정적 속에서 수술 준비와 진행이 이루어지는 공간으로서 자기 머릿속의 맥박 소리까지 들릴 정도로 고요하다. 여자들은 의사의 손과 수술 침대 위에 누운 환자 옆에 바짝 붙어 서서 얼굴을 돌린 채 눈을 가늘게 뜨고 카메라 렌즈를 응시하고 있다.

4.

나무 빛깔의 사진, 마치 나무로 포장을 해놓은 것 같다. 사진 속 모든 것이 나무 널판으로 짜맞춘 듯 보이고, 집의 담장이며, 울타리, 헛간, 현관까지 죄 비스듬히 기울어져 있다. 고양이는 카메라 가까이 다가와 있지만 닭들은 멀리서 위엄을 지키고 있다. 새 교복—넓은 소매를 솜씨 좋게 꿰맨 것을 볼 수 있다—차림의 여학생이 사진 촬영에 순순히 동의하고 사진에 찍힐 준비를 하고 있다. 하지만 여전히 왜 사진을 찍는지 모르겠다는 표정이다. 흔들의자가 밖으로 나오고 거기에 소녀가 앉자 카메라가 준비되었다. 소녀는 으스대는 것 같으면서도 비웃는 것 같은 묘한 웃음을 짓고 있다.

5.

메모는 없지만 1910년쯤의 스위스이다. 좌우로 쐐기모양의 전나무 숲이 보이고 그 틈새로 하얀 산이 둥근 뿔처럼 솟아 있다. 더 높은 곳에 전나무 몇 그루가 하얗게 빛나고, 하나, 둘, 넷, 다섯, 이렇게 높이가 서로 다른 나무 서너 그루도 보인다. 더 위로 올라가면 관목 숲이 울타리처럼 빽빽하게 들어서 있다. 위에는 흐릿한 알프스 구름 풍경, 사진 위쪽 가장자리 바로 아래 녹색 테두리가 있고 그곳으로 그 당시 우리가, 러시아인 여행객들이 막 모습을 드러냈다.

6.

사진은 작고 낡은데다 색까지 바래서 훨씬 더 오래돼 보인다. 아래쪽 가장자리에 분홍색으로 CHERSON과 B. WINEERT라고 적혀 있다. 1870년대 중반인 듯하다. 새신부가 식탁보 위의 유리잔처럼 꼿꼿이 서 있고, 두꺼운 천으로 만든 웨딩드레스는 삼각 형태로 뚝 떨어지며 펼쳐져 있다. 드레스는 신부의 복부께에서 잘록하게 들어가고, 단추는 일렬로 보기 좋게 정돈돼 있으며, 면사포의 레이스가 신부의 넓적한 얼굴을 감싸고 있다. 신부는 여전히 침착한 모습이고, 신랑은 문에 기대서듯 신부 쪽으로 살짝 몸을 기울이고 있는데 미덥지 못한 게 영 새신랑 같지 않다. 그 모습은 『오데사 이야기』*에서처럼 불평등한 결혼이라는 직설적이고 조잡한 의미에서의 불평등까지는 아니고 마치 삼각형과 느낌표의 결합을 지켜보는 느낌이랄까, 부자연스럽다. 신랑은 얼굴이 얄팍하고 골격이 가는 게, 꼭 양초나 다 쓰고 마지막 남은 비누 조각을 닮았다. 게다가 몸을 쭉 펴고 있어서 입고 있는 옷깃이 화려한 프록코트 속에서 금방이라도 녹아내릴 것처럼 보인다. 그래서일까, 신부가 신랑의 팔꿈치를 붙들고 있다. 프록코트는 너무

---

* 오데사의 유대인 사회를 배경으로 한 이사크 바벨의 단편소설.

곧게 각이 잡히고 모자는 하도 특이해서 꼭 마술사의 손에 잡힌 토끼 모양새다. 증조할아버지의 곧 바스러질 것 같은 아름다움은 너무 불안정해서 이삼십 년 후, 아이들의 아버지이자 그게 무엇이든 무언가의 주인공인 증조할아버지를 상상하기 어렵다. 어렸을 때 나는 덥수룩하게 수염을 기른 또 다른 증조할아버지가 나이가 들었을 뿐 같은 사람이라고 생각했다. 그래서 청년 시절의 모습과 노년의 모습, 너무도 다른 이 둘 사이의 간극 때문에 몹시 당황스러웠다. 하지만 레온티 리베르만의 사진은 달랑 두 장뿐이며, 두 장 모두 비슷하다. 사진 속의 증조할아버지는 어른이 되기도 전에 배경과 하나가 돼 사라져버릴 것만 같다.

7.

모스크바 교외의 잔디밭에서 아이들이 크로켓 경기를 하고 있다. 어른들은 벤치에 앉아 있거나 키가 큰 소나무 기둥에 기대어 서 있다. 다락방과 둥근 지붕을 가진 오래된 다차가 사진을 가장자리까지 꽉 채우고 있다. 창문들이 활짝 열려 있다. 경기는 중단되고 모두 사진사 쪽을 향해 돌아서 있다. 무릎 높이까지 오는 양말과 셔츠에 더 가까운 흰 드레스를 입은 소녀들, 옆 다차에서 건너온 맨발의 소년들, 크로켓 방망이는 제자리에서 꼼짝도 하지 않고 공들도 땅바닥에서 움직일 줄 모른다. 오른쪽에 있는 소녀 혼자만 여전히 놀이에 열중하느라 허리를 굽히고 있다. 살이 드러난 어깨는 힘껏 당긴 활시위처럼 굽어 있고, 오른발은 앞으로 죽 뻗은 채 소녀의 옆얼굴이 보인다. 앞머리를 짧게 잘라 이마 안으로 살짝 말아넣은 머리모양이 소녀의 길고 가녀린 목덜미를 드러낸다. 고대 그리스 소년을 닮은 소녀는 고도의 집중력을 발휘하는데, 그 모습이 마치 하나의 상징처럼 홀로 도드라진다. 다른 사람들은 모두 작은 무리를 이루거나 짝을 지어 있지만 이 소녀는 혼자다. 사진 앞부분, 다른 사람들과 약간 떨어져 있을 뿐이지만 사진 가장자리에 있는 것처럼, 혹은 커다란 집의 한쪽 날개처럼 보인다.

8.

바닥까지 내려오는 긴 검은색 치마와 밝은색 블라우스. 울타리 앞에 낯선 여자가 서 있다. 벽돌집은 담쟁이덩굴로 덮여 있고 페인트칠이 된 덧창이 열려 있다. 여자의 어깨 뒤로 어렴풋이 보이는 두 살, 다섯 살 두 아이가 마치 여자의 날개 같다. 여자는 아이들 손을 자기 가슴께에서 교차해 잡고 있다. 두 남자가 사진 좀더 앞쪽에, 양옆으로 서 있다. 키가 더 큰 한 명은 다리를 꼬고 서서 두 손을 주머니에 넣었는데, 셔츠에 허리띠를 하고 곱슬머리는 헝클어져 있다. 이 사람은 사시카, 또는 산초-판초로, 내 증조할머니 사라의 친구이자 숭배자이다. 다른 한 명은 나이가 더 많다. 그는 코안경을 쓰고 거친 소재의 블라우스를 입고 있다. 힘없이 우울한 표정을 짓고 있는데, 문득 내가 아는 얼굴이라는 사실을 깨닫는다. 야코프 스베르들로프. 그때로부터 10년 뒤인 1917년 전 러시아 중앙집행위원회 의장이 되어 붉은 테러*와 '소련의 단일 군사수용소로의 전환'에 관한 법령에 서명한 인물이다.

* 1917년부터 1923년까지 볼셰비키가 계급의 적으로 규정한 사회집단과 반혁명 활동 혐의로 기소된 사람들에게 행한 징벌적 조치들.

9.

흐릿한 노란 직사각형의 사진, 그나마 왼쪽 귀퉁이가 조금은 선명하다. 자세히 들여다보면 책상과 어깨, 여자의 옆모습을 알아볼 수 있다. 뒷면에 이렇게 적혀 있다. "사진이 어둡다고 당황하지 마시길. 잘 보면 그리 나쁘지 않으니." 그리고 약간 더 아래쪽 구석에 똑같은 필체로 'Paris(파리)'라고 쓰여 있다.

10.

끝없이 펼쳐진 자작나무를 뒤로하고 걸린 현수막의 글귀가 가장 먼저 눈에 들어온다.

건전하고 건강한
직장 생활을 위한
좋은 방법
그건 바로 운동!

사진의 아랫부분은 여자들의 몸이 어지럽게 얽혀 있어서 시선은 저도 모르게 나무줄기와 흰 글씨가 보이는 윗부분으로 향한다. 여자들 몸은 복잡한 화학 방정식을 연상시킨다. 맨 위 줄은 서 있고, 그다음 줄은 마지막 줄보다 약간 낮게 쪼그리고 앉아 있으며, 마지막 줄은 바다의 벌거숭이 팔에 안긴 인어처럼 편하게들 누워 있다. 모두 스포츠용 바지와 똑같은 러닝셔츠 차림이다. 모두 90명 정도의 여자들이지만 놀라울 정도로 서로 비슷하다. 그건 어쩌면 다들 다양하게 표정 짓기를 거부하고 하나같이 무표정으로 일관했기 때문인지도 모른다. 바로 그 때문에 한 사람 한 사람 얼굴을 살펴보는 게 흥미롭다. 한 얼굴에서 다음 얼굴로 시선을 옮기고 있자니, 한 사람이 짓는 조금씩 다른 표정을 연달아 보는 것 같은 착각마저 든다. 이곳은 1926년경 증조할머니 사라가 의사로 일했던 휴양소 '라이키'이다. 증조할머니의 열 살짜리 딸 룔랴가 맨 아랫줄에 누워 있는데, 땋은 머리를 길게 늘어뜨리고 어깨에는 어울리지 않게 술 장식이 달린 숄을 걸치고 있다. 옛날이야기에서처럼 우리 룔랴를 한눈에 찾을 수 있도록 누군가 룔랴의 머리 위에 파란색으로 십자가 표시를 해놓았다. 하지만 어딘가 옆을 보고 있는 룔랴의 모습이 전체 광경과는 적잖이 어울리지 않아 표시가 없어도 금방 눈에 띈다.

11.

묵직한 판지, 황금색 테두리, 안개 자욱한 그림 같은 풍경, 그 풍경을 배경으로 다리는 두툼하고 팔걸이는 화려한 철제 벤치가 유난히 단단해 보인다. 그 위에 앉아 있는 사람은 내 증조할아버지의 아버지이자 니즈니노브고로드에서 의사로 일했던 다비드 프리드만이다. 그는 오른손을 적황색(붉은색) 점박이 무늬를 가진 아이리시세터의 목걸이 위에 올리고 있다. 이 개는 사진이 찍히기 20년 전인 1886년에 훌륭한 사냥개로서 가치를 인정받은 품종이다. 고조할아버지는 거의 눈에 띄지 않는 평범한 옷차림이다. 하지만 자세히 보면 꼭 그렇지만도 않다. 새끼 양털 옷깃이 달린 고급 외투와 외투에 맞춰 쓴 검은색 고급 양털 모자는 썩 훌륭하다. 하지만 평범한 바지, 더 평범한 구두, 역시 오로지 시력을 보완하는 기능에만 신경을 쓴 긴 줄에 매달린 코안경. 눈빛 때문일까, 어딘가 불안해 보인다. 아니, 눈빛이 아니라 당장이라도 몸을 일으켜 자리를 뜨려는 사람처럼 하나로 꼭 모은 다리 때문인 듯하다. 다른 많은 가정처럼 우리 가족도 어딜 가게 되면 '출발하기 전에 잠시 앉아 있고' 1분 30초 동안 침묵을 지키는 관행을 반드시 지킨다. 그렇게 출발에 공을 들인다. 아이리시세터가 제자리에서 안절부절못하고 끙끙대며 어서 가자고 재촉한다. 고조할아버지와 개, 모두 1907년 같은 날 세상을 떠났다고 어머니가 알려주었다.

12.

얼굴만 있을 뿐 아무것도 없는 초상화 사진. 하지만, 세상에, 얼굴만으로도 충분하다. 길게 늘어뜨린 수염이 두 가닥으로 벌어져 가슴이며 단추들을 뒤덮고 있고, 콧구멍은 넓게도 벌어져 벌렁거리고 그 위로 서로 딱 붙은 눈썹, 그리고 흰 털로 덮여 있음에도 불구하고 대머리임이 분명한 머리. 배경도 없이 뒤가 텅 비어 있다. 이 사람은 아브람 오시포비치 긴즈부르크, 자녀를 열넷이나 두었던 나의 또 다른 고조할아버지이다. 포친키에서 사업을 했고 상인이 얻을 수 있는 가장 높은 계급인 1길드까지 올랐다. 하지만 지역 기록보관소에는 기록이 남아 있지 않다. 사진에서는 영락없이 '뇌우의 신'이다(다른 말로 표현했다면 불같이 화를 냈을 것 같다). 옛날 사진에서 가장 먼저 시선이 향하는 곳은 바로 눈이다. 여기서 눈은 으레 더이상 존재하지 않는 사람을, 한때 자신들을 알아봤던 그 사람을 찾느라 두리번거리는 것처럼 보인다. 하지만 이 사진 속의 시선은 옆을 향하고 있다. 고조할아버지는 뭔가를 찾는 게 아니라 사진 밖의 누군가를 또는 뭔가를 자기 시선 속에 붙잡고 있다. 그래서일까, 나도 모르게 고조할아버지의 시선이 머무는 그곳, 오랫동안 아무것도 없이 비어 있는 사진의 여백에 나를 놓아보려고 시도해본다. 관심이 가는 곳 여기저기 자유롭게 눈길을 주던 사진이 돌연 비좁은 삼각형처럼 느껴지고, 사진 속에서 일어나는 모든 일이 그의 집요한 눈길에 조종당하는 것 같다.

13.

하얀 옷을 입은 아름다운 여자와 이 여자를 빼닮은, 역시 하얀 세일러복을 입은 남자아이. 여자는 앉아 있고 아이는 여자가 앉은 안락의자 옆에 서 있다. 여기서 흰색은 부유함과 빳빳하게 풀을 먹인 천의 기분 좋은 사각거림과 마음껏 여가를 누릴 수 있는 계급의 상징이다. 소년은 여섯 살 정도 되었는데, 소년의 아버지는 2년 후에 세상을 뜨고 소년과 그 어머니는 3년 후 모스크바에 나타난다. 그 자세한 경위는 모른다. 하지만 누가 알겠는가, 어린 귀돈 공후*와 황후인 그 어머니처럼 커다란 통이 그들을 모스크바 해안으로 데려다준 것인지. 내 선반엔 오래된 타자기가 있다. 탈부착이 가능한 보조 키보드가 딸린 묵직한 메르세데스. 증조할머니 베타는 모스크바에 처음 왔을 때 닥치는 대로 일을 했는데, 주로 타자기를 치는 일이었다.

14.

가로 20센티 세로 30센티의 커다란 사진, 옛날 사진의 복사본이다. 뒷면에 1905년이라는 표시와 함께 왼쪽에서 오른쪽으로 이렇게 적혀 있다. 1. 긴즈부르크 2. 바라노프 3. 갈리페르 4. 스베르들로바. 원본은 고리키기념박물관 11호 281에 보관중. 연구원 글라디니나(?). 숫자

* 푸시킨의 작품 『살탄 황제와 그의 아들 귀돈 공후의 이야기』의 주인공.

위에 동그랗게 파란색 도장이 찍혀 있다.

겨울이다. 발밑은 오가는 발걸음에 단단해진 눈길. 어두운색 모피 코트와 모자 위에 하얗게 눈이 내려앉았다. 오래된 사진에서 흔히 볼 수 있는 얼룩, 사진을 가리는 점과 선들, 왼쪽 첫번째 증조할머니 사라는 제 나이 열일곱보다 더 성숙해 보인다. 핀으로 고정한 모자가 뒤통수까지 미끄러져내려오고, 머리카락 한 가닥이 빠져나오고, 동그란 뺨의 얼굴이 빨갛게 얼어 있는 걸 보니 이때 사라 할머니가 얼마나 추웠는지 알 수 있다. 한 손은 외투 소맷동 깊숙이 집어넣었고 다른 한 손은 주먹을 꽉 쥐고 있다. 시가전의 바리케이드에서 다친 사라 할머니의 오른쪽 눈이 캐리비언의 해적처럼 검은 붕대에 가려져 있다. 이곳은 니즈니노브고로드, 1905년 12월 12일 소르모보와 카나비노의 봉기를 시작으로 3일 동안 격렬한 거리 총격전이 벌어졌지만 결국은 적의 포격에 함락되고 말았다.

우리 가족의 기억 속에서 이 사진은 '바리케이드 위의 할머니'로 불렸다. 하지만 등 뒤로 하얀 벽돌벽과 그 옆에 눈이 수북이 쌓인 작은 울타리 비슷한 것만 보일 뿐 사실 바리케이드 그 자체가 찍혀 있지는 않다. 좀더 자세히 들여다보면 회색 털모자를 쓴 잘생긴 콧수염의 남자도, 나는 잘 모르는 유난히도 귀가 큰 갈리페르도, 광대뼈가 튀어나오고 어린애 같은 얼굴의 친구도, 여기 모인 사람들 모두 얼마나 젊은지 알 수 있다. 60년이 지난 지금, 이 기록에는 오직 여자들만 남았다. '옛 볼셰비키의 집'* 근처 벤치에 앉아 있는 사라 긴즈부르크와 야코프 스베르들로프의 여동생 사라 스베르들로바(작은 사라). 백발이 성성

* 1930년대 최초로 스베르들롭스크에 지어진 5~6층의 조립식 아파트를 가리킨다.

한 두 할머니가 두툼한 외투를 입고 구식의 머프*를 배에 가져다 댄 채 겨울 햇살에 몸을 녹이고 있다.

15.

다차의 아침. 누군가 등나무 안락의자에 앉아 있지만 보이는 건 두 다리와 줄무늬 드레스의 한쪽 귀퉁이뿐. 테라스, 방수천이 깔린 식탁 위에 도자기 식기들이 즐비하다. 찻잔들, 수하리** 그릇, 낡은 버터 접시, 꽃과 잎이 가득 꽂힌 기다란 꽃병, 그리고 그 너머로 냄비. 냄비 안에 무엇이 들었는지는 보이지 않는다. 여름 원피스를 입은 아가씨가 차분히 아침을 먹는다. 팔꿈치는 식탁보 가장자리에 올리고, 칼은 오른손에, 포크는 왼손에 쥐고 있다. 유행하는 구두(발목에 끈이 감겨 있고 신발 앞코가 둥글다)를 신은 자그마한 두 발은 의자 다리 사이 지지대에 걸쳐져 있다. 그 맞은편에 앉은 두번째 아가씨는 찻잔 위로 고개를 숙이고 설탕을 젓고 있다. 햇볕에 그을린 무릎이 치맛단 아래로 살짝 드러나고, 맨살의 팔은 빛을 반사하고, 머리칼은 헤어네트로 단정하게 정돈돼 있다. 새하얀 원피스에 앞치마를 두른, 나이 지긋한 여인 하나가 멀리서 률랴가 아침식사를 잘 먹고 있는지 지켜본다. 유모인 미샤로브나이다. 그녀는 가족이나 다름없었고 죽을 때까지 우리 가족과 함께했다. 모르긴 몰라도 1930년쯤인 것 같다. 긴의자 위에 신문이 한 더미 쌓여 있고 그 맨 위에 『오고뇨크』 잡지가 눈에 들어온다. 표지에 웬 여인의 윤곽이 흐릿하게 그려져 있지만, 그 여인이 무

* 양손을 따뜻하게 하는 모피로 만든 외짝의 토시 같은 것.

** 얇게 썰어 말린 빵.

엇을 하는지는 보이지 않는다.

16.

자갈 색깔의 사진. 가만히 쓰다듬으면 까슬까슬 흙먼지가 묻어날 것 같다. 얼굴도, 옷도, 거친 모직 스타킹도, 벽돌벽도, 나무문도, 앞마당의 가시덤불도 온통 회색이다. 한 나이든 여자가 흔들의자에 앉아 있다. 팔짱을 끼다 만 듯 어정쩡한 자세가 막 일어서다가 왜 일어섰는지 잊어버린 모양새다. 한 손으로 배를 가리고 있다. 얼굴에 떠오른 웃음 역시 활짝 펴지려다 말았고 표정은 그저 차분하기만 하다. 마치 시계가 멈춰 선 것처럼, 또 모든 것에 적당히 관대해지는 조용한 시간 한낮의 고요처럼. 사진 속 어디에나 비참하도록 곤궁한 상황이 엿보이고 사진 속 모든 것이 무언으로 가난을 말한다. 반지 하나 없는 투박한 손과 캔버스 천으로 된 유일한 원피스, 이는 여인의 발아래 듬성듬성 자란 잡초들과 한 형제이자 그 뿌리가 같다. 이 여인은 영원히 남을 멋진 차림을 하려고도 일상의 모습을 잠시나마 가장 행복한 휴일처럼 보이려고도 하지 않았다. 모든 게 있는 모습 그대로다. 왜냐하면 선택할 수 있는 게 아무것도 없기 때문이다. 이 여인은 나의 증조할머니 소피야 악셀로드이다. 증조할머니는 숄렘 알레이헴*을 즐겨 읽었으며 르제프에서 멀지 않은 마을에서 살았다. 사진이 찍힌 해는 1916년, 1926년 아니면 1936년, 어느 해든 될 수 있다. 시간이 흘러도 이곳은 거의 변한 게 없으므로.

---

* 러시아의 대표적인 유대계 작가.

17.

다섯 살짜리 여자아이가 제 것도 아닌 커다란 인형을 들고 있다. 인형은 호화롭기 짝이 없다. 굵게 땋아내린 머리, 장밋빛 뺨, 수놓은 치마에 화려한 머릿수건을 맞춰 입은 전통의상. 인형은 신성한 경외심마저 불러일으키고, 아이는 감히 인형에 눈길도 건네지 못한다. 대신 기쁨에 겨운 빛나는 눈동자를 카메라 렌즈로 향한다. '인형 좀 보세요! 우릴 좀 보시라고요!' 너무나 대조적이다. 어린 소녀는 비쩍 말랐고, 인형은 크고 통통하다. 어린 소녀의 검은 곱슬머리는 사방으로 뻗쳐 있고, 인형의 매끄러운 금발은 곱게 땋아내렸다. 어린 소녀는 사랑하는 사람, 인형은 사랑받는 사람이다. 어린아이의 작은 손이 한없이 다정하고 부드럽게 인형을 들고 있다. 한 손으로는 조심스러우면서도 단단하게 허리를 붙잡았고, 다른 한 손은 닿을 듯 말 듯 도자기 손가락을 감싸고 있다. 흑백사진이라 체리가 수놓아진 원피스의 색깔도 엄마 머리 꼭대기의 둥근 리본의 색깔도 알 수가 없다.

18.

사진도 작고 견장도 희미해져 잘 안 보이지만, 나는 할아버지가 소령까지 지내다 1944년에 제대했다는 사실을 알고 있다. 이건 분명히 그전에 찍은 사진이다. 얼굴은 주먹을 움켜쥔 것처럼 뭉쳐져 있고, 무표정하지만 강인함이 느껴진다. 아치형 눈썹, 머리에 딱 붙은 귀, 흰자위가 맑은 눈동자, 입, 이, 얼굴을 하나의 당구공 모양으로 만든, 1930년대 말 전형적인 장교의 초상화이다. 게르만의 영화 〈랍신〉에 나오는 영웅들 얼굴이 다 엇비슷한 것처럼 모든 장교를 위한 하나의 공통된 얼굴. 내가 이 영화를 처음 본 건 열다섯 살 때였고, 그때는 무슨 내용인지 제대로 이해하지 못했다. 무슨 일이 벌어지고 있는지, 누가 주인공이고, 누가 사랑에 빠졌는지 하나도 알 수 있는 게 없었다. 등장인물들이 내게는 군용 모직물에서 잘라낸 조각들처럼 다 똑같아 보였다. 하지만 그들의 얼굴에는 익숙한 무언가가 있었다. 그들의 말투와 자세는 마치 내가 오랫동안 알고 있던 것처럼 친숙한 느낌이었다. 그리고 몇 년 후에야 나는 그들 한 사람 한 사람이 어떤 의미에서는 나의 할아버지 콜랴임을, 할아버지의 고풍스러운 정중함이자 선량함과 엄격함이자 면도한 얼굴이자 벗어진 머리라는 사실을 깨달았다.

19.

1930년대 중반이나 후반쯤일까, 어딘지 시냇가에서 두 젊은 여자가 연신 웃으며 사진작가에게 자세를 취하고 있다. 한 명은 벌써 머리를 풀어헤치고 허리를 굽혀 하얀색 손뜨개 숄을 풀밭에 내려놓는다. 다른 한 명은 바람이 부는지 날아가지 않도록 모자를 꼭 붙들고 있다. 그들은 짧고 가벼운 원피스 차림이며, 가방은 이미 바닥에 놓여 있고, 발밑에는 속옷이 한데 구겨져 있다.

20.

비가 오고, 사람들이 길을 잃은 것처럼 비에 젖은 초원을 헤매고 있다. 사람들이 꽤 많다, 모두 20명쯤. 밀짚모자를 쓴 남자들, 긴 치마를 입은 여자들, 치맛자락이 축축한 풀밭을 쓸며 지나가고, 머리 위로는 볼품없는 파라솔의 둥근 덮개가 펼쳐져 있다. 저 멀리 지평선 위에 벽이 하나 보이지만 그 뒤에 무엇이 있는지는 알 수 없고, 더 오른쪽으로는 회색 물빛이 희미하게 비친다. 이들은 두세 명이 모여서, 또는 혼자서 사진 전면에 나오거나 좀 떨어진 후면으로 물러나 있다. 가까이 들여다보면 볼수록 우리가 저마다 홀로 외롭게 걸어갈 저세상의 풍경을, 그 경계선을 닮았다는 사실이 더 분명해진다.

사진 뒷면에 프랑스어로 간단한 메모가 적혀 있다. 잔뜩 멋을 부려 휘돌려 쓴 아름다운 필체다. 읽은 대로 번역을 해본다. "몽펠리에, 1909년 7월 22일. 팔라바로 떠나는 동물학 답사 여행을 기념하며. 우울했다…… 날씨가 나빠졌다. D.K. 겐체프. 주소—마드무아젤 긴즈부르크, 포친키." 팔라바레플로는 몽펠리에 남쪽의 작은 휴양지이며 지중해와 담수호 사이를 지나는 긴 모래언덕이 있다. 편평한 해변은 회색 모래로 덮여 있고, 그리 멀지 않은 곳에 분홍색 플라밍고 군락이 보인다. 이 군락이 당시 여행이 동물학 관련 답사임을 어느 정도 설명해주는 것 같다. 지금은 사람들이 북적대는 값싼 휴양지이지만 백 년 전만 해도 이곳엔 아무것도 없이 막 지어진 성베드로교회만 있을 뿐이었다. 물론 그때는 호텔도 없었다.

낮게 내려앉은 하늘 아래 방황하는 사람 중 몸을 꼿꼿이 세운 한 여자가 보인다. 그녀는 카메라를 외면한 채 혼자 서 있다. 밝은색 여름 재킷을 입은 호리호리한 등이 사진의 중심축이자 멈춰 선 회전목마의 중앙 기둥 같다. 그녀는 빳빳한 모자를 쓰고 머리를 뒤로 젖힌 채 들쭉날쭉한 꽃다발을 들고 있다. 얼굴은 보이지 않지만, 그녀가 나의 증조할머니 사라라고 생각하는 게 나는 좋다.

4장
죽은 자들의 섹스

열두 살 때였다. 나는 뭔가 재미난 게 없을까 하여 집안을 뒤졌다. 흥미로운 것은 많았다. 누군가 세상을 뜰 때마다 우리 집엔 새로운 물건들이 나타났다. 남겨진 상태 그대로 갑자기 옴짝달싹할 수 없게 된 물건들. 그들을 움직여줄 유일한 사람이었던 이전 주인은 이제 더이상 세상에 존재하지 않았다. 할머니가 돌아가시기 전까지 들었던 핸드백 안의 물건들이며 할머니의 책꽂이, 상자 안의 단추들, 모든 게 특정 시간에 멈춰버린 시계처럼 그렇게 멈춰 있었다. 우리 집엔 이런 물건들이 많았다. 그러던 어느 날 나는 서랍 깊숙한 곳에서 낡은 가죽 지갑 하나를 발견했다. 지갑 안에는 달랑 사진 한 장뿐 다른 건 없었다.

나는 그게 무슨 사진인지 바로 알아봤다. 그건 '그림'도 엽서도 그렇다고 이를테면, 그림이 있는 달력도 아니었다. 벌거벗은 여자가 소파에 누워서 카메라를 바라보고 있었다. 아마추어 솜씨로 보이는 아주 오래전에 찍힌 사진으로, 세월이 흘러선지 누렇게 변색이 되어 있었다. 그 사진이 내 안에 불러일으킨 감정은 증조할머니가 파리에서 보내온 편지나 할아버지의 우스꽝스러운 시들을 읽을 때 느꼈던 것과 전혀 달랐다. 이 사진은 가족공동체에 목이 조여오는 것 같은 느낌도, 언제나 내 등 뒤에서 울리는 흑백의 수많은 낯선 친척들의 속삭임도, 혁명 전 엽서에 실린 낯설고 이국적인 풍경이나 니스의 야경을 보았을 때 밀려들던 허기도 아니었다. 그 사진에는 분명히 금지된(내가 당황해서 어쩔 줄 모른 건 아니지만 부모님 몰래 금지된 것을 탐색했으므로), 어렴풋이나마 외설스러운 무언가가(비록 사진을 꽉 채운 여자의 알몸이 지극히 솔직하고 담백했음에도 불구하고) 있었다. 그리고 무엇보다 이상한 것은 그 사진은 나와 아무런 관계도 없다는 점이었다. 그건 누군가 다른 사람의 사진이었다. 지갑이 주인 없이 오랫동안 방치돼 있었다는 사실도 이 이상한 느낌을 지워버리진 못했다.

가죽 소파에 누워 있는 여자는 아름답지 않았다. 푸시킨박물관이나 그리스신화 속 인물들을 통해 형성된 당시 나의 미적 기준으로 볼 때 그 여자는 모욕적이리만큼 신체적 결함이 많았다. 다리는 평균치보다 짧았고 가슴은 빈약한 데 비해 엉덩이는 훨씬 컸고, 또 배는 대리석처럼 매끈하기는커녕 통통하게 살이 올라 있었다. 완벽함을 모르는 모든 존재가 생기 있어 보이기 마련이듯 이 모든 결점은 여자에게 한껏 생동감을 불어넣었다. 여자는 '어른'이었고, 지금 내 생각에 삼십대 초반 정도였던 것 같다. 그리고 그렇게 중요한 사실은 아니지만, 그녀는 나체라기보다 그냥 벌거벗고 있다고 하는 편이 더 정확했다. 여자는 자신을 바라보는 존재, 즉 카메라를, 다시 말해 나를 강렬한 눈빛으로 똑바로 바라보았다. 그 눈빛은 여신상의 무심한 눈길이나 화가의 스튜디오에 있는 모델의 시선과는 달랐다.

여자의 시선엔 노골적이고도 실제적인 의도가 있었다. 여자와 여자를 바라보는 사람 사이에 무슨 일이 있었거나 무슨 일이 일어나려는 것 같았다. 엄밀히 말하면, 그녀의 눈빛 자체가 이미 벌어지고 있는 사건이었다. 그 눈빛은 일종의 통로이자 복도였고 블랙홀이었다. 여자의 얼굴은 납작하면서 넓적했고, 눈구멍이 나 있었으며, 그 눈빛만 강렬하게 살아 있을 뿐 다른 특별한 건 없었다. 그녀의 말 없는 메시지는 이 사진의 소유자에게 보내는 것이었지만, 엉뚱하게도 내가 그의 자리를 대신해버렸고, 그러면서 상황은 슬프고도 우스꽝스러워졌다. '가죽 소파 위의 여인'(명백하게 나를 대상으로 하고 나를 염두에 둔 모든 예술과 모든 역사와는 달리)은 내가 이 자리에 있으리라고는 상상조차 하지 못했을 뿐더러 내가 있는 자체를 원하지 않는다는 사실을 분명히 알 수 있었다. 나 대신 어떤 이름과 성을 가진, 어쩌면 멋진 콧수염을 기른 다른 누군가가 있어야만 했음을 나는 똑똑히 알았다.

그 다른 이의 부재는 이 사건을 부적절한 행위로 만들어버렸다. 그건 문자 그대로 coitus interruptus(성교)였고, 나는 훼방꾼처럼 나타나지 말았어야 할 장소에 나타났고 목격하지 말았어야 할 장면을 목격했다. 그건 섹스였다. 섹스는 몸이나 자세, 그리고 지금도 내 기억에 또렷한 그 주변 환경에 있지도 않았다. 그건 그 시선에, 그 일 외에는 다른 무엇에도 무관심한 노골적인 그 눈빛에 드러나 있었다. 30년 전에 이미, 그리고 이 글을 쓰는 지금은 백 퍼센트 확실하게, 두 사람 모두 이 세상 사람이 아니라고 생각하니 기분이 묘하다. A는 스러졌고 B는 사라졌다. 즉 그들은 죽었고, 오직 주인 없는 섹스만 빈방에 남았다.

*

만약 사진에 대한 내 생각을 설명해야 한다면, 나는 그들이 모두 같은 질병을 앓고 있다고 말할 것이다. 유포리아의 기억상실증. 그들은 자신이 어떤 의미를 지녔는지, 어디서 왔는지, 또 누가 자기 친척인지 더이상 기억하지 못한다. 그러면서도 전혀 괴로워하지 않는다. 사진은 보는 이(독자라고 불러야 할지 관객이라고 불러야 할지 모르겠다)에게 더 나은 서비스를 제공하기 위해 더 많은 일을 하려는 것 같다. 쓸데없는 말로 낭비하지 않고 재빨리 자신의 메시지를 전달하는가 하면, 우리를 놀라게 하고, 지치는 법도 없이 우리를 끌어당기고, 우리의 생각을 사로잡으며 적극적으로 메시지 주고받기에 열중한다. 사진은 시간 단축이라는 경제 원리로 우리를 미혹한다. 텍스트는 겨우 첫 구절만 펼쳤을 뿐인 그곳에 사진은 벌써 도착해 우리를 놀라게 하고 설득까지 해버리고는 아량을 베풀 듯 텍스트에도 말할 기회를, 즉 어디서 무슨 일이 일어났는지 같은 시답잖은 정보를 공개하라며 기회를 내준다.

지금까지 한 세기 동안 시각자료의 과잉생산을 두고 새로운 시대의 징후니, 문제니라고들 떠든다. 의미를 가득 담은 묵직한 텍스트의 수레가 이미지라는 가벼운 썰매로 대체되었다고 말이다. 눈썰매가 처음에 한없이 가벼워 보인다는 것, 그건 물론 맞는 말이다. 하지만 이건 중량의 문제가 아니다. 문제는 거울처럼 과거를 비추는 재현의 통로에서 죽은 자들뿐만 아니라 산 자들까지 사라져버린다는 데 있다. 크라카우어*는 자신의 사진 에세이에서 이 과정을 사진처럼 생생하고 정밀하게 묘사한다. 할머니 사진을 볼 때 우리의 관심은 더 많은 시선이 쏠리는 곳으로 향하고 그곳에 집중한다. 어쩌다 할머니는 말 그대로 우리 눈앞에서 사라져버렸을까, 어떻게 옷깃과 허리받이와 시뇽** 만 우리의 기억에 남긴 채 옷의 주름 사이로 자취를 감춰버렸을까.

우리 모두에게도 같은 일이 일어난다. 우리가 찍은 모든 새로운 셀피, 모든 단체사진이나 여권사진은 우리의 삶을 하나의 이미지 사슬로 엮는다. 우리가 우리 자신에게 말하고 싶고 사랑하는 사람들에게 들려주고 싶은 것과는 전혀 다른 모습의 이미지들로. 그리고 과거와 현재가 잇따르는 하나의 선을, 우리가 선택하지 않은 우연한 순간의 자세, 말을 하기 위해 벌린 입, 흐릿한 턱선 등이 모인 하나의 이미지 모음을 이룬다. 발자크는 이를 예견했기에 사진 찍기를 거부했다. 그는 새로 사진을 찍을 때마다 자신으로부터 발자크라는 본질이 한 층씩 얇게 벗겨나가든지 깎여나간다고, 그리고 그런 일이 일어나도록 허용한다면 결국 '나'라는 본질은 남지 않게 된다고 믿었다. (아니면 연기한 가닥, 식물의 가늘디가는 속대, 데스마스크의 두께 정도인 마지막 층만 남게 되든지.)

사진술은 본질을 보존하려는 의지가 전혀 없다. 사진 촬영의 논리는 우리 후손들이나 외계인을 위해 인류의 증거로 가득 채운 타임캡슐을 준비하는 것과 유사하다. 그건 인류의 가장 위대한 순간들을 모아놓은 선집이자 셰익스피어, 모나리자, 시가 또는 페니실린, 아이폰, 칼라시니코프와 같은 우리 문명의 최고 업적을 전시함으로써 우리 자신을 보여주고자 하는 시도이다. 이 모든 것은 온갖 생필품을 빈틈없

---

* 독일의 작가, 사회학자이자 영화평론가.

** 뒤로 틀어 올린 머리모양.

이 채운 커다란 여행가방의 내부처럼 정리정돈된 이집트 유적지의 무덤을 연상시킨다. 하지만 후손이나 외계인이 이에 호기심을 보이고, 그 호기심이 시간에 얽매이지 않고 영원히 지속된다고 가정해보자. 그렇다면 그들의 궁금증을 충족시켜줄 수 있는 건 이미지가 무한대로 저장된 도서관이 유일할 것이다. 곳간처럼 모든 것, 즉 우리 한 사람 한 사람의 모든 순간이 차곡차곡 쌓여 있는 이미지 도서관. 그리고 만약 이 위협적인 기록물들을 수집하여 유용하게 쓰일 때까지 보존할 수 있다면, 그건 불완전하지만, 공중 어딘가 형체 없는 주머니 속에 보관되어 계속 쌓여가다가 컴퓨터 마우스를 한 번만 딸깍하면 살아나는 데이터 뭉치와 거의 다를 바가 없을 것이다.

사진은 무엇보다 항상 똑같은 변화, 즉 성장하고 소멸하고 사라지는 변화를 알아챈다. 나는 수십 년 동안의 변화를 기록한 사진 프로젝트를 몇 번 본 적이 있다. 그 사진들은 사회관계망을 돌아다니며 감동과 슬픔 그리고 젊고 건강한 사람들이 먼 미래에나 닥칠 일을 미리 열심히 들여다보게 만드는 뭔가 부적절한 호기심을 불러일으킨다. 한 젊은 일본 남자가 나어린 아들과 사진을 찍고 있다. 시간이 흐르면서 아들은 한 살에서 네 살이 되고, 열두 살이 되고 스무 살이 된다. 마치 빠르게 돌려보는 영화 같다. 우리는 한 사람이 공기로 부풀어오르는 풍선처럼 삶으로 채워져가는 동안 다른 한 사람은 바람이 빠지고, 쪼그라들고, 빛이 꺼져가는 과정을 목격한다. 이번에는 호주인 자매이다. 이네들은 40년 동안 해마다 같은 방, 같은 지점에서 함께 자기들 모습을 사진으로 남겼다. 그리고 사진을 찍을 때마다 자매의 늙어가는 모습, 그리고 결국은 맞이할 죽음이 보내는 자잘하고 가시적인 신호들에 실망하면서도 순응해가는 모습이 점점 더 또렷해진다. 이런 의미에서 적어도 예술은 사진과는 정반대이다. 모든 텍스트의 성공적인 본문은 성장의 연대기이며, 주름과 색소 침착이 등장하는 종류의 연대기와는 어떤 관련도 없기에. 하지만 사진은 덜 타협적이다. 사진은 이중 어떤 것도 영원히 살아남을 수 없다는 사실을 잘 알기에 보존하는 데 최선을 다한다.

나는 지금 특별한 종류의 사진에 대해 말하고 있다. 이 사진이 가장 광범위하게 대중 사이에 퍼질 수 있었던 건 결코 우연이 아니다. 전문 사진작가와 휴대전화로 사진을 찍는 아마추어의 양극단이 맞닿아 그려놓은 커다란 원의 가운데에는 사진과 관련한 온갖 다른 경우가 존재한다. 이들의 공통점은 사진작가도 사진을 보는 사람도 촬영의 결과물이 문서의 자격을 갖는다는 사실을 믿어 의심치 않는다는 사실이다. 사진은 있는 그대로 포착된 현실을 증언하며 거기엔 그 어떤 문학적인 과장도 꾸밈도 없다고 주장한다. 장미는 장미이고, 헛간은 헛간이라는 것. 개인의 통찰이라는 이름으로 눈에 보이는 세계를 비틀고 재구성하려는 목적을 가진 예술사진은 작가가 의도치 않게 들켜버린 그 지점에서 나의 흥미를 유발한다. 현실이 작가의 교묘한 계획을 훼방 놓고, 꿰매놓은 자리, 즉 화려한 카니발 비단 드레스 아래로 슬쩍 내비친 조악한 부츠를 알아채버린 관객을 살살 구슬리는 그 지점이.

어떤 면에서 디큐멘터리 사진에 거는 기대는, 실제로 가능하지 않다 쳐도 지나친 면이 있다. 존재하는 모든 것과 존재했던 모든 것을 목격하고 보존하라니, 그건 폰탄니 돔* 문 위에 적힌 글귀 conservat omnia(신은 모든 것을 보존한다)에서의 존재에게나 가능한 능력 아닐

* 러시아 페테르부르크에 위치한 셰레메테프 궁전 음악박물관.

까. 그러함에도 불구하고 기술은 눈에 보이는 시간의 부스러기들을 제거하기 위해 열심히 노력한다. 그리고 그 기술로 지어진 가상의 저장소에는 수많은 거주지가 존재한다.

*

카메라에는 우리를 어리둥절하게 만드는 놀라운 기능이 많다. 이를테면 최초로 인간, 동물 또는 사물을 온전한 하나의 개체로, 텍스트의 단위로 인용할 근거를 제공한다. 즉, 기의記意는 완전히 무시한 채 기표記標를 감싸고 있는 희미한 후광을 현실로부터 건어낸다. 카메라는 처음으로 사람과 그 이미지 사이에 등호等號를 놓았다. 단 이미지가 많을수록 등호는 더욱 또렷해지지만.

한두 세기 전만 해도 초상화는 한 사람의 삶에 대한 완벽한 증거였다. 간단히 말해 몇 가지 예외를 제외하고는 이 초상화가 그 사람이 남긴(그리고 그 사람을 위한) 유일한 흔적이었다. 초상화는 평생의 사건이자 삶의 초점이었다. 그리고 이 수작업은 본질적으로 예술가와 모델, 이 둘을 모두 필요로 하는 기술이었다. '모든 사람은 자기와 어울리는 얼굴을 하고 있다'라는 속담은 회화 시대의 현실에 딱 들어맞는 말이었다. 계급구조에서 단 하나의 얼굴로 기억될 권리를 가진 사람들에게 그 단 하나의 얼굴은 바로 초상화였다.

아니면 텍스트의 얼굴이 더 중요한지도 모른다. 기념비적 유산의 주요 부분은 텍스트였다. 일기, 편지, 회고록. 텍스트와 시각자료 사이에 균형이 잡히기 시작한 것은 사진 자료들이 어느 정도 축적된 19세기 중반 이후였다. 사진들은 이미 '있는 그대로의 나'가 아니라 '토요일에 검은 승마복을 입은 나'를 기억에 남겼다. 한 가족이 소유할 수 있는 사진의 양은 사회적 지위와 경제적 능력에 달려 있었음에도, 내 할머니의 시골 유모였던 미샤로브나조차 사진을 세 장이나 보관하고 있었다.

회화라는 노부인(나는 이를 간결하게 자기 손으로 살아 있는 사람을 묘사하는 능력이라 부르겠다. 그리는 그 재료는 무엇이든 괜찮다)은 불가능한 유사성에 집착한다. 그리고 완벽한 이미지를 그려내는 자신의 임무에 빠져들면 들수록 유일하고 정확한 이미지, 하지만 결국 실물과는 딴판인 이미지를 완성한다. 농축된, 지금, 이 순간의 모습이 아닌 영원한 모습, 가장 중요한 본질을 주사위 크기의 정육면체로 압축시킨 모습을 초상화의 실제 인물에게 제공하기 위해서다. 이 같은 사실은 시간이 지날수록 점점 더 피카소가 그린 초상화 속 자신을 닮아간 거트루드 스타인에 대한 일화나 코코슈카가 그린 초상화의 모델이었던 남자가 나중에 정신이상이 되면서 결국 그림 속 모습과 똑같아졌다는 이야기의 바탕에 모두 깔려 있다.

회화 노부인의 영원한 관심의 대상인 우리는 노부인이 우리에게 유사성 대신 별점치기를 팔고 있다는 사실을 너무도 잘 알고 있다. 그건 우리가 동의하거나(거울이 나에게 아첨한 탓에) 거절할 수 있는 해석-모형이다. 하지만 사진 이미지가 등장하면서 보바리 부인은 처음으로 고민 없이 곧장 "이 사람이 나예요"라고 말하거나 서른여섯 개의 사진 중에서 자신이 가장 매력적으로 나온 사진을 선택할 수 있게 되었다. 삶은 그녀에게 새로운 거울을 제공하고, 새 거울은 무엇을 요구하거나 고집하는 법 없이 그저 그녀의 모습을 비춰줄 뿐이다.

이 지점에서 회화와 사진은 서로 다른 길을 걷는다. 하나는 피할 수 없는 최후, 분산을 향해, 다른 하나는 광범위한 확산을 향해 돌진한다. 유산 분배에서 하나는 집과 정원을, 다른 하나는 자루 속에 든 고양이*를 물려받았다. 마르다는 현실을 받아들였고, 마리아는 추상화와 설치미술의 언어로 말하기 위해 남았다.

*

디지털 사진의 발명과 함께 어제와 오늘이 유례없는 강도의 공존을 시작했다. 그건 마치 아파트 전체의 쓰레기 처리장치가 작동을 멈추면 생활폐기물이며 잡동사니 쓰레기들이 집안에 영원히 쌓이는 것과 같다. 더이상 필름을 아낄 필요 없이 셔터만 누르면 된다. 게다가 삭제된 사진들마저도 컴퓨터 메모리에 오래도록 남아 있다. 존재하지 않는 것을 흉내내는 망각에게 새로운 쌍둥이 형제가 생겼다. 바로 기억장치 속의 죽은 기억이다. 우리는 애정 어린 마음으로 가족 앨범을 찬찬히 살펴본다. 그 앨범 안에는 아직 살아 있는 기억이 조금은 남아 있다. 하지만 예외 없이 모든 것을, 방대한 과거 전체를 담은 앨범을 어떻게 해야 할까? 사진이 할 수 있는 최선을 다해 기록한 삶의 양은 실제 삶의 길이와 같다. 인쇄기는 계속 돌아가는데, 읽을 사람이 없다.

나는 거대한 쓰레기 산을 본다. 어두컴컴하게 나온 모든 사진, 흐릿하게 나온 모든 사진, 두세 번씩 복제한 사진, 앵글에서 벗어난 개

* 새끼돼지가 든 줄 알고 산 자루 속에 실은 고양이가 있었다는 상황을 일컫는 관용적 표현. 내용물이 무엇인지 확인해보지 않고 물건을 샀다가 사기나 속임수를 당하는 경우에 쓰인다.

의 꼬리, 실수로 찍힌 카페 천장 등 온갖 잡동사니들을 한데 긁어모은 사진 더미를. 우리는 핀으로 고정한 것처럼 태그가 붙은 수천 장의 평범한 사진들이 걸린 소셜미디어에서 어렴풋이 이 거대한 사진 더미의 기운을 느낀다. 이 사진들의 미래는 그저 또 다른 공동묘지일 뿐이다. 그들이 존재했었다는 사실 외에는 아는 게 거의 없는 인간 신체의 거대한 기록보관소.

영원히 죽지 않음도 끔찍하지만, 더 무서운 것은 우리가 우리의 의지에 반하여 그 불멸에 빠진다는 사실이다. 사진이 지금 기록에 남기는 건 다름 아닌 바로 죽음의 몸이다. 개인적인 의지와 선택권이 없고, 누구나 자기 소유라고 주장할 수 있으며 노력하지 않아도 고정되고 보존되는 나의 일부. 그건 죽은 부분이지 남은 부분이 아니다.

과거에 불멸은 선택의 문제였다. 불멸로부터 돌아서서 모든 이에게 똑같이 주어진 죽음을 선택할 수 있었다. "주님의 종이자 일꾼인 온순한 죄인 드미트리 라린*, 이 돌 아래 안식을 누리다." 하지만 이제 우리는 조용히 사라지는 게 불가능하다는 사실을 안다. 원하든 원하지 않든 우리는 기괴한 존재의 지속과 그 속에서 우리의 외형이 영원히 보존되는 상황에 직면해 있다. 사라지는 건 오직 우리 자신뿐이다.

레이더망에 걸리지 않고 스르르 사라지거나 감쪽같이 모습을 감추는 사치는 이제 그 누구에게도 허용되지 않는다.

우연히 사진에 찍히는 건 갑자기 소나기를 만나는 것처럼 피할 수 없는 일이다. 누가 그리고 언제 이 사진들을 모두 다 들여다보는 걸까? 기차역에, 전차 정류장에, 가게에, 출입구에 온갖 곳에 설치된 수

* 러시아의 유명한 비디오 블로거.

천 대의 CCTV 카메라가 쉴 새 없이 우리의 외형을 긁어댄다. 이건 마치 법의학이 출현하기 전까지 인류가 어디에나 남기고 다닌 지문과 같다. 그건 알파벳이 없고, 오직 숲에 새롭게(또는 옛날에) 자라난 무성한 잎사귀일 뿐이다.

우리가 소리를 녹음하고 보존하기 시작하면서부터 재현할 수 없는 것들은 우리 삶에서 점점 설 자리를 잃고 있다. 조르주*가 무대에서 어떻게 연기했는지, 보시오**가 어떻게 노래했는지 우리는 '말'이라는 수단을 통해 전해 들었고, 따라서 더 많은 진실이 궁금한 사람들은 시간과 열정을 들여야 했다. 추측하고, 재현하고, 머릿속에 그려봐야만 했다. 하지만 이제 과거의 모든 것이 손만 내밀면 닿을 곳까지 가까이 다가왔다. 그리고 녹음을 길게 하면 할수록 더 많은 사람이 죽음과 불멸 사이에 갇혀버린다. 그들의 껍데기인 몸은 걷고 말하고, 그들의 목소리는 우리가 원할 때마다 낭랑하게 울려퍼진다. 그들은 여전히 혐오감을 불러일으킬 수도, 매력을 발산할 수도, 욕망을 불러일으킬 수도 있다(영화의 오프닝과 엔딩크레디트처럼 몸 따로 이름 따로). 이 사건은 먼 과거의 포르노그래피에서, 이미 오래전 흙이 되고 먼지가 돼버린 주인 대신 기계적인 임무를 수행하는, 이름 없는 죽은 몸뚱어리에서 그 절정에 이른다.

하지만 육체는 있는 그대로는 전해질 수 없다. 육체에는 이름표와 설명표가 없다. 구별되는 특징 또한 없다. 그리고 육체는 모든 기억을, 역사, 일생, 죽음 등 자신에게 일어난 모든 사건의 흔적을 과거로

---

* 배우 출신으로, 나폴레옹의 연인 중 한 명이었다.

** 이탈리아의 오페라 가수.

부터 불러내 말끔히 지워버린다. 이러한 박탈은 육체를 망측하리만큼 현대적으로 만들며, 육체가 벌거벗으면 벗을수록 우리에게 더 가까워지고 인간의 기억에서는 멀어진다. 우리가 이 사람들에 대해 분명히 아는 건 딱 두 가지이다. 그들은 이미 죽었다는 것, 그리고 그들은 자기 몸을 영원한 유산으로 남길 뜻이 전혀 없다는 것. 한때 담배 라이터의 부싯돌처럼 욕망과 만족 사이에서 끝없이 회전하는 단순한 역할을 하며 또 다른 메멘토 모리가 되려는 의도 따위는 추호도 없었던 육체는 지금도 기계장치처럼 돌아가고 있다. 하지만 적어도 이번만큼은 나에게는 연민을 자아내는 장치이다.

언젠가 크라카우어와 바르트가 설명한 모든 법칙이 여기에도 적용된다. 푼크툼(침대 위에 걸린 복제품, 남자의 비쩍 마른 종아리에 신겨진 긴 검은색 양말)은 알파벳이 되어 사건을 역사로 바꾸고 싶어하고, 이번에는 시간의 구조, 시간의 취향과 감성에 관한 이야기를 들려주려고 한다. 하지만 우리가 실제로 보는 건 예기치 않게 마지막임이 밝혀진 벌거벗은 몸뿐이다. 허벅지와 올챙이배, 콧수염, 그 시절 유행에 맞춰 자른 앞머리의 이 벌거벗은 사람들은 이제 보는 이들의 자비를 바라는 처지가 되었다. 그들에겐 이름도 미래도 없으며, 이 모든 것은 1920~30~40년대 어딘가에 갇혀버렸다. 우리는 그들의 단순한 활동을 중단시키거나 속도를 내게 하거나 처음부터 다시 시작하도록 만들 수 있다. 그러면 그들은 다시 예전의 팔과 다리를 들어올려 마치 혼자 있는 것처럼, 여전히 살아 있는 것처럼 문을 잠글 것이다.

*

한 러시아 수집가가 스리랑카에서 어느 가족의 사진이 든 상자 하나를 사들였다. 그 사진은 웬일인지 그녀의 마음을 뒤흔들었고, 1년 후 결국 그녀는 나머지 다른 사진까지 마저 구하기 위해 다시 스리랑카로 떠났다. 그녀는 사진 속 가족을 찾아나섰고 그들의 흔적을 발견했다. 하지만 그들 중 20세기 말까지 생존해 있는 사람은 아무도 없었다. 그녀는 이 가족에게 불멸을 선물하기 위해 할 수 있는 모든 일을 했다. 주인을 잃은 물건들에 이따금 주어지는 그런 이상한 불멸. 많고 많은 평범한 사람 중 유독 그들만 그토록 두드러져 보인 건 무슨 까닭일까? 그건 분명 박물관의 전시물을 동종의 평범한 다른 물건들과 구별되게 하는 것, 즉 남보다 먼저 관심을 받을 권리를 부여하는 특별한 품질일 것이다. 그 가족의 아카이브(가족의 아버지 줄리언 라스트는 사진작가였다)에 단순히 존재의 보존이라는 실용적인 목적만 지닌 사진은 단 한 장도 없다. 그 시각적인 완벽함은 각각의 이미지에 전시품으로도 손색없을 매혹적인 광채를 부여하며 한눈에 마음을 사로잡는다. 커다란 전나무 잎 아래 눈 속의 가족, 썰매를 탄 아이와 온순한 새끼사슴, 물놀이하는 여자, 말을 탄 여자, 셰퍼드. 모든 사진이 film stills(영화 스틸)처럼 보이고, 관객은 이야기가 계속되기를, 새로운 장면이 등장하기를 기다리며 사진 속 인물들에게 무슨 일이 벌어졌는지 궁금해한다.

사람이나 그 초상화나 최초의 기본적인 불평등, 즉 흥미로운 것과 그렇지 않은 것, 매력적인 것과 그리 매력적이지 않은 것으로 구분짓는 분류에서 벗어날 수 없다는 데 깊은 불의가 있다. 우리는 모두 늘 아름답고 매혹적인 편에 서는 선택(우리의 관심을 끌지 못하고 이 세상의 어둠 속에 남아 있는 모든 걸 희생시키면서)의 횡포에 암묵적으로 동의한다. 실용적인 의제를 가진 우리의 몸이 특히 그렇다. 우리의 편애는 가정교육이나 나이와는 아무 상관이 없다. 심지어 3개월짜리 아기들조차 아름다움, 건강, 그리고 균형의 진정한 가치에 한 표를 던지니 말이다.

그리고 이는 불공정하다. 이미지에 근거 없는 요구를 해대다니, '보는 이'의 독재는 얼마나 부당한가. 생각해보면 러시아어로 '보는 이'라는 단어에는 가장 우선하는 의미는 아니지만 또 다른 의미가 있다. 러시아어를 사용하는 사람 중 상당수가 알고 있는 감옥, 수용소 같은 범죄 세계의 언어에서 '보는 이'는 규칙을 정하고 다른 사람들이 그 규칙을 따르도록 만드는 사람이다.

우리는 보는 이와 사진, 독자와 텍스트, 그리고 관객과 영화 사이의 관계를 램*박물관 홀의 관리인처럼 작은 권력을 가진 힘의 과시로 설명할 수 있다. 규칙도 실행방법도 모두 이 관계에 달려 있기 때문이다. 하지만 여기서 '보는 이'는 결코 정의로운 심판관이 아니다. 그의 규칙과 선택은 신이 주신 게 아니라 인간의 것이며, 더구나 도적질한 것이 아니던가. '보는 이'는 타인의 몸을 점유하고 습득하는 데 탐닉한다. 그의 취향은 약자에 둘러싸여 있을 때는 강자의 권리에, 죽은 자(그리고 명백히 모든 권리를 박탈당한 자들)에 둘러싸여 있을 때는 산 자의 권리에 근거를 둔다.

* RAM(랜덤 액세스 메모리). 데이터가 저장된 위치와 관계없이 내용을 읽거나 쓸 수 있는 기억장치. 사용자의 요구에 따라 그에 맞는 데이터를 즉각 꺼내주는 역할을 한다.

어쩌면 그래서 나는 대화 상대를 필요로 하지도 않고 나를 의식하려 들지도 않는 사진이 그렇게나 좋은가보다. 사진은 존재하지 않음과 우리가 없는 삶, 우리가 더이상 들어갈 수 없는 공간인 시간을 위한 일종의 리허설이다. 한 가족이 차를 마시고, 아이들은 체스를 두고, 한 장군이 몸을 굽혀 지도를 살펴보고, 빵집 여점원이 피로시노예*를 진열한다. 그렇게 수많은 세대가 사는 아파트의 창문을 하나하나 엿보고 싶고 누가 점심식사에 무엇을 먹는지 요술 단지에 캐묻고 싶은 우리의 오래된, 억제할 수 없는 욕망이 실현된다. 결국 이 꿈의 의미는 잠시나마 우리 자신에게서 벗어나 완전히 다른 사람, 나와는 전혀 닮지 않은 어떤 누군가가 되어보는 것이리라. 대부분의 옛날 사진은 이 요구에 부응하지 못한다. 그들이 할 수 있는 일은 자기 본질을, 자기 자신을 주장하는 것뿐이다. 나는 나고, 사실은 사실이다.

제대로 앵글에 잡히지 못해 제작과정에서 폐기되는 사진들 역시 작가의 기대에 부응하지 못하기는 마찬가지다. 쏜살같이 달리느라 긴 줄처럼 흐릿하게 흔들려 보이는 개, 물기 젖은 포장도로 위 신발 속에 든 누군가의 발, 길 가다 우연히 카메라앵글에 잡힌 행인. 이런 사진들은 종이 인쇄물 시대에는 가장 먼저 걸러져서 폐기되었다. 하지만 지금은 이 사진들이야말로 우리(또는 누군가)를 위해 의도된 것이 아니기에 특별한 매력으로 가득하다. 그들은 그 누구의 소유물도 아니며, 따라서 나의 것이다. 우연히 살아남은, 모든 구속으로부터 해방된, 삶이 삶 자신으로부터 훔쳐낸 순간들이다. 사람들의 이런 이미지는 극도로 비인간적인데, 이것이 바로 그들의 장점이다. 그들은 관

* 크림 등으로 속을 채운 달콤한 러시아식 페이스트리.

객에게서 연속성의 부담, 역사적 기억, 양심의 문제, 그리고 죽은 자들에 대한 부채의식의 짐을 덜어준다. 대신 그들은 과거와 미래가 순차적으로 이어지는 카탈로그를 제공하며, 그건 무작위일수록 더 믿을 만하다. 여기서는 이반 이바노비치와 마리아 페트로브나가 아니라 그와 그녀, 그녀와 그녀, 빛과 그 누군가이며 그저 우발적인 존재들일 뿐이다. 의미로부터의 자유는 우리 자신의 의미를 더할 기회를 주고, 해석의 자유는 사진을 하나의 거울로 만들며, 그 거울은 자신의 네모난 연못에 우리가 원하는 어떤 이야기도 수용할 준비가 돼 있다. Photos trouvées(찾아낸 사진들), 이 버려진 작은 존재들은 다른 누군가의 주관적인 낡은 시각을 배제하고 하나의 대상이 될 준비가 되어 있다는 점에서 유용하다. 그들은 죽은 자들, 즉 사진을 찍은 사람도 사진에 찍힌 사람도 모두 땅에 묻을 준비가 돼 있다. 그들은 우리의 눈을 바라볼 생각이 없다.

1942년 또는 1943년의 료냐 구레비치

할아버지의 편지는 그 내용으로 미루어보아 1942년과 1943년 사이에 쓰인 것으로 추정된다. 당시 할아버지는 서른 살로, 응급수술을 받기 위해 후방경비대에서 모스크바 병원으로 이송됐다. 할아버지는 전선에 없어서는 안 되는 특별 전문가였다. 아내와 어머니, 어린 딸은 모두 시베리아의 작은 도시 얄루토롭스크로 피난을 가 있었다.

까슬까슬한 갈색 종이 위에 보라색 잉크로 쓰인 편지, 잉크가 종이 뒷면까지 번져 있다.

사랑하는 률라에게!

당신 편지를 받고(내가 감상적인 사람이 아니라는 건 당신이 더 잘 알 거야) 몇 번이나 읽고 또 읽었는지 몰라. 그러고는 나타샤의 아기 때 사진과 당신 사진을 보관하고 있는 공책에 끼워두었지. 이제 나타샤의 사진이 두 장이 되었네. 집을 떠나온 후로 이 사진들을 내 품에서 한시도 떼어놓은 적이 없어. 당신 편지에 깊이 감명받았고, 많은 걸 다시 생각하게 됐어.

의사 의견도 그렇고 내가 느끼기에도 몸이 거의 회복 단계로 접어들었지 싶어. 이제 전에는 쓰지 못한 내 이야기를 많이 들려줄 수 있을 것 같아.

사실 한때 상태가 매우 위중했거든. '이렇게 죽는구나' 생각할 정도로.

의사들이 직접 내게 '당신은 지금 매우 위중한 상태요'라고는 하지 않았지만…… 아무때나 외부인의 면회가 허용됐었어. (외부인의 면회는 가장 위독한 환자에게만 허락되거든.) 그리고 나한테 모스크바에 친척이 아무도 없다는 사실을 알고는 얄루토롭스크에 있는 당신의 주소를 적더라고. 물론 이 모든 게 무얼 의미하는지 나는 알고 있었지.

하지만…… 내 몸이 이겨내더군. 가장 힘든 순간에, 솔직히 말하는 걸 용서해줘, 나타샤가 가장 많이 생각나더라. 그러고는 한결 나아졌어.

고비를 넘기고 나서 몸이 많이 쇠약해졌어. 당신도 알다시피 내가 가장 싫어하는 게 무력함이잖아.

이를 악물고 버텼어. 참고 또 참았지만(아, 률랴, 내가 얼마나 끔찍한 두통에 시달렸는지 당신은 상상도 못 할 거야. 통증 자체도 힘들었지만, 통증이 한시도 멈추지 않는데 정말 악몽 같더라고), 갑자기 도저히 견딜 수 없는 순간이 왔고 결국 무너져내렸지.

오만가지 생각이 들더군. 불행한 내 삶이 순간 머리를 스쳤고(하릴없이 시간이 남아돌기도 했고), 그래서…… '시시껄렁한 시'를 좀 끼적여봤지. 그렇게 잠시나마 모든 걸 잊고 싶었고, 폭풍처럼 나를 뒤흔드는 감정을 잠재우고 싶었어.

그 시간 동안 정말이지 엄청나게 시를 써재꼈어. (얼마나 자유롭게 많이도 썼는지, 당신은 상상도 못 할걸.) 상당히 길고 내용도 어려운 시 한 편을 시작했는데, 아직 끝내지는 못했어.

그런데 내 마음에 깊은 감동을 불러온 사건이 하나 더 있어(신경은 극도로 긴장되고 아주 사소한 것 하나에도 끔찍한 고통을 느끼던 때에). 뭐냐면, 같은 병실 환자 중에 모스크바 육류가공공장에서 일하는 회계사가 있는데, 이름은 테셀코, 나이는 54세로, 척수종양을 앓고 있는 남자야. 얼마 전에 꽤 복잡하고 위험한 수술을 받았고, 다행히 수술이 잘돼서 지금은 순조롭게 회복중이지. 그 남자에게 4살 아래 〈마침 룔랴와 료냐의 나이 차이랑 같아〉 아내가 있거든. 그런데 얼마나 매력적인지 몰라.

그 여자가 하루도 빠짐없이 병실로 찾아와 얼마나 정성스럽게 사랑으로, 부드러운 손길로 남편을 돌보는지 상상도 못 할 거야. 그 둘 사이에는 사랑과 친밀함, 그리고 우정이 넘쳐흘렀지(병실에 있는 사람들 모두, 심지어 가장 무뚝뚝한 환자까지도 그렇게 느꼈을 정도니까). 중병을 앓고 나서인지 그 남자는 신경질을 내고, 변덕을 부리고, 트집을 잡고, 때로는 몹시 무례하고 난폭하게까지 굴었는데, 자기 아내라고 예외는 아니었어. 그런데도 그 아내는 그런 못된 행동을 받아주고 남편을 용서해주더군. 그러자 나중에는 그 남자도 미안했는지 아내에게 고마워하더라고.

"당신은 좋은 아내를 두었군요." 한번은 내가 그 남자에게 말했어. 그러자 그 남자가 "맞아요"라고 대답하고는 입을 다물더라고.

그래서 우리 둘 다 말없이 각자 생각에 잠겼지.

이런 생각이 들었어. '그래, 나이도 많은 양반들이 젊은 우리보다 더 충만하게 사는구나.' 우리가 삶을 소중히 여기고 그들처럼, 또 우리 부모님처럼 헌신적이고 무한한 사랑을 베풀 줄 안다면 우린 어떤 삶을 살아갈까?

〈굵게 두 줄이 그어져 있다.〉

률랴, 생각을 많이 해봤어. 내 생활과 내 행동들을 분석해봤고, 당신의 관점에서 세상을 바라보기로, 또 나 자신을 변화시키기로 결심했지…… 당신을 사랑하는 마음에서 한번 해보는 말이 아니야, 그렇지 않아. 나는 예전에도 당신을 사랑했고 지금도 당신을 사랑해, 그것도 아주 뜨겁고 헌신적으로. 그리고 당신의 결점, 까다로운 성격을 고려하며 당신의 행동과 태도를 모두 이해하고 양보하기로 마음먹었어. 생각해보면 우리는 대부분 사소한 오해로 다퉜고, 그럴 때마다 우리 둘 중 아무도 양보하지 않아서 불쾌한 언쟁으로 번졌던 거니까.

그렇게 마음먹고 나니까 기운을 좀 차리겠더라고. 마치 내가 (몇 년 동안은 굳이 그럴 필요를 느끼지 못했음) 좀더 성장하고 스스로 내 손을 잡아 나 자신을 일으킨 것 같았지. 지난 몇 주 동안 전혀 다른 사람이 된 것 같아. 나도 삶에서 스스로 내 자리를 차지할 힘을 가졌음을 느꼈다고 할까. 내 자리를 얻기 위해 싸우고 살아갈 힘, 그것도 행복하게 살아갈 힘을 말이야. 〈줄을 그어 지워버렸다.〉 나는 삶과 행복이 우리 손에 달려 있다는 사실을 깨달았어. 우리 자신이 행복해야 우리가 사랑하는 사람들도 행복해질 수 있다는 사실을.

그러다 이렇게 당신 편지를 받은 거야. 당신 편지에서 내 결심과 열망이 그대로 이어지는 것 같았지.

나는 마음속으로 당신에게 대답했어. '날 용서해.' 그 순간 당신이 내 옆에 있었으면 하는 마음이 간절해지더군. 정말 간절히 바랐어. 단 1분이라도 좋으니 당신 손을, 내 아내이자 친구의 손을 꼭 잡고 싶었지.

이 편지가 서툴고 어색하기 짝이 없다는 건 잘 알아, 룰랴. 하지만 진심이야. 온 진심을 담아 썼어. 그리고 나는 당신이 지금 내가 겪고 있는 모든 상황을 이해하리라 믿어.

오늘 내 '시시껄렁한 시'를 엄숙하게, 하지만 한 방울의 아쉬움도 없이 모두 병동 난로에 넣고 태워버렸어, 아니 〈지워버렸어〉. 모르긴 몰라도 내 안에 숨겨진 그 많은 몹쓸 충동들까지 그 시와 함께 불타 버렸을 거야.

당신 편지는, 룰랴, 내게 많은 가르침을 주었고, 또 많은 용기와 희망을 안겨주었어. 고마워.

그리고 사랑하는 당신,
당신에게 감사할 게 또 있다오.
우리 딸…… 그리고 언젠가 당신이 선물해줄
우리 아들에 대해.
당신의 모습을 그려본다오.
마지막 구절이 좀 쑥스럽구려.
하지만 그건 결정된 문제,

그러니 논의의 여지가 없다오.

나는 여전히 뜨겁게 사랑에 빠져 있다오.

당신의 진실한 료냐.

결국 나는 자제하지 못하고, 이렇게 '시를 쓰고 말았어.' 나타샤의 사진을 보내줘서 고마워. 나 대신 나타샤에게 진한 입맞춤, 부탁해!

5장
알레프와 그것이 나를 인도한 곳

물건에 관한 이야기를 지나치게 많이 하고 있는데, 어쩔 도리가 없다. 내 책의 주인공들은 이 책이 시작되기 훨씬 전에 모두 세상을 떠났고, 그들의 유일한 합법적인 대리인은 물건들이므로. 모노그램이 새겨진 증조할머니의 브로치, 고조할아버지의 탈리스*, 그리고 두 세기나 지나며 기적적으로 주인들보다 더 오래 살아남은 안락의자들과 두 채의 아파트, 이들 모두 나에겐 앨범 속 낯선 사람들과 마찬가지로 피붙이와 다름없다. 그들이 제공하는 지식은 기만적이지만, 동시에 난로의 열기처럼 그들이 발산하는 온기는 지속적이고 신뢰할 만하다. 여기서 나는 즉시 갈카를, 고모의 소중한 신문더미와 일기장 더미를 떠올리고는, 그대로 영원히 보존할 수 있는 건 아무것도 없다는 사실을 새삼 깨닫는다.

---

* 유대인 남자들이 기도할 때 어깨에 걸치는 종교적인 옷.

토베 얀손*은 끔찍한 재난이 닥쳐올까봐 끊임없는 두려움 속에 사는 필리용크의 이야기를 그리고 있다. 그녀는 할아버지의 은주전자들을 밖으로 꺼내 반짝반짝 광이 날 때까지 문지르고 초상화 테두리의 먼지를 훔치고 중요하고 소중한 양탄자들을 깨끗이 빨아놓고는 재앙이 닥칠 순간을 기다리며 이 모든 걸 잃게 될까봐 두려움에 떤다. 토네이도가 시작되고(그리고 토네이도는 언제나 찾아온다), 토네이도는 순식간에 집을 통째로 쓸어가버린다. 찻주전자들도 레이스가 달린 쟁반 덮개들도 모두 다. 그렇게 모든 과거는 망각 속으로 사라지고 미래를 위한 빈자리만 남는다. 마지막 남은 유일한 카펫을 가지고 얕은 물에서 놀던 필리용크 자신은 정작 결국 모든 걸 잃고 빈털터리가 되었음에도 행복해한다.

빈에 머물 때 나는 재닛 맬컴과 그녀 작품의 알레프였던 그녀의 집을 떠올렸다. 그 시절 그곳엔 길모퉁이마다 그런 집이 있었다. 내가 살았던 집은 1880년에 지어진 건물이었다(그리고 마당에는 마트료시카가 배에 더 작은 마트료시카를 품고 있듯 더 작은 건물이 하나 더 들어서 있었는데, 식구 수가 늘어나자 주인이 1905년에 증축한, 하얀 덧창이 달린 집이었다). 칠십대인지 팔십대인지 나이를 가늠할 수 없었던 그 집 여주인은 두툼한 눈꺼풀에 튀어나온 광대뼈, 그리고 저세상에서 울리는 듯 낮고 깊은 목소리를 가지고 있었다. 우리의 대화가 끝나갈 무렵 그녀는 1948년에 이 집으로 돌아온 이후 줄곧 이곳을 떠나본 적이 없다고 그 특유의 목소리로 내게 말했다. 그녀의 역사를 정확히 읽으려면 그녀가 몇 년에 집을 떠났었는지 아는 게 중요했는데,

* '무민' 시리즈로 유명한 핀란드의 작가.

우리의 정중한 대화가 거기까지는 이어지지 않았다. 1918년에 제작된 이 가족의 멋진 족보가 TV 리모컨과 함께 집안 어디선가 무심하게 나뒹굴었다. 이백 년 된 낡은 가구들이며 온갖 잡동사니들을 그대로 둔 채 아파트를 나에게 세준 걸로 보아, 그 물건들을 보존해야겠다는 생각은 전혀 없는 것 같았다. 파이앙스 도자기들은 책꽂이 위의 책들처럼 장롱 속에 빽빽하게 들어차 있었고, 은제 물품들이 가득 든 상자들은 제 무게를 못 이겨 움푹 꺼진 지 오래였다. 벽에는 유화 초상화들이 걸려 있었고, 크고 작은 탁자 위에는 태곳적부터 거기 있어온 양성냥갑들이 늘어서 있었고, 앨범은 축하 글들로 빼곡했다. (앨범 페이지 사이에 끼인) 1942년 새해를 축하하는 연하장은 이 가족의 역사를 조금 더 엿볼 수 있게 했다. 높다란 창들과 웅장한 계단이 있는 이 흰색의 건물은 언제 사라져도 아쉬울 게 없는, 세입자가 마음놓고 드나들 수 있는 뭔가 작은 창고 같은 인상을 풍겼다. 밤이면 건물 안의 모든 것이 삐걱거리고, 덜거덕거리고, 우르릉거렸다. 나는 여주인이 역사를, 즉 그녀를 잠들지 못하게 하는, 과도한 역사의 층층을 여기로 떠다밀거나 서둘러 내몰아버리고는 정작 자신은 자신만의 삶으로, 잔디밭 뒤의 작은 집으로, 의료 실습과 정원 의자들의 생활로 이주해버렸다는 결론을 내렸다.

나는 우연히 박물관에서 안내책자를 뒤적이다가 내가 일하는 곳 근처에, 빈에서 가장 오래된 유대인 묘지가 있다는 사실을 알게 되었다. 이 묘지는 1540년쯤에 조성되었는데, 2차세계대전 동안 흔적도 남지 않을 만큼 완전히 파괴되었다가 나중에, 어느 정도 시간이 흐르자 복원하기로 결정이 내려졌다. 묘비들은 제자리에 그대로 있는 것으로 밝혀졌다. 흙에 가려져 있다가 땅속 더 깊이 묻혔고, 이제 다시 세상

빛을 보게 되어 그동안 묘지 자리에 들어선 양로원의 널따란 잔디 안뜰 이곳저곳으로 옮겨졌다.

그날은 이른바 첫서리가 내렸고, 그건 아직은 사람들이 반기지 않는 때 이른 추위였다. 거리는 서서히 좁아졌고, 왼편 저 멀리 런던의 건물을 닮은 2층짜리 푸른 집이 어렴풋이 눈에 들어왔다. 그곳엔 여전히 거기 머물다 간 위대한 사람들의 이름이 적힌 둥글납작한 명판들이 내걸려 있을 터였다. 하지만 이곳엔 그런 명판도, 밖에 돌아다니는 사람도 보이지 않았다. 날씨가 점점 추워지자 아주 늙고 허약한 노인들 몇 명만 재킷을 입은 채 널찍한 현관 로비에서 바람을 피해 몸을 녹이고 있었다. 일흔 살로 짐작되는 집주인 프라우 포쉴의 외모를 기준으로 했을 때 이들은 백 살 또는 이백 살은 돼 보였다. 이들의 비쩍 마른 모습은 어쩐지 행복하지만 시들어버린 작은 새우를 떠올리게 했다. 노인들은 가늘게 떨리는 몸으로 서로의 앙상한 팔꿈치를 붙잡고 의지해가며 낮은 휠체어를 타거나 두 발로 걸어서 천천히 홀을 돌아다녔다. 노인들은 모두 하나같이 옅게 웃음 지은 얼굴로 간호사에게 다가가 간호사의 얼굴을 올려다보며 뭔가를 묻거나 대답했다. 나도 그들처럼 간호사에게 다가가 질문을 하자, 그제야 어디로 가야 하는지 길을 안내받을 수 있었다.

건물을 가로지르는 길고 널찍한 발코니가 사방 벽에 둘러싸인 들판을 마주보고 있었다. 세찬 바람이 풀잎을 흔들어댔고, 마치 고대 로마의 유적들이 지하로 숨어들 듯이 풀밭이 있는 곳은 다른 데보다 몇 미터는 지대가 낮았다. 그리고 그건 일부러 의도한 것임이 분명했다. 발코니는 과거는 과거일 뿐이라는 사실을 확실히 인식하도록 현재에 맞는 물리적인 높이로 신중하게 설치돼 있었다. 튼튼하게 수리되고, 울타리가 쳐지고, 굳게 닫혀 있었다. 세찬 바람에 물결치는 저 아래 풀밭으로는 내려갈 수가 없었다. 발코니에서 아래로 내려가는 계단은 있었으나 문에 단단한 철제 자물쇠가 걸려 있었다.

그런데 아래 정원에서 무슨 일인가 벌어지고 있었다. 저 멀리 들판 끄트머리 푸른 내리막길이 천막 모양의 차양에 가려져 있었고, 두 사람이 천막 가장자리의 묘비 주위에서 허리를 굽힌 채 부지런히 몸을 놀렸다. 묘비들은 똑바로 나를 향하고 있었는데, 안락의자처럼 편안한 일반 공동묘지와는 사뭇 달랐다. 그 묘비들은 어딘지 모를 곳, 무無로 안내하는 문이자 통로 같았다. 그리고 그중 일부는 아치 형태임을 또렷이 알 수 있었다. 나의 엄마가 묻힌 뷔르츠부르크의 공동묘지에는 이따금 남은 가족들에게 소박한 인사를 건네는, 뭔가 상징적인 요소들이 눈에 띄곤 한다. 조그맣게 타오르는 점토 불길이라든지 다윗의 별을 축복하는 두 개의 손이라든지. 하지만 이곳엔 그런 게 없었다. 오로지 글씨, 오로지 텍스트뿐이었다. 묘지는 여기저기 흩어진 페이지 한 장 한 장을 무작위로 모아다가 한데 엮어놓은 책인 양 읽어도 될 성싶었다. 어떤 묘석에는 글씨가 떠오르는 초승달처럼 불쑥 솟아 있었고, 단 하나의 묘석에만 유일하게 묘석의 가운데를 오른쪽에서 왼쪽으로 내달리는 토끼 비슷하게 생긴 말이 새겨져 있을 뿐이었다.

그사이 노인들은 불빛이 환한 유리창 너머 어딘가로 자리를 이동했고, 흰옷을 입은 아가씨가 식당 탁자들을 꼼꼼하게 훔치는 모습이 보였다. 내가 있는 발코니에는 아무도 없었다. 재떨이 옆에도, 그보다 조금 더 멀리 분수가 칙칙 물을 뿜어대고 까만 물 위에 노란 플라스틱 오리들이 거꾸로 뒤집힌 채 떠다니는 곳 근처에도 사람은 찾아볼 수 없었다. 나는 200개에서 300개에 이르는 상당수의 비석을 발굴했다고 읽었지만, 막상 찾아와보니 거의 아무것도 없는 것 같았다.

풀은 너무 높게 자라서인지 도시의 잔디밭 풀 같지 않고 거의 황무지의 잡초에 가까웠다. 바람이 불면 풀밭을 따라 한바탕 사나운 파도가 일었다.

하지만 며칠 후 나는 묘지에 특별한 무덤이 하나 있다는 사실을 알게 되었다. 나의 빈 친구인 에리히 클라인이 내게 그 물고기를 보았느냐고 물었다. 그저 자갈더미인 줄 알았던 그게 사실은 공처럼 동그랗게 몸을 웅크린 돌 물고기였다. 사연은 이랬다. 빈에 사는 시메온이라는 유대인이 저녁식사로 생선을 사다가 막 요리를 시작하려는 순간, 식탁 위에서 칼질을 기다리던 물고기가 입을 열었다. 물고기는 "셰마 이스라엘"이라고 말했고, 그건 임종을 앞둔 유대인이라면 반드시 하는 말이었다. 어쩌면 뭔가 다른 말을 덧붙였을 수도 있었으나 이미 때는 늦었다. 칼이 내려와 물고기의 머리를 댕강 잘라버렸기 때문이다. 그러자 랍비가 몸과 분리되어 떠도는 영혼엔 반드시 악령이 깃들기 마련이라고 알려주었고, 물고기는 묘지에 사람이 묻히듯 그렇게 땅에 묻혔다. 때로 우리는 그 물고기처럼, 또는 문 닫을 때가 다 돼서야 일꾼을 고용하는 포도원 주인이나 전쟁의 막바지에 마지막 징집 물결에 휩쓸리는 병사처럼 느낄 때가 있다. 최후의 순간에 가까스로 할말을 하고, 해야 할 일을 해내는 것처럼.

빈의 박물관들은 저마다 다른 방식이기는 하지만 모두 나의 관심사를 반영하고 있었다. 응용미술박물관에는 발할라*에나 있을 법한 가구가 전시되어 있었고, 한 전시관은 전시 물품 대신 그 물품의 혼령을

---

* 북유럽신화에서 최고의 신 오딘을 위해 싸우다 죽은 전사들이 머무는 궁전.

전시해놓기도 했다. 하얀 스크린을 가로지르며 길게 드리운 토넷 의자들의 구부정한 그림자. 거기서 흔들의자와 안락의자의 이름 목록을 읽을 수 있었고 하인리히니 막스니 하는 이름이 영락없이 사람처럼 들렸다. 하인리히의 버들고리 모양은 21세기까지 살아남은, 다리 셋 달린 밀짚 의자를 연상시켰다. 그 옆에는 깃털처럼 가볍고 바늘처럼 뾰족뾰족한 오래된 옛날 레이스가 검정 벨벳 위에 숲처럼 펼쳐져 있었는데, 작은 구멍과 틈새로 이루어진 레이스의 성글기가 어느 정도인지 훤히 드러나 보였다(마치 내 이야기가 공백과 침묵으로 이루어진 것처럼).

자연사박물관의 창문은 뭔가에 가려져 있었고, 그래서 그 사이로 비치는 빈이 마치 잿더미 사이에 들어앉은 것 같았다. 라마르크*의 나선형 진화의 계단이 예나 지금이나 변함없이 전시관을 감싸안는 황혼의 어스름 속으로 구불구불 빨려들어갔다. 크고 작은 곰들, 수많은 얼룩 고양이, 목과 뿔을 빼꼼 내민 사슴과 영양들의 공원, 기린들, 그리고 나머지 동물들까지 자연의 실험실에서 그대로 가져온 표본들이 전시돼 있었고, 그중 일부는 놀랍게도 점토 항아리처럼 얼룩덜룩한 모양새가 마치 문화 유물처럼 보였다. 이어서 박제된 새들. 이들은 전시물 중 가장 생명의 징후가 느껴지지 않을 만큼 조그만 덩어리로 쪼그라들었음에도 깃털만은 여전히 화려함을 뽐냈다. 그리고 무시무시한 유리병들이 줄지어 서 있었는데, 그 안에는 새의 후두에서 직접 적출해온, 발성과 관련된 뼈 같은 것이 보관돼 있었다. 앵무새와 까마귀

* 프랑스의 동식물학자로, 생물의 종은 '자연의 계단' 위를 기어가듯 한 단계씩 진화한다고 주장했다.

들 사이 어딘가에 깃털이 보송보송하고 붉은 꼬리 주위와 눈썹 위가 이상하게 얼룩덜룩한 작은 회색 새가 눈에 띄었다. 그건 아이긴타 템포랄리스라는 이름의 새였다. 나 자신이 한 마리 템포랄리스와 다름없었기에, 나는 조개류와 환형동물, 알코올에 몸을 담근 채 꼬리로 서 있는 물고기가 전시된 방으로 발걸음을 옮기며 그 새에게 마치 친척에게 인사를 건네듯 고개를 끄덕였다.

카를 크라우스*는 "Immer paßt alles zu allem(모든 것은 다른 모든 것과 조화를 이룬다)"라고 썼다. (츠베타예바**의 말로는 "모든 것은 운율을 이룬다.") 연달아 길게 이어지는 각 전시실의 새로운 전시품 하나하나가 또 다른 은유로 쓰이기에 적합했고 저마다 내 이야기를 설명해주었다. 나는 당장 마음을 빼앗겼지만, 그렇다고 달라지는 건 없었다. 나는 내 이야기의 진짜 알레프가 이미 내 주머니 안에 있다는 사실을 알고 있었다.

그건 3센티미터 정도 되는 흰색의 아주 작은 도자기 입상이었다. 긴 양말이 없었다면 큐피드라고 해도 믿을 만큼 곱슬곱슬한 머리에 거의 벌거벗은 소년 조각상. 과거의 소중한 가치를 전혀 알지 못한 모스크바 벼룩시장의 어느 가판대에서 사들인 것이다. 거기서 나는 한두 가지 물건을 더 싸게 살 수 있었다. 다양한 종류의 장신구들이 진열된 판매대에서 나는 이 작고 하얀 소년들이 가득 든 상자들을 눈여겨보았다. 그런데 정말 이상한 일은 그들 중 어느 것 하나 온전한 모습이 없었고 다들 다양한 부위에 손상을 입었다는 사실이었다. 다리

---

* 오스트리아의 작가이자 기자.

** 러시아의 상징주의 시인.

나 얼굴이 없는 소년들이 있는가 하면 다들 하나같이 망가지거나 상처투성이였다. 나는 한참 동안 그들을 이리저리 살피며 어떤 게 더 나은지 찾아보았고, 마침내 가장 멋진 소년을 발견했다. 그 아이는 거의 완벽하게 보존된 상태였고 매력적인 광택으로 빛났다. 골지 양말을 제대로 신은 것처럼 곱슬머리와 보조개 역시 제자리에 있었고, 등에 묻은 검은 얼룩도, 사라지고 없는 두 팔도 나의 감탄을 방해하지 못했다.

혹시나 하는 마음에 가게 주인에게 더 나은 상태의 소년은 없느냐고 물었더니 이상한 이야기를 하는 바람에 나는 좀더 확인해봐야겠다는 생각이 들었다. 주인 여자는 이 작은 조각상들은 1880년대 말부터 반세기 동안 독일의 한 도시에서 연달아 생산되었다고 말했다. 그리고 식료품점이니 철물점이니 가리지 않고 어디에서나 판매되었지만 사실 이들의 주요 역할은 따로 있었다. 값싸고 손쉽게 구할 수 있는 그것들은 짐을 운송할 때 캄캄한 데서 무거운 것끼리 서로 부딪치거나 찌그러지지 않게 하는 완충제로서 틈새들을 느슨하게 채우는 데 사용되었다. 다시 말해, 도자기 소년들은 처음부터 부서질 것을 염두에 두고 만들어졌다는 얘기였다. 공장은 전쟁이 터지기 직전에 문을 닫았다. 작은 도자기 인형들이 그득그득 쌓인 공장 창고들은 폭격당하기 전까지 굳게 잠겨 있었다. 몇 년 후, 상자를 열자 깨진 도자기 조각들만 가득했다.

나는 나의 작은 도자기 소년을 사면서 공장 이름도 노점상 주인의 전화번호도 따로 적어두지 않았다. 아마 내가 이미 책의 결말을, 마지막 페이지에서 찾아내기 마련인 수학 문제집의 바로 그 해답을 주머니에 넣고 있음을 알았기 때문인 것 같다. 내 도자기 소년은 단번에 모든 걸 말해주었다. 발뒤꿈치가 잘려나가거나 얼굴을 긁히지 않고는 그 어떤 이야기도 우리에게 온전히 전달되지 않는다는 사실을. 틈새와 간극이 생존의 변함없는 동반자이자 숨은 동력이며 생존의 가속을 부채질하는 내부장치라는 사실을. 트라우마만이 대량생산으로부터 우리를 모호하지 않은 한 사람 한 사람으로서의 분명한 우리로 만들어 준다는 사실을. 그리고 끝으로 한 가지 더, 바로 나 자신이 대량생산의 상품이자 지난 세기의 집단 참사의 산물이며 그 재앙의 survivor(생존자)임과 동시에 저도 모르게 기적적으로 살아남아 세상 빛을 보게 된 수혜자, 바로 그 도자기 소년이라는 사실을.

그리고 어쨌든 내가 선택한 도자기 소년은 가장 불행한 인형은 아니었다. 나는 머리가 없는 인형들은 상자 안에 그대로 남겨두었다. 백 년 전 빈미술사학교는 어떤 특정 맥락에서는 '새것'과 '온전한 것'만을 아름답다고 간주하는 한편, 낡고 부서지고 퇴색한 건 추하게 여긴다고 주장했다. 즉, 다시 말하면, 사물의 온전한 보존 상태는 그것의 가치이자 빳빳하게 풀 먹인 옷깃이며, 상태가 온전치 않은 사물은 인간관계에 대한 권리마저 상실한다는 이야기다.

그리고 정말 그렇게 되었다. 나는 줄곧 살아남은 증언의 불완전하고 단편적인 상태에 대해 알면서도 마음속으로는 여전히 온전한 전체를 원했다. 그 작은 도자기 소년의 상처와 훼손은 지나치지 않아야만 했다. 더 솔직히 말해, 소년을 유쾌하게 바라볼 수 있기를 바랐다. 한 세기 전에 거의 반이나 부서졌음에도 불구하고 소년은 새것처럼 보여야만 했다.

도자기 소년을 집으로 데려가면서 나는 예전에 읽은 츠베타예바의 글을 떠올렸다. 시인은 트베르스코키 가로수 길을 따라 푸시킨 동상까지 산책 다녔던 어린 시절의 이야기를 쓰고 있었다. "푸시킨 동상과 함께하는 나만의 특별한 놀이가 있었다. 그건 바로 어린아이 새끼손가락만한 하얀 도자기 인형을—이 인형들은 지난 세기말 모스크바에 등장한 도자기 가게들에서 판매되었는데, 그런 가게들에는 버섯 아래 옹기종기 모인 난쟁이들도 있었고 우산을 든 아이들도 있었다—동상의 받침대 위에 올려놓는 것이었다. 그렇게 조그만 인형을 거대한 받침대 위에 세워놓고는 크기를 비교하며 천천히 머리를 치켜들어 고개가 떨어져나갈 것 같을 때까지 까마아득한 동상의 화강암 얼굴을 올려다보곤 했다. (……) 푸시킨 동상, 그 아래 있는 나, 그리고 내 아래 있는 도자기 인형, 그건 내가 태어나서 처음 눈으로 보고 배울 수 있었던 계층구조이기도 했다. 도자기 인형 앞에서 나는 거인이었지만, 푸시킨 동상 앞에서 나는 그저 나 자신이었다. 즉 어린 소녀에 불과했다. 물론 앞으로 더 크게 자랄 사람이기도 했지만. 푸시킨 동상이 나에게 거대했듯이 도자기 인형에게는 내가 그랬다. 그렇다면 조그만 도자기 인형에게 푸시킨 동상은 대체 어떤 존재일까? 그리고 괴롭도록 생각하고 또 생각한 끝에 갑자기 찾아온 깨달음. '푸시킨 동상은 너무도 거대해서 인형 눈에는 보이지 않아. 인형은 집이라고 생각할걸. 아니면 천둥이든지. 그리고 동상에게 인형은 너무도 작고 작아서 동상 역시 그걸 볼 수 없어. 동상은 인형을 그저 벼룩 정도로 생각할 테지. 하지만 나는 보일 거야. 왜냐하면 나는 크고 뚱뚱하니까. 게다가 곧 더 커질 테니까.'"

그러고도 몇 년을 더 이 작은 인형은 내게 깨달음을 주었다. (츠베타예바는 자신이 새롭게 배운 바를 이렇게 열거한다. '규모와 물질, 숫자, 그리고 계층구조에 대한 개념, 사고력'.) 배움의 주제가 바뀌었다는 사실은 더이상 놀랍지 않다. 나는 도자기 소년을 주머니 안에 넣은 채 이 거리 저 거리를 다니며, 보이지 않는 그의 등을 손가락으로 쓰다듬으며 시인이 얻은 깨달음을 생각했고, 기억의 책표지에 이 아이가 등장하면 어떻게 보일지를 상상해보았다. 소년은 두 팔이 없어선지 실제 키보다 더 커 보였다. 곱슬곱슬한 머리를 뱃머리에 붙은 나무 조각상처럼 똑바로 정면을 향한 채 무릎까지 오는 구식 양말을 신은 소년은 하얗게 빛났다. 비가 오는 어느 날 저녁, 인형은 주머니에서 떨어져 낡은 집 타일 바닥에 부딪히며 박살이 났다.

소년은 세 조각으로 부서졌다. 양말을 신은 다리는 욕조 안으로 굴러떨어졌고, 머리는 몸통에서 떨어져나갔다. 부족하나마 가족 역사와 개인 역사의 온전함을 보여주던 상징이 한순간에 풍자가 되고 말았다. 이러한 역사를 들려주기란 불가능하다는 사실, 온전히 보존할 수 있는 건 아무것도 없다는 진실, 그리고 다른 누군가의 과거의 파편들로 흩어진 나 자신을 모아들이거나 설득력 있게 내 것으로 받아들이지도 못하는 나의 완전한 무능함. 나는 바닥에 흩어진 조각들을 주워서 탁자 위에 퍼즐조각처럼 늘어놓았다. 하지만 처음으로 되돌리기는 불가능했다.

6장
사랑의 관심

빈에서의 마지막 날, 나는 소름 끼치도록 서로 닮은 두 군데를 한번 더 방문했다. 더 정확히 말하면, 두 곳 모두 보존을 위한 장소이다. 인간 존재의 잔재를 처리하기 위해, 우리 자신이 더이상 존재하지 않게 될 때 남겨질 것들을 위해 특별히 고안된 저장장치.

미하엘러키르헤*의 지하동굴에는 인간의 뼈가 매우 체계적으로 분류, 배열돼 있었다. 교회 지하실에 수백 년 동안 차곡차곡 모인 그 뼈들을 누군가 정강이뼈에서 종아리뼈에 이르기까지 그 종류와 크기별로 분류하고 정리하여 장작더미처럼 가지런히 쌓아놓았다. 매끈한 두개골은 다른 곳에 따로 보관되어 있었다. 우리의 여정을 이끄는 여인은 소년단 지도자처럼 지나치게 기운이 넘쳤고 이쪽으로 와라, 저쪽으로 가라 하며 이리저리 우리를 열심히 끌고 다녔다. 그녀는 이 땅에

* 함부르크를 상징하는 개신교 교회.

존재함의 덧없음을 잠깐 우스갯소리로 던졌고, 곧 사람들이 볼 수 있도록 별도의 관에 담겨 전시된, 얼굴이 울퉁불퉁하고 안색이 어두운 어느 임산부의 작은 구두와 비단 코르셋을 가리켰다. 그것들은 정말이지 훌륭하게 보존돼 있었다. Wie hübsch(얼마나 아름다운지)! 그녀가 열정적으로 외쳤다. "정말 멋지지 않나요!" 그리고 실제로 그녀의 지하 세계는 위계질서를 바탕으로 한 일종의 안락함이 지배하고 있었다. 본래 외형을 유지하거나 파손 정도가 심하지 않은 것들은 모두 일반인들에게 공개되었다. 그렇지 않은 나머지는 예비 부품으로 해체되어 눈에 보이지 않는 곳으로 밀려난 채 간신히 자신의 존재를 알리는 신세였다.

두번째 방문지는 요제피눔이었다. 인체해부학박물관이자 19세기 사람들의 인체 구조에 관한 생각을 보여주는 곳. 몸은 교육받고 깨달음을 얻은 방문객에게 기꺼이 자신의 내부장기를 내보이는 사원과도 같았다. 요제피눔은 의학박물관이었다. 나는 그곳을 방문하는 김에 나의 증조할머니 사라에게, 빈에서 의학 학위를 받은 증조할머니의 불가리아인 연인에게, 그리고 그 당시 정확한 지식의 의학 예술에 인사를 건네러 갔다. 한때는 당당하게 현대성을 자랑하고 의학적 성취의 정점을 이룬 곳이자 학생의 기쁨이고 교수의 자부심이었던 그곳이 이제 뭔가 골동품 진열실 같은 곳, 콧수염을 기른 의사들과 빳빳하게 풀 먹인 간호사복의 노련한 간호사들의 의술이나 기념하는 구질서의 기념비가 되어 있었다. 그곳엔 역할을 잃은 온갖 파이프와 작은 망치들이 진열돼 있었고, 그 옆엔 수술 도구들이며 가위와 집게, 철제 코가 달린 현미경이 나란히 놓여 있었다. 이제 하나같이 쓸모가 없는 물건들이었다. 주인 없는 물건은 그렇게 진기한 구경거리가 되어 오래전에 어른이 돼버린 의사라는 직업의 포대기와 딸랑이처럼 여기 유리 진열장 안에 들어 있었다. 전혀 늙지 않는 유일한 존재는 그 자신, 이른바 몸뿐이었다. 요제피눔에 있는 몸은—쉽게 부패하는 다른 몸들과는 달리 노화의 영향을 받지 않고—계몽주의와 이성, 가시적인 표본으로 유익하게 쓰이기 위해 순수한 밀랍으로 만들어졌다. 그것들은 군대의 한 연대를 이루고도 남을 만큼 양이 많았다. 황제 요제프 2세의 지시로 천 개가 넘는 해부학의 모형이 제작되었다. 그 모형들은 위대한 해부학 논문의 저자이자 철학가이며 자유사상가인 파올로 마스카니의 세심한 관찰 아래 피렌체에서 제작되었으며, 이웃한 프랑스가—그르노블에서 툴루즈까지—혁명의 소용돌이에 휘말려 격동의 1789년을 맞는 동안 노새를 타고 알프스산맥을 가로질러 국경을 넘었다. 그들은 다뉴브강의 물길에 실려 아래로 떠내려갔고 과학 발전을 위해 전시되었다. 그리고 이제 여기 그들은 이렇게 살아서 승리를 거머쥔 운동선수처럼 분홍색 나무와 유리로 만든 상자들 안에 자랑스럽게 자리를 잡고 있다.

이 전시실에서는 '호모사피엔스'가 마치 잘 차려져 나온 요리 같다. 레스토랑에서 한상 차려놓은 것처럼, 활짝 열린 복부 위에 반짝반짝 윤기가 흐르는 훌륭한 장기들이 진열돼 있다. 광택을 입힌 간, 작은 줄에 매달려 우스꽝스럽게 늘어진 고환. 밀랍인형 중 일부는 팔꿈치를 괴고 반쯤 눕거나 아예 드러누웠고, 온몸의 뼈가 다 보일 정도로 벌거벗었거나 핏줄로 붉은 살점을 묶은 채 늑골 근육섬유, 지방조직 그리고 손과 발의 빗살 같은 훌륭한 뼈마디를 뽐낸다. 후작들은 곱슬머리를 뒤로 젖히고 있어서 목안에서 벌레처럼 꿈틀거리는 식도와 기도가 훤히 드러난다. 사타구니의 부드러운 털, 누구의 손도 타지 않은 목 위의 진주, 덮개가 열리듯 드러난 몸의 복잡한 구조. 영원히 죽음을 모르는 이 모든 존재가 심드렁하게 숨을 쉬고 있다.

하지만 여기서 요제피눔은 최근 몇 년 동안 내 머릿속을 맴돌던 질문들에 대한 또 다른 대답으로 보였다. 이 아름다운, 생명 없는 육체들은 이제 본래의 의미(가르치고, 증언하고, 설명하기)를 박탈당했고 다른 박물관들에 전시된 마차나 커피포트처럼 빈껍데기였다. 쓸모가 없어진 물건들은 서서히 자신의 역할을 잃어가고, 새롭고 비인간적인 얼굴을 우리에게로 향한다. 밀랍, 페인트, 점토라는 본래의 성질로 돌아간다. 과거는 거칠게 움츠러들고 망각은 숲처럼 자라난다.

*

8년 전 한 친구가 작가들과의 인터뷰를 모아 책으로 낼 계획을 세웠다. 작가들은 인터뷰를 통해 어린 시절이며 청년 시절, 우정과 갈등, 초기 작품과 그 이후의 작품들까지 자신의 이야기를 진솔하게 들려주었다. 놀랍고 훌륭한 책이 완성되었지만, 나와의 인터뷰 내용은 거기 없었다. 친구는 2년이라는 시간을 두고 나에게 두 번 인터뷰를 시도했지만 아무 소용이 없었다. 녹취된 우리의 인터뷰에는 분명 뭔가 특별한 점이 있었지만, 책의 집필에는 전혀 도움이 되지 않았다. 두 녹음은 쌍둥이 자매처럼 꼭 닮은 양상을 나타냈다. 둘 다 핵심이 일치했고, 대화는 비슷비슷한 일화들이 섞인 길을 따라 흘러갔다. 그리고 그 이야기들 속에는 우스꽝스럽든 우스꽝스럽지 않든 정작 나 자신에 관한 내용은 전혀 등장하지 않았다. 심지어 대담하게도 나는 원고의 많은 페이지에서 우리 집안의 전설을 수정까지 해가며 가계도를 따라 위로 갔다 뒤로 갔다 우왕좌왕했다. 물론 직설적인 질문에 대답은 했지만, 그 대답은 무척이나 단조롭고 마지못한 것이었다. 여기서 태어났고, 거기서 공부했고, 이런 걸 읽었고 저런 걸 썼고…… 하지만 공중제비를 돌아 낯선 내 친척들의 삶이라는 자유로운 물속으로 풍덩 잠수해 들어가는 일은 얼마나 즐겁고 신나던가. 나 자신에 관한 말을 아낀 까닭에 내 인터뷰는 결국 아무 쓸모가 없었다. 나는 만일의 경우를 대비해 골절 엑스레이사진처럼 녹취 기록을 보관했고, 몇 년 후에 실제로 유용하게 쓰였다.

그때 나는 내 머릿속의 여행안내서나 마찬가지인 메리앤 허시의 고전 작품 『포스트메모리의 세대』를 읽고 있었다. 그녀가 자신의 책에서 묘사하는 것, 그것은 자기 가족의 과거(더 넓게는 이 몇몇 삶을 빽빽하게 둘러싼 인간 띠, 소리와 냄새의 두꺼운 안감, 우연한 일치와 동시성, 동시에 굴러가는 역사의 수레바퀴)에 대한 예리하고 집요한 관심, 나 자신의 현대 세계를 그곳 과거로, 과거의 그들에게로 되돌리는 사무적인 지루함, 그리고 그 당시 모습(노면전차의 노선, 무릎이 튀어나온 스타킹, 확성기에서 흘러나오는 요란한 음악)에 대한 꽤 정확한 지식과 확신이다. 나는 이 모든 것을 반 구절만 읽고도 단 하나의 인용구만 보고도 단박에 알 수 있었다. 나 자신에 관한 모든 이야기는 내 조상에 관한 이야기가 되었고, 그들은 나의 아리아를 받쳐주는 오페라 합창단처럼 거기, 내 뒤에 있었다. 단지 음악만 70년 전에 쓰였을 뿐이다. 역사의 검은 물에서 떠오른 구조물은 그 어떤 직선도 추구하지 않는다. 그들의 자연환경은 시간과 쇠퇴의 증거에 저항하는 과거의 목소리들의 공존이자 동시에 울리는 소리이다.

포스트메모리 작업은 이러한 구조물을 되살리고 우리 자신의 경험과 이해에 따라 생기를 불어넣으며 몸과 목소리를 부여하려는 시도이다. 오디세우스는 이렇게 죽은 자들의 영혼을 소환했고, 영혼들은 희생 제물의 피 냄새에 우르르 몰려들었다. 그들은 새처럼 울부짖으며 구름을 타고 내려왔다. 오디세우스는 자신이 대화하고 싶은 사람들만 불 가까이 오게 하고 나머지는 쫓아버렸다. 반드시 피가 있어야 했다. 피 없이는 어떤 대화도 이루어지지 않았다. 오늘날 죽은 자들의 입을 열기 위해서는 그들에게 우리 자신의 몸과 마음속 공간을 내주어야 한다. 태중에 아이를 품듯 그들이 우리 안에 머물게 할 자리를. 한편 포스트메모리의 부담은 고스란히, 살아남아 자신의 과거를 돌아볼 수 있는 자들의 2세대, 3세대 자손들 몫이 되었다.

허시는 아주 신중하고 준엄하게 포스트메모리의 경계를 정의한다. 포스트메모리, 이 용어 자체는 홀로코스트의 여파로 남겨진 깔때기 영역, 즉 Holocaust studies(홀로코스트 연구)의 틀 안에서 그녀가 생각해내고 적용한 것이다. 그녀는 그녀 자신과 주변 사람들이 실제 겪은 사건에서 가져온 현실을 묘사했다. 그 현실은 마치 한때 홍수로 역사를 측정했던 것처럼, 유럽계 유대인이 당한 대참사로 역사를 측정했던 부모와 조부모를 둔 자손들의 일상이다. 이 일상은 배척할 수도, 개조할 수도 없다. 왜냐하면 그 일상이야말로 그들의 근원이자 그들의 존재에 대한 피할 수 없는 구실이기 때문이다. 사후 정의正義의 가장 높은 형태로서의 기억 속 사건에 대한 기억을 끊임없이 확인해야 할 필요성은 여기서 특별한 속성을 가진다. 견딜 수도, 설명할 길도 없는 이 앎은 아무리 고개를 돌려도 피할 수 없도록 사방에서 쏟아지는 눈부신 섬광처럼 우리의 눈을 멀게 한다. 이 섬광 속에서 실제로, 그때와 직접 관련이 없는 모든 것은 그 규모와 부피를 상실한다. 마치 극도의 불의를 겪지 못한 까닭에 시험을 통과하지 못한 것처럼.

따라서 과거에 매료된 사람들의 의식 속에서 과거는 집요할 정도로 초조하게 강화된다. 아마도 재앙을 면한 사람들이 이를 특히 예민하게 느낄 것이다. 이 사람들은 사랑하는 이들을 집단학살 수용소에서 잃지는 않았지만, 허시의 말대로 "강제 이주와 피난민 신세를 겪었고 박해와 게토에서 살아남은 자들이었다." 생존자의 상황은 불가피하게 일종의 윤리적 혼란을 불러일으킨다. 이 세상에서 우리가 차지하고 있는 자리가 다른 사람으로 쉽게 채워질 수 있다는 사실을 깨닫기는 어려운 일이 아니다. 더구나 원래 그 자리는 삶을 피워보지도 못한 채 말살된 다른 이들의 몫이다. 프리모 레비는 이에 대해 아예 대놓고 이렇게 말한다. "적응하는 법을 알았던 최악의 사람들만 살아남았다. 최고의 사람들은 모두 죽었다."

최고가 아닌 사람들, 지리적 또는 개인적인 우연, 의지와 상관없이 운 좋은 상황(그 당시 또는 적어도 언젠가 한번은 가능했을 일)의 수혜자들은 보이지 않는 명령에 따라 행동할 수밖에 없다. 이는 좋든 싫든 타고난 적성보다 더 나은 사람이 되기 위한 노력에 관한 이야기만은 아니다. 오히려 방금 휑하게 비어버린 아파트 같은 세상의 끊임없는 시선에 관한 이야기에 더 가깝다. 주인은 더이상 존재하지 않고, 우리는 고아가 된 소파에 앉아 낯선 이들의 사진들을 펼쳐놓고 그들을 가족이라 부르는 법을 배우고 있다. 그렇게 부를 특별한 권리가 있는 것도 아닌데 말이다.

이 특별한 종류의 매혹은 과거를 현재에 살게 하는 일정한 시야각이며, 여광기나 선글라스 같은 강력한 효과가 있어서 때론 우리에게서 현재를 숨겨버리고 때론 다른 색으로 물들인다. 이미 죽은 자들을 구할 수 없다는 사실은 그 시선을 특히 강렬하게 만든다. 만약 사라져 가는 세상을 돌로 만들고 기념물로 만들어버리는 메두사의 눈이 아니라면 그건 오르페우스의 정지된 시선이다. 즉, 순간을 포착해서 무생물을 생물로 바꿔내는 사진이다.

많은 사람이 이제 기억을 그 은신처에서, 작은 역사의 자궁 속 어둠에서 끄집어내 보고 들을 수 있게 만들기 위해 노력한다. 세상에 속속 등장하는 새로운 책과 영화의 규모로 볼 때 이는 종합적인 구조 작전이며 사적인 사랑 이야기도 여기선 일종의 집단 프로젝트가 된다. 아마도 그 목적은 평화가 없는 세상 밖으로 내던져진 공동체 집단들의 따뜻한 군집과 세상이 시작되는, 조명이 환한 공공장소 사이의 차이에 대해 묘사한 해나 아렌트의 설명과 비슷하다. 하지만 허시는 포스트메모리를 프로젝트나 이를테면, 특별한 종류의 동시대적 sensibility(감성)가 아니라 훨씬 더 광범위한 것으로 묘사한다. 그녀는 "포스트메모리는 어떤 움직임, 방식 또는 사상이 아니다. 나는 오히려 그것을 충격적인 앎과 각각의 경험이 내재화된 세대와 이후 세대에 걸친 전승의 구조로 본다"라고 말했다.

따라서 포스트메모리는 계승성을 결정하고 수평적이고도 수직적인 의사소통을 수행하는 일종의 내부 언어이다(그리고 그것을 말할 권리가 없는 사람을 차단할 수도 있다). 또한 그 안에서 현실 자체가 색깔 및 익숙한 상호관계를 달리하며 특별한 화합으로 탈바꿈하는 페트리 접시이다. 수전 손태그는 비슷한 방식으로 사진을 묘사한 적이 있다. "……사진은 무엇보다 예술의 한 형태가 아니다. 언어와 마찬가지로 사진은 예술작품을 전달하는 매개물이다." 그리고 언어처럼, 사진처럼, 포스트메모리는 자신의 명백한 기능 그 이상을 가진다. 우리에게 과거를 보여줄 뿐만 아니라, 현재를 변화시킨다. 왜냐하면 과거는 현재에서 매일 일어나는 모든 것의 열쇠이기 때문이다.

과거와 현재가 온기를 주고받는 일에 관여하는 사람들의 무리가 유럽 유대인의 역사, 또는 되돌릴 수 없는 지점인 그때와 지금의 경계에서 시간의 균열을 일으키는 트라우마-상처와 연결고리를 느끼는 사람들보다 훨씬 많다. 가족의 눈으로 바라본, 즉 구술의 기억으로 묘사되는 이 경계는 순수의 시간과 어둠의 시간을 가르는 경계선과 너무도 닮았다. 할머니의 기억, 증조할머니의 회상록, 증조할아버지의 사진은 그때를 증언한다. 모든 이들이, 모든 것이 제자리에 있고, 어둠이 닥치지 않았다면 그대로 남아 있었을 온전한 세상에 대한 증언들. 이런 의미에서 포스트메모리는 역사적이지 않다. 하지만 기억과 역사의 대립이라는 이분법이 우리가 숨쉬는 공기 중을 떠돌고, 둘 중 하나를 선호하는 게 당연한 일처럼 돼버렸다.

*

기억은 전해지고 역사는 기록된다. 기억은 정의를 중시하고 역사는 정확성을 중시한다. 기억은 도덕을 말하고 역사는 집계하고 오류를 정정한다. 기억은 개인적이고 역사는 객관성을 꿈꾼다. 기억은 지식이 아니라 경험에 기초한다. 즉각적인 개입이 필요한 절박한 고통에 대한 연민과 공감. 동시에 기억의 영역은 투사와 환상과 왜곡으로 가득차 있다. 과거로 얼굴을 향한 현재의 환영들로. 허시는 이렇게 말한다. "우리의 뇌리에 각인된 이미지, 그리고 우리가 현재에서 과거로 가져와 거기서 찾아내고 질문에 대한 답을 얻기를 바라는 여정과 구조는 기억의 스크린일 수 있다. 즉, 우리가 현재 또는 미래의 필요와 욕망을 투영하는, 따라서 다른 이미지들을 아직 생각해보지 않았거나 미처 생각할 수 없는 또 다른 문제들을 우리 눈에서 가려버리는 스크린이다." 어떤 의미에서 포스트메모리는 과거를 원료 취급한다. 편집을 위한 재료. 허시는 또 이렇게 말한다. "포스트메모리 텍스트의 아카이브 사진은 언제나 변형된 형태로 나타난다. 잘려지고, 확대되고, 다른 이미지에 투사된다. 재구성되고 맥락에서 벗어나거나 새로운 맥락을 덧입는다. 그리고 새로운 텍스트와 새로운 이야기 속으로 옮겨진다." 그것들은 원래 날것 그대로는 먹을 수 없기에 복잡한 과정을 거치며 신중하게 다듬고 손질해야 비로소 입에 넣을 수 있는 음식과 같다.

문제는 포스트메모리(또는 새로운 기억)의 페트리접시가 허시의 작업 소재가 된 사물이나 현상의 범위보다 훨씬 더 넓어 보인다는 점이다. 20세기 역사는 파국적인 대격변의 온상을 전 세계에 아낌없이 퍼뜨렸기 때문에 어쨌거나 살아 있는 사람들 대부분은 자신을 생존자라 여길 수 있다. 이들은 외상을 입을 만큼 충격적인 변화의 결과물이자 그 희생자들이며 자신의 오늘을 희생시켜 기억해내고 생명을 불어넣어야 할 무언가를 물려받은 상속자들이다. 그리고 어쩌면 바로 이렇게 산 자의 세계와 죽은 자의 세계가 공존하기 때문인지도 모른다. 우리는 그들의 집에서 자고 이전 주인을 잊은 접시에서 음식을 먹는다. 자칫 부서지기 쉬운 그들의 현실을 내몰아버린다. 시간이 우리 자신이 과거가 되는 구석으로 우리를 쓸어버릴 때까지 우리의 생각과 희망을 그 자리에 놓아두고 우리 마음대로 편집하고 축소하면서 말이다.

이런 의미에서 우리는 모두 지금도 계속되는 재앙의 목격자이면서 참여자이다. 곧 사라질 위기에 처한 과거를 지탱하고 마치 금이라도 묻혀 있는 듯 과거를 보존하려는 우리의 욕망은 일종의 물신이 되기 쉽다. 즉, 우리 모두 사랑하는 대상이자 이름 없는 합의의 영역이 될 수 있다. 지난 백 년 동안의 사건들은 인류를 더 확고하고 안정된 자리에 올려놓지는 못했지만, 과거를 마치 가장 소중한 물건을 정성스레 포장해 담은 난민의 짐가방처럼 여기도록 만들었다. 과거의 진정한 가치는 이미 오래전에 아무 의미도 지니지 않게 되었다. 이것이 우리에게 남은 전부라는 의식 때문에, 그 가치가 빈번히 배가되었을 뿐. 나보코프의 소설 『선물』에 등장하는 인물 중 한 명은 "침략이나 지진이 일어나자 사람들이 손에 잡히는 것이란 건 죄다 움켜쥐고 도망가는데, 그 와중에 누군가 오래전에 잊힌 친척의 커다란 초상화 액자를 힘겹게 들고 나가는 장면"과 "갑자기 누군가 그 초상화를 빼앗아 압수해갔을 때"의 일반적인 분노를 묘사한다. 기억의 배양기에서 구세계의 사물과 사건들은 우리에게는 기적적으로 살아남은 생존자 그 자체이며, 이들의 존재는 우리에게 와닿았다는 이유만으로도 값을 매길 수 없을 만큼 소중하다.

츠베탄 토도로프*는 언젠가 오늘날 기억이 어떻게 새로운 우상, 새로운 대중 숭배의 대상이 되어가는지 언급한 바 있다. 나는 시간이 가면 갈수록 기억에 대한 전 세계적인 집착은 그저 또 다른 우상, 즉 옛날 방식에 따라 이해되는, 황금 세기의 파편이자 옛날이 더 좋았다는 사실의 증거로서 과거를 숭배하기 위한 토대이고 본질적인 전제조건이라는 생각이 든다. 기억의 주관성과 선택성은 우리가 역사 그 자체

* 불가리아 출신의 프랑스 철학자, 기호학자이자 문학비평가.

와는 아무런 공통점이 없는 역사의 어느 부분이든 임의로 취하여 집중할 수 있게 한다. 누군가에게는 20세기의 30년대조차 순수함과 불변의 잃어버린 천국일 수 있다. 특히 미지에 대한 암울한 공포가 지배하는 시대에 더욱 그렇다. 맞닥뜨리고 싶지 않은 미래에 비하면 이미 일어난 일은 길들인 것 같고 심지어 견딜 만해 보인다.

이 우상에게는 자신의 분신이 있다. 이들은 말굽의 편자처럼 서로의 대칭을 비추고, 이제 이들 사이에는 자기 회의에 빠진 현대 세계가 꿈쩍 않고 버티고 있다. 어린 시절—우리의 죄 많은 사랑의 두번째 대상—역시 운명처럼 느껴진다. 왜냐하면 어린 시절은 끝나버렸기에 그 시절의 천진난만함도 어떤 대가를 치르더라도 보존되고, 소중히 다뤄지고, 보호받아야 마땅하기 때문이다. 과거도 어린 시절도 정체 상태 또는 언제 깨질지 모르는 아슬아슬한 균형으로 인식되며 사회에서 더없이 소중한 가치로 존중받는다. 하지만 과거는 끊임없이 왜곡되고, 어린 시절은 손쉽게 남용된다.

온 현대 세계가 보수적인 프로젝트와 재건으로 포스트메모리의 공기를 들이마시고 있다. 국가를 다시 위대하게 만들고 예전의 절대적인 질서를 되찾으려는 시도이다. 화면은 양면이며, 깔때기의 가장자리에 선 사람들만 화면 위에 자신의 두려움, 희망, 그리고 역사를 투영할 수 있는 건 아니다. 침묵하는 손자들과 증손자들 대다수도 과거 사건들에 대한 그들만의 견해를 세상에 내놓을 적절한 순간을 기다리고 있다. 폭력의 악순환이 끊이지 않는 러시아는 사회가 불행에서 불행으로, 전쟁에서 혁명으로, 굶주림으로, 대규모 탄압으로, 새로운 전쟁, 그리고 새로운 억압으로 쉼 없이 이어지는 일종의 외상성 안필라다*를 형성하며 다른 나라들보다 조금 일찍 기억이 뒤얽힌 소용돌이의 땅이 되었다. 불일치의 잔물결이 일렁이는, 지난 백 년 동안 우리에게 일어난 사건의 이중, 삼중의 버전들이 불투명한 한 겹의 종이처럼 현재의 빛을 가린다.

우리 집에는 한때 유행했던 잡지 〈유노스치〉에서 오려낸 기사의 스크랩이 있었다. 어린 시절 나는 그걸 보며 행복한 시간을 보내곤 했다. 시, 산문, 풍자만화는 내게 익숙한 일상과 비슷하면서도 뭔가가 섞여 들었거나 예쁘게 색을 칠한 다른 현실에서 온 것처럼 느껴졌다. 그 잡지에서 내가 사랑했던 것들은 이제 훨씬 더 이상해 보인다. 그것은 모든 사람이 완전히 미래로 방향을 틀고 다가올 미래에 마음을 빼앗겨 버린 시작의 느낌이었다. 온통 새로움에 대한 것이었다. 멀리 북쪽 지방 건설 현장의 오렌지 상자 이야기도, '히로인'과 '헤로인'을 뒤바꿔 운을 맞춘 시詩도, 잔뜩 멋을 부린 코믹한 한쌍의 남녀(수염을 기른 남자와 앞머리를 내린 여자)가 레이스 식탁보가 깔린 구식 탁자를 세 개의 날씬한 다리가 달린 최신식 탁자로 바꾸는 사진도. 사진의 요점은 불필요한 걸 필요한 새로운 걸로 대체한다는 의미였지만, 둘 사이에는 별반 차이가 없다. 소련 권력은 시민들에게 부르주아적인 즐거움을 일상에서 멀리하기를 요구했다. 사라진 세계에 대한 향수로 예민해진 오늘날의 시선에서 풍자는 의도한 바보다 더 우울해 보인다. 젊은 사람들은 조각 무늬의 다리와 견고한 참나무의 무게를 가진 구세계를 기꺼이 내동댕이치고 있었다. 정말로 그랬다. 1960년대와 1970년대 모스크바의 쓰레기장은 골동품 가구들로 넘쳐났다. 이사할 때 색

* 곧바로 이어진 방. 각 방의 문이 일직선상에 있어 문만 열어놓으면 끝의 방까지 한눈에 보인다.

색의 기다란 유리가 달린 4미터짜리 우리 집 찬장은 포크로프의 캄무날카*에 그대로 남아야만 했다. 천장이 낮은 새 아파트에는 찬장이 들어갈 공간이 없었기 때문이다.

우리 부모님을 비난하는 사람은 아무도 없었고, 그런 종류의 손실에 대한 철저한 무관심은 지극히 일반적인 현상이었다. 게다가 그들의 비합리적인 행동에는 젊음의 대담함이 있었다. 전쟁이 끝나고 30년이 지난 후, 온전하고 견고하며 여전히 유용한 가구와 기꺼이 헤어질 준비가 된 태도는 새로운 존재의 영속성에 대한 그들의 믿음을 보여주는 것이었다. 다른 집에서는 여전히 만일의 경우를 대비해 빨랫비누를 한가득 쌓아놓고, 곡식이며 설탕이며 치약이 든 마분지 통을 보관하고 있었다.

* 아파트 한 호에 여러 가족이나 개인이 함께 거주하는 소련 시절의 공동아파트.

7장
불의와 그 면면들

몇 년 전 친구의 새아버지가 모스크바의 한 병원에 입원했다. 그분은 수학자이자 참전용사였고, 여러 면에서 참 멋진 사람이었다. 앞으로 길어야 일주일 정도 살날을 받아놓은 상태였다. 어느 날 아침 그는 내 친구에게 엄마와 함께 저녁에 꼭 한번 더 와달라고 신신당부했다. 오래전 언젠가, 그에게 무슨 일이 있었고 그는 평생 아무에게도 말하지 않고 혼자 몰래 그 일을 간직해왔다. 그 일에 대해 단 한 번도 입을 뗀 적이 없었지만, 그가 너무도 놀라운, 평범한 말로는 표현할 수 없는 뭔가 기적 같은 일을 목격했음은 분명했다. 그리고 이제 그는 시간이 얼마 남지 않은 걸 두려워하며 가장 가까운 가족에게 밝히고 싶어 했다. 하지만 그날 저녁 가족이 도착했을 때 그는 더이상 말할 기력이 남아 있지 않았고, 다음 날 아침 의식불명에 빠졌으며 며칠 후 숨을 거뒀다. 그는 그렇게 아무 말도 남기지 못한 채 세상을 떠났다. 이 이야기는 마치 절대 없어서는 안 되는 요소, 구원의 손을 내밀어줄 뭔가를 찾아내느냐 그렇지 못하느냐의 성패 그 자체라도 되는 양 몇 년 동안 구름처럼 내 위를 맴돌았고, 매번 그 의미와 중요성을 달리했다. 보통 내가 그 이야기에서 얻은 교훈은 밝힐 게 있으면 최대한 빨리, 서둘러 밝혀야 한다는 단순한 소명 같은 것이었다. 가끔 나는 특별한 상황에서는 삶 자신이 뚜벅뚜벅 걸어들어와 불을 끄며 남은 자들을 안심시켜주는 것처럼 느껴졌다.

"놀라워." 얼마 전 내가 친구에게 말했다. "결국 새아버지가 무슨 말씀을 하시려고 했는지 못 알아냈구나. 나는 네 새아버지에게 무슨 일이 일어났는지, 그리고 언제 그 일이 있었는지 자주 생각해. 아마, 전쟁중에 그러셨겠지, 응?" 친구는 내 말을 믿지 못하겠다는 듯, 하지만 나의 진심과 진지함은 의심하고 싶지 않다는 듯 정중하게 내 질문의 의미를 되물었다. 그러고는 그런 일은 전혀 없었다고 부드럽게 말했다. 그런데 나는 그 이야기가 바로 그 친구의 가족에 관한 것이라고 단언할 수 있을까? 어쩌면 내가 뭔가 잘못 기억하는 것인지도 모른다.

그리고 우리는 더이상 그 이야기를 하지 않았다.

*

기억은 정의正義를 찾아가는 과정에서 과거와 현재를 대척점에 세운다. 피부를 벅벅 긁어대는 강박증처럼 이 정의에 대한 열정은 특히 죽은 자들, 바로 우리 아니면 그 누구도 지지해줄 이가 없는 그들을 대신해 응징의 길을 탐색하고 따져 묻도록 우리를 밀어붙이며 내부의 모든 안정된 체계를 헤집어 흔들어놓는다.

죽음은 결국 본질적인 불의이며, 만약 죽음을 세계질서로 이해한다면, 인간의 삶을 무시하는 이 체계의 가장 극단적인 표현이다. 죽음은 ('나'와 '비존재' 사이의) 경계를 허물고, 내 허락도 구하지 않은 채 가치와 평가를 재설정하며, 모든 인간 공동체(사라진 자들의 수많은 모임을 제외하고)에 참여할 권리를 박탈하고, 나의 존재를 '무無'로 되돌린다. 불의와 타협하지 않는 우리의 마음이 추구하는 것, 그것은 죽음을 넘어서는 승리이며 이 근본적인 불의의 제거이다. 수 세기 동안 이어온 이 저항은 구원의 약속이자 기독교 교리에서 말하는 무차별적이고 개별적이며 모두를 위한 부활의 약속이었다. 구원은 한 가지 조건이 충족될 때만 이루어진다. 우리 근처 어딘가에, 그리고 우리 너머 어딘가에 모든 것을, 이미 존재했던 사람들과 아직 존재하지 않은 사람들 모두를 한 손에 움켜쥘 수 있는 또 다른 현명한 기억이 있어야 한다는 것. 장례식의 의미와 그것을 지켜보는 사람들의 소망은 '고인을 위한 영원한 기억'을 간구하는 정교회의 기도문으로 귀결되는데, 여기서 구원과 보전은 같은 의미이다.

세속 사회는 등식에서 구원의 개념을 지워버리고, 전체 구조는 단번에 균형을 잃는다. 구원에 대한 믿음이 없으면 '보존'은 그 지지대를 잃고 한낱 그럴싸한 기록보관소에 지나지 않게 된다. 박물관이나 도서관처럼 조건부의 제한된 형태의 불멸, 즉 해방의 새로운 세계에서 유일하게 가능한 또 다른 형태의 영원한 생명인 길게 연장된 하루를 제공하는 기억 저장고. 기술혁명은 잇따라 그런 디지털 창고의 출현을 가능하게 만들었고 인류의 언어에서 '가능한'은 이미 '필요한'을 의미한다. 옛날에는 한 사람에 대한 기억이 신의 영역에 속했고 그 기억을 보존하려는 추가적인 어떤 노력도 어느 의미에서는 과도하거나 무의미한 일로 여겨졌다. 오랜 기억은, 그 기억을 간직하는 법을 알거나 기억하기를 간절히 원했던 소수만의 특권이었다. 그리고 오랜 기억 없이도 행복하게 죽고 부활할 수 있었다. 모든 이를 기억하는 임무를 최고 권위에 위임했기 때문이다.

기억에 형태를 부여하고 보존하려는 시도들은 보통 멋지고 훌륭한 목록으로 귀결되었다. 플라톤의 『파이드로스』에는 기록된 기억에 대한 경멸이 담겨 있다. "그들은 자기 내면의 기억이 아니라 외부의 신호에 따라 타인의 글을 신뢰하면서 외부에서 들어온 기억을 떠올리기 시작할 것이다. 그러므로 당신은 기억 자체가 아닌 기억을 일깨우기 위한 수단을 발견함에 지나지 않는다. 당신은 제자들에게 지혜 그 자체가 아닌, 지혜의 허울을 보여줄 뿐이다. 그들은 진정한 가르침을 받지 못한 채 지식만 쌓을 뿐이어서 많은 것을 아는 것처럼 보이지만 대부분 무지하고 제대로 소통도 할 줄 모르는 자들이 되리라. 그들은 지혜로운 게 아니라 지혜로워 보일 뿐이다."

19세기에 들어와 기술혁명이 이루어지면서 기억은 갑자기 민주적인 관행이 되었고, 기록 보존은 공통의 중요한 문제로 떠올랐다. 불리는 방식도 다르고, 이에 대한 인식도 다르지만, 갑자기 온 가족의 사진을 갖추어야만 한다는 필요가 생겼고 그 욕망은 점점 더 커지고 있다. 누군가의 의지로 울리는, 육체에서 분리된 목소리는 처음에는 공포와 경악을 불러일으키지만, 점차 축음기의 스피커 소리에 익숙해지고 모스크바 근교 다차들에서는 어느새 뱔체바*의 노래가 흘러나온다. 이런 변화는 천천히 진행되며, 처음에는 변화 과정의 의미가 명확하고, 가장 훌륭하고 가장 대표적인 것만 표본으로 수집하는 고대 전통

* 러시아의 유명한 메조소프라노 가수.

에 잘 들어맞는 것처럼 보인다. 이를테면, 우리가 카루소의 목소리나 카이저의 연설을 녹음하는 식이다. 그리고 영화의 등장. 영화 역시 이야기를 전달하는 또 하나의 방식으로서 단순히 기능적인 의미를 지닌다. 하지만 이제, 한참 지난 경험의 자리에서 되돌아보면 우리는 그것이 전혀 다른 무언가를 위해 고려된 것이었음(누가 의도한 걸까?)을 깨닫게 된다. 이 모든 진보의 정점, 바로 누구에게나 모든 걸 영원히 보존할 기회를 제공하는 홈비디오와 셀피의 발명이었음을 말이다. 우리가 아는 불멸은 일종의 눈속임이다. 우리 한 사람 한 사람의 완전하고 최종적인 소멸은 묘비 아래 숨겨진 주검처럼, 마치 존재하는 양 착각을 불러일으키는 작은 속임수들로 가려질 수 있다. 그리고 그 속임수—저장된 순간들, 작은 대화들, 사진들—가 많으면 많을수록 자신과 타인의 부재는 견디기 쉬워진다. 눈에 보이고 말로 표현되는 일상의 자잘한 순간들이 갑자기 소중하게 다가오고 더이상 빗자루로 쓸어버리지 않고, 만일의 경우를 대비해 소중히 간직한다.

하나의 문화적 지층을 이루려면(그리고 우리가 딛고 선 땅을 1미터라도 높이려면) 인간이 만든 모든 게 그러하듯 우리 삶의 사물과 관습이 쇠퇴하고, 소모되고, 썩어 없어져야 할 것이다. 이상한 일은 사진술과 녹음 기술이 출현한 이후로는 우리의 사물과 관습이 오늘날 플라스틱 쓰레기처럼 썩어 없어지지 않게 되었다는 사실이다. 그것들은 분해되는 법을 모른다. 그래서 더이상 흙으로 돌아가길 원치 않으며 점점 더 높이 쌓여간다. 미래를 위해서도 그건 아무런 쓸모가 없다. 변화하지 못하는 건 무익하며 없어져야 마땅하다.

20세기 초는 여전히 집집 거실마다 사슴과 멧돼지 머리부터 작은 새에 이르기까지 다양한 종류와 크기의 박제동물을 벽에 줄줄이 걸어두는 게 유행이었다. 작은 새들은 어찌나 섬세하고 꼼꼼하게 속을 톱밥으로 채워놓았던지 비록 파닥이고 지저귈 때보다는 훨씬 차분한 모습이지만 마치 살아서 깃털을 씻어내고 있는 듯 보였다. 우리는 종종 문헌에서 벽난로 스크린과 두꺼운 커튼을 가진 집이 먼지투성이 테리어 십여 마리와 함께 경매에 나오기까지 여러 세대의 개와 고양이들을 키우고 이들을 박제한 노부인의 일화를 읽곤 한다. 자신에게 소중한 존재를 더 급진적인 방법으로 보존한 경우들도 있었다. 가브리엘레 단눈치오의 별장에 가면 여전히 가브리엘레가 사랑한 거북이의 등껍질로 만든 기념품을 볼 수 있다. 엄청나게 먹어대는 바람에 비대해질 대로 비대해진 그의 거북이는 과식으로 죽기 전까지 방에서 방으로, 승리의 이름을 가진 'Vittoriale degli Italiani(이탈리아인의 승리의 성지)'라는 작은 길을 따라 힘겹게 기어다녔다고 한다. 거북이가 죽자 거북이의 몸은 등껍질에서 분리되었고, 그 등껍질은 멋지게 식탁을 장식하면서 손님들에게 작가의 가장 좋았던 날들을 상기시키는 커다란 접시로, 우아한 거북이 등딱지 수프 대접으로 다시 태어났다.

기술적인 재생이 가능한 시대에 죽은 자들이 획득한 불안정하고 문제적인 지위는 그들의 존재를 과제로 만들었다. 만약 우리가 더이상 새로운 만남, 기쁨의 부활의 아침을 기대할 수 없다면 우리는 죽은 자가 남긴 것을 잘 사용하기 위해 가능한 모든 수단을 동원해야 한다. 이 확신은 한때 수많은 장례 기념품이 파도처럼 쏟아져나오게 했다. 사랑하는 사람의 이니셜이 달린 머리끈, 산 사람보다 훨씬 더 쾌활해 보이는 고인의 사진들. 촬영 대기 시간이 자꾸만 길어지자 카메라를 향해 자세를 잡았던 사람들이 조금씩 자세를 흐트러뜨렸고, 그 미세한 움직임이 각자의 특징을 알아보기 힘들 정도로 흐릿하게 만들어버리는 바람에 멋지게 차려입은 사람 중 누가 소중한 고인이고 누가 비탄에 잠긴 남은 자들인지 알 수 없게 돼버렸다. 20세기 중반에 이르자 이런 현상은 급기야 정치 지도자의 시신을 혈색이 돌도록 방부처리한 후 유리관에 넣어 시의 중앙 광장에서 전시하는 극단으로까지 치달았다.

두 세기 동안 계속된 이 거대한 파도는 결국 우리를 덮쳤지만, 과거를 되살리는 대신 이제 우리는 감쪽같이 박제품의 속을 채우고 완벽한 모형을 제작하는 장인의 기술을 사용한다. 죽은 자는 산 자와 대화하는 법을 배웠다. 편지, 음성메시지, 채팅이나 소셜네트워크에 올린 글들, 이 모든 게 더 작은 요소들로 쪼개져 실행된다. 심지어 죽은 이들의 말을 사용하여 그들에게 던진 우리의 질문에 답을 해주는 앱도 있다. 몇 년 동안 우리는 앱 스토어에서 이용할 수 있는 앱을 통해 프린스처럼 유명한 사람이나 어이없게도 길을 건너다 차에 치여 사망한 26세의 로만 마주렌코*와도 대화할 수 있다. 채팅창에 "지금 어디야?"라고 입력하면, 마주렌코는 "나는 뉴욕을 사랑해"라고 대답할 것이다. 이때 어색함은 전혀 느껴지지 않는다. 하나하나 넘어가는 경계선들은 자연스레 연결되고, 갑자기 창문이 열리며 매서운 바람이 살을 파고드는 일도 일어나지 않는다.

새로운 미디어가 제공하는 가능성의 바람은 우리가 인식하는 방식마저 바꾼다. 역사도, 누군가의 일대기도, 자신의 텍스트나 타인의 텍스트도, 그 어떤 것도 더이상 하나로 연결된 사슬, 즉 원인과 결과의 접착제로 고정된 시간 속에서 전개되는 사건으로 인식되지 않는다. 한편으로 이는 즐거운 일이다. 디지털 시대에는 아무도 상처받지 않

* Stampsy 스타트업(시각적 콘텐츠 제작 플랫폼)의 창립자.

으며 사이버 기억장치의 무한한 세계에는 누구에게나 내어줄 공간이 마련돼 있기 때문이다. 반면에 위계질서와 서술자의 세상인 구세계는 전부 말하거나 일부만 말하기, 때로는 말하기를 망설이기도 하는 선택의 원칙에 따라 작동했다. 어떤 의미에서 선택의 필연성(예를 들어, 선과 악 사이에서)이 제거되면 선과 악이라는 개념 자체가 사라진다. 남은 건 사실과 사실로 여겨지는 관점의 모자이크뿐이다.

과거는 또 다른 과거들로 변한다. 기껏해야 한 개 또는 두 개의 접점만 가진 채 공존하는 또 다른 형태의 과거의 층들로. 견고한 지식은 점토처럼 말랑말랑해지고 그것으로 모양을 만들어낼 수 있다. 기억하고, 되살리고, 제자리에 고정하려는 욕망은 일어나고 있는 사건에 대한 불완전하고 부분적인 지식 및 이해와 쉽게 결탁한다. 정보의 단위는 아이들의 놀이처럼 어떤 방식으로든, 어떤 순서로든 연결할 수 있다. 즉, 놀이의 방향에 따라 그 의미가 완전히 달라진다. 나의 친구들인 미국인, 독일인, 러시아인 언어학자들은 모두 그들의 학생들이 하위 텍스트를 이해하고 숨겨진 작은 주제들을 찾아내는 데는 능숙하지만, 하나의 개체로서의 전체 텍스트에 대해서는 언급하고 싶어하지 않거나 이해하지 못한다고들 말한다. 이야기의 필요성뿐만 아니라 서술의 진부한 의무 역시 폐기처분되었고, 세세한 부분들 속으로 가라앉았으며, 수천 개의 인용문으로 쪼개졌다.

*

2015년 5월 30일, 나는 반느이 페레울로크의 아파트를 영원히 떠났다. 그곳에서 나는 성서 속 이야기처럼 40년하고도 1년을 더 보냈는데, 그 긴 세월에 나 자신도 새삼 놀랐다. 내 친구들은 모두 이곳에서 저곳으로, 심지어 한 나라에서 다른 나라로 옮겨다니는 동안 오로지 나만, 시골 영지에서 평생을 보낸 그 옛날 귀부인들처럼 할머니와 어머니가 살았던 그곳에, 창밖으로는 텅 빈 하늘과 할아버지가 심은 포플러가 오데사의 나무처럼, 남국의 피라미드처럼 높다랗게 내다보이는 방에 머물렀다. 집은 수리를 끝마쳤음에도 여전히 초라해 보였다. 가구들은 새로 바뀐 위치와 대형에도 마치 전부터 그곳에 그렇게 있어온 양 자연스러웠지만, 밤에 눈을 감고 아무것도 없는 텅 빈 아파트를 상상할 때면 가구들은 모두 어떻게든 어둠 속에서 다시 예전 자리를 찾아갔다. 내가 누운 침대는 한때 그 자리를 차지했던 책상의 윤곽과 일치해서 여전히 책상의 덮개가 내 머리와 어깨를 덮었고, 머리 위로는 보고, 듣고, 말하기를 거부하는 세 마리의 도자기 원숭이가 앉은 선반이 걸려 있었다. 옆방에는 두꺼운 주황색 커튼과 비단 숄을 씌운 이동식 전등, 그리고 커다란 옛날 사진들이 제자리로 돌아와 있었다.

이제 이 친구들은 하나도 남지 않았고 앉을 의자조차 없었다. 아파트는 이제 단추들, 실뭉치 같은 것이나 뒹구는 텅 빈 상자에 지나지 않았다. 의자와 소파는 여기저기 다른 집으로 실려갔고 가장 안쪽의 방은 대낮처럼 환하게 밝혀놓은 불빛에 불안하게 흔들렸다. 문조차도 벌써 새 주인을 환영하듯 활짝 열려 있었다. 열쇠를 새 주인에게 건네주고, 나는 발코니 너머 창백한 하늘을 마지막으로 바라보았다. 삶이 전보다 훨씬 더 빠르게 움직였다. 과거를 담은 이 책은 내가 이 도시 저 도시를 떠돌며, 마치 어느 동시에서 한 숙녀가 '그림, 바구니, 종이상자와 작은 개'라고 하나하나 여행용 짐을 세듯 실재하는 추억들을 되새기는 동안 자기 스스로 내용을 써내려갔다. 그렇게 여기저기 방황하던 나는 베를린까지 가게 되었다. 거기서 책은 멈춰버렸고, 나도 마찬가지였다.

나는 한때 러시아의 도시나 마찬가지였고 늘 문학적 감수성이 넘치는 베를린의 아름답고 고풍스러운 곳에 집을 구했다. 거리의 이름들이 친숙했고 맞은편에는 나보코프가 살았던 집이 있었다. 두 집 건너 아래에는 서로 사랑의 동의로 친구의 몸을 먹어버린 사람*이 살았으며 네모난 작은 마당에는 이웃들 자전거가 말뚝 옆에 수십 대 세워져 있었다. 이곳의 모든 것이 견고하게 존재감을 자랑했지만 이 도시 자체가 이미 수년째, 텅 빈 일부 공간에 지어진 건물들보다 황량한 공터와 폐허로 더 친숙하다는 사실을 생각하자 묘한 기분이 들었다. 나는 기억의 불가능에 대한 나의 글이 다른 누군가의 불가능, 즉 자신의 역사가 상처가 되고 망각의 분홍빛 살갗으로 아물기를 거부한 이 도시에서 쓰일 것이라는 생각이 마음에 들었다.

도시는 마치 편안하게 지내는 법을 잊은 것 같았고, 주민들은 그런 도시의 특성을 존중했다. 여기저기 공사장들이 아물지 않은 상처를 드러냈고, 거리는 붉고 하얀 장벽에 가로막혔으며, 군데군데 잘린 아스팔트는 울퉁불퉁한 흙의 배 속을 그대로 내보였다. 사방에서 바람이 불어와 새로운 황무지를 위한 길을 닦았다. 출입구마다 앞 보도에 박힌 네모난 청동 판들은 그 안에 무슨 이야기가 담겨 있는지 한눈에 알아볼 수 있었다. 이름들을 읽기 위해, 천장 높은 우아한 집에서 테레지엔슈타트**나 아우슈비츠로 끌려간 사람들의 나이를 계산하기 위

* 2001년 독일에서 발생한 '로텐부르크의 식인 살인사건'을 말한다.

** 2차세계대전 중 나치가 체코에 세웠던 유대인 강제수용소.

해 굳이 멈춰 서지 않더라도.

나는 메틀라흐 타일* 난로가 있는 쾌적한 내 아파트에서 베를린에서 하고자 계획했던 어떤 일도 실행에 옮기지 못했다. 어찌어찌 그곳에서 생활에 필요한 준비를 마치고, 책과 사진들을 꺼내 정리하고, 도서관에 등록하고, 낯선 사람의 웃는 얼굴이 그려진 도서관 출입증을 손에 받아들고 나자, 곧바로 불안감이 엄습하며 배 속에서 날카로운 톱니가 도는 것처럼 끊임없이 그리고 집요하게 나를 괴롭히기 시작했다. 하루하루가 어떻게 지나갔는지 잘 기억나지 않는다. 나는 매일 조금씩 더 이 방 저 방 돌아다니는 데 시간을 썼고, 그러다가 내가 지금 잘할 수 있는 유일한 일은 이곳저곳 옮겨다니는 것이라는 사실을 깨달았던 것 같다. 그렇게 이 방 저 방 서성이며 나는 자신을 용서했고, 실현하지 못한 계획들은 하루에 걷는 걸음 수, 내가 이룬 물리적 용량으로 대체되었다. 내게 자전거 한 대가 있었다. 차대는 구부러지고 이마엔 노란색 램프를 단, 사나운 짐승처럼 보이는 낡은 네덜란드산 자전거였다. 한때 흰색이었던 녀석은 마지막 힘을 쥐어짜내 공기와 접촉하는 듯 끼익 끼익 빠르게 달리다가도 브레이크를 밟으면 아주 분명한 째깍 소리와 함께 멈춰서고는 했다. 엄마가 즐겨 읽던 독일의 옛 소설에는 '고속도로의 유령'인 자동차 카를이 등장하는데, 나와 자전거가 사람들과 차량 사이에 뒤섞여 마치 손가락 사이로 빠져나가는 불굴의 공기처럼, 그들의 기억에도 내 기억에도 그 어떤 흔적도 남기지 않은 채 시야에서 가려진 지하차도 안으로 미끄러져들어갈 때면 내가 꼭 소설 속 유령이 된 것 같았다.

---

* 모자이크 구성의 화려한 도자기 타일.

그렇다면 머지않아 어떻게든 공기가 되고 연기가 될 운명에 처했던 사람들이 1936년 5월 5일, 자전거를 소유하고 타고 다닐 권리를 박탈당한 채 땅에서는 오로지 두 발로 걸어다녀야만 한다는 선고를 받았을 때 이 보이지 않는 불굴의 감각을 기억하고 갈망했을지 궁금했다. 그리고 나중에 밝혀진 것처럼, 그들은 추가 법령에 따라 이제 그림자와 합쳐지거나 심지어 그림자에 방해받지 않고 활보할 사치를 누릴 기회도 없이 항상 햇빛이 비치는 쪽에만 머물러야 했다. 게다가 그들은 대중교통도 이용할 수 없었다. 마치 누군가가 그 사람들에게 그들의 육체가 그들이 가진 유일한 재산이며 오직 자기 육체에만 의존해야 한다는 사실을 상기시키는 임무를 떠맡은 것 같았다.

비 오는 어느 10월 저녁, 나를 지나치는 행인들이 모두 바람에 흔들리는 나무를 피하는 가장 적절한 각도를 유지하며 부자연스러운 자세로 걸어갈 때, 나는 모퉁이를 돌아 한때 샤를로테 살로몬*이 살았던 거리로 향했다. 나는 이 여인이 여러 가지 이유로 거의 내 피붙이처럼 느껴졌다. 그녀는 태어나서 1939년까지, 즉 모두에게 닥친 운명에서 벗어나기 위해 서둘러 프랑스로 보내지기 전까지 이 거리에 있는 집에서 살았다. 탈출과 구원에 대한 최악의 이야기는 반전이 있는 이야기, 즉 기적과 같은 탈출 이후 파멸이 찾아오는 그런 이야기일 것이다. 바로 샤를로테에게 일어난 일이다. 베를린의 이 집은 자기 아이를 조심스레 떠나보냈지만, 아이는 창문 너머로 현수막을 비스듬히 들고 시위하는 군중을 보아야만 했다. 하지만 이런 일은 그 당시 창문만 열면 흔히 볼 수 있는 광경이었고, 뛰어난 비율을 자랑하는 정사각형의

* 독일계 유대인 화가로, 아우슈비츠에서 독가스로 살해당했다.

아르누보 틀은 그저 제 역할을 했을 뿐이었다. 빗줄기는 점점 더 굵어졌고, 그곳에서 희미한 불빛이 새어나왔다. 그 불빛은 커다란 집안 전체가 아니라 방 하나에만 밝혀져 있었고 나머지 방들은 어스름한 어둠에 잠겨 있었다. 그래서 나는 천장의 높이도 스투코* 작업도 확인할 길 없이 그저 짐작만 해볼 뿐이었다. 어렸을 때 한 번 읽고 말았던 책에 금박 액자 속에 든 통속적인 그림이 전시회에 내걸린 장면이 있었다. 그 그림 속의 눈 덮인 도시와 익숙한 거리의 모퉁이, 따뜻하게 불빛이 새어나오는 창문까지 어찌나 비슷하던지 나는 숨이 멎을 것 같았다. 갑자기 마차가 나타나 그림자를 던지며 그림의 한쪽 끝에서 다른 끝으로 달려가기 전까지는. 돌연 저 위 어두운 발코니에서 뭔가 움직임이 느껴졌고 불붙은 담배 끝이 보이는가 싶더니 이내 연기가 짙게 피어오르자 나는 왜 그런지 저도 모르게 흠칫 몸을 떨었다.

나는 점점 지하철을, 지상으로 달릴 때도 지하로 달릴 때도 모두 사랑하게 되었고, 어디선가 풍겨오는 달콤한 머핀 냄새와 고무 냄새, 거미줄처럼 얽히고설켜 노선과 방향을 알리는 지도가 좋아졌다. 전철역의 아치형 지붕이 달린 유리 비둘기장은 그 아래 몸을 숨겨도 좋다고 넌지시 알려주었지만, 나에겐 신뢰할 수 없는 임시 건물처럼 보였다. 하지만 동시에 무슨 이유에서인지 나는 내가 탄 지하철 차량이 중앙역의 철제 자궁으로 들어갈 때면 역의 투명한 안전모가 한숨 돌릴 수 있는 시간을 보장하는 것처럼, 다시 빛 속으로 나아가기 전 재빨리 찾아온 일식을 맞은 것처럼, 늘 마음이 편안해졌다. 승강장은 항상 이동하는 수많은 인파로 붐볐고 차량은 도착하기 무섭게 만원이 돼버려서

* 건축의 천장과 벽면 등을 덮어 칠한 화장 도료.

탑승하지 못하는 사람이 나올 정도였다. 자전거를 가지고 타는 사람, 자기 키를 훌쩍 넘기는 엄청나게 큰 콘트라베이스가 든 장례식용 검정 상자를 들고 타는 사람, 마지막 흑백사진에라도 찍히는 양 고분고분 말 잘 듣는 작은 개를 데리고 탄 사람까지 승객은 각양각색이었다. 그 당시에도 나는 이 모든 광경이 오래전에 이미 지난 과거에서, 손을 뻗으면 바로 닿을 거리에서 벌어지고 있는 것만 같았다.

나는 이상한 방식으로 손님을 접대하는 호텔에서 며칠을 보냈다. 한눈에 온기가 느껴지는 벽난로가 긴 복도에서 붉게 타올랐다. 호텔 접수대에 가까이 가서야 우리는 그 불이 눈속임이라는 사실을 깨달았다. 벽에 걸린 TV 화면을 가득 채운 채 활활 타오르는 불길이 유용하고 안전한 아늑함을 자아내며 탁탁 타는 소리를 냈다. 위층, 객실에도 똑같은 화면이 있었는데, 아래층보다 크기만 좀 작을 뿐 타닥타닥 불꽃이 일며 타들어가는 소리는 문지방에서도 들릴 정도였다. 방으로 들어서자마자 나는 누군가의 의도대로 청록색 침대보 위에 앉아 불덩이를 바라보기 시작했다.

한밤중에 나는 화면의 끄기 버튼을 찾아 헤매면서 작은 교훈을 하나 이해하기 시작했다. 그건 식탁보나 냅킨의 가장자리에 장식용으로 적힌 시 구절이나 액자에 수놓인 "일찍 일어나는 사람에게 하느님은 공급하신다"라는 속담처럼 호텔 주인이 손님들에게 제공하는, 어느 정도 강제성은 있지만 부담스럽지는 않은 일종의 오락이었다. 젊은 신병처럼 홀로 꼿꼿이 선 장작개비는 처음에 마치 미리 준비된 후광처럼, 임박한 순교의 전조처럼 맨 가장자리를 따라 서서히 불이 붙었고 이러다 내 얼굴까지 닿겠다 싶을 만큼 불길은 점점 거세게 타올랐다. 그리고 더 크고 더 넓게 번지더니 윙윙 소리를 내며 가라앉았다가 어느새 화면의 맨 꼭대기까지 다다랐고, 벌떼처럼 웡웡거리는 소리는 더 짙어졌다. 이글거리던 불길은 점차 사그라졌고, 화면이 어두워지더니 장작개비가 연달아 부드러운 한숨을 토해내며 재로, 벌건 숯덩이로 부서졌다. 그런 다음 화면이 아주 잠깐 어두워지나 싶더니 재빨리 부르르 온몸을 떨었고 돌연 이미지가 곧게 펴졌다. 그러고는 순식간에 내 눈앞에서 다시 살아난 장작개비가 언제 죽었었냐는 듯 활활 타오르기 시작했다. 이 과정(정확히 말하면 시간이 지날수록 더 끔찍하게 느껴지는 이 녹화 영상)은 몇 번이고 되풀이되었고, 나는 마치 뭔가 다른 시나리오가 펼쳐지길, 뭔가 아주 미세한 변화라도 일어나길 바라는 사람처럼 더욱 주의 깊게 지켜보았다. 하지만 나무는 여전히 어둠에 자리를 내주며 죽었다가 다시 살아나기를 반복했다.

콜랴 스테파노프, 1930

찢어질 듯 낡은 회색 종이 한 장, 타이핑된 텍스트.

조부모님의 혼인신고는 1940년대 초에야 이루어졌다.

"늑장 부리지 않기"—지연시키지 않기

르제프 시 호적등록사무소 관계자분께

트베리 시 시민 N.G. 스테파노프로부터

신청서

도라 잘마노브나 악셀로드가 출산한 아이를 아이의 아버지로서 본인 명의로 등록해줄 것을 르제프 시 호적등록사무소에 요청합니다. 본인의 신분증명서는 발송했으며 귀하의 요청에 따라 귀하에게 전달될 것입니다.

본인이 가진 정보에 따르면, 본인이 D.Z. 악셀로드와 공식적인 혼인 관계(본인 신분증명서의 빈 페이지 참조)에 있지 않다는 이유로 아이가 호적등록사무소에 이름을 올리지 못했습니다. 하지만 그건 정확한 사실이 아닙니다.

소련에 사생아는 존재하지 않으며, 존재할 수도 없습니다. 따라서 혼인신고를 하지 않았다고 해서 본인 명의로 자녀를 등록하지 못할 이유는 없다고 생각합니다.

현재 본인이 직접 르제프로 갈 수 있는 상황이 아니므로 발송해드린 본인의 신분증명서에 아내가 낳은 여자아이를 본인의 자녀로서 명시하고 아이의 공식적인 출생신고를 속히 이행해줄 것을 호적등록사무소에 요청합니다.

N. 스테파노프,

위와 같은 내용에 서명하는 바입니다.

전연방공산당 트베리 지방위원회 인장

전연방공산당(볼셰비키) 트베리 시 지방위원회 회원인 스테파노프 동지의 자필 서명임을 인증함: 전연방공산당(볼셰비키) 트베리 시 지방위원회 의장

자필 추신:

만약 아이가 본인의 명의가 아닌 다른 이의 이름으로 등록되었다면, 모든 현행 법률에 따라 아이를 본인 앞으로 재등록할 것을 **주장합니다**. 아울러 **귀하가 원하는 대로** 동의해줄 의사가 추호도 없음을 밝히는 바입니다. N. 스테파노프

8장
해진 구멍과 전환

가끔 친구들이 엽서나 인터넷 링크를 통해 뜻밖의 사진을 보내올 때가 있을 것이다. 친구들이 볼 때 사진 속 얼굴이 놀라울 정도로 당신과 닮았다면서 말이다. 전체적인 이목구비며 표정이며 머리카락이며 눈, 코가. 하지만 이 사진들을 나란히 놓고 보면 다른 양상이 드러나면서 한 가지 사실을 알게 된다. 당신과 닮았다는 공통분모를 제외하고는 이들 사이엔 공통점이 전혀 없다는 것. 닮은 점은 순전히 우연의 일치일 뿐이다.

아니면 우연의 일치가 아닐 수도 있을까? 왜 이런 유사성은 사진을 보내는 사람이나 받는 사람이나 모두 흥분시키는 걸까? 마치 매우 본질적인 뭔가가, 어떤 숨겨진 메커니즘이 드러나기라도 한 듯 말이다. 그것들을 다른 질서의 표현, 즉 혈연관계나 근접성에 기반한 선택이 아닌, 의도적으로 우리가 모르는 어떤 패턴에 맞춘 선택이라 믿고 싶은 유혹이 든다. 세계질서에 내적 리듬이 존재한다는 증거를 무시하기는 쉽지 않으며, 나보코프에서 제발트에 이르기까지 작가들도 삶에서 일어나는 우연의 일치를 보여주기 위해 기꺼이 신호종을 울렸다. 예를 들어 누군가의 묘비에 적힌 사망일이 당신의 생일과 겹친다든지, 행운을 위해 특정한 색을 입는다든지, 아니면 보티첼리의 십보라* 나 누군가의 증손녀를 닮았다는 사실이 열정의 계기가 된다든지 하는 것처럼. 우연한 유사성은 인간은 결코 세상의 우연한 존재가 아니며, 모든 게 서로 연관되어 있고 잔가지와 배설물, 솜털로 만든 든든하고 따뜻한 둥지로 엮여 있다는 사실을 확인해주는 것 같다. 사람들은 당신보다 먼저 이곳에 있었고 당신이 떠난 후에도 여전히 여기에 있을 것이다.

하지만 이것이 유일한 해석은 아니다. 인류학자 브로니슬라프 말리노프스키는 '그는 딱 그의 할머니이다'라는 고전적인 평가가 다른 방식의 문화로 구성된 사회에서 어떤 공포와 거북함을 불러일으키는지 쓰고 있다. "믿을 만한 나의 비밀정보원들이 내게…… 내가 관습을 어겼고 '타푸타키 미길라'라고 불리는 행위를 저질렀다고 말했다. '타푸타키 미길라'는 오직 이 행위만을 가리키는 용어로, '누군가의 얼굴을 그 친척의 얼굴과 비교하여 더럽히고 훼손하다'로 번역할 수 있다. 가족끼리 닮았다는 발언은 모욕적이고 부적절한 행위로 인식됐다. 사람은 누구와도 닮지 않았고, 복제품도 없으며, 사람은 그 자신으로서 이 세상에 등장한 최초의 존재이자 오로지 자기 자신만을 대표한다. 그것을 부정하는 일은 그 한 사람의 존재를 의심하는 바나 다름없다. 또는 시인 만델스탐의 말대로 "살아 있는 것은 비교의 대상이 될 수 없다."

---

* 구약성경 속 인물로서 모세의 아내.

2009년에 제작된 헬가 란다우에르*의 아주 짧은 단편영화(상영시간 약 15분)가 있다. 나는 그 영화를 컴퓨터에 저장해놓고 책을 읽고 또 꺼내 읽듯 이따금 보고 또 보곤 한다. 그 영화는 번역할 수 없는 단어 'Diversions(전환)'로 불리며, 이 제목은 많은 것을 의미할 수 있다. 차이점, 오락거리, 회피 및 우회로, 심지어는 적의 주의를 딴 데로 돌리기 위한 전술. 이중 어떤 것이나 제목이 될 수 있다. 관객인 나에게 '지침'이 아닌, 각기 다른 방향을 가리키는 일련의 화살표가 주어진다. 지도도 경로도 아닌 흔들리는 풍향계에 가깝다. 이와 매우 유사한 무언가가 화면에서도 일어난다.

레이스 옷자락이 산들바람에 하늘거린다.

무성하게 우거진 나뭇잎, 화가의 이젤 위에 드리운 파라솔, 비에 젖은 희미한 빛줄기.

사슴처럼 나무 뒤에 숨어서 내다보는 아이들.

노가 빛나는 물살을 가르고, 그 위로 긴 물길이 지난다. 태양, 노를 젓는 이가 누구인지 보이지 않는다.

두개골처럼 귀에서 귀까지 걸린 함박웃음. 여인은 물속에 드리운 낚싯대를 잡아당긴다.

---

* 러시아 출신의 시인이자 영화감독.

모피와 깃털, 날개, 강력하고 절대적인 힘을 가진 여성용 모자의 위력.

바람이 살랑대는 무성한 나뭇잎. 아이들이 어린 짐승처럼 이미지의 이쪽 끝에서 저쪽 끝으로 달려다닌다.

탁자 위에 놓인 하얀 꽃병 속의 높다란 꽃들. 주인공이 아닌 다른 모든 것처럼 거의 눈에 띄지 않는다.

운동선수의 콧수염과 이두박근.

걸음을 재촉하는 행인들의 콧수염과 중산모자. 한 사람이 우리를 보고 모자를 살짝 들어 보인다.

자전거와 밀짚모자, 지팡이와 서류가방.

앞으로 굽은 소나무. 짙은 색 옷을 입은 사람이 바닷가를 따라 천천히 걷는데, 다른 건 희미하고 그의 등만 보인다.

사람들이, 그리고 또 사람들이 걸어간다.

우스꽝스러운 공원 열차가 질주하고, 열차 승객들이 손을 흔든다.

아이들이 땅다람쥐처럼 나뭇가지 사이로 내다본다.

죽은 나무들이 길가에 누워 있다.

작업복 차림의 남자가 손바닥을 모은 두 손에 물을 받아 작은 개에게 먹인다.

비둘기들이 공원길에 내려앉는다.

우산을 든 여자아이가 군중 속에서 가족을 찾고 있다.

매끄러운 새틴 옆구리를 가진 둥근 열기구가 하늘로 날아오른다.

두 사람. 그중 한 사람은 불안해하고 다른 한 사람은 진정시킨다.

긴 치마를 입은 여자들이 풍선을 부채질하며 잔디밭을 가로질러 풍선 경주를 벌인다.

마치 불이 켜진 듯 왼쪽 구석에 선량하면서 어색한 웃음이 나타난다.

사람들이 지느러미처럼 생긴 긴 노를 들고 서둘러 부두로 향한다.

바닷물이 해안으로 힘차게 달려들었다가 재빨리 뒤로 물러나며 자갈밭을 훤히 드러낸다.

접이식의자들이 축축한 모래 위에 그림자를 드리운다.

음악가들의 콘서트 위로 펼쳐진 하얗고 하얀 순백의 하늘.

춤사위에 치마가 흩날린다.

소년이 제비꽃을 팔고 있다.

탁자 위에 신문과 물이 든 컵, 접시 위에 체스터필드 담배 한 갑. 신문의 머리기사는 "버펄로 빌*."

밝은 햇살이 쏟아지는 벽돌담.

'매일 저녁 춤을'이라는 이름의 간판.

번쩍이는 말의 다리.

포도로 가득찬 상자들. 한 상자 포장해드릴까요?

일감 위로 고개 숙인 레이스 짜는 여인들의 머리 가르마.

---

* 미국의 버펄로 사냥꾼이자 쇼맨으로, 서부개척시대를 상징하는 인물 가운데 하나.

맞잡은 두 손.

하루 일에 지친 옷깃.

모자가 바로 눈 위까지 내려와 있다.

자동차가 모퉁이를 돈다.

아코디언 버튼.

참새는 그때 더 작았고 장미는 더 컸다.

운동모자를 쓴 남자들이 챙모자를 쓴 남자들이 지나가는 모습을 바라본다.

신부의 면사포를 정돈해준다.

찻숟가락이 커피 받침 접시 끄트머리에 몸을 걸친 채 넙죽 엎드려 있다.

수영복을 입은 사람들이 잿빛 바다로 몰려든다.

정원 울타리 뒤에 풀밭과 쓰러진 나무들.

줄무늬 비치파라솔, 줄무늬 비치 텐트, 그리고 줄무늬 비치드레스.

주인 없는 손수레, 하늘을 가리키는 손잡이.

깃발들이 펄럭인다.

개가 모래 위를 달린다.

환한 마룻바닥 위에 드리운 탁자 그림자.

흰 블라우스와 짙은 색 치마, 일터에서 레이스를 짜는 여인들, 그리고 카페 밖 노상에 나와 앉아 잔을 부딪치는 사람들을 기억의 메신저로, (내게는 너무도 분명한) 한 가지 임무를 수행하는 이들로 생각하기 쉽다. 물론 이 영화는 오래된 다큐멘터리 자료로 구성되어 있으며 구세계에 바치는 진혼곡으로 볼 수 있다. (또는 적어도 그중 한 부분으로 이해할 수 있다. 내가 기억하는 한, 영화는 수십 년을 다루었고 작가의 목소리는 거의 개입하지 않았다.) 긴 이름 목록이 영화의 엔딩 크레디트를 장식하는 가운데 감독의 짧은 문구로 영화는 막을 내린다. "영화의 마지막 장면은 1939년 8월 말, 유럽의 해안에서 촬영되었다."

이 모든 것을 발굴하고 파헤치는 데 몰두하는 다큐멘터리영화가 너무 많아서 어떤 장면, 심지어 어떤 얼굴은 보자마자 이미 알던 사이인 듯 친숙하다. 불시에 뉴스영화 카메라에 잡힌 군중은 이름과 운명을 빼앗긴 채 시내 전차를 향해 끝없이 길을 가로질러 달려가며 그 당시 역사적인 상황을 설명하는 운명에 놓인다. "빈 시민은 안슐루스*를 환영한다." "다음 날 전쟁이 발발했다." "우리는 모두 죽을 것이다." 중요한 것과 중요하지 않은 것의 구분은 아주 오래전부터 어디에나 존재해왔다. 영웅은 연설하고, 여자아이는 아이스크림을 먹고, 군중은 으레 군중답게 느릿느릿 움직인다. 우리는 다큐멘터리 영상을 소품 창고처럼 취급한다. 양도 많아서 취향과 색깔에 따라 고를 수 있는 소품들. 작가는 이야기를 들려주고 지나가는 사람들은 그 이야기를 뒷받침한다. 그것은 결코 그들에 대한 게 아니다. 방송 용어를 사용해 표현해보자면, 그들은 장면 전환용이다. 눈을 즐겁게 하고, 공동의 생각에서 벗어나지 않게 하고, 휴게시간을 채우는 존재이다.

하지만 아무도 이 사람들을 자유롭게 놓아줄 생각을 하지 못하는 것 같다. 그들에게 1920년대의 전형적인 대표자가 아닌 자기 자신이 될 수 있는, 그리고 그들 자신만을 대표하고 의미할 수 있는 마지막 기회를 주자는 생각 말이다. 바로 그것이 헬가 란다우에르가 하는 일이다. 그들의 화면 시간을 단 1초도 빼앗지 않는 것, 영화 속 한 사람 한 사람이 카메라맨이 원래 촬영하기로 한 분량만큼의 시간과 공간을 분명히 보장받는 것. 대개 예술보다는 삶에 내재된, 어떤 것도 암시하지 않을 수 있는 자유는 'Diversions'를 길을 잃거나 잊힌 이들을 위한 일종의 안식처, 한 사람 한 사람이 모두 드러나는 민주적인 낙원으로 만든다. 감독은 오랫동안 기다려온 사람들 사이, 사물들 사이, 나무들 사이의 평등을 이루어내고 모든 존재는 하나하나 과거를 대표하는 지위를 부여받는다. 어떤 의미에서 여기서 확립된 협약은 농노 해방이

---

* 1938년 나치 독일이 오스트리아를 독일에 합병한 사건.

나 마찬가지이다. 과거는 현재에 대한, 우리에 대한 봉건적인 의무에서 벗어난다. 과거는 스스로 걸을 수 있다.

하지만 이제야 나는 이 사람들이 모두 어느 순간 갑자기 눈을 들어 카메라를, 나를, 우리를 쳐다보고 있다는 걸 깨닫는다. 그리고 이는 이 영화의 놀라운 점 중 하나이다. 카메라 렌즈를 응시하는 시선은 결코 수신인을 찾지 못한다. 내가 열 번(아니면 열두 번)을 시청하는 동안 어떤 eye contact(눈맞춤)도 알아채지 못했을 정도로. 만남의 사건은 어쩌면 더 중요할 수 있는 비접촉 사건으로 대체되었다. 등장인물들과 사물들은 기념물의 깨지지 않는 평화를 발산하며 이 15분짜리 영화의 낙원을 설득력 있게 만든다. 여전히(또는 이미) 고통을 알지 못하는 곳, 이미(또는 여전히) 고통을 위한 자리가 없는 곳으로. 시선은 내 위에 머물다 흔적도 자국도 남기지 않고 나를 꿰뚫고 지나간다. 시선은 이제 더이상 방향도 목적도 수신인도 없다. 마치 이 시선 앞에 마음대로 들어가고 나올 수 있는 풍경이 놓인 것 같다. 렌즈 유리 너머에서는 객관적인 판단이나 해석에 접근할 수 없기에 모든 인과관계가 사라진다. 그리고 매번 새로 볼 때마다 에피소드의 순서가 달라지는 것처럼 보인다. 마치 그들이 일어서서 마음대로 돌아다니기를 허락받은 것처럼.

아무것도 설명하지 않고 암시하지 않는 것은 큰 선물이다. 여기 번쩍번쩍 깨끗한 부츠를 신은 한 여자가 말을 타고 불로뉴 숲을 지나간다. 여자는 서두르고, 담배에 불을 붙이고, 카메라를 향해 자세를 잡고, 나른한 몸짓으로 자신이 좋아하는 새 재킷을 벗어 땅바닥으로 던진다. 그리고 다른 사람이 자신을 칭찬하는 표정으로 바라볼 때 자연스레 나오는 웃음을 지어 보인다. 영화의 공간에서 그녀는 동물원의 동물처럼 모든 평가에서 자유스럽다. 사자와 큰부리새를 비교하고, 바다코끼리와 곰을 비교하고, 나를 나 아닌 것과 비교하는 것이 무슨 의미가 있을까.

*

쿠즈민*에게는 영국인 가정교사에 대한 짧은 이야기가 있다. 그녀는 러시아에 살고 있었고 한동안 남동생에 대한 소식을 들을 수 없었다. 1차세계대전이 발발하자 그녀는 뉴스를 보기 위해 영화관에 간다. 징집된 젊은이들이 군복을 입고 전선으로 향하는 짤막한 소식이 전해졌고, 그녀는 혹시 동생을 찾을 수 있을까 하는 어쩌면 말도 안 되는 바람으로 병사들의 얼굴과 소맷자락을 유심히 살펴보았다. 기적은 일어났고 그녀의 믿음은 승리를 거뒀다. 그녀는 동생을 알아보았다. 하지만 옛 동화에서처럼 동생의 얼굴이 아니라(모든 얼굴이 똑같아 보임), 동생을 다른 모든 사람과 구별되게 하는 것, 즉 그의 바지에 난 구멍 덕분이었다. 나는 이 이야기야말로 사람들이 상실과 손상을 통해 서로를 찾는 세기의 첫 텍스트 중 하나인 것 같다. 구멍과 틈새로, 공동의 운명에 참여하는 사람들로 서로를 찾아내는 텍스트.

과거는 지나치게 많고, 모두가 그 사실을 알고 있다. 과거의 과잉(때론 큰물과 때론 홍수와 집요하게 비교되는)은 엄청난 무게로 짓누르고, 그 압력은 의식의 모든 부피와 양을 물밀듯 휩쓸어버린다. 과거는 통제할 수도 완전하게 설명할 수도 없다. 그러므로 살아 있는 건

* 러시아의 시인.

내러티브의 둥근 홈으로 몰아넣고, 과거를 해안에 끌어내놓고 단순화하고 곧게 펴줘야 한다. 좌우에서 콸콸 흐르는 수원水源의 양과 다양성은 마치 도시인이 구속복 없이 날것 그대로의 자연과 마주할 때 느끼는 당혹스러움과 같은 묘한 메스꺼움을 불러일으킨다.

하지만 자연과 달리 죽은 자들은 끝없이 순종적이며 우리가 필요하다고 생각하는 건 무엇이든 자신들에게 할 수 있도록 허용한다. 그들은 어떤 해석도 거부하지 않으며 부르르 떨리도록 굴욕적인 모욕도 묵묵히 견디어낸다. 그들은 법의 테두리 밖에, fair play(페어플레이)의 개념 밖에 존재한다. 문화는 과거를 원자재 취급하며 마치 국가가 광물을 채굴하듯 가능한 모든 것을 뽑아낸다. 죽은 자들에게 기생하는 사업은 수익성 있는 거래임이 밝혀졌다.

우리가 자신들에게 벌이는 모든 일에 쉽사리 동의하는 죽은 자들의 순응적인 태도는 산 자들이 더 많은 짓을 벌이도록 자극한다. 이미 오래전에 이름도 운명도 잃어버린 얼굴이 당신을 바라보는 옛날 사진으로 장식한 새 지갑과 메모장에는 소름 끼치는 뭔가가 있다. 그리고 '예전의 삶에서' 감상적인 소설 속을 거닐도록 소환된 실제 이야기에는 살아 있는 피를 섞지 않고는 표지 아래 텍스트가 꿈쩍도 하지 않을 것처럼 뭔가 무례하고 모욕적인 요소가 있다. 이들은 모두 우리가 우리의 조상들을 비인간화로 몰아가는 기이한 왜곡의 형태들이다. 우리는 우리의 열정과 약점을, 우리의 오락거리와 광학 장치를 그들에게 떠넘긴다. 마치 우리를 위해 준비된 듯 그들의 옷을 멋지게 차려입고 한 발 한 발 그들을 세상 밖으로 밀어내면서 말이다.

과거는 식민지가 되기를 기다리는 거대한 행성처럼 우리 앞에 놓여 있다. 재빠른 약탈 그리고 이어지는 느릿한 개조 작업. 남아 있는 작은 것들을 보존하기 위해 문화의 힘이 총동원된 것처럼 보인다. 추모를 위한 모든 노력은 자기만족을 위한 구실이다. 점점 더 침묵의 새로운 형상들이 무無에서 솟아오르고, 자신의 시간에 갇혀 잊히고 섬처럼 발견되는 사람들은 점점 더 많아진다. 길거리 사진의 선구자들, 음악당 가수들, 종군기자들. 이 축일에, 즉 가면이나 딸랑이가 그 시절 그곳에서 무슨 의미였는지 따져볼 필요도 없이 자신의 취향대로 과거의 식민지 기념품을 고를 수 있는 가게의 개장에 흥분하고 즐거워하기란 얼마나 쉬운 일인가. 과거에 대해 많은 것을 알고 있는 현재는 자신이 과거를 소유하고 있다고 너무도 확신하는 탓에—한때 두 인도가 과거에 대해 그랬던 것처럼—국경선을 무시한 채 이리저리 떠도는 유령들을 거의 알아채지 못한다.

*

엄마가 묻힌 유대인 공동묘지의 길게 늘어선 회색 묘비들 뒤쪽을 따라 걷다가 주변을 둘러보며 묘비명 뒤에 숨기듯 새겨진 상징물로 이곳에, 엄마 옆에 잠들어 있는 이들을 기억에 담기 시작한다. 장미나무와 장미 언덕, 별, 사슴, 사랑의 사람들과 자유의 사람들, 뷔르츠부르크와 스바비안의 사람들, 바쿠 출신(하지만 태어난 곳은 비알리스토크라고 묘비에 적혀 있다)의 외로운 미론 이사코비치 소스노비치(그의 이름 '소스노비치'의 상징적인 나무 '소스나'는 러시아어로 소나무를 의미하며, 이 지역에서는 거의 들어본 적이 없다), 1차세계대전에서 죽임당한 사람들, 테레지엔슈타트에서 살해당한 사람들, 적절한 시기, 즉 비극적인 일이 벌어지기 전인 1920년, 1880년, 1846년에 죽은 사람들. 그들은 같은 땅을 공유하기에 내 가족이 되었지만, 이 새로운 가족에 대해 내가 아는 건 그들의 상징이 있는 덤불뿐이다.

베를린 유대인박물관에는 아이들 사진이며 미처 비극을 피하지 못한 사람들이 남긴 찻잔, 바이올린 등을 전시한, 가족의 역사라 불리는 방이 따로 마련되어 있다. 내 앞에 놓인 작은 화면에는 home video(홈 비디오) 시대에 보편적인 장난감이 된 누군가의 홈 무비가 쉴 새 없이 돌아가고 있었다. 그 당시 영화 카메라는 스위스 스키 리프트 및 다차에서 보내는 여름 저녁과 함께 부의 증인이자 증언이었다.

헬가 란다우에르의 영화처럼 이 비디오 영상에서도 타인의 과거는 그 과거를 말할 수 있는 자유, 그리고 그 과거가 어떻게 끝났는지에 대해서는 침묵할 수 있는 완전한 자유를 누린다. 하지만 이 경우 우리는 몇 가지 상황을 분명히 알고 있으며, 따라서 결말을 어느 정도 예상할 수 있다. 바로 이 지점에서 영상의 섬뜩한 속성이 똑똑히 드러난다. 전심전력을 다해 그때와 지금 사이의 차이를 강조하고 두드러지게 하는 예전 텍스트와 달리, 비디오 영상은 유사점, 시간의 연결성을 주장하면서 그 당시나 지금이나 차이가 없다고 말한다. 여전히 시가지의 노면전차와 기차는 요란하게 지나다니고, 여전히 지상에는 지상전철이, 지하에는 지하철이 운행된다. 여전히 여자들은 아기침대 위로 몸을 굽히고 가만가만 자장가를 흥얼거린다. 망설임도 어색한 순간도 없다. 그저 누군가 화면에서 사라질 뿐이다. 그리고 끝이다.

그리고 여기 그 전부가 있다. 신나게 눈더미를 헤집는 개 한 마리와 즐거워 보이는 주인 내외, 스키 바지 여기저기 묻은 굵은 눈덩이들, 조심조심 경사면을 내려가다 결국 나뒹구는 몸, 서로 다른 길을 가는 스키들, 헛간 문, 자기 집 현관 그리고 남의 집 지붕, 깊게 꺼진 구식 유모차에서 손을 뻗은 아이, 지금과 다를 바 없이 나들이옷을 차려입은 행인들, 망토, 수녀들로 가득한 일요일의 거리, 연못들, 호수들, 보트, 무럭무럭 자라는 아이들, 다시 겨울, 그리고 스케이트 선수들이 눈앞의 얼음을 치운다. 1933년 또는 1934년, 영상은 이제 되감기로 바뀌고, 달빛 아래 어린 소년이 검은 물에서 등으로 솟구쳐올라 다리 위로 날아간다. 끝까지 지켜본 후 나는 크레디트에 가족의 이름이 나타나기를 기다렸다. 그들의 성은 애셔였다. Ascher*. 스키 장비를 점검하는 모습과 반투명한 가족이 털퍼덕 눈 속에 주저앉는 광경이 또다시 흘러나오는 화면 앞에 선 나는 그 이야기가 어떻게 끝나는지 알고 있었다. 그들의 성이 스스로 말하고 있었다. 영화에 출연한 딸이 2004년에 이 오래된 필름을 박물관에 기증했다. 하지만 그녀의 부모, 보트와 개가 나중에 어떻게 되었는지에 대한 언급은 없었다.

전쟁영화는 자막을 빼버리면 모두 똑같아 보인다. 죽임당한 사람이 사거리 땅바닥에 누워 있고, 그곳은 도네츠크나 프놈펜일 수도, 아니면 알레포일지도 모른다. 우리는 항상 똑같은 불행의 얼굴, 어디에서나 열릴 수 있는 구멍에 직면해 있다. 아이들의 사진(미소, 곰인형, 작은 드레스), 패션 사진(단색 배경, 아래에서 위로 촬영한 쭉 뻗은 팔)이나 오래된 사진(콧수염, 단추, 눈, 부푼 소매, 모자, 입술)도 모두 하나같이 똑같다. 사진의 메시지는 간단하다. 설명하지 않고 열거한다. 일리아드가 남긴 건 함선의 목록뿐이다.

애셔 가족의 기록영화와 1934년의 눈 덮인 언덕 그리고 어두컴컴한 스키 트랙과 불이 켜진 창문들을 보면, 이 영화는 그들 가족과 비

---

* 유대인의 성姓.

슷한 처지에 놓였던 사람들에게 그 당시 무슨 일이 벌어졌는지에 대한 기존 지식을 전달하는 통로일 뿐이다. 재는 재로, 눈먼지는 눈먼지로*, 불운한 이들의 공동의 운명. 궤적이 너무도 선명해서 그 궤적에서 벗어나는 일은 마치 기적이라도 목격한 듯 충격적이다. 30분 동안 인터넷을 뒤진 끝에 나는 부모와 아이들 모두 보트와 스키를 이용해 살아남은 소수의 생존자 중 일부라는 사실을 알아냈다. 그들은 1939년에 그곳을 떠나 팔레스타인에 정착해 살다가 미국으로 이주했다. 그들은 가까스로 공동의 운명에서 벗어났다. 영화 속 사람들이 자신의 영화가 해피엔딩이라는 사실을 아직 모르고 있다는 게 안타깝다. 단 하나의 구멍도 그들에게 행복한 결말을 귀띔해주지 않았다.

* 가톨릭이나 개신교에서 죽은 신자를 위해 올리는 전통적 기도문.

률랴 프리드만, 1934

우리 할머니는 겨우 열여덟 살이었고, 우리 할아버지는 할머니보다 네 살이 많았다. 두 사람은 살티코프카 근교 다차에서 열린 건축학과 학생 파티에서 처음 만났지만 몇 년이 지나서야 결혼식을 올렸다. 률랴의 어머니 사라 긴즈부르크는 딸이 의과대학을 졸업하는 게 우선이라며 딸이 중도에 학업을 포기하는 것을 절대 허락하지 않았다.

1.

1934년 11월 25일. 괘선이 그인 공책의 한 페이지.

모스크바, 크라신 거리, 27번 아파트 33호

료냐 구레비치에게

1934년 11월 25일, 밤 1~3시

내 사랑! 눈물이, 당신의 그 눈물이 내 생각을 완전히 바꿔버렸어요.

당신의 눈에서 흘러내린 작은, 아주 작은 눈물 한 방울이 모든 것을 무너뜨렸어요. 나의 어리석은 의심, 두려움, 수치심을 이겨버렸다고요. 당신의 행복을 가로막는 모든 것을요.

그 작고 반짝이는 눈물 한 방울이 찬란하고 진실한 행복으로 내 마음을 가득 채우며 나를 완전히 사로잡아버린 것 같아요.

있잖아요, 내 소중한 사람, 나는 다른 사람의 고통과 슬픔이 나에게 이렇게 커다란 기쁨을 가져다주리라고는 예전엔 상상도 하지 못했어요.

이제 내 눈물을 보고 싶어하는 당신의 마음을 이해해요. 그리고 마침내, 당신이 나에게 주었던 고통 역시 모두 용서하고요.

나는 여태 이런 행복을 느껴본 적이 없어요. 나에게 한없이 소중한 사람이 나를 고통에 빠뜨리지 않겠다는, 단지 그 이유 하나로 고통스러워하는 모습을 보는 것, 내가 소중한 존재이며 그 사람에게 없어서는 안 될 존재라는 사실을 느끼는 것, 내 사랑, 이것이 바로 행복이겠지요!

그건 고통이면서 축복이에요. 그건 내가 완전히 이해할 수 없는 특별한 기쁨이고요.

정말이지, 마법처럼 빛나는 그 눈물이, 당신이 고통당하는 몇 달 동안 단 한 번 흘린 한 방울의 눈물이 내 내면의 '자아'를 완전히 뒤집어놓았을 때, 그 순간 내가 경험한 감정을 나 자신도 충분히 설명할 수가 없어요…… 나는 사람들이 고통받는 걸 지켜본 적도 없었고, 늘 나만 혼자 깊고 큰 괴로움 속에 산다고 느껴왔어요. 하지만 내가 겪은 괴로움이 어떻게 감히 당신의 고통과 비교가 될 수 있겠어요?

아니! 물론, 아니에요! 이제야 나는 '느끼는' 게 어떤 의미인지 깨달았고, 이제야 이른바 나의 '욕망'이 어디에 있는지 알게 되었어요…… 하루라도 당신을 못 보면 당신이 그립고, 속상하고, 일이 손에 잡히지 않았지만, 당신에게 전화하거나 내 마음이 어떤지 솔직히 털어놓지 못했어요. 나는 두려움과 의심에 사로잡혀 있었고, 그것이 우리를 갈라놓을 것만 같았어요. 그렇게 내 욕망에 사로잡혀선 안 된다고 생각했어요…… 네, 그래선 안 될 것만 같았어요. 나는 충동을 억누르는 일에 익숙한데다, 내 인내심까지 나를 부추겼어요.

하지만, 내 사랑, 당신은 당신의 열정에 너무 충동적이에요! 오늘 나는 당신이 당신의 열정을 억누르기 위해 어떤 대가를 치렀는지 깨달았어요. 그에 비하면 내 괴로움은 하찮아 보였고, '어쩌면 나는 그이에게 어울리지 않는 사람이 아닐까?'라는 생각도 잠깐 들더군요.

그렇다고 내 감정이 당신의 감정보다 얄팍하거나 더 가식적이라는 말은 아니에요. 오, 그렇지 않아요! 부디 내 말을 오해하지 마요…… 하지만 당신, 당신이 감정에 훨씬 더 순수하고, 섬세하고, 훨씬 더…… 아니, 문제는 그게 아니에요! 내가 당신을 사랑하는 것보다 당신이 나를 더 사랑한다는 것에 동의할 수 없어요. 그건 거짓이니까요!

하지만 당신은 어려움 따위는 전혀 모르고 귀하게만 자랐지요.

원하는 것을 참아야 할 필요도 없었고요. 그렇지만 나는 늘 그렇게 살았어요.

당신은 자기중심적이고 자기 자신을 생각하죠. 무엇보다 당신은 서로 다른 형태의, 똑같이 원하고 사랑하는 두 가지 중에서 하나만 선택하지 않아도 되었고, 하나의 손에만 쥐여주고 싶은 것을 둘 모두에게 나눠줄 필요도 없었지요.

생각해봐요, 나의 작은 소년, 그렇게 사는 삶이 얼마나 힘든지. 어쩌면 내 고통이 당신에게 기다리고 싸울 수 있도록 힘을 북돋워 줄지도 몰라요……

이런 말은 하고 싶지 않았어요. 당신을 괴롭히고 싶지도 않았고요. 나 자신을 위해서라도 하고 싶지 않았어요. 인정할게요……

하지만 오늘은 나를 설득하기에 충분했어요!

나는 늘 내 필요를 두번째로 생각하며 살았어요. 최근에 다른 사람은 고려하지 않고 조금은 나 자신을 위해 살아보기로 결심했지만, 나는 그게 실수, 잔혹한 실수라는 것을, 아니면 한낱 무지갯빛 꿈에 지나지 않는다는 사실을 깨달았어요. 왜냐하면 나는 사랑하는 사람을 고통스럽게 하면서까지 나 자신을 위해 살 수 있는 사람이 아니니까요. 나는 오늘 내가 더이상 한 개인으로 존재하지 않으며, 내가 당신에게 완전히 녹아들어 당신과 하나가 되었다는 점도 깨달았답니다. 그리고 료냐, 나는 이미 완전히, 정말 완전히 당신의 여자가 되기로 결심했어요. 하지만, 내 사랑, 집에 돌아와 불안에 떨며 슬퍼하는 엄마를 보자 고통이, 가슴이 타는 듯한 고통이 밀려오더군요. 내 마음은 이미 결정됐지만 엄마는, 엄마의 근심에 잠긴 고통스러운 눈빛은 "기다려야 해!"라고 말하고 있었죠.

내가 어떻게 단 한순간이라도 엄마를 잊을 수 있겠어요?

내 사랑! 엄마는 거의 행복했던 적이 없었고, 너무 많은 고통을 겪었고, 나를 위해 너무 많은 걸 견뎌야 했어요. 지금도 여전히 고통 속에 힘들게 살고 계시고요. 그래서 엄마를 더는 아프게 할 수 없어요. 이해해줘요. 엄마에겐 나밖에 없어요. 나에겐 당신이 있고, 당신 엄마에겐 남편이 있지만 우리 엄마는 나 하나뿐인걸요. 엄마는 새파랗게 젊은 나이에 혼자 몸이 되었음에도 나를 위해 여자로서의 행복을 포기했어요. 나에게 엄마의 인생을 바쳤고, 나 때문에 재혼도 마다한 채 완전히, 정말 완전히 홀로 나를 키우고 가르쳤어요.

나는 엄마가 어떤 대가를 치렀는지 알아요! 이제 나는 엄마가 얼마나 큰 희생을 했는지 분명히 알아요, 느낄 수 있어요. 엄마는 단 한 번도 이 일을 입 밖에 낸 적이 없지만, 어떤 암시도 작은 몸짓도 행동도 한 적이 없지만 나는 알아요. 오, 엄마는 바위 같은 분이에요!

엄마가 느끼고 경험한 고통과 아픔은 모두 엄마와 함께 그대로 묻혀버릴 테고, 엄마가 감당해야만 했던 그 고통을 아는 사람은 아무도 남지 않게 되겠죠. 그렇게 고통받고도 그걸 숨기는 것, 오직 우리 엄마만이 할 수 있는 일이에요.

내 사랑, 엄마는 내가 자란 이후로 행여 딸을 잃지나 않을까 온통 그 걱정뿐이에요. 아니, 잃는 건 둘째치고, 아직 세상 물정 모르는 순진하기만 한 나를 세상으로 내보내는 것조차 두려워하죠. 엄마는 여전히 나를 아이로 여기는데, 내가 교육받고 독립적인 여자가 되기도 전에 결혼부터 할 수도 있다고 생각하니 얼마나 괴롭고 힘들겠어요. 엄마는 아무 내색도 없이 그저 가끔 농담처럼 넌지시 암시만 건네지만 나는 알아요. 만약 정말로 그런 일이 일어난다면 엄마는 견디지 못할 것이라는 걸……

그래서 알다시피, 나도 너무 괴로워요. 하지만 그래도 여전히 나는 오늘 당신 눈에서 읽은, 당신 바람대로 할 수가 없어요. 오, 이 모든 일이 너무, 너무 복잡해요……! 당신이 생각하는 것보다 훨씬 더 힘들어요, 료냐!

오래전, 엄마가 내 부탁 때문에 사랑하는 사람을 거절하며 엄마 인생을 망가뜨렸을 때 나는 아빠 무덤 앞에서 맹세했어요. 언젠가 나도 엄마를 위해 그만큼 희생하겠다고요.

이제 때가 왔어요. 언젠가 엄마가 사랑하는 사람에게 "기다려줘요, 내 사랑, 룰랴가 다 자랄 때까지"라고 말했듯이 나도 당신에게 말할게요. "기다려줘요, 내 사랑."

'나는 모르겠다, 이해할 수 없다, 이 모든 게 너무도 힘들다'라는 말은 하지 마요. 아! 당신을 너무 잘 이해해요……

내가 당신에게 그 편지를 보낸 건 그렇지 않으면 오늘 편지를 보내야 할 것 같아서였어요. 나는 당신이 그렇게 괴로워하고 있는지 몰랐어요.

정말 미안해요!

진작 알았다면 그렇게 잔인하게 굴지 않았을 텐데.

그리고 오늘 당신에게 결코 하고 싶지 않은 말을 해야만 했고요.

그것도 정말 미안해요, 료냐!

나는 당신의 감정을 과소평가했고 내가 혼자 속으로 느끼는 감정을 당신과 공유하기가 두려웠어요. 하지만 당신의 눈물은 더이상 '나'는 존재하지 않으며, 오직 '우리'가 있을 뿐이라는 것, 우리는 고난으로 가득찬 어려운 시기를 견뎌야 하며, 우리는 우리 중 한 명을 위해 그토록 많은 것을 포기한 사람에게 그 희생을 갚아야 한다는 사실을 가르쳐주었어요. 그게 내가 아는 유일한 방법이에요, 내 사랑!

이 길을 갈 수 있겠어요? 당신은 결단력과 투지가 충분한가요?

결정해줘요, 내 작은 소년! 오늘부터 모든 걸 당신에게 터놓고 말할 거예요. 당신은 내가 당신에게 부탁하는 것을 분명히 이해해야만 해요.

어쩌면 우리의 희생은 우리가 즐겁게 미래를 바라보는 데 도움이 될지도 모르고, 어쩌면 서로에 대한 지지는 견뎌야 할 이 고통스러운 시간을 쉬이 만들어줄지도 몰라요. 또 어쩌면 피할 수 없는 우리의 상황이 우리를 더 강하게 만들어줄지도 모르고요.

다른 결과는 상상도 하기 싫어요. 당신이 나를 지지해줄 거라고 믿어요. 당신이 내게 이렇게 가깝고 소중한 존재가 된 지금 어떻게 당신을 잃을 수 있겠어요? 그럴 수는 없어요……!

두 명의 희생자를 내는 일, 나는 못 해요!

그러니 약속해요, 내가 언제나 신성한 의무로 여기며 살아온 일을 실행에 옮길 수 있도록 도와주겠다고요. 그리고 맹세해요, 당신의 사랑은 이 일을 감당할 만큼 깊고도 깊다고요.

아! 이번에도 당신에게서 옳은 선택을 봤다는 확신에 이루 말할 수 없이 행복할 거예요……

당신의 희생을 아주 소중하게 생각해요. 그래서 나는 감사와 사랑을 담은 관심으로 당신이 매일 겪을 고통의 무거운 짐을 가볍게 해주겠노라 맹세해요. 눈물…… 당신의 그 눈물이 많은 것을 해냈어요, 내 사랑!

당신의 사랑하는 률랴

2.

날짜 표시 없음.

나의 사람! 내 사랑!

하루하루가 얼마나 단조롭게 그리고 천천히 지나가는지, 시간은 또 얼마나 우울하게 흘러가는지.

지난 사흘은 내게 영원처럼 느껴졌어요.

나는 정신이 나간 사람처럼 아무것도 할 수가 없어요. 당신과 함께 있고 싶고, 당신의 슬픔과 고난을 함께하고 싶어요. 감사하게도 〈밑줄 그어짐〉, 그것들은 이미 지나간 것 같지만요! 하지만 그렇다고 기분이 나아진 건 아니에요. 약간의 안도감은 있지만 여전히 울적하고 쓸쓸해요.

이렇게 앉아서 당신 편지를 읽노라니 당신이 얼마나 좋은 사람인지 다시 한번 알겠어요. 료냐, 사랑스러운 사람!

어떻게 하면 길고 길었던 지난 며칠 동안 내가 겪은 일들과 생각하고 또 생각한 것들을 당신에게 전할 수 있을까요? 내 마음이 얼마나 슬프고 아팠는지 어떻게 이야기할 수 있을까요? 내 사랑, 당신 편지에 가득한 그 따스함과 다정함이 우리 삶에도 녹아들길, 우리와 함께하길 원해요.

말하지 못한 게 얼마나 많은지! 그런데 정작 할말은 없다니! 나는 생각과 감정을 나누는 데 너무 서툴러요!

종이의 뒷면:

내 안에서 깨어난 새로운 감정이 우리의 행복을 감싸안길. 우리의 관계가 사랑과 부드러운 손길 위에 단단히 세워지길. 쓰라린 감정이 우리 마음 깊은 곳에서 자라나지 않기를! 우리의 입술에 상처가 되는 말이 담기지 않기를, 우리의 생각조차도 서로의 행복을 비는 염원으로 가득하기를.

변한 나……

그 아래쪽에, 할아버지의 큰 손글씨로:

내 사랑!

나는 이 몇 마디가 내가 생각하는 모든 것, 내가 바라는 모든 것, 그리고 내가 꿈꾸는 모든 걸 말해주리라고 생각해요. 수백, 수천 줄을 채워넣을 수도 있지만, 그랬다면 당신은 내가 당신에게 진심으로 하고 싶은 말이 무엇인지 이해하기 위해 행간을 읽어야만 했을 거요. 말이란 생각을 전하지 감정을 전하지 않기에 말로는 표현할 수 없어요. 부디 행복하길, 내 사랑!

9장
선택의 문제

"온 땅은 신성한 무덤이며, 우리 조상과 형제들의 유골은 어디에나 잠들어 있다"라고 정교회의 장례법은 말한다. 지구는 단 하나이기에 (그리고 우리는 지구에 거주하는 유일한 인간), 산 자와 죽은 자의 만남의 장소이며 우리 발아래 모든 땅은 우리가 흔히 생각하는 무덤이 될 수 있다. 그리고 묘지는 여전히 우리를 위해 일한다. 심지어 너무 심하다 싶을 정도로 많은 기능까지 가진다. 18세기 베네치아 수도원들은 특별한 접견실을 갖추고 있었다. 지역 주민이나 속세의 손님들이 세상을 떠난 친척들을 추모하러 왔다가 이 큰 방에서 음악을 연주하고, 도미노게임을 하고, 자기들끼리 수다를 떨며 커피를 마시며 시간을 보내곤 했다. 수도승들과 수련 수사들은 쇠창살을 사이에 두고 저만치 떨어져 앉아 그들의 대화에 고개를 끄덕여 보이기도 했지만, 이내 다시 속세와는 전혀 다른 자기 삶으로 돌아갔다. 지난 이삼백 년 동안 묘지는 수도원이나 수용소의 면회실처럼 항상 단편적이고 항상 부분적인 대화가 이루어지는 곳, 즉 일방적인 대화의 영역이었다. 그렇지만 묘지는 훨씬 더 오래된 또 다른 역할이 있다. 묘지는 기록의 장소이자 기록된 증거의 영역이기도 하다.

묘지는 인류의 주소록으로서 우리가 알아야 할 모든 걸 아주 간결하게 설명한다. 주로 이름과 날짜로 요약되며, 그 이상은 필요치 않다. 우리는 기껏해야 두세 개의 친숙한 이름을 읽는 것에 그치고 마는데, 사실 누가 그 수천 페이지에 달하는 이름들을 모두 읽고 기억하겠는가. 그곳에 누운 이들이 우리가 그들을 기억하는지, 그렇지 않은지 조금이라도 신경을 쓴다고 가정할 경우, 그네들이 할 수 있는 일이라곤 그저 길 가던 행인이 자기 앞에 발걸음을 멈추고 읽어줄 기회가 오기를 기다리는 것뿐이다. 자신이 태어나기 전의 삶에 대한 오랜 호기심으로 가득찬 이 낯선 사람은 많고 많은 무덤 중에 왜 하필 이 무덤을 골랐는지 이유도 모른 채 그 앞에 서서 묘비의 글을 읽을 것이다. 낯선 이의 시선이 구원이라는 이런 믿음은—돌 위에 새겨진 텍스트를 한 줄 한 줄 따라가며 글자에서 글자로 옮겨가는 이 시선은 이들에게 일시적이나마 생명과 목적이 있는 존재라는 온기를 불어넣는다—이름 모를 무덤이나 비문이 거의 닳아버린 묘비를 읽어줄 이가 아무도 없는 고아로 만든다. 묘비는 거의 무의미해 보이기도 한다. 일종의 도로표지판(여보시오, 여기 사람이 누워 있소이다) 같은 역할에 지나지 않을 수도 있다. 결국 중요한 건 묘비 위가 아니라 묘비 아래에 있으며 사람들은 언젠가 자신도 죽음을 맞이한다는 사실을 알고 있다. 그러함에도 불구하고 우리는 무슨 까닭인지 묘비 아래 잠든 사람의 이름은 무엇이었으며, 또 몇 살이었는지에 대한 간략한 설명이 필요하다. 왜, 그리고 무엇 때문인지는 또 다른 문제이다.

그리고 이는 아주 오랜 필요이며, 만인을 위한 부활의 믿음을 가진 기독교보다 훨씬 더 오래되었다. 앤 카슨*은 자신의 책에서 전혀 종류가 다른 두 텍스트(파울 첼란과 케오스의 시모니데스)를 나란히 놓고 차근차근 비교 대조하면서, 시는 다름 아닌 바로 무덤—낯선 이의 죽음, 묘비와 묘비의 글에 대한 명확한 설명만이 필요한 곳—너머에서 소리의 껍데기를 깨고 부화하여 문자 예술로 탄생한다고 주장한다. 이 문자 예술은 무덤을 보고 읽는 사람을, 묘비에 새겨진 글을 자기 기억의 일부로, 기억 내면의 질서로 승화시키는 그 사람의 능력을 대상으로 한다. 비문은 글로 표현된 최초의 시적 장르이자 산 자와 죽은 자 사이의 상호 구원을 약속하는 독특한 계약의 주제이다. 산 자는 자신의 기억 속에 죽은 자의 자리를 마련해주고, 시인의 말처럼 "죽은 자는 우리를 곤경에 빠뜨리지 않을 것"**이라고 믿는다.

누가 되었든 여기서 시인은 절대적인 존재다. 시인은 누군가의 삶을 '휴대용'으로 만들며, 몸으로부터 기호를, 몸이 놓인 곳으로부터 기억을 분리해내며 구원의 임무를 수행한다. 일단 한번 읽힌 비문은 날개를 펼친다. 그건 죽은 자들에게 새로운 언어적 본성을 부여하고 기억의 내부 및 외부공간을 따라, 또 세상 모든 서정시를 모아놓은 시집과 우리 마음의 회랑을 따라 어떤 제약도 받지 않고 이동할 기회를 제공하는 교통수단이자 통행권이다. 그런데 죽은 자들에게 우리 시집이 무슨 상관일까?

---

* 캐나다의 시인이자 고전학자.

** 소련의 가수이자 시인인 블라디미르 비소츠키가 한 말.

앤 카슨은 "죽은 자 앞에 산 자의 책임은 그리 간단하지 않다"라고 쓰고 있다. "그들을 죽음에 내어준 건 우리다. 왜냐하면 우리는 그들과 동행하지 않기 때문이다. 그들의 이름을 부르며—우리는 그들의 무존재를 부정한다—그들을 여기에 붙들어두고 있는 것도 바로 우리다. 비문은 이 두 불의와 wrongs(잘못)의 결과이다." 수신자를 위한 편지인 메시지 형태로서의 시는 인간을 흥미로운 자와 덜 흥미로운 자, 이야기하기에 적합한 자와 망각에 적합한 자, 이렇게 두 범주로 나누는 선택의 개념에 내재된 불의를 바로잡으려는 시도에서 출발한다.

묘지는 그런 선택을 하지 않는다. 모든 이를 기억하기 위해 노력한다. 바로 그런 이유로 우리 도시의 가장 끝으로, 우리 시각과 의식의 변방으로 밀려났음이 분명하다. 그 많은 사람과 그들이 살아온 수많은 삶까지, 그 부피와 양이 기억 속에만 담기엔 너무도 방대했을 테니. 모든 목록에서 지워졌고, 비문에 새겨진 채 이따금 받는 작은 꽃다발 선물을 제외하고는 모든 권리를 박탈당한 죽은 자들이, 인류 역사의 유랑자들이 요동치는 바다처럼 우리의 일상을 둘러싸고 있다. 때때로 그들은 평소보다 눈에 더 잘 띄기도 한다. 이런 드문 순간에 현실은 비틀리고 층층이 분리되어 허물어진다. 그리고 나의 작은 배가 검은 수면 위를 따라 나아가는 동안 창백한 얼굴들이 깊은 어둠 속에서 솟아오른다. 나는 여전히 그 얼굴 하나하나를 명확하게 알아볼 수 있고, 그들을 눈여겨 바라보고, 그들에게 손을 내밀어 관심이 집중되는 밝은 조명 아래로 끌어낼 수 있다.

하지만 어떻게 선택하고 또 누구를 선택할 것인가. 이리저리 따져 묻지 않고 모든 사람을 구해야 한다는 명백한 필연성과 저도 모르게 갑자기 일어나는 근육경련처럼 수많은 사람 중 바로 한 사람, 그 한 사람만을 선택하고자 하는 자연스러운 욕망 사이에는 올바른 결정을 위한 여지가 없다. 자신과 타인의 고통으로 가득차고 일반적인 무력감에 뒤틀린, 완전히 잘못된 이 영역은 이제 과거와 현재를 모두 녹여낼 때까지 용접을 이어가는 전기 불꽃에 휩싸여 있다. 불가능한 선택의 상황에서 나오는 모든 텍스트, 모든 말은 스스로 던진 질문에 답도 하지 않은 채 붉은 섬광을 흩뿌리며 활활 타오른다. 차라리 선택을 포기하고 페이지가 끝날 때까지 한 사람 한 사람 차례로 이름을 부르는 게 나을까? 아니면 가장 가까운 것(사람)으로 제한할까? 아니면 모호하게 공식화된 하나의 기준에 부합하는 무언가를 찾아 마치 시간의 천을 가로지르는 색실이라도 되는 양 뽑아낼까? 그도 아니면 친숙한 팔이 나를 받아주기 위해 기다리고 있음을 아는 것처럼, 눈을 감고 뒤로 몸을 던져야 할까?

*

바닥부터 천장까지 밝은 빛을 비추는 긴 창을 가진 국가기록원의 큰 홀은 사람들로 가득했고, 가만가만 페이지를 넘기며 자료를 확인하는 바스락거림이 허공을 울렸다. 내게 필요한 정보는 여기저기 다양한 자료실에 흩어져 있었다. 나는 문헌 번호와 문헌의 난해한 명칭밖에 가진 게 없었지만, 호수 깊숙한 곳에서 어렴풋이 보이는 커다란 물고기의 등뻐처럼 무엇을 어떻게 찾아야 할지 서서히 윤곽이 드러나기 시작했다. 긴즈부르크, 스테파노프, 구레비치 등 내 친척들의 이름이 평범한 탓에 탐색 과정은 더 길어졌고, 다락방에 굴러다니는 나프탈렌의 자잘한 알갱이들처럼 세월에 단단해진 우리 가족의 역사와는 별 관련이 없는 정보 덩어리들이 내게로 쏟아져내렸다. 하지만 작은 문, 일종의 구멍과도 같은 그 정보들을 통해 나는 내 손이 닿지 않는 곳에서 여전히 몸을 뒤척이는 다른 삶을 엿볼 수 있었다.

예를 들어 1891년에 작성된 구레비치에 대한 근무 보고서가 있었다. 이 구레비치는 다른 구레비치, 즉 우리 친척은 아니지만 유대인임에도 불구하고 오데사 교도소의 최고 수장이라는 높은 지위까지 오른 인물이었다. 러시아 남부, 특히 오데사에서는 잠깐이나마 민족이라는 얄팍한 장벽을 극도로 경멸하는 시기가 있었기에 가능한 일이었다. 오데사 바로 옆 헤르손에서는 역시 구레비치라는 같은 성을 가진 나의 고조할아버지가 첫 공장을 세웠다. 그런데 우리와 상관없는 또 다른 구레비치는 뭔가 심각한 문제에 부딪혔고, 120년의 세월이 흐른 후 나는 그가 어떻게 몰락의 길을 걸었는지 한 줄 한 줄 읽어내려갈 수 있었다.

보고서는 최근 신설된 중앙교도소의 총책임자인 미샤 니콜라예비치 갈킨브라스키에게 보내는 것이었다. 보고서에는 이렇게 적혀 있었다. "지난해 오데사를 방문하셨을 때, 각하께서는 현지의 교도소 요새를 시찰하셨고 그곳의 질서정연함에 흡족해하셨습니다. 그리고 죄수들을 감독하는 교도관들의 근면한 봉사와 특별한 노고에 대한 치하와 격려를 요청함이 마땅하다고 생각하셨지요. 그 결과, 1890년 12월 28일, 왕실의 승인으로 다른 사람들과 함께 감옥 요새의 수장이자 궁정 고문관인 구레비치에게 안나 2종 훈장이 수여되었습니다. 하지만 불행하게도 최근 교도소에서 발생한 일련의 사건들은 구레비치의 직무 수행 능력에 심각한 문제가 있음을 여실히 보여주었습니다. 그의 직책은 무엇보다 신속한 상황 판단력과 결단력, 끊임없는 경계 태세를 필요로 합니다. 이러한 능력은 특히 수많은 노역 죄수를 집중적으로 수용한 오데사 감옥의 수장이 반드시 갖춰야 할 자질입니다. 이곳의 죄수들은 적절한 관리 감독이 없으면 다른 수감자들에게 악영향을 끼쳐 자신들의 수하로 만들어버리고는 교도소의 질서를 어지럽히도록 선동합니다. 구레비치는 이 문제를 해결하기 위한 어떤 조치도 취하지 않고 있으며, 또한 현재 밝혀진 바로는 심심찮게 중범죄자들을 경범죄자들과 같은 감방에 가두었고, 그 결과 급속히 사기가 저하된 경범죄자들은 교도소의 규율이 요구하는 조건을 따르기 어려울 지경입니다. 게다가 구레비치의 활동을 관찰한 바로는, 그는 자주 중범죄자들의 비위를 맞추고 그들을 구슬리기 위해 면죄부를 주는가 하면 지나친 관용을 허용한다는 사실이 밝혀졌습니다. 구레비치는 지극히 나약한 성격에 천성적으로 겁이 많으며 교활한데다 소심해서 스스로 권력을 행사하지 못할 뿐만 아니라, 직속 부하들과 교도관들이 죄수를 제압하는 어려운 임무를 수행함에 꼭 필요한 용기와 사기마저 꺾어버립니다. 따라서 교도소 생활의 사소한 문제가 주목할 만한 사건이 되고 실제로 문제가 발생하면 곧 심각한 혼란으로 확대됩니다.

위의 내용을 확인하기 위해 오데사 감옥 생활에서 일어난 다음과 같은 사례들을 열거함이 결코 지나친 처사는 아니라고 생각합니다.

1. 잔혹한 살인, 강도, 폭력 행위로 악명 높은 죄수 츕치크가 무기한 노동을 선고받고 오데사 감옥에 수감돼 복역하는 동안 자신이 탈옥할 수 있다는 사실을 여러 번 떠벌렸음에도 불구하고 그는 거의 아무 감독 없이 방치되다시피 했습니다. 츕치크와 역시 노동형을 선고받은 그의 동료 두 명은 세탁을 핑계로 하루에도 몇 번씩 감방을 벗어나 화

장실에서 시간을 보냈습니다. 거기서 그들은 몸에 숨기고 있던 이른바 영국제 손톱줄을 이용해 창문의 쇠창살을 자른 뒤 수건과 시트를 엮어 밧줄을 만들었고, 게다가 춥치크는 다리에 차고 있던 쇠고랑까지 풀어버리고는 창 구멍을 통해 감방 안뜰로 내려가 울타리로 향했습니다. 하지만 다행히 그들은 제때 발각돼 체포되었습니다.

2. (……) 매일 일정한 시각에 행해지는 죄수 점호시간에 감옥의 고위 관리는 불참하는 경우가 많으므로, 죄수들의 움직임을 관찰하는 임무는 교도관들의 몫이 됩니다. 또한 청소 담당 죄수만 침구류를 반출할 수 있다는 규정에 반하여 죄수 누구나 침구류를 감방 밖으로 내가고 있으며, 작년에 쿠즈네초프라는 중노동 죄수가 다른 죄수들처럼 이를 이용해 자신의 침대를 복도의 꼭대기로 옮겨서는 아무도 눈치채지 못하게 자신의 허리띠로 목을 매 스스로 숨을 끊었습니다.

3. (……) 죄수들에게서 카드, 도미노, 뼈, 담배 및 다양한 금속 물체가 발견되었으며, 이는 교도소 기록 대장에 기록되었습니다. (……) 에베르스만 조사관이 이에 대해 언급하자 구레비치는 아주 순진하게 이렇게 대답했습니다. "이자들은 어쩔 도리가 없네. 교도관들이 수색이라도 할라치면 멱살을 잡고 덤벼든단 말일세."

춥치크가 죄수들을 선동해 도미노게임을 하는 광경은 엿보기 구멍을 통해 슬쩍 훔쳐볼 수 있다지만 소심한 구레비치의 그후 운명은 알 길이 없다. 사건 서류철에는 나중에 첨부된 다른 보고서와 적발 내용이 더 있었는데, 오데사 감옥의 상황은 역시 나중에 구레비치처럼 경질당한 후임 교도소장 시절에도 달라진 게 없었다. 이 문서 자료를 읽을 때 내 눈앞에 펼쳐지는 이미지들은 기이하고 끔찍한 현실로 가득 차 있어서, 오직 영혼만이 쉬어갈 법한 내 증조할머니의 누렇게 변한 앞치마보다 훨씬 더 현실적이다. 낯선 이의 시선을 받기 위함도 아니고, 긴 수명을 염두에 둔 것도 아닌 기록보관소의 문서들은 마치 이 순간을 기다렸다는 듯 첫 페이지를 펼치자마자 환하게 화색이 돈다. 문서에 단 한 번 이름이 언급된, 죽음을 목전에 둔 불행한 쿠즈네초프가 내 눈앞에 서 있다. 마치 그를 기억해주고 그의 이름을 불러줄 이가 아무도 없다는 듯이. 맞다, 대부분 정말로 그렇다.

*

1930년 레닌그라드에서 '우리는 어떻게 글을 쓰는가'라는 흥미로운 제목의 책이 출간되었다. 고리키에서 조셴코, 안드레이 벨리(그리고 무엇이 필요한지 정확히 아는 공산당 문학의 일부 대표자들)에 이르는 유명한 러시아 작가들은 그들의 글쓰기 과정이 어떻게 이루어지는지, 작품 구상과 그 구현의 톱니바퀴가 어떻게 맞물려 돌아가는지에 대해 설명했다. 그 밖의 작가 중에 알렉세이 톨스토이도 포함되는데, 그는 다른 나라로 이민을 떠났다가 터무니없게도 붉은 백작의 특권을 차지하기 위해 다시 소련으로 돌아온 이력을 가지고 있다. 그의 이야기는 이 흥미로운 책에서 가장 주목할 만한 내용 중 하나이다.

톨스토이가 흥분을 감추지 못하며 얘기한 것, 그에게 본보기가 되고 영감의 원천이 된 것, 그것은 바로 17세기의 고문 기록과 그 당시 이름을 밝히지 않은 관리들, 부사제들 또는 하급 관리 출신의 하수인들이 몽둥이, 집게, 불방망이를 동원하여 피해 당사자가 보는 앞에서 작성한 진술서였다. 톨스토이는 '고문 피해자의 고유한 말투를 유지하며' '간결하고 정확하게' 사건의 핵심을 전달하여 독자가 언어와 언어의 근육 조직을 보고 느낄 수 있도록 하는 그들의 능력에 감탄한다. "…… 여기서 나는 죽은 교회슬라브어의 형식도 문학의 가짜 언어로 바꾸려는 시도도 (……) 훼손하지 못한, 전혀 때묻지 않은 완전히 순수한 러시아어를 보았다. (……) 그것은 러시아인들이 천 년 동안 사용했지만 아무도 기록하지 않은 언어였다."

나는 톨스토이의 텍스트가 매우 뛰어나며—꽤 많은 크고 작은 문학적 책략의 도움으로—독자가 그의 흥분이 존중받아 마땅하다고 여기도록 잘 짜였다고 말하지 않을 수 없다. 텍스트에 깔린 일종의 윤리적인 용수철 그물망은 작가가, 당신이 맛보는 살아 있는 러시아어의 주인공에게 실제로 무슨 일(그리고 생생한 기록이 남아 있는 한 항상 일어날 일)이 일어나고 있는지 독자의 관심이 쏠리는 순간 독자 앞에 열리는 블랙홀의 나락으로 빠지지 않고 즐거워하는 독자의 열렬한 반응에 두려운 전율을 느끼도록 만든다. 톨스토이는 언어 이면에 의미를 감추어두는 취향이 있다. 1930년은 정치적 재판, 추방 및 처형이 아직 정점에 오른 시기는 아니었지만, 바로 옆까지, 작가의 책상 가장자리까지 성큼 다가와 있었다. 합동국가정치보안부의 대규모 검거 작전, 간첩으로 내몰린 샤흐티 사건, 최근 사형을 당한 작가 실로프에 이어 파스테르나크는 1930년에 아버지에게 보낸 편지에서 "나는 이 사건이 미치는 영향에서 결코 자유로울 수 없을 것이다"라고 썼다. 톨스토이가 말하는 러시아의 '재판 기록'은 수 세기에 걸쳐 고문당한 수많은 희생자의 자백이자 값을 매길 수 없이 귀중한 자료이다. 그런데 문제는 이들이 어디에 소용이 될까 하는 것이다.

톨스토이가 밝히지 않은 부분은 이러한 증언의 매력, 즉 구문을 그토록 생생하게 만들고 단어의 선택을 그토록 정확하게 하는 건 바로 강요와 압박이라는 사실이다. 그건 자유의지의 산물이 아니라 고통의 결과이다. 심문받고 고문당한 희생자의 러시아어는 말 그대로 다른 사람의 손이 당신에게서 억지로 잡아 빼낸, 끔찍한 결합이 낳은 자녀이다. 러시아어는 내적 강박이 없다. 그건 그림이 아니라 각인이며 고기처럼 날것 그대로인 사건들의 흔적이다. 피해자의 말은 의도적이지 않고 대화 상대도 없다. 우리는 피해자가 목소리 내기를 절대 원하지 않았음을 확신할 수 있다. 그것은 랑시에르가 '기념물'이라고 부르는 것의 극단적인 예이다. 즉, 존재 이유와 완전히 일치하며 오래 살아남으려는 욕망이 없는, 들어주는 이, 심지어 이해도 구하지 않는 메시지이다. 말은 여기, 고통과 굴욕의 마지막 단계에서 벌거벗겨지고 묶인 채 무너져내리기 직전이다.

타인의 시선을 염두에 두지 않는 모든 게 그렇듯 체포되어 심문받는 사람의 말, 제보자와 증인의 말은 특별한 종류의 명확성을 가진다. 우리는 금지된 것, 즉 어떤 상황에서도 보면 안 되는 걸 보게 되고, 이때 그 사건은 역사학자 아를레트 파르주*가 일컬은 '시간이라는 옷감의 해진 구멍'처럼 우리의 마음에 파열의 자국을 남긴다. 이는 시선이—정상적인 방식이나 일반적인 틀을 뛰어넘어—예상하지 못한 대상에 머물 때 발생한다.

문서 유통과 법정 절차의 언어는 폭로이지만, 그건 문학의 그럴싸한

* 18세기 계몽주의를 주로 연구한 프랑스의 역사학자.

겉치장, 즉 '잘 말하고 싶다'라는 욕망이 부족해서가 아니다. 문제는 오히려 이 진술과 그 주제는 가정법을 가지지 않는다는 데 있다. 이들에게는 과거가 없다. 이미 과거에서 뜯겨나갔다. 이들은 또한 미래가 없으며, 따라서 이들에게서는 그 어떤 미래도 기대할 수가 없다. 기록 문서는 전적으로 현재에 존재하며 자기 자신, 자신의 과정과 자신의 결과 외에는 아무것도 보지 못한다. 이는 불시에 맞닥뜨린 생명이다. 이들은 다시는 존재하지 않을 사람들이며 어둠 속에서 우연히 들이닥친 빛 속으로 끌려갔다가 다시 어둠 속으로 사라지는 자들이다.

시학과 기록 작업의 실천을 주제로 한 파르주의 책은 조명이 흐릿해서 마치 카타콤 안을 통과해 들어가는 것 같다. 그녀는 끊임없이 어둠과 이동의 어려움을 묘사한다. 그녀는 서로 뒤섞인 다른 금속들을 구분해주는 암석에 대해 논하듯 기록 문서의 밀도를 이야기한다. 나는 종종 지하 생활을 하는 수 세기 동안 어떻게 정보가 지구 그 자체와 너무도 유사한 하나의 거대한 집합체로 응축될 수 있었을까, 그 과정을 마음속으로 그려보곤 한다. 과거의 의미를 잃은 채 누군가 자신들을 인식하거나 알아볼 희망도 없이 나란히 누운 수백만의 사람들로 빼곡한 집합체.

역사는 '생명의 과잉'을 가진 기록보관소와 달리 좁은 목구멍을 가졌다. 몇 가지 예와 두세 가지의 좀 큰 세부 사항으로도 충분하다. 우리는 기록 문서를 통해 알려지지 않은 모든 일회적이고 개별적인 사건으로 돌아간다. 동시에 이상한 일이 일어난다. 일반화가 한 겹 한 겹 벗겨지며 세분화하기 시작하고, 이어서 개별 존재의 둥근 알갱이로 새롭게 분해된다. 전체에서 일부가 빵 반죽처럼 부풀어오르고, 규칙은 예외인 척한다. 과거의 어둠은 사물들 사이의 비율과 관계를 달리하며 계속 눈앞에 걸린 움직이는 베일, 일종의 반투명 필름이 된다. 파울 첼란은 자신의 저서 『산속에서의 대화』에서 이렇게 말한다. "그림 하나가 들어가자마자, 천에 걸리고, 실 한 가닥이 이미 그 자리에 있다. 거기서 자아지는, 그림을 에워싸고 자아지는, 베일의 실이; 그림을 에워싸고 자아지며 그림과 함께 아이를 낳는다. 반은 그림이고 반은 베일인 아이를."*

*

7월의 어느 날, 더위는 끔찍했고 도시는 습한 열기로 가득했다. 나는 헤르손 국립문서보관소의 작은 방에 앉아 혁명위원회의 기록물을 읽고 있었다. 학교 책걸상처럼 생긴 여섯 개의 그곳 탁자 중 하나엔 농기구공장의 설계도(파란색 바탕에 흰색)가 식탁보처럼 펼쳐져 있었다. 창고와 별채가 딸린 공장은 거대했고, 설계도는 탁자를 가득 채우고도 남아서 일부 건물은 탁자 가장자리 뒤로 넘어가는 바람에 제대로 살펴볼 수가 없었다. 나는 이제 막 지역 의료위생위원회의 보고서를 읽고서 1905년에 "이오페 가게의 분홍색 사고**가 아닐린으로 착색되어 1.5푼트***가 못 쓰게 되었으며", "모든 맥주가게가 한 잔 정도 되는 양의 물로 컵을 씻는다. 그래서 그 대신 수도꼭지가 달린 물탱크를 사용하라는 권고가 내려졌다"라는 사실을 알게 되었다. 그 밖에도

* 『파울 첼란 전집 3』(문학동네, 허수경 옮김)에 수록된 내용을 발췌해 실었다.

** 사고 야자나무에서 나오는 쌀알 모양의 흰 전분.

*** 옛 러시아의 중량 단위로 1푼트는 0.41킬로그램.

주민들에게 마당, 실외 변소, 쓰레기장을 깨끗이 청소하고 정돈하라는 위생 명령이 떨어졌다. 포템킨 거리의 주민들로는 사부스칸, 티호노프, 스피바크, 코틀랴르스키, 팔츠페인, 구레비치 등이 있었다. 특히 이렇게 예상치 못한, 심지어 모호한 상황에서 증조할아버지의 성을 우연히 발견할 때마다 예리한 도구로 보고서 텍스트에 구멍이라도 낸 듯 갑자기 가슴이 아리는 친밀감을 느낀다. 그리고 이제 내 눈은 먹을 만한 음식을 찾아 쓰레기로 가득찬 마당을 뒤지고 다닌다.

하지만 마당과 가게에는 더이상 내가 찾는 음식이 없었다. 끔찍했던 1920년의 헤르손 혁명위원회 업무 관련 파일은 서류들이며 손으로 쓰거나 타자기로 친 명령서며 요청서며 건의서 등으로 제법 두툼했지만 역시 아무것도 없었다. 친척을 돌봐준 사람들, 직장도 집도 없이 남겨진 사람들, 징발당한 피아노의 반환을 요구한 사람들 등, 명단 속에 구레비치는 더이상 보이지 않았다. 나는 처음부터 끝까지 모두 읽어보았고 다시 처음으로 돌아가 몇 번을 읽고 또 읽어도 멈출 수가 없었다. "본인이 위임받은 헤르손 시 범죄수사대 창설 및 설립을 위한 6만 루블의 선지급을 요청하는 바입니다." "본인은 시민 프리츠케르가 백군*의 박해를 피해 도망친 마리야 프리츠케르(그녀는 '보르비스트'입니다)의 아버지임을 증명합니다. 프리츠케르는 몸을 피한 딸 대신 체포되어 약탈당했습니다. 우리의 지원이 불가피합니다." "트로이츠키 수도원의 전직 주교의 재산을 수색하고 징발하라는 지시를 내린 자가 누구인지 조속히 알려주시기를 바랍니다. 지역 군사위원회에 올

* 1917년 러시아혁명 당시 공산당의 적군(붉은군대)에 대항하여 왕당파가 조직한 반혁명군.

릴 긴급 보고를 위해 꼭 필요한 정보입니다."

70년 동안 아무도 이 문서를 읽지 않은 모양이었다. 열람자 명단 용지는 텅 비어 있었고 약탈당한 보르비스트(우크라이나 좌익 사회주의 혁명당 당원들을 일컫는 말)들과 전직 주교들의 명단도 움직이는 화면 베일에 가려 거의 식별할 수 없었다. 폐간된 지역신문 〈우리 국토〉의 편집자들은 계속 활동할 수 있도록 허가를 내달라고 요청했다. 타자기 판매상이자 수리공 올시방 동지는 혁명위원회에 '자신의 타자기용 중고 테이프를 800루블에 구매할 것'을 제안했다.

어떤 장면들에서는 합창인가 싶었던 게 개별 목소리로 갈라졌고, 텍스트는 문학의 거품으로 부풀어올랐다. 관리부 부국장 피삭 동지는 총력을 기울여 즉시 충분한 방(11개)을 갖춘 영구적인 공간을 사무실용으로 확보해야 한다고 강조하며 "관리 부서가 하도 자주 방을 옮겨 다니는(일주일 새 네번째 방) 바람에 직원들이나 방문객들은 유목민 신세나 다름없습니다. 다들 사무실에서 사무실로 찾아다니며 허둥지둥 서두르지만, 이는 쓸데없는 에너지 낭비에 불과합니다"라고 쓰고 있다. 그리고 상트페테르부르크 극단은 헤르손에 극장이 너무 많은데다 대중은 공연에 넌덜머리를 내는 상황이라 극단 유지가 어렵다는 이유를 대며 인근 도시 카호브카로 옮겨갈 준비를 했다.

나는 마치 부서질 듯 작은 배에 몸을 싣고 탁하고 어두운 호수 위를 떠가는 것 같았다. 거의 물에 닿을 듯 수면 위로 몸을 굽힌 나를 향해 창백한 둥근 머리들이 호수 바닥에서 솟아올랐다. 머리들은 점점 많아졌고, 펠메니*처럼 떠올라 물이 펄펄 끓는 냄비의 가장자리를 맴돌

* 다진 고기만으로 속을 채운 러시아식 만두.

았다. 그 얼굴들은 거의 알아볼 수 없었고, 무거운 갈고리로 가장 가까이 있는 사람들을 끌어당겨 그들이 누구인지도 모른 채 이리저리 돌려가며 유심히 살펴보아야 했다. 그들은 입술을 달싹였지만 소리는 나지 않았고, 내 입술은 그들 사이에 없었다. 배 안에 공간도 거의 없었고 선체에는 무엇이 들었는지 알 수 없는 짐 자루들이 높이 쌓여 있었다. 꿈속의 일처럼 모든 것은 끝이 없었고 오직 고요하고 절박한 움직임만, 결코 누구도 함께 데려갈 수 없다는, 아니면 적어도 누군가 한 사람을, 이 사람 또는 저 사람을 데려갈 수 있다는 피할 수 없는 사실만 있을 뿐이었다. 벌어진 틈새처럼 반쯤 벌린 입속을 손전등으로 비추고 그들이(그 혹은 그녀가) 하는 말을 이해하려고 노력하지만, 어떻게 선택할 것인가. 그리고 그 선택은 가능할 것인가?

누군가의 연장된 하루, 즉 완전하고 최종적인 어둠 앞에 무너지기 직전 한번 더 수면 위로 떠올라 허우적거리고 잠깐이나마 한번 더 빛 가운데 모습을 드러낼 기회가 바로 당신 손에 달려 있다는 느낌보다 더 큰 거짓말은 없을 것이다. 그런데도 나는 기록보관소의 작은 합판 책상 앞에 앉아 다른 사람들의 말을, 우리네 공동 역사의 포로가 된 언어를 마치 작년에 심은 얼어붙은 감자를 찾아 땅 여기저기를 파헤치는 사람처럼 단 한 글자도 바꾸지 않으려고 애쓰며 써내려갔다.

헤르손 군사우원(위원)에게

청원서

우원(위원) 동지께서 뺑집(빵집) 지배인 표도르 필리포비치 스트베톱스키를, 이 방호꾼(방해꾼)이고 인민의 족(적)이고 비열한 악당이고 도둑이고 사기꾼인 자를 직장애서(에서) 쫓과(아)내셨습니다. 그리고 이 뚜기꾼(투기꾼)은 뚜기(투기)를 일삼는 것 말고도 여전히 요새 옆의 군인 건물에 살면서 사람들의 친절을 이융(이용)하고, 또 사람들 얼굴에 침을 뱉는(뱉는) 행동을 마구 합니다. 그래, 인민과 소련의 적인 그런 자가 무슨 권리로 그곳에 사는지 귀하께 몯습니다(묻습니다). 이에 노동자인 본인은 항의를 드리며 우원(위원) 동지께 쏴베톱스키를 인민의 집애서(집에서) 쫓과(아)내고 그가 있어야 마당한(마땅한) 곳을 알려주시기를 요청합니다.

텍스트 아래 파란색 타자기 글씨로 "군사위원회의 결정에 따라 정보를 제공함"이라 표시돼 있고, 텍스트 위쪽에도 같은 내용이 빨간색 연필로 적혀 있었다.

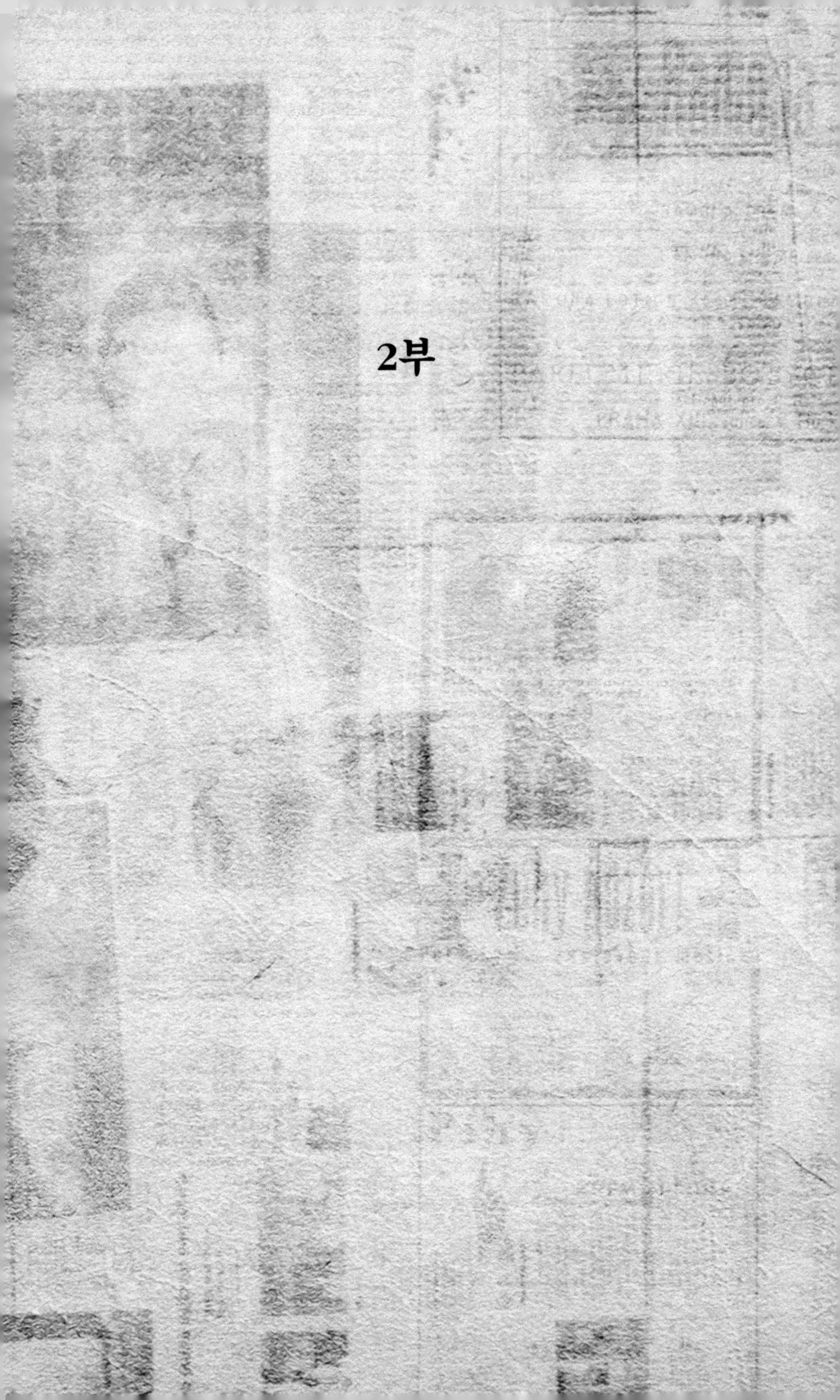

2부

우리가 보는 이들은 빛 가운데 있는 사람들이지 어둠 속에 있는 사람들이 아니다.

—베르톨트 브레히트

1장
젊은 이드*가 몸을 숨기다

기적처럼 살아남은 증조할머니의 서신(오래전 러시아, 프랑스, 독일 등 전쟁 전 국경을 넘나들던 수십 장의 엽서)은 그 불완전함이 묘하게 호기심을 자극한다. 편지로 연락하는 사람들은 늘 이미 주고받은 편지들을 언급하며 더 자세히 쓰겠노라는 약속을 잊지 않는다. 하지만 한때 분명히 존재했던 이 긴 편지 중 어떤 것도 온전히 살아남지 못했고, 그 이유는 너무도 명백하다. 눈에 보이는 것을 향한 우리의 지속적인 사랑. 이 열정은 어제오늘 일이 아니다. 어렸을 때 두툼한 엽서 앨범 두 권을 훑어보다가 대리석 소녀를 껴안은 해골과 온갖 불빛으로 화려하게 빛나는 니스의 야경이 담긴 엽서를 발견했지만, 손글씨가 우체국 소인 옆에 딱 붙어 있는 엽서의 뒷면을 읽어볼 생각은 미처 하지 못했다. 그리고 어쩌면 그건 당연했다. 자기 가족에 대

* 유대인을 비하하는 의미의 이디시어.

한 필요한 정보는 이미 알고 있는 마당에 굳이 텍스트로 돌아갈 필요가 없지 않은가.

한 세기가 지나 나는 이 엽서들을 읽기 시작했고, 그러자 사건들이 알아서들 순순히 줄을 맞춰 섰고, 누가 누구에게 어떤 순서로 대답했는지 점차 명확해졌다. 이 편지들은 주요 내용이나 지나가는 사소한 말 외에 눈에 띄는 특징이 하나 있었다. 아주 가볍게라도 유대인을 언급한 경우가 단 한 번도 없다는 사실이었다. 그리고 이 부재(축제, 의식, 종교 전통과 관련된 모든 것) 너머에 다른 게 하나 더 있었다. 그건 바로 추방과 굴욕의 언어인 이디시어가 전혀 사용되지 않았다는 것이다.

편지에는 주로 진단과 평가의 전문용어로 사용되는 라틴어가 언뜻언뜻 보이고 이따금 프랑스어와 독일어도 눈에 띈다. 하지만 편지를 주고받는 이들을 위한 비밀 부호나 이해의 표지 역할을 할 수 있었던, 가정의 언어에서 온 단어들은 일상에서 배제되고 대화에서도 사용이 금지된 것처럼 보였다. 딱 한 번, 가족 문제와 봄 학기 시험에 관한 이야기가 나왔을 때, 나의 미래의 증조할아버지가 갑자기 이 숨겨진 기록에서 이디시어 한 구절을 찾아냈다. '("эс редцех а зай!")'라는 글귀가 마치 박물관의 유리 진열장 안에 든 것처럼 큰따옴표와 괄호라는 이중 울타리 뒤에 자리 잡고 있었다. "es redt zich azoi"라는 이 문구의 의미는 놀랍다. 문자 그대로는 "진실로 그렇다"이지만 실제 의미는 정반대이다. "그렇다고들 여기지만 나는 그걸 전혀 믿지 않는다." 따옴표와 괄호 안에 숨겨둔 건 무슨 의도일까? 그것은 자명해 보인다. 그렇게 말하는 사람들과 거리를 두고, 유대 사회나 유대인 공동체의 일반적인 의견이나 억양의 영역 밖에 놓인 대화자와의 공통점을 정립하려는 시도였다. 괄호나 따옴표 없이 부정확하고 시끄럽게 떠들기, 그것이 그들의 어린 시절이 말하는 방식이었다. 그리고 외부 관찰자의 의견에 따르면, 바로 그것이 그들 자신도 따라야만 하는 말하기 방식이었다.

1930년대에 만델스탐은 게오르기 이바노프*의 회상록에서 자신에 대한 묘사를 읽게 된다. '중국 그림자'라 불리는 그 회상록에서 '유대인'이라는 단어가 딱 두 번 나오는데, 두 번 모두 만델스탐을 가리킨 것이었다. 저자는 그의 얼굴이 너무도 특징적이어서 노점상 노파조차 저도 모르게 '얀켈 또는 만델스탐'** 같은 자기 손자를 떠올리게 된다고 말한다. 언젠가 만델스탐의 글을 잡지에 게재한 적 있는 세르게이 마콥스키***의 후기 글에서도 어느 정도는 무례하고 어느 정도는 애정 어린 어조가 비슷하게 드러난다. 이 글들은 과거의 사건들을 교묘하게 작은 일화로 둔갑시킨다. 다시 말해, 독립적인 개개의 사건을 하나의 전형으로 묶어 전달하려고 애쓴다. 그중에는 젊은 시인, 만델스탐이 어머니 플로라 오시포브나 베르블롭스카야와 함께 잡지사 편집국을 방문한 장면을 묘사한 대목이 있는데, 여기서 저자는 시인의 어머니를 무례하게도 아주머니라 부른다. 그녀의 말은 세심하게 정형화되어 있으며 심지어 악센트까지 있다(그리고 이는 표준에서 벗어나는 말에 민감한 현대 독자들에게 더 명확하게 보일 것이다). 장사꾼다운 우스꽝스러운 이민족****의 말투. "글쎄, 우리 아들을 어떡하면 좋을지

---

* 1930년대와 1950년대 사이 러시아 이민을 이끈 시인이자 수필가.

** 유대인 남성의 일반적인 이름.

*** 러시아의 시인, 미술비평가이자 출판인.

**** 제정러시아에서 슬라브 민족 이외의 제 민족을 부르던 명칭.

몰라. 우리 집은 장사를 하거든. 가죽을 파는데, 우리 아들은 허구한 날 시, 시 생각만 한다니까!"

그 당시 이미 밝혔듯 이는 인종이 아닌 계급을 부각한 패러디였다 쳐도, 20세기 초반 문학계에서 만델스탐의 이미지를 결정한 건 처음부터 유대인이라는 그의 정체성이었던(빈곤도 아니고 오만과 불확실성의 희극적인 조합도 아닌, 심지어 그의 시조차도 아닌) 것 같다. 그의 정체성은 당시 다른 모든 걸 무색하게 만들 만큼 이국적이었던 듯하다. 그의 첫 문학 행보를 다루는 대부분 문서는 어떻게든 그의 뿌리를 부각하며 그를 언급하는데, 솔직히 현대의 시선으로 바라볼 때 이는 과히 충격적이다. 만델스탐은 미샤 쿠즈민*의 일기에서 이름도 없이 처음 등장한다. '지나이다의 젊은 이드' 지나이다 기피우스**는 젊은 시인을 영향력 있는 발레리 브류소프***에게 소개하며 편지에 이렇게 쓴다. "불과 2년 전만 해도 엄마 앞치마 자락이나 붙잡고 있던 어떤 신경질적인 젊은 이드가 최근 급격한 발전을 이루더니 가끔 좋은 글을 쓰기도 한다." 손님들, 특히 작가들의 출석을 꼼꼼히 기록했던 상트페테르부르크의 유명한 문학 살롱의 문서에서 만델스탐은 줄곧 멘델손으로 불린다. 하지만 사실, 그게 무슨 차이란 말인가?

1911년 10월 18일, 안드레이 벨리는 블로크****에게 이렇게 썼다. "내가 초르노소테네츠*****가 되었다고는 생각하지 말게. 하지만 도시

---

* 작가이자 러시아 최초 자유 시인.

** 러시아의 시인이자 작가로 데카당파 문학운동을 추진했다.

*** 러시아 상징파의 대표 시인이자 소설가.

**** 러시아 상징주의 시인.

***** 20세기 초 러시아의 우익 기독교, 군주제 및 반유대주의 단체의 회원들을 가리킨다.

의 모든 소음과 시골의 사색을 통해 미래 인종의 움직임이 가깝게, 점점 더 가깝게 들리네." 블로크 역시 땅 밑으로부터 우르르 몰려오는 이 소리에 귀를 기울이고 있었으며 아리아니즘과 유대 민족의 관계 그리고 이드(더럽고, 무지하고, 이해할 수 없는—전혀 낯선)와 그래도 받아들일 만한 유대인의 차이에 사로잡혀 있었다. 열흘 후, 그는 일기에 이렇게 적었다. "저녁에 '크비시산'에서 차를 마셨다. 퍄스트, 나 그리고 만델스탐(영원한 자)." 여기서 언급되다 만 '영원한 이드'의 그림자는, 기분이 상한 티치안 타비제*가 자신의 글에서 처음으로 만델스탐을 유대인(굶주린 유랑인, 아하스베루스**)으로 묘사한 바 있는 1920년대까지 이어졌고, 나중에 가서야 비로소 '러시아 시의 흘레스타코프***'라는 별칭이 그 자리를 대신한다. 종족과 인종에 대한 언급이 comes first(먼저 오고), 개인에 대한 비방이 후식처럼 그 뒤를 따른다. 몇 년 후 만델스탐의 시를 제대로 알아본 블로크는 자신의 일기장에서 이렇게 말했다. "조금씩 그에게 익숙해지다보면, 이드는 어디론가 숨어버리고 예술가가 보인다."

주목받기 위해서는 이드는 누구든 자신을 숨겨야 했다. 자기 자신을 정화하고, 개조하고, 개선함은 물론 민족이나 가족에 대한, 그리고 주위 환경에 대한 소속감의 모든 흔적을 지워버려야 했다. 1904년, 토마스 만은 미래에 자기 아내가 될 여자의 가족에 대해 다음과 같이 칭송

* 조지아 출신의 시인이자 산문작가.

** '영원히 유랑하는 유대인'이라는 뜻으로, 형장으로 가는 그리스도를 자기 집 앞에서 쉬지 못하게 하고 욕설을 한 벌로 그리스도가 재림할 때까지 지상을 유랑하는 구두장이를 가리킨다.

*** 고골의 희곡 『검찰관』의 주인공으로, 속물적 인간의 전형이다.

한다. "댄스홀을 장식한 한스 토마*의 프리즈**는 이루 말로 할 수 없을 만큼 아름답다. (……) 이 사람들을 떠올릴 때 유대인이라는 생각은 들지 않는다. 문화 외에 다른 건 아무것도 느껴지지 않는다."

기본적으로 문화의 세계에 속한다는 건 유대인의 정체성을 포기함을 의미했다. 유대인이기를 고집하는 일은 일종의 고루함이었다. 보리스 파스테르나크는 "마치 로마제국의 몰락 이후에도 어떤 민족은 여전히 존재하고 그들의 민족이라는 원시적인 관념 위에 문화를 건설할 가능성이 있는 것처럼"이라고 말한다. 그런데 민족의 뿌리와 민속예술에 대한 대중의 광범위한 애정 가운데, 그리고 빈예술공방과 민속 문양, 수평아리***가 있는 아브람체보예술공방의 화려한 번성 속에 오로지 공동의 축제에서 제외된 민족적 본질 하나만 존재한다면 그건 의미가 없다. 하지만 세기의 전환기에 교육받고 계몽된, 세속적인 유럽의 유대인들은 갈루트****의 친척들과는 그들 특유의 발음이며 닮이며 떼려야 뗄 수 없는 끈끈한 관계며, 그리고 거추장스러운 종교의 부담 때문에 혈육으로서의 어떤 연관성도 느끼지 못했다. 서정적인 추억은 전혀 없다. 동화될 가능성이나 기질을 가진 사람들에게 유대교의 사향 냄새를 떠올리게 하는 모든 건 일종의 추악한 격세유전, 운 좋게 육지에 도착한 생존자를 다시 물가로 끌고 가는 물고기의 꼬리와 같았다. 이는 수십 년 동안 지속되었다. 이사야 벌린의 회상록은 1945년에 있었던 파스테르나크와의 만남을 다음과 같이 묘사하고 있

---

* 독일의 화가.

** 건축물에 붙이는 띠 모양의 장식물.

*** 푸시킨의 동화 『황금 수탉』에 등장하는 수탉.

**** 유대인 디아스포라를 가리킨다.

다. "그는 이 주제로 대화하기를 내키지 않아 했다. 그 주제를 특별히 부끄러워한 건 아니었다. 그저 몹시 불쾌해했을 뿐이었다. 그는 유대인들이 동화되어 한 민족으로 사라지기를 바랐다. 나는 내 입에서 나오는 유대인이나 팔레스타인인에 대한 한 마디 한 마디에 파스테르나크가 눈에 보이도록 고통스러워한다는 사실을 알아챘다."

세기가 바뀌는 경계에 선 아이들 앞에 세 가지 출구와 선택이 놓였고, 그것들은 모두 비슷해 보였다. 혁명, 동화同化, 그리고 시오니즘. 이들은 마치 버려진 건물의 프론톤*에 각각 홀로 떨어져 있는 세 개의 비유적 인물, 우화 속 형상과 같았다. 헤르츨**이 막 가슴에 품은 유대인 국가의 실현이라는 웅대한 꿈은 아직 완결된 형태를 갖추지 못했고 이디시어와 히브리어 사이에서 어느 언어를 선택할지 열띤 논쟁이 이어졌다. 당시에도 많은 이들의 선택은 현재의 자신(피해자이며 망명자이며 난민)을 거부하고 고대의 자신을 선호하는 언어, 즉 히브리어였다. 동화는—다른 문화의 거센 강물에 자발적으로 뛰어듦—일정 수준의 교육과 부를 통해 점진적으로 그리고 자연스럽게 이루어졌다. 부모의 낡은 신앙은 눈앞에서 시들어버렸다. 그리고 혁명(그리고 의무로서의 평등과 형제애)은 사회 계급과 국가라는 장벽을 탁자에서 단번에 쓸어버렸기 때문에 더 매혹적이었다. 1905년 10월 17일, 증조할머니는 낯모르는 사람과도 얼굴만 아는 정도인 사람과도 다 함께 손을 잡고 거리 시위에 나섰다. 그들은 마치 서로 친척처럼 보였다.

---

* 건물 정면의 문 위쪽 구조물.

** 오스트리아-헝가리 제국의 작가이자 언론인으로서 시오니즘의 주창자이자 이스라엘의 국부.

게다가 이성과 정의라는 견고한 토대를 바탕으로, 새롭고 더 나은 세상을 만들자는 공동의 목표를 가졌기에 관계가 자연스러웠다. 이 새로운 연대의식에는 뭔가 여행과 비슷한 점이 있었다. 우리는 갑자기 익숙한 모든 것으로부터 수천 베르스타* 떨어진 자신을 발견하고, 마치 공중에 떠 있는 것처럼 스스로 전보다 더 나아지고, 더 밝게 빛나고, 더 똑똑해지고, 선과 악을 더 깊이 분별하게 된다. 증조할머니가 니즈니노브고로드 막사에서 나눠준 전단은 어린 시절이나 처녀 시절에 할머니가 겪은 경험과는 전혀 다른 현실을 알리는 내용이었기 때문에 이 메시지를 다른 사람들에게 전달하는 건 아주 중요한 일이었다. 그것은 심지어 그녀의 귀에도 새로운 내용이었다. 그런 개념들은 그녀의 집안 언어에는 존재하지 않았다.

1907년과 1908년 사이를 부지런히 오가며 편지를 읽는 동안 내 눈길을 끈 또 다른 하나는 편지에서 뿜어져나오는 따뜻하고 무조건적인 동정심이었다. 그리고 그 따뜻함과 함께 그 근원, 즉 그 당시 외부 세계가 우리에게 주목하며 우리를 비난한 바로 그것의 정체를 알아챘다. 가족의 끈끈한 유대감, 결속력, 가족, 친구, 친척, 지인, 지인의 지인을 끌어들이는 살아 있는 유기체의 각 세포를 향한 끊임없는 보살핌. 이것이 바로 우스갯소리와 싸구려 전단 속에 비친 유대인들의 모습이었다. 그들은 자기 사람들을 알아보고, 자기 사람들을 돕고, 늘 서로를 지지한다. 그들은 많고 그들은 함께 있다. 유대 전통에서 이미 반걸음쯤 멀어진 그들이 느꼈을 외로움의 깊이, 그들을 에워쌌던 공허함이 뼛속까지 느껴진다 해도 그리 놀라운 일이 아니다. 이 아웃사이더들에게

* 옛날 러시아 거리 단위. 1베르스타는 1.067킬로미터.

는 정말 그들 자신 외에는 아무것도 없었고 아무도 없었다.

> 카탸는 어디 있나요? 파냐는 나폴리에 있어요. 베라의 주소는 모르지만 파냐의 주소는 아래 적어두었어요. 이다 실륨메르가 당신 안부를 묻더군요. 파냐의 주소를 다시 보냅니다. 가족은 만나셨나요? 가족분들이 당신께 전보를 보내고 싶어했거든요. 혹시 로잔에 가시면 비그도르치크 자매들에게 안부 전해주세요.

외부의 시선으로 보면 우글우글 모여 꿈틀대는 우스꽝스러운 모습(곧 바퀴벌레를 닮은 유대인들이 틈새란 틈새는 다 찾아내 숨어드는 바람에 살충제로 그것들을 죽여 없애는 풍자만화로 무수히 희화화된다. "무당벌레는 쥐도프카*이다.") 같지만, 그건 사실 서커스장의 위험을 방지하는 시설물처럼 인정과 혈연의 안전망을 형성한다. 하지만 이제 이마저도 지겨워지기 시작한다. 밖에서 지켜보는 사람들뿐만 아니라 유대인 자신들마저도. 진보에 대한 믿음과 '모든 사람이 미래로 안내받는 것은 아니다'라는 정서에 기반을 둔 동화同化의 논리는 유대인이라고 다 같지는 않다는 사실을 마음으로 인정하도록 요구한다. 그래서 빈의 개화된 주민들은 발음도 불명확하고 도시 생활에 적응도 하지 못하는 동방의 친척들이 쏟아져들어오는 바람에 극심한 고통을 겪었다. 그래서 오데사의 세속적인 주민들은 리투아니아에서 데려온 새로운 랍비가 지나치리만큼 고상하게, 어리석으리만큼 엄격하게 나오자 그를 외면했다.

---

* 유대인 여성을 비하하여 일컫는 말.

*

프루스트의 서술자 마르셀은 친구인 블록의 기이한 특징을 흥미롭게 관찰한다. 블록은 희화화된 유대인으로, 신중하게 선택한 다양한 모방의 모습을 갖추고 있다(틀에 박힌, 또 다른 주인공, 동성애자 샤를뤼스 남작처럼). 그의 특징 중 하나는 선언적인 반유대주의로, 말 그대로 코를 들이밀고 의견을 쏟아내며 어디에나 존재하는, 넘쳐나도록 많은 유대인에 대해 요란하고 과장된 불평을 쏟아낸다. "어느 날, 생루와 모래사장에 앉아 있는데 어느 캔버스 텐트에선가 발베크*에 우글거리는 유대인 무리에게 악담을 퍼붓는 소리가 새어나왔다. '여기서는 한 걸음만 나가도 온통 유대인 천지라니까요'라고 누군가의 목소리가 말했다. '나는 원칙적으로 유대인에 대해 도저히 받아들일 수 없을 만큼 적대적인 입장은 아니지만, 여기서는 그자들 때문에 숨이 다 막혀요. 어디를 가나 "아브람! 나는 벌써 얀켈을 만났어"라는 소리만 들린다고요. 아부키라** 거리에 와 있나 싶은 생각이 들 정도예요.' 이스라엘을 맹비난하던 사람이 마침내 텐트 밖으로 나왔고, 우리는 고개를 들어 반유대주의자를 바라보았다. 그는 내 친구 블록이었다." 이 에피소드와 비슷한, 슬프면서도 흥미로운 러시아어 글이 있다. 1926년에 보리스 파스테르나크가 쓴 편지에서 인용한 내용. "사방이 이드들로 그득합니다. 그리고 들어보세요, 그들은 마치 의도적으로 자신들을 희화화해달라고 요구하거나 스스로 비난하는 글을 쓰는 것 같다니

* 프랑스 노르망디 지방의 카부르를 말한다.

** 이집트 알렉산드리아 동부 교외에 위치한 도시.

까요. 그들에게는 미적감각이라곤 그림자조차 찾을 수가 없습니다."

프루스트 자신과 달리 그의 서술자는 유대인이나 동성애자라는 정체성에 부담을 느끼지 않는다. 그는 작가가 투명한 유리이자 관찰자의 역할로 선택한 존재로서, 그의 시선은 세기의 부끄러운 질병에 오염되지 않는다. 프루스트는 동화된 유대인을 질병의 하나로 여겼으며 다른 사람이 되는 것과 다른 사람들처럼 되고 싶은 욕망 중 어느 게 더 용서하기 어려운지 알지 못했다. 그의 의견에 따르면, 이 욕망은 실패할 수밖에 없는 운명이다. 블록의 나중 에피소드에서 결코 환영받지 못하는 이들이 발베크 해변을 따라 일종의 퍼레이드를 벌인다. 이들의 주요 단점은 바로 무엇으로도 이들을 침묵시키거나 부드럽게 다듬을 수 없다는, 이들 종족만의 특성이다. "블록의 사촌누이들과 삼촌들 또는 늘 함께 붙어다니면서 외부의 요소가 섞이는 것을 허용하지 않는 그들의 남성 교우나 여성 교우가 카지노에 갔을 때, 한 무리는 '무도장'으로, 다른 무리는 바카라*의 탁자로 향했다. 그건 동질성으로 단단히 결속된 행진이었고, 그들이 지나가는 모습을 지켜보고 또 해마다 이곳에서 그들을 보지만 단 한 번도 인사를 건네지 않는 사람들과는 어떤 공통점도 없는 이들의 행렬이었다. (……) 그리고 심지어 랭스**의 조각상처럼 아름답고, 거만하고, 도도하고, 냉소적인 진정한 프랑스 여성인 딸을 가진 파리의 일개 장사치들조차 휴양지 유행에 얼마나 열정이 많은지 항상 새우 낚시에서 돌아오거나 탱고를 추러 나가는 것처럼 차려입는 이 본데없는 계집애들 무리와는 어울리려 들지

---

* 트럼프 놀이의 일종.

** 프랑스 북부 상파뉴 지방의 도시.

않았을 것이다. 남자들의 경우, 그들의 멋들어진 턱시도나 반짝반짝 빛나는 가죽구두의 위풍당당한 모습에도 불구하고, 그들의 과도한 차림새는 소위 '주제에 대한 깊은 지식'을 갖췄다고 주장하는 화가들의 작품을 떠올리게 했다. 이 화가들은 복음서나 '아라비안나이트'를 묘사하기 위해 그 이야기가 벌어지는 나라를 애써 상상해내고, 사도 베드로나 알리바바를 도박판이 벌어지는 발베크의 탁자에서 가장 뚱뚱한 도박꾼의 얼굴과 똑같이 그려낸다.

언뜻 보면 여기서 누가 '외부 요소와의 뒤섞임을 허용하지 않았는지' 명확하지 않다. 본데없는 계집애들인지 아니면 이들과 섞이고 싶지 않은, 범접할 수 없는 진정한 프랑스 여자들인지. 하지만 한 세기 전 호프만*의 평처럼, 동양 출신의 사람들은 실제로 교육 수준이 낮고 우스꽝스러운 면이 있기도 했다. 이는 끊임없는 고통에 맞서 스스로 무장해야 하고 삶의 우연한 행운을 믿지 않는 사람들에게 종종 나타나는 전형적인 모습이다. 아름다운 시절**의 유대인 아이들은 세속적인 교육을 받은 첫번째 또는 두번째 세대였다. 일련의 중대한 결정이 있었고, 이 아이들은 바로 이 결정의 산물이었다. 각 결정은 이 유대인 아이들을 전통의 틀에서 점점 더 멀리 떼어놓았다. 무無에서 만들어내야 했던 수백 가지의 새로운 개념들과 행동 방식 및 생활습관의 변화가, 그리고 이제는 이들에게도 누릴 권리가 주어진 문화의 산물들이 교육과 함께 이들의 삶 속으로 들어왔다. 어떤 면에서 이는 20년 또는

* 독일의 작곡가이자 작가.

** '벨 에포크', 프랑스의 정치적 격동기가 끝나고 1차세계대전이 시작되기 전까지의 19세기 말에서 20세기 초의 기간을 이른다.

25년이 지나 어느 정도 삶이 안정된 지금 그들의 기억 속에 남은 소련 이후의 초기 경험과 유사하다. 새로운 어휘들이 제자리를 찾았고 한때 어설픈 흉내내기에 불과하던 게 현실이 된 듯 보인다.

이 새로운, 아직은 어색하고 낯선 언어는 1900년대 휴양지가 들어선 해변에서, 그림처럼 아름다운 예술 살롱에서, 의대생들의 담배 연기 자욱한 방에서 시작되었다. 전 세계적인 것이 자기들에 대한 것인 양 이야기하려는 첫 시도는 어느 정도 패러디적인 측면이 있었다. 그것은 일종의 과시적인 행동, 외부인의 서툰 감식안이었다. 유대인은 태곳적부터 이런 안락의자를 차지해왔다는 것, 유대인을 놀라게 할 수 있는 그런 기차의 침대칸이니 엘리베이터니, 레스토랑 칸 따위는 없다는 것, 그리고 우리 유대인은 문명의 매끄러운 유리에 자신을 비추어볼 권리가 있다는 것을 알리려 애쓴다. 여기서부터 만델스탐의 그 유명한 '세계 문화에 대한 갈망'이 시작되는데, 이는 일이 년 반짝 일었던 문학 운동인 역사적인 아크메이즘*과는 무관했다. 만델스탐은 아크메이즘에 대한 기억을 친한 벗들로 이루어진 구원의 동아리처럼 부여잡고 있었지만, 서로 동등한 대화에 대한 갈망은 그보다 더 오래되었고 그를 더 고통스럽게 했다.

프루스트의 소설에서 젊은 작가 블록은 베네치아 여행에 대해 이렇게 말한다. "네, 물론, 아름다운 여인들과 과일 음료를 마시기 위해 그곳에 가는 것도 괜찮습니다." 이어서 해변의 호텔로 화제를 옮겨서는 "나는 사막의 장사치들을 위한 이 거대한 숙소의 과시적인 화려함을

* 1910년대에 러시아에서 일어난 시문학 사조. 현실성을 중시하고 객관적 사실주의를 지향하는 예술운동으로 선명한 색채, 웅혼한 시구, 소상성塑像性을 그 특징으로 한다.

참을 수가 없군요. 집시 무리 때문에 내가 불쾌해질 수 있으니 당신은 엘리베이터 조수를 저들에게 보내 조용히 시킨 다음 즉시 보고하라고 하십시오"라고 말한다. 젊은 시절인 1909년, 뱌체슬라프 이바노프에게 보내는 편지에서 18세의 만델스탐 역시 선배 시인의 유럽풍 어조에 맞추기 위해 엄청난 노력을 기울인다. "저는 취향이 좀 이상합니다. 제네바 호수 표면에 비치는 전기 불빛과 공손한 하인들, 소리도 없이 솟구쳐오르는 엘리베이터, 호텔의 대리석 현관과 희미한 살롱의 불빛 아래 두세 명의 청중만 앞에 둔 채 모차르트를 연주하는 영국 여성들을 좋아합니다. 저는 부르주아를 사랑하고, 유럽의 편안함을 사랑하고, 물리적으로만이 아니라 정서적으로도 애착을 느낍니다. 어쩌면 허약한 제 건강 탓이 아닐까요? 하지만 저는 그게 좋은 일인지 아닌지 결코 스스로 묻지 않습니다."

이는 나중에 나보코프의 『말하라, 기억이여』의 첫 장에서 다루어질 주제, 스위스 호텔, 접이식 영국 욕조와 번쩍이는 풀만 열차 칸*의 견고한(그리고 나중에는 완전히 사라진) 낙원을 감동적이고 설득력 있게 흉내낸 것이다. 하지만 어조에서 드러나는 잡힐 듯 말 듯 애매한 무언가가 작가와 그의 부르주아적 안락함 사이에 작은 틈새, 불편함이 존재한다는 인상을 준다. 만델스탐의 가족은 급속도로 가난해졌고, 이것이 그의 마지막 해외여행이자 유럽 방문이었다. 그는 꾹꾹 눌러 담은 자신의 기억이 1930년대의 위대한 시들로 탄생할 때까지 평생 유럽을 떠올렸다.

혁명이 일어난 이듬해 페테르부르크 작가의 집**에서 새로운-현대

---

* 미국의 풀만 객차 회사가 만든 호화로운 기차.

적인 시의 밤이 선포되었다. 그 집 어딘가에 일찍이 세상을 뜬 젊은 시인 나드손의 흉상이 있었다. 그는 19세기 말에 엄청난 명성을 누렸지만 20년이 지난 지금은 거의 잊혔다. 나드손의 친구인 노부인 마리야 드미트리예브나 바트손은 아흐마토바에게 말한다. "나는 그를 여기서 꺼내오고 싶어요. 안 그러면 그 사람들이 그에게 상처를 줄 수도 있으니까요."

나 역시 이 사람들에게 상처를 줄까봐 두렵다. 나 자신이 이 상처와 분노를 알기에, 그리고 부끄러운 결점인 듯 자신이 유대인임을 숨기거나 앵무새처럼 모든 사람 앞에서 유대인임을 떠드는 그들 한 사람 한 사람과 핏줄로 맺어진 친밀한 사이이기에 더욱 그렇다. 머지않아 이 선택(숨기거나 떠벌리거나)마저도 유명무실해졌다. 20세기가 증명했듯이 유대인은 자신—자기 자손, 불멸의 영혼, 썩어질 몸—으로 그 어떤 짓을 해도 외부 세계와 맺은 계약을 바꿀 수 없었다. 무신론자와 기독교 개종자까지 모두 죽음의 수용소로 끌려갔기 때문에, 나약할 수 있는 권리(반역하거나 포기할 권리)도 다른 나머지 권리들과 함께 파기되었다.

1933년 4월 20일, 토마스 만은 일기에 다음과 같이 썼다. "나는 유대적 요소에 대한 반감을 어느 정도 이해할 준비가 되어 있다." 이 글은 얼마 전 도입된 유대인의 공직 근무를 금지하는 법률에 대해, 즉 유대인 해체를 목적으로 신중하게 계획된 수십 가지 제한 중 첫번째에 관한 언급이다. 그것은 유대적 요소에 대한 퇴행 역학의 시동이자 삶을 견뎌내야만 하게 만드는 방식으로, 문명으로부터의 철저하고도

** 러시아의 문학과 문화 활동의 중심지인 페테르부르크의 문학 동아리 또는 단체.

일관된 소외였다. 유대인은 서서히 최소한의 생물학적 존재로 축소되고 전락했다. 다양한 금지사항(수영장이나 공원, 역, 공연장 방문, 독일 내에서의 이동, 신문 및 고기, 우유, 담배 구입, 모직 제품 또는 반려동물 소유) 중 하나가 특히 눈에 띈다. 1938년 8월 이후부터 유대인임이 분명하게 드러나지 않는 이름을 가진 모든 유대인은 자신의 이름에 '이스라엘'이나 '사라'를 덧붙여야 했다. 예를 들어, 마리야 사라 스테파노바.

1950년대 초, 열두 살인 나의 어머니는 매일 아침 걸어서 학교에 갔다. 볼쇼이 부좁스키 골목에 있는 오래된 모스크바 학교엔 널따란 중앙 계단이 있었다. 반질반질 잘 닦인 난간은 부드러운 곡선을 그리며 위로 향했고, 맨 꼭대기 층계참에서는 어머니 옆집에 사는 비탸가 난간에 몸을 기댄 채 아래를 내려다보며 소리치곤 했다. "구레에에비치! 네 할머니 이름이 뭐니?" 나의 어머니와 비탸, 둘 다 할머니가 사라 아브라모브나라로 불린다는 사실을 잘 알고 있었다. '사라'라는 이름만으로도 충분히 상처받았을 터인데 사라 아브라모브나는 마치 사나운 사자 두 마리의 포효처럼 들렸고, 낯부끄러울 만큼 독특하고 기이했다. 그런 이름으로 산다는 건 참으로 우스꽝스러운 일이었다.

사라 긴즈부르크, 1905~1915

1.

알렉산드르—포친키의 사라 긴즈부르크에게, 1905년 12월 24일

우리 가족이 '바리케이드 위의 할머니'라고 부르곤 했던 사진 속 할머니 옆에 한 사람이 등장하는데, 그는 앞으로도 몇 번 더 가족 기록물에 얼굴을 내밀 예정이다. 편지에 그의 부칭*과 성은 전혀 나와 있지 않다. 할머니의 친구들은 그를 돈키호테에게 헌신적인 충성을 바치는 돈키호테의 동반자에 빗대어 산초 판초라고 짓궂게 놀렸다.

이 엽서는 전면에 수십 년 동안 러시아의 거실과 마을 회관의 벽을 우아하게 장식해온 아이바좁스키**의 작품 〈아홉번째 거대한 파도〉를

* 러시아인의 공식 이름은 이름, 부칭, 성으로 구성된다. 이중 부칭은 아버지의 이름을 따서 지은 것으로, 상대방을 존칭으로 부를 때 이름과 함께 사용한다.

** 러시아를 대표하는 낭만주의 풍경화가.

담고 있다. 연두색 비눗물을 풀어놓은 듯한 바닷물 속에서 조각난 돛대의 잔해를 붙들고 허우적대는 선원들, 그 위로 밀려오는 거대한 파도, 저 멀리 가라앉는 배 한 척. 사진 위에 누군가가 펜으로 "니즈니에서 안부 전합니다"라고 써놓았다.

새라,

당신은 우리더러 우리 근황과 우리 '일'이 어떻게 돼가는지 편지로 알려달라고 했지요. 내 생각에는 당신이 직접, 그것도 최대한 빨리 이곳으로 오는 게 좋을 것 같습니다. 그래야 당신 눈으로 직접 우리가 지내는 모습도 보고, 여기서 벌어지는 열띤 토론에도 참여할 수 있을 테니까요. 집에서 잘 먹고 잘 쉬지 않았나요? 그런데 나는 이제 목이 안 아픈 것 같아, 조금 짜증이 나고 있답니다.

알렉산드르

그해 12월, 그들은 사회주의 혁명가들과 무슨 논쟁을 벌였을까? 그리고 논쟁을 벌인 사람은 누구였을까? 증조할머니와 가까이 지내는 인물들로 미루어볼 때 산초는 증조할머니의 다른 친구들과 마찬가지로 볼셰비키에 가까웠고 혁명적인 테러리즘의 필요성에 대해 논의했을 것임이 분명하다. 10월 선언 이후, 사회주의-혁명당은 당의 전투 조직을 해산한다고 발표했다. 볼셰비키는 더 많은 테러와 몰수가 필수적이라고 주장했다. 사회주의 혁명가들은 입장을 달리했다. 그러나 볼셰비키들은 그들을 무시한 채 밀어붙였고, 1905년 가을과 1906년 가을 사이에 3611명의 정부 관리가 죽임을 당했다.

사라는 살을 찌우기 위해(또는 '배불리 먹기', 이 단어는 다른 편지에도 등장한다) 포친키의 집에, 아버지와 여동생들에게 다녀오곤 했다. 그녀는 니즈니노브고로드에서 가장 좋은 김나지움에 다녔고, 그곳에서 친구들과 우정을 쌓았다. 이 편지에서 그녀의 새 친구는 그녀의 이름을 '사라' 대신 '새라'라고 쓰는 전형적인 실수를 저질렀다. 하지만 그녀는 그를 만나기 위해 먼 길을 달려가 바리케이드 위에 그와 나란히 선 것 같다. 우스꽝스러운 보닛을 한쪽으로 삐딱하게 눌러쓴 채 까만 눈을 빛내면서 말이다.

알렉산드르가 그녀에게 이 엽서를 보낸 날, 소르몹스키 공장에서 폭동이 일어났고, 사람들은 나무상자들이며 사무실 캐비닛이며 닥치는 대로 끌어다 눈 덮인 거리에 바리케이드를 쳤다. 니즈니노브고로드 주지사는 이미 수도에 긴급 지원을 요청한 상태였다. "도시가 매우 위험한 상황이다. 내일 폭동이 일어날 수 있다. 우리는 진압할 병력이 없다." 엽서에 포친키 소인이 찍힌 날짜인 12월 29일, 시위대는 이미 대포에 진압되었다.

2.

플라톤—(감옥에 있는) 사라 긴즈부르크에게, 1907년 2월 9일

이글거리는 눈빛과 검고 긴 머리칼을 가진 맨발의 하프 연주자가 지나는 이 하나 없는 쓸쓸한 바닷가에 앉아 있다. 엽서에 "N. 시첼*, 음악이 전하는 위로"라고 쓰여 있다.

안녕하시오, 사라 동지! 나는 음악가도 아니고 형편없는 가수이

* 독일의 역사, 초상화 화가.

지만, 음악과 시는 언제나 내게 위로와 기쁨을 준다오. '작은 사라' 에게서 당신이 노래를 부르고 음악을 사랑한다는 사실을 들어서 알고 있기에 당신에게, 당신의 독방으로 이 엽서를 보냅니다. 나는 이 엽서의 그림도 마음에 들고 글귀도 무척 마음에 들어요. 이런 아름다움은 상처받은 영혼에 많은 것을 말해주지요. 아마 당신의 영혼 안에서도 머물 자리를 찾아낼 겁니다. 무슨 까닭인지 나는 당신이 그곳에 오래 머물지 않을 것이며 우리가 비록 '동화의 시대'에 살진 않지만, 여전히 희망은 있다는 믿음이 드는군요……! 좌익과 야당이 두마*에서 완벽한 승리를 거두었어요. 이는 어둠의 세력에 대한 승리를 의미하며 우리는 이 '매혹적인 행복의 새벽'을 오래 기다리지 않아도 되리라는 생각이 듭니다.

동지여, 믿음을 가지라, 새벽은 밝아오리니,
매혹적인 기쁨의 새벽이,
러시아는 잠에서 깨어나리라,
그리고 폭정의 잔해 위에
그대의 이름을 새기리니……!
푸시킨.

폭정=우리 러시아의 여명을 위한 고통. 미래는 밝답니다, 동지! 기쁜 마음으로 믿음을 지키며 당신의 몫을 견디십시오.

---

* 러시아 의회를 가리킨다.

당신에게 힘찬 악수를 건네며, 플라톤

1905년으로부터 2년이 지났다. 사라 긴즈부르크는 불온서적을 배포한 혐의로 체포되어 상트페테르부르크의 페트로파블롭스카야 요새에 수감되었다. '작은 사라'는 분명 증조할머니의 평생 둘도 없는 친구이자 무자비한 공산주의자 야코프 스베르들로프의 여동생이기도 한 사라 스베르들로바임이 틀림없다.

'플라톤'은 비범한 인물에게 당이 붙여준 별칭이었는데, 그 주인공은 바로 폴란드 정치 반군의 아들이자 손자이며, 프로 혁명가이며 레닌의 친구이자 조언자이기도 했던 러시아 사회민주노동당 중앙위원회의 위원 이반 아돌포비치 테오도로비치였다. 10년 후에 그는 소련 최초 제조업 분야의 인민위원에 발탁되었지만, 군사공산주의 사상에 대한 항의의 표시로 발탁과 거의 동시에 소련 인민위원회를 탈퇴했다. 30년 후인 1937년 9월 20일 대법원 군사위원회에서 사형을 선고받고 총살당했다.

두번째 국가 두마가 방금 선출되었지만—첫번째는 겨우 72일 동안 지속되었고 이번에는 30일 더 유지되었다.—두번째 시도 역시 실패한 러시아 의회는 해산되고 말았다. 의회에는 의석의 3분의 1 이상을 차지할 만큼 좌익이 많았다. 지금 제2차 두마의 의원 명단을 살펴보면 놀랍다. 그들 중에는 엄청난 수의 농민(169명), 노동자 35명, 제조업자 6명, 성직자 20명, 교사 38명을 비롯하여 심지어 리가에 살면서 라트비아어로 작품 활동을 한 시인 에드바르츠 트레이마니스-즈바르굴리스도 포함돼 있다. 플라톤 동지 역시 선거에 출마했지만 당선되지는 않았다.

3.

알렉산드르—사라 긴즈부르크에게, 1907년 8월 12일. 여인의 초상화

사라, 정말 아름답지 않아요? 당신처럼! 이렇게 아름다운 여성의 일굴을 보노라면 삶 속에서, 특히 우리 남성들의 삶에서 여성이 얼마나 강력한 존재인지 새삼 깨닫게 돼요. 그 여성을 위해서라면, 그녀의 미소, 그 단 하나를 위해서라면, 우리는 어떤 싸움에도 기꺼이 임할 것이고, 고문과 죽음도 마다하지 않을 겁니다. 여성은 삶의 지배자이며 삶의 모든 것이죠. 삶에서 가장 훌륭하고 멋진 건 모두 여성의 몫이고요. 왜냐하면 여성 자신이 가장 멋지고 아름다운 자연의 창조물이니까요! 그리고 그런 그녀의 아름다운 눈동자가 열정의 불꽃으로 이글거리게, 미칠 듯 즐겁고 매혹적인 아름다움으로 빛나게 해줄 남자는 또 얼마나 미칠 듯 행복할지…… 신들도 그 남자를 부러워할 겁니다. 나는 그렇게 행복한 남자가 되고 싶어요, 정말 간절히……

알렉산드르

4.

알렉산드르—사라 긴즈부르크에게, 1907년 10월 17일

엽서의 그림에 '가지 마오!'라는 제목이 붙어 있다. 가죽 모자를 쓴 한 여성이 혁명가를 배웅하는 장면이다. 혁명가는 콧수염을 기르고 손에는 권총을 들고 있다. 저 멀리 눈 덮인 지붕들과 양파 모양의

작은 돔이 보인다. 그림의 꼭대기에 누군가 이렇게 덧붙여 써놓았다. "당신은 언제나 나에게 '가세요!'라고 할 테지요."

사라, 오늘 아침에 당신에게 편지를 보냈는데, 오늘이 10월 17일이라는 사실을 깜박하는 바람에 미처 축하를 건네지 못했지 뭡니까. 하지만 이날은 나에게 영원히 소중하고 잊지 못할 날이 될 거예요. 국가의 축제일이기도 하지만 2년 전 이날, 당신과 내가 처음으로 거리 시위에 나섰고 서로의 손을 잡았기 때문이죠. 그때 우리는 전혀 모르는 사이였는데, 내 옆에서 걷고 있던, 그리고 내가 그 손을 꼭 쥐고 있던 검은 눈의 소녀가 곧 나에게 소중한 존재가 되고 나와 결혼까지 약속하게 될 줄 누가 알았겠어요. 정말이지 짐작도 하지 못했어요. 10월 17일은 우리를 동지로 만들어주었고 하나가 되게 했어요. 1905년 10월 17일 만세!

당신의 알렉산드르

카타에게 안부 전해줘요.

1905년 10월 17일은 황제가 러시아 국민에게 시민의 자유와 국가 두마의 창설을 약속한 10월 선언이 발표된 날이다.

5.

미샤 프리드만—사라 긴즈부르크에게, 1909년 12월 26일

눈이 큰 소녀가 어깨 위로 머리칼을 늘어뜨린 채 열린 창가에 앉았고, 하릴없는 그녀의 두 손은 무릎 위에 올라가 있다. 이런 설명이 붙어 있다. "리숀, 내가 한 마리 새라면!"

친애하는 나의 사라! 새해 축하인사를 보내지 못했어요. 당신이 몽펠리에를 떠났다고 들은 터라 편지가 제대로 당신 손에 들어갈 수 있을지 어떨지 몰랐어요. 하지만 이제 잠시 자리를 비우는 것일 뿐이라는 사실을 알았으니 당신이 이 편지를 받으리라 믿으며 당신에게 새해 복 많이 받으라는 인사를 전합니다. 당신이 미래에 대한 믿음을 잃지 않기를, 미래를 향해 내딛는 당신의 모든 발걸음이 성공으로 열매 맺기를, 그리고 당신의 이상에 가장 부합하는 그런 삶을 이루어가기를 바라오. 마지막으로, 우리가 다시 만날 날이 오기를 기대해봅니다.

사랑하는 미샤

6.

드미트리 하지-겐체프—사라 긴즈부르크에게, 몽펠리에, 1909년 12월 29일

편지는 지극히 사무적이고, 깨알처럼 자잘한 글씨가 위에서 아래까지 편지지를 빼곡하게 채우고 있다. 프랑스어 단어를 러시아어와 섞어 쓴 경우도 보이는데, 급히 서두르고 흥분한 탓에 빚어진 실수인 것 같다. 새해까지 이틀이 남았고, 사라는 막 몽펠리에로 돌아갈 참이다.

사라, 방금 받은 엽서에 급히 답장을 씁니다. 나는 당신이 아침에 로잔을 떠나 bonne heure(평소보다 일찍) 이곳에 도착하는 게 더 낫다고 그제 편지를 보낸 바 있습니다. 가장 좋은 방법은 이른 아침, 5시 45분 기차를 타는 겁니다. 기차는 오전 10시 13분에 리

옹 도착, 10시 45분 리옹 출발, 오후 3시 39분에 Tarascone(타라스콘) 도착, 그리고 저녁 7시에 Montpellier(몽펠리에) 도착입니다. Montpellier 도착 시간은 늦지만, 오전 9시 17분 기차도 좋습니다. 오후 4시 5분 Lyon(리옹) 도착, 오후 5시 53분 Lyon 출발, 밤 10시 23분 Tarascone 도착, 밤 12시 23분 Montpellier 도착입니다. 세번째 기차는, 삼등석이 있는지 모르겠지만, 정오 12시 10분 기차가 가장 좋습니다. 오후 4시 34분 리옹 도착, 오후 5시 53분 리옹 출발, 자정에 Montpellier 도착. 이 기차편을 확인해보세요. 기차도 아주 훌륭하고 삼등석도 있다고 합니다. 그러니 새벽 5시 기차를 탈 수 없다면 꼭 이 기차편을 이용하세요. 그런 다음, 내가 알려준 대로 하고요. 그리고 기차가 역에 설 때마다 내가 당신을 찾을 수 있도록 차창 밖을 내다보고 또 당신 역시 나를 찾아보십시오. 그러지 않으면 우리는 서로 만나지 못할 수도 있습니다. 하지만 아무리 서로 엇갈려도 Montp(몽프)역에서는 반드시 만나게 될 겁니다. 어떻게 될지 봅시다. 나는 Tarascone으로 가기로 이미 마음을 정했습니다. 그러니 거기서도 나를 찾도록 하세요. 만약 Tarascone에서 당신을 못 만나면 Nime(님)으로 가고, 거기서도 당신이 보이지 않으면 Montpellier로 돌아와 밤새도록이라도 기다리겠지만, 아무튼 당신을 만나고 말 겁니다. 이다에게 몇 가지 봉투를 부탁하는 편지를 쓰고 있는데, 혹시 내게 봉투를 좀 사줄 수 있나요. '느르즈브' 방문에 필요합니다. 오후에는 로잔에서 출발하지 마세요. 안 그러면 밤새 기차를 타야 할지도 모르니까요.

뜨거운 인사를 보내며, 당신의 MG

7.

알렉산드르—사라 긴즈부르크에게, 1910년 1월 4일

베를린 소인이 찍힌 독일 엽서. 사랑에 빠진 남녀 농부가 호밀밭에서 입맞춤하는 장면이 담겨 있다. 남자는 아마색 콧수염을 길렀고, 여자는 알록달록한 치마를 입고 있다. 옆면에는 Liebesgedanken(사랑의 생각)에 대한 짧은 시가 적혀 있다.

"Die Liebe bleibt sich immer gleich." 사랑은 언제나 변함이 없다오…… 당신이 파리에 있든 베를린에 있든. 벌써 이틀째 베를린을 구경하며 돌아다니고 있어요. 흥미로운 도시예요. 페테르부르크행 표만 끊지 않았다면 여기 남아서 일자리를 구했을지도 모르겠어요. 그리고 여기서 나는 이 엽서 속의 풀 베는 젊은이 옆에 꼭 붙어 있는 이 작고 아름다운 얼굴과 똑같은 얼굴을 찾아냈을 테고, 그러면 이스라엘 여인의 검은 눈동자를 그리워하며 괴로워하는 일도 더이상 없을 테지요.

안부를 전하며, 알렉산드르

8.

드미트리 하지-겐체프—사라 긴즈부르크에게, 1912년 7월 27일

친애하는 사라, 당신이 소피아에서 보낸 카드를 방금 받았어요. 얼마 전에. 국가고시에 합격했습니다. 정말 쉽지 않았지만 합격했지요. 당신도 알다시피 내가 가끔은 운이 좋잖아요. 이제 여기서 이삼 일 더 지내고 다른 도시로 가서 사단 군병원의 군의관으로 일할

계획입니다. 가진 돈이 없어서 생활은 힘들겠지만 일 자체나 전문적인 측면은 그리 어렵지 않을 거예요. 어제 첫 환자를 받았는데, 겨우 2프랑 내더군요. 나는 바로 그날 그 돈을 다 쓰고 말았지요. 지금 가진 돈이 없다보니 모든 게 만만치가 않군요. 나는 아직 결혼도 못했고, 아마도 평생 못하지 싶습니다. 나 좋다는 사람도 없고 나와 결혼하고 싶어하는 사람도 없습니다. 그런데 사라, 당신은 왜 당신의 과거나 미래에 관한 이야기는 하지 않습니까? 나는 당신에 대해 아는 게 거의 없어요.

뒷면:

사라, 드랴노보로 와서 다차에서 지내요. 좋은 곳이에요. 아주 쾌적하고 자유롭게 지낼 수 있어요. 주위에 아무것도 없고 돼지와 닭뿐입니다. 악수를 전하며, 이만 줄입니다.

9.
드미트리 하지-겐체프—사라 긴즈부르크에게, 트리노보, 1912년 10월 29일

불가리아의 옛 수도에서 인사드립니다. 내일 징병위원회가 나를 검진하고 군인으로서 approuver(승인)를 내릴 겁니다. 자세한 내용은 내일 저녁에 다시 드랴노보로 돌아가서 쓰겠습니다. 사흘 전에 형이 (전장에서 돌아와) 머물고 있습니다. 오른팔에 부상을 입었거든요. (1/3 moyen du bras, Humerus intact.) 〈상완上腕 중앙, 뼈는 무

사함.〉 Salut(안녕). (……)

유럽 땅에서의 '전쟁'은 1차세계대전이 발발하기 2년 전에 시작됐다. 1차발칸전쟁이 이미 진행중이었다.

10.

사라 긴즈부르크—미샤 프리드만에게, 1913년 11월

파리, 11월 15일

미샤, 이 형편없는 사람, 사라가 떠났으니 세상이 끝나기라도 했다는 건가요. 변호사에게 질문하면 안 된다는 건 알지만, 아무리 그래도 그렇지요! 어제 사람들이 선술집에 데려가는 바람에(정보가 충분하지 않다고 불평을 좀 했거든요) 오늘은 머리가 지끈거리고 자고만 싶네요. 혹시 무슨 소식 들은 거 있어요? 일은 어떻게 돼가죠? 베일리스 사건 이후 기분은 좀 어때요? 편지 좀 해요. 안 그러면 나도 당신에게 편지 쓰는 일 없을 거예요.

방금 배심원단은 키예프 출신의 12세 소년을 의도적으로 살해했다는 혐의로 기소된 유대인 메나헴 베일리스에게 만장일치로 무죄를 선고했다. 세간을 떠들썩하게 한 이 재판은 종종 알프레드 드레퓌스 사건*과 비교된다.

* 19세기 말 프랑스에서 유대계 사관 드레퓌스에게 부당하게 간첩 혐의를 씌운 사건.

11.
사라 긴즈부르크—미샤 프리드만에게, 파리, 1914년 2월 18일

당신은 아마 내가 편지 쓰기를 멈췄다는 사실을 알아차렸을 테지요. 그래요, 나도 어느 정도 느끼고는 있었지만, 당신의 엽서를 읽는 순간, 그 사실을 곧바로 깨달았어요. 조금은 당신 탓도 있어요. 하지만 정말로 그렇게 생각하는 건 아니에요. 단지 내가 최근 많은 어려움을 겪었고, 그 일들을 당신에게 이야기하기 어려웠을 뿐이에요. 아니, 아예 얘기할 수 없었어요. 당신은 너무 멀리 떨어져 있고 그곳의 상황은 사뭇 달라서 여기서 겪은 일을 있는 그대로 명확하고 간단하게 설명할 수가 없어요. 그리고 나는 온통 그 일에 사로잡힌 나머지 다른 일들은 멀게만 느껴졌고, 나는 완전히 혼자였어요. 당신을 이해해요, 미샤, 정말이에요. 겨우 그 푼돈에 그렇게까지 고생하다니요. 나는…… 아, 한동안 여기 있어야 해요! 무엇보다, 여기 체류 기간이 연장돼서 부활절 전까지 시간을 못 맞출 테고, 일단 내가 파리에 가면 정확히 언제 끝날지 알 수가 없어요. 하지만 하느님이 도와주실 거예요. 당신께 약속한 사진은 아직 찍지 못했어요. 그런데 당신도 약속했으니 당신 사진도 보내요. 그럼, 미샤, 잘 지내요. 당신 소식이나 이야기 더 많이 들려줘요.

S

추신: 내 서류들 사이에서 2주도 넘게 걸려 쓴, 정말 정말 오래된 엽서 두 장을 발견했어요. 음, 한번 보내볼게요. 얼마나 늙었는지 즐겁게 감상해보시길.

12.

사라 긴즈부르크—미샤 프리드만에게, 1914년 3월 29일

미샤, 정말 봄이군요!

오늘은 특별한 아침이었어요. 햇살이 쏟아지는 거리며 봄 마중에 웃음 가득한 밝은 얼굴들이며, 헤어나올 수가 없더라고요. 나도 환히 빛나는 저 얼굴 중 하나가 되고 싶어요. 도시를 벗어나 첫 봄꽃이 흐드러진 초원으로 가서, 그 꽃들을 한데 모으고 모아 소박하지만 믿을 수 없으리만큼 싱그러운 초원의 향기를 들이마실 수 있다면 얼마나 좋을까요. 그렇죠? 오늘은 기분이 너무 좋고 기운이 넘쳐요. 이 기운을 잘 써보려고요. 이제 공부를 시작합니다.

13.

사라 긴즈부르크—미샤 프리드만에게, 1914년 5월 8일

방금 시험을 마치고 돌아왔어요. 완전히 녹초가 됐네요. 이렇게나 신경이 곤두서고, 어떤 물리적인 노력으로도 그걸 잠재울 수 없다는 사실이 놀라울 뿐이에요. 무슨 일에든 신경질적인 반응이 나와요. 모든 게 잘됐지만 내일 또 시험이 있어요. 산부인과 시험이요. 통과하면 좀 쉴 수 있어요. 거기 무슨 소식 있으면 편지로 알려줘요.

사라

14.

사라 긴즈부르크—미샤 프리드만에게, 1914년 10월

이 엽서는 러시아에서 보내온 것으로, 아니치코프 다리의 전경이 담겨 있다. 1차세계대전은 3개월 전인 7월에 시작되었다.

나에 대한 당신의 태만과 무관심에 화가 나요. 지금까지 내 편지에 단 한 마디 답장도 없잖아요.

S

15.

미샤 프리드만—1914년 10월, 페트로그라드의 사라 긴즈부르크에게.

레오니트 파스테르나크의 그림: 부상한 선원이 벽에 기대어 있고 그의 얼굴은 붉게 물들어 있다. 그리고 손글씨: "이 그림은 당대 파스테르나크의 마지막 스케치예요. 정말 잘도 묘사했지 뭐예요. 미샤."

사라, 보로네시로 떠나기 전날 늦게야 당신 편지를 받는 바람에 대학에 들러달라는 당신 부탁을 들어줄 수가 없었어요. 그래요, 문의하는 건 무의미하다고 생각해요. 사라토프도 다른 곳과 마찬가지일 거요. 튀르키예에 대한 선전포고가 상황을 바꿀 수 있을까요? 그러면 의사가 필요할 테고 추가 시험을 치를 수밖에 없겠지요. 하지만 만약 그렇더라도 실망하지 마요. 어차피 당신은 파리에서 공부를 마치면 시험을 치를 생각이었으니, 뭐, 지금 절망할 필요 없어요. 행운을 빌어요.

미샤

16.

사라 긴즈부르크—미샤 프리드만에게, 1914년 11월

한밤 2시.

나는 이제 혼자예요. 얼마 전에 올랴와 알렉산드르를 배웅했어요. 러시아 침대와 비교하면 호화롭기 짝이 없는 내 침대를 펼쳤죠(집주인 아주머니가 해외에서 지내본 분이라 그곳의 침대가 어떤지 알기에 내게 비슷한 침대를 마련해주었거든요). 막 잠자리에 들려던 참에 문득 내 방을 둘러보니 얼마나 멋지고 아늑한지 모르겠어요. 폴랴가 가져온 하얀 꽃송이들이 한쪽 구석에 놓여 있고 어딜 보나 깨끗하고 아름다운데다 전등은 주위를 은은하게 비춰주는데 당신은 왜 여기, 나에게 들르지 않고 떠났는지 못내 서운해지더군요. 다른 건 아무것도 할 수 없으니 적어도 인사라도 나누고 싶었거든요. 그리고 올랴가 엽서를 가져왔더라고요. 내 슬픔은 엽서의 그림 때문이지 당신 때문이 아니랍니다. 잘 자요, 곧 편지하고요.

17.

사라 긴즈부르크—미샤 프리드만에게, 1914년 12월 4일

낮이 얼마나 길고 긴지요, 밤은 그보다 더 길고요. 얼마나 더 기다려야 당신 편지를 받을 수 있을까요. 지금 당장 대답할 만큼, 답

장을 쓸 만큼 나를 느끼나요? 미샤, 그래도 나는 씩씩하니까 당신도 슬퍼하지 마요.

S

18.

미샤 프리드만—사라 긴즈부르크에게, 1915년 4월 10일

사라, 한동안 당신에게 편지를 쓰지 못했군요. 모든 게 뒤틀리고 꼬이기만 하네요. 나는 이 끝없는 고단함이 이젠 지겨워요. 모든 걱정과 번거로움에서 벗어나 마음 편히 살고 싶어요. 하지만 그럴 가능성은 없어 보이는군요. 며칠 후에 탐보프와 라스카조보에 다시 가볼 생각이에요. 그곳에서 규정에 문제가 좀 생겼고 그 일로 내가 곤란한 상황에 빠졌거든요. 뭐, 그렇다고 심각할 정도는 아니지만. 한번 더 가서 모든 일을 끝낼 생각이에요. 편지는 사라토프로 보내요. 친구들에게 안부 전해주고요.

미샤

*

사라와 미샤의 크투바—히브리어로 작성된 사라와 미샤의 결혼계약서—는 1년 후인 1916년 4월에 서명 날인되었다. 그리고 몇 주 후, 나의 할머니 룔랴 프리드만이 태어났다.

2장
셀피와 그 결과

박물관 홀을 따라 초상화에서 초상화로 걸음을 옮기다보면 점점 더 명확하게 보이고 그래서 이해가 될 것도 같다. '나'를 보존하는 다양한 방법들—즉 유화용 캔버스와 기름, 종이와 파스텔 그리고 나머지 다른 것들—은 'x=y'라는 하나의 기본 공식으로 귀결된다는 사실을. 자신이 여전히 존재하는 어느 특정한 순간에 인간은 영원히 자신을 대표할 권리를 초상화에 넘겨준다. 더 엄밀히 말하면, 이 시점부터 인간 자신은 더이상 필요치 않으며 아예 자기 권리를 잃어버릴 수도 있다. 초상화의 역할은 당신의 현재 모습이나 앞으로 당신이 될 수 있는 모든 것을, 당신의 모든 과거와 미래를 한데 모으고 압축하여 더이상 시간의 법칙에 종속되지 않는 고정된 상태로 만드는 일이다. 이 과정은 '최상의 순서로 쓰인 최상의 말'*이라는 유명한 기치의 개념과 매우

* 영국 시인 새뮤얼 테일러 콜리지가 한 말로, 시는 '최상의 순서로 쓰인 최상의 말'이라

유사한데, 다만 여기선 조건이 더 엄격하며, 순서야말로 유일한, 모든 걸 아우르는 결정적인 요소라고 주장한다. 어떤 의미에서 모든 초상화는 파이윰 미라 초상화가 되고 싶어한다. 삶과 죽음의 경계를 넘나들 때 필요한 여권처럼. 작업이 완료된 순간부터 당신 자신도 완성된다. 따라서 어떤 사람도 한 장 이상의 초상화는 필요하지 않다. 하나면 충분하다. 그리고 과거에는 뛰어난 업적을 세우거나 높은 소득을 가진 사람들에게 자기 초상화를 열두 장이나 주문할 수 있도록 허용했었다는 사실은 초상화는 하나면 충분하다는 원칙을 분명하게 확인시켜줄 뿐이다.

사진은 이 원칙에 의문을 제기했고, 피사체의 정체성이 마치 퍼즐처럼 다양한, 그리고 때로는 서로 친밀하지 않은 각기 다른 일련의 '자아'로 구성되어야만 하고 또 구성될 수 있다고 믿도록 만들었다. 셀피(가변성에 대한 믿음의 궁극적인 실현)는 이미지를 제자리에 붙박아두어야 할 필요성과 오늘의 얼굴과 내일의 얼굴이 끝없이 달라질 수 있다는 확신에서 탄생했다. 이 원리를 발전시키면 우리는 수천 개의 찰나의 이미지로 이루어진 영화 촬영법의 길로 들어서게 된다. 이제 "기억은 반지가 손가락에 남긴 흔적"이라고 정의한 아리스토텔레스의 말을 떠올려볼 때다. 아리스토텔레스는 열정, 늙음, 젊음과 같은 기억과 양립할 수 없는 마음의 상태에 관해 이야기하면서 그것을 하나의 흐름으로 묘사한다. 형체가 없는 날것 그대로의 움직임. "너무 어린 사람이나 너무 늙은 사람은 기억력에 결함이 있다. 그들의 기억은 유동적이다." 선명한 흔적은 불가능하고, 대신 반쯤 지워진 도로

고 주장했다.

위의 타이어 자국처럼 마음의 표면에 움직임의 형태가 남는다.

하지만 움직임의 초상화, 이것이 바로 날마다 렌즈에 얼굴을 비추고 소셜네트워크의 아바타를 바꿔대는 우리가 현재 우리 자신을 인식하는 방식이다. 소셜미디어는—mutatis mutandis(필요한 변경을 가하여)—끊임없이 이미지를 배열하는 새로운 방법을 고안해내며 열정적으로 이 게임을 즐긴다. '자, 여기 5년 전 내 얼굴이 있답니다', '자, 이제 바로 이 친구 저 친구들과 함께 찍은 내 사진들입니다'라고 보여주거나 작년 한 해 동안 찍은 사진들을 마치 책의 페이지를 한 장 한 장 넘기듯, 한 편의 영화를 보여주듯 웅장하게 펼쳐놓는다. 여기서 흥미로운 점은 친절한 페이스북이 나를 대신해서 그리고 나를 위해 기억하는 게(기억할 것과 잊어버릴 것 선택하기) 아니라, 유동성과 불완전성이 나에게 의무로 전가된다는 사실이다. 계속 흘러가는 그 특성 때문에 한없이 새로운 사진으로 채워야 한다. 내 얼굴도 계속 업데이트해야 한다. 그러지 않으면 예전 얼굴이 어땠는지 잊을지도 모른다.

그리고 각각의 새로운 얼굴은 이전의 얼굴을 쫓아버리고 지워버린다. 여기서 우리는 우주로켓이 속도를 높이기 위해 한 단계씩 차례로 발사되는 장면을 떠올릴 수 있다. 옐레나 시바르츠*는 지칠 대로 지치고 버림받은 자신의 모든 과거, '나'가 모인 방을 어느 시에서 이렇게 묘사한다. '점점 녹아 사라지는, 옷을 입은, 옷을 입지 않은 사람들 무리 / 분노에 찬, 기쁜 그리고 슬픈 사람들 무리……' 영혼은 안전 도화선을 따라 이는 불꽃처럼 이들을 따라 달린다. 샤를로테 살로몬도 자기 주인공들을 비슷한 방식으로 형상화한다. 여기, 한 여인이 스스로 목숨을

* 러시아의 시인이자 산문작가.

끓기 위해 집을 나선다. 이 여인은 집에서 호수로 가는 동안 열여덟 번이나 조금씩 다르게 형상화된 자기 모습으로 구아슈* 그림의 그 작은 공간을 가득 채운다. 매번 다른 몸짓으로 열여덟 번 반복되어 화폭을 가득 채운 이 여인의 작은 형상들은 왠지 복도, 뭔가 의도를 가지고 아래로 향하는 복도를 닮았다. 각각의 다음 형상은 이전 형상의 결정을 확인해주고, 각각의 새로운 형상은 얼음 구멍에 한 걸음씩 더 가까이 다가선다.

*

렘브란트와 동시대를 산 젊은 작가들—잔드라르트, 하우브라켄, 발디누치—은 렘브란트의 일대기를 다루는 글을 썼지만, 그의 그림에 대한 애정에서 우러나온 행동은 아니었다. 오히려 화가와 관련한 기이한 사건을 묘사하고, 잘못된 방법의 예를 보여주기 위함이었다. 화가를 비난하는 목록은 꽤 방대하지만, 그 내용을 모아놓고 보면 이상하게도 모두 엇비슷하다. '못생긴 평민의 얼굴', 삐뚤빼뚤한 필체는 물론 이런 근원적인 결함에 따라오기 마련인 비뚤어지고 저급한 감각, 구겨지고 씹히고 주름진 것, 욕창, 피부에 그대로 남은 벨트 자국과 같이 삶의 흔적을 지닌 모든 것을 향한 그의 지독한 편애를 거론하며 렘브란트를 비난한다.

가장 훌륭하고 정선된, 모범적인 것—아름다움 중에서도 최상의 아름다움을 구별하고 선택하는 법을 아는 것—을 추구하고 만족하고

* 물과 고무를 섞어 만든 불투명한 물감.

자 하는 의지나 능력의 부재는 렘브란트의 초기 전기작가들이 볼 때 심각한 죄악이었으며 무엇으로든 설명할 수 있어야만 했다. 무엇보다도 그의 출신배경이나 교육수준, 그리고 그 때문에 형성된 그의 아집 같은 것들 말이다. 전기작가들 모두(렘브란트와 아는 사이였던 잔드라르트도 포함)가 하나같이 주장하는 또 다른 해명은 자연을 그대로 따르고자 하는 그의 열망이다. 그리고 그 당시에는 어떤 사건이든 구실로 삼을 선례가 필요했기 때문에 그들은 범죄적 자연숭배의 대표적인 예인 카라바조에게 그 책임을 전가한다.

이 문제가 그렇게 심각하게 받아들일 일인지 모르겠다. 만약 자연에서, 붕괴와 해체를 향해가는 자연의 평생 학교에서 배움에 열중한다면 외부의 도움이 굳이 필요할까. 빈 미술사박물관에 카라바조의 작품이 전시되어 있는데, 그의 작품은 즉시 내게 렘브란트를 떠올리게 한다. 둘의 조합이 약간은 기묘한데도 불구하고 말이다. 이 작품은 〈골리앗의 머리를 든 다윗〉이다. 주위를 둘러싼 어둠 속에서 불타는 듯 두드러지는 밝음은 작품의 아치형 구도를 극명하게 드러낸다. 둥그스름한 뺨의 사춘기 소년이 패배한 적의 거대한 머리를, 그 무게를 지탱하며 들고 있다. 머리는 이미 혈색이 빠져나가고, 턱은 늘어지고, 아랫니는 불빛에 번득거리고, 눈은 빛도 표정도 없다. 다윗이 입은 옷, 즉 노란 바지와 하얀 리넨 셔츠는 1658년 렘브란트의 유명한 자화상 속의 옷과 같은 색조이며 렘브란트의 왼손에 들린 지팡이 역시 다윗의 어깨 뒤에 놓인 검처럼 무딘 쇠붙이로 끝이 뾰족하다. 가운 같은 노란 겉옷이 렘브란트의 가슴을 흉갑처럼 감싸고 그 아래로 셔츠 주름이 빠져나왔으며 빨간색 띠가 그의 육중한 배를 두르고 있는데, 이 색감 또한 카라바조의 그림에 등장한다. 여기서 빨간색은 살점, 죽은 사람의 목에서 덜렁거리는 붉은 살덩어리다.

자신의 전리품을 손에 든 다윗을 보면 죽임당한 자와 죽인 자, 부드러운 자와 딱딱하게 굳은 자, 점점 어둠에 휩싸이는 자와 밝게 빛나는 자 사이의, 다시 말해 썩어 없어질 자와 활짝 피어날 자 사이의 균형을 한참 들여다보노라면, 승자와 패자 사이에 어떤 차이도 없음을 깨닫게 될 것이다. 잘 짜인 이 그림의 전체 구성이 이를 염두에 둔 것처럼 보일 수도 있지만, 살아 있는 소년과 죽은 거인이 같은 얼굴을 하고 있음을, 그들이 같은 과정의 서로 다른 단계이자 우리에게 너무도 익숙한 모든 before and after(전후) 비교의 명확한 예시임을 깨닫는 순간 극적으로 초점이 맞춰진다. 골리앗의 얼굴은 카라바조의 자화상이라는 생각이 들며, 소년의 얼굴로 시선을 돌리면 서로 '이중 자화상'처럼 느껴져 훨씬 더 흥미로워진다.

이 순간 삼각형(두 주인공과 당신, 즉 관객)은 갑자기 펴지고 구부러지며 끝이 벌어진 말발굽 모양이 된다. 이 얼굴이 지나는 모든 나이와 처음부터 끝까지 계속해서 달라지는 모든 변화가 압축되어 말발굽의 보이지 않는 곡선 속으로 박혀들어가 있다. 내가 보는 것은 '자신이 버린 몸을 높은 곳에서 내려다보는 영혼'의 직접적인 표현이다. 저자(몸이 아닌 몸들, 즉 살아온 삶 전체의 소외되고 차갑게 식어버린 corpus*를 제시한다)는 모든 것으로부터 등거리를 유지하는 이상한 지점에 놓였다. 저자에게는 어떤 판단도 어떤 선택도 허용되지 않는다. 이것은 내가 아는 한, 화가의 대상이 단순히 정지된 형태의 '나-결과'가 아니라 변화해가는 '나-움직임'으로서의 '나'가 되는 첫번째 사례

* 신체, (물건의) 본체, 전부, 총체 따위를 의미한다.

일 것이다.

미술사학자들은 렘브란트의 자화상 중 80여 점만이 진품(더러는 렘브란트 화실 소속 화가들이 참여한 것도 있지만 렘브란트가 직접 손으로 그린 그림)이라고 믿고 있으며 그중 55점 정도가 캔버스에 그린 완전한 유화라고 생각한다. 이 정도면 꽤 많은 분량이다. 그의 방대한 전체 작품의 10분의 1이니 말이다. 그들 중 일부는 아마도 미리 준비된 캔버스가 없어서 이미 그려진 다른 그림 위에 바로 그려진 것 같다. 즉, 처음 그림 위에 덧그려진 두번째 그림 층인 셈이다. 처음 그림의 캔버스가 반드시 렘브란트의 것은 아니었다. 그건 문자 그대로 recycling(재활용)이었다. 다른 사람의 그림 또는 렘브란트 자신의 실패한 그림이나 초안들, 자잘한 트로니*에 작은 풍속화들까지 모든 게 재활용의 대상이었다. 그중에는 그의 고객이 필요로 하지 않는 초상화도 있었다. 그리고 바로 그들 위에 화가 자신이, 화가 자신의 순간적이고 한 번뿐인 얼굴이 나타났다.

그리고 오로지 그의 얼굴뿐이었다. 옛날 작품들은 화가가 재빨리 작업에 임할 수 있도록 돕는 일종의 초안이나 스케치북이 되었는데, 아마도 그의 고객이 다른 초상화를 위한 캔버스 비용을 지급했거나 화가에게 직접 캔버스를 제공했기 때문일 수 있다. 길게 배열된 자화상들은 한 장 한 장 넘겨보는 것처럼 일종의 카탈로그를, 자연을 따라가며 재빨리 포착한 이미지들을 모은 선집을 이룬다. Nach der natur(자연을 따라서), 제발트의 첫 시집 이름이다.

* 17세기에 네덜란드에서 널리 퍼진 초상화의 장르적 변형. 특이한 표정이나 의상을 입은 익명의 모델의 초상화를 그리며, 주로 허리나 어깨까지 묘사한다.

렘브란트에게는 어떤 다른 상황이나 의무보다 대상을 화폭으로 옮기는 속도가 훨씬 더 중요했던 것 같다. "한번은 그가 한 남자와 그의 아내, 아이들의 대형 초상화를 반쯤 완성했을 때 그의 애완 원숭이가 갑자기 죽은 일이 있었다. 그때 준비된 다른 캔버스가 없자 그는 죽은 원숭이를 작업중이던 같은 초상화에 그려넣었다. 이 가족은 자기들 초상화 옆에 역겨운 죽은 짐승이 나란히 놓이는 것을 꺼리며 이에 반대했다. 하지만 오히려 렘브란트는 죽은 원숭이의 스케치에 매료된 나머지 초상화를 채색하여 완성시키기보다 미완성 상태로 남겨두고 자신이 가지기를 원했다. 그리고 그렇게 되었다. 이 문제의 그림은 결국 나중에 그의 제자들의 칸막이로 사용되었다."

네덜란드 렘브란트 연구회가 발간한 렘브란트 기본 컬렉션에서 그의 자화상은 상당히 두툼한 분량의 책으로 별도 제작해 다룰 만큼 중요한 위치를 차지한다. 하지만 그러함에도 불구하고 이 책의 해설에는 뭔가 불편한 구석이 있다. 첨부된 부록의 주요 논제 중 하나는 독자들을 향한 경고이다. 자화상을 일종의 프로젝트, 아니면 그 하위 프로젝트로, 수년에 걸쳐 완성되는 서정적 일기나 몽테뉴식 자아 탐구로 여기며 특별한 범주로 취급하는 실수를 범해서는 안 된다고 경고한다.

이 책의 편집자는 렘브란트의 작품을 정체성에 대한 탐색(또는 내적 현실에 대한 탐구, 자기성찰을 위한 공간 확장)으로 제시하며, 현대 어휘를 빌려 과거를 재해석하려는 인간의 변치 않는 성향보다 더 큰 담론을 다룬다. 그것은 방법론의 충돌이나 시대착오적인 오류, 즉 타임라인을 따라 상당히 멀리까지 나아가는 데 성공한 텍스트를 해석하려는 모든 시도에 내재된 오류를 어느 정도까지 제거할 수 있는지에 대한 이야기가 아니다. 오히려 실패할 걸 알면서도 부딪쳐보는 도전에 가깝다. 과거의 존엄성과 정확한 앎을 지키기 위한 또 다른 시도들. 그 첫번째는 고정관념과 외부에서 들여온 인식의 틀에 저항하는 것이다. 하지만 오늘날은 이들을 벗어날 길이 없다. 연결됨을 위한 불안한 탐색은 공동의 노선과 명확한 답이 없는 붕괴의 시대에 한 사회가 숨쉬는 바로 그 공기 자체에 존재한다.

우리 일상의 요소들이 체계적인 해석을 위한 모든 시도를 방해하며 이리저리 흔들리기 시작하면 우리는 당장 손에 닿는 곳에 있는 난간을 찾기 시작하고 구조構造의 작은 힌트 하나에도 기뻐해 마지않는다. 게다가 우리는 우연을 환영하고, 사물들 사이의 본질적인 연관성을 드러내는 상징인 양 우연의 일치를 신뢰하며, 어떤 순서로든 구조를 보기 시작한다. 렘브란트의 초상화 구상을 다룬 훌륭한 문헌들이 많은데, 각 문헌은 초기 전기작가들이 그랬듯 렘브란트에 대한 것보다 우리에 대해 훨씬 더 많이 이야기한다. 그러함에도 불구하고 자화상을 현미경 들여다보듯 보게 만드는 광학 장치에는 모호하고 불안한 요소가 있다. 이 장치는 마음의 움직임과 영혼의 어두운 구석들, 고뇌의 흔적들이 타협 없이 연구의 대상이 되는 '작가의 내면세계'에 바짝 다가가 확대하는 역할을 한다. 나는 아무래도 여러 얼굴로 그려진 수많은 렘브란트 초상화의 공통된 의미, 문자 그대로의 face value(얼굴 가치)는 단지 외부적인 면으로, 오늘날 아리스토텔레스의 흔적쯤으로 제한된다는 생각이 든다. 하지만 이것만으로도 충분하다. 그들은 이미 우리가 요구하는 것보다 훨씬 더 많은 걸 제공하고 있으므로.

어떤 면에서 자화상은 그 당시 유행하던 중요한 교육자료들에 가깝다. 미래의 예술가들에게 고통, 놀라움, 공포, 기쁨 등 신체가 표현할 수 있는 극한을 보여주는 표본들 모음. 이 논리(인간의 성격에 대한 아주 오랜 믿음, 즉 미리 정해진 몇 가지 표본으로 인간의 다양성을 설명하는 유형학적 구조에 근거)는 감정의 진행을 연속되는 일련의 단계들로 나누게 만들고, 그렇게 나뉜 각각의 감정은 저마다 자기 존재를 주장하는 별도의 캡슐이다. 그들은 보편적이면서 또 각자 고유한 표정을 지닌다. 따라서 한번 포착된 표현은 수학공식이나 기도처럼 여러 번 적용할 수 있다.

렘브란트에게 악의를 품은 사람 중 그나마 호의적이었던 하우브라켄은 렘브란트의 작품에서 다른 무엇보다 기존의 방식을 무시하는 태도를 지적했다. 하우브라켄에게 그건 마치 빨간 불에 길을 건너려는 시도와도 같았다. 그는 이렇게 쓰고 있다. "감정 표현의 대부분은 일시적이다. 사람의 표정은 미세한 자극에도 순식간에 변하기 때문에 채색은커녕 스케치할 틈조차 거의 없다. 따라서 예술가가 순간적인 특징을 재빨리 포착하여 인상을 마음속에 잡아두는 방법 외에 스스로 도울 수 있는 다른 수단은 상상할 수 없다. (……) 그리고 다른 한편으론, 이미 확립된 예술의 규칙과 기초에 근거를 두면서, 열성적인 학생들의 교육을 위해 각각의 특정한 감정이 어떻게 표현되는지 인쇄물로 세상에 알린 사람들의 천재성을 활용할 수도 있다. 예를 들면 파리 왕립아카데미의 회원들이 콜베르 선생에게 헌정한 귀중한 저서 『학문적 담론』이 그러하다. 우리는 또한 이와 유사한 본보기들을 찾아낸 뒤 (……) 그것들을 '필라레트의 편지' 두번째 권에 수록했다."

여기서 흥미로운 점은 일단 주어진 표본에 대한 신뢰가 아니라 감정들 사이에(인간 유형들 사이에서처럼) 경계가 존재한다는, 즉 감정이 개별 영역으로 존재하고 이를 면밀하게 묘사할 수 있다는 믿음이다. 분노와 연민은 정적인 상태로서, 어쩌면 과정의 여러 단계 중 하나일지도 모르지만, 이 둘이 섞이는 지점은 별도의 공간으로 인식되지 않는다. 이들 사이에 존재하는 선은 보이지 않기 때문이다. 문화역사학자 앤드류 스몰은 렘브란트와 몽테뉴의 자아에 대한 작품을 비교하면서 푸코의 『말과 사물』을 언급하는데, 이 책은 일련의 중요한 유사성에도 불구하고 인간은 중심은 그대로 둔 채 언제나 자신의 경계를 실명하는 매개변수에 갇히고 제한된다는 결론을 내리고 있다.

렘브란트의 동시대 사람들은 바로 경계를 대하는 그의 불경한 태도—혹은 이도 저도 아닌, 즉 빛과 어둠 사이에 명확하게 경계선을 긋는 능력(화가의 주요 자질로 여겨졌다)의 부족—를 들어 그를 한목소리로 비난한다. 그들은 마치 일종의 집단 보안 시스템이 작동이라도 한 것처럼 이에 모두 동의하며, "내부와 외부의 선을 통한 어떤 윤곽이나 경계선도 없이, 그러면서 지나치게 격렬하고 반복적인 붓질로만 이루어지는" 그의 그림 방식을 결코 받아들일 수 없다고 생각한다. "윤곽선은 적절한 위치에 분명하고 정확하게 놓여야 하는데, 그의 작품엔 '이 윤곽선이 없으므로' 이를 숨기기 위해 그는 그림들을 칠흑처럼 새까만 색으로 채웠다. 그래서 그는 자신의 그림이 전반적인 조화를 유지하는 한 더이상 아무것도 하지 않았다." "…… 따라서 모든 인물이 자연 모습 그대로 치밀하게 묘사되었음에도 어디에 어떤 인물이 있고 또 어디에 다른 인물이 있는지 거의 구분이 안 될 정도였다." 푸시킨이 모든 것의 뒤섞임이라 부른 것에 대항하여 다양한 원리나 규칙을 제시하려는 시도는 반대 관점에서 볼 때 감동적이지만 무익하게 느껴진다. 렘브란트는 외부가 아닌 내부의 체계를 바꾸고 변화시키기 때문이다. 그리고 그는 자신의 크기에 맞춰 체계를 확장하는데 거의 터지기 직전까지 몰아붙인다.

그의 세계에는 인물과 배경, 유채색과 검은색, 더 나아가 자화상과 비초상화-트로니 사이의 뚜렷한 경계선이 없다. 자화상의 집합체는, 말하자면 스펙트럼의 음영처럼 무수히 많고 유동적이지만 여전히 명확하고 뚜렷한 끝을 향해 배열을 유지하는 또 다른 선의 존재를 주장하며, 이미 만들어진 상태의 고정된 선을 재창조한다. 이때 또 다른 선은 전체 양은 건드리지 않으면서 연달아 재빨리 형상을 달리하는 얼굴 변화의 사슬이다. Emulatio(원본의 복제가 아닌, 원본을 뛰어넘는 모방)의 임무는 여기서 장르 자체에 이미 내재돼 있으며 자기 몸은 화가의 마네킹, 마음대로 쓸 수 있는 이상적인 모델이 된다. 일련의 상징과도 같은 감정, 나이, 삶의 단계 단계가 잔물결처럼 그 표면을 따라 흐르는 모델. 관찰의 영원한 동반자인 '거리두기'는 여기서 보이는 것의 정확한 재현과 더불어 필수적인 것 같다.

*

앤드류 스몰은 렘브란트와 그 자화상과의 관계를 자기 심판이라 부른다. 하지만 자기 부인이라는 표현이 (거울과 캔버스 사이의 상호작용이 17세기 언어로 어떻게 번역되었든) 더 정확하지 않을까? 삶의 특정 시기, 그리고 그 시기를 방금 살아낸 사람과의 거리두기이자 분리라고 말이다. 이를 위해서는 화가는 말 그대로 자기 자신을 벗어나야 하며 자신과 고객 사이(또는 드레스덴 자화상에서처럼 젊고 뺨이 발그레한 자신과 지금 자기가 그 발을 쥔 죽은 새 사이)에 어떤 차이도 두지 않는 중립적인 외부 권위자가 되어야 한다.

이 과정의 모든 단계는 각각 분리돼 동시에 진행되고 영원한 완결은 없다. 우리 앞에 놓인 건 연구(결과를 얻고자 하는)가 아니라 기록이자 자연 관찰 일기이다. 자화상에는 회고적인 요소가 전혀 없다. 자화상은 오늘을 붙잡아 고정해놓고 이미 처리가 완료된 waste product(폐기물)가 될 준비를 하고 있다. 이런 의미에서 자화상을 반드시 순서대로 볼 필요는 없다. 터놓고 말해, 이들은 오직 과학적인 관찰의 의미만을 지닌다. 문설주에 새로운 키와 나이를 표시하는 데 필요한 또 다른 눈금일 뿐이다. 지금 일어나는 일은 자기성찰이 아니라 오히려 자기성찰에 대한 거부이다. 지나가는 순간의 외부화이자 분리이며, 자서전이 아니라 자기 비문이다.

종종 하나의 초상화는 화가 자신이나 그의 제자들에 의해 다양한 화법으로, 유화 및 판화로 어느 정도의 변형을 거치거나, 아니면 거의 변형 없이 몇 차례에 걸쳐 완성된다. 포스트낭만주의 시대의 과제들, 즉 반복을 피해야만 하는 필연성도 아직 포착되지 않은 새로운 것에 대한 탐색 자체도 렘브란트의 관심 영역이 아님은 분명하다. 자신의 페르소나에 사로잡힌 사람에게 너무도 쉽게 적용되는 자기 인식의 논리도 마찬가지다. 아마도 그 의도는 (그 당시 어떤 식으로 간단명료하게 표현했든) 곡선에 새로운 부분의 시작을 표시하는 것이 아니라 전 형성을 철저하게 잡아내 고정해두는 것이었을 게다. 내가, 바로 내가 그랬다. 이제 다시는 그러지 않으리라.

때마침 현대를 장악하고 있는 셀피 장르가 이와 비슷한 방식으로 작동한다. 다름에 대한 탐색은 반복적인 이미지의 생성으로 대체되었다. 소셜네트워크 방문자라면 누구나 사진들이 얼마나 자주 크고 작게 무리를 지어 나타나는지 알고 있다. 같은 장소에서 찍은 여러 장의 자화상들이 순전히 어느 하나만 고를 수가 없다는 이유로 차례로 세상에 선보인다. 이런 사진들을 다채롭게 꾸미기 위해 여러 기술이 개발되었다. 이를테면 '나'라는 핵심은 건드리지 않고 그대로 두면서 뭉크, 클림트, 칸딘스키 등의 다양한 예술적 체계의 방식으로 사진을 재구성하는 필터가 그것이다.

하지만 여기서 문제는 바로 이 핵심이다. 늘 그렇듯 '어떻게'를 묻는 모든 질문은 단순히 '누구'라는 근본적인 질문에 대답하는 또 하나의 방법일 뿐이다. 렘브란트 전문가들은 한목소리로 당시로선 상상도 할 수 없었던 화법의 다양함, 이른바 brushwork(붓놀림)라는 멋진 단어로 불리는, 획을 만들고 물감을 칠하는 다양한 방법에 관해 이야기한다. 이런 의미에서 렘브란트는 개인에 집착하는 새로운 시대의 예술이 그토록 높이 평가하는 자기만의 서체도 작가적인 태도도 없다. 아니, 더 정확히는 오히려 그것들이 너무 많다. 새 작품에 들어갈 때마다 그는 원하는 경우 필터라고 칭할 수 있는 자신만의 새로운 기술을 개발해냈기 때문이다. 이는 다양한 척하고 싶어하는 우리의 사진과 다소 비슷하다. 차이점은 다른 무엇보다 렘브란트의 모든 자화상에 존재하는 특성, 즉 고스란히 드러나는, 살갗 아래 감춰진 뼈마디들과 쭈글쭈글 주름진 피부에 있다. 그리고 셀피의 시학은 사력을 다해 그것을 피한다는 것. 동화 속 거울과 같은 페이스북의 사진은 우리가 상하지 않는 존재라고 우리를 설득하려 든다. 늘어나는 주름과 피부의 칙칙함을 어쩔 수 없이 기록은 하면서도 사진들은 거울에 비친 얼굴이 여전히 우리의 얼굴이라고, 여전히 장밋빛으로 빛나는 가장 아름다운 얼굴이며 어제와 거의 변함이 없다고 우긴다.

장 콕토*는 언젠가 영화는 죽음으로의 진행을 촬영하는 유일한 예술형식이라고 말했다. 오로지 죽음을 기록하는 데만 집중한 렘브란트의 자화상들은 스스로 줄을 맞춰 늘어선 일종의 프로토 필름이다. 반면, 공개적인 공유를 위해 사람들이 촬영하고 업로드한 수 킬로미터 분량의 셀피들은 나에게 정반대로, 그 뒷면으로 보인다. 지금 우리 사이를 돌아다니는, 관심에서 멀어진 지 이미 오래인 죽음의 연대기로.

그렇다면 렘브란트의 연속성을 가진 자화상을 하나의 서사로 바라보고 싶은 유혹은 더욱 강렬해진다. 얼굴이 주인공인 일종의 그래픽 소설. 마치 얼굴이 어떤 왜곡이나 변위도 허용하는, 원하는 대로 조작할 수 있는 캐릭터라도 되는 양 모든 사건과 모험은 얼굴과 함께 벌어진다. 그리고 그 사건과 모험은 비단 줄거리에서만 벌어지는 상황은 아니다. 맞다, 다시 말해 얼굴의 변형은 주변 환경의 변화와 함께 일어난다. 오른쪽으로 치우치든 왼쪽으로 치우치든 당신은 여전히 주인공이고, 황제이고, 실패자이고, 노인이고, 가난뱅이고, 그 누구도 아닌 당신 자신이다. 가끔은 이 '나'가 실제보다 더 운이 좋기도 하다. 이 세상 왕자들의 옷차림과 자세로 묘사되기 때문이다. 때때로 또는 여러 번, 그들은 성공한 예술가의 상징인 황금 목걸이를 가슴에 달고 등장하는 정당한 상급을 요구한다. 렘브란트는 한 번도 그런 상을 받은 적은 없지만 그의 자화상이 충분히 그 값어치를 보여준다. 하지만 종종 화가는 말 그대로 모델의 내구성, 즉 모델이 변형을 견뎌낼 능력이 있는지 검증하곤 한다.

캔버스에 붓끝을 스치고 한 획 한 획 이어가는 손놀림의 과정에 끊임없이 함께하는 사랑의 실제는 여기서 거리두기, 간단히 말해 이별의

---

* 프랑스의 작가이자 영화감독.

강력한 에너지와 결합한다. 자화상 속의 렘브란트는 캔버스에서 캔버스로 자꾸 모습을 바꿔다니지만, 그의 본질은 변함없이 유지된다. 이미지가 하나의 기호로, 비어 있는 공간 주위를 빽빽하게 채운 몇 가지 기괴한 특징으로 축소된 만화영화나 만화책의 주인공 탱탱이나 베티 부프처럼. 수학적인 일관성도 주제의 일관성도 취소되었다. 때로는 초상화의 요구에 따라 눈을 더 작게, 때로는 더 크게, 때로는 눈 사이를 더 멀게, 때로는 더 가깝게 그려야 한다. 턱도 마찬가지이다. 길어졌다가 다시 짧아진다. 하지만 코는 멀쩡하게 그대로다. 만약 우리가 얼굴의 특징들을 캐릭터의 집합체로 생각한다면 그 끝이 뭉툭한, 코믹하고 완고한 코가 이야기의 주인공이자 중심이 될 것이다.

그리고 귀, 귓불이 두툼한 귀가 있다. 렘브란트가 단 하나의 진주를 돋보이게 하려고 아름다운 클레오파트라의 모습을 고의로 어두컴컴하게 만들었다는 속설이 있다. 클레오파트라의 초상화가 정말 존재했더라도 보존되지 않았을 것이다. 1628년의 초기 자화상에서 장밋빛, 붉은 머리칼, 투명한 그림자, 그리고 반짝이는 표면이 매혹적인 조화를 이루는 렘브란트의 귀는 진주로 밝혀졌다. 여기서 조명은 어둡고 흐릿한 실내등이라 할 수 있다. 해가 질 무렵 잔잔하게 깔리는 어슴푸레한 빛이 갑자기 완벽함을 더하며 어떤 사진이나 필름도 거뜬히 구출해낸다. 얼굴은 어둠에 잠기고, 코끝만 밝게 빛을 받는다. 그리고 목 부분과 솜털 보송보송한 부드러운 뺨, 흰 옷깃의 한 귀퉁이가 마지막 태양빛에 금빛으로 물들고 목덜미의 곱슬곱슬한 머리칼은 전선처럼 번쩍인다. 구도의 중심은 빛을 따라 왼쪽으로 이동하고 진홍색 귓불(막 뚫은 귀처럼 크게 부푼 귓불은 여전히 부어 있고 따끔거린다)은 단숨에 전부가 된다. 석양도 되고, 값비싼 귀걸이도 되고, 살갗에 가려 앞을 볼 수 없는 세번째 눈도 된다.

또는 1633년에 그려진 여자 초상화*. 신시내티 어딘가 수염을 기른 남자가 누군가를 맞이하기 위해 의자에서 몸을 일으키는 장면을 묘사한, 이 초상화와 한쌍을 이루는 그림이 있다. 여인의 초상화는 거장의 작품이자 뛰어난 기량의 시연이다. 부챗살처럼 퍼진 촘촘한 레이스, 검은색과 붉은 포도주색의 옷감, 귀걸이와 목걸이는 저마다 수수께끼처럼 해석의 여지를 주는 상징적 의미들을 더한다. 하지만 그중 어느 것도 쟁반처럼 넓적한 얼굴과는 관련이 없다. 얼굴은 어떤 메시지도 전달하지 않고, 집중해서 경청하는 자의 일관되고 부드러운 표정만 가질 뿐이다. 동시에 수면 위로 자꾸 떠올랐다 사라졌다 하는 부유물처럼 그 안의 무언가가 익숙하고 친밀하게 느껴지는데, 이는 보는 이의 주의를 흩뜨리며 작가가 그토록 훌륭하게 완수해낸 작업에 집중할 수 없게 만든다. 부채를 든 젊은 여성에게는 이름도 약력도 없으므로, 이 여성이 실제 존재한 인물이 아니며 두 작품 모두 화가의 실력을 보여주고 새로운 고객을 모으기 위해 그린 일종의 본보기용 그림일지도 모른다는 추측을 가능케 한다. 그녀의 외모, 벌어진 어깨, 소매를 걷어올리고 의자 팔걸이에 큰 손을 올린 자세의 무언가가 작품 속 비단이나 금색과 어렴풋이 배치된다. 눈 사이가 꽤 멀고(한쪽 눈꺼풀 위에 약간의 피부 접힘) 이마 역시 넓다. 투박하고 예쁘지 않은 코(살짝 부풀고 붉어진 코끝) 그리고 높은 수준의 주의력과 언제라도 장난기를 터트릴 것 같은 소년의 표정이 어우러져 있다. 나는 렘브란트가 자신을 여성의 모습으로 그리기를 좋아했다는 생각을 지울 수가 없다. 여

* 렘브란트의 〈부채를 든 젊은 여인의 초상〉.

성이 된 그의 모습은 가능하거나 가능하지 않은 많은 존재 형태 중 하나일 뿐이다. 더구나 갑자기 이름 모를 여성의 초상화가 필요할 때 얼마나 유용하게 쓰이겠는가.

찡그리고 놀라고 샐쭉거리고 흡족해하고 스스로 만족하고 의심하고 의기소침하고 무심하고 덥수룩하고 번지르르한 렘브란트의 다양한 모습은 실제로 그들만의 척도를 형성했고 그들 자체로 하나의 학교였다. 얼굴은 마치 주어진 모든 기준과 완벽히 일치해야 한다고, 그러면서도 동시에 그 기준을 거부해야 한다고 스스로 가르치는 것 같다. 그래서 죽은 왜가리를 들고 있는 드레스덴의 자화상은—콧수염, 깃털을 꽂은 베레모, 골리앗의 머리라도 되는 양 커다란 새를 쥐고 치켜든 손—두 손을 허리춤에 대고 아버지 문 앞에 선 승리자 삼손의 모습을 떠올리게 한다.

짙은 색 모자와 하얀 리넨 모자를 쓴 비교적 단순한 후기 자화상들은 훨씬 더 경제적으로 작동한다. 어둡고 하얀 모자 밑에서 화해, 절망, 조롱의 얼굴이 순차적으로 시험을 거친다. 이들은 서로 공통점을, 특별한 시선의 속성을 가진 것 같다. 이 속성은 거기 없는 것을 자신에게 말하는 부정 신학의 관점*에서 정의하는 편이 더 간단하다. 장르의 본질적인 특성인, 꿰뚫어 보기의 시도는 없어 보인다. 일련의 충돌하는 의미들을 명료한 집중력으로 묶은 초상화는 관심, 즉 태양 아래 장소를 바라는 의인화된 요청이다. 그리고 문을 열 듯 당신의 머리를

* 부정적인 진술을 통해 완전한 존재인 신에 대해 설명하는 신학적인 사고방식. 인간의 지식은 존재하는 것을 대상으로 삼지만, 하느님은 존재하는 모든 것 위에 계시기 때문에 하느님께 다가가기 위해서는 존재하는 모든 것을 부정해야 한다는 입장.

열고 안으로 들어가 머물려고 한다. 초상화는 병에 담긴 편지나 자동 응답기의 음성메시지, 언젠가 마지막 소식이 될지도 모를 서신이 가진 강력함을 지닌다.

렘브란트의 자화상은 다른 유형의 존재이다. 이들은 관심을 요구하진 않지만 상상할 수 있는 모든 너그러움으로 우리에게 자신의 관심을 제공한다. 이는 초상화 내부 공간의 일반적인 특성이며, 문지방에서 우리를 맞이하는 시선은 우리를 향해 열리고, 우리를 들여보내고, 우리가 머물 수 있도록 부드러운 구멍을, 이별을 위해 의도적으로 계획된 자궁과 같은 공간을 만들어준다. 그런데 여기서 무엇이 무엇과 헤어진다는 말인가? 무엇이 시작하자마자 끝난단 말인가? 만약 우리가 말 그대로 렘브란트의 눈으로, 그리고 마치 동전으로 작동하는 망원경이 먼 현실의 한 부분을 우리에게 가까이 끌어다 보여주는 것처럼 렘브란트의 마음을 통해 바라보고 있다는(노란색 가운을 입은 바로 그 뉴욕 초상화에서도) 사실을 기억한다면, 바로 그 순간 우리는 다정함과 감사함으로 우리 자신을 벗어던질 수 있다. 그리고 여기서 일어나는 일은 저울의 두 접시의 동시 소멸, 즉 방정식의 두 요소 x와 y가 동시에 사라지는 것이다. 구멍 속, 텅 비어버린 만남의 장소엔 영원한 거주자, 즉 보이지 않는 죽은 원숭이만 남아 있다.

3장
골드체인은 더하고 우드먼은 뺀다

제발트의 『아우스터리츠』에는 프라하에서 추방당한 유대인들의 아파트에서 주인이 사라지자마자 압수해간 물품이 기록된 긴 목록이—한 페이지 또는 그 이상—등장한다. 여름 빛깔을 머금은 딸기잼 병에 이르기까지 항목별로 분류되지 않은 게 없을 정도다. 때로는 물건의 여정(하마터면 '사후의 여정'이라고 쓸 뻔했다)을 추적하는 일도 가능하고, 심지어 압수된 물건들을 보관한 창고의 사진도 있다. 그 창고는 어딘지 임시수용소나 포로의 소지품들을 모아둔 막사처럼 보인다. 마치 혼인 잔칫상 같은 긴 테이블에 주인 잃은 자기 그릇들, 고급 도자기들이 비좁게 몸을 비비고 쌓여 있다. 화려하지만 벌거벗은 듯 적나라한 그 모습이 섬뜩하다. 나무 선반에는 모르는 이들이 서로 몸이 닿도록 빼곡하게 누운 침대처럼 냄비와 프라이팬, 찻주전자, 소스 그릇들이 뒤엉켜 있는데, 마치 누군가의 찬장이 복부처럼 갈라져 안의 내용물이 모두 밖으로 빠져나온 것 같다. 그리고 사실이 그랬다. 광택이

도는 장롱들이 가득찬 방이 있고, 시원한 침대보와 낡은 베갯잇, 이불 홑청이 가지런히 개켜진 이불장도 있다. 그것은 일종의 폐쇄된 배급소였고, 특권을 가진 시민들이 와서 다른 이들의, 멈춰버린 삶의 물건들을 선물로 받을 수 있는 곳이었다. 소련에도 그런 창고가 존재했었다. 폐기된 부르주아 계급의 모피와 가구는 이제 승자들, 새로운 사회체제의 사람들에게 돌아갔다.

가까스로 아물어가는 상처와 블랙홀, 이주-removes의 흔적을 지닌 현대 유럽 땅에는 잘 보존된 가족 기록물이 매우 드물다. 한때 세간살이라 불렸던 것들—고모와 이모, 할머니로부터 물려받은, 그리고 시대에 뒤떨어진 짐짝 취급을 받으며 수십 년에 걸쳐 쌓인 가구와 사기그릇들—은 이제 그 자체로 특별한 기념물이 될 가치를 지닌다. 보통 도망을 가야만 했던 사람들(누구로부터든)은 문서를 불태우고, 사진은 장교의 견장이나 관리의 제복이 드러난 턱 아래로는 모두 잘라내 잘게 찢고, 서류를 다른 사람 손에 남겼다. 여행이 끝날 무렵, 행여 기억이 떠오를까 기대하며 붙잡을 수 있는 물건은 거의 남아 있지 않았다.

과거에 더 가까이 다가가고 이해하기 위한 연습은 제시된 그림을 보고 이야기를 지어내거나 눈, 꼬리, 발처럼 몇 가지 주어진 요소를 바탕으로 그림을 그려야 하는 초등학교 시험을 연상시킨다. 좋든 싫든 당신은 내가 태어나기 전에 여기 있던 사람들보다 더 잘 보인다. 그리고 20세기의 거대한 몸뚱어리 밑에서 가능한 몇 가지만 겨우 들고 허겁지겁 탈출한 사람들 대부분처럼 우리도 선택할 수 있는 게 사실상 아무것도 없다.

당신의 상상 속 인물의 소유물이 탈탈 털어봐야 달랑 동전 두 개뿐이라면, 엽서 한 장과 우연히 살아남은 사진 다섯 장이 전부라면 당신은 무엇을 할 수 있을까? 이때 물건 하나하나에 무게가 실리며 묵직해지고 그들—과거와 사물에 대한 선험적 지식으로 반질반질 두텁게 기름칠해 고안해낸 대상—사이엔 그들 자신이 만든 것처럼 연결고리가 생겨난다. 하지만 갑자기 관심과 주목의 대상이 된 과거의 물건들은 부끄러울 정도로 발가벗겨진 채 어색함에 어쩔 줄을 모른다. 그들이 할일은 더이상 남아 있지 않다는 듯이. 옛 주인도 자신의 역할도 잃어버린 그들은 그저 존재 자체로 남는다. 그건 은퇴한 사람이 단번에 예전의 삶의 방식을 잊어버리는 것과 비슷하다. 내가 열 살 때 공산소년단 캠프에 가져간 의복 목록(흰색 티셔츠 세 벌, 파란색 반바지, 소년단 모자)은 17세기 사람들이 갖가지 이유로 그렇게나 즐겨 작성했던 남성용 캐미솔, 가터, 바지 등이 적힌 재산 목록과 조금도 다르지 않다. 이 작은 물건들은 인간의 손길로부터, 주목과 관심으로부터 아주 서서히 멀어지며, 한동안 잊혔다가 다시 꺼내지면 저마다 아름답게 장식되고 감동의 빛으로 가득찬다. 형형색색의 캐미솔과 검은색의 낡은 비단 조끼와 함께 이곳에서 동인도산 버들고리 바구니 다섯 개, 녹색 천 허리띠, 머리카락 가발 여섯 개, 지팡이, 즉 상아 손잡이가 달린 지팡이, 그리고 터키산 담배 파이프를 찾을 수 있다. 이것은 로데베이크 반데르헬스트*가 1671년 1월 7일 암스테르담에서 그의 어머니 집으로 이사할 때 작성한 그의 물품 목록으로, 아주 길고 다양한 종류의 비단과 기타 직물들, 그리고 회화 예술에 필요한 여타의 물건에 이르기까지 빠진 것 하나 없이 모든 물건이 세세히 기록돼 있다. 우리는 화가 에도 퀴터에 대해 아는 게 거의 없다. 그는 1694년에 사망했으며, 그가

* 17세기 네덜란드의 황금기 시절 화가.

남긴 것이라곤 12월 10일에 작성한 소유물 목록뿐으로, 거기엔 지금까지 살아남은 그의 물건들 이름이 나열되어 있다.

낡은 검정 모자 세 개
빨간색 폴란드 모자
빨간색 가죽 허리띠
검은색 덧소매 한 켤레
낡은 신발 두 켤레
은으로 된 인장 반지
자주색 실내화 한 켤레

*

라파엘 골드체인의 책 『나는 나의 가족이다』는 2008년 뉴욕에서 출간되었다. 더 정확히 말하면, 책보다는 완성된 예술 기획의 종이 등가물, 즉 사진첩 또는 카탈로그라 부르는 게 더 정확하겠다. 'photographic memories and fictions(사진 회고록과 허구)'란 부제를 달고 있다. 또한 기억에 대한, 그리고 그 기억의 덧없음에 대해 말하는 놀라운 책이기도 하다.

골드체인은 1953년 칠레에서 태어났다. 그는 이른바 2세대 survivor(생존자)로서 가까스로 살아남은 이들의 아들이자 손자이다. "1920년대 초부터 2차세계대전 직전까지 내 가족의 대부분은 폴란드에서 베네수엘라로, 코스타리카로, 브라질로, 아르헨티나 또는 칠레로 이주했다. 일부는 미국이나 캐나다로 새로운 삶을 찾아 떠났다. 누군가는 돈을 벌어와 가족을 돕겠다며 폴란드를 떠났지만, 전쟁이 발발하는 바람에 영영 돌아오지 못했다. 2차세계대전이 터지고 미처 유럽을 뜨지 못한 내 친척들은 모두 홀로코스트에서 죽임을 당했다."

이 계획(아니면 또 무어라 부르겠는가)의 시작은 다른 모든 시작과 비슷하다. 아버지는 아들에게 이야기를 들려주고 이야기가 계속될수록 아버지는 점점 더 깊이 몰입한다. 골드체인은 자신이 부모가 되기 전까지는 자신의 가족사에 별반 관심이 없었던 것으로 보인다. 그의 집에서 과거에 대해 말하는 사람은 아무도 없었다. 그 침묵은 마치 때가 돼야 개봉이 가능한 일종의 봉인된 메시지 병과 같았다. 이는 일반적인 일이다. "우리는 으레 그 일을 입에 올리지 않았다." "그는 늘 침묵을 지켰다." "그녀는 그 일에 대해 말하고 싶어하지 않았다." 손자들과 증손자들의 거듭된 증언이다. 골드체인은 예루살렘, 멕시코, 토론토 등 다양한 곳에서 살았고, 마흔 살에 가까워지고 첫째 아들이 태어났을 때 문득 자신이 2차세계대전 직전의 조부모와 거의 같은 나이라는 사실을 깨달았다. 그리고 조부모에 대해, 심지어 평생을 함께 살아온 사람들에 대해 아는 바가 하나도 없다는 사실도 알게 되었다.

여기저기 흩어진 기억의 조각들을 하나의 전송선으로 연결해야 하는 날이 올 것이다. 함축적인 의미의 반죽은 이야기하는 바로 그 순간 단단한 형체를 이룸과 거의 동시에 푹 꺼져버린다. 그건 자명한 이치다. 여기 일반화된 경험의 황금 도서관에서 가져온 상징적인 설명이 있다. 아버지 또는 어머니가 아이에게 가족 이야기를 들려주고, 그렇게 가족사는 입에서 입으로 전해진다. 이렇게 홀로코스트와 홀로코스트를 이야기하는 방법을 묘사한 고전 작품 『쥐』*가 시작된다. 그리고 이는 수백 개의 다른 작품들이 시작되는 방식이기도 하다. "나어린 아들이 아버지 곁으로 온다./아이는 묻는다./아빠, 좋다는 게 뭐예요?/그리고 나쁘다는 건 뭐예요?" 듣는 이가 아이라면 단순화는 적절할 뿐만 아니라 필수적이다. 모서리는 둥글둥글해지고 틈새는 저절로 메워진다. 과거의 이야기는 언제든 미래의 이야기가 될 위험이 있다. 고통스러운 곳은 피해가고 끊어진 관계는 복원하면서 앎을 견딜 수 있게 만들어야 한다. 그렇지 않으면 세상은 무너질 것이다.

백 년 전 폴란드에 살았던 방대한 골드체인 일족의 사진은 단 몇 장밖에 남지 않았으며, 모두 책자 마지막 페이지 부록 중 하나에 담겨 있다. 책은 서문으로 시작해서 저자가 직접 쓴 경고의 글로 이어지고 그런 다음에야 비로소 이 책의 진정한 핵심, 즉 가족의 몸을 재구성한 84장의 사진이 모습을 드러낸다. 한 장 한 장의 사진이 밋밋한 단색을 배경으로 스튜디오 사진처럼 제시되고, 하단 가장자리가 갈비뼈나 복부 어디쯤에선가 끝나는 위치, 즉 거의 가슴팍까지 나온다. 그들은 모자를 쓴 남자들과 모자를 쓴 여자들, 꿰뚫어보는 듯 눈매가 날카로운 육중한 몸집의 노파들과 늘어진 작은 귀를 가진 예시바** 학생들, 유대인 촌의 농민들과 '돈 모세'나 '돈 사무엘'이라는 존경할 만한 호칭이 어울리는 위풍당당한 신사들을 포함한다. 작가는 그럴싸한 속임수를 쓰지 않으며, 나 역시 그럴 생각이 없다. 그럴 이유가 없다. 당신은 가족 앨범에 뭔가 이상한 점이 있음을 곧바로 알아챌 것이다. 나이와 성별이 다 다름에도 모두 똑같은 하나의 얼굴을 하고 있다는 것. 우리는 한 가족의 닮은꼴이 사방에서 비치는 거울 복도를 따라가고 있다.

---

* 미국의 편집자이자 만화가 아트 슈피겔만의 작품.

** 유대계 고등 종교 교육기관.

골드체인의 가족, 이들은 잃어버린 연결을 되살리고 타인의 모습에서 자신을 찾기 위해 만든 자화상 모음집이다.

"조상의 형상을 한 나의 첫 자화상은—1964년부터 1978년까지 우리 집에서 함께 사신 외할아버지 돈 모이제스 루빈스타인 크론골드의 모습을 바탕으로 함—오로지 기억의 힘을 빌려 형상을 만들고자 하는 열망에서 탄생했다. 내 삶을 더 깊은 수준에서 정의할 수 있으며 '여기가 바로 내가 태어난 곳'이라고 보여주고 말할 수 있는 그런 형상을."

소련의 시인 겐나디 아이기는 침묵과 침묵 속에서 딸의 생후 첫 몇 달을 아주 세밀하게 말로 옮겨놓은 시집을 가지고 있다. 그는 시집에 닮음의 시기라고 부르는 그때를 이렇게 설명한다. "그 시기는 짧지만 그 짧은 동안 낯익거나 낯선 얼굴들, 표정들이 구름처럼 번갈아 아기의 얼굴에 나타났다 사라졌다. 마치 조바심이 난 우리 가문의 사람들이 아이를 거울처럼 들여다보며 자기를 알아보고 흔적을 남긴 것 같았다"라고 설명한다. 골드체인은 자신의 작업 과정을 영매靈媒의 행위로 묘사하면서 비슷한 말을 한다. "유령 같은 형상들이 이미지의 저 깊은 곳에서 위로 떠오르지만, 아주 잠깐일 뿐이다. 그들의 유사성은 불완전하며 잡아둘 수도 없다."

상상한 가족의—될 수도 있었는데 실제로는 되지 못한 모습의—상상한 사진들은 보자마자 그 넘치는 풍성함으로 충격을 안긴다. 마치 살아 움직이는 모든 걸 태워야 하는 방주 위라도 되는 것처럼 전례 없이 다양한 인간 유형이 눈앞에 펼쳐진다. 이 사진첩은 어딘지 아우구스트 잔더의 사진에 등장하는 직업의 행렬을 연상시킨다. 다만 여기선 마치 골드체인 가문이 새로운 땅을 차지하고 모든 상황에 대비해야 할 것처럼, 모든 주인공이 한 가족의 구성원이라는 점만 다를 뿐이다. 여기엔 농부도 도시인도 있고 요리사도 둘이나 되지만, 작가는 유독 바이올리니스트, 색소폰 연주자, 아코디언 연주자, 드러머, 또 다른 바이올리니스트, 튜바 연주자 등 음악인 가족에 이르면 정신적 혼란을 겪는 것처럼도 보인다. 마치 모든 가판대마다 똑같은 사람이 자리를 지키고 앉은(그리고 모든 통에서 내다보는) 카프카의 수공예품 박람회장에 와 있는 듯하다. 신댁의 폭이 커질수록 바닥은 디 잘 드러난다. 차이점은 눈앞에서 지워지고 이제 전형성만 남는다. 직업, 나이, 옷차림 그리고 그 품질, 작가가 고민하고 고려해야 할 공식의 틀. 예를 들면 '만성적인 가벼운 우울증을 앓는 세련된 중년 여성.' 어느 가정에나 한 명씩은 있을 법하지 않은가.

이름 외에는 아무것도 알려진 바 없는 친척들이 존재하고, 이들을 살려내기 위해서는 작가가 그들에게 옷을 입히고 그들의 형상을 창조해주어야 한다. 때로는 자화상을 그리는 데 실패하기도 하고, 성공했더라도 모델이 된 실제 인물과 전혀 닮지 않을 수도 있다. 하지만 이들은 유용하게 쓰이기도 한다. 이들에게 이름이 주어지고 가족은 점점 더 커진다. 전에는 존재하지 않았던 하임 이체크 골드체인이라는 인물이 순전히 우연으로 세상에 등장한다. 서문에서 밝혔듯이 "우리는 1830년대 이후 언젠가 폴란드에 살았을지도 모르는 한 남자의 흑백사진을 마주하고 있다. 그는 골드체인임이 분명하다. 나머지 다른 사람들과 똑같이 생겼기 때문이다."

그래서 골드체인으로선 아들에게 가족 이야기를 들려주려는 시도는 죽은 자의 왕국으로 떠나는 여행이다. 죽은 자들의 자리에 머물고, 죽은 자들 한 사람 한 사람이 되고, 죽은 자들이 창문처럼 아들을 통해 그들 자신을 들여다볼 수 있게 한다. 작가는 출구이고, 가족사의 병목이고, 모든 것을 밝힐 수 있는 유일한 수단이자 재료다. 결국 얻어진 결과는—그게 무엇이든—가족 이야기는 아니다. 설명의 유창함, 형식적인 특징[well-dressed, distinguished-looking(잘 차려입은, 눈에 띄는), 모자를 쓰거나 새를 데리고 있거나]은 새로운 사진이 등장할 때마다 더 명확해진다. 이 섬세하고 정확하게 설계된 기획에서 모든 종족과 전 세계가 하나의 얼굴로 나타나는데, 이는 기괴하고도 무섭다. 기억의 문제(비 내리는 어둠 속처럼 알아볼 수 없음)는 예리한 추측의 섬광이 깜박깜박 비치면서 단박에 해결된다. 가계도의 3대까지, 삼십대까지 거슬러올라가면 온 종족은 바로 '나'다. 콧수염을 기른 나, 모자를 쓴 나, 요람 속의 나, 무덤 속의 나, 모두 나눌 수 없고 다시 되돌릴 수 없는 '나'이다. 과거는 다시 한번 현재에 자리를 내주었다.

이 책의 구성 방식은 저자의 관점의 역학에 대해 많은 걸 알려준다. 서문, 자화상, 등장인물/유형에 대한 간략한 설명 그리고 뒤이어, 몇 년에 걸친 프로젝트 준비 기간 동안 작성한 일지. 추측, 환상과 몇 장의 실제 사진 등 수집이 가능했던 모든 게 담겨 있는데, 그중에는 도저히 만들어낸 것이라고는 볼 수 없는, 너무도 아름답고 멋진 얼굴의 노파도 있다. 일지는 손글씨로 작성되었기 때문에 힘들여 글을 읽고 해석해야 하는데, 그 과정에서 우리는 어쩔 수 없이 문헌학자의 역할을 맡게 된다. 그리고 이는 오히려 도움이 되며 자료의 저항이 오히려 자료를 더 매혹적으로 만든다. 이 지점에서 우리는 골드체인과 하나다. 얕은 지식이라도 속도를 높이는 데 도움이 된다. 텍스트에는 진부한 내용, 실제 사건들, 편지나 일부 서류가 포함돼 있으며, 이 모든 건 그 자체로는 꽤 지루하다. 하지만 작가의 마법 같은 묘수 덕분에 그것들은 흥미롭고 매력적으로 변모한다.

하지만 그런 마법은 자주 일어나지 않는다. 그래서 마른 콩을 추려내듯 과거를 다루는 데 있어 효과적으로 보이는 다양한 계획과 접근방식을 골라내는 일은 헛되지 않다. 안나 아흐마토바는 언젠가 타인의 꿈이나 타인의 음탕함보다 더 따분한 건 없다고 말했다. 타인의 가족사 역시 손에 달갑지 않은 먼지와 회반죽 가루를 묻힌다. 재미없는 것을 그 반대로, 새로운 경험의 매력적인 통로로 바꾸는 방법은 적지 않지만, 성공하는 사람은 드물다. 라파엘 골드체인이 생각해낸 접근방식은 자신과 아들을 위해 영속의 환상을, 자신의 이목구비와 눈매를 공유하는 이들, 즉 '가상의 가족 구성원들'이 합세해 함께 노래함으로 완성되는 가족을 창조하는 것이었다. 그리고 이는 잃어버린 모든 걸 몇 배로 더 돌려받는 곳이자 욥의 자녀들과 양떼가 더 많아지고 예기치 않은 불행은 모두 사라지는 곳, 보상의 세계이다.

재앙은 사라지고, 구멍은 다시 봉인되고, 물건들은 다시 제자리를 찾고, 모두가 살아 있고, 결핍도 침묵도 없다. 이곳은 그 나름대로 인류가 타락하기 전의 낙원이다(1929년 유럽이나 1913년 러시아가 그런 낙원이었다고 생각하는 사람들이 현재 너무 많다). 우리는 그런 배경 앞에서 자기 모습을 사진으로 남기고 싶어한다. '내가 거기 있었노라.' 하지만 그런 곳은 없다. 가족 역사에 대한 충성의 맹세는 그 역사의 파괴이자 망자의 부활에 대한 패러디이다. 다른 사람이 자신으로 치환되고, 알려진 세계는 상상의 세계에 자리를 빼앗기고, 지옥 곧 다른 사람들은 모두가 제자리를 지키며 살아 있는 척하는 가족 앨범이 된다. 이상적으로는 그들은 말도 할 것이다. 하지만 제멋대로 작동하는 자동응답기처럼 당신의 목소리로.

*

워싱턴의 국립홀로코스트박물관에는 방문자가 일부러 선택해야만 관람이 가능한 다양한 전시물이 있다. 대개 동영상 자료거나 사진 시퀀스인데, 이들은 너무도 끔찍하다. 어떻게 해야 그 끔찍함을 더 정확하게 표현할 수 있을까? 이들은 여기서 전시하는 다른 어떤 전시물보다 삶과 한 공간에 머물 수 없는 것들이다. 화면 앞에는 낮은 장벽이 놓여서 관람객은 화면으로부터 어느 정도 거리를 유지해야 하므로, 실제 이미지를 보려면 바짝 다가서야만 한다. 그 의도는 모르긴 몰라도 관람객이 반쯤 눈을 감고 의식적으로 자신을 보호할 수 있게 하려는 것 같다. 언제나 우리 안에 존재하기에 목구멍에서 위장으로 덩어리처럼 고통스럽게 굴러가는, 벌어진 사건에 대한 앎으로부터의 보호가 아니라 하나하나 세세한 사실들로부터 우리를 보호하자는 것. 사실 인간의 몸이 겹겹이 쌓여 몇 주 동안 서서히 썩어가는 장면을, 살인자들이 더위를 식히기 위해 몸에 물을 끼얹는다든지, 거구의 노파가 벌거벗은 여자아이를 뒤에 숨기는 장면을 굳이 눈으로 볼 필요는 없으니까. 따라서 화면에 너무 가까이 다가가지 않아도 된다.

때로는 우리로부터 그들을 보호하기 위한 장벽이 필요하다는 생각이 든다. 죽거나 죽어가는 자의 벌거벗은 몸이 그들의 일부로 남을 수 있도록, 그들이 아무것도 설명하지 않고 아무것도 소환하지 않아도 되도록, 나중에 어떤 결론이나 신원 확인의 근거로 사용되는 일이 없도록 말이다. 동영상 한 편 길이만큼의 그 짧은 시간 안에 이루어지는, 이음새며 안감이 살아 있는 삶의 재빠른 전환이 샬라모프*가 묘사한 일종의 기형적인 경험이라는 말을 하려는 게 아니다. 그런 경험은 의미도 없고 쓸모도 없으며 적용할 수도 라즈비제치(나는 '본 것을 잊고 무효로 만들어버리기'라는 의미의 이 새로운 단어를 좋아한다)할 수도 없다. 그것이 할 수 있는 건 단 하나, 당신을 안에서부터 파괴하는 일이다. 그리고 심지어 우리의 자기방어 시스템이 이미지를 단순한 '그림', 우리에게 그저 공포와 환상을 불러일으킬 뿐인, 현실과 동떨어진 한낱 화면으로 무력화시키기 위해 어떤 노력도 아끼지 않으리라는 사실에 관한 이야기도 아니다.

현대 세계가 과거로 더 깊이 들어갈수록 (옛 희곡**의 주인공이 무릎까지, 허리까지, 가슴까지 점차 대리석으로 변해가는 것처럼) 과거가 누구에게 속하는지에 대한 논의는 더욱 커지고 분명해진다. 구세계의 이런저런 작은 부분을 소유할 권리에 대해, 그리고 그런 권리가 없는 사람들에 관한 대화다. 보통 상속인이나 보호자는 지식이나 출생 때문에 더 가까운 사람들, 즉 학자, 피붙이, 같은 뜻과 생각을 지닌 동료들이다. 그리고 죽은 자를 자기 소유로 여기는 사람들이 그 뒤를 따른다. 낯선 이가 담장에 가려진 사유지를 기웃대는 모습을 지켜보는 일은 흥미롭다. 이 낯선 자는 외부에서 온 사람이자 이 공동체에 자신의 빚을 갚지 않은 사람이다. 여기서 사건들은 대부분 상속을 둘러싼 갈등의 논리로 전개되며 외부인을 향한 첫 비난은 그(또는 그녀)가 나를 주장할 때 쏟아진다. 그(또는 그녀) 같은 사람은 이런 일에 관

* 소련의 산문작가이자 시인. 소련 노동수용소 굴라크의 생존자였다.

** 이탈리아 시인이자 극작가 카를로 고치의 『까마귀 왕』을 가리킨다.

심을 가져선 안 된다. 그런 사람은 자기 이익, 더 나쁘게는 아무 근거도 없는 이익에 따라 움직일 게 틀림없다. 그리고 병적으로 신경질적이고 우발적인데다 뿌리도 없다. 여기에선 농업과 채소 재배의 은유가 가장 잘 작동한다. 우리 발밑에서 피와 흙이 윙윙거리기 시작한다. 그래서 심지어 사후에조차—이 사건에 특히 병적인 조명등을 비춤—금발의 실비아 플라스는 그녀가 생애의 마지막 몇 달 동안 쓴 시에서 유대인, 나치, 오븐의 이미지를 도용했다는 혐의로 비난받았다. 착취에 대한 비난은 기억의 들판 위에, 그녀의 일꾼들과 집안사람들의 굽은 허리 위에, 땅 밑으로 흐르는 개울 위에, 화살 끝의 허공에 매달려 있다.

*

그렇지만 이따금 자신이 어디에 있는지도 알지 못한 채 과거의 영토에서 성공적으로 일을 해낸 사람들이 있다(시인 드미트리 프리고프의 표현을 빌리자면 "그곳에 머물다가, 젖지 않은 몸으로 나온다."). 프란체스카 우드먼의 (매우 짧은) 역사에는 과거의 취약성을 언급했다거나 구세계에 뭔가 특별한 관심을 보였다거나 하는 대목이 없다. 예술가 부모의 딸이자 화가의 누이인 그녀는 열세 살부터 사진을 찍기 시작했다. 그녀가 생을 마감했을 때인 스물두 살 무렵 그녀는 여러 장의 사진과 몇 개의 동영상, 많은 수의 사진 원판을 남겼는데, 이들은 모두 방법이 아니라 접근 방식이라는 보기 드문 통일감으로 연결되어 있다. 그녀를 사로잡는 것, 즉 그녀의 강박적이고 완벽주의적인 예술의 주제는 하나의 양식으로 표현하기 어렵다. 특히 그녀 자신에게. 적어도 우드먼의 편지들(서둘러 타이핑한 탓인지 문장이 시작되었다가 미처 끝맺지 못한 상태로 남고, 공백이 이어졌다가 다시 문장이 시작된다. 그녀의 동영상에서 울리는 어린애의 새된 목소리와 매우 흡사하다)은 그녀 스스로 설정한 과제를 설명해주는 친절을 베풀지 않는다. 글자들은 물이 바위를 휘돌아 흐르는 시냇물의 거품 낀 표면과 같다는 묘사가 가장 적절할 것 같다.

프란체스카 우드먼에 관한 글을 쓰는 사람들은 보통 두 부류로 나뉜다. 전기작가와 형식주의자. 양쪽 모두 그녀의 작품을 향한 관심이 점점 커진다. 그녀 작품의 성격과 그녀의 때 이른 죽음은 그녀에게 특별한 명성을 가져다주었다. 그녀는 곧 불행한 젊은이들의 아이콘이 되었고, 후기 낭만주의 판테온의 또 다른 여신이자 삶과 양립할 수 없는 특별하고 소중한 존재였다. 프란체스카 우드먼의 경우, 선호하는 소재가 여성의 몸이었기 때문에 그녀의 주제는 남성의 시선 아래 남성의 세계에서는 존재하기 불가능한 것으로, 남성의 시선을 피해 숨어버리거나 누군가 다른 사람인 척 가장하려는 절망적인 시도로 읽히기 쉽다. 로절린드 크라우스는 1980년대 초에 쓴, 우드먼에 관한 초기 기사 중 하나에서 바로 그런 식으로 작가의 메시지를 해석한다. 크라우스의 글은 우드먼 자신에게 닥칠 죽음을 미리 내다본 논평으로, 그녀의 작품은 소멸의 연대기라는 인식을 심어주는 데 가장 큰 역할을 했다. 이 해석이 대중의 인기를 끌면서 우드먼에 관한 이야기가 나올 때마다 가장 자주 사용되는 단어는 haunting(유령의 출몰)이다. 그렇게 사람들은 아늑한 공포의 분위기 속에서 유령이 나오는 집이며 무서운 이야기로 밤새 대화를 나눈다. 만약 이 해석을 따른다면 우리의 임무는 금발 소녀의 몸이 물속으로 사라지고, 나무뿌리 사이에서 길을 잃고, 너덜너덜한 벽지 뒤에서 가늘어졌다 사라지기를 반복하며 반짝이는 광경을 목격하는 것이다. 그리고 우리의 지식과 즐거움을 위해 끊임없이 이 모든 것을 자기 고백적인 서정시의 가장 훌륭한 전통으로서 기록에 남기는 것이다.

그녀의 사진들은 다른 많은 해석을 허용하듯 이 해석에도 근거를 제공한다. 그들의 서식지는 다양한 종류의 변형과 변화와 왜곡의 연기에 가린 희뿌연 빛이다. 이러한 환경은 그들이 자신을 경이로운, 하다못해 이례적인 존재로 인식할 기회마저 주지 않는다. 우드먼의 세계에서 이는 사물의 자연스러운 질서일 뿐이다. 외부에서 볼 때 우드먼의 주제는 유령들이 길을 잃은 어린 소녀들과 함께 거니는 영미 빅토리아시대의 그림자극장에 완벽하게 들어맞는다.

열일곱, 열여덟, 스무 살의 프란체스카는 옷 입기를 즐겼다. 우리가 지금은 빈티지라고 부르는 꽃무늬 원피스 같은 오래된 옷을 좋아했고 두툼한 스타킹에 메리제인 신발을 신고 다녔다. 학교에서 그녀는 룸메이트에게 현대 음악을 싫어하고 평생 TV를 본 적이 없다고 말했다. 그녀의 말은 진실인 것 같다. 다큐멘터리 〈우드먼 일가〉는 그녀가 받은 가정교육을 어느 정도 엿볼 수 있게 한다. 가정교육은 훌륭한 예술학교만큼이나 가치가 있었고, 그녀 부모의 판단으로 하찮다고 여겨지는 것들은 한 치의 타협조차 허용하지 않는 방식으로 이루어졌다. 언젠가 프란체스카의 아버지는 만약 딸이 촬영 각도나 조명의 특성보다 친구들에게 더 관심을 가졌다면 딸과 나눌 이야기가 없었을 거라고 지나가는 말로 무심코 내뱉는다. 그 말은 사실인 것 같고 그래서 아이가 너무 안쓰럽게 느껴진다. 우드먼의 명백한 성취인 사람과 작품의 완벽한 결합은 성공한 프로젝트와 유사하며—필체의 명확성, 의사결정의 명료성, 모든 움직임의 일관성과 규모—이는 그녀를 시대와 상황, 부모가 가진 야망의 희생자로 거론되게 하는 또 다른 기회를 제공한다. 성공에 대한 기대, 성공을 향한 추진력(그리고 불가피한 지연 또는 걸림돌을 순순히 받아들이지 못함)은 영재 어린이나 젊은 음악가, 발레리나에게서 흔히 볼 수 있는 모습으로, 그들은 지나친 노력과 믿음을 쏟는다. 이는 그녀의 삶과 죽음을 이해하는 데 뭔가 단서를 준다. 하지만 이 무언가가 진히 설명하지 않는 것, 그것은 우드먼이 자신의 길을 찾기 위해 찍은 800장 이상의 사진이다.

"그 어떤 생명체도 절대적 현실에 갇힌 채 오랫동안 살아간다면 제정신으로 버틸 수 없다. 어떤 이들은 심지어 종달새와 귀뚜라미도 꿈을 꾼다고 생각한다." 그렇게 프란체스카 우드먼이 태어난 해인 1958년에 완성된 셜리 잭슨의 소설은 시작된다. '힐 하우스의 유령'이라는 제목의 이 책은 인간과 인간에게 관심을 가질 것을 결정한 보이지 않는 기괴하고 초자연적인 존재의 관계를 다룬 최고의 소설 중 하나로 평가받는다. 소설의 여주인공은 자기 행동 하나하나(커피 마시기, 가족의 반대를 무릅쓰고 빨간 스웨터 사기)를 승리로, 삶의 시작으로 의미를 부여하며 자신의 실체를 확인해야 한다. 하지만 이야기가 전개될수록 그녀는 점점 더 저주받은 집에 얽혀든다.

프란체스카가 어떻게 그녀 자신의 사진에서 분리되었는지에 대한 글에서 무작위로 가져온 몇 가지 인용문. "그녀의 몸은 투명해지고, 이상하게도 중량이 사라지고, 육체가 점점 없어지며 인간의 몸과 그를 둘러싼 주변과의 경계가 흐릿해진다." "마치 자신을 둘러싼 공기처럼 실체가 없고 인간 존재가 아니라는 듯 짙은 안개처럼 움직이는 카메라에 잡힌 그녀의 몸." 그녀는 "여류 화가의 집에 있는 유령." 프란체스카 우드먼은 오랜 우울증을 앓은 끝에 자살로 생을 마감했고, 종종 그런 일이 일어나듯 그건 터무니없고 병적인 우연의 결과이기도 했다. 그녀는 자전거를 도둑맞았고, 보조금을 받지 못했고, 연인과의 사이도 극도로 나빠졌다.

자살은 강력한 스포트라이트처럼 모든 운명을 비춘다. 자살은 우리의 의지에 반하여 그림자를 더 깊게, 실패를 더 선명하게 만든다. 그러함에도 불구하고 프란체스카의 가족과 친구들은 그녀의 작품에 대한 전기적인 해석을 한목소리로 설득력 있게 반박하며 작품의 또 다른, 형식적인 측면으로 관심을 돌리고자 애쓴다. 이를테면, 미리 신중하게 의도된 이 작은 사진들의 광채, 독특한 유머, 우연과 일치의 언어, 시각적 운율, 앙드레 브르통*과 만 레이**의 그림자, 자작나무 가지로 변하는 손, 손을 치켜들고 '찬성표'를 던지는 자작나무 가지들. 사라짐을 주제로 삼는 비평가들의 줄기찬 주장이 이들을 자극하고 짜증나게 하지만, 이 사진들을 보고 있노라면 우리 자신이 그 틀 안으로, 실내 장면이나 풍경 속으로 녹아들고 이들과 하나가 되고 싶은 욕구를 느끼지 않을 수 없다. 또는 작가와 완전히 구별할 수 없을 정도로 하나가 되거나. 우드먼이 자화상의 대가라는 진부한 표현은 우리가 소위, 작가의 고백적 자아로 해석하는 수많은 몸과 얼굴이 많은 경우 다른 여성의 것이라는 사실을 가려버린다.

이 여성들은 그녀의 친구, 모델, 그리고 지인들이었다. 때로는 그들의 얼굴이 잘 보이고, 때로는 그들이 이상할 정도로 서로 닮기도 하

* 프랑스의 시인으로 초현실주의를 주창했다.

** 미국의 초현실주의 사진작가.

고, 때로는 접시, 검정 레이스, 프란체스카 자신의 사진 같은 무언의 물체에 가려 잘 안 보이기도 한다. 때로 그들은 얼굴이 아예 없거나 거의 버려지다시피 사진의 가장자리로 밀려나 누구의 얼굴인지 알 수 없도록 신체 일부만 드러내며 우리에게서 차단된다. 여긴 스타킹을 신은 누군가의 다리, 여긴(다른 사진에서) 가슴과 쇄골, 벽에서 튀어나온 손, 날아오르는 여자의 몸, 껑충 뛰는 모습, 그리고 흐릿함. 이 모든 건 누구의 것도 아니다. 말 그대로 누구에게도 속하지 않는다. 검정 우산이나 구겨진 스타킹처럼 그것들은 단순히 장소의 환경, 우드먼이 선택한 버려진 빈집 중 한곳의 내부장식(우드먼은 이런 장소만 사용했다)일뿐이다. 하지만 여전히 이 모든 신체의 일부들, 즉 짝을 잃은 팔이며 다리, 어깨뼈가 누구의 것인지, 그것이 어떤 종류의 존재인지 자문해본다면 이들이 모두 하나의 실체, 몸의 집합체를 구성한다고 짐작할 수 있다. 죽음의 몸 또는, 더 정확히는 과거의 몸을.

우드먼은 자신의 사진 한 장을 편지에서 '다리 그리고 시간의 초상화'라고 부른다. 그녀는 죽기 직전에 자신의 작가 책에 실린 후기 작품 시리즈에 등장하는 대상에 대해 이렇게 쓴다(사진들은 오래된 기하학 공책의 페이지에 붙여졌다. 말하자면, 쐐기는 쐐기로*, 새로운 질서가 옛 질서를 대체한다). "이 작은 물건들은 할머니로부터 나에게 왔고, 이들은 시간의 기이한 기하학에서 내 자리가 어딘지 궁금하게 만들었다." 시간의 기하학은 끊임없이 변형하고, 바스러지고, 부서지고, 벗겨지고, 연기로 증발하고, 그러고는 다시 연기에서 생겨나는,

* 모든 작업이나 상태의 결과는 해당 작업 또는 상태를 유발한 동일한 수단으로 파괴된다는 의미.

유기적인 세계의 법칙에 따라 살아가는 질감과 떼려야 뗄 수 없는 관계에 있다. 여기서 'body of work'*라는 용어는 명확하며, 거의 의학적인 의미를 지닌다. 이 사진들이 기록하는 건 세상의 몸이다. 보푸라기, 살갗과 모공 깊숙이 스며든 흙먼지, 불규칙하게 움직이는 팔다리, 끊임없이 움직이는 표면을 가진 세상의 몸을 물리적 실체로 기록한다.

이러한 이미지의 에로티시즘은 인간의 욕망이라는 직선적이고 좁은 길과는 거리가 멀다. 햇빛이 거의 닿지 않은 구겨진 흰색 천은 여성의 벌거벗은 어깨보다 훨씬 더 많은 만남/조명을 요구한다. 우드먼의 실내장식과 풍경은 수많은 알몸으로, 물가의 갈대처럼 흔들리는 하얀 옷의 유령신부**로 가득하다. 하지만 그들은 무엇으로도 만족하지 않고 더 많은 가능성의 숲을 (늑대처럼) 사납게 응시한다. 그들의 관심 영역은 자기 피부의 경계를 따라 이어지고, 외부의 어떤 손길도 이미 그들 안에서 시작된 모험의 추동력과 비교할 수 없다. 이런 의미에서 유령은 전혀 해를 끼치지 않는다. 왜냐하면 유령은 전적으로 자기 자신과 그들 자신에게 일어난 일에만 집중하기 때문이다. 우드먼이 자신의 사진을 '유령 사진'이라 부른 건 여기서 매우 정확해 보인다. 그녀의 모든 유령 같은 이미지들—묘비 주위에 인간의 형상으로 뭉친 구름, 옷장에서 엿보는 누군가의 얼굴, 또 다른 옷장에서 튀어나온 다리, 경첩이 풀린 채 이상한 각도로 매달린 문—은 단지 과정의 단계들일 뿐이며, 그 의미는 사진 너머 어딘가에, 시간 속에 존재

---

* 한 작가가 만든 창작물 전체.

** 전설 속에 나오는 결혼식을 앞두고 죽은 신부. 하얀 드레스와 면사포 차림으로 무덤에 묻히는데, 밤이면 무덤에서 나와 외로운 여행자를 기다렸다가 그들을 죽인다.

한다. 긴 시간의 노출, 믿을 수 없으리만큼 느린 촬영 속도 그리고 암실 작업은 그 사람의 특별한 자질, 즉 움직임, 흐릿함, 소용돌이 등 무엇이든 될 수 있는 능력을 드러낸다. 자 여기, 꽃무늬 타일보다 더 연약하고 더 오래 살지도 못하는 어떤 사람이 갑자기 벽을 통과하고, 꽃가루로 사물을 뒤덮고, 어디선가 불쑥 나타나고, 공기와 불이 되는 능력을 발휘한다. 타르콥스키의 영화 〈거울〉에서 천장 바로 아래 허공에 꼼짝도 안 하고 누운 어떤 여자의 말처럼 "자, 이제 나는 날아올랐다."

자신과 타인의 몸은 여기서 꼭 필요한 재료, 조형예술의 점토와 같은 존재임이 밝혀졌다. 점토는 그 내구성과 취약성을 동시에 시험해봐야 한다. 그녀의 자화상 중 하나는 프란체스카의 입에서 마치 그녀가 비눗방울을 토해내듯 투명하고 꼬인 전화선이 길게 뻗어나오는 광경이다. 다른 사진들에서는 날카로운 거울 조각이 배나 허벅지 살 속을 파고들고 가슴과 옆구리는 마치 새의 부리처럼 피부에 매달린 집게들로 덮여 있다. 시간은 흐르고 사람은 흐릿해지지만, 사물은 형태를 유지한다. 자신과 다른 사람들 사이에 어떤 차이도 없으며 오로지 무한하고 비인격적인 부드러운 사랑만 있을 뿐이다. 이것은 망각의 순수한 물질이다. 만델스탐의 말처럼 창문이 없는 바다이다. 끊임없이 흩어지고, 한데 끌어당겨 모이고, 오그라들고, 얼굴을 유지하다가 갑자기 없애버리거나 찢어버리는 바다. 때때로, 항상 그렇지는 않지만, 사실 아주 드물게, 흐르는 물길의 표면에 잔물결이 일기도 한다. 무언가 내부로부터 그것을 옥죄고, 무언가 부풀어오르고 솟구치더니 자신의 의지에 반하는 듯 모습을 드러낸다. 이는 마치 익사한 사람이 탁한 물속에서 수면으로 떠오르듯 과거가 현대 세계로 스며드는 방식이다. 또한 배경 속으로 사라지거나 희미해지지 않고, 초점이 맞춰지며 또렷해지고, 인화의 인화를 거듭하면서 프란체스카의 몸이 꽃무늬와 바스러진 회반죽 속에서 떠오르는 방식이다. 영상 중 하나에서 그녀는 종이에 감싸인 채 종이 위에 자신의 이름을 한 자 한 자 적는다. 그러고는 안에서 종이를 찢고 빛으로 나온다.

4장
만델스탐은 버리고 제발트는 모은다

"이처럼 풍요롭고, 평화롭고, 평온하면서도 활기찬 모스크바를 본 적이 없습니다. 모스크바는 저까지 마음을 평온하게 만듭니다……"

1935년 12월, 나데즈다 야코블레브나 만델스탐은 유형을 떠난 남편의 일을 처리하기 위해 보로네시에서 모스크바로 올라온다. 세상에서 이보다 더 좋을 수 없는 거대한 도시 모스크바에 머무는 것이 그녀는 좋았다. 축제일처럼 들뜨고 밝고 위풍당당한 모스크바는 세상의 중심 같았고, 그런 모스크바와의 접촉은 안정감을 주었다. '평온', 이 단어는 강조해야 할 필요가 있다는 듯 두 문장에서 두 번 반복된다.

1930년대 소련의 분위기는 그녀가 남편에게 보낸 편지에서 곧장 드러난다. 유리 피메노프의 유쾌한 그림이나 불가코프의 후기 산문에서처럼 우스꽝스러우면서 무시무시한 세상이 집요하게 완전한 행복을 좇아가는 분위기. 낮의 도시(드레스, 공장, 공원)는 차라리 언급하지 않는 편이 현명하다고 여겨지는 뒷면, 즉 밤의 도시가 존재함으로

써 더 단단해지고 매끄러워진다. 공포의 존재는 심지어 활력마저 불어넣는 것 같다. 공포는 매우 특별한 전율을, 탄산수처럼 거품이 이는 강 위로 불어오는 산들바람을, 그리고 밤새 살아남은 사람들의 가뿐한 아침을 선사하며 부지런히 움직이는 개미집의 현실 속으로 돌진해 들어간다.

모스크바강에서 우편물 접착제 냄새가 나고
원뿔 모양 확성기 입에서 슈베르트가 울려퍼진다.
작고 가느다란 물줄기, 공기는 부드럽다.
풍선의 얼룩덜룩한 개구리 살갗보다도 더.

나는 우리가 축제를 벌이고 사라지는 이 개미 집단의 직계 후손이라는 사실을 잊을 수가 없다. 꽃 파는 사람들, 택시기사의 뒷모습, 번잡한 노면전차의 바깥 난간에 매달린 사람들(그들 중 안누시카라는 애칭으로 불리던 노면전차 'A'에 스무 살 된 나의 할머니가 타고 있었다). 이들은 하나의 군중, 하나의 움직임, 하나의 언어를 이룬다.

1930년대의 넓은 아치는 지나치게 그 시대의 빛깔로 채색되어, 캔버스와 텍스트가 작가의 머리 위에서 서로 뒤엉켜 있다. 이들에겐 직계 혈연보다 태어난 날짜와 장소가 더 중요하다. 이들은 자신들만의 이해하기 어려운 공통분모를 가지고 있다. 그것은 갑자기 제자리, 즉 안락한 일상의 삶으로 복귀한 편안한 느낌이며, 이는 불안정한 권리와 짧은 기억을 가진 사람들에게 현재에 뿌리를 내렸다는 그릇된 감각을 심어준다. 이 새로운 아늑함은 무엇을 약속해야 할지 알고 있었다. (봄이 오면 우리는 생활공간을 넓힐 거다./나는 형의 방을 차지할 거다.[*]) 사는 게 더 즐거워졌고, 1935년에 시민들에게 공식적으로 새해를 축하해도 된다는 허락이 떨어졌다. 일반 업무 및 집단 축하에 관한 협정이 체결되었고, 협정서는 전나무 수지로 봉인되었다.

만델스탐이 보로네시에서 유배 생활중 집필한 새로운 시—어떻게 우리는 더할 나위 없이 삶으로 충만할 수 있는가—의 의미는 비단 이 집단 노동에 들인 작가의 노력에 그치지 않는다. 그건 훌륭한 과학 보고서였고, 다른 모든 이들처럼 파스테르나크처럼 5년을 단위로 시간을 측정할 줄 아는 그의 능력을 보여주는 증거였다[**]. 아니, 사실 이 시들은 더 원대한 관심사를 가지고 있었다. 시는 가까운 과거나 눈에 보이는 현재에 머무르는 대신, 재단사의 가위로 미래로부터 뒤틀린 큰 조각을 성큼 잘라낸 다음, 앞으로 달려가 아직 존재하지 않는 보편적인 언어로 말하기를 시도했다. 그리고 성공했다.

만델스탐에 따르면, 이 시들이 수행한 과제는 다른 모든 것에 우선하는 의미와 명백한 중요성을 지닌 만큼 금덩어리나 거대한 곡물 이삭처럼, 국가경제의 성과처럼 모스크바에 전달되어야만 했다. 이것이 1935년 겨울에 나데즈다 만델스탐이 모스크바를 방문한 이유이다. 만델스탐과 그의 아내, 이 둘은 문학계가 한번 보기만 하면 자신의 시들이 가까운 미래의 유리 태양 아래에서 정당한 자기 자리를 찾게 되리라 믿어 의심치 않았다. 내가 지금 말하는 내용을 모든 학생이 배울 것이다.

---

* 보리스 파스테르나크의 시.

** 1928년부터 1932년까지 소련이 계획경제의 일환으로 수립한 5개년 계획에 빗대어 표현한 것.

그 시의 긴급성과 중요성에 대한 바로 이 굳은 확신이 그들을 조급하게 만들었고, 그래서 피할 수 없는 재앙을 앞당겼다.

"대체로 저 자신에게 만족합니다. 제가 할 수 있는 모든 것을 했고 또 하고 있습니다. 그리고 이제 맞닥뜨려야 할 일을 기다리는 일만 남았지요. (……) 어디를 가거나 무엇을 요구하거나 무언가를 해서도 안 됩니다. (……) 무슨 활동을 하거나 떠들어대거나 잔꾀를 부려서는 안 된다고 이렇게나 강렬하게 느껴본 적이 없습니다."

그렇다, 그들은 달리 어떻게 할 수 없었음이 분명하다.

*

10년 전인 1926년, 마리나 츠베타예바는 생애 처음이자 마지막으로 런던을 방문한다. "열흘 예정으로 런던에 간다. 8년(소련에서 4년, 이민 생활 4년) 만에 처음 나는 시간이다(나 혼자 떠나는 여행)."

기적과도 같이 주어진 그 시간(대문자로)을 그녀는 뜻밖에도 여행자로서가 아닌 전혀 뜻밖의 방법으로 보내게 될 터였다. 그녀는 확고한 의지로 며칠 만에 평생 가야 한 번 기사로 낼까 말까 한 분노에 찬 글을 쓰게 된다. 기사 제목은 '오시프 만델스탐에게 보내는 나의 답장'이다. 비평가이자 만델스탐의 산문을 열렬히 추종하는 런던의 친구가 레닌그라드에서 출판된 만델스탐의 에세이집 『시간의 소음』을 그녀에게 보여주었고, 반응은 즉각 나타났다. 츠베타예바는 그 책이 비열하다고 생각했다. 나는 만델스탐이 현대성에 대해 직접 손으로(그는 보통 산문 텍스트는 구술했다. "나는 러시아를 통틀어 목소리로 작업하는 유일한 사람이다.") 급하게 쓴 세 개의 장章만이 문제가 아니라는 생각이 든다. 만델스탐은 그 에세이에서 1919년 백군에 점령당한 크림반도의 페오도시야 이야기를 다뤘는데, 츠베타예바는 만델스탐이 자신들의 지인이기도 하며 시적 감성과 환상을 가진 의용군 백군 대령…… 즉, 패자를 묘사하는 데 사용한 코믹한 감탄의 어조를 문제삼으며 강하게 반발했다.

츠베타예바의 분노는 개인적인 감정이었고, 사실 지나친 면도 없잖아 있었다. 페오도시야 장에서 다룬 내용은 그녀의 가정 및 시와 직접적인 관련이 있었는데, 그녀는 이에 대해 전혀 다른 어조의 목소리를 낸다. 츠베타예바의 남편은 백군에 자원입대했으며, 그의 이런 헌신은 그녀가 볼 때 순수하고 영웅적인 자기희생이었다. 어쩌면 그녀의 오랜 친구들이 사회적으로 인정받는 초상화에 영감을 준, 명예로운 삶의 본보기라는 사실이 더 중요했는지도 모른다. 만델스탐이 그들을 묘사하면서 사용한 응축되고 왜곡된 문체는 그녀의 관점에서는 문학적 장치가 아니라 자신을 방어할 수 없는 이들을 조롱하는 비열한 짓에 지나지 않았다. 이중 상당 부분은 한 세기라는 거리를 두고 바라볼 때 더 쉽게 이해가 된다. 예를 들어, 츠베타예바를 분노케 한 '유모-대령'이라는 표현은 사실, 만델스탐이 다정함을 담아 사용하는 어휘였다. 그가 아내에게 보내는 편지에서 '유모'라는 애칭을 사용한 것만 봐도 알 수 있다.

이러한 관점의 차이는 양립할 수 없으며, 따라서 굳이 서로 어우러지게 할 필요도 없다. 하지만 츠베타예바의 분노는 페오도시야 장에서 과거 이야기로 거침없이 이어진다. 이 책의 핵심, 즉 이 책이 무엇을 위해 쓰였고 무엇으로 쓰였는지에 대한 이야기로. 시간이 흘렀지만, 감정의 앙금은 여전했다. 1931년 츠베타예바는 한 친구에게 이렇게 쓴다 "……내가 증오하는 만델스탐의 사산아인 산문 **『시간의 소음』**에는 오직 소품만 살아 있으며, 살아 있는 건 그게 무엇이든 모두 물건이다."

『시간의 소음』을 읽을 때 느끼는 약간의 당혹스러움은 다양한 종류의 독자들을 하나로 묶는 공통 지점인 것 같다. 나데즈다 야코블레브나 만델스탐의 말에 따르면, "모든 사람이 주제와 줄거리, 계급의식이나 사회적 의미가 부재한 이 책의 출판을 거절했다." 하지만 츠베타예바는 오히려 만델스탐의 작품은 계급적인 접근의 시도, 즉 러시아 지식인의 투항과 죽음에 대한 세밀한 묘사가 전부라고 보았고, 그래서 같은 논평에서 『시간의 소음』이 '권력에 바치는 만델스탐의 선물'이라고 썼다.

물론, 여기서 당시 소련 국경 양쪽에 있는 독자들 의식 속에 든 염증—오늘날은 너무 쉽게 상상할 수 있음—의 정도를 고려해야 한다. 시도 산문도 이제는 작가의 정치적 선택(커서처럼 상황에 따라 이리저리 움직일 수 있음)을 목격하는 부차적, 때로는 일차적인 증인이었다. 독자의 시선에서 볼 때 텍스트는 먼저 "저자는 어느 편인가?"라는 질문에 대답했으며, 그런 다음에야 일상적인 목적에 부합했다. 만델스탐의 경우, 혁명 이후 키예프에서 바툼에 이르는 동안 어쩔 수 없이 여러 도시를 여행해야만 했고, 그 여행 때문에 이 질문은 1920년대 초까지 보류되었지만, 『시간의 소음』을 출판사에 넘긴 1924년에는 더이상 피해갈 수 없었다.

만델스탐의 짝을 이루는 두 시 〈1924년 1월 1일〉과 〈아니, 나는 결코 누구와도 동시대 사람이 아니었다〉는 시대의 전환기에, 옛 세계가 새로운 세계에 자리를 내주는 시기에 쓰였는데, 바로 이 점이 중요하다. 이 시들은 이미 새로운 세계에서 왔다는 사실. 낡은 마차는 요란한 소리를 내며 여전히 앞으로 나아간다. 수레는 한밤중에도 삐걱삐걱 지나가고, 멈춰선 건 아무것도 없지만, 이미 돌아갈 방법은 없다. 되돌림은 없다. 미래와의 협정은 앞으로 나아가는 행위, 공동의 혼돈과 혼란에 말려듦 그 자체로 이미 체결되었다. 다른 많은 이들처럼 만델스탐도 의심할 나위 없이 '자유의 황혼'이 주는 매혹에 한껏 빠져버렸다. 그리고 『시간의 소음』을 배경으로 쓰인 운명의 변화에 대한 그의 새해맞이 시는 이별의 시도일 뿐만 아니라 과거에 대한 반발의 몸짓이기도 했다.

*

눈앞에서 산산이 부서지는 과거가 바람에 날아가버리기 전에 당장 마음에 붙박아둬야 할 것처럼 그들은 얼마나 재빨리 기억을 되살리기 시작했던가. 낡은 물건을 되는대로 싣고 덜컹거리는 수레처럼 20년대는 뜻밖에 회고록의 시대가 되었다. 옛 세계는 뚜껑이 쾅 닫혔고, 사용이 가능한 모든 기억, 쓸모없어진 모든 지식이 그 아래에 남았다. 파스테르나크의 자전적 작품 『안전 통행권』 또는 안드레이 벨리의 회고록 3부작은 고고학자가 발굴 작업에 매달리듯 세기가 바뀌는 전환기의 모스크바 대학생들의 대화에 매달렸다. 그 대화는 되살리고, 해독하고, 현대 세계에 제시해야 할 데이터였다.

『시간의 소음』은 새로운 세상이 가까스로 자리를 잡아가던 1923년에 쓰인 최초 작품 중 하나이다. 이 책은 순식간에 당시 시류와 동떨어졌고 한 세기 내내 20세기의 대규모 회고록 프로젝트의 행렬에는 적합하지 않은—처음에는 어울려 보였지만—용감한 병사 슈베이크* 같은 모습으로 남았다. 변화를 향한 힘찬 도약, 집단적 유토피아와 새로운 것에 대한 세계의 열망으로 시작된 플라토노프**와 카프카의 세기는 금세 자신이 회고의 영역임을 깨달았다. 모더니즘의 시대가 저물면서 기억과 기억의 이복형제인 문서는 일종의 맹목적인 숭배의 대상이 되었다. 그건 아마도 그들이 끊임없이 질서의 변화를 겪는 세상에서조차 되돌릴 수 있고 아직은 결론이 나지 않은 상실의 특성을 우리에게 암시하기 때문일 것이다.

프루스트로 시작된 것은 나보코프의 『말하라, 기억이여』로 이어졌고, 결국 제발트의 산문으로 마무리되었다. 이들 사이에는 이들을 유기적으로 연결하는 페이지와 페이지가 있다. 문학의 지위를 요구하지는 않지만 잃어버린 모든 것의 가치와 더이상 존재하지 않기에 그것을 부활시킬 필요성에 대한 선험적이고 확고한 믿음으로 결합한 또 다른 텍스트들이다.

크고 작은 회고록의 배경 속에서 만델스탐의 산문은 외따로 서 있다. 뭔가 다른 일로 힘차게 돌아가는 높다란 빌딩 숲에서 홀로 떨어진 작은 건물처럼. 『시간의 소음』은 잠재적인 독자들에게 그리 친절하지

* 체코 작가 야로슬라프 하셰크의 미완결 모험소설로, 1차세계대전 당시 우연히 오스트리아-헝가리 제국 군대에 들어간 병사 슈베이크의 이야기를 내용으로 한다. 주인공 슈베이크는 자신에게 주어진 임무를 문자 그대로 고집스럽게 완수함으로써 제도의 기대를 저버리고 언제나 자기 자신으로 남는다.

** 소련의 소설가이자 평론가.

않은데, 이는 만델스탐식 사고방식인 한 코 빠뜨리기*라는 희미하게 비치는 신비스러운 빛 때문만은 아니다. 어쨌든, 한 세기 동안 주의 깊게 읽은 결과 그 빛은 이제 훨씬 더 밝아졌다. 내 생각에 문제는 텍스트 자체와 그 실용성, 즉 저자가 설정한 과제에 있는 것 같다.

이 이상한 회고록의 목적은 잃어버린 시간을 소나무 관에 넣고, 못질하고, 포플러 말뚝을 박고, 돌아보지 않는 것이다. 그렇다면 작가에게 동맹자가 거의 아무도 없다는 사실이 그리 놀랍지 않다. 따라서 무슨 이유로 이 모든 게 쓰였고 여기서 무슨 일이 벌어지고 있는지 알아차리기는 생각보다 어렵다. 만델스탐이 최대한 정확하고 명확하게 기술하기 위해 기억을 되살리는 데 온 힘을 쏟았음에도 불구하고 그렇다. 여기, 그의 회고록을 평한 사람들이 자주 반복해서 인용하는 구절이 있다. 이 인용구에서 작가는 '적대감'이라는 단어를 굵은 글씨로, 이탤릭체로 표시하며 여러 차례 강조한다.

> "내 기억은 개인적인 모든 것에 적대적이다. 만약 내가 하고 싶은 대로 할 수 있다면 나는 과거를 떠올릴 때마다 얼굴을 찡그릴 것이다. 나는 톨스토이와 악사코프, 바그로프의 손자를, 장중한 가족의 기억이 담긴 가족의 기록물과 사랑에 빠진 그 작가들을 도저히 이해할 수 없었다. 다시 한번 말하지만, 내 기억은 나를 사랑하지 않고 나에게 적대적이며, 과거를 재현하는 게 아니라 멀리하게 만든다."

이는 바로 과거를 떠올리는 작업을 하려는, 게다가 그 일을 하기엔

* 일부러 의미를 빠뜨리는 등 작은 허점 만들기.

어울리지 않는 나이인 서른두 살의 사람에게는 놀라운 작업 틀이다. 그는 자신의 세대에서 최초는 아니더라도 가장 먼저, 열정이 식어버리기 전에 이 일을 시도한 사람 중 하나였다. 이 산문은 육체에 극도로 가까이 놓인 것, 즉 가정의 세계, 그 소리와 냄새에 관한 이야기이다. 마들렌을 곁들여 마시는 차와 밝은(희망을 주는) 우울함이 어떻게 시중의 통화通貨로 변환될 수 있는지, 그 방식에 관해 말한다. 아버지와 어머니, 녹색으로 장식된 책장, 핀란드 다차, 바이올린 연주회, 유모와 나가는 산책 등, 그의 어린 시절의 묘사를 위한 모든 세부 사항이 담겨 있다. 어린 시절은 강하고 견고했음이 분명하며, 그럴수록 그 시절과 결별하기 위해 더 큰 노력이 필요했다.

그 결과 이상하기 짝이 없는 텍스트가 탄생하는데, 특히 압축의 정도가 그렇다. 압축의 강도에 따라 촉각, 청각, 후각의 정보 단위들이 암갈색의 혈관만 보이는, 단단하게 눌러놓은 어두운 덩어리로, 광부의 랜턴 없이는 한 치 앞도 보이지 않는 암석층으로 집중돼 압축된다. 저절로 펼쳐지는 단서는 텐트 칠 공간이 없다. 어떤 문구도 복도로 통하는 문처럼 굳게 잠겨 있다. 과거는 하나의 풍경처럼(어쩌면 자신만의 역사와 방법론을 가진 지질학적 사례처럼) 묘사되며 어린 시절 이야기는 과학 텍스트로 전환된다.

내 생각에 그 논리는 이렇다. 저자는 돌아가고 싶지 않은 장소를 지도로 만들 참이다. 그래서 우선 거기에서 가능한 한, 과거를 추억하는 대화에 등장하기 마련인 따스한 작은 불빛 같은 인간적인 요소를 제거해버린다. 작품은 하나의 겨울에서 다음 겨울로 우리 앞에 펼쳐진다. 차가운 온도 속에서 뿌옇게 서리는 수증기와 모피코트의 바스락거리는 소리로. 보통의 실내온도는 상상도 할 수 없는 사치이다. 이 산문을 둘러싼 자연환경은 차디찬 냉기이다. 영상 편집의 언어에서 '얼리기'란 단어가 영상을 정지시키고, 스틸 숏으로, 정지화면으로 가져오는 걸 의미한다는 사실은 흥미롭다. 어떤 면에서 『시간의 소음』은 그런 정지화면을 둘러싼 원, 즉 목적론의 온기가 없는(또는 모피 소매 안 깊숙이 숨어 있는) 움직이는 형상의 숏을 잡아내는 카메라처럼 구성돼 있다. 이것이 바로 츠베타예바가 매우 부당하지만 정확하게 짚어내 말한 의미이다. "당신의 책은 nature morte(정물靜物)입니다. (……) 생명의 징후도 없고, 심장도 없고, 피도 없고 있는 거라곤 오로지 눈, 오로지 후각, 오로지 청각뿐입니다."

여기서 만델스탐을 사로잡은 역사적 정물화의 과제는 어린 시절과 혈연의 다정함에 역행하여 정확한 도표와 과거에 대한 유연한 단서를 제공하는 일이다. 작품은 정돈된 행렬과 기하학적 형상을 이루며 마치 군사 퍼레이드처럼 펼쳐진다. 파블롭스크역 유리 돔에 퍼프소매가 비치고, 텅 빈 공간이었던 광장과 거리는 수많은 인파로 채워지고, 건축과 음악은 하나가 된다. 그러나 모든 기하학적 체계에도 불구하고 1890년대의 작은 불꽃은 뭉근히 타오르고 유대교의 사향과 모피의 세계가 솔솔 냄새를 풍긴다. 문학(성상 앞을 밝히는 희미한 등불, 문학의 선생님과 친척들)은 가족 문제의 따뜻하면서도 어두운 뒷맛을 지닌다. 유대인들은 혼돈에서 벗어나거나 텁수룩한 양털 코트로 다시 몸을 감싼다. 둘 다 존재하는 상황에서 그림은 검게 그을린 채 문화층의 검은 흙덩어리 속으로 점점 더 깊게 파고든다. 다행히도, 음악과 건축은 논리의 형님뻘인 마르크스주의의 계급 체계를 가지고 있다.

나는 여기서 차리즘*에 대한 지나친 공포에서 비롯한 평범한 시위가 빠르게 혁명으로 이어지는 이야기를 하는 게 아니다. 그렇게 츠베타예바는 『시간의 소음』을 곧이곧대로 받아들이고는 이를 권력의 마음에 들고자 하는 욕망으로 치부했다. 작품 속엔 빤하게 잔꾀를 부린 작은 표지판들이 여기저기 배치되어 가야 할 길을, 여러 방향으로 흩어진 서술을 한 가닥으로 모아 더 정확한 앎으로 이끄는 길을 가리키고 있다. 어쩌면 유치한 정치적 실용주의가 작품에 영향을 미쳤을지도 모른다. 브류소프와 고로데츠키에서 이제 막 혁명 시집을 출판한 솔로구프에 이르기까지 많은 작가가 변화에 대한 끊임없는 공감과 지지를 보여주기 위해 바쁘게 움직였다. 하지만 만델스탐이 청소년 시절 만난 마르크스주의는 그에게 과거이든 실제이든 진지하고 체계적인 의미를 지니고 있었다. 그것은 마치 마지막 도약을 향해 똑바로 날아가는 화살과 같았다. 그가 묘사한 대로, 우리를 명확하고 분명한 현재 지점으로 데려다준 '거대하고, 굼뜨고, 삐걱거리는 핸들의 회전'은 이제 어디서든 어떻게든 일어나야 할 일이었다.

이 '지금'에서 만델스탐은 한 세기의 장례식을 바라보고, 불과 몇 년 후 라마르크의 계단을, 그 녹색 무덤과 끊임없는 해체의 유혹을 내려다보게 된다. 가까운 과거를 향한 만델스탐의 전율과 애정(가끔 사람이 그렇게 원숭이를 바라보곤 함)은 그의 첫 산문의 특징을 이루며, 장르로 볼 때 그와 가장 가까운 다른 단순한 형제들과 구별시킨다. 여기서 기억은 감상적이지 않고 기능적이며 가속기 역할을 한다. 기억의 역할은 작가에게 그가 어디에서 왔는지 설명하는 것도 아니고, 기억을 앞뒤로 흔들기 위한 아기 요람의 복제품을 만드는 것도 아니다. 기억은 분리 작업을 하고, 간격을 마련한다. 이 간격 없이는 자신이

* 차르(황제)를 중심으로 한 제정러시아의 전제적인 정치체제.

될 수 없다. 속도감 있게 앞으로 나아가기 위해서는 과거를 자신에게서 밀어내야 한다. 그러지 않으면 미래는 시작되지 않을 것이다.

나중에 일어난 일에 비추어보면 이 분리가 무의미하게 여겨질 수도 있다. 모든 건 하나이다. 여기 만델스탐이 있다. 그는 고집을 부리고, 쉭쉭 찌르레기 소리를 내고, 이것저것 요구하고, 몇 번이고 지켜지지 않은 약속을 위해 현재를 지나치며 가뿐하게 살았다. 나데즈다 만델스탐의 표현처럼 "행동하고, 소란을 피우고, 잔꾀를 부렸다." 하지만 그래서 어떻게 되었나? 핸들을 돌려 새로운 걸 향해 나아간 대가는 집단 운명과 대량학살, 노동수용소의 죽음과 먼지라는 직접적이고 확실한 옛날 화폐로 치러야 했다. 그리고 여기 과거에 확고한 신뢰를 보내고, 최신 뉴스와 신문이 전하는 진실을 무시하는 츠베타예바가 있다. 그리고 우리는 그녀와 만델스탐의 불화, 과거와 미래의 오랜 충돌이 문자 그대로의 의미에서 아무런 결론도 내리지 못하고 끝났음을 너무도 잘 알고 있다. 여전히 먼지만 폴폴 날리며 그렇게, 수백만 명이 묻힌 공동묘지의 다른 두 끝에 자리한, 표식도 없는 두 무덤으로 끝났음을. 아무도 그 논쟁에서 이기지 못했다. 모두가 패배자다.

*

말년의 어느 인터뷰에서 제발트는 한 과학 실험 이야기를 들려준다. 물이 가득찬 수조에 쥐를 넣고 그 쥐가 얼마나 오래 버티는지 관찰하는 실험. 쥐는 잠깐 1분 정도 헤엄치다 결국 심장마비로 죽는다. 하지만 어떤 쥐들은 갑자기 밖으로 빠져나갈 기회를 얻는다. 힘이 거의 바닥났을 때 수조의 해치가 열리고 눈부신 자유의 빛이 비친다. 쥐들을 다시 물속에 던지면 구원의 기적을 경험한 녀석들은 다르게 행동한다. 힘이 다해 숨이 넘어갈 때까지 수조의 벽을 따라 헤엄치고 또 헤엄친다.

제발트의 어떤 텍스트도 우리가 그 의미를 어떻게 받아들이는가와 상관없이 위로로 읽을 수 없다. 숨을 헐떡이며 살기 위해 버둥대는 캄캄한 물속으로 구원의 손을 내미는 선택은 처음부터 고려의 대상이 아니었다. 그는 오랫동안 품어온 공손한 불신앙으로 신성神性과 관련된 주제는 모두 피해나간다. 그의 산문을 전기 자료의 출처로 취급하는 것은 무의미하지만, 『이민자들』의 두번째 단편 「파울 베라이터」에는 주인공인 학교 선생, 그리고 이야기를 이끌어가는 화자인 소년을 똑같이 짜증나게 하고 화나게 하는, 하나님의 율법 수업에 대한 구절이 나온다. 전후 독일에서 자란 아이는 세계질서에 대해 왜곡된 생각을 키울 수도 있었다. 그 당시 하찮은 시골 마을과 구별되는 대도시의 주요 특징 중 하나는 부서져 쌓인 돌무더기와 그을음, 버려진 공터와 벽돌더미가 가득한, 건물들 사이의 간격이었다. 제발트는 자신을 유럽 유대인의 재앙을 주제 삼아 글을 쓰는 작가로 바라보는 시각을 단호히 거부했다(그리고 이는 사실이다. 그는 나무와 건물을 포함하여 파괴된 모든 것에 동등한 연대감을 느꼈고, 나는 그가 사람을 다른 나머지 것보다 더욱 중요하게 여겼다고는 생각하지 않는다). 1997년 자신의 강의들에서 그는 다른 유형의 기억을 이야기한다. 그는 전쟁의 마지막 몇 년 동안 독일 도시에 쏟아진 융단폭격에 대해 그리고 그 전쟁에서 살아남은 사람들의 의식 속에서 일어난 망각에 대해 이렇게 말한다.

"폐허가 된 드레스덴에 대해 지금 우리가 알고 있는 모든 바에 따르면, 그 당시 사방에 날아다니는 불티와 그을음으로 가득찬 공기를 마시며 브륄의 테라스에 서서 화염에 휩싸인 도시를 직접 목격하면서도 사람이 이성을 유지했다는 사실이 우리는 놀라울 따름이다. 평소와 다름없이 온전한 일상의 언어로 전하는 대부분 목격자의 증언은 그들이 기록으로 남긴 경험이 정말 사실인지, 의문을 품게 만든다. 불과 몇 시간 만에 모든 건물과 나무들, 모든 사람과 가축, 가재도구며 값나가는 물건이며 있는 대로 불에 타 없어지고 온 도시가 잿더미가 되었다. 그리고 이 참혹한 비극은 탈출에 성공한 사람들에게 분명 엄청난 충격을 입히고 정신적, 정서적 능력의 마비를 초래했을 것이다."
제발트는 폭격을 목격한 연합국 조종사들의 기억, 몇몇 독일 소식통, 그리고 언론인의 증언을 바탕으로 2천 미터 높이까지 치솟은, 그래서 폭격기의 조종석마저 뜨겁게 달궈버린 불기둥을, 펄펄 끓는 운하의 물과 자기 몸에서 흘러나온 기름 웅덩이 속에서 불길에 휩싸인 시신을 묘사한다. 제발트식 설명의 논리에는 그 주제가 어떤 것이든 신정론이 설 자리는 없다. 그곳엔 하느님께 따져 물을 게 있어서든 원망 가득한 마음으로든 하느님께로 돌이킬 여지 따윈 존재하지 않는다. 마치 방주처럼 그곳은 구원받지 못한 자들로 넘친다.

그런 의미에서, 제발트는 물속에 가라앉은 자와 구원받은 자, 이미 죽은 자와 죽음을 눈앞에 둔 자 중 하나를 선택할 필요가 없다. 적에게 포위된 도시나 침몰하는 배에 함께 있을 때처럼 공동의 운명에 직면했을 때 느끼는 형제애는 그의 접근 방식을 보편적이고 포괄적으로 만든다. 기적은 일어나지 않을 것이며, 우리 자신을 포함하여 눈앞에 보이는 모든 것이 사라질 것이며, 이는 그리 오래 걸리지 않을 것이다. 따라서 선택의 여지는 없다. 어떤 사물, 어떤 운명, 어떤 얼굴이나 어떤 명판도 기억되고 마침내 모든 것이 어둠 속으로 완전히 사라지기 전에 반짝하고 마지막 빛을 발할 가치가 있다.

이 광학, 마치 잿더미 층을 통해, 파울 첼란의 움직이는 베일을 통해 보는 것처럼, 세상을 바라보는 이 방식은 작가가 마지막 순간까지 우리와 함께했으며 그 자신이 이미 저쪽으로 건너가 거기서 우리에게 손을 내밀고 있다는 사실을 깨달았을 때 특히 설득력이 있다. 츠베타예바의 간담이 서늘해지는 시에서 한 여자는 끝까지 이유도 모른 채 전혀 낯선 남자("—이 사람은 당신 남편 아닌가요?—아니요.//영혼의 부활을 믿나요?—아니요.")의 시신 옆에 눕는다.

> 제발 이 사람 옆에 눕게 해주오……
> 그리고 관에 못질을 해주오!

그러나 제발트의 발언은 떠난 자들의 뒤만 좇는 게 아니다. 그는 마치 빗줄기처럼 비스듬한 구조물에 자기 몸을 고정한 듯 과거로 길을 거슬러올라가는 사람 중 하나가 된다. 그의 documentary fiction(다큐멘터리 소설)에서 화자는 때때로 작가의 외형과 일치한다. 화자 역시 같은 역사가 있으며 살아 있는 몇 명의 친구들, 제발트의 콧수염과 여권 사진을 가지고 있다. 하지만 기이한 투명성이 우리가 그를 실제 존재하는 인물이라고 생각하는 것을 방해한다. 우리는 이 사람이 하는 모든 일을 뒤좇는다. 그의 움직임은 우리와는 일치하지 않는 자신만의 작업 및 휴식 시간을 가진, 어떤 내면의 돌풍에 떠밀려가는 사람과 비슷하다. 여행지와 이동경로, 버스노선, 그리고 마치 중력에 이끌리듯, 따로 서둘러 갈 곳이 없다는 듯 접수 데스크 앞에서 자기 일에 분주한 여자를 바라보는 게 너무도 좋았던 아주 오래전 호텔에 대한 그의 연대기. 그리고 거리 이름과 기차역 목록. 마치 작가가 자신의 기억을 그다지 신뢰하지 않기에 식당 영수증과 호텔의 계산서를 첨부하여 모든 것을 꼼꼼하게 기록하기를 더 좋아한 것처럼 보인다. 여기선 텍스트에 사진도 삽입돼 있는데, 이 사진들이 마치 지문처럼 정확하게 제발트의 저서임을 알아보게 한다. 사진 인화를 준비할 때 막스(집에서 부르던 제발트의 이름. 그는 태어났을 때 주어진, 요란하기 짝이 없는 이름 '빈프리트 게오르그'를 무척이나 싫어했다)는 최대한 균등하게 흐릿하고 뿌옇고 불명확한 사진을 만들기 위해 오랜 시간을 들인다.

만델스탐이 과거를 단단한 뭔가로 압축한 채 한쪽에 제쳐두거나 자신에게서 밀어냈다면, 제발트의 시간은 상당히 다른 구성을 보인다. 오히려 그의 시간은 여기저기 구멍이 숭숭 뚫린 암벽의 수도원처럼 잔구멍이 많은 동굴 구조이다. 동굴의 세포들은 여전히 각자 자기 일을 하느라 바쁘다.

하지만 우리가 이 텍스트들에 가까이 다가갈 때마다 그 진위에 대한 문제가 표면화된다는 사실이 흥미롭다. 마치 허구와 진실의 상호관계에 대한 해답을 찾아낸 다음 저자를 신뢰할 수 있는지 아닌지 그 여부를 결정하는 것 같다. 이는 사소한 실수 하나에도 생사가 오갈 수 있는 산악 행군에서 안내자를 선택하는 방법이다. 그러함에도 불구하고 서사의 다큐멘터리 얼개나 사진 속 이런저런 인물들의 원형, 또 그들의 작가와의 관계나 친분의 정도, 그리고 사진 속 소년의 실제 모습에 대해 우리를 끊임없이 궁금하게 만드는—이 사람들 모두 실제 인물이 아니라면 어쩌지?—방식은 그 실용주의적인 면에서 거의 감동에 가깝다. 제발트의 비평가들은 추위로부터 동상을 보호하고 온실 창문의 유리를 확인하는 박물관 큐레이터나 공원 경비원이라는, 그에게 필요도 없는 역할을 맡기곤 한다. 이미 창문도 온실도 없다는 사실을 기억한다면(로자노프가 러시아혁명에 대해 말한 것처럼 모피코트도 집도 없었다), 이 작품의 기능은 조금 더 명확해진다. 특정 사물을 구별하는 데 꼭 필요한 조명을 제공하는 것. 『아우스터리츠』에서 그는 이렇게 말한다. "……생각하면 할수록 아직 살아 있는 우리는 죽은 자들의 눈엔 특정한 조명과 적절한 대기 조건에서만 모습을 드러내는 비현실적인 존재로 비칠 것 같다."

나 자신은 현실과 가상의 과거, 다큐멘터리와 허구의 어떤 결합에도 동의할 준비가 되어 있다. 이 결합을 통해 제발트는 자신의 조명 기계를 작동시키고 과거의 투명한 원반들이 서로 겹치고 서로서로 빛을 비추며 돌아가게 한다. 이 결합에 너무도 찬성하기에 나는 텍스트를 통해 갑자기 진짜 실체가 드러날 때(정말 그랬다. 친삼촌이었고, 그 사진은 가족 앨범에서 가져온 원본), 마치 선택한 표본이 예기치 않게 특별한 경우로 판명되기라도 한 것처럼 묘한 불안감마저 느낀다. 이런 감정은 제발트의 이미지에 대한 글을 대할 때 가장 강렬하다.

『이민자들』의 마지막 부분은 놀라운 회고록의 단편으로 끝난다. 한동안 이 책을 읽지 않고 있을 때, 나에게 그 부분은 거의 무한대로 확장되어 작품 전체의 적어도 절반을 차지하는 거대한 텍스트처럼 느껴졌다. 그러나 다시 『이민자들』을 펼쳐들자 나는 그것이 20페이지를 넘지 않는 고통스러울 정도로 짧은 분량이라는 사실을 깨닫고 충격을 받았다. 그리고 그 짧은 단편을 쓴 사람이 누구인지 정말로 알고 싶지 않다는 생각이다. 죽음의 문턱에서 어린 시절을, 그리고 오로지 어린 시절, 어머니의 책, 장미, 도시로 향하는 길만을 기억하기로 결심한, 이름이 알파벳 'L'로 시작하는 실재하는 그 여자이든 아니면 여자의 목소리를 빌려 말하는 제발트 자신이든 말이다. 어쨌든 단편은 갑자기 툭 끊어지고, 책은 영화의 엔딩처럼 점점 어두워지며 끝이 난다. 그리고 여기서 마침내, 작가는 우연히 본 사진 한 장의 이야기를 들려준다.

사진은 보통 헨젤과 그레텔이 집으로 가는 길을 찾는 데 도움을 준 돌멩이처럼 제발트 작품 곳곳에 아낌없이 흩어져 있다. 하지만 이미지는 제시되지 않고, 단지 묘사만 될 뿐이다. 사진은 그렇게 언어의 형태로 내 눈앞에 있다. 그것은 루지*의 게토, 반은 어둡고 반은 밝은 일종의 작업실이다. 세 여자가 직조 카펫의 삼각형과 마름모꼴 위로 몸을 굽히고 있다. 그들 중 한 명은 금발에 결혼을 앞둔 신부 같은 모습이라고, 제발트는 말한다. 두번째 여자의 눈은 그림자에 가려 알아볼 수가 없으며, 실 잣는 세번째 여자는 어찌나 나를 빤히 쳐다보는지 시선을 거둘 수밖에 없다.

이 사진을 보게 될 줄은 꿈에도 몰랐다. 바르트에 관한 위대한 책에는 등장하지 않지만 겨울 정원에는 실제 존재하는 바르트 어머니의 유명한 초상화처럼, 나는 이 사진이 실재인 동시에 존재하지 않는다고 생각했다. 그래서 이 사진이 글로 묘사된 모습과 정확히 일치한다는 사실을 인정하기가 너무도 기이하게 느껴졌다. 이 세 여자 사진은 나치이자 로즈 게토의 수석회계원인 게네바인이라는 남자가 찍은 것이다. 그는 짬이 날 때마다 압수품인 모벡스12 카메라로 자신이 책임을 맡은 작업장의 효율적인 운영을 기록으로 남기기 위해 노력했다.

---

* 폴란드 바르샤바 서남쪽에 위치한 도시.

그의 사진 모음에는 컬러사진도 있다. 다양한 색조의 갈색 옷을 입고 모자를 비스듬히 눌러쓴 채 나란히 선 한 무리의 아이들. 하지만 양탄자와 세 명의 여직공 사진은 흑백이며, 다른 사진들과 달리 보고도 곧장 공포로 얼어붙지 않는다. 그것은 아주 그럴싸하게 삶을 모방한 광경이다. 세 여자는 카메라 앞에 차분하게 앉아 있고, 등 뒤로 보이는 먼 창에서 쏟아지는 햇살이 그녀들의 머리칼과 어깨를 아무 일도 없다는 듯 어루만진다. 그렇게 한 가지 예외를 제외하고는 모두 『이민자들』에 고스란히 묘사돼 있다. 은은한 불빛 속 공중에 수많은 실을 수직으로 단단히 잡아당겨 만든, 장막처럼 보이는 무언가가 우리(여자들과 카메라, 그들과 나) 사이에 비스듬히 걸려 있다. 카펫이 수직실을 따라, 바닥에서 위로 서서히 올라가고 있어 곧 방과 그 안의 모든 사람을 덮어버릴 것이다. 제발트가 이 장애물을 눈치채지 못했다니, 이상하다. 어쩌면 그가 사진을 봤을 때는 거기에 없었는지도 모른다.

룔랴 구레비치, 1947

날짜 없음, 1944년, 피난길에서 돌아온 이후 작성됨.
따로 살았던 시어머니 베탸 레온티예브나 구레비치에게 보낸 편지.

사랑하는 베탸 레온티예브나!

어머님과 잠깐 이야기 나누고 싶어서 왔어요. 하지만 료냐는 몰라요. 이 일은 어머님과 저만 아는 것으로 했으면 좋겠어요……

어머님께 이렇게 찾아오기 정말 쉽지 않았어요. 아시다시피 제가 자존심이 워낙 세잖아요. 하지만 지난 며칠 많은 생각을 했고 이렇게 어머님을 찾아뵙기로 결심했지요. 순수한 마음으로 어머님을 뵈러 왔답니다. 어머님과 제가 나눈 심히 불쾌한 대화의 원인이 저인 것 같아 마음이 너무 힘들어요. 어머니 기분을 상하게 해드릴 생각은 전혀 없었어요. 다만 제가 최근에 몸이 안 좋아서 신경이 날카로운데다 료냐가 저와 상의하지 않아서 상처받았거든요. 뭐, 이젠 괜찮지만요. 그런 사소한 일로 그토록 쓰라린 말을 내뱉고 서로에게 무고한 비난을 퍼부었다는 사실이 부끄럽기만 합니다.

어머님이 제게 하신 말씀, 저는 모두 잊었어요. 어머님도 제가 한 얘기는 모두 잊어주시길 간곡히 부탁드리고 싶어요…… 그러잖아도 충분히 힘든 인생, 불필요한 다툼으로 더 힘들게 만들고 싶지 않아요.

어머님껜 아들과 손녀가 있고, 저는 남편과 딸이 있지요. 삶의 의미는 결국 사랑하는 사람들에게 기쁨을 주는 것이 아닐까요.

어머님과 화해하고 싶어서 이렇게 어머님을 찾아뵈었어요.

여기까지 찾아온 제 발걸음을 이해해주시고 제게도 어머님의 따뜻함을 조금이나마 나눠주시면 좋겠습니다……

아쉽게도 어머님이 집에 안 계셔서 어쩔 수 없이 어머님의 펜과 종이를 사용해 이렇게 편지를 남깁니다.

더는 쓰지 않을게요. 어머님이 새해를 저희와 함께 맞이하리라는 희망을 안고 발걸음을 돌립니다.

어머님께 입맞추게 해주세요.

룔랴

5장
한편과 다른 한편

앞면

다양한 크기의 소년 소녀 채색 도자기들. 선명한 색깔의 입에 검은색 또는 노란색 머리카락 모자를 쓰고 있다. 그리고 흰색의 평범한, 좀더 싼 다른 도자기들. 모두 1840년대부터 수십 년 동안 독일에서 제조된 도자기 인형들이다. 튀링겐의 참나무 땅에는 공장이란 공장은 모두 인형 제작에 종사하는 소도시 쾨펠스도르프가 있었다. 그 인형들 대부분은 진짜 머리카락과 최고 품질을 자랑하는 새끼염소 가죽의 몸통, 그리고 홍조 띤 도자기 볼을 가진, 크기도 크고 값비싼 것들이었다. 하지만 보다 단순한 인형들도 있었다. 호이바흐의 가마에서 동전 한두 개면 살 수 있는 작은 인형들이 수천 개씩 구워졌다. 그리고 사탕이나 평범한 비누처럼 아무데서나 판매되었다. 이들은 전체 생김새가 쓰고 남은 비누 자투리 같았는데, 뻣뻣한 팔은 살짝 앞으로 뻗어 있고, 짧은 양말을 신은 다리는 움직일 줄 몰랐다. 그리고 생산 비용을 아끼기 위해 앞면에만 유약이 발라져 욕조에 가지고 들어가기에 적당했다. 속을 채우지 않은 탓에 가라앉지 않고 무심한 천장을 바라보며 물위를 둥둥 떠다녔다.

이 인형들이 사람들 속에서 어떻게 살아야 했는지, 그에 관한 이야기는 다양하고 많다. 사람들은 이들을 이들의 명백한 용도(손안에서 굴러다니기, 주머니 안에서 살기, 츠베타예바가 자신의 에세이에서 말한 것처럼 인류의 가장 작은 단위로서의 노동) 외에도 장난감 집의 선반에 올려놓기도 하고, 아주아주 작은 것들은 찾아내는 사람에게 행운을 주기 위해 파이 속에 숨겨 굽기도 하고, 심지어는 믿기지 않지만, 얼음 대신 찻잔에 떨어뜨리기도 했다. 흠집이 나거나 깨진 인형들이 운송품 사이의 틈새를 채우는 완충재로 사용되었다는 이야기가 맞는 말이라는 확인도 틀린 말이라는 부정도 할 수 없다. 하지만 이들이 수명이 짧고 손쉽게 대체할 수 있는 장난감 세계의 보병이었고, 어떤 용도로도 쓸모가 있었다는 사실만은 분명하다.

점토 군대의 대부분은 독일 밖에서 팔렸다. 길이가 엄지만한 가장 작은 것은 1페니 또는 몇 센트의 가격이었다. 좀더 큰 인형은 키가 30에서 40센티미터였고 가게 주인과 인형 주인에게 더 귀한 대접을 받았다. 지금도 감아올린 양말, 매끈하게 구워진 손가락, 대리석 조각상처럼 무심한 표정을 가진 온전하게 잘 보전된 이들을 인터넷에서 구매할 수 있다. 인형의 수출은 1차세계대전의 발발과 함께 적과의 교역이 어색해지면서 중단되었고, 사업 욕심이 많은 일본 제조업체가 독일인을 대신했다. 일본 인형은 같은 모델로 만들어졌지만 더 값싼 재료를 사용해 한 번만 구워졌고, 또 더 쉽게 부서졌다. 똑같이 가치 없는 인형들은 신발 뒤축에 짓뭉개진 새의 두개골처럼 시간의 무게에 바스러져 팔다리도 없이, 관절 대신 뻥뻥 뚫린 검은 구멍과 함께 다시 모습을 드러냈다. 일부는 흙범벅이 되어 땅 밑에서 돌아오기도 했다. 폐기된 인형들은 공장 땅 어딘가에 파묻혔다가 수십 년 후 흉터를 지닌 흰색 몸으로 과거처럼 또다시 잘 팔리는 상품이 되었다. 이베이 가상 판매대에서 대량으로, 또 여섯 개, 열 개, 스무 개 단위로 묶여 판매된다. 내 생각에 이들은 아주 사려 깊게 그룹으로 분류된 것 같다. 각각의 작은 그룹에는 세기에 걸친 시간과의 싸움에서 승리한 불굴의 영웅이 하나 또는 둘 존재한다. 이 영웅들은 그을린 등이나 부러진 손목 따윈 아무 문제가 아니라는 듯 고개를 당당하게 뒤로 젖히고 둥근 뺨을 반짝반짝 빛낸다. 나머지는 그저 깨진 조각으로나마 살아남았음에 만족해한다. 이 생존자 무리는 영어권 세계에서 단 하나의 이름을 가지고 있다. 바로 'frozen Charlottes(얼어붙은 샤를로테)'이다.

뒷면

샤를로테는 하얀 피부에 금발인 로테가 마가렛이나 그레첸보다 훨씬 더 많이 존재하는 독일 세계의 고전적인 이름 중 하나이다. 베르테르를 자살로 몰아넣은 로테, 1939년, 구세계가 신세계의 부츠 아래 바사삭 무너져내렸을 때, 무심코 뇌리에 떠오른 괴테의 로테는 사과와 샌드위치, 하얀 드레스 위에 두른 분홍색 리본과 함께 우리가 알아챌 새도 없이 토마스 만의 뮤즈로 돌아왔다. 그러함에도 불구하고 독일 인형은 미국에서만 '샤를로테'로 불렸다.

1840년 2월 8일, 〈뉴욕 옵서버〉는 다음과 같이 보도했다. "1840년 1월 1일, 한 젊은 여성이 (……) 무도회장에 가기 위해 32킬로미터를 마차를 타고 달리다 추위에 얼어 죽었다." 음울하고 섬뜩한 주제를 좋아하기로 유명한 포틀랜드의 저널리스트 스미스는 이 이야기를 발라드로 만들어 적잖은 성공을 거두었다. 몇 년 후 시각장애인 가수 윌리엄 로렌조 카터가 이 이야기를 음악으로 옮겼다. 1840년대는 추위와 눈보라의 매혹에 빠진 시대였다. 1843년 12월 21일, 한스 크리스티안 안데르센은 『눈의 여왕』을 출판했다. "그녀는 너무도 사랑스러웠고 너무도 다정했고 눈부시도록 새하얀 얼음으로 만들어졌지만, 여전히 살아 있었다! 그녀의 눈은 별처럼 밝게 빛났지만, 그 눈빛은 어떤 온기도 평안도 없었다. 그녀는 소년에게 고개를 끄덕여 보이고 손짓으로 그를 불렀다. 소년은 겁에 질려 의자에서 뛰어내렸다. 커다란 새를 닮은 뭔가가 창밖을 스쳐지나갔다." 1843년 당시 스미스는 눈 덮인 침대, 얼어붙은 어머니와 그 어머니의 희생으로 살아남은 아이가 등장하는 또 하나의 잔혹한 로맨스를 썼지만, 그의 전작 『젊은 샤를로테』가 거둔 성공에는 훨씬 못 미쳤다.

fair Charlotte(또는 young Charlotte—미국의 얼음 아가씨를 노래한 이 노래는 몇 년 후 정서에 맞게 서로 명칭을 바꿔가며 미국의 10개 주에서 불렸다) 이야기는 새 신발인 빨간 구두를 진흙에 더럽히지 않으려고 빵을 밟은 한 소녀의 동화와 비슷하면서도 다르다. 하지만 안데르센의 『빨간 구두』와는 달리 이 이야기에는 도덕적인 훈계도 고통스러운 감정의 격발도 없다. 고대 그리스풍의 대리석 벽장식이 균형을 이루며 텍스트를 지배한다. 겨울밤 어떤 아름다운 여인이 주목받고 싶다는 열망으로 자신의 약혼자와 함께 무도회장으로 향한다. 이제 그들은 말발굽 소리와 흥겨운 종소리에 맞춰 눈 덮인 언덕을 내달리는데, 한껏 멋을 낸 미인은 얇은 외투 위에 모피 안감을 댄 망토 하나만 걸치고 있다. 발라드의 각 소절과 함께 눈썰매의 속도는 점점 빨라지고(젊은 샤를로테가 덜덜 떠는 목소리로 속삭인다. "점점 몸이 따뜻해져요!"), 별은 차갑게 빛나며 무도회장은 점점 더 가까워진다. 하지만 여주인공은 더이상 움직이지 못하고, 돌처럼 차갑게 굳어버린 그녀의 이마에 하늘의 빛이 어린다. 저 높은 곳에서 그녀를 알아차린 것 같다. 이 노래의 무례한 제목 중 하나는 〈주검이 무도회에 간다〉이다. 그녀의 약혼자는 슬픔으로 죽음을 맞이할 테고, 두 사람은 한 무덤에 묻힐 것이다.

유럽에서 대서양을 횡단하는 작은 도자기 인형은 그 단단하고 작은 몸집 때문에 신세계에서 '얼어붙은 샤를로테'로 불릴 터였다. 지금도 이들은 같은 이름으로 알려져 있다. 이 별칭과 함께 이들은 공포의 캐릭터가 되고 악몽에 나오는 작은 백인 종족이 되었다. 목소리가 없는 이들은 싫다는 내색조차 할 수 없다. 이들의 남자 인형은 빠르게 'frozen Charlies(얼어붙은 찰리)'로 알려진다. 그들은 여기서도 침묵을 지켰다. 곱슬곱슬한 머리카락, 양말, 그리고 이 세상 것 같지 않은 순백색이 이들을 그리 오래되지 않은 판테온의 작은 신처럼 보이게 한다. 힘은 물론 색깔까지 잃은 그리스 로마 신들과 달리 얼어붙은 샤를로테 전체를 칠할 만큼의 물감은 처음부터 충분하지 않았다.

앞면

아르튀르 랭보는 새롭고 지극히 현대적인 기술에 관심이 있었다. 그는 도구와 장비를 포함해 꼭 필요한 물건들, 사전, 참고 서적 등이 적힌 긴 목록을 가족에게 보냈다. 그 물건들은 아비시니아에 있는 그에게 상당히 어렵게 전달되었다. 소포가 하라르에 도착했고, 평소처럼 무언가 빠진 품목이 있었지만 적어도 카메라만큼은 안전하게 그의 손에 들어왔다. 랭보가 찍은 사진 중 일곱 장이 살아남았다. 1883년 5월 6일, 어머니에게 보낸 편지에서 그는 '팔짱을 끼고 바나나 정원에서'를 포함해 자화상 세 개를 묘사한다. 또 다른 사진에서 그는 조잡한 그림 속 철길처럼 생긴 낮은 울타리 옆에 서 있고, 울타리 너머는 아무것도 없는 빈 공간이다. 끝도 없이 펼쳐진 사막이 남은 여백을 모두 채우고 있다. 당신은 땅의 잿빛이 하늘의 잿빛으로 물드는 지평선을 사진 어디쯤 배치해넣고 싶을지 모르지만, 정작 사진은 그런 기회를 내줄 생각이 전혀 없다. 그의 설명에 따르면, 기업가 랭보는 하얀 바지를 입고 '카페 정원에서' 그리고 '집 테라스에서' 사진을 찍었다지만, 거기가 정원이 아닌 다른 곳이라고 상상하기는 쉽지 않다. 한편, 사진의 현상이나 인화 과정에서 무언가 문제가 생겼을 수도 있기에 우리가 보는 것이 무엇인지 추측하는 수밖에 없다. 랭보가 찍은 사진들—차양이 드리운 시장 광장, 지붕이 다면체의 돔인 작은 건물, 항아리와 그릇을 앞에 내놓고 기둥 그늘에 앉아 있는 남자—은 모두 서서히 하얗게 빛이 바래갈 테고, 이를 막을 방법은 없다. 사진들은 탁자 위에 유리잔이 남긴 동그란 물 자국이 조금씩 말라가듯 우리 눈앞에서 천천히 그리고 차례로 사라져간다.

뒷면

구글 지도는 가능한 한 자주 위성사진을 업데이트하려고 노력하지만 언제나 그리고 어느 곳이나 다 그런 것은 아니다. 큰길과 관광안내소, 그리고 보기 흉한 기념물이 있는 많은 도시는 몇 년은 아니더라도 몇 달 동안은 위엄 있게 제 모습을 지킨다. 눈 내리는 저녁에 모스크바의 위성 파노라마를 확대하면 완만하게 펼쳐진 푸른 숲과 여름 지붕들을 보게 될 것이다. 세계의 중심에 가까워질수록, 컴퓨터프로그램이 사람들로 북적거리는 자신의 객실이라고 여기는 곳일수록 변화는 더 빨리 일어나지만, 그렇다고 그 속도가 충분히 빠른 것도 아니다. 한 여자가 연인과 헤어지고, 남자는 차를 박살내 폐차장에 넘겨주고는 도시를 떠나버렸다. 여자는 남자를 자신의 페이스북에서 차단했지만, 구글 지도에서는 여전히 예전 자동차의 네모난 무채색 몸체가 그녀의 문밖에 주차되어 있다.

앞면

이스탄불 다큐멘터리 서술에서 오르한 파묵은 전통적인 유럽의 우울증과는 전혀 다른, '휘쥔'이라는 특별한 종류의 지역적 슬픔을 묘사한다. 유럽이 우울함의 지속시간이나 깊이가 삶이 덧없고 짧다는 인식에서 비롯된 것이라면, 휘쥔의 감정은 앞으로 닥칠 미래('이 또한 지나가리라')가 아니라 이미 지나갔지만, 여전히 우리의 일상을 부드러운 빛으로 채우고 있는 과거를 좇는다. 그 우울함은 과거의 위대함에 현재의 비참함, 평범한 일상을 결합하려는 생각에서 생겨난다. 파묵의 경우 고전적인 '이전과 이후', 과거와 현재 사이의 대비가 세계관의 바탕이며, 그의 이중초점 렌즈는 그가 만든 표본과 그 파멸, 폐허 그리고 그것의 예전 모습 모두를 계속 시야에 두고 초점을 맞출 수 있게 한다. 그는 그림으로 묘사된 것의 우연성을 이야기하는 구절에서 러스킨*을 떠올린다. 러스킨은 붕괴와 황폐함 속에서, 인적 없는 황량한 안뜰과 잡초 무성한 대리석 판 위에서 어떻게 우리의 눈이 도시계

* 미국의 미술평론가이자 사상가.

획가조차 전혀 예측하지 못한 기쁨을 찾아내는지, 그 방식에 관해 이야기한다. 새 건물은 '역사가 우연히 아름다움을 부여한 후' 그림처럼 웅장한 위용을 갖춘다. 다시 말해, 역사가 그것을 씹고 뱉어낸 후에는 본래 모습을 전혀 알아볼 수 없다.

파묵은 또한 도시의 이국적이고 그림 같은 특징이 그곳에 살지 않는 사람들에게 가장 많은 관심을 불러일으킨다는 발터 베냐민의 말을 인용한다. 생각해보면 과거의 여러 다른 형태에 대해서도 똑같이 말할 수 있다. 쉽게 노화되는 작은 탑들과 발코니의 돌 껍질뿐만 아니라 사람이 자기 몸을 넣었다 뺐다 하는 다른 모든 상자와 가방에도 똑같이 적용된다. 집, 침대, 옷, 신발, 모자, 이제 현대인들이 지겨워하는 이 모든 것은 미처 썩을 사이도 없이 갑자기 새로운 내세의 환한 빛으로 채워진다. 소위 빈티지에서 얻는 기쁨은 우리가 동등한 입장에서 과거의 삶으로 들어가는 게 아니라 마치 어린 여자애가 엄마의 옷장 속으로 숨어들 듯 자신이 남의 옷을 입고 있다는 점을 분명히 인식하면서 과거를 재현하는 데 있지 않을까.

현대 세계가 과거 놀이를 하면 할수록 그 시절은 더 멀어지고 아무것도 식별할 수 없는 깜깜한 저 아래로 더 깊이 침잠해간다. 물리적인 분해는 우리의 침입으로부터 과거를 보호하며 우리가 과거를 정확히 알 수 없게 한다. 그것은 현재인 우리와의 섞임을 차단하는 위생 장벽을 형성한다. 하지만 이 불가능성이 우리에게 유리한 점이기도 하다. 집주인은 잠깐 집을 비운 게 아니라 아주 멀리 떠났고, 이제 우리가 어떻게 그들의 몇 가지 물건을 나누어 가지는지 아무도 볼 사람이 없다. 옛 시절을 온전히 즐기려면 그곳에 살았던 사람들이 죽어야 한다. 그래야 우리는 합법적인 상속인 역할을 위해 노력하면서 그들을 향한 그리움의 과정을 시작할 수 있다. 수북이 쌓인 목격담은 우리의 허기를 괴롭도록 더할 뿐이다. 사진 뭉치를 뒤져 찾아낸 사진 하나를 눈앞까지 바짝 가져와 세세한 것들까지 확대해서 볼 수도 있고, 단 하나의 상징적인 이미지를 바라보며 평생을 보낼 수도 있다. 그리고 숟가락으로 긁어내듯 바닥까지, 양철 벽까지 싹싹 퍼내지만 모두 무의미하다. 7월 황혼녘 어디선가 갑자기 솟아난 축축한 얼음 기둥으로 들어가듯 과거로 걸어들어갈 수는 있지만 과거를 뚫고 지나갈 수도, 과거에 스며들 수도 없다.

앞면

……그러고 나서 나는 기억을 세 가지 유형으로 나눠보자고 스스로 제안했다.

잃어버린 것에 대한 기억. 우울하고, 위로할 길 없고, 아무것도 되돌릴 수 없음을 알면서도 이러한 손실과 상실을 정확히 기록하는 것.

받은 것에 대한 기억. 배불리 먹은 점심식사에 대한 만족함이자 주어진 것에 흡족해하는 마음.

존재하지 않았던 것에 대한 기억. 마법의 빗을 던지면 들판에 나무들이 솟아올라 울창한 숲으로 변하는 러시아 동화처럼 현실 대신 유령을 심는 것. 숲은 영웅들이 추격에서 벗어날 수 있도록 돕는다. 유령 기억은 공동체 전체에 거의 똑같은 작업을 수행하여 벌거벗은 현실과 그 바람에 휩쓸려가지 않도록 공동체를 보호한다.

이 경우 기억의 대상은 똑같은 하나일 수 있다. 사실, 항상 똑같다.

뒷면

망각에 대한, 그리고 채 온기가 가시지 않은 과거의 일부를 손이나 마음에서 놓아버림에 대한 나의 두려움은 구약성경으로 정당화되었고 심지어 칭송까지 받았다. 더구나 구약시대에 기억은 사람들이 반드시 이행해야 할 의무였고 지키지 않으면 죽음을 피하기 어려웠다. 신명기의 장들은 반복적으로 하느님을 기억하라고 명령한다. "내가 오늘 네게 명하는 여호와의 명령과 법도와 규례를 지키지 아니하고 네 하느님 여호와를 잊어버리지 않도록 삼갈지어다."* 유대인 역사학자 요세프 하임 예루살미는 자신의 저서 『자코르』(히브리어로 '기억하라!') 에서 기억에 관한 이 강력한 압박이 수 세기 동안 이어진 망명과 디아스포라의 삶 속에서 어떻게 지속될 수 있었는지 자세히 설명한다. 한 개인이나 가족이 아닌 통합된 하나의 단위로 이해되는 민족 전체에게 규칙을 엄격하게 적용하고 완전성을 달성하고 보전하기를 요구한 것은 바로 기억이었다. 순결하고 거룩한 삶이 생존을 보장하는 담보가 되었다. 단 하나의 작은 부분도 놓치거나 빠뜨릴 수 없었다.

망각에 대한 두려움은 전례가 없는 경우로 이해되는 역사적 사건에서 생겨났다. 유대교 신앙에서의 금지와 의무는 어떤 면에서는 이러한 사건들의 결과였으며, 그 흔적은 변하기 쉬운 인간 밀랍에 새겨졌다. 하지만 세대에서 세대로, 세기에서 세기로 시간이 흐르는 동안 유대교의 전통은 선택받은 민족에게 일어난 사건들을 역사적으로 설명하고 기술하고자 시도한 적이 단 한 번도 없었다. 마치 모세오경만 있으면 이야기를 계속할 필요가 없다는 듯. 벨리미르 흘레브니코프**

* 구약성경 신명기 8장 11절.

는 자신의 시를 낭송하다가 금세 흥미를 잃고는 "음, 등등……"이라는 말로 얼버무리다 낭송을 끝내버렸다고 한다. 예루살미는 『자코르』에서 비슷한 느낌을 다른 말로 설명한다. "아마 그들은 그들이 알아야 할 모든 역사를 이미 알고 있었을 것이다. 어쩌면 그들은 심지어 그걸 경계했는지도 모른다."

그들이 역사의 교훈을 전혀 모른 채 새로운 시대로 들어선 것은 아니었다. 필요한 경우 중세 유럽에서 회람되었던 텍스트와 서신을 살펴보면 기록되지 않은 역사의 날짜와 이정표가 유대 학자들의 시야 안에 있었음을 증명하는 예들이 적지 않다. 그들은 이러한 사건을 알아차렸지만 거룩한 전통의 일부가 되기에는 위대한 요소가 턱없이 부족했다. 모든 중요한 사건들은 아주 처음에 일어난 일처럼 오래전에 지나갔다. 제1성전과 제2성전의 파괴가 하나의 작은 일에 불과하고 영원한 재앙 앞에서 바빌론과 로마의 차이쯤은 미미하기 짝이 없던 옛 사례들이 지배하는 세계에서 자행되는 새로운 형태의 모든 학살과 박해(프랑스, 독일, 스페인에서)는 그런 똑같은 사건들의 되풀이일 뿐이었다. 과거에 대한 이러한 시각을 보여주는 예가 있다. 금식이나 애도로부터 자유로운 축일로—마카베오*** 시대 이전부터 두번째 성전이 파괴될 때까지 기록된 위업과 경축의 날—따로 지정한 날짜를 달력에 빨간색 글자로 표시해놓은 '메길라트 타아니트'이다. 이 '금식의 두루마리'에는 역사적인 날짜가 특별한 형식으로 존재하며, 이 '두루

** 러시아의 미래파 시인.

*** 유다 마카베. 구약성경 제2정경 내지 외경에 수록되어 있는 책에 등장하는 인물. 알렉산드로스 대왕의 서아시아 진출 이후 셀레우코스 제국이 유대인들을 탄압하자 유다 마카베가 제국에 대항하여 전쟁에서 승리하고 그의 후계자들이 하스몬 왕국을 건국함.

마리'의 텍스트는 역사가 되기 위해 노력하는 대신 다른 임무를 수행한다. 계절의 변화에 따라 배열된 텍스트는 날짜와 달은 나열하지만, 연도는 지정하지 않는다. 나중에 기독교 전통에서 이는 전례력*이라고 불린다. 유대 관습에서는 과거와 현재 사이에 차이가 없듯이 최근과 먼 과거에도 차이가 없다.

다시 말해, 유대인의 기억은 역사의 과정에서 일어난 모든 사건을 기억해야 하는 의무로부터 자유롭다. 중요하고 본질적인 것은 선택하고 불필요한 것은 기억에서 배제할 수 있는 자유가 있다. 이 기억의 한계는 다른 성격을 갖는다. 잊지 말라는 명령은 넘쳐나는 자잘한 기억들이 정작 중요한 진실을 압도할 위험이 있을 때 무엇보다 자신의 역사에 집중해야 하는 의무와 맞아떨어진다. 이런 의미에서 유대인의 역사학은 불필요해 보였다(계몽주의 시대 이전에는 거의 존재하지 않았고, 동화同化의 분야에서 반짝 꽃을 피웠지만 실재하는 전통이 없다는 이유로 전통에서 벗어났으며, 심지어 유대 민족 최초의 설득력 있는 역사조차 이방인이 쓴 것이다). 알아야 할 모든 것은 다른 선반에 놓여 있었다. 예루살미는 유대 민족의 의미가 그 역사성에 있다고 주장한 프란츠 로젠츠바이크**의 『구원의 별』을 인용한다. 유대 민족은 불변의 법칙을 지킨 덕분에 일반적인 시간의 흐름에서 벗어나 원하는 정체 상태를 이루었다. 로젠츠바이크의 저서는 1921년에 출판되었다. 20년 후 다시 한번 그들의 해안에 거센 파도가 밀려왔고, 역사의 소용돌이가 시작되었다.

* 그리스도의 구속 사업과 관련된 중요한 기념일이나 축일을 일 년간에 배당한 달력.

** 유대계 독일인으로, 신학자이자 철학가.

하지만 나치의 상상력 역시 유대 세계의 논리 안에서 작동했다. 즉 마치 유대 민족이 그들의 신과 맺은 언약의 견고함을 시험하기 위해 무언가를 확인하거나 반박하고 싶어 혈안이 된 것 같았다. 축일이나 금식하는 날을 구분하지 않고 외국 달력에 따라 징벌 조치가 행해졌다. 키예프 바비 야르에서는 유대인 집단 처형이 속죄일 전날 자행되었고 민스크 게토의 파괴는 심하트 토라* 즈음에 이루어졌다. 그리고 바르샤바의 게토 소탕전은 유월절에 시작되었다. 파국적인 지식의 블랙홀 속으로 그처럼 폭력적으로 뛰어드는 일조차 일종의 확인으로 여겨질 수 있다. 망각의 불가능성은 자신의 이정표, 흙무덤, 친숙한 묘비나 깊은 계곡 같은 흔적을 찾아 헤매지만, 이들이 모두 사라졌기에 위로받기를 원하지 않는다. 『자코르』는 기억을 최고의 미덕으로 꼽는 책이지만 거의 망각을 위한 기도로 끝을 맺는다. 망각이 더이상 죄가 되지 않기를, 모든 찢김과 구멍이 그들 자신으로 남아 불안과 근심에 떨지 않고 평안하기를.

앞면

디부크**는 '들러붙는' 또는 '붙박이는'을 의미한다. 이 현상이 일어나는 과정을 설명할 때 종종 접붙이기에 빗대기도 하는데, 마치 현명한 정원사가 사과나무에 배순을 접붙이거나 정원 장미에 야생 장미를 접붙이는 실험처럼 묘사된다. 아슈케나지 전설에 등장하는 불안한 영

* '기쁨의 율법일'이라는 뜻으로 토라(모세오경) 통독의 연간 주기를 끝냄을 축하하는 날.

** 악인이 죽어서도 세상을 떠나지 않고 사악한 영혼이 된다는 유대 민속에 등장하는 악령. 아슈케나지라고도 하는데, 산 사람의 몸에 들어간다고 알려졌다.

혼은 결코 이 세상과 작별하지 못한다. 이 영혼은 지은 죄가 너무 무거워 땅에 붙박였든지 오지도 가지도 못하고 갇힌 채 살아 있는 무언가를 바라보고 있어선지 이제 집으로 가는 길을 찾을 수가 없다. 죽음이 두려웠거나 수치스러웠던 사람들, 세상의 기쁨을 포기하지 않으려는 사람들의 영혼은 숨어들 수 있는 틈새를 찾아 집마다 돌아다닌다. 깨끗하게 잘 정돈된 집처럼 그 안에서 자리잡을 수 있는 사람을. 그 사람은 오랜 병으로 쇠약해져서 몸 구석구석까지는 제대로 보살피지 못하는 노인일 수도 있고, 기다림에 지치고 고통스러운 여인일 수도 있으며, 영혼이 제자리에 있지 않고 시계추처럼 왔다갔다하는 사람일 수도 있다. 그렇게 디부크는 사람에게 딱 달라붙어 뿌리를 내리고는 결코 떠날 생각을 하지 않는다. 그에게 이 집은 따뜻하고 축축하다. 장례식용 수의를 입은 열한 명의 남자가 양뿔 나팔을 불며 악령에게 몸에서 떠나라고 명령도 하고 빌어도 보지만, 그 설득이 늘 성공하는 것은 아니다. 그것은 애처롭게 울며 자신을 괴롭히는 자들에게 각기 다른 목소리로 애원도 하고, 애원하며 그들의 이름도 부르고, 지금까지 숨겨온 그들의 은밀한 죄, 태어날 때부터 가지고 있는 몸의 모반母斑, 어린 시절의 별명을 하나하나 늘어놓는다. 이는 떠나기 싫어하는 과거와 같다. 현재에 달라붙어서는 그 살갗 속으로 파고들어 그곳에 자기 홀씨를 남기고 방언으로 말하고 종을 울린다. 그래서 우리에게 자신이 한 번도 겪지 않은 일을 듣고 기억하고, 전혀 알지 못하는 자들을 위해 울고, 한 번도 본 적 없는 자들의 이름을 부르는 것보다 더 큰 기쁨은 없다.

뒷면

언젠가 어느 원주민 부족과 그들의 죽은 조상 사이의 관계를 훌륭하게 묘사한 책을 읽은 적이 있다. 그들의 규칙은 외교 의정서처럼 매우 정확하고 복잡한 합의 내용과 양해 사항의 체계를 토대로 한다. 그런데 그 규칙엔 마치 차디찬 공기 기둥으로 들어가는 것처럼 어두운 길에서 죽은 자를 맞닥뜨리는 어색한 순간과 같은 순수한 우연에 관한 내용이 포함되어 있다. 그 책의 내용을 인용하고 싶지만 그럴 수가 없다. 외국의 어느 서점에서 읽은 새의 유령에 관한 책이었는데, 그 책에 대한 내 기억이 왜곡되었을까봐 두려워서다. 여러 면에서 이 책은 내가 하드커버 표지만큼 확실한 사실만을 고집하며 과거와 맺은 협상을 연상시킨다. 하지만 이제 나는 피할 수 없는 과거의 불완전함을 받아들이며 과거를 허공에서 부활시켜야 한다. 그렇게 그들은 발톱이나 깃털만으로 그림자가 된 새의 이미지를 완성한다.

하지만 과거의 사람들이 우리에게 완전히 낯설고 종종 인간이 아닌 무언가로 너무도 쉽게 변형된다는 사실은 비밀이 아니다. 류드밀라 페트루셉스카야의 단편소설 「팔」에서는 죽은 조종사가 비행기 조종실에서 불에 탄 통나무를 끌어다가 이렇게 말한다. “이 사람이 바로 내 항해사랍니다.” 이 허구의—가공의—이야기에는 꾸며내지 않은 복제물이 있다. 바로 또 다른 산문작가인 소련 소설가 브세볼로드 이바노프가 죽기 직전에 꾸었던 꿈이다. 그는 무슨 까닭인지 그리스에서 개최된 세계작가대회에 안나 아흐마토바와 함께 있는 꿈을 꾸었다. 그 당시 소련 국민이 국경을 넘기란 죽음의 강을 건너기보다 더 어려웠다. 그래서 1963년 여름, 병원에 입원한 소련 작가의 꿈에 나타난 이 상상조차 할 수 없는 여행은 분명 초자연적인 성격을 띤다. “아침에 아래층으로 내려갔는데, 한 여인이 식탁 앞에 앉아 울고 있는 거예요. 제가 물었죠. "안나 안드레예브나, 왜 울고 계세요?" 그러자 그녀가 대답하더군요. 이 식탁에서 아들을 보았다고요. 그런데 아들만 분홍색이고 식탁은 검은 대리석이더랍니다."

꿈을 정확하게 기록하기란 쉽지 않다. 꿈속의 아흐마토바는 윤이 나는 대리석 표면에서 정말로 아들(엄마와 멀리 떨어져 낯선 사람들 손에서 자란데다 체포되었다가 또다시 체포되어 노동수용소에서 알아볼 수 없을 정도로 변해버린)의 얼굴을 보았을까? 아니면 불타버린 통나무 항해사처럼 실제로 꿈에서 식탁이 그녀의 아이였을까. 네 발 달린 대리석 아이, 분홍색 대신 검은색의 어린 레프를 그녀는 가닿을 수 없는 천국 같은 그리스에서 찾아낸 걸까? 장례를 치르기 위해 죽은 자들을 눕혀놓은 그녀의 식탁-아들은 예수의 몸을 씻기고 기름 바르기 위해 준비한 바로 그 반석과 같다. 『레퀴엠』에서 아흐마토바는 아직 살아 있는 아들을 십자가에 못박힌 그리스도에, 그녀 자신의 고통을 성모마리아의 고통에 비유한다. 몇 년 후 그는 수용소에서 돌아왔고 또다시 체포된다. 마치 죽음의 문턱을 넘나드는 게 일상인 것처럼.

전쟁 초기에 고독한 삶을 산 또 다른 사람, 철학자 야코프 드루스킨은 레닌그라드의 시인과 철학자들의 그룹 치나리의 일원이었다. 소련 현실에 밀려 점점 설 자리를 잃어가던 이들은 1930년대에 자신들만의 아주 친밀하고 끈끈한 공동체를 조직했다. 공식적인 문인 조직에 포함되지 않았던(그들 자신의 자유의지에 따라, 그리고 그들의 텍스트의 급진적인 성격이 길동무들, 즉 현재는 공식적인 당 정책에 동조하지는 않지만 맞추어가는 중인 작가들의 기대치를 거의 충족시키지 못한다는 점 때문에) 그들은 한동안 어린이 잡지에서 일하거나 아르바이트를 하고, 기교가 뛰어난 시와 단편소설을 쓰고, 카드놀이나 팬터마임을 하고, 경마장에 다니고, 페트로파블롭스크 요새 근처 얕은 모래밭에서 일광욕하는 등 소박한 방식으로 힘을 길렀다. 점점 불빛이 희미해지고 잠잠해진 작디작은 반점 같은 그들의 세상은 더욱 좁아졌고, 그들 자신은 점점 더 눈에 띄게 되었다. 누군가는 체포되어 다른 도시로 보내졌고 누군가는 직장을 잃었지만, 그들은 점점 작아지고 얇아지는 자신들이 얼마나 비현실적인 존재가 돼버렸는지 알아채지 못한 채 계속 돌아왔다. 아마도 치나리 일원 중 가장 유명한 인물인 다닐 하름스*의 일기는 형이상학적인 표현들과 기도, 여성의 주름과 냄새에 대한 갈망과 함께 자신은 돈이 없고 돈을 구할 곳도 없으며 굶주리고 있다는, 갈피를 잡을 수 없는 내용을 담고 있다. 하름스는 그 참혹했던 1942년 겨울, 레닌그라드 봉쇄 동안 엔케베데** 감옥에서 굶어죽는다. 체포된 알렉산드르 베덴스키***는 1941년 12월 레닌그라드에서 강제 대피중 화물차에서 사망했다. 1941년 9월 레오니트 리팝스키****가 전선에서 행방불명되었다. 콜랴 올레니코프*****는 자기 친구들만큼도 살지 못했다. 그는 1937년에 처형되었다.

드루스킨은 홀로 살아남았고, 자신이 왜 살아남았는지 이해하지 못했다. 그는 잠시도 죽은 자와의 대화를 멈추지 않았다. 그의 철학 노트에서 점점 더 많은 공간이 꿈의 기록으로 채워지고, 그곳에서 그는 죽

---

* 소련의 전위예술가이자 작가.

** 소련 최고 정보기관이자 비밀경찰.

*** 소련의 시인이자 극작가, 아동작가.

**** 소련의 작가이자 철학자로, 치나리 창시자 중 한 사람.

***** 소련의 시인이자 극작가.

은 친구들을 만나고, 그들이 진짜 친구들이 맞는지, 그들이 정말로 돌아온 것인지 확인하려고 애쓴다. 확인은 실패했고 실험은 아무런 성과도 내지 못했다. 드루스킨과 그의 동료들은 '이것이 꿈이 아닌지 확인하기 위해' 리팝스키라고 착각한 남자의 가슴을 절개했지만, 그들은 자기들이 무엇을 증명하려 했는지 바로 잊어버린다. 유령 중 하나는 그를 인정하고 싶어하지 않고, 다른 하나는 소련 작가처럼 변형된다(마치 통나무나 대리석 탁자나 옷장으로 변하듯). 1942년 4월 11일 일기장에 드루스킨은 꿈에서 또 다른 죽은 친구들과 만났다고 쓰고 있다. 그들은 끊임없이 그의 꿈에 나타나고 그들이 살아 있을 때보다 오히려 그들과 더 자주 만난다. "우리는 모두 함께 다시 모였고 나는 간식을 준비했다. 탄산수. 우리는 서로를 바라보며 웃었다. 우리는 누구처럼 보일까? 자, 여기 리팝스키가 있다. 그와 나, 우리가 가장 많이 변했다. 여기 또 다른 L.이 있다. 하지만 그는 이제 전혀 그가 아니다. 그리고 세번째 L., 글쎄, 나라면 그를 결코 L.A.D.I.라고 말하지 않을 거다. 혹시 '하름스?' 나는 그를 알아보지도 못할 것이다. 어쩌면 D.I.가 아닐 수도 있지만, D.I.임이 틀림없다. 다른 사람들도 있었는데, 그들 중 한 명이 슈라 '베덴스키'였다. 하지만 어떤 슈라일까? 그리고 풀카노프가 있었다. 그는 심지어 성까지 다르게 바꿨다."

풀카노프는 흔한 성이 아니다. 드루스킨의 지인 중에 이 성을 가진 사람은 아무도 없었다. 그 꿈은 망토처럼 그 이름을 누군가에게 씌워 그 사람을 가리고 너무도 잘 숨겼기에 우리는 그가 누구인지 모른다. 어쩌면 그는 몽상가였을 것이다.

6장
샤를로테 혹은 불복종

나는 이렇게 시작하는 책, 영화, 이야기를 정말 좋아한다. 예를 들어, 한 사람이 프랑스 외딴 지역의 작은 집에 도착해 창문을 열고 발코니로 나가 원하는 대로 가구를 이리저리 옮겨본다. 책을 펼쳐놓고 책상 밑으로 기어들어가 컴퓨터를 연결하고, 익숙하지 않은 부엌 찬장 안을 살펴보고 사용할 머그잔을 고른다. 그 사람은 처음으로 숲길을 따라 마을로 가 치즈와 토마토를 사고, 유일한 마을 카페의 테이블에 앉아 포도주나 커피를 마시고는 눈부신 햇살에 실눈을 한 채 집으로 돌아온다. TV를 보고, 창밖을 내다보고, 책을 읽고, 천장을 올려다본다. 예를 들어, 그 사람이 작가라면 아침 일찍부터 일을 시작한다.

어떤 것도 침해할 수 없는 행복의 바로 그 순간, 마침내 적절한 시간과 공간, 축복받은 완전한 평화를 확보한 작업의 순간은 보통 요청하지 않은 어떤 행동 때문에 중단되기 마련이다. 동양의 옛이야기에는 죽음에 대한 완곡어법이 있다. 죽음을 '쾌락의 파괴자이자 모임의 해체자'라 부르는데, 이는 내가 보기에 스토리텔링 장치에 대한 정확한 묘사인 것 같다. 이 장치의 끊임없는 임무는 평화로운 선사시대를 뒤흔들어 모든 게 움직이기 시작하고 등장인물들은 결국 비탈길 아래로 곤두박질치면서 독자의 짜증과 동정을 동시에 불러일으키는 일이다. 이런 상황에서 우리는 문학과 역사가 제공하는 것이 무엇인지 잘 알기에 두려워한다. 여주인공은 그 페이지를 끝내지 못할 것이다. 불청객이 찾아올 테니까. 주인공은 혼자 있을 시간이 없다. 이웃에서 살인이 일어나기 때문이다. 전쟁이 시작되면서 일요일은 끝나버린다.

1941년 말, 스물넷의 샤를로테 살로몬은 다소 이상한 일을 한다. 그녀는 갑자기 외조부모와 함께 머물렀던 코트다쥐르가 내려다보이는 빌라, 빌프랑슈쉬르메르를 떠난다. 이제 상황이 달라졌다. 돈은 바닥났고 할머니는 돌아가셨으며 그들은 주인의 호의와 변덕에 의지하는 처지였다. 다른 많은 독일 유대인처럼 그들은 한때 존경받을 만했지만, 이제는 어디로 가야 할지 알지 못했다. 샤를로테는 마치 돌연 자리를 박차고 일어선 사람이 그대로 방문을 열고 나가듯 그렇게 떠난다. 그녀는 이웃 도시 생장카프페라에 정착했고 지인들과의 만남을 끊었다. 그녀가 무엇으로 생계를 유지했는지는 분명하지 않지만 La Belle Aurore, 즉 '아름다운 노을'이라는 옛 이름을 가진 작은 호텔에서 지냈다는 사실은 알려져 있다. 거기서 그녀는 1년 반을 오롯이 홀로 보냈고 자신의 위대한 작품 『삶? 아니면 연극?』을 완성한다. 769개의 구아슈 그림이 순서대로 실린 이 작품에는 텍스트와 오페라에서 따온 음악적 구절이 번갈아 나타난다. 또 작품의 본문에는 포함되지 않은 여러 페이지의 자료도 있다. 그녀는 모두 1326개의 구아슈를 그렸다. 종이가 떨어지면 버려진 작품의 뒷면에도 그림을 그렸는데, 결국 끝에 가서는 모든 종이의 양면이 그림으로 채워졌다.

A4 용지 크기의 종이에 서둘러 그려진 구아슈는 되도록 빨리 말리기 위해 작은 방의 사방 벽에 걸어 붙여야 했다. 그리고 그림마다 투사지를 덧대어 그 위에 다양한 색깔로 무대 방향, 작가의 설명, 독자들이 그림을 볼 때 머릿속에 어떤 음악 구절을 떠올려야 하는지 알려주기 위한 지침 같은 내용 등을 써놓았다. 때로는 작업이 더 복잡해진다. 멜로디 자체에 또 다른 텍스트, '하바네라'*나 '나치 독일의 국가'를 모티브로 하는 편향되고 조금은 악의적인 길거리 노래의 가사가 붙어 있다. 음악은 우리가 따라가야 하는 이야기의 본격적인 참여자이다. 페이지들은 프롤로그와 에필로그, 장르에 대한 정의까지, 세 부분으로 정렬된다. 이 문구들은 Dreifarben Singspiel(3색 징슈필**, 3색 오페레타이다. 그래서 독일 음악 캐논의 가장 인기 있는 징슈필인 모차르트의 오페라 〈마술 피리〉를 생각나게 한다. 그렇지만 그보다는 불과 얼마 전 연주가 금지되긴 했지만, 여전히 모두의 귓가에 울리는 바일과 브레히트의 Die Dreigroschenoper, 즉 〈서푼짜리 오페라〉를 더 빨리 떠올릴 것이다.

샤를로테[또는 그녀가 자신의 opus magnum(역작)에 서명할 때 쓰는 CS]가 작품에 접목한 음악은 그다지 난해하지 않다. 말러에서 바흐까지, 그리고 다시, 유행하는 히트곡에서 슈베르트의 〈아름다운 물방앗간의 아가씨〉에 이르기까지 그 시대 많은 이들의 마음을 사로잡은 음악이고, 그녀 세계의 사람들이 장바구니에 담았던 음악이다. 그녀

* 쿠바에서 생겨 스페인에서 유행한 민속 춤곡.

** 독일어로 '노래의 연극'이라는 뜻으로, 18세기 후반부터 유행했던 민속 음악극.

는 사람들에게 익숙한 것을 상기시키고 싶었지만(그리고 그것을 패러디하고 싶었지만) 80년이 지난 지금 세 개의 음표에서 이 선율을 알아차릴 수 있는 사람은 거의 남지 않았다. 텍스트의 음향 요소는 더이상 울리지 않는 묵시적인 소리로 남아 있다. 어떤 면에서 그것은 피할 수 없는 모호함과 수정이 가해지는 기억 자체와 유사하다. 살로몬은 이렇게 말한다. "나 자신도 이 이상한 작업의 의미를 깨닫는 데 1년이 걸렸다. 그래서 많은 텍스트와 멜로디가, 특히 초기 장면들에서—이 전체 창작물과 마찬가지로—내 기억에서 벗어나 어둠 속에 숨어야 한다."

조롱 섞인 빠른 말로 재빨리 대체되는 고조된 억양, 작가의 목소리에 중단되는 불협화음의 대화, 이 모든 건 우리가 연극에 관한 이야기를 하고 있음을 떠올리면 더 명확해진다. 여기 꼬불꼬불한 글꼴과 모노그램으로 장식된 연극 대본이나 프로그램의 표지가 있고, 여기 등장인물의 목록이 있고, 또 여기 프롤로그와 에필로그가 예전처럼 각자 서문과 해설을 들고 무대에 오른다. 하지만 연극은 자기 기량을 맘껏 펼칠 무대가 없다. 『삶? 아니면 연극?』의 거대한 한 권의 책은 걸으면서 손에 들고 읽을 수 없으며, 너무 커서 아예 손에 드는 것 자체가 어렵다. 그것을 처음부터 끝까지 읽는 것은 독자의 시간과 의지가 필요한 진정한 작업이 될 것이다.

놀랍게도 이 작품들을 제대로 전시하기는 거의 불가능하다. 이 작품의 의도대로 하나씩 하나씩 이야기 흐름을 따라가는 데 필요한 거대한 공간 때문만은 아니다. 엄밀히 말해, 이들은 더 많은 것을 요구한다. 한 장 한 장 넘기는 책이 되고 싶어하고, 그래서 이미지는 페이지 사이사이 끼워진 투사지를 통해 모습을 드러내며 텍스트와 상호작용한다. 우리는 베일을 들어올리고 벌거벗은 이미지를 볼 수 있다. 어떤 덮개도 설명도 없이. 음성 해설로서 구상된, 손으로 쓴 텍스트(핵심 단어와 구문의 색상이 변경되는데, 때로는 한 페이지에서 여러 번 바뀌기도 함)와 르포르타주식 이미지의 실시간 전송 사이에는 복잡한 균형이 존재한다. 이 균형은 읽기-보기의 리듬을 형성할 뿐만 아니라, 다음과 같은 주장을 하기도 한다. 우리가 보는 것은 영화나 오페라와 똑같은 범주에서 '일시적인 예술'로 취급되어야 한다는 것. 박물관 전시의 힘을 빌려 이를 실현하기는 불가능해 보인다. 이 최초의 그래픽 소설은 일련의 재능 있는 스케치 시리즈 이상으로는 보이지 않으며 전체로는 어디에도 있을 수가 없다.

샤를로테 살로몬의 기록물이 보관된 암스테르담의 유대인역사박물관에서 1300개의 구아슈 중 여덟 개를 전시한 적이 있었다. 빛에 오래 노출되면 작품이 상할 위험이 있기에 끊임없이 한 페이지를 다른 페이지로 교체해줘야 했다. 책 형태로 전시하면 훨씬 더 위험하단다. 한 번 만질 때마다 돌이키기 힘들 정도로 훼손될 수 있기 때문이다. 실제로는 한 번도 본 적이 없고 설명과 복제물로만 알려진 『삶? 아니면 연극?』은 일종의 신성한 텍스트이다. 그것은 요청하거나, 인용하거나, 해석할 수는 있지만, 작가가 의도한 순서대로 읽기의 단순한 경험이 모두에게 주어지는 건 아니다.

살로몬은 자기 작품에 대해 이렇게 쓰고 있다.

"이 작품의 출현은 이렇게 상상해볼 필요가 있다. 한 사람이 바닷가에 앉아 있다. 그는 그림을 그리고 있다. 그의 마음에 갑자기 노래 하나가 떠오른다. 그 노래를 흥얼거리자 이 곡이 그가 종이에 옮기려는 것과 정확히 일치한다는 사실을 깨닫는다. 그의 머릿속에서 텍스트가 만들어지고, 이제 그는 그림이 완성될 때까지 큰 소리로 계속 그 곡조를 흥얼거리며 그 위에 자신의 가사를 반복해서 붙여본다. 종종 가사는 하나 이상 모이고, 그 결과 듀엣이 되거나 심지어 각 등장인물이 자신의 텍스트를 노래해야 하는 경우가 생기면서 합창단이 된다. (……) 작가는—아마도 본문의 주요 부분에서 분명하게 드러났듯이—자신을 완전히 벗어버리고 등장인물들이 자신의 목소리로 노래하거나 말할 수 있도록 노력했다. 그러기 위해서는 많은 예술적 가치를 포기해야 했지만, 영혼을 관통하는 작품의 특성을 고려하여 이 부분은 양해해주길 바란다. 작가."

*

'영혼을 꿰뚫는 특성'은 사악한 자기 아이러니이다. 반면에 『삶? 아니면 연극?』을 얘기하자면, 이는 과장이 아니라 진단에 가깝다. 줄거리는 통속소설에 필요한 모든 특성을 갖추고 있다. 무시해 치울 수 없으며, 뜨겁고 차가운 숨을 토해낸다. 살로몬이 단순히 '저자'라고 칭하는 화자는 청중들 앞에 여덟 번의 자살 시도, 두 번의 전쟁, 몇 차례의 사랑 이야기, 그리고 승리한 나치즘의 맹공격 등 세대를 아우르는 이야기를 펼쳐놓는다. 줄거리가 샤를로테 가족의 실제 역사를 아주 가깝게 따른다는 사실을 아는 사람(그리고 '삼색 오페레타'를 자전적 작품으로 인식하는 오랜 전통의 결과)은 이 이야기가 어떻게 끝나는지도 알고 있다. 1943년 9월, 나치는 코트다쥐르에서 이른바 '유대인 청소'를 실시했다. 나치의 생각으로는 비시 정부*의 노력이 충분하지 않았고(실제로도 그랬다) 수만 명의 난민이 아무 일도 없다는 듯 지중해 연안에서 자기 일을 하며 살고 있었다. 흐르는 물소리처럼 끊임없이 유대인을 해로운 곤충이니 빈대니 바퀴벌레에 비유하는 수사학은 돌이킬 수 없게 굳어져 마치 현실처럼 받아들여졌고 이제 그들을 정리해야 할 때가 된 것이다. 알로이스 브루너라는 사람이 작전을 맡았고 결과는 꽤 성공적이었다. 빌프랑슈쉬르메르에 있는 미국인 여성 소유의 빌라는 수많은 '정화 작업' 대상 중 하나였다. 그 빌라는 레르미타주라고 불렸고, 그곳에서 유대인 부부인 샤를로테와 그녀의 남편이 특별히 신분을 숨기지 않고 살았다. 그녀와 남편은 불과 몇 달 전에 결혼한 참이었다. 나치는 한밤에 들이닥쳤고 이웃들은 비명소리를 들었다. 10월 10일, 화물(운송장에 쓰듯 화물 몇 개)을 실은 수송선이 아우슈비츠에 도착했다. 같은 날 10월 10일, 스물여섯의 살로몬은 즉결처분을 당할 사람들 무리에 배치되었다. 그건 이례적인 일이었다. 힘이 넘치는데다 그림까지 그릴 줄 아는 젊은 여자는 좀더 오래 살아남을 가능성이 높았다. 하지만 샤를로테는 임신 3개월이었고, 이게 그녀의 운명을 결정지었다.

그런 진실과 맞닥뜨렸을 때 정신이 아득해지도록 엄습해오는 공포와 반사적인 연민은 너무도 강렬하고 우리의 이해의 많은 부분을 결정한다. 그것은 다년간 비판적인 태도에 길든 우리가 살로몬의 작품에서 순수한 마음의 자발적인(그리고 기본적으로 간결하고 기교가 없는) 고백을 알아보게 한다. 희생자의 이야기는 그게 무엇이든 상징적

* 1940년 독일군이 북부 프랑스를 점령하고, 남부 프랑스에는 비시를 수도로 하여 1차세계대전의 영웅 페탱을 원수로 하는 친독 정권이 수립되었다.

일 수밖에 없다. 만델스탐의 말처럼 '무리와 떼가 함께하는' 공동의 운명과 공동의 죽음을 가리키는 화살표이다. 샤를로테 살로몬의 이야기를 전형적인 사연으로 치부해버리는 경향이 있다. 이는 하나의 계층이 또 다른 계층 위에 겹쳐 쌓이는, 정치적이고 문화적인 조건, 되돌릴 수 없는 끔찍한 기제機制의 결과이다. 바로 이 모든 것에 그녀는 반기를 들었고, 나는 그녀가 자신의 승리를 믿었다고 생각한다. 『삶? 아니면 연극?』은 이 승리의 증거가 아니라 승리 그 자체이자 전장이자 함락된 요새이며 769장의 구아슈에 담은 의도에 대한 선언문이다. 그러함에도 불구하고 그것은 종종 대상이 아니라 물질(파편을 채취할 수 있는 원료로 사용하고 초과분은 폐기)로, 예술적인 성취가 아니라 증언(다양한 일반화 맥락에서 고려할 수 있는)으로, 행위의 결과로서가 아니라 이행되지 않은 약속으로, 한마디로 인간의 문서로 취급받는다. 이 해석보다 더 사실과 동떨어진 것은 없다.

최근 몇 년 동안 샤를로테에 관한 거의 모든 텍스트는 그녀의 작품을 희생자가 작성한 죽음의 연대기로 보는 명백한 위험에 대해 경고한다. 그녀가 세상의 끝을 맞이하기 직전 코트다쥐르에서 완성한 그림들 속의 징슈필은 홀로코스트에 관한 이야기가 아니다(비록 작가와 달리 모든 역경을 딛고 살아남은 생존자가 되었음에도). 이는 살로몬의 작품들 앞에서 터널 끝에 있는 아우슈비츠를 기억함과 동시에 잊어야 하고, 앎과 동시에 몰라야 하는 독자들의 특별한 노력을 요구한다. 그렇게 『삶? 아니면 연극?』의 각 페이지는 텍스트가 쓰인 투사지가 덧대어져 있고 우리는 그것을 통해 이미지를 본다. 하지만 언제든지 이 필터를 제거하고 순수한 색과 단둘이 남을 수 있다.

1941년 여름, 샤를로테 살로몬은 자신의 행운에 매혹되고 압도되었다. 그녀는 수용소에 갇혔다가* 풀려난 몇 안 되는 사람 중 하나였다. 그녀는 텍스트에서 "행동은 1913~1940년 독일에서, 그리고 나중에는 프랑스 니스에서 진행된다"라는 시작의 글귀와 함께 "우리 시대를 넘어 하늘과 땅 사이, 새로운 구원의 해에"라고 쓰고 있다. 노아와 그의 아들들이나 롯의 딸들도 그렇게 자신들의 여기와 지금을 묘사했을지도 모른다. 샤를로테는 자신과 자신의 상황을 그렇게 보았다. 알고 있던 세계는 그녀가 사랑하거나 미워했던 모든 사람과 함께 끝났다. 그들은 죽거나 사라지거나 다른 곳으로 흩어졌다. 그녀는 새 땅의 첫번째 사람, 예상치 못한, 형언할 수 없는 은혜의 수혜자와 같았다. 그녀는 새로워지고 구원받은 세상을 선물받았다. "푸른 표면 위에 이는 거품, 꿈, 내 꿈들. 무엇이 그토록 많은 아픔과 고통 속에서도 당신 자신을 밝게 빛어내고 또다시 빛어내게 하는 걸까? 누가 당신에게 그런 권리를 주었는가? 꿈이여, 대답해다오. 그대는 누구를 섬기는가? 왜 나를 구원하는가?"

전쟁이 끝난 직후 샤를로테의 아버지와 계모가 마침내 그녀(흔적이든 소문이든 목격담이든 뭐든)를 찾아 빌프랑슈에 도착했을 때, 그들은 로타(가족들이 집에서 부르는 샤를로테의 이름)가 지인에게 남긴 파일 '이것이 내 삶의 전부다'를 건네받았다. 앞에서 말한 '전형성'의 논리는 유사점을 찾도록 강요하고, 그 유사점은 바로 옆에서 발견되기를 기다리고 있었다. 미프 기스**가 강제수용소에서 돌아온 오토

---

* 당시 프랑스 내 이주민들은 독일에서 보낸 간첩이라는 혐의로 피레네산맥에 있는 수용소에 강제로 감금되었다.

** 안네 프랑크와 그녀의 가족, 다른 네 명의 유대인을 나치로부터 숨겨준 네덜란드 시민.

프랑크에게 안네 프랑크의 일기를 포함하여 한 묶음의 서류를 건네준 것처럼 말이다. 놀랍게도 알베르트 살로몬과 그의 아내가 전쟁 동안 프랑크 가족과 멀지 않은 암스테르담에 숨어 있었고, 안네의 아버지 오토 프랑크는 다른 누구보다 먼저 이들에게 안네의 일기를 보여주었다는 점에서 두 이야기 사이에는 매우 현실적인 연관성이 있다. 그리고 얼마 지나지 않아 두 가족은 샤를로테의 그림을 어떻게 할지 함께 고민했다. 50, 60년대에 자식을 잃은 부모들이 한자리에 모여 자식의 사후 운명을 정리하려 애쓰는 모습이 눈앞에 떠오른다. 샤를로테 살로몬의 첫 작품집이 1963년에 출판되었는데, 그 인쇄 품질의 수준은 지금 봐도 놀랍기만 하다. 1300점의 구아슈 중 80점이 소개되었고, 이 책의 제목은 '샤를로테. 그림 속의 일기장'이다.

이 사진들은 마치 안네 프랑크의 나이 또래 또는 그보다 더 어린 소녀에 대해 이야기하는 것처럼 보인다. 전통적으로 여성 장르인 일기는 일종의 벽에 걸린 거울처럼 즉흥적이고 꾸밈이 없는 감정의 목소리이다. 이 장르의 매력은 즉각적이고 단순하다는 데 있다. 안네 프랑크의 일기는 고통이 아닌 위안의 글이 되도록 세심하게 편집되어 당시 전 세계에 울려퍼졌고 곧장 홀로코스트에 대한 가장 영향력 있는 텍스트이자 주검, 구덩이, 철길엔 눈을 감아버리고 이 모든 공포를 에필로그의 마지막 페이지에 밀어넣은 채 홀로코스트를 바라보는 방식이 되었다. 그러고는 그들은 모두 죽었다. 의식적이든 아니든, 안네 프랑크의 일기는 살로몬의 작품을 최초로 간행한 출판사의 모델이 되었다. 작가인 샤를로테 자신과 작품 속 허구의 인물이자 젊은 희생자인 여주인공 샤를로테 칸이 같은 정체성을 지녔음을 주장한 살로몬의 작품은 잘될 희망이 있었지만, 성공을 거두지는 못했다

가족이 설정한 전통은 작가와 주인공(일기)의 완전한 일치를 주장하면서도, 동시에 실제로는 상황이 전혀 다르게 전개되었음을 암시한다. 현실이 어떠했든 우리는 샤를로테가 어떤 대가를 치르더라도 이 이야기를 전하고 싶어했다는 사실만은 알고 있다. 『삶? 아니면 연극?』은 매우 정교하게 구성된 작품이라 왜곡하기 매우 어렵다. 많은 작품을 덜어냄으로써 균형 잡힌 구조를 이루고 있는데, 최종 편집에 포함되지 않은 500장의 작품이 이를 증명한다. 하지만 첫 발행자들의 편집 논리('이야기를 정리하려는 충동')는 각각의 그림이 유기적으로 연결되어 전체로서 하나를 이루는 구아슈에서 과감하게 이미지를 잘라내고는 그 조각조각을 제시하는가 하면 글귀를 지우거나 고쳐 쓰기도 주저하지 않았다. 다시 말해, 특정 부분만 손을 본 안네 프랑크 일기의 편집자들보다 훨씬 더 힘든 작업을 했다. 독일인과 독일어를 향한 악의에 찬 표현, 어머니에 대한 모욕적인 언사, 피임약에 대한 수다 등은 당시로서는 공개하기에 지나치게 솔직했다. 그리고 더 흥미로운 점은 욤 키푸르* 같은 유대인 세계의 일상적인 경험에 대한 언급이 독자들에게 더 어렵게 다가온다는 사실이다. 샤를로테의 징슈필을 편집하는 과정에 행해진 변경은 모든 것에, 무엇보다 작가의 실제 의도에 반한다. 살로몬은 처음부터 끝까지 작품을 가족의 역사를 담은 영화처럼 만들었다. 마치 그녀 자신을 포함하여 모든 사람이 죽어 사라져버렸기에 이 모든 것은 이제 더이상 그녀와 관련이 없다는 것처럼. 1880년대 말부터 그들에게 일어난 모든 일상, 즉 죽음, 결혼, 만남 그리고 새로운 결혼, 직업에 대한 열망과 예술을 향한 사랑 등은 수정

* 유대 달력으로 새해의 열번째 날로서 유대인의 가장 큰 명절.

(그리고 조롱과 거리두기)의 대상이었다. 엄밀히 말하면, 몇 세대에 걸친 삶이 피할 수 없는 종말을 향해 나아가고 있다고 묘사하는 이런 종류의 연대기는 토마스 만에게 노벨상을 안겨주었다. 사실 그의 작품은 훨씬 더 보수적이었다.

*

예를 들어 그녀의 가족사는 이렇게 이야기할 수 있다. 벽에 초상화와 유화가 죽 걸려 있는 유서 깊고, 명예롭고, 동화된 유대인 가족이 있다. 이들은 성탄절에 크리스마스트리 불을 밝히러 다차에 가듯 이탈리아를 드나들고 국가적 자부심이 차오르는 순간에 '독일 최고'를 외쳐 부른다. 그리고 이어지는 너무 많은 자살. 형제나 다른 친척은 굳이 떠올리지 말자. 하지만 딸 중 한 명에 관해선 이야기하고 넘어가야겠다. 유독 우울함을 잘 타는 그녀는 11월 어느 날 저녁 홀연히 집을 나가 강에 몸을 던진다. 몇 년 후 쾌활한 두번째 딸이 결혼한다. 하지만 8년 후에 그녀는 자기 딸에게 천국에서 편지를 보내마고 약속하고는 창문에서 뛰어내린다. 딸아이는 어머니가 어떻게 죽었는지 전혀 듣지 못하고 그저 독감으로 돌아가셨다고 믿는다.

새로운 가정교사, 이탈리아 여행, 어린 소녀는 성장한다. 아이의 이름은 죽은 이모와 살아계신 할머니처럼 샤를로테다. 마치 샤를로테의 계통이 끊어져서는 안 된다는 것처럼. 어느 날 그녀의 일중독자 아버지("나는 교수가 될 몸이니 제발 방해하지 마시오!")는 바흐를 노래하는, 더이상 우아할 수 없는 금발의 여성을 만난다. 『삶? 아니면 연극?』에서 그녀는 광대와도 같은 폴린카 빔밤이라는 이름으로 등장한다. 여기서 이런저런 이유로 무대와 어느 정도 관련이 있는 모든 등장 인물은 빔밤, 클링클랑, 징장처럼 어릿광대의 방울(아니면 쇠사슬)을 울리는 오페레타풍의 이름을 가지고 있다는 사실을 짚고 넘어갈 필요가 있다. 가면을 쓰고 분장한 배우들은 자신의 희극적인 이중성에 걸맞게 이중의 이름을 가지고 있다. 빔밤의 실제 이름은 폴라 린드버그였지만, 그마저도 본명이 아니었다. 그녀는 레비라는 이름을 가진 랍비의 딸로, 유대인이었다. 샤를로테 삶의 다른 모든 사람처럼. 10년 후 샤를로테는 그녀의 가족에 대해 이렇게 쓴다. "우리는 그들이 절대 다수가 유대인인 사회에 살았다는 사실을 기억해야 한다."

과학과 예술(의학과 음악, 알베르트 살로몬과 폴라 린드버그)의 결합은 누구보다 열네 살의 샤를로테를 기쁘게 했다. 계모에 대한 그녀의 태도는 열정적이었다고밖에는 달리 설명할 수 없으며, 시간이 지나면서 이 열정은 요구, 질투, 갈망과 같은 부수적인 감정을 동반하면서 더 깊고 커졌다. 린드버그는 가엾은 소녀에게 어머니를 대신할 준비가 돼 있었다. 하지만 두 사람은 둘 모두에게 기쁨이자 고통인 열렬한 숭배와 우정의 감정에 휘말려버린다. 여기서 유일하고도 확실한 출처는 의도적이든 무의식적이든 많은 부분이 왜곡될 수 있는 『삶? 아니면 연극?』이다. 하지만 오해할 수 없는 사실이 있으니 그건 바로 소설(또는 오페레타)의 여주인공인 폴라를 향한 작가의 지대한 관심이다. 폴라 린드버그의 초상화만 수백 점인데, 이들은 그녀의 표정과 움직임을 소름이 끼칠 정도로 정밀하게 재현한다(수십 년 후에 촬영된 비디오 인터뷰를 보면 그 표정들이 가장 먼저 눈에 들어올 것이다. 얼굴은 늙었지만, 표정은 젊을 때와 똑같다). 시무룩하거나 나른하고, 생기에 넘치거나 의기소침하고, 홀가분해 보이는 표정 등 폴린카의 몸과 얼굴로 가득찬 페이지가 있다. 그 중앙에는 그녀가 큰 찬사를 받으며 공연했던 도시 목록과 함께 그녀의 초상화가 실린 공식적인 연극 광고 포스터가 놓여 있다. 징슈필의 공간에서는 극의 주인공이자 수신자인 아마데우스 다베를론(알프레트 볼프손)이 더 많은 자리를 차지한다.

그림 텍스트의 많은 페이지가 『삶? 아니면 연극?』의 본문에 포함되지 않았다. 샤를로테는 볼프손의 운명은 전혀 알지 못한 채 에필로그로서 기획된 이 글이 그에게로 향하는 편지가 되도록 끊임없이 노력했다. 이 편지의 발췌문은 암스테르담의 유대인역사박물관 웹사이트에서 볼 수 있다. 이 글은 발췌되거나 인용은 되었지만, 전체가 출판된 적은 없다. 『삶? 아니면 연극?』을 작업하는 특정 단계에서 작가는 텍스트 전체를 볼프손과의 대화로 설정하며 이를 그에게 자신의 재현 능력을 증명하는 한 방법으로 여겼다. 이 서술에는 샤를로테 살로몬이 사랑했거나 사랑하고 싶어했던 사람이 누구인지 모두 나와 있다. 수십 개의 장면에서 그녀는 포옹부터 완전한 결합까지, 그들이 그녀 자신과 결코 분리될 수 없는 관계임을 표현한다.

그건 폴린카 빔밤에게 헌정된 구아슈들이 에로틱한 에너지로 빛나면서도 이런 관계를 사랑이라 부를 수 있는 선의 경계는 절대 넘지 않는다는 사실로 설명할 수 있다. 화자는 의도적으로 이야기를 넘어갈 듯 말 듯 경계에 두면서 암시만 할 뿐 아무것도 명확히 밝히지 않는다('우리의 연인이 다시 화해했다.'). 두 여자가 서로를 향해 움직이는 모습을 재빨리 포착한 페이지의 풍경. 파란색 침대방의 어린 여자아이, 그 아이의 머리맡에 선 계모, 두 사람은 포옹하고, 이는 아홉 개의 단계로 묘사된다. 폴린카가 몸을 굽히자 의붓딸의 몸짓은 그녀를 향하는데, 갑자기 어린 아기가 되어 엄마 품에 안겨 있다. 포옹은 완성되었고, 폴린카의 얼굴은 샤를로테의 가슴에 닿고 하얀 침대보가 분홍색으로 피어난다. 마지막 그림의 아랫부분에는 더이상 파란색 어린이 잠옷은 보이지 않고 대신 두 여자의 벗은 어깨와 팔이 드러난다. 샤를로테의 눈은 반쯤 감겨 있고, 침대보는 이제 진홍색 물결이다. 이 장면의 극대화된 솔직함은 자신을 설명해주는 텍스트가 없다. 이름이 징해지지 않은 채 남겨진 모든 것은 완벽하게 존재하는 게 아니다.

다베를론과 폴린카의 관계 역시 명확하지 않다. 여전히 예측과 추측의 영역으로 남아 있다. 텍스트와 서술자에게는 샤를로테를 포함한 이들 세 사람의 관계를 삼각형으로 제시하는 게 매우 중요하다. 여기서 세번째 축을 이루는 샤를로테는 어른과 동등한 경쟁자 구도를 형성한다. 폴린카 빔밤에게 완벽한 노래를 만들어주겠노라 약속한 노래 선생은 자기 가수와 사랑에 빠지지 않을 길이 없다. 징슈필의 세계에서 그녀는 무심하고 냉정한 다른 모든 신처럼 거부할 수 없이 매혹적이며, 그의 열정은 그녀를 날게 하는 연료이기 때문이다. 그는 또한 어린 소녀와 그녀의 그림에 충분한 관심을 기울이고 아이와 함께 걷고 대화하는 시간을 가지는 등 낭만적인 관계를 유지하는데, 이는 샤를로테에게 전혀 놀라운 일이 아닌 것 같다. 그녀는 오히려 깊은 고마움을 느낀다. 그는 책을 쓰고, 그녀는 그것을 그림으로 설명한다. 그들의 관계는 그 안에서 자연스럽게 발전하며, 이는 그녀의 존재를 의미 있게 만든다. 그녀는 그의 이론을 기억하고 그것으로 살아간다. 죽음을 경험하지 않고는 삶을 시작할 수 없다는(그리고 자기 자신을 벗어나야 할' 필요성과 인간이 '나'를 남기기 위해 만든 장치로서의 영화에 대한) 그의 말은 『삶? 아니면 연극?』의 거대한 몸을 지탱하는 뼈대가 된다. 기차역 카페(다른 곳은 유대인들의 출입이 금지됨)와 공원 벤치(또한 금지됨, 그러나 위험을 무릅씀)에서의 그들의 만남은 다베를론의 소박한 설교로 테두리를 두른 그의 얼굴 수백 장과 함께 본문 중앙에 배치된다.

이 모든 것은 행진하는 군중, 고함치는 크게 벌린 입, 유대인 상점에서 빼어온 볼펜을 자랑하는 아이들을 배경으로 일어난다. 수정의 밤* 당시 베를린을 묘사한 페이지 중 하나에는 약탈당한 가게의 간판들(콘, 젤리히, 이스라엘과 Co.) 사이로 살로몬과 똑같은 이름의 간판이 또렷이 보인다. 샤를로테는 그때 자신의 지인들이 무슨 일을 당했는지 설명하기 위해 menschlich-jüdischen(인간-유대인)이라는 단어의 조합을 생각해냈다. 그녀는 '인간-유대인'의 영혼을 마치 관찰하고 연구해야 할 어떤 이상한 잡종인 듯 말한다. 그리고 어느 정도는 정말 그랬다.

1936년 유대인 살로몬은 베를린 예술아카데미에 입학했는데 사실 당시 법으로는 불가능한 일이었다. 아마 아카데미가 샤를로테의 평범하지 않은 용기와 끈기에 압도되었기 때문이었다고밖에는 달리 설명할 길이 없다. 아카데미는 나중에 그들의 결정을 설명해야 했고, 이때 그들이 어떻게 대처했는지 주목해볼 가치가 있다. 샤를로테는 아리아인 남학생들의 관심을 불러일으킬 수 없는 무성애자로 해명이 되었고, 그 덕분에 학업을 이어갈 수 있었다. 『삶? 아니면 연극?』에서 샤를

* 1938년 11월 9일 독일에서 나치당원과 여타 독일인들이 독일 전역의 수만 개에 이르는 유대인 가게를 약탈하고 250여 개 유대교 사원에 방화했던 날. 당시 상점의 깨진 유리창 파편들이 반짝거리며 거리를 가득 메웠던 데서 붙은 이름.

로테는 입학 인터뷰에서 오간 대화를 이렇게 적고 있다. "그런데 유대인도 받아주나요?" "당신은 유대인이 아닌 것 같은데요." "당연히 저는 유대인이에요." "뭐, 상관없어요." 샤를로테의 구아슈 그림 몇 점에 등장하는 한 여자 동급생은 그녀를 심드렁하게 떠올린다. 음산한 11월의 하늘처럼 늘 회색 옷만 입고 다니던 아웃사이더였다고.

3년 후 샤를로테는 그녀의 의지와 달리 억지로 프랑스의 할아버지와 할머니에게 보내진다. 그녀의 조부모는 생활이 점점 궁핍해졌지만, 평소와 다름없이 일상을 유지하기 위해 노력했다. 1969년에 출간된 『삶? 아니면 연극?』에서 그녀는 다베를론에게 작별을 고하는 사진(클림트에게 보내는 또 다른 침묵의 포옹)에 '환상'이라는 제목을 붙였다. 폴라 린드버그는 죽기 전까지도 징슈필에 구현된 삼각관계가 십대의 머리에서 나온 허구의 이야기이며 그런 일은 결코 없었다고 주장했다. 다음 페이지의 이미지들에서는 기차역에서의 흔한 이별 장면, 작센하우젠수용소*에서 이제 막 풀려난 구부정한 아버지, 모피 코트를 입은 계모, 다베를론의 둥근 안경을 볼 수 있다.

*

살로몬 작품의 감성적인 본질은 작품을 일종의 사랑 이야기로, 서정적인 서사로 보고자 하는 독자의 욕망을 부추긴다. 이 장르는 영어로 romance(로맨스)라는 강력한 단어로 불리며, '로맨스'는 서사의 대체할 수 없는 핵심과 본질일 뿐만 아니라 무엇보다 중요한 사랑에 관한

* 1936년 처음 세워진 뒤 유대인뿐만 아니라 전쟁 반대론자, 반나치주의자, 동성애자들을 수용했다.

관심을 단어 자체에 담고 있다. 이 단어는 프로이트의 중요한 저서, 1909년의 짧은 논문 「Familienroman der Neurotiker」에 등장하는데, 고전적인 영어 번역으로는 'Family romances(가족 로맨스)'이다. 이 논문에서 프로이트는 아이가, 그토록 특별한 자신이 어떻게 평범한 부모에게서 태어날 수 있는지 의심하기 시작하면서 첩자, 귀족, 자신과 비슷한 모습의 어떤 신성한 존재 등 새로운 부모를 창조해내는 발달의 특정 단계를 거친다고 묘사한다. 아이는 자신을 불운한 상황, 납치, 끔찍한 기만의 희생자라고 생각한다. 자신이 현실주의 연극의 요새에 강제로 집어넣어진 낭만적인 영웅이라고 믿는다. 파스테르나크는 이를 일반적인, 누구나 겪을 수밖에 없는 경험으로 이해하면서 자신의 초기 시에서 "엄마는 엄마가 아닌 것 같고, 당신은 당신이 아닌 것 같고, 집은 남의 집인 것 같다"라고 표현한다.

자살 충동에 사로잡힌 천사들, 요정의 대모를 닮은 계모, 그리고 마법 선생님이 등장하는 징슈필의 줄거리는 그런 로맨스와 깜박 속아넘어갈 정도로 흡사하다. 그래서인지 나 자신조차 이 단어를 마치 '사랑과 미움'을 다루는 책인 양 착각할 때가 있다. 물론 잘못된 생각이다. 『삶? 아니면 연극?』에서 신데렐라나 백설공주와 같은 의로운 의붓딸보다 더 거리가 먼 주제도 없다. 이 텍스트는 서사시의 구조와 전모를 갖추고 있다. 그것은 사라져가는 세계에 대한 추모다. 샤를로테 살로몬은 의식적으로 그리고 일관되게 그녀가 알았던 유일한 계급, 자기 계급의 붕괴와 죽음을 이야기한다. 세련된 취향, 사치스러운 습관, 실증주의적 교훈(딸의 자살 후 샤를로테의 사악한 할아버지는 인생은 계속되어야 한다고 말한다. 1939년, 어둠의 그림자가 더욱 짙어지자 그는 이 상황을 피할 길은 없다고 선언하면서 자연스러운 건 모두 거룩하다고 거듭해 말한다)의 삶을 영위하던, 개화하고 고상한 유대인 부르주아 계급은 몇 년 만에 호기심의 대상으로 전락한다. 그들은 이제 관성의 힘으로 살다가 자기 의지로 죽어가는 유물, 과거의 사람들이 되었다. 저녁 식탁에서 이 모든 걸 지켜본 샤를로테 살로몬은 몰락과 무지한 오해, 존엄성을 지키기 위한 가련한 시도가 이어지는 이 시대의 연대기 작가가 되었다.

증오에 사로잡힌 샤를로테의 할아버지는 자신도 모르게 손녀에게 예술가로서의 새로운 삶의 기회가 되는, 다소 우울하지만 믿을 수 없는 선물을 주었다. 어느 순간 할아버지는 자기 손녀에게 그녀는 전혀 몰랐던 가족사를 적나라하게 모두 쏟아냈다. 연달아 일어난 여덟 번의 자살 사건은 마치 '다음 차례는 너야'라고 말하는 초대장처럼 느껴졌다. 충격적이었지만, 무슨 일이 일어났는지에 대한 앎은 일단 한 번 모습을 드러내자 정반대의 결과를 낳았다. 구아슈 중 하나에서 샤를로테는 부엌 냄비 위로 몸을 굽힌 채 스스로 이렇게 말한다. "삶이란 얼마나 멋진가! 나는 삶을 믿어! 나는 그들 모두를 위해 살 거야!"

그렇게 『삶? 아니면 연극?』의 거대한 체계는 예기치 못한 폭로의 지점에서 펼쳐지기 시작한다. 구세계와의 연결이 끊긴 사람이 외부에서 바라본 가족의 역사가.

"내 삶은 할머니가 자살을 결심했을 때 시작됐다…… 내 어머니 역시 스스로 목숨을 끊었다는 사실을 알았을 때…… 마치 온 세상이 깊고 깊은 공포와 심연 속에서 바로 내 앞에 펼쳐지는 것 같았다. (……) 할머니와 함께 할머니의 세상이 끝나고 피가 흐르는 시신 앞에 나 홀로 섰을 때, 할머니의 조그만 두 발이 여전히 반사적으로 버둥거리며 공중에서 움직이는 것을 보았을 때…… 내가 할머니에게 하얀 시트를 덮어주자 '결국 하고야 말았군'이라고 내뱉는 할아버지의 말을 들었을 때, 나는 나에게 임무가 주어졌으며 세상의 어떤 힘도 나를 막아 세울 수 없음을 깨달았다."

*

언젠가 암스테르담의 유대인역사박물관 관장이 『삶? 아니면 연극?』에 대해 언급한 적이 있다. 이 작품과 비교할 작품이 없다는 것, 전 세계 회화 예술에서 이와 유사한 작품은 단 하나도 없다는 것이다. 그 외로움은 작품이 포착해낸 역사에 대한 거대한 관심의 물결과 묘하게 일치한다. 작가는 작가 자신이 한 행동 때문이 아니라 사람들이 그녀에게 한 행동 때문에 집단적 고통의 또 다른 아이콘, 중요한 인물, 할리우드 영화의 시놉시스가 된다.

징슈필 그 자체, 그 복잡함과 경이로움이 마치 창작자 자신의 역사와는 아무런 관련이 없는 듯 말하고 싶지만, 어떻게 해도 그건 불가능하다. 아무래도 다양한 종류의 필터를 찾아내서 좀더 쉽게 읽도록 해놓고는 나중에는 짜증을 내며 그 필터를 옆으로 치워버리고 싶게 만드는 뭔가가 작품 자체의 본질에 존재하는 것 같다. 아니, 이건 자서전이 아니다. 아무리 그래 보일지라도 말이다. 그리고 우리가 목격한 건 자가 치료의 훈련도 아니고 트라우마를 극복하기 위한 시도도 아니다(샤를로테 자신은 이 작업이 목적이 아니라 수단이라고 거듭 말하지만). 이것은 심지어 반나치주의 텍스트도 아니다. 『삶? 아니면 연극?』 속의 나치는 일반적인 행동에서 다른 등장인물보다 더 우스꽝스럽다거나 무섭지 않다. "나는 그들 한 사람 한 사람이었다"라고 작가는 말한다.

물론 이것도 사실이 아니다. 이름이 붙은 것, 붙지 않은 것, 모두 작품에 존재한다. 트라우마에 대한 텍스트도, '여성 광학'이라고 부를 수 있는 요소도, 재앙의 징조도, 유치한 마법 같은 생각도, 당신이 그렇다고 보면 그런 것이다. 이처럼 다양한 해석은 모두 그 자체로 합리적이고 다당하다. 여기서 훼방꾼은 징슈필의 규모와 그 수용 사이의 불일치이다. 남성 예술계의 기록보관소를 뒤지다가 『잃어버린 시간을 찾아서』를 해석하는 텍스트 전체 모음이 프루스트와 유대인, 프루스트와 동성애, 프루스트와 결핵과 같은 프루스트의 전기로 귀결된다고 상상해보라. 샤를로테 살로몬이 구상하고 만든 작품은 그 자신의 반영들보다 훨씬 많다.

나는 자꾸 치밀한 구성과 연극적 틀을 가진 살로몬의 징슈필을 하나의 문학으로 이야기하고 싶은 마음이 든다. 나는 계속해서 텍스트, 책, 읽기라는 단어들을 사용한다. 아마도 그건 징슈필의 굴곡진 공간이 19세기 고전 소설의 윤곽과 일치하기 때문일 것이다. 그녀의 할머니와 할아버지가 읽었을 법한, 그리고 프루스트, 토마스 만, 무질이 그 전통을 계승한 고전 소설. 하지만 내가 틀렸다. 내가 아는 한 이 작품에는 음악과 시각예술에 대한 암시나 직접적인 인용은 수십 개나 되지만 문학이나 작가에 대한 언급은 단 하나도 없다. 하지만 어른들의 대화와 함께 숨쉬는 공기처럼 눈에 보이지 않지만 느낄 수는 있다. 카레닌*이나 돔베이**의 여동생 격인 오페레타는 '사라져가는 세계'의

---

* 톨스토이의 소설 『안나 카레니나』에서 안나의 남편.

주요 주제라는 불변의 동일한 관심사에 사로잡혀 있다. 샤를로테 살로몬은 부르주아 가족제도를 해부하고, 그 고문실, 즉 압박과 배제의 메커니즘을 자세히 묘사한다. 그녀의 관찰 대상이 그녀 자신의 역사이기 때문에 텍스트 속에 숨은 모델을 찾아내기란 더 어렵다. 모든 게 징후이자 평결인 19세기 소설이 분명 모델일 텐데 말이다.

세계 질서와 싸움을 시작한 살로몬은 운이 다한 이 질서가 그녀의 도전에 응수할 깜냥조차 안 된다는 사실에 분노한다. 구질서는 자기기만에 빠져 지푸라기를 붙잡고 겨우 지탱하고 있는 것 같았다. 죽어가는 세기의 병상에 앉아 그녀는 그것을 사랑해야 할지 증오해야 할지, 구원해야 할지 숨통을 끊어버려야 할지, 스스로 확신하지 못한다. 결국 그녀는 포기하고, 저주하고, 질서의 끔찍한 비밀을 모두 폭로하기로 결심한다. 『삶? 아니면 연극?』을 그 당시 유행하던 만화나 오늘날 그래픽 소설과 비교해볼 수도 있지만 이 역시 적확한 시도는 아니다. 만화와 그래픽 소설의 이미지는 시간 순서에 따른 장면 배열과 전체적인 연결 체계 그리고 각 장면 사이의 경계로 이루어진다. 사건의 전환을 알리는 이 경계선은 일련의 이미지를 통해 경로를 표시하고, 독자가 잘못 이해하거나 초점을 잃는 일 없이 장면에서 장면으로 이동하도록 돕는다.

살로몬의 작품에서는 모든 경계가 허물어지고 매 페이지를 무한정 볼 수 있다. 게다가 모든 사건이 숫자 8이나 뫼비우스띠처럼 동시에 일어난다. 동일한 한 인물이 일련의 동작을 취하는데, 하나의 동작은 다음에 이어지는 동작과 그다지 다르지 않다. 마치 작가가 그 인물

** 찰스 디킨스의 『돔베이와 아들』의 주인공.

이 취하는 동작의 모든 단계를 영원히 보존하려는 것처럼. 우리는 하나의 움직임이 다음 움직임으로 넘어가는 사이, 어느 정도의 시간이 흘렀는지 짐작만 할 따름이다. 아마도 이렇게 저렇게 해서 몇 분 혹은 몇 달일 수도 있다. 한 작품에 공존하는 여러 개의 시간 층은 징슈필의 시간을 그 어떤 것과도 다른 특별한 존재로 만든다. 어쩌면 독자의 호흡이 템포와 리듬을 결정하는 시의 반복되는 시간과 닮았는지도 모른다. 샤를로테가 묘사하는 것—절대적인 과거와 그 광채의 캡슐—은 너무도 멀리 떨어진 곳에 있어서 그 안의 모든 것이 가까운 과거와 먼 과거에서 동시에 일어난다. 입에서 채 다 떨어지지도 않은 구절이 처음부터 다시 시작된다.

거기는 매우 비좁다. 이곳, 이 세상도. 친숙한 사람들, 이름 없는 사람들이 모두 뱅글뱅글 소용돌이치며 계속 많아진다. 마치 기차역이나 여름 해변에 있는 것처럼. 여기서 시간의 척도는 매우 명확하게 제시된다. 반복성, 단조로움, 그리고 몸과 몸짓과 대화로 가득찬 투명한 자루. 이 모든 공간은 빨강, 파랑, 노랑 그리고 이들이 함께 조화를 이룬, 눈을 뗄 수 없게 하는 강렬한 색상으로 가득차 있다. 살로몬의 세계에서 각 색의 기능은 그리젤다 폴록*이 자세히 설명한다. 모든 등장인물에게 음악 문구뿐만 아니라 색상 코드도 부여된다. "어머니는 파란색, 황금 목소리를 가진 여인 디바는 노란색, (……) 오르페우스처럼 죽음을 지나 지옥에서 다시 돌아와 삶을 살아가는 방법을 설파한 입담 좋고 환상적이며 상상력까지 풍부한 미친 예언자는 빨간색. 빨간색과 노란색의 혼합은 죽음과 광기의 위협을 의미하기도 한

* 캐나다 출신 미술사학자이자 문화 분석가.

다……" 하지만 이 작품의 힘은 그 어떤 해석에도 저항할 수 있는 능력, 특히 작품 속 주인공의 이론을 마치 신성한 텍스트라도 되는 양 인용하는 서술자 자신의 해석에 저항하는 능력에 있다. 몇 페이지 뒤에서 이 주인공은 어두운 복도에서 그녀를 벽으로 밀어붙이며 이렇게 말한다. "얘야, 목이 정말 예쁘구나! 네 어머니 집에 오시려면 아직 멀었지?"

해석에 저항하는 능력은 그려진 텍스트와 말하는 그림의 주요 과제 중 하나였음이 분명하다. 판단력에 대한 거부. 여기서 모든 관점은 외부의 입장으로 이해된다. 일어나는 모든 사건에는 어떤 동기도 설명도 없다. 따라서 관찰자의 냉담하고 악의적인 반응과 마주할 수밖에 없다. 만약 샤를로테가 정말로 자기 작품에 마법의 능력을 부여했다면, 그녀는 실수하지 않았다. 그녀는 과거를 방에 가두는 데 성공했고, 우리는 여전히 쉼 없이 방안을 서성이며 벽을 두드려대는 과거의 소리를 듣는다.

독일어 단어 Erinnerung(기억)은 러시아인의 귀에 긴 울림을 남긴다. 복수심에 불타는 여신 에리니에스의 비행. 에리니에스는 죄인을 기억하고 그가 도망가 숨는 곳이면 그곳이 어디든 세상 끝까지 추적한다. 기억의 길이, 그리고 그것을 피하려는 자들을 따라잡는 기억의 능력은 우리가 돌아서서 기억과 정면으로 마주할 수 있는지, 그 여부에 직접적으로 달렸다. 이것이 바로 '스스로 목숨을 끊을 것인가 아니면 뭔가 완전히 미친 짓을 할 것인가'의 선택을 앞에 두고 『삶? 아니면 연극?』의 주인공이 내린 결정이다. 즉, 그녀가 알고 있는 모든 사람이 되어 산 자와 죽은 자의 목소리로 말하는 것. 이 지점에서 그녀와 작가 사이에 더이상의 경계는 없다.

스테파노프네, 1980, 1982, 1983, 1985

1.

나의 할아버지 콜랴 스테파노프에게 조카가 보낸 편지. 보낸 날짜는 없지만 1980년 6월임이 분명하다. 1980년 5월, 자그마한 체구에 동그랗고 큰 눈을 가진 할머니 도라 잘마노브나 스테파노바(결혼 전 성은 악셀로드)가 돌아가셨다. 할머니와 콜랴 할아버지는 동갑내기로, 두 사람 모두 1906년에 출생했다. 할아버지가 할머니보다 5년 더 살았다.

할아버지의 사랑하는 누이 마샤의 딸, 갈리나는 칼리닌 주 우샤코보 마을에서 자기 어머니 집 바로 옆에 살았다. 그때까지 남매는 서로 편지를 많이, 그리고 자주 주고받는 게 일상이었다. 하지만 그해 여름 할아버지는 오랫동안 여동생과 연락을 끊고 침묵을 지켰다.

안녕하세요, 친애하는 콜랴 삼촌.

삼촌 편지는 잘 받았어요. 삼촌이 엄마에게 보낸 편지를 보고 도라 외숙모가 돌아가셨다는 사실을 알게 되었어요. 정말 생각지도 못한 소식이었어요. 희망 가득한 편지를 받은 게 엊그제인데, 갑자기 이런 비보를 듣게 되다니요. 편지가 너무 늦게 도착한데다 삼촌이 이런 소식을 편지로 알려오신 게 이해가 안 돼서 엄마와 저는 서운하고 화도 많이 났답니다. 우리는 가족이잖아요. 우리는 도라 숙모와 오랜 세월 가깝게 지냈고 숙모의 마지막 가시는 길을 기독교식으로 해드리고 싶었어요. 도라 숙모가 돌아가셨다니, 정말 믿어지지 않아요. 비록 오랫동안 숙모를 뵙지 못했지만 활기에 넘치고, 부지런하고, 주변을 돌보던 숙모 모습이 생생하기만 해요. 콜랴 삼촌, 삼촌 편지를 받자마자 답장을 썼었어요. 하지만 바로 찢어버렸죠. 저는 위로를 잘 못하거든요. 이런 일은 어떤 위로의 말도 공허하고 무의미하게 느껴져서요. 이제 영원히 외숙모를 볼 수 없다고 생각하니 죽을 것처럼 마음이 아파요. 저는 '죽음'이라는 단어를 1948년에 처음, 아주 가까이서 접했지요. 막연하지만 사람이 죽을 수 있다는 것, 사람들이 늙어서 죽고, 전쟁터에서 죽임을 당한다는 것을 알게 됐어요.

하지만 열여덟인 언니, 저와 피를 나누고 그토록 살갑고 따뜻한 내 언니가 갑자기 세상을 떠났을 때 저는 이를 도저히 받아들일 수 없었어요. 마을을 달려 덤불숲으로 뛰어들었고 거기서 땅바닥을 긁으며 울고 또 울었지요. 언니 류샤를 다시 살려주십사 하느님께 간절히 기도했어요. 언니의 이름을 소리 내 부르진 않았지만 언니는 밤낮으로 제 눈앞에 나타났어요. 밤마다 아무도 듣지 못하게 숨죽여 울었고, 그렇게 울다 지쳐 서럽게 잠이 들곤 했고요. 저는 부끄럼 많고 내성적인 아이였는데, 그후로 더 제 안으로 움츠러들었고, 그런 저를 아버지만 이해해주셨던 것 같아요. 하지만 아버지와 저는 서로 고통을 나누지 않았고 각자 짐을 짊어졌어요. 저는 고통스럽고 괴로웠어요. 이런 느낌을 어떻게 표현해야 할지 모르겠지만, 왜 내가 아니라 언니가 죽어야 했는지 수치심 같은 게 뜨겁게 올라왔지요. 그리고 몇 번이나 죽어야겠다는 끔찍하고 아이답지 않은 생각이 어린 제 머릿속을 맴돌았고, 실제로 거의 실행에 옮길 뻔도 했는데, 갑자기 아버지와 어머니가 가엾다는 마음이 들더라고요. 우리 가족이 함께 애도하고 함께 울었더라면 아마 더 견디기 쉬웠을 거예요. 하지만 우리는 각자 숨어서 그 지옥 같은 고통과 눈물, 그리움, 울부짖음을 가슴속에 꾹꾹 눌러 담고 있었지요. 그리고 1960년, 1963년, 1966년. 돌이킬 수 없는, 이성으로는 도저히 받아들일 수 없는 상실. 콜랴 삼촌, 저는 삼촌을 어떻게 위로해드려야 할지 모르겠어요. 다만 저 역시 그런 상실의 대가가 어떤 것인지 잘 알기에, 또 어떤 말도 위로가 될 수 없음을 알기에 이렇게 편지만 드릴 뿐이에요. 저는 삼촌과 함께 슬퍼하고 삼촌의 아픔을 이해한답니다.

소중한 사람들은 우리가 살아 있는 한 우리의 마음과 기억 속에 영원히 살아 있을 거예요. 하지만 쓰라림, 상실의 아픔도 함께할 테지요. 저희 집에 한번 다녀가세요. 사람들과 어울리다보면 조금은 마음의 쉼을 찾으실 수 있을 거예요. 꼭 오세요.

사랑을 전하며, 갈리나

2.

할아버지가 조카 갈리나에게. 쓰다 만 편지. 1980년 6월. 쉰 살의 갈카 고모는 자신만의 방식으로 슬픔을 겪어내고 있었다. 타인에 대한 평가와 요구에 몹시 까다로웠던 할아버지는 고모와 사이가 좋지 않았고 몇 달이 지나서야 서로 원만하게 지낼 방법을 찾을 수 있었다.

갈리나, 1948년에 처음 죽음과 맞닥뜨렸다고 썼더구나. 내 기억이 틀리지 않았다면 류샤가 죽었을 때였겠지…… 도라와 나는 1980년 5월까지는 다행히 죽음과는 거리가 멀었단다. 어쩌다 일이 그렇게 되었는지 기억하고 있지만, 자세한 얘기는 하지 않으마. 그래, 마샤 가족은 지난 30여 년 동안 몇 번의 장례식을 치렀지. 아니, 몇 번씩은 아니었었나. 아무튼 한 세 번은 되었던 것 같다. 적어도 내가 알기로는 그렇단다. 그래! 참으로 힘든 상실이었지. 우리는 운 좋게도 그런 일은 한 번도 겪지 않았지만. 올해까지 우리는 모두 살아 있었다. 모두 제자리에 있었지. 그래서 그 상실이 더 힘들고 더 고통스러웠다. 도라가 우리를 떠나고 벌써 스물하고도 3일이 이 봄 햇살 속에서 지났다. 나는 여전히 도라의 죽음을 받아들일 수가 없구나. 상상해봐. 나는 건강하지만, 일주일에 5일을 아침부터 저녁 7시까지 아무도 없는 아파트에서 어찌할 바를 모르고 서성이지. 예전에는 내가 어디에 있든 무얼 하든 결국 돌아갈 곳은 당연히 집이었고, 또 집에서 나를 기다리는 사람이 있었기에 서둘러 집으로 발걸음을 재촉했었지. 그런데 이젠 더이상 서두르지 않아. 어차피 집에 가봐야 아무도 없으니까. 힘들구나, 갈리나, 너무 힘들어서 어떻게 표현할 수가 없다. 그리고 말이다, 나도 너와 같은 느낌이란다…… 왜 내가 아니라, 네 숙모가 떠났을까. 네 숙모는 엄마였고, 할머니였고, 나보다는 숙모가 남은 아이들에게 더 필요한데 말이다. 내가 아무리 원해도 나는 네 숙모를 대신할 수 없어. 모든 면에서.

하지만 이런 감정, 이런 마음에도 불구하고 살아야만 하지. 그리고 한 가지 더 중요한 사실은 도라 숙모가 살아 있을 때 나와 갈카의 사이가 그리 좋지만은 않았다는 거다. 나는 엄마에게 왜 그리 무심하냐고 여러 번 갈카에게 주의를 주었단다. 엄마를 거들어 집안일도 좀 하고 부엌일도 하면 좀 좋으냐고 말이다…… 물론 내 잔소리는 갈카와 내 관계에 영향을 미칠 수밖에 없었지. 갈카는 까다로운 성격에 내성적이었지만 제 동생과는 어렸을 때부터 사이가 아주 좋았다. 나는 갈카가 제 엄마를 거들지 않는 걸 이해하지 못했지만, 숙모는 갈카가 직장 일도 힘들고 지하철 타고 장시간 출퇴근하는 동안 지칠 거라며 갈카를 감쌌고 집안일을 혼자서 다 하곤 했지. 그리고 이제 갈카와 나는 아주 서먹한 사이가 되고 말았다.

한번은 숙모를 만나러 병원에 갔는데 숙모가 자기가 떠난 후 내가 해줬으면 하는 걸 솔직하게 털어놓더구나. 대놓고 이렇게 말했지. "만약의 경우, 사실 수술 결과가 어떻게 될지 누가 알아요? 그러니 내 부탁을 들어줘요. 갈카를 돌봐줘요. 하나밖에 없는 딸이잖아요. 내성적이라 먼저 당신에게 다가오지 않을 거예요. 당신이 먼저 손을 내밀어요. 그러잖아도 힘들게 사는 애니까요." 그리고 내가 지금 무슨 소리냐, 다 잘될 거고 당신은 곧 집으로 돌아갈 거라고 하자…… 숙모는 수술 결과가 어떻게 될지는 모르지만 자기 마지막 소원을 말했다고 하더구나.

3.

날짜는 적혀 있지 않지만 편지 내용을 보면 1982년 7월임을 알 수 있다. 아버지와 나는 여행중으로 어딘가 호수 근처에 머물고 있었고, 갈카 고모는 요양원에 있었다. 종이 클립으로 끼운 구겨진 종잇조각 두 장에 할아버지의 또렷한 필체로 '일기의 한 페이지'라고 적혀 있다. 나중에 밝혀지겠지만 내 어머니에 관한 내용이다.

나는 책임감이 강한 사람답게 누구보다 소중한 사람이 우리 집을 방문할 것을 예상하고 새벽 4시까지 최선을 다해 아파트를 깔끔하게 청소하고 정돈했다. 그 일은 오늘도 계속됐다. 그래서 내가 집안일에 대한 풍부한 경험과 기술을 가진 여자가 아닌, 남자임에도 불구하고 얼굴 붉히는 일 없이 귀한 손님을 맞을 수 있게 되었다. 시간도 많이 들고, 기운도 많이 뺐지만, 나는 그만한 가치가 있다고 확신했고 손님을 우리 집에 들이는 게 부끄럽지 않았다.

모든 준비는 끝났다. 하지만…… 공연한 짓이었다.

그 아이는 나타나지 않았다.

그렇게 기다렸건만. 아침부터 이리저리 뛰어다니고, 최상의 환경에서 기분 좋은 만남이 되도록 그토록 애썼건만……

월요일은 마음대로 시간을 뺄 수 있는 날이라고 말해놓고는

……오지 않았다.

그 아이는 분명 혁명가 『등에』*를 사랑하는 여자와 소설에서 여자의 친한 친구로 등장하는 의사 사이의 서로를 지지하는 그런 성

* 아일랜드 출신의 영국 작가 에설 릴리언 보이니치의 소설.

숙한 관계를 인정하지 않을 게 분명하다…… 의사는 여자를 사랑하고 돌봐주었지만 어떤 대가도 요구하지 않았다. 여자는 그것을 알았고, 그에게 친구이자 동지가 되어주었고…… 진심으로 고마워했다.

4.

콜랴 스테파노프가 나타샤 스테파노바에게.

할아버지는 1983년 6월 우리가 휴가를 보내고 있던 크림의 휴양지 미쇼르로 어머니에게 편지를 썼다. 하지만 할아버지는 편지를 보내지 않으셨을 가능성이 높다. 이 편지는 초안인데, 어머니의 문서를 뒤져보았으나 깨끗한 사본은 찾을 수 없었다.

1983년 6월 5일, 모스크바.

내 마음속의 아리따운 '남국의 숙녀들' 나타샤와 마샤!

잘들 지내고 있겠지! 어젯밤 '남국의 숙녀들'께서 보낸 편지, 정말 고맙게 잘 받았다. 고맙구나. 너희들 편지를 받고 안도의 한숨을 크게 내쉬었다. 믿어주렴. 그리고 내 마음 깊은 곳에 똬리를 틀고 있던 무거움과 불안을 너희의 다정하고 따뜻한 손길이 깨끗이 없애버렸다…… 다시 젊어진 기분마저 드는구나. 사랑하는 나타샤, '심각한' 내 마음의 병을 치유해줘서 고맙고 또 고맙다. 만약 내가 하느님을 믿는 사람이었다면 "너희와 너희가 사랑하는 모든 사람에게 하느님의 크나큰 축복이 함께하길"이라고 말했을 거다. 고맙다, 정말 고마워.

크림의 자연 풍경, 바다…… 옛날에 도라와 내가 그곳에서 휴가를 보냈던 일이 아직도 기억에 생생하구나. 지금 너희들과 달리 우리는 그때 우크라이나 여자 소유의 깨끗하고 예쁜 작은 집에 머물렀단다. 집주인은 아주 깔끔하고 친절하고 상냥했지. 그건 아주 오래전, 두 젊은이 앞에 모든 가능성이 펼쳐져 있던, 우리의 소중한 젊은 시절이었다. 그때 우리는 자유롭고 아무것도 얽매일 게 없었다. 그리고 그 시절은 훨씬 단순했지. 우리 자신은 콤소몰* 당원인데다 아이도 없지, 큰 걱정거리도 없지, 그야말로 인생의 어려움이라곤 전혀 몰랐다. 우리는 이제 막 가족이라는 새로운 삶을 시작한 참이었으니까. 그리고 바로 어제 크림에서 날아온 네 작은 엽서 한 장이 내 기억을 일깨웠지. 네 편지는 내게 기운을 북돋워주었고 추억이 되살아나 오랫동안 잠들지 못했단다. 나는 과거로, 도라와 함께한 우리의 젊은 날로 돌아갔어. 사랑하는 우리 나타샤, 거기, 그 멋진 자연에 둘러싸인 남쪽에 네가 머물고 있다는 사실은 물론, 세상 어딘가, 세계의 위대한 도시 중 한곳에 콜랴라는 사람이, 다른 말로는 '콜랴 할아버지'가 존재한다는 사실을 잊지 않았음에 네게 정말 감사하단다. 그리고 너의 솔직함과 따뜻함을 높이 평가한다는 말을 덧붙이고 싶구나. 네가 이 세상에 존재해서, 네가 우리 첫 손녀딸의 엄마라서 감사하다(도라도 나의 말에 동의하리라 확신한다). 사람들은 블라디미르 일리치 레닌을 두고 '진실만큼이나 단순하다'고들 했는데,' 나는 이 단순함이야말로 인간이 갖춰야 할 미덕 중 하나라고 생각한다.

내가 편지 서두에 쓴 말은 모두 진실이다. 나는 아주 평범한 러시

---

* 옛 소련의 청년공산당으로, 사회주의 정치교육을 위해 조직된 단체.

아인이지만 몇 가지 특성이 있단다. 그건 내가 단순하고 그다지 까다롭지 않은 성격이라는 점과 생각이 맞는 사람을 만나면 금세 마음을 열고 그 사람을 절대적으로 신뢰한다는 점이란다. 그래서 나는 네 엽서가, 그 길지 않은 몇 마디가 기뻤고, 또 너의 다정다감함이 나를 배반하지 않았다는 사실이 기뻤다. 우리가 사는 이 시대에는 믿고 의지할 수 있는 사람이 많지 않지. 그런데 너는 내게 그런 사람이라서 행복하구나. 돌이켜 생각하면, 나는 단순하고 진실하며 진지한 아가씨들이나 여자들과 마음이 잘 맞았던 것 같다. 함께 즐겁게 웃을 수 있으면서도 진지한 이야기나 업무상 이야기도 나눌 수 있는 그런 여자들 말이다. 그들은 내가 그들을 신뢰할 수 있다고, 더 중요한 건 그들을 존중할 수 있다고 느끼게 해주었단다. 유감스럽게도 요즘은 얼굴을 붉힐 줄도 부끄러운 줄도 모르는 무분별한 남녀 젊은이들이 많더구나. 그래, 이만 줄이마. 나타샤! 사랑하는 내 삶의 첫 손주의 엄마.

5.

할아버지가 누이에게 보내는 편지의 초안, 날짜는 없음. 하지만 1984년이나 더 늦게는 1985년인 것 같다. 그때 할아버지는 빠르게 기억을 잃고 우울증이 점점 더 깊어지면서 우리와 멀어져갔다.

모스크바. 16일 일요일. 안녕, 사랑하는 내 동생 마샤! 네게 나의 안부인사와 최고의 축복을 보낸다. 요즘 어떻게 지내니, 사는 건 좀 어때? 컨디션과 건강은? 전직 교사로서 궁금해서 그러는데, 네가 맡은 학생들은 어떠니, 성적들은 좀 올랐어? 무슨 과목을 가르치는

지도 궁금하구나. 그래, 학교에 선생은 몇 명이니, 다들 과거에 무슨 일을 했다더냐. 그리고 학교와 평소 일상에서 전적으로 믿고 의지할 사람은 있고? 그 학교에는 자체 당 조직이 있니, 아니면 공산주의 교사들은 다른 곳에 등록되어 있니? 학교 운영자는 누구지? 당원이 아닌 사람? 아니면 공산주의자? 그리고 너는 학교 운영자와 사이는 어때? 평소 생활이나 학교에서 말이야. 네 얼굴 본 지 너무 오래돼서 미안하고 부끄러워…… 네가 살아 있고 바쁘게 지내는 모습이 상상이 안 되는구나. 전직 교사이자 학교 지도자로서 나는 갈등 상황에 관심이 간단다. 그 갈등이 어디에서 비롯되는지도 궁금하고. 그리고 마지막 질문. 학교 선생들끼리 사이는 좋아? 학교 근무는 1교대 아니면 2교대? 아, 참! 교사가 몇 명인지, 남교사와 여교사 중 어느 쪽이 더 많은지도 묻고 싶었어. 그리고 정말 중요한 질문. 학교 사람들은 사이가 어떠니? 서로 잘들 지내? 학교 운영진과는?

그리고 개인적으로 너한테 마지막 질문이 있는데, 왜 학년이 시작되고는 이 오빠에게 편지 한번 안 했니? 그 이유를 오랫동안 고민했지만, 답을 찾지 못했다. 어머니 돌아가시고는 우리 가족 중에 정말 편지 쓸 만한 사람이 아무도 없었던 거야? 설마 우리가 모두 미덥지 않았던 거니?

7장
야곱의 목소리, 에서*의 사진

과거의 물건과 개념을 신중히 분류하다보면 어떤 것이 오래 입은 옷처럼 여전히 착용하기에 적합한지, 어떤 것이 세탁을 잘못한 스웨터처럼 확 줄어들고 변색이 되었는지 즉시 알 수 있다. 박물관의 기사 갑옷처럼 누렇게 바랜 스웨이드 장갑은 어린 여학생 것 같기도 하고 인형의 것 같기도 하다. 어떤 특정한 억양이나 의견에 속한 것처럼도 보인다. 누런 장갑은 사람이 끼기에는 너무 작다. 쌍안경을 거꾸로 들고 보면 모든 게 개미처럼 또렷하지만, 거리는 무한대만큼 멀다. 제발트가 빈집의 풍경을 묘사한 한 대목이다. 먼지투성이 카펫과 박제된 곰 그리고 "……골프채, 당구 큐와 테니스 라켓, 다들 너무 작아서 아이용이거나 세월이 지나면서 쪼그라든 것 같았다." 때로는 의심할 여지없이 어른으로 자라버린 사람들에게는 과거의 모든 게(번역할 수 없

* 구약성경에서 이삭의 장자로, 에서라는 이름의 뜻은 피부가 붉고 털이 많다는 의미이다.

고, 사용할 수도 없으며, 오늘날의 필요에 반쯤 적합한) 너그럽고 다정하게 대해야 할 아이들의 크기로 인식되기도 한다. 과거의 단순함과 순진함을 과장하는 일은 관례가 되었으며, 이는 수 세기 동안 지속돼 왔다.

한때 호평을 받은 소설 『트릴비』는 살아 있는 존재인 양 부모님의 책장을 차지한 채 여전히 단단한 허리와 빛나는 황금 글자를 자랑했다. 러시아어 판본은 1896년에 급하게 출판되었고, 그 무렵 조르주 듀 모리에의 소설은 미국과 영국에서 전례 없이 수십만 부가 인쇄되어 팔려나갔다. 러시아어 판본에서 그림은 표지가 유일했다. 큼지막한 보병 제복을 허리띠로 졸라매 입은 키 큰 여성이 언덕에 흐트러짐 없는 자세로 서 있다. 여자는 하얀 다리를 맨살 그대로 드러냈고, 앞으로 내민 한 손에는 담배가 들려 있었으며, 머리칼은 어깨까지 늘어뜨렸다. 여자는 어쩐지 젖 짜는 시골 아낙을 떠올리게 했다. 그녀는 어떤 어리석은 행동도 허용하지 않겠다는 속내를 보란 듯이 드러냈고, 이 인상은 책을 읽을 때 더욱 분명해진다.

『트릴비』는 파리의 예술 스튜디오에서 모든 것을 위해 포즈를 취하는 모델 이야기이다. 그녀는 나보코프가 『말하라, 기억이여』에서 묘사한 것처럼 좌욕으로 매일 '몸을 씻는' 이상한 습관이 있는 유쾌한 영국 예술가들과 친해지고 그들 중 한 명과 사랑에 빠지지만, 그가 더 나은 여자와 만날 운명이라고 확신하고는 그를 포기한다. 이 모든 게 너무도 달콤하며 무엇보다 여주인공 자신이, 그녀의 커다란 눈에 담긴 진실함과 그녀의 선율 없는 노래가 사랑스럽다. 선량한 트빌리는 두통으로 힘들어한다. 그녀를 도울 수 있는 유일한 사람은 스벤갈리라는 남자인데, 그는 악당이자 최면술사이며 위대한 음악가 그리고 더러운 유대인이다. 그는 문자 그대로 정말 더러우며 다른 이들의 청결함은 그에게 주체할 수 없는 웃음만 불러일으킬 뿐이다. 그는 뼈마디가 드러난 앙상한 손가락에 "길고 두툼하고 매끈한, 유대인의 매부리코"를 가지고 있다. 그는 "비천하고 비굴하지만, 때에 따라서는 봐줄 수 없을 만큼 뻔뻔해지기도 한다."

20세기 초, 스벤갈리는 그 자체로 하나의 개념이 되었다. 문학작품의 주인공으로서 이름이 아니라 다른 사람에게 신비한 힘을 행사하는 사람을 가리키는 용어이다. 메리엄웹스터 사전은 '스벤갈리'를 '다른 사람을 조종하거나 과도하게 통제하는' 사람이라고 무미건조하게 정의한다. 옥스퍼드 사전은 '불길한'과 '최면술의'라는 단어를 추가해놓았다. 다른 사람을 조종할 수 있는 수수께끼 같은 능력—자신이 원하는 대로 사람을 책상 램프 다루듯 껐다 켰다 함—은 독자들의 호기심을 불러일으켰고, 이 이야기는 금세 잊히는 대신 일련의 각색 과정을 거쳐 영화 시리즈로 살아남았다. 하지만 이 영화들 대부분은 소설과 다른 제목을 가지고 있다. 1920년대 후반부터 이 소설은 자석 같은 힘을 가진 '스벤갈리, 스벤갈리, 스벤갈리'와 구분할 수 없게 되었다.

반유대주의는 새들의 지저귐만큼이나 당연하고 자연스러웠기에 작가도 독자도 그에 대해 굳이 설명하거나 언급할 이유가 없었다. 또한 듀 모리에의 훌륭한 책이 독일을 향한 끊임없는 독설이나 여성의 아름다움에 대한 담론 같은, 또 다른 특징을 가진다는 점도 마찬가지다('보잘것없는 외모'는 용서할 수 없도록 망가진 피를 가진 아이들의 출현으로 이어진다). 아마도 차이점은 스벤갈리에 대한 세간의 평가와 달리 그의 유대인적인 면이 이상하게도 화자 자신을 매료시킨다는 사실이다. 화자는 기름진 머리, 이글거리는 눈, 우스꽝스러운 억양, 천박한 유머, 육체적이고 도덕적인 불결함 등 상당히 표준적인 설명을 골라 하면서 자꾸만 주제를 그에게로 돌린다. 그리고 그의 초인적인 재능은 구레나룻을 늘어뜨리고 위생을 중요하게 여기는 주인공들의 건전한 혐오감마저 잠시나마 누그러뜨린다. "스벤갈리는 거리의 소음과 시끌벅적한 소란까지 음악으로 만들어냈다. 어쩌면 이는 불가능해 보일 수도 있다. 하지만 바로 그 안에 그의 마법이 숨어 있었다."

매혹적이고 기분 좋은 듀 모리에의 소설은 자기만족까지는 아니더라도 작가와 독자를 하나로 묶는 특별한 만족감으로 가득차 있다. "그들에게 삶은 바로 여기, 이 멋진 도시에서, 이 멋진 세기에, 아직은 불안정한 존재인 그들 자신의, 불확실한 미래를 지닌 이 멋진 시대에 특히나 매력적으로 보였다." 소설은 1850년대 후반을 배경으로 전개되며, 여기서도 모든 게 아름다운 시절을 회고하는 숨결로 도금되어 있다. 보들레르를 추종하는 한량들은 "조명 밝은 대로를 따라 산책하고, 아름다운 아스팔트로 포장된 인도의 대리석 탁자에 앉아 커피를 마신다." 그리고 당나귀를 타거나 "아름다운 숲에서 숨바꼭질하기" 같은 고전적인 놀이도 즐긴다. 진보의 샘 역시 굳건히 자리를 지키고 있다. 편견은 조롱당하고 심지어 부도덕한 사랑조차 문명의 아이들에게 연민 어린 존경심을 불러일으킨다. 그래서 스벤갈리가 그들 속에 일깨운 공포와 충격이 이 성취의 전시회에서 그렇게나 이상해 보이는 것이다. 문제는 분명 두 극단(초인적인 능력과 저자가 보기엔 그저 인간에 근접한 존재) 사이의 서로 생채기를 내는 껄끄러운 조합에 있다.

포스트낭만주의 시대에 이 해묵은 조합은 언제 터질지 모르는 주문의 담보이자 위협으로 다시 한번 등장한다. 거리의 쓰레기와 오물에서 태어나 성장하고 어떤 것에도 거침이 없는, 그리고 낯선 이들—

foreign Jews(외국인 유대인), 집시, 영매—의 손에서 살아가는 탁월한 예술적 기교의 원시적 요소들은 자신의 한계를 인식하고 이 인식에 만족해하는 일반적인 규범 및 평범함과 서로 균형을 이룬다. 작지만 항상 흥이 넘치는 파리의 예술 스튜디오는 '보헤미안의 삶의 장면'을 기꺼이 재현한다. 소설의 주인공들이 한 명은 투우사, 다른 한 명은 광부로 낭만주의자와 현실주의자의 역할을 이행하는 것 역시 편안한 즐거움을 준다. 듀 모리에의 소설 속 그림은 썩 괜찮은 모양새를 갖추고 있지만, 음악만은 어떻게든 피해야 한다.

듀 모리에 자신은 수십 년 동안 『펀치』 잡지에 만화를 연재했는데, 그 내용은 주로 현대 미학, 여성해방, 중국에 대한 대중의 열광을 풍자한 내용이었다. 특히 그는 기술 발전의 희극적인 측면에 지대한 관심을 가졌다. 사진작가가 젊은 여성에게 말한다. "조금만 더 즐거운 표정을 지어봐요, 아가씨. 힘들겠지만 아주 잠깐이면 된답니다!" 나이 든 부모는 '전화망원경'*이라 불리는 거대한 플라스마 스크린 앞에 앉아 젊은 세대가 론테니스를 치는 모습을 지켜본다. 한 가정주부가 수십 개의 레버를 능숙하게 조작한다. 하나를 당기면 바이로이트에서 오페라가 전송되고 다른 하나를 돌리면 세인트제임스홀의 음악이 흘러나온다. 150년 후 그 풍자는 그리 흥미롭지 않고, 당시 그들의 고민은 작고 귀여운 장난감(시인 옐레나 시바르츠가 "아, 얼마나 앙증맞은 인형들이고 꼭두각시들인가"라고 썼듯이)처럼 보인다. 하지만 축음기가 발명되고 1년 후인 1878년에 그린 만화 중 하나는 믿을 수 없을 정도로 감동적이다.

* 듀 모리에가 자신의 만화에서 선보인 미래의 기기로, 일종의 보이는 전화.

평상복을 입은 여성과 재킷에 중절모 차림인 남성이 지하 저장고의 포도주들을 열심히 살펴보고 있다. 두 사람은 이미 몇 개의 병을 골랐고 이젠 다른 선반을 꼼꼼히 둘러보는 중이다. 하지만 병 속엔 포도주가 아니라 목소리가 담겨 있다. 듀 모리에의 설명이 늘 그렇듯 이번에도 다음과 같은 긴 설명이 붙어 있다. "전화기에서 소리는 전기로 변환되고, 회로가 연결되면서 전기는 다시 소리로 돌아간다. 존스는 계절 내내 자신이 듣는 모든 아름다운 음악을 전기로 바꾸고, 그것을 병에 담아 다음 겨울 파티 때까지 저장고에 보관한다. 때가 되면 그가 할일은 그저 병을 하나 고른 다음 코르크를 풀고 회로를 내리는 것뿐이다. 자, 이제 즐겨들 보시지요!"

포도주 저장고의 선반에는 루빈스타인, 토스티, 그리고 한 세기 반이 흐르는 동안 뿔뿔이 흩어지고 자취를 감춰버린 그 시대의 색채가 담긴 히트곡들, 우리가 말로만 들었지, 실제로는 결코 그 목소리를 듣지 못할 오페라 스타들이 죽 놓여 있다. 나중에, 즉 20세기 초에 녹음된 아델리나 파티가 비록 그 느낌은 기괴하지만 아마도 우리가 여전히 들을 수 있는 유일한 그 당시 목소리일 것이다. 목소리는 병의 목구멍을 간신히 빠져나오고 1904년의 콜로라투라*는 마치 유령의 간지럼처럼 우리의 등골을 오싹하게 한다. 지하 포도주 저장고의 다른 거주자들은 그런 행운마저도 얻지 못했다. 그나마 유명한 이들은 오래된 사진 속에서 우리를 내려다본다. 화환을 쓰고 빛나는 눈동자를 가진 흑백의 모습으로. 누구인지 두세 명은 이런 명예조차 얻지 못하고 이름만 남겼다. 그녀의 목소리는 축음기로 녹음한 적이 없으며 그녀

* 오페라에서 기교적으로 장식된 선율.

는 "가장 매혹적으로 미국 흑인들의 노래를 불렀다"라는 설명뿐이다. 사망 날짜는 빠져 있다. 때때로 그림은 잔물결로 일렁이고 재미있는 일화가 황금빛으로 반짝인다. 한번은 상트페테르부르크 대학생들이 크리스티나 닐손*이 자기들 몸을 밟고 마차까지 걸어갈 수 있도록 2월의 눈밭에 드러눕는다. 다른 이야기에서 그녀는 죽은 듯 꽁꽁 얼어붙은 숲에서 목표물을 향해 한참 총을 겨누다가 발사한다(그리고 곰은 가죽 깔개처럼 납작하게 뻗어버린다). 또 다른 이야기도 있다. 웨스트포인트 졸업생들은 각자 교복에서 황금색 단추를 잘라낸 뒤 한데 모아 그것으로 황금 꽃다발을 만들고, 이제 이 묵직한 목걸이는 청중을 기리는 기념품으로서 가수의 어깨에 놓인다. 아리아는 점점 절정으로 치닫지만 우리는 단 한 음도 들을 수 없다. 조이스가 위대한 트레벨리라고 부른 트레벨리**는 〈파우스트〉의 지벨 역할을 소화하기 위해 흰색 스타킹, 퍼프소매 그리고 하얀 타조 깃털 등 남성복을 차려입는다. 또 다른 디바는 일요일에 보르시***를 제공하는 런던 레스토랑의 벽에 자신의 이름을 적어놓는다. 하늘색 커튼, 파란색 벽지, 그리고 단골손님의 자필 서명, 모두 유리 조각 아래 영원히 간직된다.

반질반질 매끈한 부모님 장롱 서랍 아래쪽 어딘가에 악보가 쌓여 있었다. 우리 가족 중에 그 악보를 분류할 만큼 음악적 재능을 가진 사람은 아무도 없었다. 1974년, 우리가 새 아파트로 이사를 결정했을 때 70년 동안 포크로프를 지켰던 피아노는 우리의 새로운 삶에 없

* 스웨덴의 소프라노 가수.

** 프랑스의 메조소프라노 가수.

*** 비트를 주재료로 하는 러시아식 수프.

어서는 안 될 필수품 중 하나였다. 스무 명도 너끈히 둘러앉을 수 있는 지네 모양의 식탁, 조각 장식이 들어간 집처럼 거대한 찬장, 흔들의자, 그리고 길게 층을 이뤄 드리운 수정 샹들리에는 옛날 집에 그대로 남았다. 대신 우리의 '악기'는 나의 쥐어짜는 음색과 노래 연습, 옛 프랑스 노래가 스스로 잦아들 때까지 견디며 반쯤 잊힌 친척의 초상화처럼 조용히 벽에 기대어 자리를 지켰다.

또 다른 문제는 오래된 악보였다. 뒤섞인 악보(나로선 별 관심 없는)는 블랙베리 얼룩이 번져 지저분했지만, 다른 이유로 내 흥미를 끌었다. 그건 소련의 일상에서는 상상도 할 수 없는 노래 제목들과 개미집 같은 텍스트였다. 텍스트는 박자에서 박자로, 음절에서 음절로 손가락을 짚어가며 줄거리를 따라가야 했다. "흑인 소년 톰, 아이는 납-작하게 누-워 있다. 그는 알-제-리에서 태-어났다……" 가끔은 삽화도 눈에 띄었다. 나는 『살롱 왈츠: 무도회가 끝나고 난 후 사랑의 꿈』의 표지를 어렴풋이 기억한다. 사교계에 갓 등장한 아가씨의 잠든 머리 위로 무리 지어 나는 아기천사들, 아가씨의 솜털처럼 가볍고 부드러운 무도회 가운, 카펫 위로 드러난 아가씨의 조그만 실내화. 그것은 모두 아주 머나먼 옛날처럼 느껴졌는데, 그건 멀고 먼 시간의 거리 때문만은 아니었다. 당시에 1920년대는 여전히 어제처럼 느껴졌으니 말이다. 아니, 문제는 그때와 지금이 결코 양립할 수 없다는 데 있었다. 우리는 우리만의 친숙한 즐거움이 있었지만, 그건 전혀 다른 텍스트, 다른 노래를 의미했다. 다차로 가는 교외 열차의 나무 좌석, 알칼리와 사워크림 냄새가 나는 시골 식료품점의 시끌벅적한 파란색 계산대. 옆집 철물점에는 크기와 모양이 다른 기름 먹인 못들이 나무상자에 한가득 쌓여 있었다. 시장에서는 검은 귀 토끼와 금박이 희끗희끗

벗겨진 천사 목각인형을 팔았다. 그리고 크바스*를 사려는 사람들 줄이 공중전화부스까지 늘어서 있었다.

내 친척들이 몇 년에 걸쳐 사 모은 악보는 손님이 올 때 가족 모임에서 연주하기 위한, 복잡하지 않은 곡들이었다. 집에서 춤을 추기에 딱 좋은 왈츠, 폭스트롯, 탱고 같은 곡들이 점점 쌓여갔다. 그리고 당신과 내가 조용히 감상할 것을 확신하는 로망스**와 칼만에서 베르틴스키에 이르기까지 다양한 히트곡들. 악보마다 뒷면에 또 다른 곡의 제목들이 서로 바짝 달라붙어 한 줄 한 줄 빼곡하게 적혀 있었다. 한 장에 무려 100개가 넘을 정도로 제목이 많았다. 그제야 알려진 세계의 주변으로 밀려나 지하로 내려간 잃어버린 소리의 부피를 이해하게 된다.

이중 어떤 소리도 재현할 수 없으며, 특히 '집시의 삶'이라는 이 모든 시리즈의 로망스와 노래를 가득 채우던 그 감성은 더더욱 그렇다. 수없이 반복되는 사랑스러운 친구, 별과 석양, 안개 낀 아침과 잿빛 새벽, 종소리-방울소리와 캄캄한 밤, 향기로운 하얀 아카시아와 장미, 라일락이 활짝 피어날 때 스치는 당신의 향기, 끝없이 울리는 '사랑하고 싶어'와 '잊고 싶지 않아'. 수백만 명의 목소리가 이 모든 것을 동시에 노래하고, 웅얼거리고, 재잘대는 것을 지금은 상상하기 어렵다. 아파트와 셋방들에서, 사무실과 다차 베란다에서, 건반 위에서, 축음기판 아래에서 목소리가 울려퍼졌다. 그 목소리는 마치 물뿌리개에서 물이 뿜어져나오듯 열린 창마다 온 러시아를 흠뻑 적실 때까지 쏟아졌다. 그러고는 마르기 시작했고, 땅속으로 스며들어 여전히 팽이처

* 주로 나맥과 엿기름으로 만드는 러시아의 전통음료.

** 낭만주의 시에 곡을 붙인 서정적인 노래 혹은 러시아에서 나타난 집시음악의 한 유형.

럼 윙윙거렸다. 아직은 다른 즐거움에 익숙하지 않던 그 시대의 공기에 녹아든 음악의 양은 엄청났고, 거대한 비구름으로 부풀어올라 당장이라도 비가 쏟아질 것 같았다.

신중한 듀 모리에가 병에 담으라고 제안한 소리는 이미 보존되어 검게 빛나는 축음기판에 도르르 말려 있었다. 녹음 기술이 발달하면서 아델리나 파티는 글린카*의 오페라 아리아와 로망스에 자신의 목소리를 입혔고, 그 바람에 그녀의 겸손한 모창 가수들이 일자리를 잃었다. 카루소**와 샬라핀***은 이제 모든 집의 거실로 성큼성큼 걸어들어왔고 더이상 중재자가 필요치 않았다. 새로운 세기에 사람들은 악보를 보며 노래하는 대신 따라 불렀다. 그들은 멜로디를 악보가 아닌 목소리로, 생생하고 매혹적인 그 원형으로 익혔다. 이제 음악을 연주하는 사람은 줄었고, 듣는 사람이 더 많아졌다. 음악은 알아채지 못하게 서서히 '가정적인 것'으로서의 성격을 잃어갔다. 이는 '가정적인 것'이 덧없는 실체를 드러내며 깃털처럼 가벼워지고 베갯잇 정도의 크기로 접어서 여행가방에 넣어 다닐 수 있는 존재가 된 때와 그 시기를 같이했다. 이제 음악은 다른 많은 것과 마찬가지로 his master's voice(주인의 목소리)****라는 권위에 순종하게 되었다. 사람들은 라디오를 듣기 위해 모여들고, 축음기 레코드를 서로 교환하고, 영화 상영 시작 전에 틀어주는 재즈 녹음을 듣기 위해 영화관으로 달려갔다.

---

* 국민 가극을 완성시킨 러시아의 작곡가.

** 이탈리아의 테너 가수.

*** 러시아의 베이스 가수.

**** 영국 음반사 HMV를 가리킨다.

*

죽은 자들로부터 우리를 떼어놓는 시간의 거리가 늘어날수록 죽은 자들의 흑백 모습은 더욱 아름답고 고귀해진다. 내가 어렸을 때 사람들은 혁명 전 사진을 보며 "정말 멋진 얼굴이야. 지금은 더이상 이런 얼굴을 찾을 수가 없어!"라고 말하곤 했다. 이제 우리는 2차세계대전 때의 군인과 1960년대의 학생 얼굴을 두고 똑같이 말한다. 그리고 이 말은 전적으로 옳다. 그런 얼굴은 더이상 존재하지 않으므로. 우리는 그들이 아니다. 그들도 우리가 아니다. 사진의 교묘함은 너무도 명백한 사실을 단순한 유사성으로 대체한다는 데 있다. 이 사람들은 아이를 품에 안고 있고 우리도 가끔 그렇게 한다. 이 아가씨는 긴 치마와 납작하게 구겨진 모자만 빼면 나와 똑같다. 할머니는 내 잔으로 차를 마시고 나는 할머니의 반지를 끼고 있다. 그들도 그렇다. 우리 역시 그렇다.

사진 연대기가 제공하는 지식이 제아무리 쉽고 설득력 있게(완전하고 철저하게) 보여도 사진에 동반된 그때의 단어들은 우리를 우리의 자리로 데려다놓는다. 푼크툼의 뾰족한 부리가 유사성을 콕콕 쪼아대는 거기서 실제 시간의 범위를 상기시키는 목소리는 심연의 저편에 남아 거의 들리지 않는다. 몇 년 전, 나의 엄마보다 언니뻘 되는 엄마의 오랜 친구인 80세의 발랄하고 머리가 빨간 안토니나 페트로브나 게르부르트-게이보비치는 부끄러운 표정으로 나에게 이렇게 털어놓았다. "글쎄, 시어머니가 나더러 장교 같은 취향을 가졌다며 못마땅해하시더라고. 내가 글라디올러스랑 샴페인을 좋아하거든." 목소리, 샴페인, 천박한 장교의 취향은 내가 사는 세상과 아무런 관련이 없다는 사실을 나는 무슨 까닭인지 단박에 알아차렸고, 그 간극은 어떤 글라디올러스로도 메울 수 없었다. 하지만 안토니나 페트로브나는 과거의 삶을 후회하지 않았다. 그녀는 외딴곳의 작은 유대인 마을 출신으로, 배짱 있고 아름다운 덕분에 결혼할 수 있었다. 그녀는 8개 국어로 읽을 줄도 알았는데, 점잖은 폴란드인 시아버지가 결혼식 전에 자신에게 했던 말을 웃으며 들려주곤 했다. "시들어가는 우리 가문에 젊은 유대인의 피가 흘러들어 정말 기쁘구나."

게르부르트 가문의 문장—빨간색 바탕에 사과처럼 생긴 둥근 문양이 있고 금테를 두른 세 개의 칼이 둥근 문양을 꿰뚫고 있다. 칼 두 자루는 위쪽 양 모서리에서 하나씩, 나머지 한 자루는 밑에서 관통한다—그리고 이와 관련된 가문의 역사는 전혀 그녀의 관심 밖이었다. 그녀는 유대인들에 훨씬 더 흥미를 보였고, 자신의 작고 외로운 아파트에서 유대인의 '젊은 피'가 흐르는 사람들이나 그렇게 보이는 사람들의 성공과 실패를 열정적으로 되새기곤 했다. 열두 살 무렵 나는 그녀의 집을 방문하곤 했는데, 그때마다 그녀는 고대그리스 문학과 호두를 넣은 특별한 코브리즈카*로 나를 반갑게 맞아주었다. 그러던 어느 날 나는 당황해서 어쩔 줄 모르며 그녀의 아파트를 나왔다. 그 당혹감은 나 스스로 어떻게 설명할 수 없는 감정이었다. 그날 그녀는 장롱에서 낡은 책 한 권을 꺼내 나에게 큰 소리로 감상적인 옛날 시를 읽어주었다. 시의 마지막 행에서 그녀가 울고 있는 걸 알아차린 나는 두려움을 느꼈다.

마치 시간이 흐르지 않는 존재인 양 보여주는 건 사진이 유일하다.

---

* 꿀이 든 동그란 빵과자.

사진 속 시간은 여자의 치마 길이가 짧아졌다 길어졌다 하는 정도의 길이일 뿐이다. 텍스트는 전혀 다른 문제로, 완벽하게 시간으로 구성된다. 그 시간은 우리의 차이점의 거대한 간극을 거만하게 모두 보여주며 모음의 작은 창을 열고, 쉭쉭 소리를 내는 나방 같은 자음을 흔들어 문단 사이의 틈을 메운다. 오래된 신문을 펼쳐들었을 때 가장 먼저 와닿는 건 도저히 어찌해볼 도리가 없는 거리감이다. 같은 시간의 단면에 쓰인 같은 순간의 텍스트들 사이에는 묘한 문체적 혈연관계가 존재하지만, 그것은 완성 후에 생겨나며 저자의 의도와는 무관하다. 이삼십 년 떨어져서 보면 신문이며 가게 간판, 여자대학 무대에서 낭독한 시, 집으로 돌아가는 길의 대화까지 모두 하나로 이어지게 하는 공통의 억양과 공통의 분모를 알아차리지 않을 수 없다. 그건 마치 각 시대가 모든 표면과 모든 구석에 내려앉는 자신만의 특별한 먼지를 생산하는 것과 비슷하다. 심지어 자신은 '전형적인' 관념의 밖에 서 있는 양 행동하는 사람들조차 갑자기, 자기를 끌어당기는 중력을 알아채지 못한 채 모든 동시대 사람에게 공통된 언어적 제스처를 취한다.

1890년대 그때는 소설 『트릴비』 외에도 다른 즐길 거리가 많았고, 그 대부분은 과학과 관련이 있었다. 이 세기는 스스로 깨달음을 얻었다고 믿었고 인류가 올라선 작은 언덕에서 이제는 지나온 여정을 즐겁게 뒤돌아보고 있었다. 하지만 거기, 그 이면에는 배워야 할 교훈이 많았다. 극복해야 할 편견, 결코 반복되어서는 안 될 전쟁, 종교적 극단주의, 끝없는 가난. 물론 이 모든 건 여전히 주의를 요구했지만 결국은 합리주의에 설복되었다. 문명은 지구의 가장 먼 곳까지 도달했고 거기서 특이한 기념품을 모으기에 바빴다. 세계박람회와 그 수많은 복제품은 대중에게 인류 최고의 성과를 보여주었지만, 대중은 그

이면의 어두운 구석도 보고 싶어했다. 승리와 진보의 발걸음에 우스꽝스러운 조력자가 될 운명에 처한 지구 변두리의 낯선 민족들 역시 대중의 호기심을 불러일으켰다. 그리고 이 자연과학적인 관심은 충족되어야만 했다.

1901년 4월, 모스크바의 일간지 〈노보스치 드냐〉는 교양 있는 대중에게 이렇게 보도했다. "마네시에서 관람이 가능한 다호메이 아마존 극단이 앞서 모스크바에 왔던 '흑인'들보다 훨씬 더 호기심을 끈다. 이들은 흥미로운 춤과 군사 대형을 선보인다." 아마존 극단은 곧 그들에게 더 적합한 장소로 이동했다. "어제 동물원에서 다호메이 아마존의 춤과 군사훈련 공연이 시작됐다. 공연은 평일 하루 세 번, 휴일에는 하루 다섯 번씩 진행될 예정이다."

이성적인 인간을 자연 서식지에 가둬놓고 동물원의 이국적인 동물처럼 전시하려는 이 생각은 너무도 당연해서 어떤 의문이나 당혹감도 일으키지 않았다. 나중에 human zoos(인간 동물원)—살아 있는 벌거벗은 아이들을 품에 안고 전통의상을 입은 주민들이 사는 라플란드인, 인디언, 누비아인의 '마을'—로 불린 이것은 1870년대 중반까지 유럽과 미국의 동물원에서 흔히 볼 수 있는 일상의 풍경이었다. 때로는 공중도덕이 원주민에게 단정한 옷차림을 요구했고, 때로는 그와 반대로 원주민의 노출이 충분하지 않다고 관중이 불평했다. 그들이 볼 때 야만인에게는 벌거벗은 몸이 어울렸다. 전시품들은 양탄자를 짜고, 파이프 담배를 피우고, 활과 화살 그리고 이제는 불필요한 노동기구의 사용을 시연했으며, 때로는 죽기도 하고 때로는 반란을 일으켰다. 전시물과 수백만 명의 관중 사이에는 인류의 과거와 훨씬 개선된 현재 사이의 경계를 생생하게 보여주는 장벽이나 울타리가 거의 항상 존재해왔다.

1878년, 듀 모리에의 만화에 등장하는 진보적인 부부가 음악이 담긴 밀폐된 병을 이리저리 살펴보고 있을 때, 파리 세계박람회는 축음기, 확성기와 함께 400명의 주민이 사는 흑인 마을을 전시했다. 25년 후, 재미있는 볼거리가 훨씬 더 많은 전시회에서 '후진적인 인종'의 대표자들이 우리 안에 갇혔다. 1904년, 관중은 원시인의 정착지를 보기 위해 세인트루이스 세계박람회에 몰려들었다. 그곳에서 원숭이에서 피그미족("식인종은 춤추고 노래할 것이다!"), 더 나아가 필리핀인, 아메리칸인디언, 그리고 마지막으로 전시회의 행복한 방문객에 이르기까지 인류의 발전단계를 보여주는 명확한 진보의 사슬이 만들어졌다. 당시 만연한 인종 이론은 경쟁 체제의 최고의 구현이었고, 백인의 승리는 그들의 우월성을 단적으로 증명했다.

이런 상황에 아마존 여인들은 딱 들어맞았다. 그들은 털이 덥수룩한 개들과 함께 있는 슬픔 가득한 이누이트보다 보기에 훨씬 더 흥미로웠다. 여기서 위험은 거의 실제에 가까웠다. 이백 년 동안 다호메이의 왕좌를 지켜온 이 여전사들은 여전히 가공할 힘을 지니고 있었고 전설, 몽상, 모험소설의 대상이었다. 다호메이와 프랑스 사이의 치열한 전쟁은 1892년에 끝났고 아마존 군대는 패배했다. 마체테 칼과 도끼 같은 그들의 무기는 총탄의 상대가 되지 못했고, 새로운 유형의 긴 총검은 백병전에서 유럽인들에게 유리하게 작용했다. 하지만 바로 1년 전, 다호메이 여전사들을 길들인 극단이 전투 기술을 시연하기 위해 파리를 방문했다. 그들은 미개하고 거친 복장을 하고 있었다. 살아남기 위해서는 다른 사람들의 선입견에 자신을 맞춰야 했다.

열한 살짜리 모스크바 소년이 그런 전투 기술 시연을 보게 되었다.

나중에 보리스 파스테르나크는 이렇게 회상한다. "1901년 봄, 동물원에서 다호메이 아마존 부대를 보았다. 여자에 대한 나의 첫인상은 그 벌거벗은 대열, 드러내지 못하는 고통, 북소리에 맞춘 열대 부대의 행진과 영원히 연결되었다. 필요 이상으로 일찍 나는 형태의 노예가 되었다. 너무 일찍 그들에게서 노예의 형태를 보았기 때문이다."

*

문학박물관의 진열대에 우리의 편의를 위해 보기 좋게 펼쳐져 있거나 인쇄용으로 준비돼 있거나 소중하게 보존된, 죽은 사람들의 언어와 소유물을 볼 때마다 내가 마치 울타리 너머로 인간 전시물의 침묵하는 밀집 대열을 들여다보는 것 같은 느낌이 점점 더 강해진다. 오래된 재산 목록에서 '고인의 속옷'이라 불리는 물건들을 오래 내려다보고 있노라면 우리를 갈라놓는 격자 창살이 점점 더 눈에 들어오고, 그 너머에 있는 것들은 점점 더 시야에서 멀어진다.

내가 한 줄 한 줄 옮겨 적은 할머니가 소녀 시절에 쓴 편지들, 타자기용 종이에 갈카 고모가 적어놓은 소련 노래들, 철학자의 편지, 선반공의 일기, 이 모든 것은 점점 더 내게 사라 바트만의 뇌와 골반, 알코올에 담긴 생식기를 생각나게 한다. '호텐토트 비너스'라는 이름으로도 즐겨 불리던 그녀는 19세기 초 사람들이 가장 좋아하는 과학적 관심의 대상이었다. 그녀의 체형, 유두의 지름, 그리고 엉덩이의 선은 다양한 종류의 진화론의 산 증거였고 더욱 대담한 가정의 근거를 제공했다. 저명한 박물학자 조르주 퀴비에 박사는 그녀의 음순의 길이에 특별한 관심을 보였다. 그녀는 의대생들과 개화한 애호가들에게,

그리고 기이한 쇼의 군중들에게 전시되었다. 때로는 그녀를 만지는 일까지 허용되었다. 게다가 그녀는 죽어서까지 인류를 위해 봉사해야 했다. 그녀의 유해는 150년 동안 파리 자연사박물관에 전시되었으며 1974년에야 겨우 전시물의 신세에서 벗어났다. 과거와 현재의 사람들인 우리는 한없이 취약하고, 지독히도 흥미롭고, 완전히 무방비 상태다. 특히 우리가 더이상 존재하지 않을 때에.

8장
료디크 혹은 침묵

1942년 봄, 평소 레닌그라드 주라 불리던 길을 따라 한 무리의 병사들이 황혼 속을 걷고 있었다. 그들은 한 줄로 길게 대열을 이루고 사력을 다해 서로를 붙잡고 있었다. 대개는 방향감각이 뛰어난 병사 하나가 맨 앞에서 대열을 이끌었다. 그 병사는 막대기로 길에 움푹 팬 곳은 없는지 살피며 시신과 죽은 말의 몸을 더듬었고, 앞을 볼 수 없는 대열은 그 뒤를 따르며 최선을 다해 이런 장애물을 피해나갔다. 그리스어로 '니크탈로피아'는 다음과 같이 시작되는 질환의 이름이다. 환자는 파란색과 노란색을 구별하지 못하게 되고, 시야가 좁아지며, 조명이 켜진 공간에 들어서면 색색의 반점이 눈앞에서 춤을 춘다. 사람들은 이 모든 증상을 야맹증이라 부르는데, 기나긴 겨울, 비타민A의 결핍, 그리고 극심한 피로가 그 원인이다. 언젠가 어느 회고록에서 이 증상에 대한 설명을 읽은 적이 있다. "나는 바로 눈앞의 작은 땅뙈기 두 개만 볼 수 있었고, 주위는 온통 캄캄한 어둠이었다."

할아버지의 열아홉 살 사촌 료디크 김멜파르브는 그때 이 도로 주변의 숲과 늪 어딘가에 있었다. 그가 속한 994소총연대는 지난가을부터 그곳에 주둔해 있었는데, 그동안 몇 차례에 걸쳐 사령부뿐만 아니라 거의 모든 인력이 완전히 교체되었다. 집에 있다 징병당한 료디크는 그동안 내내 머나먼 시베리아의 도시 얄루토롭스크 마을로 피난을 떠난 어머니에게 정기적으로 편지를 보냈다. 그는 1년 전에도 이곳에 머물렀었고, 그해 5월에는 루가 근교 군사훈련 캠프에서 어머니에게 첫 편지를 보냈다. 한 편지에서 그는 항공대학에 지원하기 위해 레닌그라드에 다녀왔다고 쓰고 있다. "하지만 물론 저는 합격하지 못했고 부적격 판정을 받았어요."

2차세계대전 첫째 날인 1939년 9월 1일, 소련에서는 '징병 법안'이 통과되어 총동원 징집으로 이어졌다. 이제 사회적 배경이 의심스러운 사람들의 자녀와 손자들—귀족, 공장주, 상인, 차르군 장교, 성직자, 부유한 농민—도 징집 대상에 포함되었다. 하지만 그들은 승진의 기회도 없이 일반 병사로만 복무해야 했고, 군사학교는 여전히 그들에게는 닫힌 문이었다. 징병 연령을 21세에서 19세로(고등학교를 일찍 졸업한 사람들의 경우 18세로) 상당히 낮추긴 했지만, 평등의 논리에 기반을 둔 이 새로운 법안은 전체적으로 공정해 보였다. 료디크는 10인용 텐트에서 따뜻하고 편안하게 잤으며, 그 안에 탁자며 긴의자까지 만들어 들여놓았고, 심지어 약간의 장식도 곁들였다고 썼다. 체스를 배워 실력을 높이겠다는 약속도 했다. 새로운 규정이 생기면서 그들은 이제 1kg씩 받던 빵을 800g만 받게 되었고, 고기 대신 치즈를 먹는 채식의 날이 생겼다. 이 모든 일이 즐겁지는 않았지만, 그들은 그 속사정을 이해하면서 바쁘게 지냈다.

엄마의 서류 묶음에는 료디크의 편지들과 어린 시절 엽서를 모아 놓은 특별한 봉투가 들어 있었다. 광택이 도는 고무를 덧댄 펠트 부츠를 신고 양가죽 모자를 눈앞까지 눌러쓴 어린 소년은 엄마의 어린 시절에서 중요한 의미를 지녔다. 그의 부재는 그를 엄마와 거의 동시대 사람이 되게 했고, 그가 채 스무 살도 안 돼 죽임당할 운명이었다는 사실은 정말 가슴 먹먹한 충격이었다. 료디크의 어머니인 푸석푸석한 백발의 이모할머니 베라가 세상을 뜨고 돈스키 화장터의 벽 어딘가에 묻혔을 때, 료디크가 세상에 남긴 유품은 모두 이 작은 봉투 하나로 모아졌다. 사망통지서가 있었고, 숫자와 짤막한 메모 몇 마디가 적힌 군용지 한 장이 있었다. "전선에서 인사드려요!" "큰 사랑을 담아." "추신. 살아 있고 건강해요." 료디크는 자신의 소식을 알릴 기회란 기회는 모두 사용하여 편지를 보냈지만, 결국 내용은 '살아 있고 건강하다'는 한 가지로 귀결되었다. 주술처럼 반복되는 '새로운 소식은 없다'라는 말이 종이마다 적혀 있었고, 그의 주변에서 무슨 일이 일어나고 있는지에 대한 이야기는 전혀 없었다. 하지만 마치 조용하고 침착한 사람이 아주 차분하게 쓴 글처럼 보이는 글 뒤에서 울리는 이상한 덜컥거림은 그도 숨기지 못했다. 그 덜컥거림은 중장비 차가 우르릉거리며 거리를 지날 때 찬장 속의 도자기들이 덜덜덜 떨며 내는 소리와 비슷했다.

줄 쳐진 연습장 종이에 연필로.

1941년 7월 28일

사랑하는 엄마!

그저께 편지를 많이 받았어요. 다섯 통이나요. 엽서 한 장과 엄마가 보낸 편지 두 통, 여러 명이 함께 보낸 한 통, 그리고 아빠가 보낸 편지 한 통, 이렇게요. 이 소중한 편지들을 받고 제가 얼마나 기뻤을지 상상이 가실 거예요. 엄마, 편지를 부칠 수가 없어서 오랫동안 편지를 못 썼어요. 이제 우리 정치부 지도원이 편지 발송 업무를 맡았으니 상황이 훨씬 좋아질 거예요. 비록 제 근무지는 자주 바뀌지만, 주소는 항상 같을 거고요.

저는 아주 잘 지내고 있고 건강해요. 우리가 반드시 승리하리라 믿어요. 사랑하는 가족 여러분, 제 스무 살 생일은 여러분과 함께 보냈으면 좋겠어요. 저는 아버지와 삼촌들이 자랑스러워요. 5월 6일에 보낸 편지에서 아빠는 지역 민병대에 가입했다면서, 후방에서뿐만 아니라 전방에도 도움이 되는 일을 하겠다고 하셨거든요. 아빠 말씀으로는 필랴 삼촌과 다비드 삼촌도 곧 붉은군대에 합류한다면서요. 베탸 이모의 남편도 징집되셨고요. 이모부는 사실 정치부 지도원이시잖아요. 참, 아빠가 5월 2일에 일자리를 구하셨다던데, 좋은 소식 들으니 너무 기뻐요.

엄마, 공습 때문에 무섭고 힘들지는 않으셨어요? 어느 정도 경험 있는 군인으로서 몇 가지 조언을 드릴게요. 지하철에서 가까운 곳에 있으면 지하철 안이나 방공호에 숨는 게 가장 안전해요. 만약 멀리 있다면 되도록 낮은 곳을 찾아서 몸을 낮추고 계세요.

베탸 이모와 료나, 률랴의 따뜻한 관심에 정말 감사드려요. 아버지가 된 료나, 어머니가 된 률랴, 그리고 할머니가 되신 베탸 이모와 사라 아브라모브나에게 축하 인사 전합니다.

돈은 다시 받으셨어요? 그게 아니어도 걱정하지 마세요. 저는 지금 돈이 전혀 필요없거든요. 게다가 어쨌든 급료로 받은 20루블도 있고요. 엄마, 건강은 좀 어떠세요? 팔은 이제 많이 나아졌어요?

이만 줄일게요. 건강하고 행복하세요. 엄마에게 제 사랑을 보내요. 우리 가족들 모두에게, 특히 베탸 이모, 쇼마 삼촌, 부샤 삼촌, 로자 이모, 그리고 료냐, 률랴에게 제 사랑을 보내요.

엄마의 료디크

료디크는 곧바로 징집되었고 전쟁이 시작되기도 전에 전쟁에 휘말렸다. 위의 편지는 료디크가 자신의 생일날 쓴 것으로, 그는 만 열아홉 살을 맞았다. 독일군은 이미 레닌그라드 주위를 에워싸고 압박해 들어왔다. 피난 온 사람들, 갓 십대를 벗어난 청년들, 그리고 무장한 지역 민병대원들, 찾을 수 있는 사람이란 사람은 다 찾아 모아 급하게 286사단이 꾸려졌다. 994소총연대는 이 사단의 예하 부대였다. 그들은 곧장 전투에 투입되었다.

므가역 방향으로 나지야라는 작은 강이 흘렀고 보로노보, 포레치에, 미시키노, 카르부셀이라는 이름을 가진 지역 주변에는 16킬로미터에서 최대 20킬로미터에 이르는 숲과 늪지가 끝없이 펼쳐져 있었다. 볼호프 전선의 지휘관이자 수십만 명의 병사를 죽음으로 몰아넣은 키릴 메레츠코프는 몇 년 후 이렇게 회상했다. "나는 공격에 적합하지 않은 지형을 거의 본 적이 없다. 끝도 없이 펼쳐진 숲, 뚫을 수 없는 늪, 물이 흥건한 이탄 들판, 그리고 부서진 길들. 나는 영원히 잊지 못할 것이다." 그곳, 이탄 늪에서 994소총연대는 전진과 후퇴를 거듭하며, 진지를 빼앗겼다 탈환하기를 되풀이하며 3년을 버텼다. 그 긴 싸움은 1941년 9월, 부대 열차가 교차로에 도착하기도 전에 안개 속에 멈춰 섰을 때 시작되었다. 무슨 까닭인지 근처에 우리 비행기는 보이지 않았고 대신 독일 전투기들만 머리 위를 날고 있었다. 독일군의 포화에 병사들은 기차에서 내려 수레와 무기를 관목 숲으로 질질 끌고 들어갔다. 그들은 나무 굴대로 겨우 수레를 끌어당길 수 있었다. 몇 주 동안 적의 공습이 이어졌고 하늘에서 폭탄과 함께 측면에 구멍이 뚫린 통들이 쏟아져내렸다. 통들은 떨어지면서 도저히 들어줄 수 없는 긴 비명을 내질렀다. 이따금 야전 주방이 숲에서 사라지는 일도 있었는데, 취사병들이 사방이 트인 공간을 지나가는 걸 두려워했기 때문이었다. 그들은 굶주렸고 무기는 소총뿐이었다. 9월 11일 독일군이 보로노보 마을 근처에서 탱크로 공격을 시작하자 우리 군은 공황 상태에 빠졌고, 병사들은 늪지대를 따라 사방으로 흩어졌다. 단 며칠 만에 사단은 병력의 절반과 장교 대부분을 잃었다.

놀랍게도 이 며칠과 몇 주 동안 벌어진 사건을 꽤 자세하게 재구성할 수 있다. 보로노보와 나지야 사이에서 살아남은 이들의 많은 글과 인터뷰, 편지가 남아 있다. 이웃한 부대 996연대의 대대장은 두 달 동안 포병의 지원을 받지 못했다고 회상한다. 병사들은 각각 소총 외에 수류탄과 화염병을 하나씩 받았다. 날이 추워졌고 빵도 떨어져서 수하리만 남았다. 알코올도 없었다. 따뜻한 식사는 하루에 한 번만 제공되었다. 어떤 병사들은 시신에서 외투를 벗겨 자기 외투 위에 껴입었다. 그들은 눈 속을 기어 본부까지 다녀오곤 했다. 그들은 먹을 것을 나눴고 죽은 말의 고기를 삶았다.

"공격 명령이 떨어지지 않은 날이 있었다. 독일군들도 우리를 향해 포를 날리거나 발포하지 않았다. 총소리조차 들리지 않았다. 시냐빈스키 늪지대의 방어선 전역에 깊은 정적이 흘렀다…… 상상해보라, 침묵의 날이라니! 몇 시간 후, 병사들은 공황 상태에 가까운 공포와 맹렬한 불안감에 사로잡혔다. (……) 일부 병사들은 무기를 버리고 후방으로 달아날 준비까지 할 정도였다…… 우리 지휘관들은 마치 독일군 탱크가 우리를 향해오고 있는 것처럼 각 전선을 돌아다니며 병사들을 진정시켰다."

료디크의 편지에는 이 사건에 대한 언급은커녕 암시조차 없다. 거의 모든 편지에 '군 검열관이 확인함'이라는 의무 스탬프가 찍혀 있었지만, 여기서 검열관의 심기를 건드릴 만한 내용은 전혀 없었다. 볼호프 전선에 대한 기록물 중 하나는 1941년 10월 27일 블라소프 중위가 쓴 편지의 내용을 일부 인용하고 있다. "첫 영하의 날씨와 눈에 파시스트들이 쩔쩔매고 있어. 특히 군용 쌍안경으로 우리 붉은군대 병사들이 두툼하게 솜을 넣은 군복과 따뜻한 모자를 착용하고 그 위에 외투까지 걸친 모습을 볼 때 더 그렇지. 보니까 놈들은 아직도 짧은 재킷을 입고 돌아다니더라니까…… 분명히 말할 수 있는 한 가지는, 현재 군사 작전이 우리에게 유리한 방향으로 진행되는 중이고, 히틀러의 장교들이 꿈꾸는 것처럼 아스토리아 호텔에서 식사하는 일은 결코 없을 거란 사실이야." 마치 바로 그 쌍안경을 들여다보는 듯 따뜻한 모자와 눈이 쌓인 광경이 눈앞에 떠오른다. 흔히 지휘관이 그러듯 다소 억지스러운 유머와 승리에 대한 허세는 보이지만, 아무도 중위가 아내에게조차 자신이 실제로 전쟁터에 있다는 사실을 숨기리라고는 생각하지 않는다.

그런데 뭔가 석연치 않은 구석이 있다는 것, 료디크 김멜파르브의 편지가 그랬다. 그는 자기 이야기를 하지 않으려고 갖은 애를 쓴다. 그는 처음부터 끝까지 질문을 해대는데, 특히 어머니의 건강을 계속 묻는다. 그에게는 어머니의 건강이 가장 큰 걱정인 셈이다. 또 어머니가 직장 일로 힘들어하지는 않는지 궁금해한다. 그러면서 자신에 대해서는 걱정하지 말라고 한다. 자기는 잘, 너무도 잘 지내고 있다고. 만약 그가 한 달 이상 소식을 전하지 않는다면 그건 순전히 그가 '편지를 쓰는 데 지독하게 게으름'을 피우기 때문이리라. 그의 편지는 늘 똑같다. 료냐와 률랴는 어때요? 새로 태어난 아기는요? 사라 아브라모브나는요? 그리고 쇼마 삼촌과 숙모는 어떻게 지내시죠? 부샤 삼촌은 무슨 글을 쓰고 계세요? 사랑하는 우리 가족, 다들 어떻게 지내요? 제 걱정은 제발 하지 마세요. 정말 불필요하고 쓸데없는 일이에요. 건강하고 행복하세요. 저는 부족한 게 없답니다.

*

레닌그라드에서 전쟁이 막 시작되었을 즈음, 다닐 하름스와 화가 파벨 잘츠만*이 친구 집에서 우연히 만나게 되었다. 둘 다 어떤 환상도 품고 있지 않았기에 그들이 무슨 이야기를 나눴을지 쉽게 짐작할 수 있다. 대화 중 어떤 대목에서 하름스는 다가올 미래에 대해 이렇게 말한다. "우리는 두 다리가 없는 채로 불타는 벽을 붙잡고 기어갈 것이다." 비슷한 시기, 모스크바 아르바트의 한 공습대피소에서 마리나 츠베타예바는 앞뒤로 몸을 흔들며 "적은 계속 전진해오고 있는데……"라고 되뇌었다. 하름스의 아내인 또 다른 마리나는 남편이 체포되기 전날을 기억했다. 탁자를 복도로 옮겨야 했지만 "남편이 탁자를 옮기

* 레닌그라드에서 주로 활동한 소련 출신의 독일계 예술가.

면 불행이 닥칠까봐 두려워했다"라고 썼다. 하름스는 8월 27일에 체포되었다. 바다예프 식량 저장고를 폭격하기 위해 육중한 폭격기들이 하늘에 나타난 9월 8일, 크레스토프 감방 안의 그의 귀에도 맑은 하늘을 뒤흔드는 무서운 굉음이 전해졌을 것이다.

많은 사람이 그 화창했던 날을 기억했다. 당시 레바쇼프 교외에 있던 사관생도 니콜라이 니쿨린은 푸른 하늘로 날아간 대공포탄이 솜털 구름처럼 산산이 흩어지는 장면을 지켜보았다. "포병대는 적의 폭격기를 제대로 맞추지도 못하면서 닥치는 대로 대공포를 쏘아올렸다. 적의 전투기들은 피하기는커녕 한 치의 흐트러짐도 없이 대열을 이루어 마치 대공포 공격 따위는 아랑곳없다는 듯 목표물을 향해 그대로 날아갔다. (……) 너무도 무서웠고 나는 문득 내가 방수포 아래 몸을 숨기고 있다는 사실을 깨달았다." 소이탄이 쉭쉭 소리를 내며 모래 속으로 사라졌다. 마침내 사방이 조용해지자 시커먼 연기가 도시의 하늘을 반이나 뒤덮고 있었다. 예순둘의 류보프 바실리예브나 샤포리나는 자기 집 창밖을 내다보았다. "하늘 저 멀리에서 하얀 덩어리들이 펑펑 터지고 대공포가 맹렬하게 공중으로 치솟았다. 갑자기 집과 지붕 뒤에서 하얀 구름이 뭉실뭉실 점점 더 크게 피어오르고, 또 다른 흰 구름이 그 주위에 겹겹이 쌓여 황금빛 석양에 물들었다. 그 구름은 온 하늘을 가득 채웠고, 청동색을 띠기 시작했으며, 시커먼 줄이 아래에서 솟아올랐다. 도무지 연기처럼 보이지 않아서 나는 그것이 불길이라는 사실이 오랫동안 믿기지 않았다. (……) 그 광경은 웅장하고 숭고할 정도로 아름다웠다."

1941년 그 잔혹했던 겨울을 보내며 사람들이 기록한 봉쇄 일기와 메모에는—마치 '잔혹한 겨울'이라는 표현이 뭔가를 설명하거나 아니면 오히려 차단하는 것처럼 다른 표현은 쓰지 않는다—텍스트의 나머지 부분과는 극명하게 다른 구절들이 이따금 나타난다. 얼음 아래에서 뽀글뽀글 일어나는 거품 같은 이 영역은 아름다움을 보고, 또 그 아름다움을 묘사하기 위해 다양한 저자들이 따로 정해놓은 공간이다. 굶주림에 시달리는 도시는 전적으로 생존에 매달리지만, 때때로 사람들은 사색에 빠지기도 한다. 더이상 죽음을 겁내지 않고 얼어붙는 추위 속에서 깊은 잠에 빠져드는 것처럼. 글은 속도를 달리한다. 세부 사항, 대화, 일화 등을 서둘러 사실만 간단하게—재빨리 기록해서 잊히지 않도록—적던 글이, 인간성이 말살되어가는 일상을 기록해가던 연대기가 갑자기 긴 휴지기를 가지며 구름에 대한 명상이나 눈부신 빛에 대한 묘사로 변한다. 이 텍스트의 각 저자가 살아남기 위해 얼마나 극한의 고통을 견뎌내야 했는지를 생각하면 더더욱 놀라운 일이다. 그들의 증언은 미래의 독자라는 수신인을 향한 것이다. 그리고 독자는 온갖 두려움과 수치심 속에서 그때 일어난 일이 무엇이었는지 깨닫고, 체포와 추방, 야간 공습, 운행을 멈춘 트램, 더러운 하수로 가득찬 욕조, 빵을 사기 위해 줄을 선 사람들의 공포와 증오심을 맛보게 된다.

하지만 확장된 이 일탈은 특별한 목적이 있다거나 어떤 직접적인 의미가 있는 건 아닌 듯하다. 이상할 정도로 인간적인 면이 결핍된 특성이 아니었다면 나는 그것을 '서정적'이라고 불렀을 것이다. 마치 아무에게도 속하지 않은 양 초연한 시선에는 초점이 없다. 그저 한때 집이자 삶과 휴식과 이동의 평화로운 장소였지만, 지금은 이름도 설명도 없이 뚫을 수 없는 표면으로 변해버린 모든 공간 주위를 이리저리 배회하는 것 같았다. "밖은 대낮처럼 밝았다. 달빛이 눈부시다. 나는 북두칠성이 이처럼 찬란하게 빛나는 광경을 본 적이 없다." 이 순간, 마치 보는 이 자신은 사라지고 없는 것 같다. 변해버린 하늘과 땅을 바라보는 이는 더이상 내가 아니다. 누군가 다른 사람이다(9월에 레닌그라드를 떠난 아흐마토바의 말처럼 "나라면 그렇게 할 수 없었다."). 몸은 간질간질하고, 아프고, 두려움에 떨고, 자신을 잊으려고 노력하지만 그럴 수가 없다. 하지만 바라보는 눈은 마치 무한한 시간을 가진 공기 그 자체인 것처럼, 강둑과 건물들을 바라보며 서두르지 않고 자유롭게 움직인다.

몇 달을 레닌그라드 밖에서 싸웠던 사람들, 그리고 번쩍번쩍 터지는 차디찬 광선 위로 거대한 샹들리에처럼 떨어져내리는 낙하산과 불길에 휩싸인 도시에서 형형색색으로 솟아오르는 불줄기를 두 눈으로 목격한 사람들의 회상록에서도 이야기는 긴 일탈의 호흡과 함께 같은 방식으로 전개된다. 죽음을 위해 특별히 지정된 이 영역이 갑자기 서로를 비추며 두 배로 커진 느낌이다. 적에게 둘러싸여 죽어가는 도시(봉쇄 첫해에 78만 명 사망)와 최전선 사이에 아무런 차이가 없는 것 같다. 도시 전선은 당시 선동가들이 즐겨 쓰던 표현이었다. 일상의 부활을, 하지만 매일 겪는 고통과 붕괴의 경험 역시 이제는 그 일상의 일부가 되었음을 어떻게든 설명하고 받아들여야만 했다. 평범함과 상상조차 할 수 없는 극한 사이의 경계가 사라졌다. 레닌그라드 공공도서관에서는 사서들이 차가운 주검이 되어 바닥에 누워 있었지만, 책은 여전히 빌려볼 수 있었다.

도시와 최전방에 거주하는 사람들은 가능한 것과 자연스러운 것에 대한 자신의 이해를 재빨리 달리했고 그만큼 자신 또한 빠르게 달라졌다. 리디야 긴즈부르크*의 봉쇄 일지는 변화의 단계를 상세히 묘사한다. 변화는 무엇보다 육체에 먼저 찾아오고 개인위생 및 가정일에도 영향을 주어 "하얗게 센 머리, 망가지고 무너지기 시작한 피부와 치아"와 같은 증상으로 나타났다. 그리고 독서에 대한 욕구를 몰아내고 대신 상황에 적응하고 생존하려는 본능을 더욱 단단하게 만들었다. 1942년 여름, 굶주림과 추위가 어느 정도 물러가자 이는 새롭고 이례적인 문제로 이어졌다. 한숨 돌리는 잠깐의 휴식과 뼛속까지 파고든 생존을 위한 투쟁의 관성 사이에 일종의 간극이 생긴 것이다. 안락의자의 가죽 쿠션(예전 삶의 멋진 선물)은 이제 "물건들이 원래 용도로 돌아갈 기회가 생겼다"라는 사실을 일깨우며 심각한 당혹감을 불러일으켰다. "안락의자며 책장이며 그 안에 꽂힌 책들을 이제 어떻게 해야 하지?" 비록 여전히 그 책들을 책꽂이에서 집어드는 데는 관심이 없었지만 그래도 그쪽으로 슬쩍슬쩍 눈길이 가는 것도 같았다. 난로에 불을 지피고, 물이 담긴 양동이를 들고 얼어붙은 계단을 오르고, 그릇이며 가방, 배급 전표 등을 챙겨다니고, 매일 일어나서 외출 준비를 하는 고통스러운 일상의 의식, 이 모든 건 누군가 새로운 사람의 것이었다. 변해버린 세상에서는 옛날의 '나'를 뒤에 두고 완전히 돌아서는 편이 차라리 낫다. 결국 주변의 모든 건 과거와 자신을 잊고 변형된다. 보드카는 빵이 되고, 가구는 설탕이 된다. 긴즈부르크는 이렇게 묘사했다. "그들은 채소로 케이크를 굽고 청어로 커틀릿을 만들었다." 그녀는 여기서 분명한 교훈을 얻었다. "모든 물건은 그 자신으로 그 자체로 존재할 수 없게 되었다." 그리고 이 교훈이 사람들에게도 적용됨은 두말할 필요도 없다.

* 소련의 문학평론가이자 역사가로, 레닌그라드 봉쇄의 생존자이다.

1941년 여름, 최전선으로 부름을 받은 니쿨린은 자신에 대해 비슷한 이야기를 한다. 그해 가을의 끝자락에 그는 영양실조에 걸려 망연자실한데다 예기치 않은 변화까지 그를 덮쳤다. 지칠 대로 지치고 쇠약해진 그는 어떤 구덩이에서 하룻밤을 보내며 비참함과 무력함에 눈물을 쏟았다. "어딘가에서 힘이 생겨났다. 다음 날 날이 밝아오자 나는 구덩이에서 기어나와 텅 빈 독일군 참호를 샅샅이 뒤지기 시작했다. 돌처럼 단단하게 언 감자를 발견했다. 나는 모닥불을 피웠다. (……) 그 순간부터 나는 새롭게 태어났다. 방어기제가 작동하기 시작하고 에너지도 솟았다. 생존을 위해 어떻게 행동해야 할지 알려주는 감각과 민첩함도 생겼다. 나는 먹을 것을 뒤지기 시작했다. (……) 나는 창고와 부엌 근처에서 수하리며 빵껍질이며 빵조각이며 있는 대로 찾아 모았다. 한마디로, 나는 먹을 것을 구할 수 있는 곳이면 어디든지 뒤지고 다녔다. 그리고 나는 최전방에 배치되었다."

생존하는 법을 배운 새롭고 숙련된 사람은 그 자신뿐만 아니라 국가에도 유용하다. 그는 일에도 적합한데, 여기서 또다시 도시 전선과 사선射線 사이의 차이는 사라진다. 봉쇄된 도시를 기록한 긴즈부르크의 텍스트에 생기를 불어넣는 것은 정확히, 그녀가 흥미로운 방식으로 이해하는 유용함에 대한 생각이다. 그녀는 서구 세계가 히틀러 앞에서 무력함을 증명했고, 히틀러를 상대할 수 있는 유일한 존재는 소련의 리바이어던*이라고 썼다. 자신도 모르는 사이에 자신을 희생하는 법을 배울 정도로 개인을 비인격화시킨, 부패하고 무시무시한 체제. 개인은 절대 악에 대한 집단적 저항을 통해 비로소 존재의 의미를 부

* 구약성경 욥기에 등장하는 거대한 바다 괴물.

여받는다. 개개인이 공포로 얼어붙거나, 붕괴하거나, 어리석고 역겹게 행동하는 동안에도 말이다. 죽어가는 도시의 배 속에서(희생당한 자의 내부로부터) 긴즈부르크는 자신과 자신의 지식인 계급에 색다른 형태의 동원을 제안한다. 각 개인의 운명에는 무심하지만, 전체를 구원하는 준엄한 시민권의 이름으로 개인적이고 이기적인 행태를 거부하자는 것. 전쟁 전이라면 이런 제안은 불가능했겠지만, 전쟁은 옛 질서와 관계를 바꾸어놓았다. 그녀는 유명한 학자와 지식인들은 지금 어디에 있느냐고 묻는다. 그들은 비틀비틀 거리를 배회하고 그들의 약탈당한 아파트는 텅 비어 있다. 옛 습관을 버리고 다시 태어난 유능한 전시의 사람은 이제 짓눌릴 게 없으며 공동의 대의에 유용하다.

업무적인 논리에서 보면, 긴즈부르크의 편지 자체는 매우 압축적이고 경제적이다. 다양한 변주로 존재하는 기록은 특정한 주제에 한정되며, 여기서 전형적인 것, 즉 결론의 근거를 제공하는 관찰을 뽑아낼 수 있다. 모든 개인적인 문제는 이미 죽은 걸로 여겨져 외면당하고 소외된다. 하지만 바로 그걸 연구하고, 해체하고, 분석해야 한다. 하지만 어디까지나 일반화에 적합한 범위까지이지, 불필요한 요소(예를 들어 아름다움에 대한 쾌락주의적인 설명)는 거기서 모두 추방된다. 그렇지만 레닌그라드 봉쇄에 대한 긴즈부르크의 방대한 양의 텍스트에는 참아주기 힘든 서술자가 자신도 모르게 매혹적인 관찰의 익숙한 방식에 빠지는 단락이 하나 등장한다.

"도시 사람들은 달빛이 다차에서만이 아니라 도시에서도 환하게 빛을 발한다는 사실을 거의 깨닫지 못한다. 우리는 밤에 환한 거리를 자연스럽고 당연하다고 여겼다. 이런 사실을 처음 느꼈던 때가 기억난다. 칠흑 같은 어둠이 내린, 11월의 밤이었다. 하늘의 까만 어둠과 거대한 덩어리처럼 우뚝 선 건물의 검은 어둠을 간신히 구분할 수 있었다(갈라진 틈 어디선가 간간이 불빛이 새어나왔다). 기이하게 검푸른 노면전차는 축축하게 젖은 까만 아스팔트 위에 긴 그림자를 드리우며 마치 이층 전차처럼 보였다.

커다란 자동차 전조등 불빛이 넵스키 대로 쪽에서 빠르게 떠올라 점점 더 가까이 다가왔다. 그 불빛은 파란색이었다가 녹색이었다가 무슨 까닭인지 뿌연 오렌지색이 되기도 했다. 그리고 그 불빛은 전에 없이 중요해졌다. 불빛들은 줄을 지어 지나갔고, 뿔처럼 굵은 광선을 내뿜었다."

지금까지 보고서와 일반화시킨 경험 사이의 어디쯤에서 펼쳐지던 텍스트는 바짝 다가와 우리 눈을 들여다보나 싶더니 이내 물속에 잠기듯 망각에 빠지며 자신의 임무와 상황에 대한 기억을 모두 잃는다. 몇 줄 뒤, 작가는 정신을 차리고 서둘러 "우리 동시대 사람들에게는 신비주의도 낭만도 없다"라고 덧붙인다. 단지 일상의 불편함만 있을 뿐이라고. 하지만 그녀처럼 불행을 겪은, 빛과 어둠에 매료된 다른 이들의 경험은 다른 이야기를 한다. 긴즈부르크에게 반발을 불러일으킨 도시 거주자들의 소위 '우리'는 거의 닳아 없어졌고, 너무 얇아서 그 안의 다리와 건물들이 훤히 드러나 보였다. 자신을 넘어선 또 다른 세상을 사유한 이 부끄러운 무아지경의 순간들이 봉쇄를 겪는 동안 공동체의 공간을 꿈꾼 리디야 긴즈부르크의 헛된 소망의 유일한 표현이었던 것 같다.

*

가을이 깊어지면서 도시 날씨는 서늘한 기운을 띠기 시작했다. 사람들은 식량 부족을 피할 수 없을 거라고들 했지만 카페에서는 여전히 음식을 주문해 먹을 수 있었다. 적의 공습이 끝난 후, 사람들은 욕조에 물을 가득 채우고 아이들을 씻겼지만 얼마 지나지 않아 수도꼭지를 틀면 물이 콸콸 흐를 수 있다는 생각 따위는 할 수 없게 되었다. 도시는 폭격을 당했고, 유리창은 테이프로 꽉꽉 봉해져 있었고, 저녁엔 불빛 하나 없었다. 파란색 노면전차는 12월까지 운행되었다. 식량의 배급량은 점점 줄어서, 전에는 매일 근로자에게 600그램의 빵이 주어졌는데 이젠 200그램밖에 되지 않았다. 9월에만 해도 샤포리나는 식료품을 사러 가고, 전표를 주고 빵을 사고, 신문 게시판에 시선을 빼앗겨 그 앞에 걸음을 멈춘 채 기사를 읽었다. 그러다가 자기 몫의 달걀 다섯 개를 받아와야 하는데 그만 깜박했다는 사실을 뒤늦게 깨달았다. 몇 주 후, 배급받기를 잊어버리는 그런 실수는 상상도 할 수 없는 일이 되었다. 어떤 사람은 사람들이 여러 날을 옷을 입은 채로 자고 여차하면 대피소로 내려갈 준비를 했다고 썼다. 그 끔찍한 겨울, 그들은 집안의 옷이란 옷은 누더기까지 죄 찾아내 온몸을 꽁꽁 싸맨 채 얼음장 같은 아파트에서 잠을 잤다. 봄이 오고 살아남은 리디야 긴즈부르크는 펠트 부츠를 벗고 다시 신발로 갈아 신는 게 쉬운 일이 아니란 사실을 알았다. 도시의 난방 연료는 벌써 9월에 바닥났고 날씨는 점점 추워졌다. 모든 사람이 나무 자르기에 동원되었다. 청소년이고 얇은 외투와 가벼운 신발 차림의 소녀들이고 모두 다 불려 나왔다. 10월 7일 밤에 첫눈이 내렸다. 다음 날 봉쇄된 레닌그라드에 료디크가 나타났다.

작은 종잇장에 보라색 잉크로.

1941년 10월 8일

사랑하는 엄마!

잘 지낸다는 안부 편지를 더 자주 드리지 못해 죄송해요. 편지해야지 하면서도 잘 안 돼요. 엄마, 엄마는 매사를 너무 심각하게 받아들이는데, 전혀 그럴 필요 없어요.

리자 숙모 댁에서 이 편지를 쓰고 있어요. 마침 레닌그라드 근처에 있던 참이라 기회가 되면 한번 들러야지 했거든요. 숙모 댁에 갔더니 소카 이모와 류샤가 와 있더라고요. 다들 만나게 돼서 제가 얼마나 기뻤는지 엄마는 상상도 못 하실 걸요!

엄마, 숙모들이 저를 아들처럼 돌봐주세요. 그래서 조금 부담스럽기도 하지만요. 류샤가 코트 안에 입으라며 따뜻한 솜옷을 만들어줬어요.

리자 숙모는 양말과 따뜻한 발싸개, 손수건을 주셨고요. 모두 필요하던 것들이었는데, 정말 얼마나 감사한지 모르겠어요. 게다가 좋은 담배까지 주시는 바람에 담배만큼은 저도 '부자'가 됐지 뭐예요. 하지만 엄마, 슬프게도 오늘 저녁에 숙모 댁을 떠나야 해요. 어쩔 수가 없어요. 상황이 그렇거든요.

오는 길에 엄마한테서 엽서 몇 장, 그리고 얄루토롭스크에서 편지 몇 통을 받았어요. 가장 최근에 받은 엄마 편지는 발신일이 9월 5일이네요. 엄마가 잘 지내신다니 기뻐요. 일자리를 구하셨다니 다행이고요. 돈이 문제가 아니라 엄마가 일도 없이 지루하게 집에만 계시지 않는 게 중요하니까요. 베탸 이모가 우리 집에 오셨다니 정말 잘됐어요.

엄마, 9월 27일에 아빠가 모스크바에서 보내신 편지를 받았어요. 아빠도 곧 징집될 거라고 쓰셨더라고요. 그후로는 아빠한테서는 아무 소식도 없어요. 친척 중에 새로 태어난 아기는 없나요? 태어났다면, 남자아이예요, 여자아이예요? 엄마, 건강하고 행복하세요. 모두에게 저의 모든 사랑을 보냅니다. 리자 숙모가 오늘 엄마에게 편지하실 거예요.

엄마의 료디크

바로 그 시각 샤포리나는 도시 밖에서 구한 양배추 심을 뭉근하게 끓였더니 제법 맛있었다며 비축해둘 가치가 있겠다고 일기에 적었다. 저녁이었다. 료디크는 숙모네 집을 나와 어두운 거리를 지나 부대로 돌아가는 길이었다. 밤이 되자 구름이 흩어지고 별이 보이기 시작했다. 샤포리나는 깜짝 선물을 기다리고 있었다. 깜짝 선물은 공습에 대한 그녀의 완곡한 표현이다. "마리나 하름스가 잠깐 다녀갔다. 다니엘 이바노비치(하름스)는 이미 한 달 반 전에 체포되었고, 그들의 옆 건물은 파괴되었으며, 그들 집에도 금이 가고 창문은 모두 박살이 났다"라고 그녀는 쓰고 있다. "마리나는 먹고살 길도 막막한데다 다니엘을 걱정하느라 거의 초주검이 되었다."

같은 날 독일 정보국은 제18군 최고사령부에 봉쇄된 도시의 분위기를 알리며 다양한 방법으로 선전을 확대할 것을 권고했다. "소련의 조치가 독일의 이익에 부합한다고 암시함으로써 불시에 효과를 내고 적을 혼란에 빠뜨리는 데 유용한 수단인 전단을 적극 활용해야 한다. 예를 들어, 노동자들은 무기를 드는 것을 거부해서는 안 된다. 결정적인 순간에 노동자들이 붉은 통치자들에게 그들의 총부리를 돌려야 하기 때문이다." 이것은 하름스 사건의 기소장에 인용된 단어들의 기이한 메아리이다. 하름스는—익명의 엔케베데 정보원의 말이 사실이라면—언젠가 이렇게 말했다. "만약 독일군과 시가전을 벌일 때, 그들이 나에게 다락방에서 기관총을 쏘라고 강요한다면, 나는 그 기관총의 총구를 독일군이 아니라 그들에게 향할 것이다."

역사학자 니키타 로마긴이 자신의 봉쇄에 관한 책에서 인용한 엔케베데 보고서는 포위된 레닌그라드의 패배주의 분위기를 자세히 기록하고 있다. 10월에는 하루에 200에서 250건의 '반소 감정'이 나타났고, 11월에는 350건으로 늘었다. 새벽 3시부터 4시 사이에 벌써 빵을 사려는 긴 줄이 늘어서고, 빵을 구걸하러 십대 청소년들이 몰려든 빵집에서는 독일인들이 와서 어떻게 질서를 회복할 것인지를 두고 대화가 이어졌다. 샤포리나는 어떤 감정의 동요도 없이 떠도는 소문을 적었다. 특수 폭탄이 떨어져 온 도시를 연기로 뒤덮을 것이며, 연기가 걷히면 길모퉁이마다 독일 경찰이 지키고 섰을 것이란 소문이었다.

이 대목에서 왠지 나는 전쟁 발발 첫 몇 주에 한때 시인 미샤 쿠즈민의 연인이자 학자이며 잘생긴 러시아 멋쟁이인 레프 리보비치 라코프가 여전히 모든 유리창이 온전히 빛나는 레닌그라드의 한 카페에서 지인을 안심시키며 했던 말이 떠오른다. "아니, 뭐가 그렇게 걱정이세요." 그가 말했다. "글쎄, 혹시 독일군이 온다 해도 그리 오래 머물지는 않을 거예요. 나중에는 영국인들이 와서 그 자리를 차지할 테고, 우리는 모두 디킨스를 읽을 겁니다. 그야 원하지 않는 사람은 읽지 않겠지만요."

디킨스는 봉쇄 속의 수많은 레닌그라드 사람에게 큰 위로였으며 영혼의 약이자 따뜻함의 원천이었다. 사람들은 그의 소설을 읽고 또 읽었으며 특히, 무슨 이유에선지 얼음집과 썩은 웨딩케이크가 등장하는 『위대한 유산』을 아이들에게 큰 소리로 읽어주었다. 열여섯 살의 미샤 티호미로프는 일기장에서 저녁 독서 때 더 큰 달콤함을 위해 '말린 빵 네 조각(아주 작은 것), 수하리 한 조각, 캐러멜처럼 녹인 설탕 반 스푼'을 아껴두었다고 말한다. 나는 오늘 료디크의 솜옷과 손수건을 들고 그해 10월에 그가 보낸 편지를 읽고 또 읽는다. 나는 이 천국 같은, 가능하지 않은 디킨스의 행복한 장면이 영원하기를 바란다. 숙모들은 추위에 얼어붙고 반은 사람의 몰골이 아닌 병사를 따뜻하게 맞아주고, 돌봐주고, 옷이란 옷은 다 꺼내서 입히고, 그가 살아 있음에, 그들이 살아 있음에 행복해한다. 그리고 마지막 또는 거의 마지막 식량을 그에게 내어준다. 이 모든 일은 전쟁의 최악의 시기에, 곧 누구도 도울 수 없고 누구에게서도 도움을 받을 수 없는 상황에 놓일, 검게 변해버린 도시 안에서, 테이프로 막아놓은, 하지만 무슨 까닭인지 호박색 빛이 새어나오는 창문의 아파트에서 일어났다.

그 편지는 친척들을 통해 전달되었고 검열의 대상이 아니었기 때문에 료디크는 눈치 보지 않고 자유롭게 쓰려면 쓸 수 있었다. 하지만 그는 그렇게 하지 않았고 하지도 않을 것이었다. 1941년 가을, 레닌그라드 전선에서는 검열이 강화되면서 부치지 못한 편지가 점점 많아졌고, 레닌그라드 한곳에서만 이미 수천 통에 달했다. 하지만 검열을 통과해 무사히 수취인 손에 들어간 편지들도 료디크의 편지와는 달랐다. 그건 무엇보다 그들 주변에서 일어나는 일을 상대와 공유하고 싶다는, 감출 수 없는 욕망이었다. 어떤 이들은 필요한 물건이나 담배를 보내달라고 부탁하고, 어떤 이들은 총포 배터리의 작동 방식을 설명하거나 정치부 지도원이 맡은 책무가 무엇인지 설명한다. 또 어떤 이들은 끝까지 적을 무찌르겠노라고 약속하고, 어떻게 하면 승리를 쟁취할지 이야기한다("사랑하는 누이 마냐, 전선에는 무시무시한 일이 많아. 견딜 수가 없어."). 료디크 김멜파르브는 평소처럼 여전히 아주 잘 지냈고, 이 말은 이제 점점 이상하게 느껴진다. 한 달 반이나 편지가 없다가 '게을러서 편지를 못 썼다, 편도선염을 앓느라 그랬다'라는 편지가 도착한 후 특히 더 그렇다.

1941년 11월 27일

사랑하는 엄마,

도저히 편지를 쓸 수 없었어요. 다른 무엇보다 제가 게을러도 너무 게을러서예요. 엄마, 저는 레닌그라드에 다시 가게 되었고 리자 숙모, 소카 이모, 그리고 류샤도 한번 더 만났어요. 다들 건강하게 잘 지내고 있어요. 레닌그라드로 돌아간 이유는 제 고질병인 후두염이 재발해서 병원에 입원해야 해서예요. 소카 이모와 류샤 그리고 리자 숙모가 병원으로 절 보러왔고요…… 엄마, 어떻게 지내세요? 건강은요? 엄마, 제발 부탁인데요, 제 걱정은 하지 마세요. 저는 아무것도 필요하지 않고 정말 잘 지내고 있으니까요. 몸 상태도 꽤 좋아요.

엄마가 보낸 물건을 받지 못해 속상해요. 벌써 한 달 넘게 제가 부대를 떠나 있기 때문이에요. 하지만 제 생각에, 전부 다시 엄마한테 반송될 거예요. 엄마, 앞으로는 아무것도 보내지 마세요. 필요한 건 다 있으니까요.

특별히 다른 소식은 없어요. 아직 여기 주소도 없고요. 주소가 생기면 편지로 알려드릴게요. 건강하게 잘 지내세요. 베탸 이모, 료냐, 률랴, 쇼마 삼촌, 로잘리아 리보브나, 그리고 사라 아브라모브나, 모두에게 제 진한 사랑을 보내요.

엄마의 료디크

편지 내용의 사실 여부를 확인할 수는 없지만 나는 후두염이 그렇게 몇 주씩이나 전선을 떠나 병원, 특히 레닌그라드까지 가서 병원에 입원할 정도의 충분한 사유는 아니라는 생각을 지울 수가 없다. 머릿속에 곧장 료디크가 부상을 당했고, 그 사실을 어머니에게 알리고 싶지 않았던 건 아닐까, 의심이 들었다. 그럴듯한 가능성이지만 확인할 방법은 없다. 니콜라이 니쿨린은 자신의 기록에서 전선에서는 아무도 아프지 않았다고 말한다. 아플 곳이 없었다고. 병사들은 눈 속에서 잠을 잤고, 열이 나면 그냥 걸으면서 버텼다. 니쿨린은 동상에 걸린 자기 손가락에서 손톱이 빠졌던 일을 회상하고, 위궤양의 지속적인 통증을 '대공포 자세' 즉, 네발로 설설 기며 밤새 견뎌야 했던 한 통신병의 이름을 떠올린다. 또 다른 증인은 끊임없는 굶주림에 대해 이렇게 말한다. "많은 병사가 생존 본능조차 잊은 채 몇 미터에 달하는 위험천만한 중립 지대를 건너 독일군 전선에서 먹을 것을 찾아 헤맸다. 독일군은 즉시 우리에게 포격을 가하고 수류탄을 던졌다. 따라서 살아남은 병사들은 하는 수 없이 러시아 참호로 돌아가야 했다."

11월 16일, 994연대는 적의 포격을 받았다. 영하 20도의 추운 날씨였다. 늪지에는 단단한 방어 시설을 구축하는 게 불가능했기 때문에 병사들은 최대한 깊게 참호를 파내려갔다. 독일군은 진격해들어오며 러시아 전선의 일부를 점령했지만, 러시아군의 맹렬한 총격에 막혀 더이상 나아가지 못했다. 다음 날 적의 공격이 주춤해지면서 독일군은 퇴각했다. 땅이 얼어서 병사들은 가을 일찍 파둔 구덩이를 찾아내 그곳에 400구의 시신을 던져넣었다. 러시아군이고 독일군이고 나머지 전사자는 모두 그대로 전장에 버려졌고, 곧 눈이 내려 그들을 최대한 덮어주었다.

료디크의 11월 편지는 27일에 발송됐다. 그는 어디서 편지를 쓴 걸까? 료디크에게 무슨 일이 일어났는지 이해할 수가 없다. 왜 레닌그라드의 친척들은 우리 가족에게 료디크가 아프다고 편지를 쓰지 않았을까? 아무런 설명이 없다. 당시 레닌그라드에는 계단을 오를 기운마저 없는 사람들이 많았는데, 그들은 어떻게 병원까지 찾아갔을까? 그리고 집으로는 어떻게들 돌아갔을까? 11월 25일, 다시 빵 배급량이 줄었다. 근로자, 어린이, 그리고 피부양자는 이제 하루에 125그램의 빵을 배급받았다. 부상자들과 병원 직원들은 상황이 조금은 더 나았다. 의사 클라브디야 나우모브나—그녀의 성은 모른다—는(그녀의 일기는 피난 떠난 아들, 나의 황금 같은 아들 료시크에게, 아가에게 남긴 것으로, 그녀는 자음 하나 차이인 료디크를 '나의 료디크'라 부르는 료디크의 엄마처럼 다정한 말을 되풀이한다. 일기는 1942년에 중단된다) 이에 대해 일기에 이렇게 썼다. "얘야, 우리는 병원에서 식사를 제공받는단다. 식단은 이래. 아침에 회색 마카로니 조금, 설탕 한 조각과 빵 50그램. 점심으로는 수프(종종 매우 형편없음)와 다시 약간의 회색 마카로니나 죽, 가끔은 훈제 소시지나 고기 한 조각, 그리고 빵 100그램. 그리고 저녁에는 다시 마카로니나 죽, 그리고 빵 100그램. 차는 있지만 설탕은 없어. 보다시피 소박한 식단이지만 시내에서들 먹는 것에 비하면 잔칫상이나 다름없어……"

12월 초 샤포리나는 배고픔을 이기지 못한 사람들의 몸이 부어오르기 시작한 걸 알아차린다. 거리를 지나는 사람들 얼굴에는 괴혈병을 알리는 청록빛이 떠올랐다. "1918년에도 그런 사람들이 많았다." 누군가 길에서 얼어붙은 시신 두 구를 보았다고도 했다. 이 몇 주 동안 죽음의 존재는 점점 부풀어오르고 레닌그라드 봉쇄 텍스트에서 점점 더 많은 공간을 차지한다. 사람들은 관의 행렬, 새로운 시신을 담은 썰매와 마차, 길거리에 널브러진 시체들, 시체를 실어다 쏟아붓는 트럭 등을 글로 묘사한다. 1월 말에 접어들면서 이 공포는 습관처럼 익숙해지고 죽음과의 공존은 이제 따로 언급할 필요조차 없는 평범한 일상이 되었다. 1942년 새해 아침, 70세의 예술가 안나 오스트로우모바-레베데바는 목공용 접착제를 먹었다고 자랑스럽게 기록했다. "괜찮다. 이따금 혐오감으로 전율이 일기도 하지만, 상상력이 지나쳐서 그럴 뿐이다. 계피나 월계수 잎을 넣으면 젤리처럼 맛이 그다지 역겹지 않았다."

*

음식을 향한 집요하고도 위험한 생각은—너무도 쉽게 빠져들고, 움직일 의지를 빼앗아버리는—이 봉쇄 생활의 비밀스러운 내용을 만들었다. 음식을 두고 나누는 대화는 고통스러우면서도 달콤했기에 사람들은, 특히 사람들이 모인 곳에서, 직장에서나 총동원 공간에서는 음식 이야기를 애써 피했다. 집에서는 저녁에 음식이 대화의 유일한 통로였으며 음식은 저녁식사, 아침식사, 식당 냅킨, 그리고 작은 달걀노른자 등 함께 나눌 수 있는 추억이 머무는 넓고 얕은 모래톱을 제공했다. 전쟁이 끝나면 어떻게 음식을 즐길 것인지 여전히들 꿈꾸었고, 그 꿈은 매력적이었지만 독성 강한 환상이었다. 환상, 이를테면 굳이 크기를 잴 필요도 없이 대충 손으로 큼직큼직하게 떼어낸 빵 위에 설탕을 듬뿍 뿌리고 버터를 두툼하게 바른 다음, 붉은 감자를 기름에 맛있게 튀기는 꿈은 잠자리에 든 어머니와 딸을 따뜻하게 감싸준다. 레닌그라드 사람들은 이런 신기루는 곧 종말의 시작으로 이어질 수 있기에 이를 쫓아버리는 것이 최선이라고 생각했다. 같은 이유로, 사람들은 빵을 배급받아 가게 문을 나서자마자 그 자리에서 빵을 뜯어 먹는 짓은 하지 말자고 자신과 서로에게 충고를 건넸다. 음식 이야기는 아주 사소한 실수도 끔찍한 사건, 무서운 비난의 말로 끝날 수 있었기 때문에 아주 신중하게 말을 가려야 했다. 편지와 일기에서 음식을 조금만 언급해도 음식에 대한 갖가지 이야기가 줄줄이 쏟아졌고 이를 자제할 수 있는 사람은 거의 아무도 없었다. 축일에 우리가 먹은 음식을 네게 모두 말하고 싶어!

료디크 김멜파르브의 편지에 음식 이야기는 단 한 마디도 없었다.

1941년 12월 28일

사랑하는 엄마!

그동안 제 주소도 알리지 못한 채 계속 편지를 썼잖아요. 이제 주소가 생겼으니 엄마도 다시 제게 편지를 보낼 수 있어요. 며칠 전에 우리 부대 본부로 불려 갔는데, 저더러 장교 훈련을 받으라더라고요. 저는 어쩔 수 없이 동의했고 다음 날 곧바로 훈련 과정에 들어갔어요. 장교 양성 과정에요. 지금은 전시 상황이라 과정이 훨씬 짧아져서 두 달 정도 걸려요. 엄마는 이 일을 어떻게 생각하는지 궁금해요. 편지로 알려주세요.

엄마, 한동안 엄마 편지를 못 받아서 엄마 소식도 가족 소식도 전혀 몰라요. 제가 관심을 가질 만한 소식을 꼭 전부 다 알려주세요.

엄마 건강은 어떠세요? 일은요? 다들 어떻게 지내요? 률랴와 료냐의 아이 이름은 뭐예요? 베탸 이모는 이제 할머니가 되었네요. 행복해하시죠? 거기 시베리아는 많이 추워요? 엄마, 엄마가 보낸 물건이 도착하지 않아서 얼마나 속상한지 몰라요. 아마 엄마한테 되돌아갈 거예요. 하지만 지금 겨울옷을 따뜻하게 챙겨입고 있으니 괜찮아요. 담배 구하기가 어렵다고 하셨는데, 아직도 그런가요? 아빠한테 무슨 소식 없나요? 네르세소프 소식은요? 한 달 전에 유라 아펠호트, 류샤와 소카 이모 그리고 리자 숙모를 봤어요. 다들 꽤 잘 지내는 것 같았어요. 유라는 이제 어른이 다 돼서 군복을 입었는데, 군의관이더라고요. 음, 이제 펜을 놓아야 할 것 같아요. 건강하게 잘 지내셔야 해요. 엄마를 꼭 안고 진한 입맞춤을 보내요. 베탸 이모, 료냐, 률랴, 아기, 사라 아브라모브나, 쇼마 삼촌에게도 제가 사랑한다고 전해주세요. 답장 꼭 쓰시고요.

엄마의 료디크

제 주소예요: PPS 591, 2중대 장교 훈련소.

이 편지는 그동안 편지들과 다르게 특별하고 이상해 보인다. 다른 편지들은 질문을 쏟아내는 것으로 시작해서 일관된 일련의 인사말로 끝나며(베탸 이모에게, 료냐에게, 률랴에게, 순서는 늘 똑같다. 가까운 가족에서 더 먼 가족으로), 질문과 대답 뒤에서 느껴지는 우울함이 없었다면 영락없이 형식적이다. 그런데 이 우울함은 단어 자체가 아니라 단어 뒤에서, 수많은 편지의 양에서(모두 수취인에게 제대로 도착했을까?), 고집스럽게 반복되는 문구(사랑하는 우리 가족, 어떻게들 지내요?)에서 더 잘 드러난다. 그것은 마치 어떤 사람이 필사적으로 소식을 전하고 싶어도 똑같은 하나의 질문으로 종이의 전체 공간을 채울 수밖에 없는 것과 같다. 편지 왕래가 사랑하는 가족에게 가닿을 수 있는 유일한 방법이지만, 동시에 실제로 자신에게 무슨 일이 일어나고 있는지는 알릴 수가 없다. 아주 가끔 솔기가 터지면서 벌어진 틈으로 안감이 살짝살짝 드러난다. 여름에 료디크는 나의 증조할머니인 그의 이모에게 이렇게 편지를 썼다. “이모네가 자리를 잡아서 기뻐요. 조그맣게 농사지을 땅도 생기고 심지어 닭까지 있다면서요. 집으로 돌아가게 되면 이따위 건 모두 내동댕이칠 거라 하신 이모 말에 한참 웃었어요. 아무리 좋은 곳이라도 내 집만은 못한 법이니까요. 굳이 이 사실을 숨길 필요는 없잖아요, 그렇죠?”

장교 교육을 언급한 대목에서 유일하게 그를 갉아먹는 불안이 드러난다. 전체 줄거리는 주저하듯 속내가 묻어난 몇 개의 문장으로 압축되며, 선택(“저는 어쩔 수 없이 동의했고”)은 이미 이루어졌음에도 완전한 결정은 아닌 듯 말한다. 취소될 수도 있다는 것처럼 말이다. 그는 엄마의 의견을 듣고 싶어한다. “편지로 알려주세요.”

최전선은 소대장, 중대장 등 중간급 지휘관이 절대적으로 부족했고, 새해에는 볼호프 전선의 지휘관 구성이 거의 완전히 새로운 장교들로 바뀌었다. 1941년 10월 4일, 이 문제를 해결하기 위해 ‘각 사령부와 사단 산하 중소 지휘관 양성 과정 개설에 대한' 85호 명령이 시행되었다. 스탈린이 직접 명령을 수정하여 상황에 맞게 훈련 기간을 지속해서 줄여나갔다. 최전선 지역에서는 한 달, 군사령부에서는 최대 두 달이었다. 두번째 조항은 최근 전투 경험을 가진 료디크에게 바로 적용되었다.

2. 군사령부 산하에 중위 교육 과정을 개설하여 소대장을 양성한다. 교육 과정의 최대 인원은 200명으로 한다. 전투에서 두각을 나타낸 하사관과 상등병을 대상으로 하며 가벼운 부상 후 회복한 자들도 이에 포함한다. 교육 기간은 2개월이다.

3. 지휘관 교육 과정을 맡은 훈련관은 군사령부 및 다른 부대에서 이미 교육받은 장교 중에서 선발한다.

세번째 조항에서도 수정한 내용이 있었다. 스탈린은 '최고의 장교'라는 표현을 보다 현실적인 '교육받은' 장교로 바꾸었다. 훈련관의 자격 요건은 극히 낮은 수준이었고 교육 기간은 믿을 수 없을 정도로 짧았다. 병사들을 이끌고 공격을 감행하는 지휘관들은 맨 앞에 서야 했고, 따라서 수천 명의 지휘관들이 죽임을 당했다. 국가는 더 많은 지휘관을 필요로 했지만 다 충당이 되지는 않았다. 그들은 일반 병사보다 적의 눈에 더 잘 띄었고, 갑작스러운 적의 맹렬한 포화를 받고 중대가 퇴각하거나 보초병이 몸을 녹이기 위해 잠시 자리를 비우는 일이 생기면 그에 대한 책임을 져야 했다.

굶주린 최전방 병사들을 위한 하루치 식량은 봉쇄된 도시의 신병들 식량보다 훨씬 너그러웠다. 1941년, 병사에게 지급되는 식량 배급량은 계속 조정을 거치며 줄어들었지만, 전선의 군인들을 위한 식단은 북쪽으로 불과 10킬로미터 떨어진 도시에 비해 믿을 수 없을 정도로 호화로웠다. 우선 담배가 지급되었고 900그램의 빵에 고기, 시리얼, 감자 그리고 양파까지 제공되었다. 괴혈병에 걸린 병사에게는 알약으로 된 비타민C가 주어졌다. 병원에 입원한 부상자들을 위한 식량의 배급량도 꽤 넉넉했다. 그들은 하루에 빵 600그램, 고기, 생선에 우유가 들어간 버터며 설탕, 주스 또는 과일즙을 먹었다. 회복기에 접어든 환자들은 빵이 800그램까지 늘었다. 이에 비해 생도들의 생활은 더는 견디기 힘들 만큼 어려워졌고, 이 소문은 현역 부대까지 전해졌다.

비록 료디크는 배고픔을 겁내지 않았고 그 몇 달 동안 레닌그라드에서 벌어진 참상을 직접 목격하지 못했지만, 그에게는 여전히 불안해할 만한 이유가 있었다. 보편적인 병역법은 의심스러운 혈통을 가진 사람들도 포함했지만 그건 당분간만 예외를 둔 것이었다. 성직자, 귀족, 상인의 자녀와 손자는 기본적인 군복무는 가능했지만, 장교 자리에는 오를 수 없었다. 바로 이 지점에서 료디크 김멜파르브의 모든 게 그리 간단하지 않았을 터였다. 해외에 거주하는 친척들의 새 컬러 사진이 오래된 앨범에 보관돼 있었고, 할아버지들은 어떻게든 공문서에 출생과 지위에 대한 정확한 정보를 제공하지 않기 위해 애썼다. 지위가 높아질수록 이 조건들이 조금씩 더 눈에 띄었다. 서류에 명시된 개인정보는 더 철저하고 정확한 검열을 당하고, 그럴수록 그들의 위치는 안전하지 않았다. 그리고 아마도 전우들을 최전선에 버려두고 왔다는 죄책감도 있었을 것이다. 게다가 료디크는 극적인 과장을 좋아하지 않았기 때문에 다른 사람의 상황을 통제하고, 잘못도 없이 질책당하고, 자신의 의지에 반하여 주목받는 자리인 장교라는 지위 자체를 분명 역겨워했을 것이다.

최전방 병사 이반 지코프의 회고록은 레닌그라드에서의 대대장들을 위한 고급 교육 과정을 묘사하고 있다. 교육은 레닌그라드 외곽 볼쇼이 오치타에 있는 한 학교 건물에서 이루어졌다. 그곳에서 훈련생들은 베개 밑에 권총을 넣고 장전된 소총을 피라미드 대형으로 모아 놓고 잠을 잤으며 도시로는 거의 나가지 않았다. 가보았자 전쟁 전 레닌그라드의 영광과 아름다움을 추억하는 것 외에는 할일이 없었기 때문이다. 이미 11월에 수도관이 얼어붙은 까닭에 학교엔 난방이 들어오지 않았다. 어디선가 극장이 여전히 문을 열고, 배우들은 움푹 꺼진 얼굴로 연기를 펼치기 위해 무대에 오른다는 말이 돌았다.

"음식을 정리하고 준비하는 일은 어려웠다. 요리는 민간인이 상주하며 만들었고 당직 병사들은 나무를 자르고 양동이에 물을 길어오는 일을 맡았다. 하루에도 몇 번씩 네바강으로 큰 통을 가져가 거기에 물을 가득 채운 후 썰매로 운반해오곤 했다. 400미터쯤 떨어진 곳에 오래된 목조 가옥이 있었는데, 우리는 그 집을 철거해 땔감을 마련했다. 우리는 통나무 몇 개를 어깨에 둘러메고 와서 톱질로 자르고 잘게 팬 다음, 요리사가 죽이나 수프 만드는 데 땔감으로 쓰도록 그걸 부엌으로 가져갔다. 식사가 준비되었지만 우리는 식당 안으로 들어갈 수 없었다. 우리는 괴혈병을 막아주는 침엽수 달인 물이 담긴 잔을 받기 위해 먼저 줄을 섰고, 그런 다음에야 식사를 할 수 있었다."

혹한은 오래, 아주 오래 계속됐다. "눈이 내리고, 내리고, 끊임없이 내렸다. 궁전 광장, 네바 강변, 칠이 벗겨진 겨울궁전의 외벽, 창문이 부서진 에르미타주, 이 모든 것이 내겐 어쩐지 아득히 멀고 환상적인, 중국의 그림자 인형이 마지막 숨을 고르며 부지런히 몸을 놀리는 아름다운, 하지만 죽어버린 도시처럼 보인다." 2월이 되자 식인을 주제로 한 글이 끊이지 않고 등장한다. 어둡고 흉흉한 소문이 일기장을 가득 채운다. "병리해부학자 D교수는 굶어죽은 사람의 간은 맛이 형편없지만 뇌와 함께 먹으면 꽤 먹을 만하다고 말한다. 그는 이 사실을 어떻게 아는 걸까?" 이런 이야기는 '참인가 거짓인가?'라는 반복되는 후렴구와 함께 사람들 사이에 퍼져나갔다. 과도하게 사실적이고 상세한 묘사는 서술자와 독자를 그 당시로, 그때의 감각으로 밀어넣는다. 이즈음 지극히 객관적이고 냉정한 서술자로 남아 있던 샤포리나는 "나는 점점 동굴 속에 사는 원시인으로 변해가는 중이다"라고 쓴다. 그녀는 450그램의 고기를 배급받았고, 이렇게 썼다. "칼과 포크로 자르는 그새를 못 참고 나는 양손으로 고기를 움켜쥐고는 그대로 먹어버렸다."

1942년 5월 17일

사랑하는 나의 가족!

어디서부터 시작해야 할지 모르겠어요. 저는 살아 있고 건강하게 잘 지내요. 훈련소에서 여러 번 편지를 썼는데 답장을 한 통도 받지 못했어요. 왜 그런지 모르겠네요.

이제 영구적인 주소가 생겼기 때문에 답장을 받을 수 있으리라 믿으며 다시 편지를 씁니다. 다들 어떻게 지내는지, 잘 지내는지 편지로 알려주시겠어요? 엄마, 어떻게 지내세요? 베타 이모, 료냐, 률랴, 그들의 아이들, 그리고 사라 아브라모브나는요? 엄마한테 소식을 듣지 못해서 걱정이 많이 돼요. 3월 전까지 레닌그라드에 머물렀기 때문에 식사가 썩 좋지는 않았어요. 2월 말에 레닌그라드를 떠나 라도가 호수로 옮겨갔는데, 음식이 바로 좋아지더라고요. 지금은 강인하고 건강한 사람이 된 기분이에요.

모든 상황, 모든 사람에 대해 가능한 한 자세히 써주세요. 답장 기다릴게요. 엄마, 베타 이모, 료냐, 룔랴, 료냐와 룔랴의 아이들, 그리고 사라 아브라모브나 모두 꼭 끌어안고 입맞춤을 전합니다.

제 주소예요: PPS 939, 994 s/p, 3대대, 7중대. 중위 김멜파르브 L.M.

*

1942년 봄, 삶은 쭈뼛쭈뼛 마지못해 예전 모습으로 돌아가기 시작했다. 식료품 공급이 증가했고, 시장이 열리면서 무언가를 다시 돈으로 살 수 있게 되었다. 간소해진 도시는 햇볕 아래서 시골처럼 보였다. 여기저기 눈밭 사이로 씨를 뿌리기에 적합한 흙이 모습을 드러냈다. 이제 감자, 양배추, 오이가 자라날 터였다. 4월에 레닌그라드 시민들은 끔찍했던 겨울의 흔적을 지우기 위해 거리로 나왔다. 물론 겨울은 여전히 제자리에 남아 모든 구멍에서 숨을 내뿜고 있었지만, 그래도 변화는 천국처럼 느껴졌다. 위태롭게 흔들리는 이 막연한 환희(그것에 대한 믿음은 없지만, 유리처럼 빛나는 태양 아래 머물고 싶은 욕망)는 이 몇 주, 이 몇 달 동안 온통 봉쇄 텍스트를 뒤덮는다. 여름이 시작될 즈음 클라브디야 나우모브나는 아들에게 이렇게 편지를 쓴다. "삶은 다시 흐르기 시작했고, 특히 겨울이 지나면서 생동감마저 느껴지는구나. 사람들은 깨끗하게 몸을 씻고 가장 좋은 옷을 꺼내 입기 시작했어. 노면전차가 달리고, 상점들이 하나둘 다시 문을 열고 있단다. 향수 가게 앞에 사람들이 줄을 섰더구나. 레닌그라드에 향수가 들어왔거든. 사실, 한 병에 120루블이나 하는데도 사람들이 향수를 사고, 심지어 엄마는 향수 선물까지 받았지 뭐니. 정말 행복하더라. 엄마는 향수가 얼마나 좋은지 몰라! 살짝 뿌렸더니 배고픈 줄도 모르겠고 어디 극장이나 음악회, 카페에서 막 돌아온 기분이 들었어. 특히 '레드 모스크바' 향을 맡았을 때 그런 느낌이 가장 강하게 들지." 샤포리나 역시 공기가 얼마나 근사한지, 무가 얼마나 맛있고 달콤한지 기록하면서 이를 확인시켜준다. 기대할 건 별로 없었지만 적어도 '그들은 아직 살아 있었다.'

리디야 긴즈부르크의 주인공이자 그녀의 alter ego(또 다른 자아)인 오터도 믿을 수 없는 포만감을 경험한다. 그는 "경이로운, 사라지지 않고 여전히 느껴지는 고통의 부재"와 함께 잠에서 깬다. 훗날 완벽한 구성의 『봉쇄된 자의 기록』으로 탄생하는 '오터의 날'은 1943년과 1944년이라는 어느 정도의 거리를 두고 쓰였지만, 예전 삶의 불가사의한 귀환은 그 사실이 도저히 믿어지지 않는다는 점에서 더 생생하고 신선하게 다가온다. "창문이 열려 있었다. 그는 춥지도 덥지도 않았다. 사방이 환히 밝았고 앞으로도 한참을, 백야가 계속되는 내내 그렇게 밝을 터였다. 어둠은 작은 조각 하나 찾아볼 수 없이. 그는 배고프다는 생각마저 들지 않았다. (……) 오터는 덮고 있던 이불을 던져버리고 춥지도 덥지도 않은, 밝고 가벼운 공기에 자기 몸을 내놓았다."

레닌그라드 전선에서도 반가운 소강상태가 이어졌다. 니쿨린은 눈이 녹자 겨우내 얼어 있던 시신이 겹겹이 쌓인 채 다시 모습을 드러냈다고 썼다. 여름 군복과 신발을 신은 9월의 전사자, 검은색 피코트 차림의 해병대원, 짧은 모피코트를 입은 시베리아인, 봉쇄 도시의 자원 방위군. 길은 진흙탕이 되어 지나다닐 수 없었고, 참호엔 물이 들어찼다. 봄은 모든 것의 물기를 말리고, 땅을 다시 고르게 펴서 녹색으로 장식하고, 무덤을 눈에 보이지 않게 감춰주었다. "병사들은 방어선 뒤에서 쉬고 있었다. 사망자나 부상자는 거의 없었다. 훈련이 시작되었고 심지어 영화도 보여주기 시작했다. (……) 곳곳에 목욕탕이 들어섰고 마침내 이가 사라졌다." 여름은 화창했고, 그들은 서서히 공격을 준비했다. 료디크의 어머니는 료디크에게 혹시 휴가를 나올 수 있느냐고 물었고, 료디크는 '전시에는 휴가를 주지 않는다. 전쟁이 끝나면 사랑하는 가족 모두와 만나기를 바란다'라고 설명한다. 위문 공연 온 가수들이 콘서트를 열었다. 당시엔 무명이었던 클라브디야 슐젠코는 그녀 자신을 위해 개작한 〈파란 손수건〉을 불렀다.

당신 편지를 받으니
당신 목소리가 생생하게 들려요.
글자들 사이로 파란 손수건이
다시 내 앞에서 손을 흔들어요.

1942년 7월 5일
사랑하는 엄마!
어제 엄마 엽서를 받고 한없이 기뻤어요. 조금 전에 하나 더 받았고요. 엄마도 가족들도 모두 건강하게 잘 지낸다는 소식을 들으니 행복해요. 혹시 제 편지 받으셨어요? 그 편지에 제 근황을 자세히 적었답니다. 같은 날 아버지께도 편지를 썼는데, 아직 답장이 없으시네요. 엄마께 700루블 보냈어요. 편지에 보냈다고 썼고요. 혹시 받으셨어요?

엄마, 이곳은 달라진 거 없이 예전 그대로예요. 하루하루 무사히 지나가요. 날씨가 정말 좋아요. 며칠 전에 우리 부대에서 예술 공연이 있었어요. 재즈, 시 낭송, 댄서 두 명, 가수 한 명, 바리톤 한 명…… 특히 〈첼리타〉와 〈파란 손수건〉, 또 두나옙스키의 재즈 연주가 좋았어요. 공연이 끝나고도 한참 동안 감동이 사라지질 않더라고요. 그런 공연은 제게 너무 사치였거든요. 최전선에서 그리 멀지 않은 곳에서 한 공연이라 모르긴 몰라도 저 비열한 독일군도 조금은 들었을 거예요.

저는 정말 잘 지내요. 머지않아 엄마, 아빠 그리고 사랑하는 가족들 모두 만날 날을 기대하며 살아요. 저는 아버지가 근위병으로 진급하신 게 자랑스러워요. 저는 붉은군대 지휘관의 한 사람으로서 제게 보내는 국가의 신뢰에 부응할 수 있기를 바라요.

엄마, 전부 얘기해주세요. 다른 식구들 소식도 모두 궁금해요. 엄마에게 한 가지 부탁이 있어요. 가능하면 제게 편지봉투 좀 보내주시겠어요? 여기선 구하기가 힘들어서요.

건강하고 행복하세요. 엄마를 꼭 껴안고 입맞춤해요.

엄마의 료디크

사랑하는 나머지 가족들에게도 제가 사랑한다고 전해주세요.

추신: 모스크바에서 온 고향 사람들을 만났어요. 그들과 이야기하는 게 즐거워요. 그중 한 명은 우리 동네에서 살고 일했더라고요.

다시 한번 입맞춤을 보내요.
료디크

*

전쟁 전에 '손수건'은 평범한 노래 중 하나였고 가사도 완전히 달랐다. 이 노래가 병사들의 애환을 위로하는 찬가가 된 것은 거의 우연이었다. 볼호프 전선의 또 다른 젊은 중위는 자신이 직접 지은 가사가 적힌 종이 한 장을 슐젠코에게 건넸다.

그들을 위해, 그들을 위해,
아끼고 사랑하는 그들을 위해
기관총수는 파란 손수건 너머 총구를 겨누네,
사랑하는 이들이 둘렀던 그 손수건.

그 시대의 많은 대중가요는 비슷한 운명을 겪었다. 한창 유행이던 〈첼리타〉—아이-야이-야-야이, 정말 대단한 아가씨라네!—는 1930년대 소련의 무대로 넘어가며 새로운 생명을 얻었다. 멕시코 원작은 더 애절하고 고상했지만, 러시아어 버전은 귀에 쏙쏙 들어오는 가사와 세심하게 표현된 계급의식이 담겨 있었다. 멕시코 신사들은 그녀에게 산더미 같은 진주를 약속하지만, 여주인공은 이글거리는 태양 아래 빵을 굽는 평범한 청년에게만 사랑을 준다. 붉은군대의 유명한 군가 〈우리는 소련의 권력을 위해 용감하게 전투에 임한다〉에는 백군 출신의 쌍둥이 곡이 있다. '우리는 성스러운 루시*를 위해 용감하게 전투에 임한다'라는 제목의 노래로, 마치 깊은 땅속에서 솟아오르듯 굵은 목소리로 느릿느릿 노래한다. 두 곡 모두 〈향기로운 하얀 아카시아 꽃송이들〉이라는 아름다운 노래에서 자라난 가지들이다. 내전을 똑똑히 기억하는 도라 할머니가 어린 시절 나에게 불러주던 노래(〈프리아무르스키** 빨치산의 용맹한 기병 중대가 전진하네〉)는 불과 몇 년 후 뜻밖의 완벽한 반전을 선사한다. 그건 바로 이 노래의 곡조가 1915년, 적이었던 시베리아 소총부대의 행진곡 〈타이가, 울창한 타이가에서 시베리아인들이 전장으로 향한다네〉와 똑같다는 사실이었다. 심지어 오래된 악보 묶음 속의 살롱 왈츠조차도 이상하게 소련의 〈폴류시코-폴레〉***와 닮아 있다.

1939년 마트베이 블란테르가 러시아어로 작곡한 유명한 〈카추샤〉 역시 전 세계에서 다양한 방식으로 불렸다. 그중 하나가 레닌그라드 근처에서 싸운 스페인 '청색사단'****의 찬가였다. 이 찬가는 사랑하는 사람을 두고 멀리 떠나온 타향에서 꽃도 없이 맞이하는 봄을, 볼호프의 강 그리고 보드카에서 물놀이하는 비열한 적을 노래하는 슬픈 곡으로, 영웅적인 죽음을 기약하며 끝난다. 크라스느이 보르 근교에서 벌어진 단 한 번의 전투에서 단 한 시간만에 천 명이 넘는 스페인 군인들이 전사했다. 그해 여름은 사방에 죽음이 널려 있었다. 최전선 반대편에서 료디크는 사촌에게 이렇게 썼다. "곧 소련공산당에 입당해서 볼셰비키 정신으로 저주받은 적을 물리칠 생각이야. 승리의 그날

---

* 러시아를 미화하는 표현.

** 러시아 유대인 자치주 스미도비치스키 지역에 있는 도시형 정착지.

*** 대중적인 인기 때문에 민요로 간주되는 소련 노래.

**** 2차세계대전 당시 스페인의 의용군으로 편성된 나치 독일의 외인부대.

까지! 우리가 만나는 그날까지!"

1942년 7월 26일

엄마가 제가 보낸 700루블을 받았다는 사실을 베탸 이모 편지를 받고서야 알았어요. 왜 엄마가 직접 편지하지 않으셨어요? 이해가 안 돼요. 료냐의 추신이 붙은 엽서가 엄마한테 받은 마지막 소식이었어요. 곧 엄마 편지를 받고 싶어요. 엄마, 우편환을 보내달라고 하셨잖아요. 그렇게 했으니까 이제 지역 군사위원회를 통해 매달 돈을 받으시면 돼요. 저는 급여로 750루블을 받는데, 그건 현장 수당이 붙은 금액이고, 기본 급여는 600루블이에요. 그리고 기본 급여의 75퍼센트만 우편환으로 쓰는 게 규정이라서 400루블만 보낼 수 있어요. 나머지는 계속 우편으로 송금할게요. 우편환은 1943년 7월부터 1년간 유효하고요. 8월부터 돈을 찾을 수 있어요. 7월 23일에 엄마께 900루블 보냈으니까, 받으시면 받았다고 제게 꼭 알려주세요. 엄마, 우편환은 '레닌 거리 13번, 얄루토롭스키 P.V.K.' 주소로 보냈어요. 엄마가 찾아갈 때까지 우체국에서 보관하게 둘 수는 없어서요. 혹시 베탸 이모네에서 먼 데 사세요? 편지로 알려주세요. 필요하면 지역 군사위원회에 가서 다른 주소를 써넣으면 돼요.

엄마, 건강은 좀 어떠세요? 일하느라 힘들진 않으세요? 너무 무리하지 마세요. 아빠가 편지 보내셨더라고 지난번에 썼잖아요. 곧장 답장을 보냈는데 아직 답이 없으시네요. 참, 지난번 제 편지는 받으셨어요? 저는 아주 건강하게 잘 지내요. 이틀 후면 스무 살이 되네요. 다음 생일에는 엄마랑 가족들 모두랑 함께 보내고 싶어요. 건강하고 행복하세요. 엄마를 꼭 껴안고 입맞춤을 보내요.

엄마의 사랑하는 아들, 료디크

병사들과 장교들이 전시에도 여전히 급여를 받았다니 놀랍다. 1939년 기준에 따르면 보병 한 명이 한 달에 140에서 300루블을 받았고, 포병과 전차병은 조금 더 받았다. 전시이니만큼 현장 수당이 지급되었는데, 장교의 경우 그 금액은 기본 급여의 25퍼센트였다. 김멜파르브 소위는 소대를 지휘했다. 여기서 최저 임금은 625루블이었는데, 그는 600루블을 받고 있고 현장 수당이 더 붙는다고 적었다. 그는 자신의 급여를 모두 어머니에게 보낸다. 아름다운 베라 김멜파르브가 유품으로 남긴 서류 뭉치에는 노란색의 송금 영수증 쪽지가 들어 있고, 그 뒷면에는 예의 그 엄마의 료디크를 비롯해 몇 마디의 글이 적혀 있다.

1942년 8월 10일

그리운 엄마!

어제 엄마 편지를 받았는데, 봉투를 열어보니 봉투만 네 장 들어 있고 정작 편지는 없었어요. 글쎄, 중간에 편지가 빠져버렸을까요. 벌써 오랫동안 엄마 편지를 못 받고 있는데, 엄마 건강이 걱정돼요. 엄마가 자꾸 피곤해한다고 아빠가 편지에 쓰셨더라고요. 엄마 건강 상태가 어떤지 자세히 알려주세요. 좀 됐는데, 베탸 이모가 보내신 편지가 제가 받은 마지막 편지예요. 저는 곧바로 이모께 답장했고 그편에 엄마께 쓴 쪽지도 함께 보냈고요. 베탸 이모네 주소로 엄마께 우편환을 발송했어요. 우체국을 통해서는 보낼 수가 없어서요. 400루블인데, 그 이상은 허용이 안 되거든요. 나머지 돈은 일반 우편으로 보낼게요. 지난달에 제가 보낸 900루블은 받으셨어요? 며칠 전에 아빠한테서 편지, 그리고 필랴 삼촌한테서 엽서를 받았어요. 아빠는 잘 지내신대요. 필랴 삼촌은 태평양 함대에 복무중이신데, 벌써 1년이 다 돼가시더라고요. 삼촌 부인 토냐 숙모는 알마티의 스튜디오에서 일하시고요. 필랴 삼촌이 식구들 주소 전부 다 알려주시기로 약속하셨어요. 삼촌이 엄마께도 편지하셨는데, 엄마 주소는 아빠가 알려주셨대요. 저는 아주 건강하고 잘 지내고 있어요. 다들 어떻게 지내시나요? 제게 전부 다 알려주세요. 제발 제 걱정은 하지 마시고요. 정말 전혀 그럴 필요 없어요. 건강하고 행복하세요. 엄마를 꼭 끌어안고 입맞춤합니다. 나머지 가족들에게도 제 사랑을 전해주세요.

답장 기다릴게요.

엄마의 사랑하는 아들, 료디크

이 편지가 료디크의 마지막 편지이다. 8월 25일, 류보피 샤포리나는 일기장에 한 지인과의 대화를 괄호로 묶어서 이렇게 설명한다. ("나는 글을 쓰고 있고, 도시 근처나 외곽 어딘가에서 더욱 강력해진 포성, 총격전 소리가 마치 점점 가까이 다가오는 위협적인 뇌우처럼 우르릉우르릉 깊고 낮게 울린다.")

8월 27일 불행한 시냐빈스키 작전이 시작되었다. 작전의 목표는 적의 가장 약한 고리를 찾아 봉쇄를 돌파하는 것이었는데, 불과 16킬로미터밖에 떨어지지 않은 소련군 본대와 합류하기 위해서였다. 하지만 지난 1년 동안 독일군이 총포와 벙커, 지뢰밭으로 요새화한 숲과 늪지대를 지나야 했다. 그곳은 수백 미터에 이르는 철조망과 총구멍 울타리, 그리고 늪지 도랑에 둘러싸여 있었다. "포성은 계속 울리고 라디오에선 경쾌한 선율이 흘러나온다. 공세가 시작됐다는 소문이 돌았다"라고 샤포리나는 썼다.

994소총연대는 이미 익숙한 보로노보 마을을 점령하고 그곳을 요새화하라는 명령을 받았다. 작은 강 너머에는 독일군이 주둔지로 삼았던, 거의 폐허가 되다시피 한 휴양 단지가 두 곳 있었다. 1대대 지휘관은 회고록에서 당시 상황을 자세히 묘사한다. 보병이 땅바닥에 바짝 몸을 낮춰서 접근할 수밖에 없게 만드는 적의 맹렬한 포격, 기껏 저지선을 돌파하고 다리를 건넜지만 뒤따르는 지원 병력이 없어 고립된 탱크 몇 대, 5일 동안 쉼 없이 지속된 무익한 전투, 하나둘 죽어나가는 장교들. "3대대(마침 료디크가 3대대 소속이었다) 지휘관은 다리가 부러졌고, 우리 인민위원은 어깨가 나갔고, 상급 대대 사령관은 두 다리가 잘렸다. 몇 명은 그 자리에서 사망했고, 나는 오른쪽 다리 무릎 아래가 부러졌다. 파편이 살을 찢고 들어와 뼛속까지 드러났다. 오른손 손가락 두 개가 잘리고 두 개는 부러졌다. 오른쪽 허벅다리에 파편 세 개가 박혔다. (……) 피는 계속 흐르고, 이렇게 많은 부상자가 발생했는데 우리에게 남은 혈액이라곤 두 봉지가 전부다."

이 글의 주인공은 결국 불구가 되어 집으로 돌아온다. 료디크 김멜파르브의 어머니는 그녀의 아들이 작전 첫날인 8월 27일에 사망했음을 알리는 사망통지서를 받는다. 수많은 병사가 죽어나간 그 절망의 전장 속에서 실제 사망 날짜와 시각을 아는 사람은 아무도 없었고 그때쯤으로 짐작만 할 뿐이었다. 인근 연대에서 대대를 지휘했던 알렉산드르 구트만은 전장에서 전사한 동료의 시신을 빼내오기가 항상 가능하지도 않았으려니와 "전사자의 기록도 잘 보존되지 않았기"에 거의 모든 사망통지서에 '전투중 사망'이라고 기록했다고 말한다. 어둠이 내리기 전 마지막으로 사물을 명료하게 볼 수 있는 순간은 전투 시작 몇 시간 전이다.

"임무는 명확했고 우리는 모두 공격 태세를 갖추었다. 우리는 방어 지역을 다음 부대에 넘겼다. 연대는 공격 준비를 위해 집결지로 이동하거나, 달리 말하면 우리는 첫번째 공격 지점에서 준비를 마쳤다. 숲에서 저녁을 먹고, 보초를 세우고, 가능한 한 잠을 청했다. 많은 병사에게 그날은 인생의 마지막 밤이었지만, 아무도 그 생각은 하지 않았다. 모두 한 가지만 생각했다. 승리하고 살아남기. 우리는 잠을 잤고, 조금 힘들었지만 그날 밤은 무사히 지나갔다. 아침 6시에 우리는 아침을 먹고 담배를 피웠다. 그런 다음 무기를 점검하고 탄약, 탄피, 방독면을 챙긴 다음 외투를 돌돌 말아 배낭에 고정했다. 그리고 지시를 기다렸다. 정확히 8시에 대포와 박격포가 54군단의 시냐빈스키 전열을 따라 불을 뿜기 시작했다. 9시에 병사들은 지상 공격을 시작했다."

*

인민위원회

소련 국방군

994소총연대

1942년 9월 16일

No.1058

PPS No.939

사망통지서

모스크바 레닌 지구 994소총연대 7전선 중대 소총소대의 소위이자 장교인 귀하의 아들 료디크 미샤로비치 김멜파르브가 1942년 8월 27일 사회주의 조국 수호를 위한 전투에서 그의 맹세에 충실하게 용기와 영웅주의를 발휘하고 부상으로 사망했습니다.

소위는 레닌그라드 지역 므긴스키 구 보로노보 마을 남동쪽에 매장됐습니다.

본 사망통지서는 연금 신청 절차에 필요합니다.

994소총연대 지휘관 포포프 중령

994소총대대 지휘관 구시코프 정치위원

참모장 지지코프 대위

*

1943년 2월 19일

안녕하십니까, 베라 레온티예브나.

다시 한번 안녕하세요, 친애하는 어머니. 귀하의 남편 김멜파르브 씨로부터 편지를 받았습니다. 남편분께서 사랑하는 아들 료디크 미샤로비치의 죽음에 대해 궁금해하셨습니다. 아드님은 1942년 8월 27일 레닌그라드를 방어하던 중 용맹하게 죽음을 맞이했음을 알려드립니다. 그는 조국의 훌륭한 아들이었습니다. 귀하는 그런 아들을 두셨음을 자랑스러워해야 합니다. 물론 귀한 아드님 일은 유감입니다만, 우리가 어떻게 하겠습니까. 전쟁은 무자비하고 희생을 요구하는 것을요. 우리는 러시아 국민이 흘린 피가 헛되지 않았다는 사실에서 기쁨을 찾아야 합니다. 붉은군대의 병사들인 우리가 아드님의 죽음을 복수할 겁니다. 남편분 주소를 몰라 남편분께 직접 답변하지 못하고 귀하께 이렇게 연락드렸습니다.

건강하시고 힘내시기를 바랍니다.

N연대 부사령관

A. 우골코프

*

1944년 4월 1일

친애하는 베군 동지,

귀하의 편지에 대한 답변으로, 미하일 이오시포비치 김멜파르브가 1944년 2월 10일 군부대에 파견되었음을 알려드립니다. 하지만 목적지로 향하던 중 1944년 2월 11일 적의 공격을 받아 전사했습니다.

그의 사망통지서는 같은 군부대에서 그의 집 주소로 보내졌다.

P/P 군부대 (야전 우편주소) 24778s

V. 마라토프 중위

료디크는 편지에서 이따금 아직 이름도 없고 성별도, 이미 세상에 태어났는지 아니면 곧 태어날 것인지도 알 수 없는 아기를 언급하곤 했다. 간신히 태어난, 그에게 그토록 중요한 률라와 료냐의 이 아이는 나의 엄마, 나타샤 구레비치였다. 엄마는 내가 어렸을 때 료디크 이야기를 자주 들려주었다. 엄마는 어린 시절부터 료디크를 자기 영웅으로 선택했고—자신의 작은 세계의 비밀스러운 주인공으로 삼았으며—살아 있는 동안 평생 그를 기억했다. 편지, 사진과 사망통지서가 담긴 봉투에 엄마의 손글씨가 적혀 있다.

9장
요셉 혹은 순종

뷔르츠부르크에는 궁전이 있고, 그 궁전에는 세상 어디에서도 볼 수 없는 조반니 바티스타 티에폴로*의 프레스코화가 있다. 물론, 이는 어리석은 설명이다. 왜냐하면 결국 세상의 모든 것은 다른 모든 것과 비슷하고, 또 모든 것은 서로 운韻을 맞추기 때문이다. 프레스코화는 천장을 그 길이만큼 분홍색, 붉은색으로 물들였고, 현실이 서커스나 할리우드 의상실에 숨겨두고 우리에게 보여주기를 망설이는 놀라운 창조물들로 가득차 있다. 이 창조물들은 사대륙 퍼레이드에 참여하기 위해 모습을 드러내며 모두 여기로 모여들었다. 사대륙은 갑자기 자리에서 일어나 짐을 챙기고 뷔르츠부르크의 대주교(이름이 기억나지 않는다)를 기리는 축하 행사에 서둘러 참석했다. 예술가 자신이 누구보다 먼저 파티 장소에 도착했다. 그는 이탈리아인들이 헤르비폴

* 이탈리아 베네치아파를 대표하는 장식화가.

리스라고 부르는 이 북부 도시에서 앵무새, 긴꼬리원숭이, 난쟁이, 원주민, 하녀, 황후, 악어, 분홍빛 공기에 반쯤 녹아든 신성한 창조물의 창백한 발 등 갖가지 환상을 천장에 새겨넣느라 꼬박 3년을 보낸 터였다. 이들은 부글부글 끓는 냄비의 뚜껑처럼 살짝살짝 고개를 내밀어 우리네 구차한 세상을 내려다보며 우리가 만들어낸 삶보다 훨씬 더 흥미롭고 무지갯빛인 현실이 가능하다는 사실을 넌지시 알려준다.

이 무지개는 2차세계대전 중 폭격으로 거의 불타버렸다. 그때 불과 몇 주 만에 900톤 이상의 강력한 폭탄이 뷔르츠부르크에 떨어졌다. 1932년 봄날 저녁 책이 불살라졌던 광장은 1945년에 몰라보게 달라져 있었다. 광장 옆 대주교의 궁전은 유령이 나올 것 같았다. 이젠 지붕도 없었고 그나마 화마에 먹히지 않은 부분은 비와 그을음에 훼손돼 보기 흉했다. 왕의 알현실을 장식했던 옅은 흰색의 스투코 천장도 마치 존재하지 않았던 것처럼 사라지고 없었다. 그 공들인 부조 장식은 명예의 전당이라기보다 차라리 바다 저 밑바닥에 더 가까웠다. 깃털과 깃대는 살점이 다 발린 물고기 뼈를 연상시키는 모양새였고, 짚단처럼 한데 묶인 창들은 누가 봐도 침몰한 배의 돛대 같았다.

이제 이 모든 것이 복원되었다. 스투코 천장도, 거울도, 마치 예전과 전혀 다를 게 없다는 듯 은색이 녹색으로 변신하는 놀라운 색상의 방도. 경이롭고 다양한 창조물들과 악어가 새겨진 거대한 프레스코화도 예전처럼 빛난다. 로베르토 칼라소*는 티에폴로에 관한 자신의 책에서 이 장밋빛 광채를 유럽의 마지막 미소로 묘사한다. 프레스코화의 화려하고 다양한 색깔의 군중들에도 불구하고 그는 그들을 매혹

* 이탈리아의 작가이자 출판인.

적인 하나의 구성으로 이해해야 한다고 주장한다. 칼라소는 "우리는 이국적이지도 않고 동시에 토속적이지도 않은 또 다른 인류의 표본을 관찰하고 있다"라고 말한다. 이 군상은 "상상할 수 있는 어떤 형상과도, 인간 혹은 이를테면 님프나 강과 샘에 사는 그 밖의 다른 거주자 같은 반신반인의 존재"와도 친밀한 관계를 맺을 수 있다. 티에폴로에게는 악어를 타고 가는 깃털 장식의 인도 여성이 궁정에서 연주하는 유럽 음악가보다 더 특별하지 않다." 그의 이 평화로운 전시展示에서 실제 존재와 허구의 존재, 모두 동시에 그리고 동등하게 나타난다. 신비한 생명체들과 기이한 존재들은 마치 그래야만 한다는 듯 우리에게 익숙한 세계의 대표들과 가깝게 지낸다. 거기에는 어울리지 않는 빤한 진부함도 이 군중에게 충격을 줄 만한 참신함도 없다. 티에폴로는 "오늘날에도 꿈꿀 수 있는 것, 즉 맨 아래 있는 사람과 최정상에 선 사람을 평등하게 하는 민주주의, 미학적 자질이 모든 지위의 차이를 없애는 민주주의를 창조"했다.

*

뉴욕 휘트니박물관 웹사이트에서 한 전시품에 대한 설명을 읽을 수 있다. 한창때의 톰 소여가 소유했을 법한 물건들을 기록한 일종의 물품 목록. 이 목록에는 색칠된 나무, 인쇄된 종이, 아페리티프 잔, 파란색 유리구슬, 석고 머리, 코르크로 만든 약간 큼지막한 공, 금속 막대와 못, 색을 입힌 유리가 포함돼 있다. '아상블라주'*라는 용어로 불리

* 프랑스어로 수집, 조립을 의미하며 폐품 등을 모아 제작하는 미술 기법 및 그 작품.

는 이 모든 것은 전면이 유리로 된 특수 제작 나무상자 안에 들어 있다. 우리는 이것이 마치 가게 진열창, 보석 상자 또는 성상의 테두리, 투명한 덮개가 달린 여행가방과 비슷하다고 생각할 수 있다. 어떤 경우라도 내용물은 유리 덮개 아래에서 선별되어 노출되고 어떤 해도 입지 않는다는 점이 그 본질적인 속성이다(그리고 어쩌면 그들은 보이지 않고 자신의 배 속에 살고 있을지도 모른다).

예술가 조셉 코넬*은 무엇보다 상자 제작자로 알려져 있다. 그는 긴 생애 동안 엄청난 양의 상자를 제작했다. 처음에 그는 공장에서 생산한 기성품 상자들을 자신의 이해할 수 없는 작업에 사용했고, 나중에는 교외에 있는 자신의 작은 집 지하실에서 직접 만들기 시작했다. 그런 상자가 수십 개였다. 그중 일부는 그가 매력을 느끼는 사람들에게 선물로 주었다. 때때로 그의 감정은 시큰둥해졌고, 그러면 자신이 상자를 선물로 준 사람에게 편지를 써서 상자를 다시 돌려달라고 요청했다. 어쨌든 그 상자들은 언제나 그의 보물이었고 그의 소중한 존재였다.

코넬의 상자는 모두 앞면이 유리로 되어 있다. 그 안을 보면 뭔가 조롱 같은 게 느껴진다. 마치 작은 물건 하나하나를 만지고, 색깔 모래를 손가락 사이로 흘려보내고, 구슬을 작은 잔에서 주머니로 옮겨야 할 것만 같다. 박물관 캐비닛처럼 봉인된 상자는 놀이를 약속하면서도 정작 놀이의 시작은 무기한 지연될 것임을 암시한다. 상자의 수취인은 보통 오래전에 사라진 자들이다. 코넬의 유명한 상자 중 하나는 1856년에 사망한 위대한 발레리나에게 헌정한 선물이다. 갈색 벨

---

* 미국의 미술가로서 아상블라주의 선구자.

벳 안감에 큼지막한 보석 목걸이로 장식된 '탈리오니 보석함'에는 얼음 조각 같은 열여섯 개의 투명한 정육면체가 파란색 유리 위에 누워 여주인을 기다리고 있다. 뚜껑에 새겨진 글귀는(벨벳 위에 놓인 사슬이 기념비에 새겨진 비문과 유사함을 알려준다) 다음과 같은 내용을 담고 있다. "1835년 겨울 어느 달밤, 한 러시아 강도가 큰길에서 마리 탈리오니*의 마차를 멈춰 세운 후 별빛이 비치는 하얀 눈 위에 표범 가죽을 펼치고는 그 위에서 오직 그 한 사람을 위한 춤을 추라고 명령했다. 이 실제 사건actuality은 전설을 낳았다. 결코 잊을 수 없는 모험의 기억을 간직하기 위해 탈리오니가 자신의 보석함과 화장대 서랍에 인공 얼음 조각을 넣기 시작했다는 전설을. 반짝이는 돌들은 그녀에게 얼음으로 뒤덮인 풍경 위로 하늘의 별빛이 쏟아지는 분위기를 연상시켰다."

탈리오니는 1873년에야 러시아에 왔다. 상당히 있을 법하지 않은, 큰길에서 만난 고상한 강도 이야기는 원래 이야기와 다르다. 눈 위에 펼쳐진 표범 가죽 대신 질퍽한 진창 위에 카펫이 깔려 있었고 얼음 조각에 대한 언급은 한마디도 없다. 코넬의 말을 빌리면, 여기서 유일한 actuality(실제)는 코넬 자신 그리고 상자와 보석함의 힘에 대한 그의 열렬한 믿음뿐이다. 수십 년 동안 그는 수많은 밀폐공간을 만들었고, 그것들로 인형의 집을 지을 수 있었다. 인형의 집엔 '궤짝들' '귀중품함' '비눗방울 도구 세트' 같은 온갖 종류의 은신처와 비밀 공간이 존재한다. 아니면 심지어 '호텔' '전망대' '비둘기장' '약국' '새장' '모래 분수'가 있는 도시까지 들어서 있다. 이것들은 모두 개별 작품이 아니

* 이탈리아의 발레리나로, 발끝으로 서는 토댄스를 창시했다.

라 전체로 아우러지는 연작의 형태로, 하나의 방이 곧장 다음 방으로 이어지며 다양한 변주를 이룬다.

코넬은 1972년 12월 29일, 일흔번째 생일을 1년여 앞두고 세상을 떠났다. 그는 크리스마스와 새해 사이 축제 상자에 들어 있는 이 날짜를 좋아했을 것이다. 그가 태어난 날도 마침 크리스마스이브였다. 그는 유토피아 대로, 3798번지의 주소를 가진 교외의 작고 평범한 집에서 노모와 장애인인 형 로버트와 함께 거의 평생을 보냈다. 그는 지하실에 스튜디오를 마련했고, 그곳에 미래의 작품을 위해 준비한 수만 장의 이미지와 사진 복사물, 필수 물품 상자(둥근 나무상자-비어 있음, 점토 파이프)와 스크랩이나 메모가 든 폴더를 보관했다. 그의 기이한 취향은 그를 발레 이코노그래피*에서 무성영화의 역사에 이르기까지 다양한 특정 분야의 전문가로 만들었으며, 심지어 전문가들조차 그에게 조언을 구하곤 했다. 그는 나이가 들면서 자기 작품을 사 모으는 수집가들을 점점 더 견딜 수 없어 했고, 작품을 팔거나 전시하는 일조차 피하려 들었다. 하지만 한 가지 방법이 있었다. 젊은 발레리나나 스타와 함께 집에 있는 그를 찾아가고 나중에 노인이 그녀에게 선물로 준 것을 모두 사들이는 것이었다.

형이 죽고 난 후 조셉 코넬은 형 로버트가 자신보다 더 훌륭한 예술가였다고 말하곤 했다. 로버트(언젠가 신랄한 비평가가 언급했듯이)는 주로 쥐를 그렸고, 철도 모형 제작에 진지하게 빠져들었다. 조셉 코넬과 로버트 코넬이라는 두 이름의 서명이 들어간 일련의 작품들은 형을 추모하는 데 바쳐졌다. 두 이름을 하나로 묶고 무언가를 함께 만

* 그리스어 eikón과 graphein의 합성어로서 '형태 묘사'라는 의미.

들고자 하는 열망 뒤에 숨은 단순하고 다소 애잔한 메커니즘은 조셉의 다양한 활동의 주요 동력이었고, 그 동력이 그를 움직이도록 만들었다. 로버트 코넬, 탈리오니, 제라드 드 네르발* 그리고 다른 많은 사람은 각자의 방식으로 그의 사랑을, 기억의 구현을 위해 세워진 작은 사원을 요구했다. 대부분 그건 만남의 기념물이자 대화가 이루어질 수 있는 공간의 초안인 바로 그 상자들이었다.

코넬이 수년 동안 역사를 연구하고 골동품 가게를 뒤져가며 확립한 그의 복잡한 내부 운율 체계는 특별한 노력을 기울이지 않고도 손쉽게 무엇이든, 무엇과도 연결할 수 있었다. 이것이 바로 그의 작업이 가지는 비밀스러운 매력이었다. 그는 보들레르와 말라르메를 자신의 스승으로 여겼다. 두 사람 모두에게 중요한, 셀 수 없이 많은 개미 통로처럼 세계를 관통하는 만물조응**의 사상이 코넬의 작품에서는 완전히 정반대의 개념으로 나타난다. 코넬의 손이 닿으면 사물은 전에 없이 고분고분해진다. 그들은 모두 잠시 생각한 다음, 제자리에 몸을 누이고 가만히 코넬의 처분을 기다린다. 이제 그들은 하나의 가족이다. 아무리 하찮고 볼품없는 모습의 사물일지라도 모두 황금빛 아래 놓이며 주목받을 기회를 얻는다. 나무 부스러기, 색모래와 코르크 공은 발레리나와 시인에게나 어울릴 법한 위엄과 당당함을 보여준다. 시간이 흐르면 결국 망각과 쇠퇴라는 운명을 맞이할 것이라는, 바로 그 사실이 코넬에게 어떤 물건이든 소중하고 가치 있게 여기는 정신

* 프랑스의 작가이자 언론인.

** 보들레르의 시집 『악의 꽃』에 수록된 시 〈만물조응〉의 사상으로, 모든 사물은 영혼의 내면세계를 상징하며 따라서 사물과 영혼의 표현은 일치하는데, 이러한 조응은 색상, 소리, 냄새로 구현된다.

을 심어준 것 같다. 그는 각각의 새로운 작품을 노아의 방주에 들이는 것처럼 구원의 의도를 가지고 기획했다.

*

1970년대 러시아에 살았던 사람이라면 누구나 코넬의 상자에서 어린 시절의 열정, 세크레티키*와 매우 비슷한 무언가를 알아볼 것이다. 무료하고 삭막한 당시 일상생활에서 어떻게 그런 놀이가 생겼는지 설명할 길은 없다. 엄밀히 말하면 규칙 외에는 놀이라고 부를 만한 요소도 없었다. 세크레티키는 단순한 활동이 아니라 친한 친구들과만 공유하는 비밀이었고, 이와 관련된 모든 건 흔하디흔한 거리나 학교의 놀이와는 완전히 달랐다. 보물이나 주검처럼 작은 비밀들이 땅 아래 보관되었기 때문에, 그것은 말 그대로 지하활동이었다. 늘 땅 위로 몸을 굽혀 씨앗을 심거나 먹을 것을 캐는 시골이라면 이런 놀이쯤이야 그리 특별하지도 않았겠지만, 우리는 학교에서 집으로 돌아오는 길을 아스팔트의 갈라진 틈으로 기억하는 도시의 아이들이었고, 더구나 봄마다 아카시아와 라일락에 다시 생기를 불어넣는 검은 알갱이의 흙과는 아무 관계가 없었다.

작은 비밀을 만들기 위해서는 땅에 바짝 엎드려야 했다. 장소를 선택하고, 작은 구덩이를 파고, 주위를 둘러보며 혹시 누가 보고 있지 않은지 확인하고, 소중한 물건을 넣고, 깨끗이 문질러 닦은 유리 조각으로 덮은 다음, 다시 흙을 채우고 표가 나지 않도록 표면을 두드

* 러시아어로 '작은 비밀들'이란 뜻으로, 소중한 물건을 몰래 땅속에 숨기는 놀이.

려 평평하게 골라야 했다. 이제야 깨닫는 바지만, 은박지를 뒤집어쓰고 나란히 줄지어 선, 세상의 온갖 아름다움으로 가득찬 상자 속의 이 작디작은 방들은 불멸을 위한 다양한 물건들이 갖춰진 고대의 무덤과 너무도 닮았다. 아주 특별한 것들이 세크레티키를 위해 선택되었다. 금색 종이, 은색 종이, 깃털, 잡지에서 오려낸 남배우 또는 여배우 사진, 귀중한 구슬이나 단추, 때로는 작은 인형이나 피규어까지. 없어서는 안 될 유리 덮개는 '작은 비밀'을 누군가 들여다보기를 기다리는 가게의 진열창으로 바꿔놓았다.

땅속에 묻힌 모든 보물(열려라, 참깨)처럼 이들은 그다지 안전하지 못했다. 아니면 거기 보물을 숨겨놓고 깜박 잊을 수도 있었다. 매장지에 대해 아는 사람은 단 몇 명, 비밀에 참여한 믿을 만한 친구 두세 명뿐이었다. 하지만 며칠 후, 덤불 아래를 다시 확인했을 때 거기엔 아무것도 없었다. 세크레티키는 존재하지 않았던 것처럼 사라져버렸다. 심술궂게 당신의 움직임을 지켜본 어떤 소년들이 그것을 파헤쳤거나, 아니면 경쟁자가 그것들을 발견해서 다른 곳에 묻었거나 둘 중 하나였다. 그도 아니면 단순히 어디에 묻었는지 잊어버렸을 수도 있다(표식은 모두 신뢰할 수 없는 것으로 밝혀졌다). 때로는 지하의 강이나 금맥처럼 세크레티키가 그들 자신의 본능에 따라 사는 건 아닐까 싶었다. 어쩌면 스스로 이곳저곳으로 옮겨다닐 수도 있다는 생각마저 들었다.

지상에서는 세크레티키가 할일이 전혀 없었다. 소련 생활의 미학 체계—나름대로 사려 깊고 설득력 있는—는 화려함이나 사치스러움을 꿈꾸지 않고, 고상하면서도 경쾌한 understatement(겸양)의 개념을 고수하는 불문율에 기반을 두었다. 일반적인 행태에서 살짝 벗어나 좌우로 한두 걸음 내딛기는 허용되었다. 젊음에 대한 동경이나 자식에 대한 사랑, 더 나은 것을 향한 희망 같은 이해할 수 있고 일반적인 감정과 관련된 약간의 감상, 정다움이나 슬픔의 안개는 쉽게 용납되었다. 평등이나 화합을 암시하는 것은 무엇이든 수용 가능하다고 여기지만, 정당한 이유 없이 군중 사이에서 두드러지는 기이함은 전혀 다른 일이었다. 두드러지는 과도한 행동으로 해석될 수 있는 모든 것(여학생의 귀에 걸린 귀걸이조차도)은 용인하기 어려운 배타성의 영역에 침입하려는 시도로 받아들여졌고, 그런 종류의 것—화려함, 깃털 장식과 수염, 폭죽과 실크 스타킹—은 보편적인 평등에 위협이 됐기에 차단해야 했다. 그래서인지 지금 내게는 과도함만이 남은, 해학적이고 금지된 아름다움이 응축된, 수정 구슬과 오려낸 종이 장미가 있는 세크레티키가 우리에게 국가와 국가의 경계를 넘나드는 일종의 정치적 망명지가 된 것 같다.

역사의 다양한 순간마다 이 광활한 나라의 어느 시골과 촌락들에서는 총신을 짧게 자른 산탄총과 할아버지의 리볼버 권총, 심지어 십여 개의 왕실 금화까지 땅에들 숨겼다. 모스크바 근교 다차의 채소밭에는 반소련 문학이 축축한 어둠 속에 묻혀 있었다. 너무도 위험해서 다락방에조차 보관할 수 없는 선동적인 책과 원고들. 겉으로 봐선 별 의미 없는 것 같은 우리의 세크레티키 놀이는 어쩌면 이 역사와 직접적인 관계가 있었는지도 모른다. 우리는 주변에서 흔히 볼 수 없는 아름다움을 타인이 보지 못하도록 숨겼고 그것을 그 누구와도 공유하고 싶어하지 않았다.

몇 년 후 나는 어느 회고록에서 이 단어를 발견했다. 1950년대에 영어로 쓰인 아주 짧은 글이었고, 유리나 은박지의 광채와는 아무런 관련이 없었다. 혁명 이후 1919년 우크라이나 남부에서 자행된 포그롬*을 어린 소녀의 눈을 통해 묘사한 이야기였다. 밤마다 그들이 오기를 기다리는 마을 사람들, 그들이 오면 여자와 아이들은 울타리 아래며 그루터기 뒤며 숨을 수 있는 곳은 어디든 몸을 숨겼다가 다시 집으로 돌아와 죽임당한 사람들을 씻겼고, 회고록은 그 과정을 자세히 묘사했다. 그곳에 사는 사람들이 재앙을 피하는 방법은 다양했다. 도망갈 데가 없을 때 발견한 은신처는 이랬다. 벽돌로 둘러싸인 밀실, 지하실, 학살 행위가 끝날 때까지 온 가족이 숨어 지낸 지하 토굴. 때때로 그렇게 목숨을 건질 수 있었다. 회고록은 이 특별한 은신처에 이름을 붙였다. 비록 영어 철자로 쓰였지만, 그 안에는 키릴문자가 뜨겁게 맥박치고 있었다. **sekreten**(비밀).

*

1936년 12월, 뉴욕의 한 갤러리에서 조셉 코넬은 자신의 첫 영화를 소수의 관객에게 선보였다. 이 영화는 〈로즈 호바트〉라 불렸고 약 17분 동안 상영되었다. 프로젝터의 렌즈에 파란색 유리막이 씌워져 있어서 이미지에 달빛이 도는 분위기를 자아냈다. 영화는 마치 20년 전 무성영화처럼 느릿느릿한 동작에 아무 소리도 내지 않았다.

관객 중에는 서른두 살의 살바도르 달리도 있었다. 영화 상영 도중 그는 자리에서 벌떡 일어나 코넬이 자기를 훔쳐갔다고 소리치며 프로

* 19세기부터 20세기 초, 제정러시아에서 일어난 유대인에 대한 조직적인 탄압과 학살을 일컫는 말.

젝터를 뒤집었다. 그는 이 아이디어가 자기 잠재의식 속에 있으며, 이 아이디어가 자신의 꿈이었기에 코넬은 그것을 자기 것인 양 사용할 권리가 없다고 주장했다.

달리와 그의 아내이자 뮤즈인 갈라가 갤러리를 떠나고 나서도 영화는 계속되었다. 하늘색 천으로 허리만 가린 짙푸른 색의 원주민들은 장대를 들고 악어를 강으로 몰았고, 바람은 야자수 잎사귀를 살살 흔들었고, 눈부시게 아름다운 여자가 무언가에 가까이 다가가 유심히 살피더니 몇 번을 더 그렇게 했다. 해는 지고, 수면 위에 눈동자처럼 동그란 물거품이 일었다. 여자는 원숭이를 데리고 놀았다. 코넬은 이후 이 영화를 더이상 보여주지 않았지만, 어떤 면에서는 그 자체로 그 기능을 수행했다.

여기서 달리가 적어도 지식재산의 정의에 비추어볼 때 달리 자신이나 코넬, 그 누구에게도 속하지 않은 것을 도난당했다고 생각했다는 사실은 흥미롭다. 그날 줄리앙 레비의 갤러리에서 상영한 영화의 모든 장면은 몇 컷을 제외하고는 몇 년 전에 촬영된, 이렇다 할 예술성은 없는 모험영화 〈보르네오의 동쪽〉에서 따온 것이었다. 평론가들은 원작 영화의 개연성 부족한 줄거리, 시도 때도 없이 등장하는 재난 상황, 그리고 주연 여배우의 부자연스러운 연기를 지적했다. 그녀의 이름은 꽃 이름인 로즈 호바트였고, 그녀의 툭 튀어나온 광대뼈와 적갈색 머리칼은 그녀의 불멸을 보장할 만큼 강력한 조합이었다.

자극적인 장면이 가득한 〈보르네오의 동쪽〉은 70분 동안 계속된다. 영화는 곧 사람들의 관심에서 멀어지며 빠르게 잊혔고, 골동품과 중고품 가게에서 그 필름을 판매했는데, 타임스퀘어 주변에 그런 가게가 많았다. 코넬은 자신이 애정을 가진 수많은 관심사와 조금이라도 관련이 있는 것은 모두 수집해들였다. 그는 배우들의 오디션 사진, 아무도 필요로 하지 않는 film stills(필름 스틸), B급 영화의 기념품, 무명이거나 나이든 모든 여배우 등과 같은 할리우드의 폐기물에 특별한 매력을 느꼈다. 〈보르네오의 동쪽〉을 손에 넣자 그는 단순히 불필요한 부분, 즉 로자와 관련이 없거나 그녀를 보는 데 방해가 되는 장면을 모두 잘라냈다. 그녀의 이름을 딴 그의 영화에서는 전혀 아무 일도 일어나지 않는다. 하지만 바로 그 점이 이 영화가 그토록 매력적인 이유다.

어딘가로 달려가 누군가를 구하는 대신 늘 똑같은 식민지풍의 밝은 옷을 입은 여주인공은 '순수한'—유기적인—존재로 불릴 수 있는 삶을 살 운명이다. 첫번째 장면에서 카메라는 정글의 어둠을 뚫고 로자가 잠들어 있는 밝은 오두막으로 향하고, 마침내 우리는 유리처럼 투명한 커튼을 통해 그녀를 본다. 마치 코넬의 상자 중 하나를 들여다보는 것처럼 그녀는 한없이 작아 보인다. 탁자 위에 그녀의 하얀 모자가 놓여 있다. 그녀는 조명이 환한 공간에서 움직이고, 얼굴은 무표정하며, 코넬이 편집한 장면에서 옷차림만 달라진다. 드레스, 또 다른 드레스, 둥근 옷깃이 달린 부드러운 흰색 레인코트. 그녀는 가슴에 손을 얹고 무언가를 말하지만, 소리는 전혀 들리지 않는다. 유성영화가 무성영화로 변신했다. 그녀의 동작 중 일부는 반복되는데, 마치 꽃잎처럼 펼쳐지는 그녀의 몸짓 하나하나를 주목할 필요가 있다는 듯 두세 번씩 반복된다. 대개 그건 집중적인 바라보기의 연대기이다. 여주인공은 그 자리에 얼어붙어 바라보고, 화들짝 비켜서고, 다시 바라본다. 어느 순간 사랑에 빠진 남자주인공 라자는 커튼을 열어젖히고 백인 여자에게 화산이 폭발하는 진기한 광경을 보여준다. 두 사람은 어두운 발코니에서 영화 관객처럼 함께 그 장면을 바라본다. 그는 고급 소재의 터번을 썼고, 그녀는 바닥까지 내려오는 이브닝드레스를 입고 있다. 그리고 그들 앞에 불길이 붉게 타오르고 어둠이 짙게 깔려 있다. 같은 장면에 코넬 작품의 단골손님인 거대한 앵무새의 모습이 선명하다.

코넬이 만든 거의 모든 영화는 비슷한 방식으로 구성된다. 어느 영화도 20분 이상 지속되지 않으며 대개는 그보다 훨씬 더 짧다. 그의 영화들이 꽤 이상해서인지 그다지 화제가 되진 않는다. 〈6월의 세기〉라는 그의 영화에서 카메라는 시선을 아홉 살짜리 아이의 눈높이에 맞춘 채 낡은 나무계단을 따라 끝없이 이리저리 천천히 움직이다가 벽을 타고 위로 올라가 나뭇잎 사이로 하늘을 올려다보고, 흙을 파는 아이들의 무릎에 머물다가 이제 거리를 걸어가는 여자아이의 하얀 양말에서 멈춘다. 어린이 축일을 보여주는 또 다른 영화(주인공 중 한 명은 영화가 끝날 때쯤이면 달만큼 커진 거대한 사과를 갉아 먹고 있다)는 기이하고 멋진 이미지들의 연속이다. 회전 바퀴가 돌아가고, 하늘에 블랙홀이 열리고, 흰옷을 입은 서커스 곡예사가 낚싯줄에 걸린 물고기처럼 둥근 지붕 아래 매달려 어둠 속에서 다리를 번갈아 움직이며 꽃봉오리가 열리듯 빙글빙글 돌아간다. 나뭇가지가 부딪치며 바스락거리고, 바람개비의 화살은 새의 부리처럼 주억거리고, 갈매기는 날개를 퍼덕인다. 머리칼을 길게 풀어헤친 요정 소녀가 흰 말을 타고, 무시무시한 인디언은 검은 마스크를 눌러쓴 채 자신의 온순한 아내가 조금도 다치지 않게 칼을 던진다. 세번째 영화에서는 금발의 아가씨가 공원을 달려가는데, 그녀의 두 손에는 낡고 해진 크림색 우산이 들려 있다. 비둘기들이 분수에서 목욕하고, 비둘기들이 푸드득 날아오르고, 흰 양말을 신고 뾰로통해서 광장 한가운데 선 여자아이는 어디로 가야 할지 모른다. 물이 흐른다. 이 장면들은 조금은 아이폰 카메라로 촬영한 것과 비슷하다. 마치 우연히 '비디오' 버튼을 누르고는 있는 그대로의 삶을 무한정 포착한 것처럼.

코넬은 아이가 가위를 들고 좋아하는 왕자나 공주의 사진을 책에서 오려내듯 자신의 소중한 모든 것을 시간의 흐름으로부터 구해낸다. 1930년대 소련에서는 사람들이 붉은군대의 지휘관을 그린 같은 영화를 반복해서 보러 다녔다. 영웅 차파예프*의 이름을 딴 이 유명한 영화는 구세계와 새로운 세계가 마지막으로 충돌하고 서로를 마주하는 곳이었다. 영화엔 '심리전'** 장면이 나오고, 보로네시에서 유형 생활을 하던 만델스탐은 그 장면을 다음과 같이 묘사한다. "죽음의 담배를 이빨로 꼬나물고/마지막 결전에 나서는 장교들/사타구니를 벌린 황야에서" 백군 병사들은 마치 멋진 행진을 펼치듯 정확하게 대열을 이뤄 북소리를 울리며 공세를 펼치고, 곧 기관총의 굉음 속에 하나둘 맥없이 쓰러진다. "참, 멋지게도 걷는군." 한 붉은군대 병사가 다른 병사에게 말한다. 이 장면에서 승자는 항상 옳다는 사실을 다시 한번 입증하기 위해 망각에서 불려나온 단역배우 중에, 그리고 마지막으로 아름답게 행진하는 사람 중에 『율리시스』를 러시아 최초로 번역한 시인 발렌틴 스테니치도 있었다. 그는 1938년에 총살당했다. 심문받는 중 그는 명예롭게 행동하지 못했다고 한다. 우리가 심문받는다면 신께서 우리의 행동을 아무도 모르게 하여주시길.

* 러시아 내전에서 활약한 군인이며 붉은군대 사령관.

** 백군 병사들이 담배를 입에 물고 진격하다가 차파예프의 기관총에 맞아 쓰러지는 장면을 말한다.

러시아 회고록에 나타나는 전통적인 주제는 영화 〈차파예프〉와 관련이 있다. 전설과 일화의 주인공인 용감한 바실리 이바노비치(차파예프)는 영화의 마지막에서 목숨을 잃는다. 상처를 입은 그는 얼음으로 뒤덮인 우랄강(〈총검보다 차가운 물〉이라는 노래가 흐른다)을 헤엄쳐 건너고, 적의 총구는 그를 향해 불을 뿜는다. 우리는 그가 살아남지 못할 것임을 안다. 한두 명이 아닌 여러 명의 회고록 작가들은 당시 사람들이 이 영화를 서너 번씩이나 보러 다녔다고 말한다. 도시 변두리의 어느 영화관에서 차파예프가 살아서 헤엄쳐 나왔다더라는 소문이 돌았기 때문이었다.

*

만델스탐 사건에 대한 스탈린의 그 유명한 명령은 '고립시키되 보존하라'였다. 수년간 이어진 코넬의 고되고 끈질긴 작업이 이 명령—사랑하는 모든 것을 고립시키고 보존하라—으로 귀결되는 것 같다. 고립시키기(선별하고, 제거하고, 문맥에 맞게 배치하고, 조응과 운율로 둘러싸고, 병에 담아 밀봉하고, 좀도 슬지 않고 벌레도 먹지 않는 곳, 파헤쳐지거나 도둑맞지 않는 곳에 놓아두기)는 그에게 보존하기를 의미했다. 마태복음의 슬라브어 텍스트는 보물을 "숨겨야 한다"라고 말한다. 즉, '보존하기'는 '숨기기'를 의미하며 그 외 다른 방법은 없다. 하지만 킹제임스 영어 성경에서는 '다락방이나 헛간, warehouse(창고)'에 'store up(보관하기)'의 표현이 사용된다. 그런 창고 중 하나는 코넬의 삶을 변화시킨 계시의 장소였다.

그는 이성으로는 이해할 수 없는, 이 짧은 환상과 같은 순간에 관해 여러 번 이야기했다. 불행한 가정환경이 그를 어머니와 아픈 형을 부양해야 하는 가장으로 만들었다. 그는 직물 표본을 들고 맨해튼의 작은 가게들을 돌아다니며 천을 판매하는 일을 했다. 어느 날 저녁, West 54th Street(웨스트 54번가)에 있는 큰 창고의 모든 창문이 저녁노을에 붉게 타올랐을 때, 그는 그 창문 하나하나에서 1840년대에 명성을 떨친 이탈리아인 발레리나 파니 체리토의 모습을 보았다. 그녀는 건물 꼭대기인 옥상에 서 있는가 하면 동시에 높다란 집의 수백 개의 창문에 달린 덧문을 닫고 있었다. 그는 또 다른 비슷한 사건에 대해 "나는 목소리를 들었고, 빛을 보았다"라고 말했다. 그후 그는 더 많은 환상을 보았고, 이런 갑작스러운 변화의 순간을 포착하고 감지하는 사람이 되었다. 체리토는 1817년 나폴리에서 태어났다. 코넬의 나폴리 상자(지도, 베수비오의 전경, 푸른 하늘) 시리즈는 그녀에게 새롭고 영원한 집을 약속했다.

과거에 대한 열정적인 사랑은 코넬의 일기장에서 새로우면서도 익숙한 실행을 향한 열렬한 탐색과 결합한다. 현대 예술가인 그는 브르통과 보르헤스를 읽고, 뒤샹과 친구이며, 달리의 작품세계를 추구하고, 예술계의 절반과 서신을 주고받는가 하면, 마그리트의 말을 인용하고(그는 마그리트의 기차가 새장에서 풀려난 새처럼 벽난로 밖으로 날아오르는 장면을 형에게 헌정하는 슬픈 콜라주를 제작했다), 브랑쿠시와 후안 그리스에게도 관심을 보인다. 그의 현대미술 관련 책들은 그가 어찌나 읽어댔던지 구멍이 다 생길 정도였다. 이 예술가들이 그의 맥락이자 그가 대화를 나누는 상대였다. 이 상황의 독특함은 아무도 그에게 실제로 대답하지 않는다는 점이다. 그는 그들을 모두 알고 있지만 정작 자신은 그들로부터 거의 인정을 받지 못한다. 예술의 역사는 결국 코넬을 받아들이지만, 마치 패션쇼 개막식에 온 외부인처럼 그는 여전히 모호하게 변방에 머문다.

사람과 동물이 자신과 다른 외부인을 감지해내는 능력을 지녔다는 사실은 놀라운 일이 아니다. 모든 종류의 전위적인 지배체제의 과제는 세상을 바꾸는 것이었다. 익숙한 사물은 쇄신의 대상이 되었고, 악의적인 모욕과 조롱을 받으며 스스로 새로워져야 했다. 하지만 코넬은 전혀 다른 걸 성취하기 위해 전위적인 방법과 기술을 사용한다. 그의 동료들은 이를 감지하고 그를 불신으로 대한다. 뿔이 바깥쪽으로 향하게 만든 뒤샹의 모자걸이는 모자걸이에 전혀 이질적인 성질(형식주의자들이 말하는 소위 '낯설게 하기')을 부여한 것이지만, 코넬에게 기성품은 침범해서는 안 되는 존재였다. 예술가가 모든 것에 대한 권리를 가진 세상에서, 그는 자기 재산을 최상의 상태로 보존하는 게 무엇보다 중요한 수집가처럼 주의 깊고 세심하게 행동한다. 그가 발견한 소품은 앞으로의 변형을 위한 출발점이 아니라 그들 자신만의 주관성을 부여받은, 사랑받는 피조물이다. 드러내놓고 말한 적은 없지만, 어떤 의미에서 그는 인간과 애정 관계를 맺는 반려동물이 인간의 영혼을 성장시키고, 따라서 영원한 구원의 기회를 얻는다는 C.S. 루이스의 이론을 이어간다. 내가 이해하기로는 이를 실현하기 위해 굳이 개나 카나리아에게 사랑을 느끼려고 애쓸 필요는 없다. 그저 가까이 있는 사람들이 사랑을 듬뿍 쏟아붓는 것으로도 충분하다. 코넬의 물건들은 같은 방식으로 삶에서 구원을 얻는다. 단순히 넘치는 사랑을 받는 것만으로.

사랑은 마치 사람에게 어느 정도의 겸손과 자기모순을 심어주기 위해 특별히 고안된 듯 곤혹스럽고 불합리한 감정이다. 사랑은 우스꽝스러운 상황이나 무중력의 자유로운 존재처럼 행동할 수 없다는 능력 부재가 초래한, 균형을 잃은 상태이다. 사랑은 사랑하는 이를 바닥에, 자신의 한계와 죽음에 굴복시키는 무게를 지닌다. 따라서 사랑은 견디기에 쉽지 않으며 그것을 목격자로서 지켜보기는 더 힘들다. 나는 이런 특성이 코넬의 명성의 불완전함과 약간의 뒤틀림을 어느 정도 설명한다고 생각한다. 작가의 손을 멀리 떠난 에드워드 호퍼나 조지아 오키프의 완성된 작품과 달리 코넬의 상자는 늘 그의 작은 비밀로, 그가 숨기려고 애쓰지만 잘 숨겨지지 않는 열정의 waste product(폐기물)로 남는다. 관객은 목격자가 되며, 관객 앞에 테디베어 인형이 등장하는 일종의 가정용 피프쇼처럼 지나치게 친밀하고 내밀한 무언가가 펼쳐진다. 하지만 관능적인 색채라곤 전혀 찾아볼 수 없다(오히려 관능주의가 일반적이기 마련인데 말이다). 코넬은 진지하게 받아들이기엔 너무 광적이고 또 너무 순박하다. 일반적으로 이런 특성이 작가를 아이의 세계로, 용감한 기사 이야기로 가득찬 분홍색 책장으로, 안데르센과 그림 형제의 무시무시한 이야기가 미리 와서 기다리는 그곳으로 재빨리 데려간다.

만약 예술을 하나의 직업으로 치면 코넬은 노동조합 가입이 허락되지 않았을 것임이 분명하다. 가엾은 그는 적응을 시도하다가 실패한 어색한 딜레탕트로 남았다. 그는 성인 남자들과 어울리기엔 뭔가 부족해 보였다. 아니면 반대로, 이를테면 그의 열정처럼, 무언가가 지나치게 많았던 건 아닐까? 그는 삶과의 관계에서 러시아 김나지움이나 대학에서 으레 존재하는 오래된 숭배의 관행을 따르는 것처럼 행동했다. 즉, 어린 소녀가 좋아하는 선배 언니를 따라다니고, 그 언니를 기쁘게 하려고 애쓰고, 언니가 떨어뜨린 리본을 소중히 간직하는 것처럼. 20세기의 예술을 견딜 만하게 만든 실험의 냉기는 그의 작품에 아무런 영향을 미치지 않았고, 이는 매우 중요하다. 예술계에서 코넬은 포식자에 둘러싸인, 거대하지만 초식동물인 코끼리와 같다.

어느 대학의 러시아 문학부에 취업을 원했던 이민자 블라디미르 나보코프에 대한 유명한 일화가 있다. 결정권을 가진 사람 중 한 명이 그의 임명을 반대하고 나섰다. 똑똑하고 재치 있었던 그는 나보코프가 큰 작가임이 분명하다면서 코끼리 역시 큰 동물이지만 코끼리를 초빙해 동물학을 가르치게 하지는 않는다고 말했다. 이 유명한 혹평은 이 재치 있는 학자 자신의 업적보다 더 많이 알려져 있다. 그 일화가 떠오를 때마다 커다란 덩치에도 어떤 유익도 기쁨도 얻지 못하는 의지할 데 없는 코끼리가 몹시도 안쓰럽다. 코넬 역시 공동의 디오라마에서 자신만의 공간을 찾지 못한 커다란 동물 취급을 받았는데 이에는 아무런 정당한 근거가 없다. 하지만 그는 전혀 개의치 않았던 것 같다. 그의 후기 기록 중 하나에 이렇게 적혀 있다. "나는 옛 경마장 무대에서 나의 또 다른 우상이자 저명한 마술사인 후디니의 공연을 보았던 생생한 기억을 소중히 간직하고 있다. 그는 벽을 통과하고, 어떤 족쇄라도 풀어버리고, 코끼리를 사라지게 했다."

포식자는 멀리서도 초식동물의 냄새를 맡는다. 코넬의 지인들의 편지와 회고록에는 종종 당혹감의 구름이 짙게 드리운다. 새로운 작품이 탄생할 때마다 작가가 경험하는 그 황홀경의 무게는 정말이지 감당하기 쉽지 않다. 그에게 삶은 디저트와 느낌표로, 분홍 거품과 풍선으로만 이루어진 것처럼 보인다. 그의 일기, 편지, 업무 기록을 읽다 보면—매일 멈추지 않고 돌아가는 컨베이어처럼 끝도 없이 쏟아지는 감탄사와 적나라한 고백들—이 헤프기 짝이 없는 열정에 코넬이 자신의 교외 생활을 아름답게 채색하기 위해 사용한 프랑스어 단어들만큼이나 슬슬 짜증이 올라오기 시작한다. 이 모든 것이 너무 과했으며, 그는 자신도 모르게 정상적인 행동의 경계선을 훌쩍 뛰어넘어 동시대 사람들은 발길을 끊은 지 이미 오래인 영역에까지 이르렀다. 현실을 경험하는 방식으로서의 열정은 싸늘히 식어버렸고, 쓰레기장으로 내던져졌으며, 딜레탕트와 소외된 자들의 전유물이 되었다. 괴테와 카람진 시대에 황홀경을 맛보려는 끊임없는 의지는 호흡처럼 자연스러웠다. 당시 그건 높이 평가되었고 열정이라 불렸다. 하지만 백 년 후, 자신과 '거리두기' 할 능력의 부재는 더이상 comme il faut(예의에 맞는) 행동이 아니었다. 코넬이 사랑한 시를 쓴 메리앤 무어는 코넬과 편지를 주고받았고, 소중한 내용물이 담긴 상자를 기꺼이 선물로 받았지만, 코넬이 중요한 생활 보조금을 받을 수 있도록 추천서를 써달라고 부탁하자 그녀는 마치 그 일이 어떤 식으로든 자기 평판에 흠집을 내기라도 할 것처럼 반응했다.

자신의 상자들과 스크랩을 들고서 자신의 글에서 줄곧 프랑스의 les fées(요정 소녀들)라 부른 젊은 요정들〔카페의 apricot fée(살구 요정), 장난감 가게의 fée lapin(토끼 요정)〕을 매일 찾아가고, 영화배우들에게 찬사를 보내고, 그들의 모자를 묘사한 열정적인 코넬은 전문 예술의 영역과 그 당시 태양 아래 아직 이름과 지위를 얻지 못한 아웃사이더 예술의 특별구역 사이 어딘가 중간 지대에 있었다. 그의 존재 방식은 우리가 그를 정신이 나갔거나 뭔가에 홀렸다고 생각하는 사람들, 즉 극한의 경험을 증언하고, 다른 각도에서 삶을 바라보고, 자신이 무엇을 하는지 정확히 인지하지 못한 채 예술작품을 창조하는 사람들과 같은 범주에 두는 직접적인 이유이다. 그의 작품은 전기적인 얼개가 필요하며, 그 얼개가 없으면 이해할 수 없다. 마치 수수께끼처럼 암호화된 텍스트 위에 색종이나 스텐실을 겹쳐놓고 내용을 읽어내는 것과 같다.

그런 의미에서, 성공한 예술가 코넬, 기독교 과학의 추종자이자 다음 아이스크림을 사 먹으려면 몇 시간을 기다려야 하는지 계산하는 이 남자는 시카고의 좁고 작은 방에서 젊은 순교자들과 천상의 전쟁에 대한 거대한 삽화 소설을 쓴 병원 청소부 헨리 다거와 형제이다. 두 사람 모두 하루를 살아갈 다른 방법은 모르는 양 끊임없이 일하고, 가능한 대안을 늘리고, 수십 년 동안 사용하고도 남을 만큼 필요한 재료를 모은 다음, 그것들을 모두 봉투에 담아 분류했다[다거에게는 '아이와 식물의 사진'과 '구름: 그리기', 코넬에게는 '부엉이들' '뒤러' 'Best white boxes(최고의 하얀 상자들)'가 있다]. 그리고 둘 다 자기 주인공들과 모호하고 불분명한 관계를 맺는다. 그들의 열정은 성자들조차 부러워할 정도로 뜨거웠고 통찰력과 계시의 불꽃은 꺼질 줄을 몰랐다. '토요일 아침의 선험적 경험' '예기치 못한, 의미 깊은 추억의 온 세계'는 일상 메뉴의 빠뜨릴 수 없는 부분이다. "토스트, 코코아, 삶은달걀, 토마토, 흰 빵이 차려진 아침 식탁, 이런 종류의 경험을 할 때마다 느끼는 감사함을 표현하기에는 말이 부족하다."

*

자볼로츠키*가 언급한 '연관 대상의 묘사를 통한 생각의 표현'은 떠

* 러시아의 시인이자 번역가.

올리기 쉽지 않은 기억을 되살리는 가장 오래된 유형의 기억장치 중 하나이다. 기억은 다른 모든 것을 박탈당한 사람들도 이용할 수 있는 부동산의 마지막 형태이다. 퀴퀴한 공기가 맴도는 홀과 복도는 현실을 그 틀 안에 가둬두고 있다. 코넬이 작품들을 보관했던 폴더와 서랍은 무엇도 버리지 않고 쌓아두는 집의 지하실이나 다락방 같았다. 그의 상자는 손님을 맞이하는 응접실이자 거실이었다.

코넬은 일기상에 뉴욕 자연사박물관을 방문했다고 적고 있다. 그는 도서관에 앉아 무언가를 복사하는 동안 아메리칸원주민 공주의 오래된 초상화를 훔쳐보았다. "나는 모든 게 이처럼 평화롭고, 모르긴 몰라도 최소한 70년은 아무것도 변하지 않은 이 방에 단 한 번도 와본 적이 없다. (……) 아래층을 돌아다니다가 처음으로 자연상태 그대로, 알이 가득찬 멋진 새 둥지를 발견했다." 그는 낮별을 관찰할 수 있는 천체관측소를 방문하고는 예의 그 감동과 기쁨에 취해 모든 종류의 천문학 도구가 진열된 유리 진열장을 설명한다. 인디언과 공룡이 전시된 이 박물관이 언제든 접근이 가능할 뿐만 아니라 움직임 없이 제자리를 지키는 영원한 낙원의 형상을 하고 있다는 사실이 흥미롭다. 샐린저의 유명한 소설 『호밀밭의 파수꾼』에서 십대인 주인공 홀든은 코넬의 말투로 박물관에 대해 이렇게 표현한다.

"이 박물관에는 멋진 진열장이 얼마나 많은가! 꼭대기 층에 진열장은 더 많았다. 거기선 사슴들이 시냇물에서 물을 마시고 겨울을 나려는 새들이 남쪽으로 날아가고 있었다. 앞쪽에 있는 새들은 박제돼 철사에 매달렸고, 뒤쪽의 새들은 그냥 벽에 그려넣어졌는데, 정말 모두 남쪽으로 날아가는 것 같았다. 그리고 고개를 들어 아래에서 위로 올려보면 새들이 남쪽으로 그냥 돌진하는 것처럼 보였다. 하지만 그 박물관에서 가장 좋았던 점은 모든 게 제자리에 그대로 있다는 거다. 아무것도 움직이지 않았다. 거기는 십만 번을 가도 이미 물고기 두 마리를 잡아놓은 에스키모가 여전히 낚시질하고, 새들은 여전히 남쪽으로 날아가고, 사슴은 시냇물에서 물을 마실 것이다. 사슴뿔은 늘 아름답고, 그 두 다리는 여전히 가늘며, 가슴을 드러낸 이 인디언 여자는 여전히 같은 양탄자를 짜고 있을 터이다. 달라진 건 아무것도 없었다. 달라진 건 당신뿐."

나는 거기 가는 것을 좋아한다. 특히 오래된 디오라마 방에 머물 때가 좋다. 나의 증조할아버지들과 증조할머니들이 정원과 안개를 배경으로 자세를 취한 것처럼, 그림으로 그려진 산과 숲을 배경으로 자세를 취한 박제 동물들에게서 고요하고 침범할 수 없는 당당함이 풍겨나온다. 톱밥과 양털을 가진 현실세계는 조용히, 그리고 매끄럽게 계속되는 환상 속으로, 멀리 펼쳐진 장밋빛 풍경과 황갈색의 진흙 길로, 어린 시절 내 앨범 속 우표 삽화에서 본 비눗방울처럼 부드럽고 사랑스러운 광경으로 퍼져간다. 하늘의 푸르름은 언제나 코넬을 생각나게 한다. 줄무늬 양말을 신은 오카피는 떡 벌어진 잎사귀를 뜯기 위해 몸을 내밀고, 사슴은 뿔을 흔들고, 스라소니는 조심조심 눈길을 걸어가고, 따뜻한 공기 속에서 들리지 않는 소리가 없다. 그런 다음 알록달록 붉게 물든, 촉촉한 가을 숲의 이미지가 나타나고, 나는 아주 조용히 숨죽여 울기 시작한다. 왜냐하면 그곳은 수천 베르스타 전 언젠가 엄마, 아빠와 함께 걸었던 바로 그 모스크바 근교의 숲이기 때문이다. 그리고 우리는 이제 다시 서로를 바라본다.

10장
내가 모르는 것

백 년이 넘도록 체카[*], 오게페우[**], 엔케베데, 케게베[***], 에프에스베[****] 본부가 자리한 고층건물에 둘러싸인 모스크바의 류뱐카 광장에는 솔로베츠키의 돌, 즉 단순히 돌이라는 이름으로만 불리는 눈에 잘 띄지 않는 기념비가 하나 있다. 이 기념 돌은 1919년, 소련 최초의 강제수용소 중 하나가 들어선 솔로베츠키 제도에서 가져온 것이다. 그후 많은 수용소가 생겼다.

해마다 가을이면 사람들이 이곳으로 모여들어 공동 행사에 참여하는 특별한 날이 있다. 행사는 이렇게 이루어진다. 거기 모인 모든 사람에게 각각 공산주의자들이 테러를 자행하던 시기, 그들에게 총을

---

* 소련 정권 초기 비밀경찰 조직으로 KGB의 전신.

** 합동국가보안부.

*** 국가안전위원회, 일명 KGB.

**** 연방안전국.

맞은 사람의 이름, 성, 직업이 적힌 네모난 종잇장이 주어지고, 그러면 사람들은 그 이름을 소리 내 불러주기 위해 돌 앞에 길게 줄을 선다. 행렬은 하루종일 지속되고, 훨씬 더 오래가기도 한다. 꽤 쌀쌀하고 추운 저녁에도 사람들 행렬은 줄어들 줄 모른다. 부모, 할아버지, 할머니를 비명에 잃은 사람들은 낯선 이들의 이름과 함께 그들의 이름을 부른다. 돌 주위에서 촛불이 타오른다. 작년에 열 살 된 우리 아들과 함께 줄을 서러 갔다. 아이는 자신이 왜 거기서 줄을 서고 있는지 어느 정도 알고 있었지만, 차례를 기다리는 동안 추위에 몸도 얼고 힘들어했다. 그러다가 갑자기 이름과 날짜를 부르는 소리에 귀를 기울이더니 아버지를 붙잡고 울음을 터뜨렸다. 아이는 울면서 말했다. "아빠, 이 사람은 5월 6일에, 내 생일에 죽었어요. 아빠, 그러면 안 되는 거잖아요, 그러면……"

*

생일은 정말로 의미가 있다. 예를 들어, 나의 할머니 률랴는 **승리의 날**[*](탑처럼 솟아오른 두 개의 대문자)인 5월 9일에 태어났다. 이 중요한 사실을 나는 걸음마를 떼자마자 배웠다. 엄마는 피난 갔다가 모스크바로 돌아온 해인 1945년의 봄을 즐겨 회상했다. 크렘린 위로 펑펑 터지던 불꽃들, 그날 가족이며 친구들이며 캄무날카의 모든 거주자까지 다 같이 둘러앉았던 기다란 탁자. 이 모든 것은 자연스러운 결말이자 오랫동안 기다려온 생일선물과도 같았다. 할머니는 1916년에

---

* 2차세계대전의 승리를 기념하는 전승기념일.

태어났지만 연도는 중요하지 않았다. 모두가 환호하는 승리의 축하는 할머니의 조용한 축일을 완벽하게 만들었으며 할머니의 생일이 결코 우연이 아님을 확인해주었다.

할머니와 5월 9일 사이의 자연스러운 연결은 가족 신화에서 논박의 여지가 없는 너무도 당연한 일이었기에, 나는 최근에야 비로소 실은 여자아이 률랴(모노그램 컵, 치아용 스푼)는 아직 율리우스력을 사용하던 그 당시 날짜로 4월 26일에 태어난 것은 아닐까, 라는 생각을 하게 되었다. 할머니의 아버지인 나의 증조할아버지 미샤가 다른 이름으로 태어나 몇 년 동안 그 이름과 함께 살았다는 생각도 들었다. 오래된 문서 중에는 약국 견습생 미헬 프리드만에게 발급된 증명서가 하나 있다. 하지만 제아무리 눈을 씻고 봐도 그 변화의 순간, 무언가 변화가 생기며 증조할아버지가 다른 사람으로, 반짝이는 부츠를 신고 톨스토이 책을 들고 다니는 젊은 법률가이자 법정 변호사 미샤로 세상에 등장하는 그 변신의 순간을 찾을 수가 없다. 내가 유일하게 증조할아버지에 대해 아는 건 증조할아버지가 대학생 조카에게 "재미있게 살아라"라고 딱 한 번 조언을 건넸다는 사실뿐이다. 그런데 정작 증조할아버지 당신은 즐겁게 살았을까?

이름을 바꾸는 문제는 한 도시에서 다른 도시로 이사하는 것만큼이나 흔한 일이었다. 나의 또 다른 증조할아버지인 잘생긴 블라디미르 구레비치—줄무늬 재킷을 입고 멋진 친구들과 해변에 서 있다—가 서류상으로, 갑자기 모이세이 불프가 되어 있었다. 어떻게, 대체 어느 순간에 두 증조할아버지는 늘어진 피부를 팽팽하게 당기고, 또 어떻게 새로운 피부를 선택했을까? 미헬은 쉽사리 미샤가 되고 불프는 마치 언제나 블라디미르였던 것처럼 블라디미르가 된다. 사라의 남자

형제이자 아브람 긴즈부르크의 사랑하는 맏아들, 기독교로 개종하며 아버지의 마음을 아프게 한 아름다운 이오시프 역시 볼로댜로 변신했다(이오시프와 확연히 다른 점은 거의 없음). 마치 시간이 자신의 아이들에게 파란 눈과 솔직함을 요구라도 하는 것처럼.

하지만 성姓은 제자리를 지켰고, 성을 바꾼 사람은 아무도 없이 그대로들 사용했다. 멀리 폴란드와 바이에른에서 이주해온 긴즈부르크와 구레비치는 전 재산을 자루에 담아 어깨에 둘러멘 것처럼 지명에서 따온 자기들 성을 이리저리 짊어지고 다녔다. 새로 만든 성을 가진 스테파노프(그리스어로 '스테파노스'는 왕관 또는 화환을 의미하지만 확실치는 않다) 가문은 이름에 별다른 특징이 없었다. 가계도의 어떤 가지에도 장미나 아몬드는 자라지 않았고 우리 성을 빛내는 값비싼 보석이나 별은 없었다. 하지만 그 대신 그 성을 사용한 이들, 사랑스럽고 온유한 프리드만과 리베르만들이 줄기를 가득 채우고 있는 것만은 분명했다.

우리 역사에서 가장 흥미로운 지점은 우리가 모르는 부분이다. 다른 사람의 역사일 경우, 수백 가지 중 특정한 그 하나를 골라내게 하는 건 선택적 친화성의 동물적인 자성磁性이다. 동화에서 마법사의 제자는 반드시 시험을 통과해야 한다. 시험은 열 마리의 새, 열 마리의 여우, 분별하기 어려울 만큼 비슷하게 생긴 열 명의 소녀 중에서 가장 좋아하는 하나를 알아내기다. 제발트의 방법—생각하고 말하는 방식—은 선택을 거부하는 데 기반을 둔다. 하지만 책을 읽기 시작하면 그의 텍스트가 개미집처럼 작은, 수많은 터널로 가득차 있는 듯 보이는데 뜻밖에도 모두 조화로운 운율을 이룬다. "'이해할 수 없어.' 나는 생각했다. '선택적 친화성은 어떻게 생겨난 걸까? 그리고 유사성은 또 어떻게 생기고? 어떻게 다른 사람에게서 나 자신을 볼 수 있는 거지? 만약 내가 아니라면 나의 조상일까?'" 그의 말대로라면 그런 연결은 저절로, 사물의 의지로 자연스럽게 일어난다. 그래서 까치는 부리에 닿는 건 모두 둥지로 모아들인다. 하지만 제발트는 무엇보다 일치하는 날짜, 즉 생일이나 사망일 그리고 자신의 삶을 돌아보게 하는 사건이 발생한 날 등의 날짜가 우연히 겹칠 때 감동했다.

이런저런 중요한 날을 떠올리다가 나는 이따금 속으로 의미도 모를 상상을 할 때가 있다. "만약 그날 아이가 태어났다면 지금 X살일 텐데"라는 식이다. 이렇게 설명해보자. 그건 나나 다른 누군가에게서 태어난 아이가 아니라 누군가의 탄생 그 자체에 의미가 있다. 마치 내 세상을 변화시킨 게 이미 누군가의 새로운 탄생이었던 것처럼. 내 땅에 살았던 이 가상의 아이들은 이미 나이가 적지 않으며 그들 자신의 수 또한 적지 않다. 나는 그들 중 특히 한 아이를 자주 떠올린다. 1998년 1월 15일, 모스크바는 맑으면서 서리가 내렸지만 뷔르츠부르크는 흐리고 눅눅했던 날, 엄마의 죽음이 새 생명으로 탄생했다면 그 아이는 지금 19세 어른이 되었을 것이다.

*

"어느 날 저녁 모스크바에 있는 E.P. 페시코바*의 아파트에서 이사이 도브로베인**이 연주하는 베토벤 소나타를 듣던 중 레닌이 이렇게

---

* 소련의 인권운동가로 막심 고리키의 첫번째 부인.

** 러시아/소련 출신의 피아니스트이자 지휘자.

말했다.

"나는 Appassionata(아파시오나타)보다 더 좋은 곡을 들어본 적이 없소. 날마다 들어도 질리지 않을 것 같아요. 인간의 경지를 넘어서는 놀라운 음악이오. 나더러 유치하고 순진하다고 할진 모르지만, 나는 늘 자랑스럽게 인간이 창조해내는 경이로움에 대해 생각한다오." 그러고는 레닌은 눈을 찡긋하며 웃음 띤 얼굴에 다소 우울한 목소리로 덧붙였다. "하지만 음악을 자주 들을 수가 없으니 신경이 곤두서고 어리석은 말이 자꾸 입 밖으로 튀어나오려고 하지 뭐요. 그리고 더러움과 공포 속에 살면서도 그런 아름다움을 창조해낼 줄 아는 사람들 머리를 쓰다듬고 싶어져요. 하지만 지금은 사람들 머리를 쓰다듬어줄 수 있는 그런 시대가 아니잖소. 그랬다간 사람들에게 팔이나 물어뜯기기 십상이지. 오히려 머리를 치고 무자비하게 때리는 게 더 나을 거요. 비록 우리가 사람들에게 가해지는 그 어떤 폭력에도 반대하는 이상적인 입장을 가졌지만 말이오. 흠, 그건 정말이지 끔찍하게 어려운 일이오."

소련 당국의 검열을 거친, 막심 고리키가 레닌과 함께한 지난날들에 대해 회고한 이 단락은 자주 인용되는데, 특히 '머리를 때려라'라는 구절이 그렇다. 또 레닌이 소나타를 혼동했다는 점도 지적된다. 그 당시 이미 러시아를 떠난 도브로베인은 나중에 자신이 실제로 '위대한' 지도자를 위해 연주했음을 확인해주었다. 레닌이 고리키의 집에 머물렀던 그날 밤 이야기는 공식적인 국가의 기억으로 어찌나 자주 재현되었던지, 1963년 촬영된 예술영화 〈아파시오나타〉는 영화 촬영 몇 년 전에 완성된 날반댠*의 그림 〈1920년, A. M. 고리키 집을 방문한 V.

---

* 아르메니아 출신의 소련 화가.

I. 레닌〉의 구성을 말 그대로 똑같이 가져왔다. 그림 속의 줄무늬 소파며 페시코바가 걸쳤던 따뜻한 짧은 숄이며 낮게 드리운 서재의 램프까지 모두, 음악과 담소, 그리고 창밖의 소용돌이치는 눈보라만큼이나 그날 저녁 신화에 등장하는 단골 메뉴였다. 영화는 크렘린 궁전 벽으로 눈보라가 휘몰아치는 장면으로 시작한다. 사납고, 굶주리고, 서사적인 겨울, 레닌과 고리키가 차갑게 얼어붙은 아파트의 철제 난로에 장작을 넣고 있는데, 한 여자아이가 뛰어들어와 크림반도 이야기를 한다. "거기는 가면 안 돼요, 백군이 거길 차지했대요." 하지만 실제로는 당시 겨울이 오려면 아직 멀었고, 도브로베인이 특별 손님으로 초대된 건 10월 20일이었다. 그날 저녁 레닌은 고리키에게 외국으로 나가 살 것을 고집스럽게 권유했다고 한다. 레닌은 헤어지면서 유명한 말을 남긴다. "만약 당신이 떠나지 않으면 우리가 당신을 내보내겠소."

그 모든 일이 있었고 또 없었다. 음악이 연주되었지만 다른 곡이었고, 눈보라가 휘몰아쳤지만 그건 열흘 후였다. 레닌이 그 유명한 '내보내겠다'라는 말을 했다지만 정말 그날 그 말을 했을까. 고리키 역시 그 집의 손님이었을 뿐으로, 자신의 전부인인 예카테리나 페시코바와는 따로 산 지 이미 오래였다. 다소 이상한 가명—나중에 그 자신이 설명했듯이 '좋은 포도주'라는 의미—으로 활동한 유명한 피아니스트 도브로베인은 바라베이치크라는 우스꽝스러운 진짜 성이 따로 있었다. 그는 당시 진정한 스타였으며, 여학생들은 그의 초상화가 그려진 엽서를 사서 간직했다. 나는 우리 가족 기록물에서 그런 초상화 하나를 발견했다. 곱슬곱슬한 머리카락, 빳빳하게 풀 먹인 셔츠 앞 장식, 눈 밑의 동그란 그늘. 어떤 러시아 시인이라도 그를 재능이 절정에 달한 예술가라고 말했을 것이다. 사진 위를 가로질러 들쭉날쭉한 서명이 되어 있고 뒷면에는 이렇게 헌정의 말이 적혀 있다.

"친애하는 벗,
이사이 아브라모비치에게……
진심어린 사랑을 담아 음악원 졸업을 기념하며.
이사이치크

모스크바, 1911년 5월 20일

이 엽서가 어떻게, 어디서 우리 앨범 속으로 들어왔을까? 증조할아버지의 처남인 이사이 아브라모비치 샤피로는 니즈니노브고로드에서 개업한 피부병 및 성병 전문의였다. 그는 그 지역에서 꽤 유명했으며 혁명가 스베르들로프 가족처럼 부유한 동네인 포크롭스카야 거리에 살았다. 앨범의 또 다른 사진에서 그는 아내와 아이들 세 명—양가죽 모자를 쓰고 망토 코트를 걸침—과 함께 눈 덮인 정원의 자작나무 사이, 어디서나 흔히 볼 수 있는, 가느다란 다리의 토넷 의자 위에 앉아 있다. 니즈니노브고로드는 점잖은 이사이 아브라모비치가 이사이치크(이 피아니스트)를 알았을 가능성이 있는 유일한 장소로, 두 사람 모두 이곳에 살았다. 고리키 역시 니즈니노브고로드 출신이었다. 젊은 시절 그가 예카테리나 페시코바와 함께 살았던 언덕 위의 집은 여전히 그곳에 그대로 있다. 이곳은 모든 게 예전 그대로인, 세계에서 몇 안 되는 장소 중 하나이다. 가장자리에 재미난 무늬가 들어간 접시, 주방의 기다란 식탁, 접이식 소파, 손님용 철제 침대, 도자기 세면대, 그리고 조금은 오싹하지만 주인이 백 년도 전에 수풀 우거진 길가에서 꺾어 모은, 앞으로 영원히 그대로 남을 꽃다발. 나는 이곳이 그토록 보기 드물게 예전 모습을 간직할 수 있었던 까닭은 앞으로 일어날 일을 미리 예견한 여성의 지혜 덕분이라고 들었다. 페시코바는 자신이 위대한 작가와 결혼했음을 잘 알았고, 그래서 후손을 위해 블라인드며 두툼한 커튼이며 살아 있는 아들과 죽은 어린 딸의 장난감 등 모든 것을 보존하려고 노력했다. 고리키와의 결혼생활이 파경에 이르자 그녀는 몇 년 남짓에 불과한 남편과의 짧은 공동생활을 기념하는 물건들을 남겨서 나중에 공개하리라는 생각을 떠올렸다. 함께 쓰던 물건들을 상자에 넣고 물품 목록을 작성한 다음 천으로 싸서 간직하고는 옛집으로 다시 가져와 예전의 자리로 되돌릴 수 있을 때를 기다렸다.

*

서점에 들를 때마다 그런 제목의 책들이 점점 많아짐을 느낀다. 특히 라틴문자를 사용하는 지역이 그렇다. 그리고 지금도 뉴욕의 한 서점에는 그런 책들이 표지에 조명을 받으며 어깨를 나란히 한다『프루스트의 코트』와『프루스트 선생의 서고』『렘브란트의 코』와『반 고흐의 귀』『카툴루스의 담요』『베르메르의 모자』『브론테의 캐비닛』, 여덟 가지 물건과 100장의 사진, 99가지 발견물에 담긴 이런저런 가족의 역사.

내가 생각에 골몰해 있는 동안 구세계가 제방을 무너뜨리고 현재의 일상으로 범람한 것은 아닐까. 잃어버린 시간에 대한 탐색은 이제 흔한 일이 되었고, 모두 과거와의 관계를 읽고, 쓰고, 설명하는 데 몰두했다. 내가 막 실행하려던 일이 갑자기 훨씬 더 큰 운동의 일부라는 사실이 드러났다. 마치 다른 건 상상할 수도 없다는 듯, 그리고 마치 새로운 형태의 그랜드투어인 양, 학력과 재력을 갖춘 사람들에게 추천하는 멋진 유럽 여행인 양, 다들 '가서 좋은 구경하기'에 바빴다. 불타버린 마을을 가득 채운 공허와 낯선 방을 점령한 사람들은 로마의 유적이나 파리의 극장 같은 문화 프로그램의 일부가 되었다.

나는 벌컥벌컥 물을 마시듯 이 책들을 차례차례 모두 읽어젖히고 있다. 새 텍스트가 나올 때마다 다음 텍스트를 들이마시길 요구하는 나의 끝없는 갈증에 놀랄 새도 없다. 무의미한 앎의 성장은 제한하거나 멈출 수가 없다. 그건 한 층 한 층 주거공간을 쌓아올리는 건물과 다르다. 오히려 눈이 녹으면서 하나둘 시신이 드러나고 입은 옷을 보고서야 누가 누구인지 식별할 수 있는 무시무시한 전쟁중의 봄날과 같다. 나는 어쩌면 분필로 그린 내 강박의 동그라미 안에 혼자 남기를 원했는지도 모른다. 하지만 원 안은 사람들로 북적인다. 마치 서로의 질병에 흥미를 느끼면서도 묻기를 두려워하는 이들이 의사를 기다리는 환자 대기실처럼. 이 문제는 우리 모두에게 중요하다. 나는 새로운 사람을 만날 때면 늘 어렵게 물줄기를 찾아낸 동물이 그 물을 마시며 천상처럼 시원한 맛에 부르르 몸을 떨 듯 더없이 행복하게 새로운 대화 상대자와 이름, 날짜, 상황을 맞춰보며 우리의 조부모와 조상의 이야기 속으로 빠져드는 그 순간을 거의 의식하지 못한다. 그런 순간은 보통 첫인사를 나누고 30분 정도 지난 후에 찾아온다.

유감스러운 한 가지. 과거에 대한 탐색은 마치 성배를 찾아 떠나는 원정처럼 참가자들을 성공한 자와 실패한 자로 구분한다는 것. 나는 성실하지만 운은 따르지 않는 후자에 속한다. 나는 우리 낡은 아파트에서 감춰진 낯선 복도, 햇볕이 들고 새로운 방으로 안내하는 문이 있는 그 복도를 열어줄 일종의 열쇠이자 수수께끼의 확실한 단서를 발견하리라는 희망을 결코 버린 적이 없었다. 아마도 일곱 살 때 쿨리코보 전투가 벌어진 푸른 초원을 다녀오고 난 이후로 줄곧 그랬던 것 같다. 물론 나는 그 전투에 대해 알고 있었다. 모스크바의 대공과 타타르 칸 사이에 혈투가 벌어졌던 그곳은 모스크바에서 멀지 않은, 자동차로 몇 시간 거리에 있었다. 그 당시 나는 푸시킨의 시를 끼고 살다시피 했는데, 때론 무장한 기사로, 때론 러시아 전사로 등장하는 그 시의 주인공은 고대 전투의 현장인 죽음의 계속을 헤매고 다닌다. 눈부신 태양 아래 거대한 교육용 설치미술 같은 광경이 펼쳐져 있다. 누렇게 변한 뼈 더미가 갑옷이며 방패와 뒤엉켜 있고, 땅에 박힌 화살 위로는 담쟁이덩굴이 무성하고, 해골은 투구 안에서 썩어가고, 그렇게 유기물과 무기물이 마치 처음부터 그랬다는 듯 뒤섞여 있다. 하지만 주인공은 잠깐 슬퍼하다가 스스로 원하는 갑옷과 투구를 골랐고, 그 갑옷과 투구는 충직하고 진실하게 주인을 섬길 터였다.

그래서 나는 내가 무엇을 볼 것인지 알았고, 그것을 기대했다. 이 극적이고 때로는 두렵기까지 한 광경에 대한 기대는 곧 전리품을 얻으리라는 생각으로 더 고조되었다. 나는 거기서 뭔가 기억에 남을 만한 작은 기념품을 고를 작정이었고, 그건 태양 아래 녹슬어가는 방패와 해골 사이에서 분명히 찾을 수 있으리라 믿었다. 주머니에 넣어서 가지고 다닐 수 있는 화살촉 몇 개도 좋겠고, 작고 우아한 단검도 괜찮으리라.

하지만 들판은 텅 비어 있었고, 헐벗은 풀밭 위로 바람만 파도처럼 일렁일 뿐이었다. 우리 개는 미친 듯이 뛰어다녔지만 아무것도 찾지 못했다. 들판 옆에 보잘것없는 방첨탑이 있었고, 그게 다였다. 고대 전장의 주요 특징은 짧게 끝나버린다는 데 있었다. 흥미로운 것들은 모두 나를 기다리지 않고 진즉 다른 사람들을 따라 떠나버렸다.

*

어느 문학박물관(불멸까지는 아니더라도 최소한 휴식을 위해 작가의 언어와 물건이 찾아오는 곳)의 탁자 서랍에 '마리나 츠베타예바의 물건이 든 작은 가방'이 보관되어 있다는 이야기를 들었다. 이 가방은 츠베타예바가 자살로 생을 마감한 후, 그녀의 열여섯 살 난 아들 무르가 옐라부가*에서 가져왔다고 한다. 그녀의 가방이 살아남았음에도 불구하고 그 가방에 대한 글이 쓰였다거나 가방을 공개적으로 전시한 적이 없다는 사실은 프루스트의 모든 재킷, 그리고 나머지 모든 소유물의 이면을 보여준다. 이것들이 얼마나 쉽게, 마치 열쇠가 안감의 찢어진 틈을 통해 어딘가로 숨어버리듯 절대 망각으로, 존재하지 않는 깊은 주머니 속으로 미끄러져 들어가버리는지를 말이다.

가방 안의 내용물은 목록화하지 않았기 때문에 거의 존재하지 않는 것으로 취급될 수도 있다. 박물관 카탈로그에서 가방의 단일 단위에 실제로 얼마나 많은 항목이 포함되었는지는 짐작만 할 뿐이다. 그것은 많은 이들이 수년 동안 츠베타예바의 시마다 열렬한 관심을 보였음에도 불구하고 그냥 지나쳐버린 물건들을 담고 있다. 파손이 심하거나 너무 평범해서 박물관 진열대에는 걸맞지 않은 물건들을. 츠베

* 러시아 타타르공화국 동부에 위치한 공업도시.

타예바는 프랑스산 물건(팔 수 있음)과 다른 이들과의 추억이 담긴 물건(분실해서는 안 됨), 그리고 얼떨결에 짐 꾸러미 속으로 딸려들어온 전혀 불필요한 것을 급히 챙겨서 피난길에 올랐다. 무르가 옐라부가에 있는 어머니의 어두운 오두막에서 이 물건들을 한데 모아 치스토폴*로 가져갔다가 다시 모스크바로 데려올 만큼 중요하게 여긴 이유는 아무도 모른다. 그는 그들을 구하고 보존하려 했던 걸까. 아니면 어머니가 그랬던 것처럼 남은 모든 걸 그저 맹목적으로 긁어모은 걸까. 안에 무엇이 들어 있는지 알 수 없는 낡아빠진 양철 상자, 구슬, 펜, 아이들 머리카락, 급히 서두르다 가방 속에 쑤셔넣었을지도 모르는 이름도 용도도 알 수 없는 잡동사니들. 아니, 어쩌면 없어서는 안 되는, 어머니, 남편, 딸을 떠올리게 하는 가장 소중한 존재들일 수도 있다. 특별한 돌이고 잊을 수 없는 컵의 조각들일지도 모른다. 이들의 이야기를 들어줄 사람이 아무도 없다. 알아봐주는 사람이 없는 물건은 순식간에 고아가 되어 죽은 사람의 코처럼 더 뾰족해진다. 그리고 더이상 접근할 수 없는 사람들 대열에 합류한다.

책, 종이, 의자, 턱받이 등 내가 물려받은 물건 중에는 삶이 깜박하고 이름표를 붙여주지 않은 것들이 너무 많다. 그들이 어디에서 왔고 나와 어떻게 연결되어 있는지조차 알려주지 않는다(하다못해 암시라도). 가족 앨범에서 피아니스트 도브로베인의 사진은 그 유명한 레닌의 미망인 나제즈다 크룹스카야의 품질 좋은 복제품 초상화 옆에 나란히 놓여 있고, 그 뒷면에는 증조할머니의 큰 손글씨로 이렇게 적혀 있다. "누가 나제즈다 콘스탄티노브나 크룹스카야의 이 사진을 당신

* 타타르공화국 중부에 위치한 도시.

에게 가져왔는가? 나는 모이세이 아브라모비치의 커다란 초상화에서 완전히 다른 그녀를 보았다. S. 긴즈부르크, 1956년, 7월 2일." 크룹스카야의 이 사진은 사라의 남편이 찍은 것으로 보인다. 그는 먀스니츠카야 거리 근처에서 사진 스튜디오를 운영하고 있었고, 그 스튜디오의 직인이 사진에 찍혀 있다. 하지만 나는 이 이야기의 세세한 사정을 알 수 없을 것이다. 한 세기를 성큼성큼 지나온 이 거대하고 무시무시한 사람들은—크룹스카야, 스베르들로프, 고리키—마치 존재한 적이 없다는 듯 우리 가족의 기억에서 빠져나갔고, 나는 그들의 존재를 확인할 길이 없다.

내가 열다섯 살이었던 어느 날, 갑자기 엄마는 내가 호기심에 가득 차서 그토록 온 집안을 뒤지고 다녔음에도 불구하고 한 번도 발견하지 못한 것을 내게 보여주었다. 그것은 손바닥 절반 크기의 작고 섬세한 레이스 지갑이었고, 그 안에는 딱딱한 뭔가가 들어 있었다. 네 번 접혀 있고 접힌 부분이 찢어질 듯 금이 깊은 종이 한 장. 종이 위에는 '빅토르 파블로비치 넬리도프'라는 이름이 또박또박 적혀 있었다. 사라의 딸이자 나의 할머니인 률랴는 이 작은 지갑을 옆구리에 메고 다니는 가방의 주머니에 늘 넣어다녔다. 나는 질문을 해대기 시작했지만 엄마는 그 사람이 누구인지 몰랐다. 나는 그러면 이 지갑을 어떻게 이해해야 하느냐고 물었고, 엄마는 네가 생각하고 싶은 대로 생각하라고 대답했다. 그렇게 대화는 끝났다.

내가 베일에 싸인 넬리도프—그는 의사였을까? 그런데 왜 의사였을까?—의 흔적을 찾기 위해 수없이 노력했음을 굳이 말해야 할까. 결국 어떤 성과도 얻지 못했다. 나는 매번 또 다른 텅 빈 들판으로 걸어가 답의 부재가 해답이라는 사실을 깨달아야 했고, 그래서 화가 나면 그저 스스로 다독이며 극복해야 했다. 내가 나타나자마자 과거는 단박에 자신이 뭔가 유용한 존재가 돼주기도, 탐색과 발견, 단서와 계시로 구성된 이야기와 함께 엮이기도 거부했다. 내 것, 남의 것을 나누던 구별이 가장 먼저 작동을 멈췄다. 내 주변의 모든 것은 어떤 식으로든 내 죽은 사람들의 세계와 관련이 있었다. 나는 우연히 사들인 오래된 사무실 서랍장에서 프랑스어가 적힌 두툼한 종잇조각을 발견했을 때도 더이상 놀라지 않았다. 그것은 전쟁 전 파리의 한 영화관에서 상영중이던 두 편의 영화를 관람하기 위한 영화표였다. 그중 하나는 1910년에 촬영된 영화로, 빅토르 위고의 시 〈아이가 태어날 때〉에서 제목을 따왔다. 만약 사라 할머니가 백 년 전 파리의 영화관에 다녔다면, 할머니는 이 영화를 봤을 것이다. 비록 서랍장이 할머니와 아무런 관련이 없더라도 말이다. 영화를 보지 않았을 수도 있고, 어쩌면 다른 영화를 관람했을지도 모른다(물론 나는 영화 제목이 뭔가 단서를 쥐고 있는 것처럼 상영 목록에 달려들어 뒤지기 시작했다). 어쩌면 할머니는 영화관이나 카페, 전시회장에도 안 다니고, 러시아인이나 프랑스인도 안 만나고, 그 어떤 것에도 흥미를 느끼지 못했을 수도 있다. 나는 늘 가상의 주인공이 파리의 어느 거리에서 거트루드 스타인이나 피카소, 츠베타예바, 남편에게 버림받은 예카테리나 파블로브나 페시코바(이들은 모두 그즈음 그곳에 있었고, 서로 지나쳐갔고, 서로의 옷깃을 스쳤다) 등과 만나는 설정을 집어넣는 통속적인 장치가 일종의 강압적인 문학 논리의 다소 부끄러운 예라고 생각해왔다. 그런데 내가 바로 그 일을 머릿속으로 하고 있었다. 나는 내 독립적인 증조할머니를 조금은 덜 외롭게 해주었을 수도 있는 우연과 인접성을 끊임없이 좇고 있었다.

예를 들어, 전쟁이 일어나기 불과 몇 주 전인 1914년 5월, 파리로부터 한 장의 엽서가 사라토프에 도착했다. 엽서에는 만발한 아몬드꽃이 그려져 있었는데, 봄이 잠자는 소년 위로 몸을 기울인 것인지, 젊은 4월이 잠든 아가씨를 굽어보는 것인지 알 수 없는 이 그림에는 'sogno primaverile(봄의 꿈)'라는 제목이 적혀 있었다. 5월 30일, 나의 증조할아버지가 이 엽서를 받아든 날(사라는 시험에서 돌아왔고, 다음 날 산부인과 실습 시험을 치러야 한다며 완전히 기진맥진해 있다고 적었다. 그리고 곧 다시 편지를 보낸다), 마르셀 프루스트의 전 운전기사이자 알베르틴*의 남성 원형으로 알려진 젊은 조종사 알프레드 아고스티넬리가 앙티브 근처 지중해에서 비행기 추락 사고로 숨졌다. 알프레드는 마치 『잃어버린 시간을 찾아서』의 주인공과 화자가 한 사람으로 합쳐진 것처럼 마르셀 스완이라는 이름으로 비행학교에 등록했다. 프루스트는 이 수업료를 내줬고, 심지어 알프레드에게 날지 못하는 백조를 묘사한 말라르메의 대사 "비록 당신에게 이해할 수 없는 시처럼 느껴져도 당신이 사랑한 시"라는 구절이 새겨진 비행기를 사주마고 약속까지 했다. 편지는 개봉되지 않은 채 남았고, 수취인은 그날 집에 돌아오지 않았다.

*

때때로 친족관계는 단순한 접촉만으로도 이루어진다. 여기서 나는 곧장 1950년대 중반에 행해진 그 유명한 새끼원숭이 실험을 떠올

---

* 『잃어버린 시간을 찾아서』의 등장인물.

린다. 새끼들은 털북숭이 어미에게서 억지로 떼어져 어미 대용품들과 함께 우리에 넣어졌다. 하나는 철사로 만들고, 다른 하나는 털이 북슬북슬한 부드러운 천으로 만든 원숭이 인형이었다. 새끼원숭이들은 모두 하나같이 부드러운 어미의 품으로 파고들었다. 어미에게 바짝 붙어 앉아 몸을 밀착시키고 어미를 껴안으려 했다. 실험이 진행되면서 부드러운 어미는 새끼들에게 고통을 주기 시작했다. 어미의 부드러운 털 아래 가시가 잔뜩 숨겨져 있었지만, 새끼원숭이들은 멈추지 않았다. 고통의 작은 울음소리를 내면서도 껴안은 손을 놓지 않았다. 어쩌면 어미 옆에 머물기 위해 그토록 애를 썼기에 그 어미 인형이 새끼원숭이들에게 더 소중해졌는지도 모른다.

매달 작디작은 손글씨와 오래전에 죽은 이들의 대화를 필기체로 휘갈겨놓은 글을 알아보고 읽어내려 애쓰며 컴퓨터로 가족의 편지와 문서를 옮겨 적는 동안, 나는 확실히 그들을 더 잘 이해하고 더 사랑하게 되었다. 모방은 언제나 이런 식으로 끝나는 것 같다. 만델스탐과 함께 보로네시에서 유배 생활을 한 젊은 시인이 자신을 만델스탐이 쓴 시의 작가라 여기기 시작했듯, 나 역시 내 할머니들의 쉼표와 잘못 쓴 글자를 조심스럽게 베껴 쓰면서 그네들의 삶과 내 삶을 나누는 경계선을 더이상 구분하지 않는다.

그래서 나는 1965년에 비밀 우주 시설 건설이 한창이던 바이코누르 근교에서 아버지가 보낸 감동적이고 놀라운 편지를 차근차근 다시 타이핑했다. 군인들이 그곳에서 일했고, 아버지와 아버지 친구 콜랴 소콜로프는 그 작업에 필요한 일이 무엇인지 잘 아는 사람들로서 그 과정을 의미 있게 만든 일종의 민간인 강사였다. 나는 어렸을 때부터 아버지가 카자흐의 대초원에서 꽤 많은 작은 여우 카사크를 잡아 길들이려 애썼지만, 그 교만한 작은 짐승이 먹지도 마시지도 않고 자유를 원하는 바람에 사흘 만에 풀어주고 말았다는 일화를 기억하고 있었다. 나는 갈카 고모의 서류들 속에서 편지를 찾아냈다. 편지는 한두 통 정도가 아니라 양이 꽤 많았다. 카사크와 그곳 생활에 관한 이야기부터 텐트를 치고 축축한 천으로 만든 그 차양 아래에서 잠을 자고, 밤이면 바닥에 양동이째 물을 뿌려야 했던 야영 생활에 이르기까지 정말이지 별별 이야기가 다 있었다. 이 편지들을 한 장 한 장 타이핑하면서 편지에 등장하는 사람들과 상황들이 마치 처음부터 내 머릿속에 들어 있던 양 단단히 자리를 잡았다. 그렇게 내 내면의 풍경이 자연스럽게 확장되었다. 스물여섯 살의 아버지는 모스크바에서 온 지질학자들과 함께 지나가는 아무 차나 얻어 타고 저녁에 술을 마시러 다녀오고, 누가 주인 없는 창고를 작업장으로 쓸 것인지를 두고 현장감독과 말다툼하고, 설비기사에게 화를 내고, 마멋을 박제로 만들고, 소총을 모피 반코트에 싸서 우편으로 보낼 수 있는지 묻는 등 소련 시대 '사회주의 건설의 유쾌한 청년 노동자 영화'의 주인공처럼 행동했다. 나는 그런 아버지의 모습이 그리 놀랍지 않았다. 50년 전에 쓰인 편지였으니까.

그러다 어느 순간, 나는 별생각 없이 아버지에게 편지 파일을 보내면서 편지 내용을 책에 인용해도 되는지 물었다. 나는 아버지가 당연히 허락해주시리라 믿어 의심치 않았다. 그건 멋진 텍스트였다. 재미있고, 생생하고, 지금 우리 세상과는 한참 먼 이야기였다. 하지만 뭔가가 더 있었다. 내가 다시 타이핑한 편지들은 어느새 머릿속에서 내 것이 되었고, 또 공동 역사의 일부가 되었다. 나는 오래전부터 내가 이 역사의 저자라고 생각하는 데 익숙해졌다. 종이더미 속에서 발견한 서류는 이제 아무에게도 쓸모가 없다. 내다버리든지 보관하든지 내가 원하는 대로 할 수 있으니 이제 이들의 운명 역시 출판의 결정권을 가진 나의 의지에 달려 있었다. 그들의 말을 인용하는 것은 그들을 구원하여 보존하는 걸 의미했고, 상자 안에 그대로 넣어두는 것은 그들을 길고 긴 어둠 속으로 몰아넣는 걸 의미했다. 나 아니면 누가 그들을 어떻게 처리하면 좋을지 결정할 수 있겠는가?

나는 어느새 저도 모르게 주인의 논리에 따라 행동하고 있었다. 수백 명의 농노들 위에 군림하는 폭군의 의미에서가 아니라 농노가 출연하여 연기하고 노래하는 극장과 아름답게 꾸민 정원을 소유한 개화한 이웃 같은 주인. 내 사랑과 그리움의 대상이 이제 나의 소유물이 되어 내가 원하는 대로 할 수 있었다. 나의 또 다른 주인공들은 명백한 이유로 저항하지도 화를 내지도 못했다. 그들은 죽었다.

죽은 사람에게는 권리가 없다. 그들의 재산과 운명의 상황은 누구나 어떤 방식으로든 사용할 수 있다. 죽음 후 처음 몇 달 또는 몇 년 동안, 인류는 진취적인 정신을 억누르고 품위 있고 점잖게 행동하려고 노력한다. 아직은 온기가 남아 있는 시신을 향한 관심은 일정 선을 넘지 않았다. 살아 있는 사람들이나 가족, 친구들에 대한 존중의 차원에서라도 말이다. 세월이 흐르면서 예의, 공동체 생활, 저작권의 법칙들은 모두 물의 압력을 이기지 못하고 무너지는 댐처럼 점점 무너져내렸고, 지금은 이전보다 그 진행 속도가 더 빨라진 것 같다. 죽은 자들의 운명은 새로운 클론다이크*이다. 우리가 잘 알지 못하는 사람들의 역사는 소설과 영화, 감상적인 추측과 선정적인 폭로의 주요 소재가

* 캐나다 클론다이크강 유역으로, 이곳에서 사금이 발견되며 골드러시를 몰고 왔다.

되었다. 아무도 그들을 보호하지 않을 것이고, 아무도 우리에게 묻지 않을 것이다.

집 없이 떠도는 사람은 자신의 사진이 가족 달력의 표지에 사용되면 화를 낼 권리가 있다. 살인죄로 유죄 판결을 받은 사람은 자신의 일기나 편지가 출판되는 일을 막을 수 있다. 이 권리를 완전히 박탈당한 부류는 하나뿐이다. 우리는 모두 자신의 역사를 가진다. 하지만 우리의 몸, 속옷, 안경집을 소유하고 있는 동안 만이다. 새로운 세기가 시작되면서 이 눈에 보이지 않고 말로 표현할 수도 없는 대다수 죽은 이들이 새로운 소수로 떠올랐다. 한없이 취약하고, 굴욕당하고, 권리를 훼손당한 소수자로.

나는 굴욕을 당하고 권리를 훼손당한 다른 집단이 지난 백 년 동안 변화를 겪었듯, 이들도 틀림없이 변하리라 믿는다. 그것도 우리가 지켜보는 바로 눈앞에서. 모든 소수집단의 대표자들을 한데 묶어 한 척의 배(갑판이 여러 층인 증기선)에 태우는 행위는 그들의 주관성이 불완전하다고 확신하는 타인의 시선일 뿐이다. 자신을 돌볼 수 없는 여자들, 자신의 필요가 무엇인지 알지 못하는 아이들, 어린아이 같은 흑인들, 무엇이 자신의 이익인지 이해하지 못하는 노동자들, 이제 더이상 중요한 게 없는 망자들. 그리고 내 독자 중 누군가가 여자나 노동자가 아니었고 앞으로 아닐지라도, 그 누군가 역시 언젠가는 대다수 혹은 소수의 망자 대열에 합류할 것임은 의심의 여지가 없다.

아빠는 며칠 동안 답을 하지 않았고, 나중에 스카이프로 나에게 전화를 걸어 이야기를 나누고 싶다고 했다. 아빠는 당신 편지를 내 책에 싣는 것을 허락하지 않았다. 아빠는 정말로 편지가 출판되는 것을 보고 싶어하지 않았다. 그 작은 여우 이야기마저? 그렇다, 작은 여우 이야기도. 아빠는 내가 이해해주기를 바랐다. 아빠의 반대는 단호했다. 그리고 실제는 그런 게 아니었다고 분명하게 말했다.

나는 두려움에 휩싸였고 마음이 몹시 상했다. 그동안 가족의 편지가 담긴 독립된 장이 아닌 텍스트는 조화로운 연대기의 사다리를 이루며 위에서 아래로, 세기의 끝에서 새로운 세기의 시작으로 부드럽게 이어지던 참이었기에 즐겁고 유쾌한 설비기사며 군화와 함께 보낸 아빠의 1965년은 나에게 꼭 필요한 이야기인 것만 같았다. 그 이야기 없이 어떻게 텍스트를 완성할 수 있단 말인가. 나는 내 상황을 설명하기 시작했고, 부탁도 하고 손짓 몸짓까지 동원해가며 사정했다. 우리 둘 다 조금 진정되자 아버지가 말했다. "이해하렴, 누군가 그 편지들을 읽고 나를 그런 사람으로 여길 것을 생각하니, 정말이지 견딜 수가 없구나."

나는 계속 아버지를 설득했고, 심지어 할말도 많았다. '그건 아빠가 어떤 사람인가에 대한 이야기가 아니에요.' 나는 짜증이 나서 생각했다. '아빠에 대한 게 전혀 아니라니까요. 이건 아빠가 할머니, 할아버지에게, 그리고 고모에게 쓴 편지가 아니라 시대 그 자체예요. 시베리아 건설 현장과 미개척지 정복에 대해, 훌륭한 사람들과 그들의 성실한 노동에 대해 들려주는 천 개의 라디오 프로그램이자 백 편의 소설이라고요.' 나는 아빠에게 우리 가족의 편지들을 통해 우리 일상의 언어가 어떻게 변화했는지, 즉 1910년대와 1930년대 사이에 어조가 어떻게 완전히 달라지고, 신문과 영화가 어떻게 내면의 언어를 형성하는지 직접 눈으로 볼 수 있다고 말하고 싶었다. 아빠의 편지는 바로 이 역사의 일부이며 1960년대의 모범적인 전형으로서 '실제로는 어떠했다'가 아니라, 응집된 형태를 통해 우리에게 그 시대의 느낌을 전해준다고 말이다. 이 책은 아빠가 어떤 사람이었는지에 관한 이야기가 아니라 우리가 뒤를 돌아봤을 때 무엇을 보느냐에 대한 이야기라고.

다행히도 나는 이 모든 말을 속으로만 생각했다. 우리는 이미 작별인사를 나눴고 내가 옳다는 확신은 내 말이 의미하는 바를 내가 정확히 깨달을 때까지 점점 커졌다. 하마터면 "아버지가 어떤 사람인지는 중요하지 않아요"라고 말할 뻔했지만, 다행히도 거기까지는 가지 않았다. 다른 사람들에게 보여주고 싶지 않은 편지와 일기를 모두 성공적으로 없애버린 사람은 더없이 다행이다. 글로 쓴 텍스트는 영원하다는 거짓된 인상을 준다. 어리석은 사랑의 쪽지조차 도끼로도 지울 수 없는 것처럼, 성마른 글귀는 마치 자신이 마지막 진실인 것처럼 군다. 그리고 그것이 바로 우리 대화의 숨겨진 주제였다. 말하자면, 나는 죽은 텍스트를 위해 살아 있는 아버지를 배신할 준비가 되어 있었다. 나는 텍스트를 더 믿었다. 그건 마치 편지 자체가 입을 열어 나에게 "나를 건드리지 마!"라고 말하는 것 같았다.

사라 할머니에게 할머니 편지를 출판해도 되겠느냐고 물어본다면 할머니가 뭐라고 대답할지 생각만 해도 두렵다. 하지만 죽은 사람에게는 묻지 않는 법.

나는 카자흐 생활을 묘사한 아버지의 편지가 가족을 기쁘고 즐겁게 해주기 위한, 일종의 고안된 양식이었기에 아버지가 반대하는 것이리라 이해했다. 내가 피카레스크소설이나 식민지 풍경을 배경으로 한 모험의 장소쯤으로 상상한 그곳을 아버지는 진창과 우울, 상습적인 음주로 기억했다. 세상 끝에 있는 막사와 헛간, 병사들의 지독한 욕설, 끊임없는 도둑질로. 아버지 편지의 대담함과 생동감은 거짓이었지만 시간은 이 양식화된 허세만을 보존했다. 그리고 또 다른 냉정한 깨달음. 만약 이토록 상세한 편지들이 증언, 과거의 골격을 복원할 수 있는 뼛조각이 되지 못한다면, 편지나 손수건으로 무엇인가를 재구성하려는 다른 모든 시도는 정신분석학자들이 무시하듯 '환상'이라고 부르는 단순한 wishful thinking(희망사항)에 불과할 것이다. 그렇다면 나는 지금까지 존경할 만한 작업—연구 또는 조사—대신 줄곧 프로이드식의 가족 소설에, 과거에 대한 감상에 사로잡혀 있던 거다.

그렇게 되어야만 한다. 우리는 우리 조상의 사진을 human zoo(인간 동물원)를 구경하듯, 동물 우리 안에서 깊숙이 감춰진 삶을 사는 신기한 동물을 보듯 그렇게 바라본다. 어찌 보면 사진은 내 옆에 놓인 요리법 종이철 같기도 하다. 증조할머니, 할머니, 어머니가 손으로 쓴 이 요리법(어느 순간 나는 어릴 때 내 필체를 발견하곤 깜짝 놀랐다. 갈색 케이크인 '카르토시카' 만드는 설명)은 오랫동안 내게 행동의 지침서인 양 느껴졌고, 어쩌면 대단원의 윤곽, 모든 사람이 마침내 하나로 연결되는 지점일 수도 있었다. 내가 가스레인지 앞에 서서 이 모든 걸 요리하면 얼마나 멋질까? 요리법을 계승함으로써 그들을 하나로 연결하고, 차례대로 그들 모두가 돼보고, 그들의 친밀한 전체 연결고리에 생명을 불어넣으면서 말이다. 요리법 일부는 나도 아는 거고, 나머지는 모르는 거다. '무러치카의 피로그*' '로자 마르코브나의 코브리시카' '라야 이모의 창꼬치 요리'. 사실 각각의 이 '~의 요리법에 따르면'은 분명히 말해두지만 분명한 다음 차례를, 창꼬치 요리법과 부칭父稱을 지닌 이들 모두가 더이상 존재하지 않으며 남은 건 종이철뿐이라는 사실을 나에게 상기시켜주었다. 그리고 그것은 사용할 수 없었다.

* 러시아식 파이.

차분히 이 요리법들을 하나하나 읽어내려가기 시작했을 때 나는 내가 이 요리들을 시도하는 일은 절대 없을 거라는 사실을 즉시 깨달았다. 그것들은 소련 시절의 마가린이나 곡물과 같은 이미 오래전에 사라진 재료들로 가득차 있었다. 대부분 디저트로, 하나같이 식사 한 끼를 대신하고도 남을 만큼 열량이 높다. 풍부한 크림과 부드러운 가루 반죽, 끝없이 이어지는 비스킷, 케이크, 피로그, 코브리시카의 요리법. 마치 부족한 삶의 달콤함을 디저트로 채우려는 것 같다. 잃어버린 또 다른 세계의 식단이다. 나는 흑백의 거주자들에 대한 향수에도 불구하고 그곳으로 돌아가고 싶다는 생각은 들지 않았다.

*

내가 우리 스테파노프 가족의 서랍과 종이상자에서 발견한 가장 놀라운 물건 중 하나는 전혀 물건처럼 보이지 않았다. 그건 누군가 세로로 네 번 접어서 보관하고 있던 공책의 한 페이지였다. 거기엔 주소도 없고 서명과 날짜도 없이 내가 아는 사람 중 그 누구의 필체도 아닌 손으로 쓴 단 하나의 문장만 있었다. 어쩌면 할아버지의 필체일 수도 아니면 갈카 고모의 글씨일 수도 있었다. 무슨 까닭인지 그 글은 내가 수신인이라도 되는 양 나를 깜짝 놀라게 했다. 어쩌면 이 기록이 마치 침묵의 입안에 있는 것처럼 그 누구를 위한 것도 아니라는 사실 때문인지도 몰랐다. 종이엔 "이 세상에는 사물 자체가 아니라 사물에 붙은 이물질이나 작은 점으로 존재하는 사람들이 있다"라고 쓰여 있었다.

나는 이 문구가 아름답고 정확하다고 언뜻 생각했으면서도 처음에는 이 인용문을 알아보지 못했다. 나는 종이 위에 적힌 글이 어쩌면 누군가를 산만하게 만들거나 화나게 하지 않는 방식으로 자기 자신에 대해 뭔가 알리려는 시도일 수도 있겠다고 생각했다. 하지만 누구인지 정확히는 모르지만, 내가 잘 아는 어떤 사람이 남몰래 고골의 『죽은 혼』에서 이 구절을 찾아낸 것이었다. 그렇지만 달라질 일은 없었다. 이 글을 쓴 남자(또는 여자)는 고골의 텍스트에서 단어 하나를 바꿨다. '얼굴'을 '사람'으로 대체했는데, 이 조용한 변화는 예기치 못한 결과를 낳았다. 문맥에서 뜯겨나와 종이에 둘러싸인 그 구절은 갑자기 저절로 치유되었고 일종의 시 혹은 평결로 변했다.

원래는 이랬다.

> 그녀가 누구인지, 결혼한 여자인지 아니면 아가씨인지, 친척인지, 가사도우미인지 아니면 단순히 그 집에 사는 여자인지 확실히 말하기는 어려웠다. 모자도 없이 화려한 색상의 숄을 두른 그 여자는 30세 정도 돼 보였다. 이 세상에는 사물 자체가 아니라 사물에 붙은 이물질이나 작은 점으로 존재하는 얼굴들이 있다. 그들은 똑같은 자리에 앉아 똑같은 방식으로 머리를 가누고 있어서 당신은 그들을 거의 가구로 착각할 지경이라 그런 입에서는 처음부터 지금까지 말은 단 한 마디도 나오지 않았으리라 생각한다. 그저 하녀의 방이나 식료품 저장실 어딘가에서 "어허, 허!"라는 소리만 들려올 뿐.

그리고 이렇게 달라졌다.

> 이 세상에는
> 사물 자체가 아니라

사물에 붙은 이물질이나
작은 점으로
존재하는 사람들이 있다.

……바로 그렇게 내가 가족을 바라보는 것 같다. 거의 눈에 띄지 않는 그들은 얼룩덜룩한 새의 알처럼 살짝만 눌러도 바스러질 만큼 작고 연약한 존재라고. 그들이(내가 아니라) 시험을 거치며 한때 생존 능력을 보여주었다는 사실은 그들을 더욱 취약하게 만들 뿐이었다. 역사의 무대에서 확고하게 자리잡은 주인공들을 배경으로 사진첩과 새해 엽서를 들고 있는 세입자들은 곧 잊힐 운명인 듯했다. 게다가 나 자신조차 그들을 거의 기억하지 못했다. 하지만 많은 게 알려지지 않았거나 반쯤 알려졌거나 흐릿해졌지만, 나는 우리 가족에 대해 몇 가지는 분명히 알고 있었다.

혁명과 내전으로 죽은 이는 아무도 없었다.
억압받은 이도
홀로코스트에서 죽임당한 이도 없었다.
아무도 죽임당하지 않았다.
그리고 죽인 사람도 없었다.

이중 많은 부분이 갑자기 의심스러워졌고, 아니면 명백한 거짓으로 밝혀졌다. 내가 열 살이나 열두 살쯤 되었을 때 한번은 그 나이 때만 물을 수 있는 질문을 엄마에게 던졌다. "엄마는 뭐가 제일 무서워?" 어떤 대답을 기대했는지 기억은 안 나지만, 아마도 전쟁이었던 것 같다. 당시 소련의 일상에서는 칸트의 별이 빛나고 있는 하늘이 평화의 하늘로 대체되었다. 그 나라는 3차세계대전이 발발하리라는 두려움 속에 살았다. 학교는 칼라시니코프를 조립하고 분해하는 방법과 핵폭발 시 행동 요령을 가르치는 군사훈련을 실시했다. 후자의 경우 기관총은 별 쓸모가 없는 것으로 드러났다. 아파트 출입구 앞 벤치에 앉아 있던 노파들은 한목소리로 "중요한 건, 전쟁이 없어야 해……"라고 말했다.

당황스럽게도 엄마는 즉시 수수께끼 같은 대답을 했다. 엄마는 마치 누군가 이 질문을 해주기를 오랫동안 기다리며 대답을 머릿속에 간직하고 있던 사람 같았다. 나는 엄마의 대답에 어리둥절했지만, 그 대답은 늘 기억하고 있다. 엄마는 사람을 파괴할 수 있는 폭력이 가장 두렵다고 했다.

몇 년, 수십 년이 흘렀다. 이제 나는 사람을 파괴할 수 있는 폭력이 두렵다. 나는 이를 전문적으로 다루어 마치 나의 두려움, 분노, 그리고 저항의 감정이 나 자신보다 더 오래되고 여러 세대를 거치며 갈고 닦인 듯 내 안에서 빛나는 것 같다. 그건 마치 처음 들어가는 데도 평생을 거기에서 보낸 것 같은 일종의 방과 같다(나와 함께 그 방을 공유하는 악마들은 성경의 복음서에서처럼 그곳이 깨끗이 청소되어 비워졌음을 발견한다). 거기서는 날짜를 표시하지 않은 영화를 보여준다. 잠에서 깨자 나는 독일군이 파리까지 밀고 들어왔고 아이들을 숨겨야 한다는 사실을 깨닫는다. 무시무시한 관리인 여자가 나를 눈 속에 세워두고 내게 거주 등록의 권리가 있는지 심문할 것이고, 체포된 만델스탐이 내 눈앞에서 영락없이 오븐처럼 생긴 철문을 통과해 이제 막 경기장 안에 들어섰음을 알게 된다. 만델스탐에 대해 들었을 때 나는 여덟 살이었고 우리가 유대인이라는 말을 들었을 때는 일곱 살이었다. 하지만 어쩌면 그들 자신도 알지 못했기에 미처 말하지 않은 자리에 놓인 블랙홀은 어떤 설명이나 예시보다 오래되었다.

그동안 보고 읽은 수십 가지의 예들과 책들 그리고 사진들은 내가 너무도 잘—본능적인 감각으로—기억한다는 사실을 확인해줄 뿐이다. 아마도 이 오래고 오랜 공포는 1938년, 아직은 젊은 나의 할아버지 콜랴가 군대용 권총의 사용을 포기하고 체포되기를 기다리면서 시작되었을 것이다. 아니면 그보다 나중인 1953년, 유대인 의사들의 음모* 사건과 관련해 두 사람 모두 의사이자 유대인인 증조할머니와 할머니가 저녁에 집으로 돌아와 캄무날카의 램프 등불 아래에서 말없이 끌려가기를 기다리던 그때부터였는지도 모른다. 그도 아니면 지나치게 성공한, 나의 고조할아버지이자 공장, 집, 증기선을 몇 개씩이나 가진 소유주 이사크가 자취를 감춘 그때일 수도 있다. 우리는 고조할아버지가 언제 어떻게 돌아가셨는지 모르지만 그 당시 혁명 이후 헤르손에서 무슨 일이 벌어졌을지 충분히 상상할 수 있다. 아니면 그보다 더 일찍, 아마도 1902년, 1909년 또는 1912년에 오데사와 우크라이나 남부 전역에서 유대인 학살이 벌어지고 거리에 시체가 나뒹굴었을 때였는지도 모른다. 내 가족이 그곳에 있었고(사람은 항상 타인의 죽음 그리고 자기 죽음과 가까운 어딘가 바로 그곳에 존재한다), 그들은 굳이 나에게 그 일을 알려줄 필요가 없었다. 나는 태어날 때부터 모든

* 유대인 의사들이 소련 정부 각료들을 암살하려는 음모를 꾸미고 있다는 편지를 받은 스탈린이 자신의 주치의를 포함한 아홉 명의 의사를 체포했고, 이중 여섯 명이 유대인이라는 사실이 밝혀져 이는 이후 수백 명의 유대인이 총살당하는 비극으로 이어진다.

것을 스스로 알고 있었다.

수년 후 나는 조언을 구하기 위해 워싱턴의 홀로코스트박물관을 찾아갔고, 그때 내 이야기를 들어준 조언자에게 여전히 고마움을 느끼고 있다. 우리는 그곳 도서관의 긴 나무 탁자에 앉았다. 그 탁자에는 유대인과 관련됐다 싶은 주제란 주제는 가리지 않고 다룬 모든 게 담겨 있는 것 같았다. 나는 질문을 하고 답을 얻었다. 나의 대화 상대이자 역사학자인 박물관 고문은 나에게 무엇을 쓰는지 물었고 나는 설명을 시작했다. 그는 "아, 작가가 자기 뿌리를 찾아 전 세계를 여행하는 책 중 하나로군요. 지금은 그런 책이 많이 나오지요"라고 말했고, 나는 "네, 그런 책이 한 권 더 나올 겁니다"라고 대답했다.

3부

그녀는 자신의 집을 치장한 모든 장식물이 하늘로 솟구치는 것을 보았다. 쟁반, 식탁보, 가족사진이, 그리고 찻주전자 덮개도, 할머니의 은색 크림 단지도, 비단실과 은실로 수놓인 추억의 명언들도, 모두, 모두 다!

—토베 얀손

여기서 나는 나의 혈통을 밝혀야만 한다.

—빅토르 시클롭스키

1장
운명은 피할 수 없다

……그리고 그 시간 내내 엄마는 영혼을 불러내는 영매의 목소리로 말했다. "그리고 그동안 증조할머니의 미래의 남편이자 네 증조할아버지인 미샤가 러시아에서 증조할머니를 기다리고 계셨지. 1차세계대전이 발발하자 증조할머니는 방랑 생활을 모두 정리하고 증조할아버지께 돌아오셨고. 마침내 두 분은 만났고 그후로는 늘 함께하셨어. 엄마가 특별한 날이면 항상 하는 브로치 있잖아, 증조할아버지가 결혼식에서 증조할머니에게 선물하신 거란다. 앞면에는 사라 긴즈부르크 프리드만의 약자인 SGF가 새겨져 있고, 뒷면엔 이런 말이 적혀 있지. '운명은 피할 수 없는 법'."

'운명은 피할 수 없는 법', 우아한 감청색 원피스 선반에 보관된, 개 목줄의 메달처럼 동그란 금속판에 새겨진 이 글귀가 나는 한동안 오싹하고 무섭게만 느껴졌다(운명은 그들을 쫓아와 결국은 따라잡고 말았다—쾌활하고, 끝없이 긴 다리에 높다란 부츠를 신은 매혹적인 미샤는 결혼식을 올리고 채 7년도 살지 못했다). 그 원피스는 늘 똑같았다. 푹신한 양모 천으로 만들어졌고, 몸통 부분은 털이 두툼하게 들어가 허리를 단단히 감싸안았다. 그리고 늘 똑같은 형태를 유지하는 제복처럼 편안한 느낌을 주었다. 내가 어렸을 때 엄마에겐 외출용 원피스가 더 많았는데, 그중 하나인 흰색 무늬의 갈색 원피스는 언제나 나에게 잔잔한 설렘과 기쁨을 안겨주었다. 1980년대 중반쯤, 부모님이 어느덧 지금의 내 나이가 되자 이제 축일의 매력은 늘 변함없이 제자리를 지키는 일련의 절차와 물건들이 차지하기 시작했다. 감청색 원피스가 옷장에서 나오고, 브로치가 제자리를 찾아가고, 역시 늘 변함없는 향을 내거나 아니면 너무 가끔 사용해서인지 향수가 줄어들 줄 모르는 흰색 향수 상자가 작은 나무 약장에서 모습을 드러낸다. 향수는 '시그나츄르'라고 하는 폴란드 제품으로, 손쉽게 구할 수 있는 평범한 것이었다. 황금색 액체로 채워진 둥근 수정 유리병은 나지막한 골판지 받침대의 비단 둥지 안에 살았고, 향긋하고 차가운 부리는 엄마와 나의 귓불이며 가슴골, 목덜미를 부드럽게 어루만졌다. 손님들이 도착하기 몇 분 전이면 나는 언제나 푸른 돌이 달린 황금 브로치를 재빨리 뒤집어 그 글귀가 여전히 제자리에 있는지 확인하곤 했다.

그리고 그 시간 내내 엄마는 우리 가족 역사의 주인공이 누구인지 털끝만큼의 의심도 남지 않도록 증조할머니는 프랑스에서 지내셨다고 몇 번이나 반복해 말했다. 증조할머니는 소르본대학—워낙 중요하고 유명한 의과대학이라 별다른 설명 없이도 금방 이해할 수 있었다—을 졸업하고 의사가 되어 러시아로 돌아왔다고. 능숙한 펜글씨의 글꼬리, 볼록하게 도드라진 작은 글자들에 헛간 열쇠만큼이나 커다란 인장이 박힌 우윳빛의 소르본대학 졸업장은 그 일이 얼마나 진지하고 대단한 일인지, 얼마나 정당하게 얻어낸 승리인지를 보여주는 또 다른 증거였다. 하지만 이 멋진 사건도 이 이야기의 본격적인 줄거리가 지닌 마력 앞에서는 힘을 쓰지 못했다. 증조할머니 사라는 구약성서의 7년, 즉 야곱이 자신의 라헬을 위해 일한 그 7년만큼을 파리에서 보냈고, 무슨 이유인지 땅속에서 미래로 돌아온 것처럼 거기서 우리에게로 돌아왔다. 마치 그곳에서의 멋진 삶이 그녀에게 아무런 의미가 없다는 듯. 삼총사에서 모파상에 이르기까지 프랑스 서적을 샅샅이 뒤지면서 나는 현기증이 날 정도로 매혹적인 파리의 가능성(엄마와 나에게는 불가능한)을 경솔하게 놓아버린 증조할머니의 결정을 이해할 수 없었다.

증조할머니 사라가 당신의 사랑하는 딸보다 2년 더 오래 산 나이인 90세로 돌아가셨을 때 나는 다섯 살이었다. 할머니는 그 2년 동안 캄무날카의 방 두 곳을 모두 뒤지고 다니며 딸을 찾았다. 옷장을 열어보고 찬장 안을 들여다보면서 "률랴?"라고 불렀고, 마치 마트료시카 가족의 다양한 중첩 인형들이 이리저리 움직이면서도 전체적인 의미를 잃지 않는 것처럼 손녀 나타샤를 점점 딸의 이름으로 부르기 시작했다. 증조할머니는 말라비틀어진 껍질처럼 오그라든 작은 몸에 알록달록한 실내 가운을 입고 다차의 소파에 앉아 있곤 했는데, 재스민 같은 하얀빛 속에서 투명해 보일 정도였다. 하지만 시선만큼은 곤충의 그것처럼 예리하고 집요해서 할머니에게 다가오는 것이 무엇이든 할머니를 집어삼키는 일이 그리 쉽지 않을 것임은 분명했다. 40년 전에 할머니는 그런 증조할머니를 두고 "오, 엄마는 바위 같은 분이야"라고 말했다. 심지어 무게와 부피를 잃고 작고 작아진 그때도 증조할머니는 여전히 과거 자신의 강인함을 보여주는 기념비였다.

"정말 우리도 언젠가는 그들 같은 노인이 될까요. 생각만 해도 소름이 끼쳐요. 절대로 그런 일은 없어요! 세월이 흐르면서 우리의 생각과 바람도 노년에 맞게 변해가겠죠. 그러지 않으면 어떻게 삶을 견딜 수 있겠어요." 1914년 2월, 할머니는 미래의 남편에게 늙은 여자의 연필 스케치가 담긴 엽서 몇 장을 보내면서 이렇게 덧붙였다. 그리고 몇 주 후에 할머니는 편지로 늙은 여자들은 잘 도착했느냐고 물었다. 증조할머니는 대학 시험을 치렀고, 이어서 두 번의 전쟁과 아이의 탄생, 혁명, 피난, 딸과 손녀의 질병, 우리 가족에게까지는 화가 미치지는 않은 '의사들의 음모' 사건을 겪어야 했다. 그리고 그 당시엔 단순히 노인성치매라 불렸던 뇌졸중까지 앓고 핏기 없는 창백한 얼굴로 남았다. 하지만 젊은 날 아름답고 당당했던 증조할머니의 풍모는 사라지지 않았고 오히려 더 날카로워져서 거의 아이처럼 작은 얼굴과 몸 위로 드러난 갈비뼈, 턱뼈, 겉날개, 그리고 짙은 눈썹이 더 또렷해졌다.

조금 더 이른 시기인 1960년대 초에 엄마의 먼 사촌 중 하나인 루파가 사라토프에서 모스크바로 와 한동안 우리와 함께 지냈다. 어느 날 저녁 집으로 돌아온 루파는 어두운 방에서 혼자 흔들의자에 앉아 있는 사라 할머니를 발견했다. "할머니, 왜 불도 안 켜고 앉아 계세요? 소설책이라도 읽고 계시지 않고요!" "얘야, 이렇게 눈을 감고 있으면 멋진 소설들이 떠오른단다. 놀랍지 않니!"

*

증조할머니는 또 노년에 노래를 즐겨 부르셨다고 한다. 우리 집에는 늘 악보가 있었고(무슨 까닭에선지 1934년에 출간된 아주 오래된 로맨스의 표제에는 사라와 이웃해서 모스크바 휴가 캠프에 머물렀던 저자의 글이 적혀 있었다. "당신이 노래하기에……") 건반 색이 노랗게 변한 낡은 블뤼트너 피아노도 있었다. 최근 몇 년 동안은 거의 침묵만 지켰지만. 이따금 훌륭한 피아니스트이자 네이가우스*의 제자인 루파의 남편 알리크가 콘서트홀에서의 객연을 위해 사라토프에서 모스크바로 찾아오곤 했는데, 아침에 그가 블뤼트너의 입에 팔꿈치까지 손을 올려놓고 연주를 시작할라치면 피아노는 순순히 으르렁거리고 속삭이며 자기 임무를 충실하게 해냈다. 증조할머니는 당신 자신이나 다른 사람들의 음악 활동에 관심이 없었다. 음악은 한가할 때 유쾌하게 시간이나 때우는 사소한 소일거리로 여겼다. 나는 증조할머니가 피아노 앞에 모인 손님들을 끈질기게 식탁으로 부르며 "우리는 식사나 하자고요, 알리크가 우리를 위해 연주할 테니"라고 설득하던 일이 기억난다.

거의 임종을 앞둔 할머니의 뒤늦은 노래는 평소와는 그 종류가 달랐다. 마치 증조할머니의 젊음이 돌아와 할머니의 목에 떡하니 자리를 잡고 오랫동안 잊힌, 그리고 모든 의미를 잃어버린 모든 말을 풀어내는 것 같았다고나 할까. 1870년대에 만들어져 무덤가에서 불렀고 쇼스타코비치 11번 교향곡 장송행진곡의 토대가 된 절망적이고 무시무시한 노래 '운명을 건 투쟁의 희생자가 되어 스러졌다' 또는 '앞으로, 앞으로 행진하라. 피 끓는 우리 동지들, 단두대인들 두려우랴?'라는 노랫말의, 1905년 바리케이드의 혁명가인 〈바르샤바의 노래〉, 그리고 당연히 〈담대하게, 동지들이여 함께 나가세〉와 세기의 전환기에 소

* 러시아/소련의 독일계 피아니스트.

년 소녀들이 열광한 모든 언더그라운드 노래까지. 이 노래들은 모두 그들의 투쟁을 향한, 그리고 늦춰진 승리를 기다리는 마음을 표현한 유일한 언어였다. 부티르스카야 감옥에 갇힌 열다섯 살의 마야코프스키, 에르푸르트 강령*에 지지를 보낸 고등학생 만델스탐, 얄타의 혁명 집회에 참석한 열세 살의 츠베타예바, 이 모든 사건은 역사적 필연으로 숨쉬었고, 단호하고 강렬한 합창 〈구세계를 거부하자〉가 이들 모두의 머리 위에서 지지직대는 축음기 소리처럼 맴돌았다.

세기 초 혁명가들의 회고록을 읽으면 그들이 쉬지 않고 노래를 부르는 것처럼, 심지어 단순한 인간의 언어조차 노래로 대체하는 것처럼 보인다. 파업이나 비밀 회합에 관한 이야기에는 중간중간 쉼표나 대시처럼 음악이 들어가 있다. '혁명가를 부르며 강을 거슬러올라갔다.' '다시 혁명가를 부르며 붉은 깃발을 흔들며 배를 타고 돌아왔다.' '그가 연설을 마치자 우리는 노래로 집회를 마무리했다.' 마르세예즈는 인터내셔널의 노래로 대체된다. "우리는 집을 나서며 조용히 '담대하게, 동지들이여 함께 나가세'를 불렀지—야코프 스베르들로프의 지인 중 한 명이 회상한다—'동지들, 잊지 마시오!'—우리 중 한 명이 거의 속삭이듯 말했다."

전단 종이를 들고 메이데이 행사에 참여한 학생들, 소녀들 사이 저쪽 어딘가에, 친구가 편지에 묘사한 것처럼, 누군가의 손을 잡고 행진하는 열일곱 살 사라 긴즈부르크의 희미한 그림자가 보인다. 그녀가 공부한 니즈니노브고로드 제2김나지움은 스베르들로프네 판화 작업

* 독일의 사상가이자 정치가인 카를 카우츠키가 마르크스주의 입장에서 작성한 독일 사회민주당 강령.

장에서 불과 몇 집 떨어진 거리에 있었다. 작업장은 분주하고 시끄러웠는데, 이곳에서 사라의 가장 친한 친구의 오빠이자 사라와 동갑인 야코프가 동지들과 모임을 갖곤 했다. 몇 년 후 스베르들로프가의 삼남매는 어린 시절과 청소년 시기의 뭔가 모호하고 어두운 추억을 담은 회고록을 함께 펴낸다. 회고록엔 오빠가 누이, 누이 친구와 함께 보트 놀이를 하는 이야기가 나온다(거센 파도가 보트를 뒤집을 기세로 위협하지만, 소녀들은 파도보다 오빠가 더 무서워 울지 않는다). 또 사냐 바라노프 또는 세냐 바라노프가 그림자처럼 소리 없이 지나가고, 줄지어 늘어선 남학생들은 사관생도들과 주먹다짐을 벌이고, 어떤 학생들은 교도소를 찾아가 죄수들에게 사탕을 나눠주는 이야기도 있다. 안락함과 두려움의 이 기묘한 조합은 달걀껍데기처럼 깨지기 쉬운 위태로운 당시 그들의 젊음을 양파 껍질처럼 붉게 물들인다. "1901년과 1903년 사이에 그녀(사라 스베르들로바)는 종종 메모를 전달하고, 선언문을 가지고 다니고, 등사기로 전단을 인쇄하고, 그 밖의 다른 불법적인 일들을 수행했다." 그녀의 친구도 분명 똑같이 그런 일을 했을 것이다. 1906년 사라 긴즈부르크는 군인 막사에 전단을 배포한 혐의로 체포된다.

1986년, 내가 열네 살이었을 때 엄마는 나를 레닌그라드에 데려가기로 결심했다. 엄마는 내게 당신이 사랑하는 도시를 보여주마고 약속했다. 백야가 절정을 이루는 여름이었다. 엄마와 나는 처음에 축축한 벤치에 앉았다가 곧 다른 벤치로 옮겨 앉았다. 엄마가 금방 피곤해해서 산책은 길지 않았고, 결국 우리는 벤치에 앉아 쉬었다. 벤치 옆에서 비둘기 떼가 금이 간 보도 틈새를 쪼아댔다.

모험이 끝날 때면 나는 한번씩 엄마에게 선물을 사달라고 졸랐다.

나 자신에게 상을 주고 또 기념할 만한 작은 전리품을 집으로 가져가지 않고는 새로운 곳을 방문하는 일이 아무런 의미도 없는 것처럼 느껴졌다. 넵스키 대로의 공연용품 가게 '마스카'에서 3루블 반에 판매되던, 쓸데라고는 전혀 없는 사소한 물건 때문에 안달을 냈던 일이 특히 기억에 남는다. 그것은 무대에서 쓰는 소품이었다. 관자놀이에 고정된 노부인의 둥글둥글 말린 잿빛의 인공 머리카락은 길게 땋아져서 부인의 부드러운 뺨을 따라 흘러내렸다. 그 머리를 만져보면 완전히 플라스틱의 느낌이었고 무대가 아닌 실제 생활에서 쓸 수 있으리라고는 상상도 할 수 없었지만, 덥수룩한 검은 머리카락을 가진 나는 그것을 내 책상 서랍 속에 소중히 간직하고 싶었다.

레닌그라드에서의 첫날 저녁, 우리는 운하를 따라 네바강을 향해 걸었고, 강 너머엔 어두운 벽과 높게 반짝이는 금빛 첨탑이 보였다. "저건 페트로파블롭스카야 요새란다." 엄마가 말했다. "저곳에 사라 할머니가 갇혀 계셨지." 그리고 우리는 거의 동시에 거위처럼 목을 쭉 뺐다가 움츠리는 동작을 했다. 마치 우리 둘 다 젊은 날의 사라에게 경배를 표하고 우리 자신의 껍데기에서 벗어나기라도 하려는 것처럼.

우리는 페테르고프*의 분수, 에르미타주의 꽃병과 조각상, 그리고 심지어 오라니엔바움**의 신기한 중국풍 소품들을 볼 때처럼 세심하고 꼼꼼하게 페트로파블롭스카야 요새를 바라보았다. 그 여행에서 우리가 얼마나 많은 것을 보았던지, 믿기지 않을 정도다. 6월의 요새는 연병장처럼 휑하게 노출돼 있었고, 무대배경처럼 텅 비어 있었다. 그

* 표트르대제의 여름 궁전.

** 상트페테르부르크 인근에 있는 궁전.

리고 자기 동족을 기억하지 못하거나 무시하는 것 같았다. 그것은 어떤 것과도 닮은 데가 없었다. 그곳에서 일어난 모든 일은 오래전에 끝났고, 요새는 나의 사라가 눈에 박힌 티끌이라도 되는 양 자꾸만 눈을 깜박였다.

그후 페테르부르크를 방문할 때마다 나는 늘 네바강으로 나가 요새의 화강암 성벽과 첨탑 꼭대기의 천사 그리고 좁은 강변을 마주하고 서서 거위처럼 목을 앞으로 길게 빼고는 증조할머니에게 또는 고래가 요나를 삼켰다 뱉어낸 것처럼 사라를 가뒀다가 내놓은 그곳을 향해 경의를 표했다. 나는 우리 가족에게 전설처럼 내려오는 이 이야기의 진실함을 믿어 의심치 않았으며 그 근거가 무엇인지도 정확히 알았다. 이 모든 이야기는 엄마가 증조할머니에게서 직접 들은 것이었다.

트루베츠코이 요새 감옥은 1870년대 초, '그대들이 철컹철컹 족쇄를 끌며 걸었다'라고 읊은 노래와 같은 해에 건축되었다. 약 60개의 감방과 2개의 독방이 있어 수백 명의 '정치범'이 끊임없이 이곳을 들락거렸다. 만약 사라가 페트로파블롭스카야 요새에 갇혀 있었다면 지저분한 흰색 천장과 회색 벽, 감방용 시트, 앞코가 뭉툭한 죄수 신발이 있는 여기, 바로 이곳에 머물렀을 것이다. 복도는 팔꿈치처럼 꺾이며 이리저리 자유롭게 이어지지만, 감방 앞에 가까이 다가가보면 감방은 지하의 축축한 냉기를 내뿜고 철제 침대는 십자가 모양의 그림자를 돌바닥에 드리운다. 벽과 바닥에 볼트로 고정된 침대와 철제 테이블이 놓인 감방 안은 열차의 침대칸과 비슷하다. 초라한 매트리스, 베개 두 개, 두꺼운 담요. 책, 머그잔, 머리빗, 담배 등 소지품은 모두 눈에 보이도록 바깥에 꺼내두어야 했다. 요새의 기록보관소 담당자들은 내 질문에 도움을 줄 수 없었다. 이미 너무 늦었고, 트루베츠코이 요새에 남아 있는 문서에는 사라 긴즈부르크의 흔적이 없었다. 이곳은 사라의 존재를 인정하지 않았다.

이제 사라를 어디서 찾아야 할까. 그런 사람들은 정말 많았다. 당시 투쟁에 기꺼이 자신을 내어준 젊은이들의 희생은 지금으로선 상상하기 어렵다. 하지만 회고록이며 문서며 조악하게 타이핑된 기관의 간첩 보고서 등에서 그 열정과 진심이 빵 굽는 연기처럼 여전히 피어오른다. "그들은 자기들이 가져온 빨간 스카프를 펼쳐서 그 위에 잉크로 '독재정권 타도'라고 썼다." "선전 수업은 일대일 또는 배에서 소규모 그룹으로 진행된다." "선술집 '파사시'에서 우리는 다른 사람들 사이에 섞여 마르세예즈를 부르는 신병들을 발견했다. '일어나라, 궐기하라, 노동자들이여!' 그리고 참가자들은 몇 곡의 혁명가를 부르고 또 불렀다." 회색이 연하게 도는 요새의 복도 벽에는 과거 수감자들의 정보가 적힌 도표가 단정하게 걸려 있었다. "1908년 군사지방법원 선고에 따라 처형되었다." "감방에서 자살했다." "멕시코에서 엔케베데 요원에게 살해되었다." "1944년 모스크바에서 사망했다."

도표 옆에는 오래된 그라피티 사진들도 걸려 있었는데, 요새가 더 이상 감옥의 역할을 하지 않게 된 1920년대 중반에 찍힌 것들이다. 그중 하나는 퍼프소매의 가벼운 블라우스를 입은 여자 그림으로, 마치 제대로 된 진짜 그림인 척 아니면 심지어 창문인 척 그 주위에 액자틀을 그려넣었다. 여자는 탁자 앞에 앉아 있고, 탁자 위에는 꽃이 담긴 키 큰 꽃병, 은색 버터 접시, 작은 철제 발이 달린 사모바르*가 놓여 있다. 여자는 전혀 아름답지 않은데, 그래서인지 '실제 인물을 모델로

* 중앙에 숯을 넣어 끓이는 러시아 특유의 주전자.

삼은 게 아닐까'라는 생각이 들게 한다. 여자의 평범한 얼굴은 뭔가 놀라고 집중한 표정이다. 여자는 막 담배에 불을 붙이고는 연신 웃음 지으며 첫 모금을 빨아들인다. 둥글게 묶어 올린 머리, 창밖에 어리는 여름빛과 그림자. 그곳에 우리의 부재가 어느 정도였을까를 생각하면 두렵다.

플라톤 동지는 1907년 2월, '요새에 있는' 사라에게 푸시킨의 인용문을 담은 편지를 보냈다. 10년 후인 1917년 가을, 나라 전체에 밀어닥친 혼란과 붕괴 속에서 요새의 기록보관소에 기이한 일이 일어났다. 이해할 수 없는 상황에서 기록들 대부분이 어디론가 사라져버린 것이다. 살아남은 건 절반도 되지 않았다. 사라의 흔적은 그때 지워졌을 수 있으며 이는 그녀에게 유리했다. 살아남은 서류 어디에도 사라가 과거, 혁명에 가담하고 감옥 생활을 한 흔적이 남아 있지 않았다. "러시아에서는 유대인 여성으로서 고등 교육기관에 들어가기가 쉽지 않았기에 어쩔 수 없이 해외 유학을 떠나야 했다"라고 그녀는 자신의 프랑스 체류에 관해 썼다. 사실, 그녀는 1길드에 속한 상인의 딸로서 러시아의 수도에 거주하는 건 물론, 모스크바와 페테르부르크의 모든 대학에서 공부할 수 있었다. 가족의 전설은 이렇게 이야기한다. 혁명의 역사를 가진 이 소녀를 위한 사람들의 아낌없는 노력과 지원이 이어졌다. 연결고리를 찾아냈고, 지렛대를 사용했다. 그리고 그건 효력을 발휘했다. 그녀에게 투루한스크* 같은 곳으로 망명하거나 아예 눈에 띄지 않을 먼 곳으로 떠나 공부도 하고 건강도 회복할 수 있는 선택권이 주어졌다.

* 러시아 중부에 위치한 마을로, 당시 정치적 망명지로 자주 이용되었다.

노년기에 오랜 친구 사라 스베르들로바—묵직한 코트에 털모자, 오래된 털 머프 차림—와 함께 산책을 마치고 집으로 돌아온 증조할머니는 자신을 가리켜 "나는 당원증 없는 볼셰비키야"라고 단호하게 말했다. 문구를 우표처럼 찍어내던 시대의 또 하나의 진부한 표현. 그러함에도 불구하고 소련에서 40년의 삶 동안 이런저런 사람들을 알고 지내며, 페시코프(막심 고리키)네에서 훌륭한 연설가들과 만나고 크고 작은 모임을 하고 다과회를 가졌던 유서 깊은 도시 니즈니노브고로드라는 고향 세계를 유지하며 사라 긴즈부르크는 관리직에서 일했고 숙청에서 살아남아 공산당 집회에도 참석했다. 하지만 무슨 이유에서인지 결코 공산당에는 입당하지 않았다. 기회는 많았음에도 그녀는 그 기회를 잡지 않았다. 프랑스로 떠남은 마치 깊은 물속에서 허우적대다 마른 땅 위로 기어오르는 것처럼 되돌릴 수 없고 돌이킬 수 없는 전환을 의미했다. 혁명은 끝났고, 이제 그녀에게 다른 무언가가 시작되고 있었다.

수년 후, 그녀는 처음이자 마지막으로 모스크바에서 니즈니노브고로드로 돌아온다. 니즈니노브고로드는 이미 오래전부터 고리키라는 이름으로 불린다. 그녀는 볼가 강변의 비탈진 곳에 우뚝 솟은 지역 박물관으로 안내받았다. 박물관 가이드는 사진에서 사진으로 걸음을 옮기며 니즈니노브고로드 볼셰비키의 영웅적인 삶에 대해 자세히 들려주었다. 카메라앵글을 때리는 싸라기눈 때문에 지저분해 보이는 한 장의 사진에는 새파랗게 젊은 사람들이 낮은 울타리를 등진 채 무리 지어 있었다. 모두 네 명이었고, 그중 한 여자는 얼굴에 우스꽝스러운 검은 붕대를 감았고, 옆으로 삐딱하게 눌러쓴 모자는 토끼 꼬리처럼 튀어나와 있었다. 산카도 산카 같지 않고 다른 사람 같았다. 박물관 안내원은 이 사진이 12월의 소르모보 바리케이드*라며, 이 사람들에 대해서는 알려진 바가 거의 없고 아마도 오래전에 모두 사망한 것 같다고 설명했다. 증조할머니 사라는 이에 동의하고 다음 사진을 보기 위해 미련 없이 걸음을 옮겼다.

*

오래전 사진에서 포친콥스카야 광장은 텅 비어 있다. 말 두 마리가 수레를 끌고, 가게 문간에 공장 노동자가 서 있고, 그 앞에서 대담하기 짝이 없는 닭 몇 마리가 몸을 비벼대고 있다. 그곳은 마치 세상 끝자락에 있는 평화롭기 그지없는 마을인 듯 보였다. 온 마을 사람들이 모이는 말 박람회는 큰 행사이자 주요 오락거리였다. 포친키는 목조 가옥의 도시였고 가슴께까지 과수원이며 정원에 파묻혀 있었다. 모든 것이 큼직하거나 널찍하진 않았지만 세심하게 설계되었다. 정중하게 산이라 불리는 둥근 언덕들, 거의 2아르신**에 이르는, 운 좋게도 선사시대 동물의 송곳니가 발견된 작은 강 루드냐, 우아한 대성당, 신병 모집, 주류 판매점, 세금 징수를 관장하는 기관들, 공증 사무소, 상호저축조합 등 날로 발전하는 관료주의 등. 아브람 오시포비치 긴즈부르크는 자신의 대가족을 이곳으로, 세상의 중심에서 멀리 떨어진 이 궁벽한 곳으로 데려왔다. 지금은 촌구석일 뿐인 이 작은 마을에서 나는 그가 존재했었다는 흔적을 전혀 찾을 수 없었다. 아버지에게 저주받

---

* 1905년 12월 소르모보와 카나비노 지역에서 발생한 대규모 폭동.

** 구 러시아의 척도 단위로 1아르신은 71.12센티미터이다.

은 사랑하는 형 볼로댜를 대신해 마지못해 상속인이 된 아들 솔로몬, 싱어 재봉틀 장사를 했던 솔로몬 삼촌에 대한 기억은 거의 아무것도 없었다. 바오밥나무처럼 수염을 길렀던 고조할아버지 아브람은 열여섯 명*의 자녀를 두었고 상당한 재산을 모았으며, 사라를 감옥과 망명 생활에서 구해내고 1909년 6월 22일에 세상을 떠났다. 그는 포친키에서 잊혔다.

1길드의 상인들은 체벌을 면제받았다. 그들에게 주어진 또 다른 특권 중 하나는 러시아 국내외에서 러시아 및 외국 상품을 도매로 취급해도 된다는 허가였다. 선박을 소유하고, 소유 선박에 물품을 실어 해외로 보내고, 양조장을 제외한 제작소와 공장, 가게, 창고 및 지하저장고를 소유할 권리는 물론, 보험 사무소를 두고, 돈을 송금하고, 정부와 계약을 체결할 권리까지 가지고 있었다. 유대인 상인들에게는 한 가지 특별한 조항이 있었다. 1857년부터 1길드 회원은 몇 가지 조건만 충족하면, 온 가족은 물론 심지어 부리는 하인들까지 모스크바와 페테르부르크를 포함한 러시아제국의 모든 도시에서 정착촌을 벗어나 자유롭게 거주할 수 있는 자유를 보장받았다. 회원 자격을 유지하는 데 드는 비용은 상당해서, 연회비가 무려 500루블 이상이었다(5만 루블 이상 되는 신고 자금의 1퍼센트). 니즈니노브고로드의 유대인 공동체는 19세기 말까지도 여전히 규모가 작았고, 포친키라는 작디작은 마을의 유대인들은 호기심의 대상이었다. 사라가 태어나기 4년 전인 1881년에 집계된 통계에 따르면 루코야놉스키 지역 전체를 통틀어 유대교 신자는 11명이었는데, 나는 이들 모두 긴즈부르크라는 성

* 앞에서는 열네 명의 자식을 두었다고 했으며 저자의 실수로 보인다.

을 가지지 않았을까 싶은 합리적인 의심이 든다.

고조할아버지는 대성당 '그리스도 탄생'의 사제 오르파노프의 자녀들이 긴즈부르크 가문의 후손들과 결혼하여 서로 섞이고 통합되는 시대를 보지 못했다. 할아버지의 유산은 자녀들에게 균등하게 분배되었고 사라의 몫은 사라가 파리에서 공부하는 데 쓰였다. 사라는 돈 한 푼 없이, 사람들 말처럼 "모자 상자 하나만 달랑 들고 돌아왔다". 나는 눈을 감고 브레스트역 플랫폼에 모자 상자를 들고 서 있는 그녀를 본다. 평생 혼자 자기 길을 가는 자그만 체구의 독립적인 여성. 눈을 감고 더 집중하면 길고 꼬불꼬불한 타조 깃털이 달린 검은색 파리 모자가 보인다. 모자는 주인보다 오래 살아남았고 내 어린 시절 사진첩에 가끔 등장한다.

내가 아무리 양미간을 모으고 집중해도 그 당시 그곳의 일상이 지니는 소리와 질감은 그려낼 수가 없다. 게틀링가의 정원에서 마시던 차, 나드손의 시집을 들고 있는 여동생 베라, 마차를 타고 가도 가도 멀기만 하던 니즈니노브고로드, 이슬에 축축해지고 자꾸만 우엉 뿌리에 걸리는 치맛자락, 작은 강, 다락방에서 몰래 피우던 담배. 포친키는 지친 몸을 쉬고, 눈이 퉁퉁 붓도록 울고, 터질 듯 배불리 먹으러 오는 집이었다. 그녀의 어린 여동생 라힐은 편지에 방금 극장에서 〈죄 없는 죄인들〉을 보고 돌아왔고, 곧이어 40명 정도 되는 사람들이 집으로 저녁을 먹으러 왔다고 썼다. 그런데 어디서 그런 일이 있었다는 걸까? 정말 극장이라곤 한 번도 존재한 적이 없는 유치한 포친키였을까? 당시는 아마추어 공연과 집에서 열리는 생동감 넘치는 가정 연극, 그리고 다차 테라스에 나무로 설치한 간이무대가 절정을 이루던 때였다. 검은 스타킹을 신은 젊은 블로크가 햄릿을, 그의 연인 류바가 오필리아를 다차의 무대에서 연기하기도 했다. 그 시절의 우정과 유희의 꽃가루는 영원히 가라앉아버렸고, 이제는 아무것도 알아낼 수가 없다. 남은 건 발자크가 부르주아의 폐허라고 부른 '마분지, 페인트, 회반죽의 천박한 쓰레기'뿐이다.

이 골판지 더미에는 다소 우스꽝스러운 인상을 주지만 내가 어렸을 때부터 좋아했던 또 다른 사진이 있다. 사진 속에는 나이가 많은 사람부터 나이가 어린 사람들까지 긴즈부르크 가문의 여자들이 각자 앞사람의 뒤통수를 향해 반쯤 몸을 돌린 채 한 줄로 서서 곁눈질로 카메라를 바라보고 있다. 사진 맨 앞은 널찍한 엉덩이, 묵직한 머리칼과 위협적인 가슴, 여주인공다운 침착한 얼굴을 가진 강력한 여자 족장들이 자리를 잡고 있다. 그 뒤를 이어 부피가 줄어드는 순서대로 우리에게 더 익숙한 모습, 즉 요란하게 부풀린 소매 차림의 여자들이 오고, 마침내 생동감 넘치는 대열의 끝에, 짙은 색의 평범한 원피스를 입고 위풍당당한 자매들을 배경으로 꼿꼿이 서서 얼굴을 찡그린, 연약해 보이는 증조할머니 사라가 있다. 사라의 뒤, 대열의 맨 끝에 이제 줄어들 대로 줄어든 라힐이 보인다. 사라와 라힐, 이 둘은 거짓말처럼 믿을 수 없는 온기를 발산한다. 나는 다른 사람들보다 이 둘을 더 잘 이해할 수 있을 것 같다.

1916년에 작성된 사라의 출산 의료기록은 내게 광범위한 세부 정보를 제공한다. 정보를 얻는 과정이 너무 쉬워 부자연스러울 정도다. 이제 전 세계에서 나만, 오직 나 혼자만 이것이 그녀의 첫 임신이었고, 저녁에 시작된 진통이 19시간 40분 동안이나 이어졌으며, 그녀의 작고 아직은 이름이 없는 아기의 몸무게가 2420그램에 불과했지만, 병원에 있는 일주일 내내 산모와 아기, 모두 건강했다는 사실을 알고 있다.

모순과 빈틈투성이에 무언가를 의미하고 암시하는 낡은 습관을 지닌, 죽은 사람들의 문서보다 더 이질적인 것은 없다. 1924년 사라 긴즈부르크에게 발급된 신분증에는 사라토프가 출생지로 기록돼 있지만 나중에, 자서전에서는 포친키로 나온다. 출생일은 다르지 않아서 둘 다 1885년 1월 10일(새 달력의 1월 22일)이다. 자서전에서 사라는 아버지를 소상인이라 부르지만, 결혼증명서는 그가 1길드에 속했다고 말한다. 이러한 불일치는 1920년대*에 부적절한 그녀의 부르주아 출신 배경이 작은 마을 포친키에서는 너무도 쉽게 드러날 것을 염려한 사라의 선택이었으리라 짐작할 수 있다.

사라는 1885년에 태어나 21세인 1906년에 김나지움을 졸업했고, 1907년에 감옥에 갇혔다. 그리고 1908년부터 1914년까지 프랑스에 머물렀다. 러시아로 돌아온 그녀는 외국 졸업장을 확인하는 국가시험에 합격했다. 졸업장에는 다음과 같은 멋진 문구로 '의학부의 약속'이 명시돼 있다. "나는 과학이 나에게 부여한 의사의 권리를 깊은 감사의 마음으로 받아들이고 이 이름으로 나에게 주어진 의무의 모든 중대함을 이해하며, 평생 지금 내가 가입하는 협회의 명예를 더럽히지 않겠노라 약속한다. 나는 최선을 다해, 고통 속에 내게 오는 사람들을 항상 돕고 나에게 맡겨진 가족의 비밀을 신성하게 지키며 나에게 주어진 신뢰를 악용하지 않을 것임을 약속한다."

1915년, 사라가 결혼한 해이다. 사라의 딸 률랴가 1916년에 사라토프에서 태어나고, 같은 해 그녀는 의사로서 활동을 시작한다.

* 1917년 사회주의 혁명 후 도래한 새로운 공산주의의 시대.

나는 '**S.A. 긴즈부르크-프리드만 박사**'라는, 혁명 전 철자법에 맞춘 검은색 글자가 위풍당당하게 새겨진 청동 명패를 가지고 있다. 명패는 오래 살지 못했다. 1년 후 철자법 개정이 이루어졌고, 그후 혁명으로 모든 평범한 일상이 송두리째 달라졌다. 명패는 마치 지켜지진 않았지만 잊어서는 안 될 약속처럼 이제 쓸모없어진 명함으로 가득찬 상자와 함께 보관되었다가 모스크바로 옮겨졌다. 그때는 그렇게 시작은 했지만 끝내지 못한 일들이 많았다. 1917년 3월, 사라의 남편 미샤 프리드만은 마침내 법정 변호사가 되었다. 목표를 이루기까지 얼마나 노력하고 또 노력했을지 지금으로선 짐작조차 할 수 없다. 국가 소속 변호사는 법률 교육뿐만 아니라 최소 5년 동안 변호사 조수로 일을 하는 일종의 도제 과정을 거쳐야 했고, 공무 수행을 위해 수십 킬로미터를 여행하며 복잡한 규정을 꼼꼼히 익혀야 했다. 거주지로 등록된 곳이 아닌 장소에서 숙박할 경우 반드시 표시를 남겨야 하는 증조할아버지의 신분증 마지막 페이지는 러시아 도시 이름이 들어간 직인들로 현란하기만 하다.

이 신분증(만료일 없음, 가격 15코페이카)은 1912년 5월 23일 사라토프 시 경찰국에서 발행됐다. 소유자의 이름은 미샤 다비도비치 프리드만. 문서의 언어는 동화되거나 다른 사람들과 똑같아지려는 유혹에 빠지지 않았다. 1880년 12월 15일에 태어난 그는 중간 정도의 키에 유대교 신앙을 가졌다. 군복무 항목에 그는 '비정규군 군사훈련 받음'으로 표시돼 있다. 그는 검정 머리칼에, 눈에 띄는 특징은 없다. 몇 페이지 뒤에 젊은 아가씨 긴즈부르크와의 혼인신고 내용이 나오고, 뒤에 가서는 "프리드만 부부에게 딸 률랴가 태어났다"라는 정부 소속 랍비 아리 슐만의 보고가 기록되어 있다. 같은 페이지의 하단에는 변호사협회가 그를 회원으로 받아들인다는 취지의 메모가 있다. 나의 증조할아버지에게 닥칠 사건을 최대한 간결한 문체로 언급할 다음 문서는 그의 사망증명서이다.

사건들이 그들을 덮치기 전에 그들에게 삶은 얼마나 크고 강렬하며 화려해 보였을까. 삶은 얼마나 많은 놀라운 일들로 가득했던가. 파발마, 전보, 서신, 선물꾸러미처럼 그들 앞에 펼쳐지는 계획들. 이들은 모두 1907년부터 1917년까지 10년 정도의 밝고 맑은 시기에 해당한다. 1907년 이전으로 거슬러올라가면 무기력한 어둠에 가려 아무것도 알아볼 수가 없다. 엄마는 미샤의 아버지 다비드 얀켈레비치 프리드만이 의사였다고 했지만, 니즈니노브고로드나 사라토프의 기록보관소 어디에도 그의 이름은 보이지 않는다. 1877년 국가 소속 랍비 보루흐 자호데르가 작성한 니즈니노브고로드 유대인 공동체 구성원 목록에 다비드 야코블레프 프리드만이라는 이름이 딱 한 번 등장한다. 그는 나이 스물넷의 니즈니노브고로드의 상인이다. 이 프리드만은 공동체의 정회원으로 들어가기에는 너무도 하찮은 존재다. 그는 '예배당에 헌금을 내지 않거나 장사도 하지 않는데다 문맹이어서, 혹은 그들 중 일부가 당국의 지시에 따라 언제든 니즈니노브고로드에서 쫓겨날 수 있는 무기 휴직 군인이거나 미성년자여서 이름이 알려지지 않은 사람들' 중 하나에 속한다. 제 이름으로 불리지 못하는 다비드 야코블레비치는 나이로 볼 때 미샤의 아버지일 수도 있다. 우리는 그에 대해 더이상 알지 못한다. 나에게 황금색 코안경을 착용한 다비드 프리드만의 사진이 많은데, 그는 사진 속에서 점점 나이가 들고 눈에 띄게 얼굴이 홀쭉해진다. 개와 함께 찍은 마지막 사진은 그가 세상을 뜨기 직전인 1906년 스튜디오에서 촬영한 것이다.

그는 다른 모든 사람과 마찬가지로 여러 자녀를 두었고, 그 자녀들은 새로운 시대의 길을 따라 열매처럼 뿔뿔이 흩어졌다. 그의 아들들인 미샤와 보랴는 그들이 사랑하는 푸자 마을 출신의 통통하고 잔소리쟁이인 유모 이야기를 자주 나누었다. 이들 형제는 쉴 새 없는 유모의 입을 다물게 할 요량으로 그녀를 들어올려 높은 찬장 위에 앉혀놓고는 했다. 여러 삼촌 중 한 명이 젊은 유모와 결혼했는데, 그녀의 크고 듬직한 체구와 눈이 부시도록 새하얀 제복에 매료되었기 때문이었다. 이 유용한 직업의 여성들은 보통 붉은 구슬로 장식된 러시아 사라판*을 입고 전 세계를 돌아다녔다. 그녀들은 볼가강을 따라 증기선을 탔고 솔방울로 사모바르에 물을 끓였다. 미샤는 특별히 뛰어난 학생은 아니었지만 시험에 합격하여 약제사 학생이 되었다. 하지만 그는 변호사가 되고 싶어했고, 1903년 '고등 교육기관에 들어가 학업을 계속하기' 위해 상인협회를 탈퇴했다. 그의 탈퇴를 확인하는 문서에는 공식 직인이 찍혀 있다. 조심성 많은 직인 속 순록이 첫걸음을 딛을지 말지 결정하기 어렵다는 듯 오른쪽 다리를 들어올리고 있다.

조카에게 "재미있는 삶을 살라"고 편지했던 미샤 다비도비치 프리드만은 1923년 11월 11일 보트킨 박사의 병원에서 급성 맹장염으로 사망했다. 사망진단서에 그는 직원으로 기록되어 있다. 너무도 흥미로운 해인 1938년에 쓰인 자신의 자서전에서 사라는 그의 법률 활동을 조심스럽게 피해간다. 남편은 "중앙광산본부에서 경제학자로 일했다"라고. 1923년 발행된 사망 기록에 그는 피고용인으로 나온다. 그는 겨우 마흔세 살이었고, 률랴는 일곱 살도 채 되지 않았다. 그가 사

* 소매가 없는 부인복으로, 보통 옷 위에 걸쳐 입는다.

망하기 1년 전 그들은 사라토프에서 모스크바로 이사했지만 정확히 언제, 왜 그랬는지는 알 길이 없다. 놀랍게도 프리드만과 거의 같은 시기에 마치 보이지 않는 돌풍에 휘말린 것처럼 모스크바로 이사한 또 다른 가족이 있다. 앞으로 률라의 남편이 될 소년 료냐와 그의 아직 젊은 어머니이다.

*

긴 시간을 단번에 뛰어넘는 능력은 소설을 쓰는 데 아주 유용할 수도 있지만, 내가 실제 삶에서 살아 있는 사람들과 함께하고 있다는 사실을 깨달을 때면 슬슬 두려움이 밀려온다. 물론 죽은 사람들과 긴 시간을 건너뛴다는 이야기지만, 산 자와 죽은 자 사이에 차이는 없다. 률랴가 태어나기 전 증조할머니 사라의 젊은 시절은 시작처럼 느껴진다. 마치 그녀 앞에 모든 게 그녀를 기다리고 있고 다른 많은 일이 일어날 수 있는 것처럼. 1916년부터 시간은 롤러 주위로 모여들기 시작하고 집단 운명의 두루마리로 단단히 말려들어간다. 백 년 후, 나는 사라의 페테르부르크 주소를 하나씩 돌아보기 시작했다. 재건축으로 새로운 외관을 지닌 건물, 사라진 아파트, 심지어 단지째 통째로 없어져버린 아파트, 일요일을 맞은 군인들이 석양을 받으며 자유롭게 여기저기 무리 지어 돌아다니는 페트로그라드스카야 거리의 가난한 동네. 언제나 오른쪽으로 모퉁이를 한 번만 더 돌면, 그러면 그녀의 삶이 처음 시작보다 나쁘지 않은, 뭔가 조금은 더 아름다운 모습으로 변신할 것만 같았다.

내 가족사에서 나는 삶의 진행 속도가 갑자기 느려지고 죽도록 언어맞은 복부를 힘겹게 움켜 안은 채 새로운 레일 위로 고꾸라졌던 시기인 혁명 이후 10년에서 15년 사이가 가장 흥미롭다. 나의 증조할아버지들과 증조할머니들이 세상을 뜨거나 고국을 떠나거나 이사해야 했던, 이 눈먼 시절은 전혀 기록이 없다. 그들은 편지나 일기를 쓰지 않는 걸 선호했고 남아 있는 사진은 일부분만, 나로선 전혀 이해할 수 없는 뭔가가 일어나고 있는 한가운데에서 멀리멀리 떨어진 끄트머리만 보여줄 뿐이다. 여기 세레브랴니 보르*의 통나무로 지은 집, 다차의 크로켓 사진이 있다. 운율을 맞춘 현수막 아래서 운동을 하는 크고 건장한 여성들, 어딘지 슬퍼 보이는 비쩍 마른 딸 률랴와 함께 개울가 작은 언덕에 선 사라, 그리고 그들 옆에는 과거의 얼굴, 즉 나는 이름을 모르는 친척. 딸이 성장하면서(어린 여학생들이 여선생님 옆에 바짝 붙어 선 학교 단체사진, 친구들이 보낸 엽서, 바야데르 악보), 어머니의 모습은 점점 사라진다. 수많은 의료기관에서의 근무, 먀스니츠카야에서 사진관을 운영한 죽은 남편의 친척과의 피곤한 연애, 여행지에서 보내온 그녀의 엽서, 회색 파도가 그녀의 회색 치마로 와락 달려들었다가 그녀가 털어내는 대로 천천히 물러가는 휴양지 사진들.

사라는 가장 중요한 목표를 이루었다. 사라지지 않는 것. 그녀는 마치 물처럼 자격을 갖춘 전문가의 편안한 삶으로, 요양원과 여성 클리닉의 일상 속으로 스며들었다. 오래전부터 엄마처럼 의사가 되기로 결심한 사라의 딸도 끊임없이 유익한 활동에 참여했고, 쉴 새 없이 이어지는 분주함은 모든 사람과 함께하는 활기찬 포용의 기운을 발산했다. 자신의 주변에서 일어나는 일에 대해 그들이 어떻게 생각했는

* 모스크바에 위치한 대규모 삼림 공원.

지 짐작조차 할 수 없다. 짐작할 만한 근거도 문서도 없다. 보존된 편지도 없었고, 소련 성향이거나 반소련 성향의 전형적인 콜라주라도 가능케 해줄 만한 집안 서고('변호사 보조 M. 프리드만'이라고 장서표가 붙은 톨스토이와 체호프의 작품, 블로크, 아흐마토바, 구밀료프의 작품집, 너덜너덜해진 보보리킨)조차 없었다. 1934년 열여덟 살의 률랴 프리드만이 결혼하기로 결심했을 때, 그녀의 어머니는 단 하나의 절대적인 조건을 내걸고 허락했다. 률랴가 먼저 의대를 졸업해야 한다는 것. 그들은 결혼할 수 있었고 포크로프에서 사라와 함께 살 수 있었지만 률랴가 의대 졸업장을 받기 전까지는 아이를 가지는 일은 생각조차 할 수 없었다. 대대로 내려오는 고등교육에 대한 열렬하고 거의 종교에 가까운 이 믿음을 나는 어렸을 때부터 보아왔다. '우리는 유대인이다'라는 말을 나는 열 살 때 들었다. 그러니 너는 공부하지 않는 사치를 누릴 수 없다고.

발그레한 뺨에 책임감이 강한 률랴는 순순히 엄마의 말을 따랐다. 료냐와 률랴의 합의에 따라 아이는 1941년 8월 초에 태어날 예정이었다. 그러나 8월 초에 그들과 사라는 시베리아로 떠나는 피난민 대열 속에 있었다. 아이는 지금은 세상에 나올 때가 아니라는 것을 이해했는지 조용히 엄마 배 속에 앉아 있었다. 몇 주 동안 기차를 갈아타고, 짐을 끌고, 뒤처지거나 길을 잃지나 않을까 두려워한 끝에, 그들은 마침내 우리 가족의 이동 경로의 지도상 가장 먼 지점인 얄루토롭스크에 도착했다. 그곳 시베리아에는 한때 유형살이하는 데카브리스트*들이 정착해 살았었다. 나무로 된 보도와 검게 그을린 작은 건물들의 이

* 1825년 12월 러시아 최초로 근대적 혁명을 꾀한 혁명가들.

작은 도시는 과거와 달라진 게 거의 없었고, 지금도 아마 거의 똑같을 것이다. 나의 엄마는 1941년 9월 12일, 그들이 도착한 지 이틀인가 사흘 후 그곳에서 태어났다. 엄마의 가장 어릴 적 기억은 이웃들이 수탉의 머리를 자른 일이었는데, 잘린 머리가 풀밭에 툭 떨어지자 닭이 갑자기 날개를 퍼덕이며 다들 놀라서 바라보는 마당을 날아갔다고 한다.

눈과 자욱한 연기로 뒤덮인, 우유공장과 유치원이 들어선 얄루토롭스크는 경험 많은 의사가 필요했고, 그곳은 사라 인생의 최고의 순간 중 하나였다(오, 엄마는 바위 같아!). 그녀는 재빨리 자신이 해야 할 일을 찾았다. 전쟁이 시작되고 첫 몇 주 동안 모스크바는 혼란과 공포의 도가니였고, 그 속에서 무엇을 해야 하는지, 어디로 가야 하는지 아는 사람은 아무도 없었다. 츠베타예바의 열여섯 살 난 아들 무르의 일기는 하루하루 달라지는 희망과 절망의 그림자를 소름이 끼칠 정도로 자세히 기록했다. 끝까지 살아남으리라는 희망, 잔해더미에 깔릴지도 모른다는 공포(여기서 나는 늘 '우리는 불타는 벽을 잡고 기어나가리라'*를 떠올린다), 도망칠 것에 대한 두려움, 남겨질 것에 대한 공포, 가능한 모든 상황을 두고 끝없이 이어지는 고통스러운 대화. 믿기 어렵게도 1941년 7월 중순, 츠베타예바는 갑자기 지인들과 함께 '쉬기 위해' 다차로 떠난다. 다차는 모스크바 외곽의 카잔 도로변에 있었고, 세 명의 중년 여성과 친구를 갈망하는 외로운 소년은 체호프 단편의 한 장면처럼 점심과 저녁 사이의 시간을 대화와 토론으로 채우며 도시에서 올 소식을 기다렸다. 다차에서의 시간은 이 모자가 한숨 돌릴 수 있는 마지막 기회였다. 하루 반 예정으로 모스크바로 돌아온 어

* 러시아 시인 세르게이 예세닌의 〈레퀴엠〉에서 인용한 표현이다.

머니와 아들은 곧바로 마지막 기차나 배를 타고 도시를 빠져나가려는 사람들의 소용돌이에 휘말렸고 운이 좋은 사람의 대열에 끼었다. 문학인 보조기금의 도움도, 지닌 돈도, 짐도 거의 없이, 음식과 바꿀 수 있는 물건도 없이 그들 힘으로 모스크바를 빠져나갔다. 우리는 이 이야기가 어떻게 끝나는지 알고 있다.

모스크바는 전쟁이나 적의 포위공격에 대한 대비가 전혀 돼 있지 않았다. 1941년 봄, 전시에 모스크바 시민들을 대피시키는 데 가능한 대책을 알아보고 계획을 세우기 위한 위원회가 구성되었다. 위원회는 백만 명의 시민을 최전선에서 후방으로 신속하게 이송할 방법을 논의했다. 보고서에는 위원회의 논의에 격노한 스탈린의 반론이 담겨 있다. "나는 '전시'에 모스크바 시민을 '일부' 대피시키자는 귀하의 제안이 시의적절치 않다고 생각합니다. 대피위원회를 해산하고 대피에 대한 모든 논의를 중단하기 바랍니다. 대피가 필요하고 그에 대한 준비계획을 세워야 할 경우 공산당 중앙위원회와 인민위원회에서 통보할 것입니다." 이 글이 쓰인 날짜는 1941년 6월 5일이다.

수도는 몇 달 동안 제정신이 아닌 채로 살았다. 사람들은 마치 얼음구멍에 뛰어들 듯 서둘러 도시에서 탈출했고, 모든 정부 부처와 기관들은 직원들을 대피시켰고, 뒤처진 사람들은 그대로 방치되었고, 일부는 걸어서 도시를 빠져나갔다. 10월 16일, 독일군이 모스크바 코앞까지 치고 들어왔을 때 문학평론가 엠마 게르시테인은 자리를 약속받은 대피 열차를 놓쳤다. "나는 울면서 거리를 걸었다. 갈가리 찢긴 문서 조각들이며 마르크스주의자들의 정치 브로슈어들이 사방에서 어지럽게 날아다녔다. 미용실은 손님들로 꽉 차서 '숙녀들'이 밖에까지 길게 줄을 섰다. 독일인들이 오고 있으니 머리를 손질해야 한다며."

*

그들은 1944년에 모스크바로 돌아왔다. 1945년 5월 9일, 률랴의 생일에 포크롭스키 대로의 높다란 아파트 창문들이 활짝 열렸다. 사방이 봄이었고 초록빛이 눈물처럼 흘러내렸으며 거대한 캄무날카의 거주자들은 음식이 가득 차려진 식탁을 놓고 빙 둘러앉았다. 온 가족과 친척들에서 친구들, 길에서 우연히 만나 데려온 모르는 사람들까지 모두 모였고, 승리를 연상시키는 이름을 가진 젊은 여가수 빅토리야 이바노바가 푸른 드레스를 입고 이들과 함께했다. 그녀는 놀랍도록 아름다운 목소리로 모두를 위해 〈바이올렛을 사세요〉와 〈파란 손수건〉을 불렀고, 사람들이 요청하는 노래는 무엇이든 불러주었다. 그러고 나서 그들은 모스크바강 위에서 펼쳐지는 불꽃놀이를 구경하기 위해 근처의 우스틴스키 다리로 향했다.

그날 저녁 이후 사라의 이야기는 서서히 빛을 잃고 거의 30년 동안 지속되는 어둠 속으로 사라졌다. 나는 엄마가 사라의 뇌졸중을 사라는 물론 률랴까지 집어삼킨 '의사들의 음모' 사건과 연관 지었던 것을 기억한다. 그러나 1949년까지 채워진 그녀의 작은 회색 업무 기록 노트는 '의사의 음모' 이전에도 무서운 사건이 적지 않았음을 보여준다. 온 나라가 세계주의와 전쟁을 치르는 중이었다. 유대인 반파시스트위원회가 해산되고, 걸핏하면 사람들을 잡아 가두고, 유대인 작가들의 책이 도서관에서 압수당하고, 이디시어로 된 모든 출판이 중단되고, 정리해고의 물결이 수도 전역을 휩쓸었다. 나는 의사 사라 아브라모브나 긴즈부르크에게 무엇이 더 위험했을지 모르겠다. 타고난 유대 민족성인지, 아니면 서구화된 유대 민족성인지. 나는 그녀가 가족에게 일어나는 일을 논의한 적이 있는지, 그녀의 주변 사람들, 매우 성공한 사위와 딸, 손자들에게 불가피하게 피해가 갈까봐 두려웠던 적이 있는지 궁금하다. 그녀의 뇌졸중과 그에 따른 '노인성 치매' 즉, 책임을 지고, 결정하고, 미리 조처하고 행동할 수 있는 능력의 오랜 상실은 그녀를 위험인물 집단에서 데리고 나와 사진을 분류하고, 그 사진들에 작은 메모를 하고, 언제든 손을 내밀어 기억을 더듬을 수 있는 서늘하고 안전한 피난처로 옮겨놓았다.

무슨 까닭인지 나는 열 살 때 푸시킨박물관의 어두컴컴한 강당에서 비잔틴건축 수업을 들었던 그날을 자주 떠올렸다. 이스탄불 성소피아의 우렁찬 어깨와 첨탑 위의 하늘이 영사기 스크린에 나타났다. 이를 두고 내가 나중에 생각해냈거나 실제 겪은 듯 느끼는 또 다른 고정관념이라고 쉽게 말할 수도 있지만, 나는 그 순간을 너무나 잘 기억한다. 그때 나는 밝은 화면을 보면서 마음속으로 '실제로 저걸 보는 일은 없겠지'라고 생각했다. 우리와 똑같은 처지에 놓인 사람들, 1980년대 초의 평범한 모스크바 지식인들, 하급 기술자와 과학자들은 대개 해외에 나갈 일이 없었다.

나는 기회가 생기자마자 여행을 다니기 시작했고 여전히 멈출 수가 없다. 아마도 이것이 내가 기차역의 금속 뼈대와 유리 지붕 아래로 걸어들어갈 때마다 짜릿한 전율을 느낄 만큼 즐거운 이유일 것이다. 마치 지붕의 금속 뼈대가 내 갈비뼈이고, 마치 내가 열여섯 개의 플랫폼이며 넓은 유리 날개며 햇빛이 지탱하는 높은 돔을 가득 채우며 흐르는 인간의 피라도 되는 양 말이다. 이 세상 것이 아닌 듯 치명적으로 깨끗하고 목욕탕의 청량함이 감도는 공항에서도 비슷한 느낌이 든다. 팔과 다리로 나뭇가지를 휘감은 원숭이처럼 여행의 모든 기회를 붙잡아야 한다. 보이지도 않고 붙잡을 수도 없는, 경계를 지나 스며들어 원하는 곳에서 숨을 쉬는, 기체 상태의 공기처럼 노력해야 한다. 우리가 아파트를 옮기고 찻잔이며 소스 통이며 사진과 평소 집에서 읽는 책들이며 모두 창고에 집어넣었을 때 나는 마치 그 물건들이 그동안 나를 땅바닥에다 짓누르기라도 한 것처럼 평소보다 두 배는 더 자주 여행을 다니기 시작했다.

내 여행에는 확실한 이유가 있었다. 바로 내가 내 가족 이야기를 책으로 쓰고 있다는 것. 나는 이곳에서 저곳으로, 기록보관소에서 기록보관소로, 거리에서 거리로, 내 사람들이 이 땅에 남긴 발자취를 찾아 돌아다녔다. 나는 그네들과 시공을 일치하려고 노력하면서 무언가 그들에 대한 기억이 떠오르길 바랐다. 긴 여행을 떠나는 모든 이들이 그러듯 나는 미리 경로를 계획하며 내가 아는 모든 정보를 부지런히 수집했고 날짜와 아파트 주소를 컴퓨터 기억장치로 옮겼다. 파리 거리의 한 모퉁이, 한때 나의 증조할머니가 살았던 건물에 지금은 작은 호텔이 들어서 있었다.

거기서 나는 정말 말 그대로 역사의 피하로 들어갈 수 있었다. 젊은 사라와 같은 지붕 아래, 같은 천장 아래에서 하루나 이틀 밤 보내는 것. 나는 런던에서 자신을 실처럼 잡아당기는 지하 열차를 타고 갔다. 기차가 어둠을 뚫고 해저터널을 통과하자 갑자기 이럴 때조차 화려함을 자랑하는 프랑스의 푸른 들판이 눈앞에 펼쳐졌다.

나는 차창 밖을 내다보았고, 끊임없이 가족 문제에 골몰하느라 내가 많이 지쳤다는 생각이 들었다. 나의 시선은 온통 가족에게 향해 있어서 다른 건 눈에 들어오지도 알아채지도 못했다. 매혹적인 문양의 철제 울타리가 여름 정원의 내부도, 거기서 일어나는 일도 밖에서는 볼 수 없게 우리로부터 차단하듯이. 현재와 과거의 모든 사건은 나의 모호한 친척들과 오래전부터 연결되어—운율로 맞춰져—있었고 그들과 나 사이의 동시성 또는 반대로 그 부재를 강조했다. 땅속에서 송로버섯을 찾아내도록 훈련받은 돼지가 이번에는 소중한 버섯을 먹어치우지 않도록 훈련받아야 하듯, 나는 나 자신과 세상과의 관계를 나중으로 미루는 법을 배워야 했다. 나의 여행은 정작 나 자신과는 간접적으로만 관련이 있었다. 나는 마치 출장을 온 사람처럼 바퀴 달린 여행가방을 끌고 러시아의 도시들과 러시아가 아닌 도시들을 돌아다녔다. 사실, 여행가방엔 아무런 문제가 없었다. 자갈이 깔린 파리의 길바닥을 쿵쿵 때리며 요란하게 지나갈 때조차. 다만 내가 가는 곳마다 가방은 자기도 함께라는 사실을 상기시켰을 뿐이다.

나는 여행가방과 함께 긴 클로드베르나르 거리의 가장자리를 따라 뛰뛰다시피 걸어내려갔다. 그곳은 사라 긴즈부르크 같은 사람들만 모여 살았던 5구역으로, 그들이 그렇게 모여 산 건 소르본대학, 발데그라스병원과 가까웠기 때문만은 아니었다. 거기엔 대학생들이 참새 떼처럼 거의 제자리를 벗어나지 않은 채 횃대에서 횃대로 날아다니며 대학의 따뜻함을 만끽할 수 있는 값싼 호텔과 숙박시설들이 들어서 있었다. 바로 이 거리, 예전 모습 그대로인 철조망 발코니가 있는 초록색 7층 건물에서 사라도 몇 주 혹은 몇 달을 살았다. 층계참에서 연기와 눅눅한 분가루 냄새를 풍기는 이 값싸고 험악한 동네는 1860년대에 재건되었지만, 좀더 단정하고 우아해지기를 단호히 거부했다. 다가오는 변화의 실천가인 오스만 남작*은 당시의 불만을 이렇게 썼

* 1853년부터 17년간 파리 지사를 지내며 파리를 근대화한 관리.

다. "파리는 프랑스에 속하지 선택이나 출생에 따라 파리에 거주하는 이들의 것이 아니며, 어리석은 투표로 '국민투표'의 의미를 왜곡하는 임대 숙소에 잠깐 머무는 유동인구의 것은 더더구나 아니다." 수십 년 후 러시아의 마드무아젤 긴즈부르크가 이 유동인구에 합류했다.

이튿날 아침 6층 다락방에서 잠이 깬 나는 당시에는 어땠을지 천천히 머릿속으로 더듬어보기 시작했다. 방의 크기, 기울어진 천장, 그때도 있었을 것 같은 낡은 탁자와 잿빛 하늘을 배경으로 유난히도 하얀 창밖의 벽난로 굴뚝. 굳이 침대에서 몸을 일으키지 않아도 열 가지도 넘게 이것저것 시야에 들어왔다. 가장 싼 곳은 다락방이었을 테니 증조할머니가 바로 이 방에 머물렀을 수도 있다. 다른 방일 수도 있지만. 만약 내가 초자연적인 존재로부터의 특별한 환영을 기대했다면(호텔 웹사이트에서 신용카드로 미리 결제), 이를테면 사라와 그녀의 친구들이 등장하는 장엄한 꿈을 꾸었다든지, 돌연 어둠이 내렸다든지, 한밤중에 한 대 얻어맞은 것처럼 불현듯 어떤 계시를 받았다든지 하는 일은 전혀 일어나지 않았다. 대신 커피 냄새와 진공청소기의 숨죽인 드르륵 소리가 어우러진 여느 여행객의 새벽일 뿐이었다.

호텔 주인은 수심에 잠긴 눈빛을 가진 중년의 남자였고 조각상처럼 조용하면서도 위엄 있게 행동했다. 어쨌든 그가 나와의 대화를 계속 이어가면서도 계단이며 기분 좋게 사각거리는 침대 덮개며 쾌적한 환경에 필요한 건 모두 갖춘 호텔을 책임질 능력이 있음은 분명했다. 그는 1980년대 후반에 이 건물을 사들여 낡은 방이 즐비한 층들을 통째로 개축하고 건물 안에 승강기를 들였지만, 센강을 향해 어둠 속으로 이어지는 고대 지하통로는 손대지 않고 온전히 두었다. 그는 디자이너 겐조가 학창 시절 좁디좁은 방에 살았었다는 사실을 제외하고는 이 건물의 과거에 대해서는 거의 알지 못했다. 세기 초까지는 기억이 못 미치지만 그 건물은 모든 게 늘 똑같았다. 비좁고 사람들로 발 디딜 틈 없는 가난한 이들의 둥지였다. "당신은 유대인이군요." 갑자기 그가 말했다.

20여 년 전 우리는 크림의 어느 카페 입구 근처에 앉아 카페 문이 열리기를 기다리고 있었다. 나른한 8월의 오후였다. 휴가철은 거의 끝나가고 있었고 아무도 어디로도 서두르지 않았다. 그런데 난생처음 보는 정체 모를 일행이 따뜻한 아스팔트를 가로질러 우리 쪽으로 천천히 다가왔다. 지저분한 바지에 기름 낀 금발 수염을 기른 남자가 늙어빠진 말을 끌고 있었고, 보기 드물게 예쁘게 생긴 여섯 살 정도의 곱슬머리 남자아이가 양손으로 안장을 꼭 붙잡고 말 위에 앉아 있었다. 포트와인이 간절한 그 순간에도 그들의 모습은 우크라이나의 내전과 백군을 묘사한 소련 영화의 한 장면을 뻔뻔하게도 대놓고 베낀 것처럼 비현실적으로 보였다. 그들의 말은 원래 하얬지만 먼지를 뒤집어써서인지 빨갰다. 남자는 자기 말을 곧장 카페 문지방까지 데려오더니 별 표정 없이 말했다. "실례지만, 당신은 혹시 엑스 노스트리스*?" 나는 너무 놀라서 남자가 하는 말을 곧바로 이해하지 못했다.

남자는 Ex nostris에 이어 이드라고 덧붙였는데, 이 말은 정확히 "우리는 유대인이다"라는 의미였다. 남자는 우리가 도움을 주고자 건네준 약간의 돈을 받아들고는 계속 걸음을 옮겼다. 자신에 관한 이야기는 한마디도 하지 않은 채 아들과 함께 페오도시야 방향 어딘가로 향했다. 그래서일까, 나는 그 일이 우리가 그날 카페 입구의 그늘에 앉

* 라틴어로 '우리 동족'이라는 의미.

아 상상으로 빚어낸 환상은 아닌지 아직도 의심스럽다. 하지만 내가 '이드'나 라틴어를 만들어낼 수도 없는 노릇이었고, 나의 동화同化의 경험 속에 '이드'라는 단어를 위한 공간은 비어 있었다. 이러한 암호 교환에 반사적으로 반응하는 능력의 부재와 함께. "물론, 저도 유대인입니다"라고 호텔 주인이 자기나 내가 유대인이라는 사실을 전혀 의심하지 않으며 말했다. "길 끝에 유대교 회당이 하나 있는데, 아주 오래되었지요. 당신 할머니가 왜 여기 살고 싶어하셨는지 이해가 되는군요. 우리는 여기서 다시 힘든 시간을 보내고 있죠. 앞으로 우리가 프랑스에 머물 수 있는 기간은 기껏해야 5년이라고 봅니다. 그후에는 상황이 더 나빠질 거예요. 훨씬 더."

*

몽펠리에의 프랑스에서 가장 오래된 의과대학은 외국인 학생을 기꺼이 받아주었다. 16세기 말 이곳에서 공부한 스위스 의사 토마스 플래터 주니어의 일기는 이 지역의 불그스름한 빛이 도는 놀랄 정도로 비옥한 땅, 3분의 2는 물로 희석해야 할 정도로 독한 포도주, 그리고 속임수와 잔꾀에 능숙하면서도 춤과 놀이에 뛰어난 우아한 마을 사람들을 묘사하고 있다. 토마스는 몽펠리에에 구기 경기를 할 수 있는 코트가 최소한 일곱 개는 된다며 "이 사람들은 어디서 그렇게 많은 돈을 벌고, 또 그냥 탕진해버릴까?"라고 썼다. 사라의 해외 생활은 이곳에서 시작되었다. 스물두 살의 내 증조할머니가 베를린을 경유했다면 파리의 Gare du Nord(북역)의 유리 돔 아래에서, 빈을 경유했다면 Gare de l'Est(동역)에서 처음으로 프랑스와 인사를 나눴다는 사실만 빼면 말이다.

사라 같은 사람은 수천 명까지는 아니더라도 수백 명은 되었다. 프랑스의 의학 교육은 유럽에서 가장 저렴했다. 1860년대 말부터 대학들이 점차 여성에게 문을 열기 시작하면서 대학은 러시아 여성들로 넘쳐났다. 1914년까지 그들은 의학을 공부하는 여성의 70퍼센트, 심지어 80퍼센트를 차지했다. 그들은 사랑받는 존재가 아니었다. 동급생들은 그들의 태도며 추레한 행색이며 급진적인 정치 성향을 두고 불평해대기 바빴다. 그리고 무엇보다도 뻐꾸기처럼 현지 출신 학생들을 가족의 보금자리에서 밀어내고 최고의 학생이 되려는 노력을 못마땅해했다. 표트르 크로포트킨*은 이미 취리히대학의 교수들이 한결같이 그리고 얼마나 모욕적으로 여학생들을 남학생들 앞에 본보기로 내세웠는지 설명한 바 있다.

몇 년 후 그들 중 한 명은 1870년대에 "러시아 여성들은 모든 사람에게 적용되는 일반적인 권리뿐만 아니라 항상 최고의 자리를 차지하고 자신을 우선시하는 특별한 특권을 요구했다"라고 회상했다. 그들은 주로 러시아어를 사용하는 지역에서 결속이 단단한 공동체에 살았고 빵, 차, 우유와 '얇게 썬 고기'를 먹었다. 그들은 거리낌 없이 담배를 피웠고, 동행자 없이 거리를 돌아다녔다. 그리고 자두나 산딸기를 한 접시나 먹고도 사고하는 여자이자 동지로 남을 수 있는지 진지하게 토론을 벌였다. 베른의 신문들은 그들을 혁명의 하이에나라고 불렀다. '병약하고, 교육 수준이 낮고, 통제할 수 없는 생명체.' 하지만

* 러시아의 백과사전적인 과학자로, 스위스 여행중 아나키즘의 영향을 받고 러시아로 돌아와 혁명운동에 뛰어들었다.

1880년대 말경 러시아에는 이미 698명의 여성 의사가 있었다. 1900년 통계에 따르면 프랑스에는 95명, 영국에는 258명이 전부였다.

그리고 물론, 러시아 학생들의 대부분은 유대인이었다. 이것은 그들의 기회였고 행운의 티켓이었다. 의대 졸업장을 가진 의사는 정착촌뿐만 아니라 러시아 제국 어디에서나 의료행위를 할 수 있었다. 새로운 세기가 시작될 무렵, 5천 명이 넘는 외국인 의대생들이 파리에 모여 현지인 학생들과 자리를 놓고 경쟁했다. 1896년 리옹의 학생들은 외국인 학생들, 특히 여성들이 병원과 강의실에서 프랑스 학생들을 몰아내고 있다고 주장하며 거리에서 시위를 벌였다. 1905년, 예나*의 학생들은 '뻔뻔한 행동'을 서슴지 않는 러시아 유대인들을 그만 학생으로 받아들이기를 요청하는 탄원서를 제출했다. 사라가 이미 소르본에서 공부하고 있던 1912년에 독일 전역에서 학생 파업이 일어났고 요구사항은 같았다. 외국인들의 유입을 제한하라는 것. 하이델베르크에서 러시아 학생들은 자신들의 상황을 이해하고 너무 가혹하게 판단하지 말아달라고 현지 학생 단체에 호소했다. 서로를 자극하는 불쾌함이 연기처럼 공중을 떠돌았다. 젊음을 타락으로 이끄는 이 여성들이야말로 타블로이드 언론이 희화화하기 가장 손쉬운 표적이자 대상이었다.

헤르손에서 태어난 나의 또 다른 증조할머니 베타 리베르만도 의사가 되기를 꿈꿨지만, 가족의 전통 외에는 아무것도 이루지 못했다. 베타는 자신을 시험해볼 필요가 있다고 느꼈다. 시체를 보고도 괜찮을까? 아니면 겁에 질릴까? 그래서 열다섯 살 소녀는 해가 질 무렵 혼

---

* 독일 튀링겐 주에 있는 도시.

자 마을 영안실로 달려갔다. 그녀는 돈을 조금만 내면 매일 밤 자신이 해낼 수 있다는, 준비되었다는 확신이 들 때까지 거기에 앉아 있을 수 있었다. 하지만 공부는 뜻대로 되지 않았다. 의학 대신 그녀는 동화 속 이야기처럼 그녀만의 명예로운 왕자를, 이른 나이의 순조로운 결혼과 부유한 가정, vie heureuse(행복한 삶), 순수하고 평화로운 삶을 얻었다. 나는 두 증조할머니를 손에 든 두 장의 여왕 카드라 가정해본다. 졸업장을 쟁취하기 위해 치열하게 싸우는 강인한 사라, 그녀의 고집과 추진력은 한번 시동이 걸리면 멈출 줄을 모른다. 그리고 여기 유순한 베타가 있다. 그녀는 아들이 자라는 동안, 그리고 그후로도 오랫동안 사무실 회계원으로 일하며 소련 시절을 평범하고 단조롭게 살았다. 그런데 이 두 사람 사이에 차이가 있을까? 역사는 참으로 놀랍다. 1917년 이전에 이루어진 그네들의 모든 선택을 깨끗이 지워버리고 두 사람 모두를 빠르게 노파로 만들어버리고는 죽음을 마주한 삶의 끝자락에서 두 사람을 거의 구별할 수 없게 만들었으니 말이다.

*

의대생들은 다른 학생들보다 훨씬 더 시끄러웠다. 회고록과 경찰 보고서는 유쾌한 소동 이야기로 가득하다. 토마스 플래터의 시대에 학생들은 마음에 들지 않는 강사에게는 발을 굴러댔다. "학생들은 주먹과 펜을 두드리고 쿵쿵 발을 구르기 시작한다. 만약 교수가 이에 아랑곳하지 않는다 싶으면 도저히 수업을 진행할 수 없을 정도로 시끄러운 소리를 낸다." 19세기에도 플래터의 동료들은 여전히 서로 눈덩이를 던져대고, 실험실에서 권투를 하고, 높은 난간에서 수위를 내던

질 계획을 세우는 등 소동을 벌였다. 하지만 1차세계대전은 많은 것을 바꾸어놓았다. 아주 젊은 사람들을 내키는 대로 하도록 내버려두었을 때 으레 나타나는 난폭하고 무질서한 특유의 떠들썩함은 사라졌다. 게임은 끝나고 모두 심각해지면서 화를 냈다. 1905년에서 1913년까지 파리에서는 학생 시위가 끊이지 않았고 그 시위로 의학 수업이 중단되지 않은 해가 없었다. 시스템은 더이상 작동하지 않았다.

파리대학교는 당시 유럽에서 가장 큰 대학이었다. 거대한 강의실이 학생들로 꽉 들어찼다. 1914년 늦겨울 사라는 나의 미래의 증조할아버지에게 이렇게 편지를 쓴다. "언제쯤 대학을 마칠 거라는 말을 할 수가 없어요." 1893년 통계에 따르면 최종 시험을 보기까지 파리 의대생의 4분의 3이 6년 이상, 38퍼센트는 8년 이상, 그리고 대다수 학생이 11년을 공부했다. 학습 과정은 결코 중단되는 법이 없었고, 일주일에 6일이나 7일을 꼬박 채워서 진행되었다. 대형 해부학 실험실에서 매일 해부 실습을 하고, 실험실에서 작업하고, 아침 시간엔 의무적으로 병원에서 근무했다. 진료하고, 지원 업무를 하고, 전기요법을 실시했다. 혹독한 최종 시험을 치르기까지 미래의 의사들은 병원에서 수천 번의 아침을 맞았을 것이다. 두 달에 걸쳐 진행된 시험은 구두와 공개로 치러졌는데, 의학 지식뿐만 아니라 약간의 예술성도 요구되었다. 파리 생활 마지막 해(그리고 구세계의 마지막 해)에 보낸 사라의 편지를 보면 그녀는 다른 생각을 할 여유가 전혀 없다. "학위를 향해 간신히 나아간다." "시험을 마치고 돌아왔다. 나는 산산조각이 났다." "내일 다시 시험이다." "산부인과 시험을 통과하면 좀 쉴 수 있을 것이다." "여전히 시험 공부에 정신이 없다. 많은 학생이 뒤처졌고 그들은 가을에야 최종 시험을 치를 것이다." 편지는 그렇게 그녀가 졸업장을 받아들 때까지, 오랫동안 염원해온 승리를 거머쥘 때까지 계속되었고, 그리고 얼마 지나지 않아 모두에게 끔찍한 재앙이 닥쳤다.

1913년 당시 파리에 머물던(마지막 산책을 즐기려는 세상 모든 사람처럼) 세르게이 예브게니예비치 트루베츠코이 대공은 회고록에 이렇게 썼다. "나는 이번 여행에서 (……) 나를 깜짝 놀라게 했던 일을 상세히 기억한다. 베를린, 암스테르담, 안트베르펜, 그리고 파리의 호텔에 머물 때마다 나는 도착한 바로 그날 식당에 내려가 식사했는데, 그때마다 당시 유행하던 노래 〈푸프시크(아기 인형)〉가 똑같이 울려 퍼졌다." 이 전례 없는 삶의 융합과 동시성은 당시엔 거의 눈에 띄지 않았지만, 오늘날 밝은 빛에 그 장소들과 날짜들을 비춰보면 소름이 끼친다. 전쟁 발발 이삼 년 전은 미래의 20세기 전체와 19세기의 대부분이 함께 같은 대로를 옷자락으로 쓸며 가로질러와서는 서로의 존재를 전혀 알아채지 못한 채 옆 테이블에, 객석에 나란히 앉았던 시기이다. 나와 같은 거리에 누가 살았는지 알아내기 위해서는 때때로 죽어야 한다.

나의 외롭고 용감한 증조할머니는 1910년 말부터 파리에 살았다. 1911년 9월 카프카는 잠시 파리를 방문했다. 여행이 막 시작된 즈음 카프카와 막스 브로트*는 여행안내서 집필을 구상했다. 그것은 아주 좋은 계획이었다. 기차 삼등칸에 몸을 싣고 이탈리아 전역을 여행하기를 두려워하지 않거나 사륜마차보다 트램을 선호하는 독자들에게 마치 미리 주어진 Lonely Planet(론리플래닛)과 같은 것이었다. 브로트는 할인 및 무료 콘서트에 대한 세부 사항을 포함한 사업계획서를

* 오스트리아계 이스라엘 작가로, 카프카의 친구이자 전기작가.

작성했다. 카프카가 쓴 구절은 단 두 개인데 그중 하나는 '정확한 팁의 액수'이다. 그들은 또한 파리에서는 파인애플, 굴, 마들렌을 즐겨야 한다는 둥 쇼핑에 대한 조언도 포함했다. 프루스트의 『잃어버린 시간을 찾아서』의 출간이 채 2년도 남지 않았던 때였다.

같은 해 9월 릴케는 독일 여행에서 막 돌아와 파리를 거닐었다. 신문들은 거의 무명에 가까운 시인 기욤 아폴리네르가 범인으로 의심되는 모나리자 도난 사건을 보도하는 데 열을 올렸다. 1911년은 여느 해보다 더 좋은 것도, 더 나쁜 것도 없는 평범한 해였다. 러시아 발레단은 스트라빈스키의 〈페트루슈카〉를 대중에게 선보였다. 로맹 롤랑의 『장 크리스토프』는 천천히 그리고 확실하게 한 권, 한 권 출간되었는데, 우리 집안 여성들의 끝없는 사랑과 지지를 받았다(그리고 '로맹 롤랑에 반대하는' 기사를 쓸 참이었던 프루스트에게서는 경멸받았다).

4월 초부터 레닌은 avenue des Gobelins〔에비뉴 데 고블랭(나의 증조할머니가 하숙했던 라탱 지구의 또 다른 거리)〕에서 정치경제학 강의를 성공적으로 해오고 있었다. 그달 말쯤 고리키가 그를 찾아와 당시 상황에 대해 논의한다. "전쟁이 터질 겁니다. 피할 수 없을 것 같아요"라고 레닌이 말한다. 뤽상부르 정원 벤치에 아흐마토바와 모딜리아니가 앉아 있다. 이들에게 이 유료 의자는 너무 비싸다. 두 사람 중 누구도 서로의 존재는 전혀 모른 채 각자 자기 운명의 투명한 소매 속에서 철저히 혼자다. 오페라 공연에서 익숙한 딸깍 소리와 함께 접혀 있던 오페라해트가 열리고 쉬는 시간이 시작된다.

파리의 이른 5월 아침, 나는 6분 만에 돌사자와 지금은 무료가 된 예의 그 의자의 뤽상부르 공원에 도착했다. 사라 역시 이곳을 거닐었음이 틀림없다. 하지만 장소 자체가 나를 필요한 행동으로 차근차근

이끌어주리라 기대했던 나는 당황했고 혼란에 빠졌다. 밤이 여느 밤처럼 지나갔다. 창가의 석조 굴뚝들은 마치 화분처럼 보였는데, 카프카도 이 굴뚝에 대해 뭔가 비슷한 말을 한 것 같다. 나는 기억에 남을 특별한 꿈을 꾸지도, 생각이 떠오르지도 않았다. 나는 반나절 동안 소르본대학을 둘러보았다. 나는 단호하고 경쾌하게 일반적인 관광 경로가 이끄는 대로 따라갔다. 나는 새들에게 웃음 지었고, 미동도 없이 진열장을 바라보았고, 박물관 개장 시간을 확인했다. 도시는 평소처럼 햇살을 가득 받으며 진줏빛 속살을 드러냈다. 이전 방문에서는 미처 알아채지 못했던 사람들이 언덕이며 움푹 들어간 곳이며 앉아 있고, 서 있고, 누워 있었다. 그들은 넝마 조각이나 구겨진 신문지에서 가만히 오므린 손을 내밀거나 하나둘 카페 탁자로 다가와 예의 그 만족을 모르는 뻔뻔한 요청을 해왔다. 나는 마지막 사람에게는 아무것도 주지 않았고, 그 남자는 내 얼굴에 쉰목소리로 분노의 말을 외쳤다.

거기서 멀지 않은 곳 어딘가에 오래된 카메라와 카메라 부속품을 판매하는 작은 전문점 몇 군데가 있었다. 선반에는 파노라마, 디오라마, 야간 사진 촬영을 위한 은판사진 장비와 함께 렌즈며 컬러 필터가 진열되었고, 죽은 사람의 가슴과 엉덩이를 촬영한 금단의 사진들이 담배 종이에 싸여 상자에 담겨 있었다. 그곳엔 새의 머리처럼 생긴 나무 입체경에 사용할 카드가 가장 많았고, 바로 이 카드들이 사진을 아주 입체적으로 만들어주었다. 두툼하고 광택이 도는 입체경 카드는 한 장에 이미지가 두 번 반복되어 나타났다. 카드를 장치의 특수 구멍에 끼워넣고 두 이미지가 하나로 합쳐져 생동감 있고 또렷한 입체 효과를 만들어낼 때까지 나무 장치의 부리를 빙빙 돌려야 했다. 카드는 수백 장이었다. 파리의 거리와 로마의 거리, 성베드로대성당에서 테

베레강까지 이어지는 개미집처럼 어지럽게 얽힌 골목들. 이제 그 거리는 더이상 존재하지 않는다. 지금은 현대식의 Conciliazione, 즉 '화해'의 거리가 그곳을 넓게 관통한다. 수채화로 그려진 가족 풍경과 백 년 전 기차 사고 장면을 담은 카드도 있었다. 그리고 나머지 다른 카드와 구별되는 특별한 그림이 하나 있었다.

이 카드 역시 입체경에 적합했으나 사진이 아닌 한쌍의 삽화였고, 두 이미지는 서로를 위해 만들어졌음에도 불구하고 공통점이 없었다. 둘 다 아주 오래전부터 큰 인기를 누려온, 검은색으로 잘린 실루엣이었다. 왼쪽엔 커튼이 달린 문간과 기둥 비슷한 것, 그리고 더 멀리에 나무 한 그루가 보였다. 오른쪽엔 높은 군모를 쓴 경기병과 뿔 달린 염소의 그리 어울리지 않는 조합이 자세히 그려져 있었다. 입체경에 끼워넣자 두 그림은 갑자기 움직이기 시작하더니 하나의 생생한 장면으로 합쳐졌다. 경기병은 기둥머리에 몸을 기대고, 염소는 나무 아래에서 풀을 뜯고, 우리는 커튼이 쳐진 문을 통해 그 광경을 들여다본다. 닮은 데도 없고 아무 관련도 없는 두 이미지가 움직이고 합쳐져서 하나의 이야기를 만들었다.

나는 남은 두 밤과 하루 반을 호텔 방에서만 보냈다. 독감에 걸렸고 열이 났다. 창가의 수많은 굴뚝이 어떤 입체경보다 더 요란하게 두 배가 되고 세 배가 되었다. 밖에서는 끝없이 폭풍우가 휘몰아쳤다. 처음에는 그게 위안이 되었지만, 나중에는 아무 의미도 없었다. 죽은 듯 침대에 누워 비바람 소리를 들으며 나는 이 상황이 무의미하고 그저 감상에 치우친 여행의 최악의 결말은 아니라고 생각했다. 여기서 내가 할일은 아무것도 없었고, 그래서 나는 낯설고 아름다운 도시에서, 텅 빈 커다란 침대에서, 사라 긴즈부르크를, 그녀의 러시아 억양과 프랑스 책들을 기억하거나 기억하지 못하는 지붕 아래에서 아무것도 하지 않았다.

언젠가 1960년대 중반쯤 한 프랑스인이 불쑥 포크로프의 아파트를 찾아왔다. 그가 누구이며 어디서 왔는지는 하느님만 아시지만, 그는 모든 손님이 그렇듯 세상에 존재하는 모든 샐러드와 집에서 만든 케이크 '나폴레옹'으로 극진히 환대받았다. 오래전에 자기 안으로 깊게 침잠해버린 여든 살의 증조할머니를 포함하여 모든 가족이 그와 함께 식탁에 둘러앉았다. 하지만 프랑스어를 듣자 할머니는 놀랍도록 생기를 띠었고 자신의 젊은 시절의 언어로 말하기 시작했다. 사라는 자정을 훌쩍 넘기면서까지 손님과 이야기꽃을 피웠다. 두 사람 모두 서로를 흡족해했다. 다음 날 할머니는 아침부터 마치 세상을 등지고 수도원으로 떠나는 사람처럼 프랑스어만 사용했다. 가족이 러시아어로 말을 건네도 그녀는 긴 프랑스어 문장으로 대답했다. 얼마 지나지 않아 그들은 그녀를 이해하는 법을 배웠다.

2장
육아실에서 온 료냐

11월, 한밤중이었다. 이런 시간에 울리는 전화벨 소리는 언제나 불안하고 두렵다. 캄무날카의 자궁 속 같은 컴컴한 복도 어딘가 선반 위에서, 누군가 달려나와 수화기를 들어올릴 때까지 공동 전화기가 울리는 동안 특히 그렇다(수화기를 들자 "전화 받으셨군요!"라는 목소리). 어떤 말로도 설명할 수 없는, 수화기 저 끝에서 들려온 목소리를 아버지는 수십 년이 지나서야 이렇게 겨우 표현했다. 쉰소리로 마른침을 꼴깍 삼키며 말하는, 마치 하수도에서 새어나오는 소리 같았다고. 그 목소리는 "당신 아버지가 곧 돌아가실 것 같아요. 오셔야겠습니다"라고 말했다. 부모님은 그곳으로 출발했다. 그때 나는 두 살이었고, 방에서 깊이 잠들어 있었다. 나는 아무것도 기억하지 못한다. 불과 4개월 전에 엄마의 엄마인 올가 미샤로브나, 즉 률랴가 고작 58세의 나이로 세상을 떠난 터였다.

그 집은 타간 골목 어딘가에 있었고, 처마가 낮은 비슷비슷한 2층

건물들에 둘러싸여 밤에는 거의 보이지 않았다. 문이 벌컥 열리더니 슬립만 입은 여자가 노랗게 희끄무레한 불빛 속에 불쑥 튀어나왔다. 방 하나에 침대 하나가 있었고, 침대보가 뒤엉켜 쌓인 그 침대 위에 나의 거구의 할아버지가 숨이 끊긴 채 누워 있었다. 할아버지의 벌거벗은 몸은 온통 푸른 멍투성이였고, 예기치 않게 찾아간 그곳은 관청이라도 되는 양 불이란 불을 모두 밝히고 있었다.

할아버지는 그때 기껏해야 62세로, 노인이라 부르기엔 아직 젊었다. 몇 년 전 그는 아내와 함께 공동 소유의 아파트로 이사했다. 료냐 할아버지는 집안일에 적극적으로 참여했다. 12층짜리 패널식 아파트의 흰색 정면 앞에는 라일락을 심은 땅이 조성되었고, 무엇보다 중요한 건 할아버지의 계획에 따라 청어처럼 생긴 포플러들이 아파트 주변에 줄줄이 들어섰다는 사실이었다. 할아버지는 뒤뜰에도 똑같이 포플러를 심고 싶어했다. 엄마는 그 나무들이 러시아 남부를 생각나게 한다고 했는데, 마침 할아버지는 오데사 사람이었다. 이제 포플러들이 아파트 건물을 둘러싸고 있지만 그 안에 든 상자는 피라미드의 속처럼 텅 비어 있다. 이제 그곳에는 아무도 살지 않았다. 률랴가 따 모은 작은 꽃다발은 바싹 마른 채 먼지를 뒤집어쓰고 있었다. 할아버지가 통장을 넣어 보관하던 상자는 텅 비어 있었고, 그 통장이 다 어디로 사라졌는지 엄마는 알지 못했다. 경찰서에 몇 차례 전화를 걸었고, 경찰은 사건의 진상을 규명해서 알려주겠노라 약속했다. 하지만 결국 나의 부모님은 단 한 통의 전화를 받았을 뿐이었다. 경찰은 더이상 그 일을 문제삼지 말라고 냉랭하게 조언 아닌 조언을 건넸다. 그래봤자 상황만 악화시킬 뿐이라나. 그런데 대체 여기서 뭐가 더 나빠질 수 있을까?

그해는 우리 가족에게 변곡점이었다. 갑자기 한 세대가 사라졌다. 어머니와 아버지의 죽음으로 나의 엄마 나타샤 구레비치는 자신이 작고 이상한 양떼의 목자가 되었음을 알게 되었다. 즐겁게 재잘대는 딸인 나 말고도 엄마는 90세의 두 할머니 베타와 사라까지 돌봐야 했다. 증조할머니들은 서로를 늘 정중하면서도 무심하게 대했다. 이제 그들은 함께 살아야 했다. 갑자기 사라진 하나밖에 없는 아들과 하나밖에 없는 딸의 존재는 할머니들의 조금은 불안정한 삶에 일종의 단열재이자 할머니들과 정체 모를 차가운 공기가 흐르는 새로운 삶 사이에서 완충재 역할을 했었다. 누군가는 부모의 죽음이 우리 자신과 존재하지 않는 이들 사이에 놓인 마지막 장벽이 무너졌음을 의미한다고 말했다. 자식의 죽음은 증조할머니들의 내면에 뭔가 결정적인 변화를 가져왔다. 이제 존재하지 않음이 두 할머니의 경계를 지워버렸다.

부모님은 할아버지가 살해당했다고 확신했지만, 아무도 왜, 무엇 때문인지, 그 허름한 아파트의 벽 너머 어떤 사악한 범죄가 숨어 있는지, 그리고 침착한 성격에 무엇 하나 부족한 것 없는 사람이 어떻게 그런 누추한 곳에서 생을 마감했는지 알지 못했다. 하지만 추측이 가능한 몇 가지 단서는 있었다. 률랴가 죽고, 장례식이 치러지고, 보스트랴콥스키 공동묘지의 가족 묘지가 새로운 입주자를 맞이하기 위해 50년 만에 처음으로 입을 열었다가 닫을 때 할아버지가 이야기 좀 하자며 딸을 불렀다. 알고 보니 할아버지에게는 다른 여자가 있었다. 할아버지는 엄마에게 이 사실을 털어놓으며 이해를 구했고 어른답게 앞으로의 문제를 논의해보자고 간곡히 말했다. 모두에게 나쁘지만은 않은 상황이라 볼 수 있었다. 이제 엄마는 포크롭스키의 캄무날카보다 아이를 위한 공간이 더 많은 반느이 거리의 아파트로 이사할 수 있었다. 그리고 할아버지도 여자친구와 함께 캄무날카로 들어가는 편이 더 나았다. 이 문제는 다른 세부 사항들과 함께 차분하고 효율적으로 논의되었다. 할아버지의 여자친구는 그때 일을 하지 않았기에 어쩌면 마샤를 돌볼 수도 있었다. 그녀는 아이들을 예뻐했다.

나는 이 이야기를 부분 부분, 그리고 여러 해가 지나서야 모두 들을 수 있었다. 할머니와 할아버지가 어떻게 돌아가셨는지 물을 때마다 나는 늘 우주의 질서만큼이나 흔들리지 않는 대답을 들었고, 음울한 대칭성으로 일관된 그 대답은 나를 매료시켰다. 할아버지는 폐렴으로 돌아가셨고, 할머니는 심장발작으로 돌아가셨다는 말. 폐렴도 심장마비도 내겐 명확하지 않았고, 그래서 혼란스럽기도 했다. 하지만 심장과 폐는 어린 내 상상 속에 깊게 각인되었고, 나는 배신자처럼 염증을 일으키거나 터져버릴 기회를 호시탐탐 엿보는, 인체의 일부인 심장과 폐에 많은 게 달려 있음을 이해했다. 내가 열일곱 살 적 부모님이 처음으로 '실제로' 무슨 일이 있었는지 알려주었을 때 순식간에 모든 게 뒤집히면서 밀려오던 그 공포의 순간을 나는 아직도 생생히 기억한다. 나는 그 이야기를 몇 번이나 다시 들었고 세세한 부분까지 모두 알게 되었다. 그리고 이야기는 그 자체로 무섭고 불분명해서 아무런 답을 제시하지 못했다. 하지만 가장 힘들었던 점은 마치 자신의 의지를 거스르고 육중한 철문을 끙끙대며 옆으로 밀어내듯 이야기를 풀어가는 부모님의 대화방식이었다. 녹슨 채 그 자리에 꼭 달라붙은 강철 문은 초현실적인 냉기가 쌩쌩 몰아치는 블랙홀로 이어졌다. 부모님은 내 질문에 대답할 말이 없었고, 심지어 '할아버지의 그 여자친구가 누구였느냐'는 단순하기 짝이 없는 질문조차도 제대로 답을 하지 못했다. 부모님은 그녀에 대해 아무것도 몰랐다. 1974년 8월 당시, 엄마는 분노에 휩싸여 그 여자와 만나기를 단호히 거부했고, 률랴에 대한 기억을 밀어내는 이 원치 않는 여성의 존재 자체를 인정하지 않았다. 그리고 3개월 후, 료냐 역시 자신의 원대한 계획, 억센 콧수염, 그리고 썰렁한 농담과 함께 밤의 어둠 속으로 사라졌다.

*

률랴와 료냐. 그들은 항상 내 머릿속에서 한쌍이었고, 그들의 이름은 서로를 보완해주며 너무도 잘 들어맞았다. 느낌표와 말줄임표로 가득한 그들의 유치한 편지는 아직 삶이 묵직하고 영원한 것처럼 보였던 1934년으로 거슬러올라간다. 그때 사람들은 여름에 마차와 짐수레를 빌려 소지품과 침구를 넣은 가방이며 등유 난로와 사모바르며 세간살이를 가득 싣고는 마치 그래야만 하는 것처럼 다차로들 떠났는데, 그 행렬이 모스크바의 아침을 길게 메우곤 했다. 새로운 삶의 형태와 거의 서커스 쇼를 방불케 하는 가벼운 만남과 난잡한 연애에도 불구하고 이전 세대의 진지한 생활방식 중 일부는 여전히 제자리를 지켰다. 때가 되자 료냐는 청혼했고, 그의 청혼은 기꺼이 받아들여졌지만 몇 가지 조건이 붙었다. 그 둘은 약속대로 아이를 가지려고 서두르지 않았고 삶은 따뜻한 남쪽에서 휴가를 보내는 것처럼 여유롭고 나른하게 흘러갔다. 그들은 바다로 휴가를 다녀왔고, 거기서 찍은 사진은 바위의 경사면과 그 앞에서 자세를 취하는 사람들, 검은색 폭스바겐, 형형색색의 화려한 드레스를 담고 있었다. 률랴는 의과대학을 졸업했고, 료냐는 건축대학을 우수한 성적으로 마친 후 일을 시작했다. 그리고 부모님이 말하지 않은 것이 있었다. 이 두 젊은 소련의 전문가들은 다른 모든 사람처럼 반드시 작성해야 하는 각종 서류 양식을 채울 때 문제가 생기지 않도록 '사회적 배경' 항목에 특정 사항에 대한 언급을 피하거나 사실을 약간 왜곡해 적었다. '법정 변호사'가 거기서는 단번에 그냥 '변호사'가 되었고, 나중에는 그마저도 더 안전한 '직원'으로 직함이 떨어졌다. '1길드의 상인'은 '가게 주인'이나 '장사꾼'이 되었다. 해외에 친척이 있는지 묻는 특별 항목은 그대로 비워두는 편이 나았다. 그곳에 료냐 구레비치는 이렇게 썼다. "돌아가신 이모의 남편이 일 때문에 런던으로 전근 감. 그와는 연락하지 않음."

1938년의 설문지는 바로 이 구레비치가 옛 차르군에서 복무했는지, 백군 부대 또는 백군 정부와 관련된 기관에서 복무했는지, 만약 그렇다면 어떤 자격으로 복무했는지 답변을 요구한다. 그가 내전에 참전했는지, 그렇다면 언제, 어디서, 어떤 자격으로 참전했는지도 물었다. 혹시 10월혁명 이전에 혁명 활동으로 탄압을 당한 적이 있는지의 질문도 빠지지 않았다. 또한 당의 마지막 숙청에서 어떻게 살아남았는지도 표시해야 했다. 1954년의 서식은 몇 가지 새로운 질문을 더했다. 포로로 붙잡힌 적이 있는가, 게릴라로 싸운 적이 있는가, 점령지역에서 산 적이 있는가. 각 항목의 작은 정사각형에는 모두 파란색 잉크로 '아니오'라고 표시돼 있다.

그의 딸 나타샤는 아내가 세상을 뜨자 오히려 활력에 넘쳐 기꺼이 새로운 시작을 준비한 것에 대해서도, 그동안의 삶이 명백하게 이중적이었다는 갑자기 드러난 사실에 대해서도 결코 아버지를 용서하지 않았다. 가족들은 함께 모여 옛날 사진도 보고 추억도 나누는 저녁 시간에 이 문제를 전혀 언급하지 않았지만, 나는 끝도 없이 쏟아지는 상자들이며 선반들을 살피고 연구하기 시작했고, 곧 기이한 유물들, 즉 집안 분위기와 전혀 어울리지 않는 물건들을 종종 발견하게 되었다. 그건 엽서, 메모, 우리 것도 아니고 소련 것도 아닌, 다른 흥미로운 삶의 방식이나 질서에 속한 작은 물건들이었다. 예를 들어, 둘로 나눈 심장을 정성들여 그리고 색칠한 그림이 있었다. 가운데 점선은 강조하듯 빨간색으로 표시되었고 그 아래에 **'우리 둘 다 힘들어요'**라는 글귀가 큼지막하게 써졌는데, 글자 위로 반짝이는 굵은 눈물방울이 뚝뚝 떨어졌다. 아니면 '12월 31일 오후 10시에 열어보기'라는 글귀가 적힌, 손으로 직접 만든 봉투와 그 속에 든 새해 카드. 카드를 쓴 다음 밀랍과 소련 동전으로 봉인한 여자는 카드를 받을 사람이 가족이 다 모이는 새해 전야에 그녀와 함께 시간을 보낼 수 없다는 사실을 알고 있었다. 카드 안에는 한 편의 시와 함께 '당신의 작은 친구'라는 제목의 편지가 들어 있었다. '작은 친구'의 작은 성격과 미숙함은 편지에서 더욱 부각된다. "나는 당신에게 편지를 쓰고, 크리스마스트리를 그리고 있어요. 부지런 떠는 어린아이처럼 머리를 한쪽으로 기울인 채 숫자 12에 시곗바늘을 연결하고 있답니다. 새해 축하해요, 료냐 블라디미로비치!" 시에서도 그런 모습은 쉽게 드러난다. "당신의 딸처럼, 크리스마스트리 아래/나도 내 자리를 찾을 거예요." 그리고 이 모든 것, 그림도, 심지어 소련 동전까지도 무슨 이유에서인지 살아남았다.

나중에 부모님이 러시아를 떠나고 아파트가 텅 비었지만 나는 여전히 그곳에서 가끔 기적처럼 놀라운 것들을 발견하곤 했고(못, 테레빈유 깡통, 크리스마스트리 장식품을 보관하던 머리 위 찬장에서 쏟아진 은수저 한 주먹), 아파트는 점점 더 그 깊은 속을 드러내기 시작했다. 나는 신문들 사이에서 다양한 것들을 특히 많이 찾아냈다. 이미 소개한 바 있는, 벌거벗은 채 가죽 소파에 앉은 낯선 여자의 사진, 그리고 지금 내 앞에 놓인 또 다른 사진 한 장.

나는 그 당시 사람들이 말했을 법한 '통렬한 장면'이 아니라 한 시대를 상징하는 모든 사물에 감동한다. 짙은 색 팬티와 브래지어 차림의 금발 여성이 신문이 깔린 둥근 탁자 위에 다리를 올리고 앉아 옆을 바라보는데, 손에는 불을 붙이지 않은 담배가 들려 있다. 이 사진은 90년대에 촬영한 홈비디오와 비슷하며, 유일한 등장인물에 유일한 관객을 위한 가정용 풍속화를 연상시킨다. 이것은 양식화된 사진으로, 보았거나 상상한 형상을 참조하여 만들어진 러시아식 핀업이자 이 특정한 양식을 전혀 부적합한 상황에 적용하려는 시도이다. 모든 기준을 따져봤을 때 사진은 상당히 보수적이며 대부분을 전략적으로 감추고 있지만 그렇다고 그것이 무모하고 외설스러운 분위기까지 차단하는 것은 아니다.

중요한 건 사진을 위험하게 만드는 소련 신문 〈프라우다〉의 새로운 인쇄본(음란하게 벌거벗은 엉덩이를 당 기관지에 싣는 자체만으로도 몇 년 동안 옥살이를 할 수 있다)과 왼손에 들린 '벨로모르'*(죄수들이 건설한 유명한 운하의 상징이 그려져 있다)이다. 이 나라의 주요 신문과 가장 값싸고 굵으면서 강력한 담배는 마치 상징적인 표식처럼 여기서 여성의 몸으로 연결돼 있다. 몸(여자)은 둘 다에 전혀 관심이 없다. 방은 임시로 만든 공간 같기도 하고 알 수 없는 기관의 탈의실처럼도 보인다. 검정 하이힐 구두는 카바레 소품 같고, 속옷은 소련 제품치고 재단이 아주 훌륭하다. 때는 스탈린 시대인 1940년대 말이나 1950년대 초로, 러시아에서는 '스탈린의 신성한 겨울'이라 부르는 시

* 소련 시대 가장 대중적인 담배 브랜드.

기였으며 묵직하게 가라앉은 분위기와 극장 입구에 줄줄이 늘어선 당의 고급 리무진이며 승용차들이 그 시대상을 잘 보여준다. 또한 이 시기에 '레닌그라드 사건'* '유대인 위원회 사건'** '의사들의 음모 사건'과 같은 두번째 공포의 물결이 밀어닥친다. 회반죽 벽에 투박하게 붙여진 사진의 한 귀퉁이에 모자를 벗는 '자본가'의 어설픈 풍자만화가 보인다.

조금은 덜 위험해진 말년에, 그러잖아도 이것저것 많은 관심사로 바쁘게 지내던 료냐 할아버지는 또 다른 취미를 하나 더 발견했다. 할아버지는 다양한 종류의 유머러스한 단편을 쓰고 출판했다. 대부분 재미있는 일화나 익살스러운 짤막한 대화 또는 역설적인 문구들이었지만 가끔은 교훈이 담긴 산문, 그리고 장르가 혼합된 이상한 글, 이를테면 운문으로 된 작업 보고서 같은 것이었다. 할아버지는 운율을 다루는 솜씨가 뛰어났지만, 즉 어떤 사물이든 운율이라는 봉투에 깔끔하게 담아내는 재능을 타고났지만, 그렇다고 할아버지의 글이 출중하게 훌륭하진 않았다. 하지만 할아버지의 일화는 재미있었고, 심지어 당시 소련 최고의 풍자 잡지인 〈크로코딜〉에도 실리기도 했다. 할아버지는 자신의 글을 오려내서 특별한 공책에 자랑스럽게 붙였다. 어린 시절부터 기억하는 몇 가지가 있는데, 그중 하나가 '절대 빈속으로 먹지 마시오!'이다. 할아버지는 특히 '다른 문화와 관습'이라는 장르의 이야기를 즐겨 썼다. 이를테면 프랑스인과 이탈리아인 피에르,

* 1940년대 말부터 1950년대 초까지 소련 내 정당 및 국가 관리자들이 국가 파괴 행위, 부정부패, 사적 이익을 위한 신분 남용 등의 혐의로 재판에 넘겨진 사건.

** 소련의 일부 유대인 사회 활동가들인 유대인 반파시스트위원회 회원들을 대상으로 1948년부터 1952년까지 행해진 정치적 탄압 사건.

앙투안, 루이지라는 허구의 인물들이 부르주아의 방탕함에 젖어 살아가는, 지극히 제한된 조건 속에 우리의 삶과는 전혀 다른 그런 삶을 묘사하지만, 그 사이사이 끼어드는 풍자와 위트는 이 이야기가 그저 웃을 수밖에 없는, 결코 이루어질 수 없는 일처럼 기이한 뉘앙스를 풍기도록 만든다. 풍자는 실현 불가능한 꿈처럼 더 기괴해지고 남은 건 그 꿈에 대한 농담뿐이었다.

모든 일화는 한 지점으로 압축된 일종의 소설이며 그중 어느 것이든 현실의 거대한 크기로 부풀릴 수 있다. 그리고 어쩌면 의도한 의미가 너무 커서 형식에 맞추려는 시도조차 할 수 없을 때는 그 반대의 경우도 선택할 수 있을 것이다. 할아버지의 농담(익명으로 신문에 실림)은 매력적인 가능성으로 가득한 또 다른 세상, 선정적인 열정으로 대기가 숨쉬는 세상, 나도 살고 다른 이도 살게 하는 세상에 대한 믿음에 바탕을 두고 있다. 모든 등장인물이 모자를 쓰고 커프스단추를 단 것처럼, 그들 안에는 도저히 파괴할 길 없는 영원히 고루한 무언가가 있었다. "스마일스 씨는 아내의 장례식에서 몹시 흐느껴 우는 아내의 연인을 '그렇게 슬퍼할 것 없소. 내 곧 다시 결혼하리다'라며 위로한다."

여기서 나는 한 번도 소련을 벗어나본 적이 없는 할아버지 세대의 소련 사람들과는 달리 료냐 구레비치는 운이 좋은 예외였다는 점을 밝혀야 한다. 그는 외국을 드나들었고 나는 어렸을 때부터 그 사실을 잘 알고 있었다. 료냐는 1912년, 매우 심한 선천성 내반족을 가지고 태어났다. 나는 옛날 사진에서 그의 발에 문제가 있다는 사실을 알아채지 못했다. 그저 하얘 보일 만큼 밝고 빛나는 눈을 가진 아기가 배를 깔고 누워 있을 뿐이었다. 아기는 꾸준하고도 일관되게 치료받았고 결국 어렵게 치료되었다. 매년 여름 료냐의 어머니는 푸른 언덕이 있는 스위스 요양소로 료냐를 데려갔다. 료냐는 점점 더 잘 걷게 되었고, 더이상 여행을 하지 않아도 되는 새로운 삶으로 나아갈 준비를 마쳤다. 하지만 그는 자신의 스위스를 똑똑히 기억했다. 해외로 나갈 수 있다면 어느 국가, 어느 도시로 가고 싶은지에 대한 고전적인 소련 지식인들의 대화가 이어지며 로마니 파리니 도쿄니 하는 이름들이 카드놀이하는 손처럼 툭툭 튀어나올 때면 그는 조용히 침묵을 지키며 앉아 있곤 했다. 그렇지만 만약 그에게 직접 물었다면, 내 엄마가 말했듯 그는 이미 결정한 듯 "나는 스위스에 갈 거요"라고 주저 없이 대답했을 것이다.

*

료냐는 누워서 치료받아야 할 병원에서 창턱에 걸터앉아 첫 학술논문을 썼는데, 사실 그때 그는 가만히 앉아 있을 힘도 없었다고 한다. 그는 새로운 관심사로 가득했고, 다양한 그의 활동은 경제적인 결실을 가져왔다. 그들은 항상 부유하게 살았다.

기사와 책을 쓰고 세 군데 대학에서 강의하는 일로는 그의 성이 차지 않았다. 그는 자신이 더 큰일이나 다른 일을 위해 태어났다고 믿는 것 같았고, 보이지 않는 설문지의 네모 칸을 점점 더 많이 채워가며 자꾸만 더 새로운 관심사에 자신을 던졌다. 나는 그림자 같은 '작은 친구들'도 그 허기짐의 일부였다고 생각한다. 이들이 구멍을 다 메워주진 않았지만, 다른 사람들은 보지 못하는 그의 욕구를 순간적으로 충족시켜줄 정도는 되었을 거라고 말이다. 그에게 주어진 삶은 이른바 넘치는 잔이었다. 그는 도로와 도로를 연결하는 교차로를 설계했고, 체스를 두었고, 점점 더 많은 특허를 내며 물건을 발명했다. 그 중에 단박에 내 마음을 사로잡은, 어렸을 때도 지금도 내가 여전히 자랑스러워하는 물건이 하나 있다. 그건 수박의 숙성도를 측정하는 기구로, 이 복잡한 장치가 실제로는 별 소용이 안 되는데도 복잡하다는 사실 자체가 내겐 짜릿하고 흥미로웠다. 손가락만 한 번 튕기면(수박은 배에서 울리는 만족스러운 소리로 응답한다) 알 수 있는 간단히 방법이 오히려 더 복잡한 역학의 대상이라니.

끊임없는 작시 활동 역시 이런 대체 취미 중 하나였다. 료냐의 타고난 재능은 여기에서도 드러났는데, 우스갯소리를 할 때면 저절로 그런 시구가 쏟아졌다. 전쟁 전에 그는 매우 재치 있고 좌담에도 능숙한 사람으로 명성을 얻었다. 하지만 료냐의 그런 모습을 기억하는 사람은 아무도 없었다. 엄마 친구들은 그를 인사만 하고는 자기 방으로 사라져버리는, 매우 바쁘고 다소 무뚝뚝한 남자로 기억했다. 률랴는 그 집의 생명이자 영혼이었다. 모두가 그녀를 사랑했고 그녀는 모두를 사랑했다. 그녀는 피로그란 피로그는 모두 구워냈고, 식탁보란 식탁보는 모두 수를 놓았고, 모든 사람을 알았고, 모든 것을 기억했다. 그녀는 육촌, 팔촌까지 거대한 가족 전체를 자신의 울타리 안에 따뜻하게 품어 안았다. '의사들의 음모 사건'으로 일자리를 잃은 률랴는 한 지인이 의대 졸업장을 가진 유대인 여성인 그녀를 위생방역 시설에서 함께 일하자고 부를 때까지 아무 일도 할 수 없었다. 유대인 의사에게 일자리를 제공하는 일은 당시로서는 거의 자살 행위에 가까운 극도로 고귀한 결정이었다. 률랴는 절절한 감사의 마음을 전하고 싶었기에 또는 더이상 이사 가고 싶지 않았기에 남은 일생을 그곳에서 보냈다.

률랴가 세상을 뜬 후 엄마는 오랫동안 정말 오래도록 나에게 할머니 얘기를 한마디도 하지 않았고, 나중에 돌연 할머니를 기억하느냐고 물었다. 당연히 나는 기억했다. "할머니 어떠셨어?" "그야 나를 엄청 많이 사랑하셨지"라고 나는 자신 있게 말했다. 내가 기억하는 할머니는 그랬다. 가깝게 사는 사람도 먼 곳에 사는 사람도 모두 할머니를 사랑했다. 할머니를 향한 숭배의 빛은 지금까지도 너무 눈부셔서 세부 사항은 전혀 볼 수가 없다. "할머니는 어떤 분이었어요?" 모두의 젊은 시절을 지켜본 나의 늙은 유모 시마는 내 질문에 무심하게 대답했다. "행복한 양반이셨지. 향수를 뿌리고 립스틱을 칠하고는 약속이 있다고 시내로 부리나케 달려가곤 했으니까." 대체 무슨 약속? 시내에서 할머니를 기다린 사람은 누구였을까? 그 수수께끼 같은 인물, 넬리도프? 우리 가족 역사에 대해 더 많은 이야기를 들려주기 위해 나를 찾아온 엄마 친구분은 내가 자세히 묻자 간단히 이렇게 말했다. "할머니는…… 할머니는 긍정적인 여걸이셨지." 그러고는 입을 다물었다.

엄마 친구가 표현하고 싶었던 그 의미는 사실 새로운 시대의 언어에는 맞지 않았다. 아마도 '긍정적인 여걸'은 구시대적인 미덕과 덕목을 갖춘 다른 세기의 사람, 살아 있는 시대착오를 의미했을 것이다. 그리고 이는 오래전에 폐지된 규칙과 의무에 따라 변함없는 적절성을 지닌 사라진 언어를 요구했다. 이 모든 것은 1950년대에도 구식으로 여겨졌지만, 률라의 무한한 선량함만이 그녀의 주변 사람들에게 그녀의 존재 방식을 견딜 수 있게 해주었다. 번갈아 나타나는 부드러움과 단단함, 타협하지 않음과 고통은 내게 익숙하고 자연스럽지만, 오늘날의 사고방식과 세계관의 칸과 선에는 집어넣을 수 없다. 어린 시절 "엄마가 어렸을 때 그랬으면 할머니한테 입술을 얻어맞았을 거야"라는 엄마의 말에 깜짝 놀랐던 기억이 난다. 지금도 그 생각을 하면 몸이 움찔한다. 입술을 때린다고? 그것은 죽은 언어의 말과 행동이었고, 싫든 좋든 이제 그 언어로 말할 사람은 없다.

가족의 일상에 윤활유 같은 역할을 하는 다양한 전통 중에는 료냐의 새해맞이 시가 있었다. 료냐는 가족들에게 재미있는 시를 많이 써주었다. 딸과 아내, 두 할머니 사라와 베타에게, 그리고 손님이 오는 경우엔 손님에게도. '축하'와 '소원'을 운율로 담아낸 단순한 그 시들은 '반복'에서 생겨나는 아늑함을 발산했고 찻잔 속 노랗게 물든 찻물 자국처럼 집 벽에 눌러앉았다. 하지만 할아버지의 시에는 언제나 나를 어리둥절하게 만드는 어김없이 등장하는 기이한 주제가 있었고, 나는 률랴가 그걸 읽을 때 어떤 느낌일지 궁금했다. 열두 살 나타샤에게 쓴 그 시는 나타샤더러 엄마처럼 되지 말고 아빠처럼 되라고 조언했다.

그러함에도 불구하고 그들은 그럭저럭 잘 지냈고 모든 면에서 행복하게 살았다. 카메오 브로치를 목에 건 아름다운 률랴, 그녀는 디킨스(률랴는 좋아하는 구절을 손톱으로 표시해놓았다), 자수와 뜨개질, 그리고 그녀의 무뚝뚝하고 바쁜 남편과 함께했다. 그녀는 살티코프카에서는 재스민을 키웠고, 포크로프에서는 빵과 과자를 굽고 맛있는 음식을 만들어 친구들을 불러모았다. 그녀는 여전히 휴양지에 다녔고, 늘 료냐와 함께였다. 나타샤는 잘 먹고 살을 찌우기 위해 유모에 딸려 스뱌토고르스크로 보내졌다. 나타샤는 그곳에서 부모를 애타게 그리워했고 허리까지 자란 까맣고 풍성한 머리칼을 길게 땋아내렸다. 땋은 머리채가 무릎까지 닿았을 때 그녀는 부쩍 자라 있었다. 자신의 아버지처럼 그녀는 쉽게 시를 썼고 시인이 되기를 원했다. 어렸을 때 입버릇처럼 말했듯 푸시킨이 되고 싶어했다.

당시 시인들은 울창한 나무로 둘러싸인, 무쇠 창살 울타리 너머 트베르스키 대로의 오래된 건물에 자리한 특별한 교육기관, 문학연구소에서 대량으로 생산되었다. 그곳은 거기 있어야 마땅한 사람들을 끌어들이는 특별한 능력과 전통을 지닌 복잡한 장소였다. 초기 소련 시대에 끓어오르는 증오심으로 '트베르스키의 12개의 밝은 유대인 창'에 대해 쓴 작가 플라토노프와 만델스탐은 그곳에서 잠깐 불행한 생활을 했지만, 살아남았다. 1950년대 후반에 그 학교는 흥미로운 곳으로 여겨졌고 사실이 그렇기도 했다. 나타샤는 거기서 공부하기를 꿈꿨지만, 딸의 부탁이라면 단 한 번도 거절해본 적이 없던 아버지가 이번에는 뜻밖에도 '허락할 수 없다'라고 딱 잘라 말했다. 그는 그녀에게 확고하고도 굽히지 않는 단호함으로 문학연구소에 지원하는 걸 금지했고, '우리는 유대인'이라는 말을 다시 상기시켰다. "너는 반드시 직업을 가져야 해." 순종적인 나타샤는 건축대학교에 입학해 다른 일도 모두 최고로 해냈듯 우수한 성적으로(소위 '붉은 졸업장'을 받으며) 졸업했고, 포상으로 '토양 테스트 기술자'의 칭호까지 받았다. 그러고 나서 그녀는 실제로 지하에서, 작은 연구기관의 지하실에서 근무하며 페르세포네처럼 하루의 절반을 지하 세계에서 보냈다. 검은색 실험실 가운을 입은 여자들이 현미경을 들여다보며 부서지기 쉬운 내용물이 든 슬라이드를 교체했고, 손에 들기 적당한 무게로 반짝이는 크고 작은 추들을 거대한 저울에 매달았다. 나는 그들 중 하나를 몰래 훔치는 부질없는 꿈을 꾸었다.

남편의 어머니인 시어머니 베타와 률랴의 냉랭하고 거의 관계랄 것도 없는 관계는 가족들 사이에서 입 밖에 내서는 안 되는 금기였다(그리고 이는 고집 세기로 유명한 률랴의 성격을 보여주는 사례 중 하나였다). 두 사람은 서로를 향해 노골적인 적대감을 드러냈고, 각자의 가치 기준은 서로에게 완벽한 행동을 요구했다. 즐거운 가족 행사와 모임에 참여하면서, 모두가 환영받고 모두가 기억되는 대가족의 일상을 공유하면서 그들은 의심스러운 눈초리로 서로를 주의 깊게 지켜보았다. 나타샤는 점점 이 일에 휘말렸고, 정직하게 모두를 사랑하려고 노력했지만 항상 잘되지는 않았다. 나타샤의 삶에서 어머니는 가장 중요한 사람이었고, 그래서 어머니의 외모와 성격, 살아온 이야기를 모두 외울 정도였다. 심지어 몇 년 후, 가족 역사를 이야기할 때 그녀는 베타를 비난하지는 않았지만 베타와 거리를 두었고 가족 역사의 가장자리로 밀어냈다.

구레비치와 결혼한 베타 리베르만은 도시의 변두리에서 조용히 혼자 살았고, 아들과 손녀가 쓴 온갖 시와 아이들의 그림, 동시, 전보까지 모두 소중히 간직했다. 베타는 나르콤자그라든지 레소스트로이 같은 발음도 어려운 다양한 국가기관에서 50년 동안 회계사로 일했고, 여유롭고 한가한 시간에조차 어떤 형태의 과잉도 허용하지 않는 극도로 절제된 생활을 했다. 그녀는 특히 말을 아꼈다. 편지도 일기도 남기지 않았다. 그녀는 우리 가족에서는 볼 수 없는 특이한 사람이었다. 다른 사람들은 계속해서 뭔가를 기록하고, 운율을 맞추고, 끊임없이 서로 엽서를 주고받느라 바빴다. 하지만 수수께끼 같은 베타는 자신의 이야기를 입 밖에 내지 않는 편을 더 좋아했다. 침묵이 두건처럼 그녀를 감쌌다. 내 생각에 베타는 자신에 관한 질문을 거의 받아본 적이 없었던 것 같다. 어렸을 때 느꼈던 그녀를 향한 반감 어린 분위기를 제외하고는 그녀에 대해 별로 아는 게 없다. 누군가 나더러 증조할머니 베타를 닮았다고 했을 때 깊은 상처를 받았던 엄마가 기억난다. 엄마는 아무 대꾸도 하지 않았지만, 나는 들을 수 있었다. 베타가 엄마에게 남긴 반지를 기억하는데, 엄마는 그 반지를 한 번도 끼지 않았다. 두툼하게 세팅된 반지에는 불투명한 알이 큼지막하게 박혀 있었는데, 엄마는 그게 '너무 화려해서' 예쁘지 않다고 생각했다. 대체로 가족의 기록에 bête noire(특별히 싫은 사람)인 베탸를 위한 공간은 거의 남아 있지 않다.

나에게 베탸의 학창 시절 사진이 있는데, 고개를 높게 쳐든 소녀들 사이로 곱슬머리의 그녀가 보인다. 많지는 않지만 그녀의 어린 시절과 젊은 시절 사진이 몇 장 더 있다. 그녀는 어린 시절을 가난하게 보냈다. 아이가 여덟이나 되는 가정형편으로 제대로 교육받을 희망이 없었기 때문에 그녀는 의사가 되려는 꿈을 포기해야만 했다. 그렇지만 두 자매 베탸와 베로치카는 금발에 까만 눈, 가녀린 골격, (당시에 유행인) 우수에 젖은 분위기를 가진 보기 드문 미인으로 명성이 높았다. 가족 전설에 따르면 베탸는 헤르손에서 농기계를 생산하는 남자의 아들과 일찌감치 성공적인 결혼을 했다고 한다. 그들은 부유했고(부모님의 서류에서 큰 집의 설계도를 발견했다), 아들을 스위스로 데려가 치료했다. 그리고 얼마 지나지 않아 결국 하나둘 모든 가족이 모이게 된 모스크바에 모습을 드러냈다. 그렇게 나는 이 모든 상황을 머릿속에 그려봤고, 일부는 내가 정확하게 맞혔다.

*

앞에서 밝혔듯이 할아버지는 오데사 사람이었다. 이 짧은 문구는 긴 설명이 필요하다. 2차세계대전 중에 촬영된 영화 〈두 명의 전사〉에서 한 소녀가 병사에게 "당신은 예술가인가요?"라고 묻는다. 그러자 "아니요, 오데사 사람입니다"라고 주인공이 대답한다. 자신과 같은 사람들은 사명이나 천직으로서가 아닌, 태생부터 이미 예술가라는 의미이다. 그것은 오데사에서 태어났기에 따르는 필연적인 결과였다. 그러고는 병사는 그랜드피아노 앞에 앉아 거룻배, 밤나무, 선원과 여자 어부의 사랑 같은 정치색과는 무관한 경쾌한 노래를 연주한다. 그 곡의 매력이 무엇인지 설명하기는 어렵지만, 나는 여전히 그 매력에서 헤어나올 수가 없다.

1925년까지 오데사는 완전한 소련도 아니면서 그렇다고 러시아도 아닌 특별한 장소로 알려졌고, 그 독특함은 모두가 동의했다. 이 광활한 나라의 모든 이에게 사랑받는 이상한 곳. '오데사는 러시아가 아니다'라는 의견은 오데사가 계획되고 건설된 순간부터 게으른 사람만 빼곤 모두의 입에 오르내린 말이었다. 19세기 러시아 작가 이반 세르게예비치 악사코프는 오데사를 몸도 영혼도 거대한 제국의 다른 부분들과는 연결되지 않은 '이국적인' 곳이라고 불렀다. 그리고 그것은 사실이었다. 러시아 영토 전역에 적용되는 법과 질서가 이곳에서는 진지하게 받아들여지지 않았다. 19세기 중반 오데사를 방문한 한 독일인 여행자는 다음과 같이 썼다. "그들은 정치에 대해 원하는 것은 무엇이든 말한다. 그들이 러시아에 대해 말할 때 보면 러시아도 마치 외국인 것 같다." 환전소 표지판은 그리스어로, 거리 이름은 러시아어와 이탈리아어로 표기되었고, 상류사회 사람들은 프랑스어로 대화를 나눴으며, 극장에서는 5개 국어로 연극이 상연되었다. 몰도바인, 세르비아인, 그리스인, 불가리아인, 독일인, 영국인, 아르메니아인, 카라이테 유대인*이 그림자가 늘어진 눈부신 거리를 따라 걸었다. 당시의 또 다른 목격자는 "만약 오데사에서 가장 많은 수를 자랑하는 민족의 깃발을 내걸어야 한다면 그것은 아마도 유대인 또는 그리스-유대인의 깃발일 것이다"라고 말했다.

하지만 정통 유대인들은 오데사에서도 마냥 편하지만은 않았다. 그곳 속담대로 표현하자면 '게헤나** 지옥의 불이 오데사 주변 7베르스타까지 타올랐다(zibn mayl arum Odess brent dos gehenem).' 공식적인 모든 것에 대한 철저한 무관심은 국가와 신앙이라고 예외는 아니었다. 교회는 물론 유대교 회당도 다른 지역보다 비어 있는 경우가 더 많았고 자녀를 둔 부부의 3분의 1 이상이 결혼하지 않은 채 살았다. 하지만 오페라는 꽤 훌륭해서, 시인 바튜시코프 같은 이는 모스크바 오페라보다 높게 평가하기도 했다. 일등석에 앉아 과도한 열정으로 시끄럽게 구는 통에 비웃음을 사는, 얼굴 양옆으로 머리칼을 가늘게 땋아내리고 모자를 쓴 신앙심 깊은 유대인을 포함하여 누구나 오페라를 보러다녔다. 마부들은 곤돌라 사공처럼 거리에서 〈미인의 마음은 쉽게 변한다오〉 같은 오페라 아리아를 불러젖혔다. 다양성에 대해 이례적으로 관대한 오데사의 생활방식은 오데사 시민들에게 동화할 준비가 아니라 한 언어에서 다른 언어로, 하나의 생각에서 다른 생각으로 도약할 준비를 하라고 요구했다.

무엇보다 오데사는 단일 문화나 국가에 속하지 않는다는 점에서 고대 지중해 도시와 비슷하다. 법은 여기서 효력을 멈췄고, 마피아는 불멸의 존재였으며, 요리는 타의 추종을 불허하는 예술에 가까웠다. 하

* 유대인의 소수 분파로 주로 러시아에 많이 거주한다.

** 성서의 힌놈의 골짜기에서 유래한 이름으로, 가나안인과 예루살렘인이 신에게 바치기 위해 이곳에서 아이들을 불태워 죽였다.

지만 나폴리와 달리 오데사는 겨우 이백 년 전에야 거품과 모래에서 아이들 부활절 케이크처럼 우뚝 세워졌고, 역사 초기에는 자신만의 신화를 만들어낼 시간이 없었다.

신화는 점점 그 주변에서 만들어지기 시작했고, 그것은 오데사와 놀라울 정도로 잘 들어맞았다. 어느 러시아 장교는 이렇게 썼다. "오데사에서는 웬일인지 모두 다 더 즐겁고 더 젊다. 거리를 걷는 유대인도 그렇게 어깨를 움츠리거나 주위를 살피지 않고, 외국인은 어쩐지 더 다정하게 당신의 눈을 바라본다…… 사람들이 큰길에서 수다를 떨고 소리 내 웃고 아이스크림을 먹는다. 담배를 피우는 사람도 있다." 이 같은 사실은 스티븐 지퍼스타인의 저서 『오데사의 유대인들』의 내용을 인용한 익명의 리투아니아 출신 유대인이 한번 더 확인해 준다. 그는 "공동체의 존엄과 평안, 편안한 거리 산책, 카페 리슐리외에서 나누는 대화, 이탈리아 오페라하우스에서 음악 감상, 경건한 예배 의식. 이 모든 것은 그들이 여기서 얼마나 안전하게 지내는지 말해준다"라고 칭송한다.

특별한 존재 방식과 특별한 언어. 20세기 초, 오데사는 이디시어가 진하게 묻어나는 특별한 농담의 공급원이자 그로테스크의 보존 구역으로 유명하다. 이곳은 남쪽, 모든 것이 극적이고, 즉 과장되고, 거리와 아파트가 서로 교차하며 매끄럽게 이어지는 따뜻한 남쪽이다. 바다와 항구는 모든 일이 희극의 원칙, 즉 무대란 우습고 강렬한 말을 전달하기 위해 존재한다는 그 원칙을 따르는 이 도시의 완벽하고 이상적인 배경이다. 가벼움, 땅에 묶여 있지만 느슨한 상태(풍선처럼), 이것이 오데사에서 필요한 삶의 조건이다. 이 도시를 감도는 범죄의 분위기는 이런 조건에서 생겨났고, 오데사는 이를 기꺼이 장려했다. 성미 급하고 피 끓는 젊음의 사람들이 사는 이곳은 폭력이 자연스러워 보이고, 그래서 보다 쉽게 폭력을 받아들이는, 일종의 개척 시대 서부와 같다. 사방에서 쏟아지던 '레모네이드 음악'*과 노상강도들이 끼는 레몬색 장갑은 그 뿌리가 같았다. 이사크 바벨의 『오데사 이야기』에 등장하는 갱단은 여러 세대의 독자들에게 감동을 안겨주었다. 독서로 문명화되기 이전의 인류이자 화려한 동물원의 이국적인 동물처럼.

때로는 이 가볍고 다채로운 삶이 불안하게 흔들리며 거칠고 흉한 속살을 드러냈다. 그리고 부글부글 끓어올라 일상의 일부로 녹아들 때까지 점점 더 잦아졌다. 폭력이 무의식적이고 통제할 수 없는 발작처럼 온 도시를 강타했다. 항구는 말 그대로 무기로 가득 찼고 처음에는 무기를 소유하기 위한 허가조차 필요치 않았다. 폭죽이 터지듯 거리에서 총성이 울렸고, 파업 노동자들과 폭탄 테러범들은 신문의 영웅으로 떠올랐다. 1905년 2월부터 1906년 5월 사이에만 오데사 지역에서 공무원, 경찰, 공장주, 은행가 등 1273명이 테러로 목숨을 잃었다. 정치적 의도가 다분한 강제 수용은 폭력배의 강탈 행위와 다르지 않았다. 강제 수용은 범죄자부터 무정부주의자-공산주의자, 검은 셔츠를 입은 유대인 자경단에 이르기까지 모두가 참여하는 인기 스포츠가 되었다. 자살도 유행했다. 새로운 세기가 시작되면서 자살 사건이 무섭게 증가했고 작은 오데사에서 목숨을 끊은 사람들 숫자도 모스크바나 상트페테르부르크 못지않게 많았지만, 오데사에서는 자살이 극적으로 이루어졌다. 희생자들은 바다가 보이는 발코니나 마을에서, 가장 멋지고 화려한 거리 데리바소브스키에서 스스로 총을 쏘았다. 다른

* 20세기 초반 유럽에서 인기를 끌었던 가볍고 경쾌한 음악을 가리킨다.

방법도 있었다. "작은 극장의 한 여배우는 최고의 미용실에서 머리를 손질하고, 향수를 뿌리고, 특별히 고른 아름다운 드레스에 하얀 새틴 구두를 신고 미리 준비한 꽃다발을 들고서 따뜻한 욕조에 들어가 자기 손목을 그었다."

이 모든 일은 이른바 대중적인 영역에서, 공연을 위해 준비된 이 국제적인 대도시의 공간에서 일어났고, 벌겋게 달아오른 중심으로 다가갈수록 도시는 갑자기 '내 사람들'과 '남의 사람들'로 나뉘기 시작했다. 자보틴스키의 소설 『다섯 명』에는 화자가 이 현상을 설명하는 구절이 있다. "우리는 한집에 같이 머물기만 했을 뿐 살기는 각자 따로였던 것 같다. 폴란드인은 폴란드인을, 러시아인은 러시아인을, 유대인은 유대인을 방문하거나 초대했다. 예외의 경우는 상대적으로 매우 드물었다. 하지만 우리는 왜 이런 현상이 일어나는지 고민하지 않았고 무의식 속에서 이를 일시적인 문제로 치부하면서 우리의 공동 포럼이 지닌 바빌로니아식 다양성이 찬란한 미래를 상징한다는 사실만 받아들였다." 자보틴스키는 또 자신이 세속적인 교육을 받았음에도 불구하고 어린 시절 친한 친구 중 유대인 친구는 단 한 명도 없었던 것 같다고 회상했다. 1882년부터 (그리고 오데사가 폭력에 겁을 집어먹고 마침내 다시는 그것을 허용하지 않겠다고 한 1905년 이전까지) 유대인 학살과 그에 대한 소문, 앞으로 벌어질 일에 대한 숨죽인 소곤거림, 그리고 이미 벌어진 일들에 대한 훨씬 더 숨죽인 대화가 일상이 되었다.

유대인 학살 소식이 러시아 남부 전역에 전염병처럼 퍼졌다. 소문은 철도 노동자들과 함께 기차를 타고 이동했고, 뱃사공들과 함께 드니에프르강을 따라내려갔고, 고용 박람회에서 사람들 사이를 돌아다녔으며, 새롭게 무분별한 잔인함을 불러오는 계기가 되었다. "자, 이제 키예프식으로 합시다!" 나의 부유한 선조들과 관련된 도시는 모두 이 폭력의 흔적을 가지고 있다. 료냐 할아버지는 1912년 카호브카에서 태어났고, 1915년 퇴각하는 카자흐 군대가 시작한 유대인 학살을 그곳에서 목격할 수 있었다. 아름다운 조각상으로 장식된 그들의 멋진 집이 있던 헤르손은 1905년의 유대인 학살을 기억했다. 죽음은 존엄성이 없었고, 언제라도 올 수 있었으며, 공포와 수치심을 동반했다. 내 친척 중 누구도 죽음을 입에 올리지 않았고, 유대인 학살에 대해서도 굳게 입을 닫았다. 오늘날 암 이야기는 누구도 원치 않는 것처럼. 가족 중에 1905년 10월 오데사에서 살해당한 사람들이 있을까? 그들은 지저분한 천으로 간신히 몸만 가린 채 턱을 앞으로 내밀고 거리에 죽어 누워 있었을까? 살아남은 사람들은 어디에 숨었을까? 다락방, 지하실, 개집, 친절한 기독교도 지인의 아파트? 나는 결코 알 수 없을 것이다.

하지만 나는 이제 다른 걸 알고 있다. 료디크 김멜파르브는 전선에서 보낸 자신의 편지 중 하나에서 이렇게 덧붙인다. "할아버지가 오데사에 남으신 건 알고 계시리라 생각해요. 할아버지에게 무슨 일이라도 생길까봐 걱정이 많이 돼요." 료디크의 두 할아버지 모두 오데사에 살았고 둘 다 유대인이었다. 료디크의 친할아버지인 이스라엘 김멜파르브는 루마니아군이 도시를 점령한 직후인 1941년 10월 오데사 근교에서 총살당했다. 베타와 베라의 아버지인 료디크의 외할아버지는 레온티 또는 레이브라고 불렸다. 나는 다른 증조할아버지들의 사망 연도와 날짜, 거의 시간까지 알고 있지만, 이 사람에 대해선 아무것도 알아내지 못했다는 사실을 이제야 깨달았다. 그는 마치 존재하지 않은 사람처럼 완전히 사라졌다. 젊은 시절의 그는 밀랍을 입힌 듯 믿을 수 없을 정도로 아름답다. 1870년대의 사진에서 그는 광고에 나온 재단사처럼 말쑥하다. 그의 딸들은 아버지의 노년 사진을 가지고 있지 않았다.

료디크의 메모는 아마도 이 사람의 삶이 표면으로 떠오른 마지막 장소일 것이다. 야드 바셈*의 데이터베이스에 '리베르만, 오데사'를 입력하면 81명의 사람이 뜨는데, 이중 이름이 있는 사람은 소수에 불과하다. 몇몇 사람은 부샤, 바샤, 베샤 리베르만 같은 애칭이나 별명으로 표기돼 있다. 그들 중 일부는 대피자 명단에 이름을 올렸지만, 대부분은 살해당했다. 10월에 자행된 일시 검거 때 총에 맞거나 교수형을 당했고, 류스트로프의 군수품 창고에서 불에 타 죽었고, 슬로보다 게토의 맨바닥에서 잠을 잤고, 도마네브카에서, 아크메체트카에서, 보그다놉카에서 학살당했다. 전쟁이 끝날 무렵 폴란드인, 그리스인, 이탈리아인, 그리고 유대인 거리가 있는 이 오데사에 600명의 유대인이 남아 있었고, 그들 중 우리 가족은 아무도 없었다.

*

어렸을 때 나는 우리 가족의 직업과 활동 영역에 실망감을 감추지 못할 때가 있었다. 엔지니어와 사서, 의사와 회계사, 내 친척들은 모두 평범함의 범주를 벗어나지 못한 단조로운 사람들을 대표했다. 특별하거나 흥미로운 점은 하나도 없었고 그렇다고 모험적인 뭔가가 있

---

* 홀로코스트에 희생당한 유대인들을 추모하기 위한 이스라엘의 국립기념관.

는 것도 아니었다. 고조할아버지 중 한 명이 네벨 근처의 작은 가게에서 몇 년 동안 아이스크림 장사를 했고, 헤르손의 또 다른 고조할아버지는 농기계를 생산 판매했다. 어린 나에게는 그 농기계가 세상에서 가장 지루하고 재미없는 물건처럼 보였다. 당시 아직 흑백이었던 TV는 저녁 뉴스 시간에 무성한 밀밭 사이를 휘젓고 다니는 콤바인 수확기의 모습을 끝없이 내보냈는데, 그 들판에서 뭔가 흥미로운 것을 기대하기는 어려웠다.

식량이 부족했던 1990년대 초, 아버지는 친구와 함께 물건이라도 팔아서 먹을 걸 구할 요량으로 우크라이나 남부로 향했다. 아빠는 사진 몇 장을 가지고 헤르손에서 돌아왔고, 아빠와 엄마는 한참 그 사진들을 들여다보더니 다락 찬장에서 오래된 설계도를 꺼내왔다. 료냐 할아버지의 아버지가 헤르손에 마련한 가족 주택은 아주 멋졌다. 파도처럼 널따란 발코니가 있고, 그 발코니를 수염을 기른 두 명의 아틀라스가 떠받치고 있었다. 한 가족이 그 모든 방과 창문을 차지할 수 있다니 상상만으로도 즐거웠지만, 식량 카드와 담배 쿠폰이 막 등장한 당시 우리의 일상과 비교하면 묘한 거리감이 들기도 했다. "아주 부유한 사람들이었구나." 엄마는 오래전 누군가의 말을 되풀이해 말했고, 나는 그 부유함이 농기계보다 더 지루하게 느껴졌다.

실내용 모자에 두툼한 민소매 외투를 입은 평범한 여성이 실은 처형당하는 대신 용서받은 러시아 황후라거나 어리숙한 안경잡이가 스파이더맨으로 밝혀지는, 그런 반전의 이야기들이 적지 않다. 갑자기 내가 지난 백 년 동안의 가족 역사를 무턱대고 찾아나섰을 때, 처음에는 문서나 서류로 잘 정리되어 분명하고 흥미로워 보였던 것들이 막상 내가 손을 뻗으면 마치 삭아버린 낡은 천처럼 부슬부슬 흩어져버렀다. 추측만 할 뿐 확인할 길이 없었고, 증언은 좀처럼 나올 줄 몰랐다. 그러나 한 가지 예외가 있었다. 나는 별 기대 없이 검색창에 '구레비치, 헤르손'을 입력했고 그러자 슬롯머신의 동전처럼 답이 와르르 쏟아져나왔다.

한때 바우만을 기리기 위해 그의 이름으로 불렸던 헤르손의 한 골목길은 이제 내 고조할아버지의 이름을 따르고 있다. 우크라이나는 공산주의의 유산을 버렸다. 구레비치의 공장들(꽤 많아서 모두 몇 개인지 얼른 생각이 안 남)은 끝에 숫자 0이 줄줄이 달린 어마어마한 수입을 거뒀다. 소련의 한 팸플릿은 1913년에 그가 벌어들인 총수익이 400만 루블이 넘었다고 소개하며 역겨운 기색을 숨기지 않았다. 나는 이 금액이 현재 기준으로 약 5천만 달러에 달한다는 사실을 깨닫고는 아틀라스의 저택이 어떻게 가능했는지 조금은 이해가 되었다. 어느 역사 웹사이트에서 나는 1911년 12월 프랑스에서 발행된 청백색 채권의 이미지를 발견했다. Société Anonyme des Usines Mécaniques I. Hourevitch(기계 플랜트 유한회사 I. 우레비치)는 새로운 투자자들을 유치했고, 그래서인지 채권 속 타원형 메달에 두 개의 공장 모형이 박혀 있었다. 좁디좁은 총구멍을 들여다보는 것처럼 포플러에 둘러싸인 공장의 형상을 희미하게나마 식별할 수 있었다. 공장의 우뚝 솟은 굴뚝에서 연기가 피어오르고 사륜마차가 정문을 통과해 지나간다.

알고 보니 우리의 구레비치는 유명인사였다. 그가 받은 전보에는 **헤르손 구레비치**라고 간단히 적혀 있었다. 그는 1880년대 초에 이 지역에 나타나 카호브카에 수레 수리점을 차리는 일로 시작해 헤르손에 주물공장까지 소유하게 되었다. 25년 동안 그는 많은 성공을 거뒀다. 남부 도시 헤르손에 대규모 사업체(등유등, 공원, 다섯 개의 약국, 여섯 개의 도서관, 227대의 이륜마차)가 몇 개나 있었고, 고조할아버지의 공장은 직원을 500명이나 고용한 가장 규모가 큰 공장이었다. 심지어 공장에서 지급한 임금도 찾을 수 있었는데, 숙련공은 하루에 9.5루블, 견습공은 40코페이카를 받았다.

나는 내가 찾아낸 모든 문서 중에 러시아 자본주의의 역사와 직접적인 관련이 없는, 생생하게 살아 있는 그 어떤 자료도 발견하지 못했다는 사실에 마음이 편치 않았다. 인터넷은 이사크 구레비치의 수입과 지출에 대해서는 기꺼이 알려주었지만, 그의 사진은 한 장도 보여주지 않았다. 나는 모서리에 소용돌이 문양이 찍히고 큰 곤충을 닮은 쟁기와 파종기의 매력적인 이미지로 보기 좋게 인쇄된 우리 제품의 카탈로그를 발견했다. 그 기구들은 '우니베르스' '닥틸' '프리나' 심지어 어떻게 알았는지 모르겠지만 '단티스트'와 같이 어쩐지 경주마를 연상시키는, 그 시대로서는 세련된 이름을 가지고 있었다.

판매 책자에는 "여러분은 언제나 종자의 성공적인 성장을 위해 충분히 촉촉한 토양을 선택할 수 있습니다"라고 적혀 있었다. 그러나 그도 나도 이 세상에 없는 존재인 양 이사크 구레비치의 씨앗에 대한 정보는 어디에도 없었다. 심지어 유대인 묘지의 웹사이트도 '이사크 젤마노비치 구레비치 농기계공장의 설립자이자 소유주 가족의 기념상'을 보여주기로 약속했지만 정작 젤마노비치 자신은 그곳에 묻히지 않은 것 같았다.

그의 삶의 한 측면에 대한 과도한 정보와 그 자신에 대한 정보 부재 사이의 불균형은 마치 보이지 않는 무언가가 내 소매와 옷깃을 잡아당기는 것처럼 나를 괴롭히기 시작했다. 감상적인 의미를 지닌 물건은 하나도 버리지 않고 모두 보관했고, 낡은 와이셔츠 앞판과 레이스

장식 옷깃이 곰팡내 풀풀 풍기며 수십 년 동안 여행가방 안에서 썩어 가는 우리 집에도 웬일인지 부유한 헤르손 집안의 기념품이 전혀 없었다. 이상한 일이었다. 옛날 가구, 낡고 굽은 나무의자들, 오래된 그릇들 사이에서 자라면서 나는 마음속으로 이들의 목록을 만들어보았다. 그리고 내 추측이 옳았음이 밝혀졌다. 우리 일상의 모든 물건은 사라와 미샤가 결혼하고, 직장생활하고, 집과 살림도구를 장만하는 짧은 시간 동안 생긴 것들이었다. 어머니가 끼기를 거부한 반지를 제외하고 구레비치에게서 받은 건 아무것도 없었던 것 같다. 그러다가 나는 처음으로 이사크의 아들인 내 증조할아버지에 대해 내가 정말로 알고 있는 게 무엇인지 스스로 물었다.

문서는 두 개였다. 하나는 손에 쥐기 좋은 두툼한 카드(첫번째 카드에 작디작은 두번째 카드가 리본으로 부착됨)로, 어린 료냐를 할례에 초대하는 초대장이었다. 다른 하나는 서른셋에 오데사에서 뇌염으로 사망한 증조할아버지 블라디미르(괄호 치고 '모이세이 불프') 이사아코비치 구레비치의 사망증명서였다. 사망일은 1920년 6월 25일이었다. 그해 2월 초, 피난민을 태운 마지막 배가 오데사의 항구를 떠났다. 한 목격자는 부두로 몰려든 인파를 떠올렸다. 남편과 아이를 필사적으로 찾아다니는 유모차를 든 여자, 금테 거울을 끌고 가는 또 다른 여자. 곧 붉은군대가 오데사로 들어갔고 악명 높은 비밀경찰이 도시를 장악했다. 무슨 이유인지 증조할아버지의 사망증명서는 사망 2년 후인 1922년에야 가족에게 전해졌다.

평소 말수가 적은 증조할머니 베타에게도 당신이 즐겨 이야기하던 과거의 에피소드가 하나 있다. 한번은 손님들이 그녀의 나어린 아들, 료냐를 보러 와서 "너는 누구니?"라고 물으며 농담했다. 아이는 처음 보는 사람들 앞에서 몹시 수줍어했다. 그러고는 당황해 어쩔 줄 몰라 하며 낮은 목소리로 이렇게 말했다. "육아실에서 온 료냐예요." 같은 해인 1922년, 베타는 아들을 데리고 어떻게 그리고 왜인지 모르지만 갑자기 모스크바에 나타났다. 그리고 두 모자는 커다란 통을 타고 모스크바 해변에 나타난 푸시킨의 귀돈과 그의 왕후 어머니처럼 모스크바에서 철저히 혼자였다. 거기서는 아무도 그들을 몰랐고 그들 역시 아는 사람이 아무도 없었다. 그들은 흰 드레스, 줄무늬 잠옷, 친구들과 벤치에 앉아 있는 덥수룩한 수염의 유쾌한 블라디미르의 사진 같은 몇 장의 사진 외에는 예전 삶과 관련된 아무것도 가지고 있지 않았다. 블라디미르는 언제나 그렇듯 서류에 '직원'이라 기재되어 있다. 처음에 베타는 분리형 자판이 달린 무거운 메르세데스 타자기를 두 손가락으로 두드리며 집에서 일했다. 그러다가 마침내 일자리를 구했다. 료냐는 학교에 갔다. 그들의 삶은 점점 나아졌다.

그리고 나는 거의 우연히 또 다른 하나를 발견했다. 바로 수년을 서랍 속에 누워 있던 료냐 할아버지의 갈색 지갑. 지갑 안에는 어머니의 어린 시절 채색 사진, 젊은 률랴가 환하게 웃음 짓는 짙은 사각형의 사진 원판, 그리고 무슨 이유에선지 가장자리가 잘린 엽서가 있을 뿐 다른 건 없었다. 엽서는 아주 오래전인 1916년 카호브카에서 하르코프로 보낸 것이었다. "소중한 료냐!" 엽서는 이렇게 시작되었다. "아빠는 네가 몹시 보고 싶단다. 네가 어서 집에 왔으면 좋겠구나! 토모치카는 네가 떠난 후로 우리 집에 한 번도 오지 않았는데, 아마 네가 돌아올 때까지 오지 않을 것 같다. 료냐에게 뜨거운 입맞춤을 전하며, 아빠가."

*

헤르손에서의 첫날 밤 나는 도통 잠을 이루지 못했는데, 사실 그만한 이유가 있었다. 어둠은 빠르게 열어졌고 저 멀리 노란 가로등 무리는 빛을 잃었지만, 개들은 쉼 없이 짖어댔고 온 동네는 묵직하고 낮게 울리는 그 소리를 받아 서로 앞뒤로 전달하며 주위를 개 짖는 소리로 채웠다. 그러자 수탉들이 따라 울기 시작했다. 레이스로 장식된 창문 너머로 수평선까지 뻗어 있는 외로운 지붕들의 능선과 판자 울타리들이 보였다.

고조할아버지의 공장은 한 세기 동안 변함없이 기차역 바로 옆에 자리를 지키고 있었다. 노란색 건물은 1907년 대초원 가장자리에 지어졌고, 바로 그해에 오케스트라의 연주와 함께 철도의 출현을 기념하는 대규모 축하 행사가 열렸다. 이제 여기서 니콜라예프까지 단 두 시간이면 갈 수 있었다. 오데사까지 삼등석은 표가 7루블 조금 넘었고, 일등석은 18루블 50코페이카였다. 이상하고 답답할 정도로 모호한 자료의 설명은 이사크 젤마노비치는 바로 이 사람이라며 "헤르손을 통틀어 유일한 영국 'Vauxhall(복스홀)'사 자동차 옆에 검은색 프록코트를 입고 서 있는 신사"를 보여준다. 그 신사는 기차 기관사에게 황금빛 담배케이스를 내밀며 담배를 권하는 중이다.

우리는 기차 좌석의 인조가죽 시트가 허벅지에 달라붙기 시작하고 하얀 대초원이 기차 옆에서 나란히 달리는 데 지칠 즈음인 정오에 오데사에서 내렸다. 도시는 텅 비어 섬뜩한 느낌마저 들었다. 7월 한낮의 더위에 인적이 끊긴 때문이었지만, 1919년의 도시가 그대로 방치된 듯 보였고 새로운 콘크리트 건물들은 화상 자국 위에 새로 자라난 살점 같았다. 수보로프 거리와 포템킨 거리가 교차하는 시내 중심부에는 이사크나 그의 상속인 블라디미르에 대해선 단 한 마디의 언급도 없이 안내책자에 소개된 '아틀라스가 있는 집', 바로 우리 가족의 예전 집이 있었다. 오히려 다른 곳에는 우리 가족과 전혀 관련이 없음에도 우리 가족의 이름을 딴 골목이 있었다. 나는 도시 기록보관소부터 뒤지기 시작했는데, 그곳에서 매우 친절한 도움을 받았고 풍부한 자료에 접근할 수 있었다.

우리의 구레비치는 유대인이 전혀 살지 않는 우랄 지방에서 헤르손으로 이주한 것 같았다. 도시 문서에서 그는 적어도 1910년대 중반까지 '첼랴빈스크 상인'으로 등장한다. 그의 다양한 직업을 기록한 서류가 한 더미였다. 철강 및 주철 공장, 기계 제작 작업소 등 그의 모든 사업이 체계적이고 안정적으로 운영되었다. 작업장의 기계에 약 10만 루블의 비용을 들였고, 생산량은 점진적으로 증가했다. 그는 도시 변두리의 땅을 두고 누군가와 법정 다툼을 벌였고, 결국 그 땅에 또 다른 공장을 세웠다. 그리고 나는 천둥 구름이 깔린 파란 종이 위에 흰색 선으로 작성된 건물의 설계도를 받아볼 수 있었다. 기록보관소의 탁자는 설계도를 펼치기에 충분히 크지 않았고, 그래서 건축가 스판네르가 고안한 별채의 가장자리가 탁자 끝에 걸려 있어야 했다. 기록보관소에는 구레비치의 서신 목록도 보관돼 있었다. 아무래도 대부분 비서가 작성했을 가능성이 높았다. 나는 편지에서 그의 흔적을 찾고 그의 목소리를 들어보려고 애썼지만 헛수고였다. "지금 급하게 돈이 필요하다는 점을 고려하여 가능하면 이 금액을 저에게 송금해주시기를 부탁드립니다." 하지만 그의 서명이 너무도 생생했기에 나는 아무도 안 볼 때 얼른 손톱을 그 위에 대고 따라 써보았다.

나는 그가 언제 어떻게 사망했는지 이 한 가지는 꼭 알고 싶었다. 다양한 웹사이트에서 가져온, 완전히는 아니고 반 정도 믿을 수 있는 정보 중 기사에 실린 일화 하나를 발견했다. "공장주였던 구레비치는 노년에 따뜻한 태양 아래 앉아, 전쟁도 혁명도 모두 기억하지만 자신의 공장을 공산주의자 페트롭스키에게 선물한 기억은 나지 않는다고 웃으며 말했다." 나는 발치께에서 비둘기가 놀고 연금 수급자가 앉아 있는 벤치를 비추는 이 따뜻한 태양이 실제로 무엇을 의미하는지 상상해보았지만 끝내 답을 얻지는 못했다. 그 기사는 아무런 단서도 제공하지 않았다. 나는 기사를 작성한 사람에게 편지까지 써서 알아보았지만 답장은 없었다. 1917년부터 1920년까지 헤르손의 권력은 20여 차례나 바뀌었다. 볼셰비키, 오스트리아, 그리스, 그리고리예프*의 군대, 그리고 다시 붉은군대가 차례로 권력을 잡았는데, 이들은 모두 권력을 장악하자마자 부유한 시민을 골라 인질로 잡고 몸값을 요구했다. 이제 돈이 남아 있는 사람이 없었고 처형된 이들의 명단이 신문에 실렸다. 헤르손을 방문하려고 준비하던 중에 나는 1918년 2월 28일자 공장위원회 회의록에서 고조할아버지에 대한 마지막 정보를 발견했다. "공장을 노동자 경영진에게 이전하는 사안에 대해 보고받았음. 구레비치의 사유재산에서 공장을 즉시 몰수하고 건물, 재고, 원자재, 이미 제작된 제품 등 공장의 모든 자산을 인수함은 물론, 공장의 경영권을 노동자에게 이전할 것을 결정함. 중앙정부기관에서 이 문제를 최종적으로 해결하기 전까지는 공장의 국유화, 사회화 또는 지방자치화에 대한 어떠한 결정도 없을 것임."

* 우크라이나 빨치산 지도자로, 소련 권력에 대항하는 가장 큰 폭동을 이끌었다.

*

공장을 인수하기 전 1918년 2월 공장위원회는 혁명 이후 자금도 원자재도 없는 상황에서 공장 가동이 중단된 책임은 소유주 자신에게 있음을 소유주에게 분명히 설명했다. "1. 자재 부족은 결코 노동자들의 책임이 아니며 구레비치 자신의 책임이 더 크다고 확인하는 바이다. 2. 시금 당장은 아니더라도 가까운 상래에 자재를 구해야 한다. 3. 구레비치는 노동자들을 해고함으로써 의심의 여지없이 공장에서 자신에게 불리한 요소를 제거하려 들고 있다. 합동회의는 다음을 요구한다. 1. 공장위원회의 동의 없이 노동자를 해고할 수 없다. 2. 모든 노동자는 정상적인 업무가 재개될 때까지 임금 전액을 지불받아야 한다."

그 이후 벌어진 사건의 과정은 재구성하기가 한층 더 어렵다. 도시의 삶은 끊임없이 변화했고, 시간은 새로운 달력으로 측정되었으며, 공장은 가동을 멈췄다. 상인, 지주, 건물주, 집주인, 자유 계약으로 일하는 사람들은 2월 23일까지 적군을 지원하기 위해 2300만 루블을 모아야 했다. 돈을 내지 않은 사람들은 체포되었다. 그런 와중에도 피아니스트 모길렙스키의 콘서트는 성황을 이루었다. 그는 스크랴빈을 연주했고 대중을 스크랴빈의 '최신 걸작에 대한 이해'로 이끌었다. 공연장 밖에서는 무정부주의자들이 경찰과 총격전을 벌였고 공원의 나무들은 땔감으로 마구 잘려나갔다.

오스트리아군이 도시에 진입하자 어설프게나마 질서가 회복되었다. 지방정부의 업무는 우크라이나어로 진행되었고, 날씨가 점점 따뜻해지면서 사람들은 운동장에 나와 축구를 하고 테니스를 쳤다. 데니킨의 군대는 '장교, 지주, 대학생'을 위한 징병사무소를 열었다. 유명한 외과의 보리스 본치-오스몰롭스키가 시장으로 당선되었지만 그는 1920년 발진티푸스로 사망했다. 대초원 전역에서 농민 폭동이 일어나 지주가 살해되었고 유대인 정착촌이 공격받았다. 하지만 이때 헤르손에서는 결핵으로 고통받는 사람들을 도울 기금 마련을 위한 자선의 날이 열렸고 에스페란토 동맹이 결성됐다. 7월에 지역신문 〈라드노이 크라이〉는 마침내 이렇게 보도한다. "구레비치 농기계공장은 소유주인 구레비치가 지방 당국 및 오스트리아-헝가리 군대 사령부와 계약을 체결한 후 생산을 재개했다."

그게 전부다. 체포, 강도 행위, 그리고 사망 보도는 실제 삶에서처럼 축구 경기니 자선 바자회와 함께 신문에 실렸다. 한동안 도시는 햇살에 따뜻하게 데워진 얕은 모래톱과 비슷했다. 모스크바와 페테르부르크에서 온 형형색색의 사람들이 보이지 않는 물살에 휩쓸려 그곳을 지나갔다. 베르틴스키*와 베라 홀로드나야**가 여기서 관객과 만났고, 콜랴 예브레이노프***는 '극장과 단두대'라는 당면한 주제로 강연을 펼쳤다. 스페인 독감이 지나가고 대신 발진티푸스가 찾아왔다. 12월 11일 오스트리아-헝가리군은 헤르손을 떠났다. 뒤이어 의용군, 페틀류라****의 우크라이나 군대, 그리고리예프의 군대, 그리스와 프랑스 군대, 적군, 백군 그리고 다시 적군이 헤르손을 장악했다. 가끔은 처형된 사람들의 시신을 가족에게 돌려주는 경우가 있었고, 처음에는 떠들썩하게 장례를 치르기도 했다.

* 러시아/소련의 카바레 예술가 및 배우.

** 러시아의 여배우로 무성영화의 스타였다.

*** 러시아의 무대감독이자 극작가.

**** 우크라이나 인민공화국의 수장이자 군인.

나의 고조할아버지의 이름은 점점 잊혀간다. 기록보관소에는 1919년에 당국이 할아버지에게 보낸 세금 고지서 등 문서가 몇 개 더 있다. 1920년 3월, 헤르손 혁명위원회는 공장의 토지와 자산에 대한 '급여' 즉, 연간 세금을 누구에게 부과해야 하는지 고민에 빠졌다. 그러자 구레비치 공장의 혁명위원회는 답변으로 다음과 같은 성명서를 보내왔다. "구레비치 공장은 이미 국가의 손에 넘어갔으므로 본 공장위원회는 구레비치로부터 어떤 급여도 받지 않을 것이다." 하지만 그때 이미 이사크 구레비치는 사라지고 없었다. 3월이나 4월에도 그의 이름은 보이지 않았고, 심지어 공장 자산의 매각이 시작될 때도 공장이 다시 가동을 시작했을 때도 찾을 수 없었다. 더이상 그의 흔적도 그림자도 첼랴빈스크 상인의 사진도 도시에 남아 있지 않았고, 잉크 자국 몇 개와 철제 물건 하나를 제외하면 내가 붙잡고 내 소유라고 생각할 수 있는 인간적인 어떤 것도 없었다.

그 철제 물건은 다양한 암포라 토기, 자수 셔츠, 그리고 유용한 쇳덩이들과 함께 시립박물관의 한 홀을 거의 다 차지하고 있었다. 긴 목을 앞으로 곧게 빼고 양 옆구리에 바퀴를 매단 채 무쇠 발로 균형을 잡은 거대한 기계, 얕은 쟁기질을 위한 쟁기 벙커는 출생 모반처럼 우리가 한 뿌리에서 왔다는 표식을 지니고 있었다. 기계 위에는 한눈에 들어오도록 명확한 키릴문자로 **'구레비치 공장, 카호브카'**라고 적혀 있었다.

*

이사크 구레비치의 골목길은 불과 몇 달 전에 이름이 바뀌었지만 정작 이사크 자신은 그 사실을 알지 못했다. 그 길은 골목이라기보다 양옆을 빽빽이 채운 문들과 담벼락들 사이로 난 좁은 공간에 가까웠고 다니는 사람도 거의 없었다. 모퉁이에서 바우만 거리라는 옛 이름을 읽을 수 있었다. 그 장소는 내 고조할아버지와 아무런 관련이 없었지만, 그래도 할아버지를 기억해준 헤르손이 고마웠다. 수보롭스카야 거리의 아틀란스가 있는 집은 이제 밤색으로 진하게 칠해졌고, 판자로 못질이 된 지하실과 기념품을 파는 작은 가게가 들어서 있었다. 더는 이 집에 특별하고 친밀한 감정이 들지 않았다. 마당으로 들어가 삐걱거리는 계단을 오르자 누다락이 나오면서 색색의 유리창을 통해 푸르른 녹음이 내다보였다.

복도는 건물의 끝까지 깊게 이어졌고, 나는 저도 모르게 그 끝의 밝고 네모난 곳까지 따라갔다. 남쪽에서는 다들 문을 잠그지 않고 지낸다. 빨래가 줄에 걸려 있었고, 고양이 한 마리가 갑자기 우리 앞으로 뛰어들었으며, 눈이 부시도록 밝은 빛이 발코니 안과 그 위의 하늘을 환히 비추었다. 이 모든 것은 다른 사람, 내 뒤에 대고 "당신네처럼 무단 침입하는 사람들이 한둘이 아니야"라며 고래고래 소리치던 어떤 여자의 소유였고, 나는 슬픔이나 상실감 따위는 전혀 느끼지 못했다.

앳된 얼굴에 자신의 아버지처럼 콧수염을 기른 료냐 할아버지도, 그의 엄한 어머니 베탸도 이곳으로 돌아오지 않았다. 나의 구레비치들이 이곳으로 돌아오지 않은 이유를 알 성도 싶었다. 말년에 할아버지는 오데사에 가서 아는 사람을 방문한 것 같았다. 하지만 헤르손과 카호브카는 점점 빛을 잃었고, 스위스처럼 가닿을 수 없는 저 먼 기억의 심연으로 천천히 가라앉았다. 여기에는 아무것도 남아 있지 않았다. 그래도 예의상 들러볼 곳이 한 군데 더 있었다.

한때 새로운 유대인 공동묘지로 불린 이곳은 19세기에 조성되었다. 전날 우리는 카페에서 매력적인 지역 역사가와 만남을 가졌고, 그때 내가 묘지를 찾아갈 계획이라고 말하자 그는 그곳이 최상의 상태가 아니라고 정중하게 알려줬다. 나는 묘지를 돌볼 유대인이 거의 남아 있지 않았기에 충분히 이해가 가는 일이라고 생각했다. 정오부터 더위는 덮개를 씌우듯 우리를 무겁게 짓눌러왔고 원피스 자락이 자꾸 다리에 엉겨붙었다. 우리는 택시를 잡아탔다. 도시의 풍경이 빠르게 끝나고 무질서가 시작되었다. 넓은 땅 한가운데 채 반도 지어지지 않은 집들이 마치 누군가 그것들을 반쯤 먹어치운 뒤 내던져놓은 것처럼 옹기종기 모여 있었다. 사방이 푸르거나 밀짚 색깔이었다. 우리는 철조망 울타리 뒤편의 야생 초원을 지나갔고 갑자기 택시기사가 바로 여기라고 말했다. 하지만 그는 입구가 어디인지는 정확히 알지 못했다. 저만큼 앞에 창고인지 차고인지 명확하지 않은 건물이 보였다. 우리는 울타리를 따라 걸었고 그렇게 한참을 걷다가 잠긴 문을 발견했다. 문 너머에 빈 개집 하나 그리고 묘비들이 있는 것 같았다. 울타리가 낮아서 뛰어넘을 수도 있었지만 자물쇠가 풀리고 문이 열렸다. 나는 안으로 들어갔고 남편은 밖에서 기다렸다.

안으로 들어가면서도 나는 내가 무엇을 찾는지 정확히 알지 못했다. 내가 잘 모르는 내 친척들의 무덤은 어디에나 있을 수 있었고, 나는 들어서자마자 묘지가 자신을 초원에 내주고 먹어치우도록 허용했음을 단박에 알 수 있었다. 그것도 최근이 아니라 이미 수년 전에. 조금 더 멀리에는 묘비와 오벨리스크, 그리고 무덤처럼 생기기도 하고 토치카 같기도 한 뭔가가 보였다. 이들은 모두 제 목적을 잃은 것 같았고, 거의 무너지다시피 했고, 그 사이엔 머리털처럼 질기고 아무 색이 없는 덤불이 잔뜩 자라 있었다. 거기까지 가려면 더 걸어야 했는데, 풀숲이 너무 무성했다. 나는 나를 혼자 가게 둔 남편과 자꾸만 내 치맛자락에 와서 박히는 식물의 가시, 한 번도 목표에 가닿은 적이 없는 나의 이 무모한 탐색에 분노가 치밀었다. 그렇게 분노에 휩싸인 나는 생각하거나 뒤돌아볼 새도 없이 나도 모르게 성큼성큼 앞으로 계속 걸음을 옮겼고, 300미터나 더 가서야 치마를 걷어올리고는 설형문자 판처럼 여기저기 긁히고 파인 상처투성이의 다리를 살폈고, 몰려오는 통증에 신음을 토했다.

어디를 둘러봐도 사방이 똑같아서 마치 내가 헝클어진 아마색 머리카락에 둘러싸인 것 같았다. 멀리서 보면 키가 큰 풀처럼 보였지만 실제로는 햇볕에 투명하게 타들어간, 조개껍데기 같은 자잘한 부유물에 뒤덮인 날카로운 가시 뭉치들이었다. 이제 나는 내 허리께까지 오는 가시덤불 속에 서 있었고 그것들은 나를 꽉 움켜잡았다. 묘비에 가까워졌지만 거기까지 도달할 방법이 없었다. 그 주위에 깊은 구덩이들이 파여 있었다. 나는 또 오래된 묘비 중 일부에 1950년대나 1960년대 이전의 것일 수 없는 명판이 새겨져 있다는 사실을 알아차렸다. 낡은 울타리의 그루터기들이 삐죽삐죽 솟아 있었고 그중 하나는 여전히 불타는 듯 강렬한 푸른 빛을 자랑했다. 묘비들은 쓰러져 들꽃과 우엉, 달팽이 껍데기 같은 것들에 덮여 있었다. 묘비의 표면은 마치 타버린 살갗 같았다. 더이상 갈 데가 없었고, 그렇다고 이 무자비한 지형을 가로질러 또다시 몇백 걸음을 되돌아갈 수도 없었다. 여기 구레비치들이 묻혀 있다 쳐도 찾을 수 없다는 것, 그리고 이제 더는 그들을 찾고 싶지 않다는 게 분명해졌다. 과거는 조심스럽게, 그리고 가볍게 나를 물었지만, 언제든 입을 벌려 놓아줄 준비를 하고 있었다. 나는 극도의 긴장감에 소리소리 지르며 천천히, 아주 천천히, 한 발 한 발, 한 때 묘지 길의 시작이었던 곳으로 돌아갔다.

3장
소년들 그리고 소녀들

어머니는 아들 그리고 두 딸과 함께 한때 베제츠크에 살았다. 여기저기 울타리가 쳐지고 거리에 소떼가 돌아다니는 읍이었던 베제츠크는 그들의 기준으로는 거의 수도나 다름없었다. 그곳엔 스테파노프가의 고향인 자르키에서는 한 번도 보지 못한 석조 가옥들에 성당과 수도원까지 있었다. 아버지 그리고리 스테파노비치의 일은 불규칙했다. 그는 상트페테르부르크까지 오가며 공장에서 일했다. 무슨 공장이었는지는 기록에 없다. 그들은 다른 사람들처럼 평범하게 살았고 남들에게 해를 끼치는 일도 없었다. 그들은 가난하지 않았고, 아이들은 모두 읽고 쓸 줄 알았으며, 머리가 좋고 조리 있게 말을 잘하는 맏이 나자는 학교에 다니며 공부하고 싶어했다. 마침 도시에 여학교가 있었기에 부모는 나자를 그곳에 보낼 생각이었다. 콜랴는 1906년에 태어났고 여동생 마샤보다 한 살 많았다. 콜랴는 나중에 더위가 한창인 더운 여름날 몰로가 강변에서 여동생 마샤와 함께 흥미진진한 인디언

이야기 〈작은 야만인들〉*, 메인 리드**, 월터 스콧***을 읽었던 일을 회상했다.

공장에서 사고가 생겼다. 그들의 아버지는 기계 안으로 끌려들어갔고, 기계는 마치 살아 있는 생물처럼 그의 일하는 손인 오른팔을 먹어버렸다. 그래서 그는 영원히 베제츠크로 돌아왔다. 공장주들은 그에게, 갑자기 일할 능력을 잃어버린 숙련공에게 막대한 보상금을 지급했다. 얼마나 많은 액수였는지는 아무도 모르지만 조르카라는 암소와 돌 지붕의 집을 사고, 나쟈를 여학교에 보내기에 충분했다. 하지만 그리고리는 공허한 병자의 삶을 우울해하다가 이내 술을 입에 대기 시작했다. 그 일은 너무도 빠르게, 그리고 무섭게 일어났다. 결국 그는 몇 년밖에 더 살지 못했다. 그의 장례를 치를 때는 이미 암소도 집도 스테파노프네 것이 아니었다.

이제 이 이야기를 마저 들려줄 사람이 없다. 지역 상류층의 한 가족이 나쟈를 데려다가 학교 교과서와 교복값을 대주며 딸처럼 키웠다. 하지만 나머지 가족은 도움을 받지 못했다. 가난은 블랙홀처럼 그들을 삼켜버렸다.

나는 콜랴 할아버지가 조용한 피아노 앞에 앉아 몇 시간이고 어머니에게 당신의 이야기를 들려주던 모습을 기억한다. 그 끝없는 대화의 조각조각들을 지금도 재현할 수 있는 이유는 내가 특별히 귀를 기울여 들었기 때문이 아니라 항상 똑같은 이야기가 수십 번 반복되었

* 영국 태생의 미국 작가이자 박물학자인 어니스트 시턴의 소설.

** 아동, 청소년을 위한 모험소설을 주로 쓴 영국 작가.

*** 영국의 역사 작가이자 시인.

기 때문이다. 순전히 엄마의 세심한 배려 덕분에 할아버지는 모든 사람이 이미 그 이야기를 알고 있다는 사실을 눈치채지 못했다. 기억이 사라질수록 할아버지는 당신의 불우한 어린 시절과 아내의 죽음 사이에 있었던 일에는 점점 더 무심해졌다. 어릴 적 버림받은 느낌은 마치 한 번도 할아버지를 떠나본 적이 없다는 듯 매번 다시 돌아왔고, 그럴 때마다 할아버지는 다시 혼자가 되었다.

할아버지의 이야기는 언제나 당신과 당신의 어머니가 구걸에 나서야 했던, 가족이 가장 밑바닥까지 곤두박질쳤던 그해로 돌아갔다. 필요한 건 무엇이든 다 집어넣을 요량으로 천가방을 꿰어들고는 두 모자는 함께 손을 잡고 햇살을 받으며 이 집 저 집 낮은 창문을 찾아 두드렸다. 둘은 미사가 끝나는 오후 한시에 맞춰 교회 앞에 서 있었고 교인들은 앞으로 내민 그들의 손바닥에 구리 동전을 밀어넣었다. 이 씻을 수 없는 수치심이 그의 삶을 송두리째 바꿔놓았다. 이 대목부터 할아버지의 이야기는 갈피를 잡지 못하고 이해할 수 없는 문구의 나열로 흩어지기 시작했다. 집을 뛰쳐나가 거리를 떠돌았고, 철도 창고며 빈집을, 그리고 아직도 무슨 말인지 모르겠는 큰 보일러에서 잠을 잤다. 그러다가 집으로 돌아왔다. 할아버지 아니고는 가족이 살아갈 길이 없었기 때문이었다. 할아버지는 이미 열네 살에 일을 하고 있었다. 저녁이면 육중한 몸을 이끌고 베제츠크 거리를 유유히 이동하는 그 일대의 소떼를 돌봤고, 대장장이 밑에서도 일했다. 어느 순간 그의 어머니는 고향으로 돌아갈 생각을 했지만, 고향에도 그들을 도와줄 사람은 없었다.

열두 살이었을 때 나는 가출한 아이들과 비행청소년의 삶에 이상할 정도로 깊은 흥미를 느꼈다. 나는 1920년대에 소년원을 운영하며 냉

혈한 청년 악당들을 모범적인 공산주의자로 갱생시킨 소련의 교육학자 안톤 마카렌코의 책을 열심히 읽었다. 물론 나는 이 주인공들이 갱생하기 전 원래 모습을 더 좋아했는데, 그것이 흥미진진한 삶에 대한 나의 갈망에 더 들어맞기 때문이었다. 그래서 나는 할아버지에게 계속 질문을 해댔지만 할아버지는 내게 들려줄 이야기가 전혀 없다는 사실을 곧 알게 되었다. 나는 도통 영문을 알 수 없었지만 할아버지는 거리를 떠돌던 그 시절을 떠올리기 싫어했고 몹시 언짢은 얼굴로 내 간곡한 부탁을 뿌리쳤다. 딱 한 번 손녀딸의 성화에 못 이긴 할아버지가 갑자기 〈잊히고 버려진 것〉을 불러주마고 했는데, 그 노래는 당시 열차 차량이나 파리 날리는 작은 시골 정류장 등 어디서나 요란하게 틀어대는 곡이었다.

나는 그때 일을 결코 잊지 못한다. 콜랴 할아버지는 돌연 눈을 감고 몸을 살짝 흔들면서 높은 테너로 노래를 시작했는데, 그건 마치 밑도 끝도 알 수 없는 깊고 어두운 우물 속으로 조금씩 자기 몸을 밀어넣는 것 같았다. 이제 할아버지는 내 요청으로 부르는 노래가 아니라는 듯 내 쪽은 쳐다보지도 않았다. 할아버지가 부른 달콤하면서도 단순한 곡조는 내가 아는 어떤 것과도 달랐다. 웅장함도 낭만도 모두 빠진 그 노래는 마치 아주 오래된 무언가가 되살아나 바르르 몸을 떨며 우리 방 한가운데 서 있는 듯 오싹한 두려움만 안겼다. 그 노래는 이국땅에 사는 한 '가련한' 소년과 그의 외로운 무덤에 대한 소위 '애잔한' 곡으로, 그 무덤이 자기 가족의 무덤인 양 애달프고 정답게 불렀다. 하지만 그 공연에서는 가사나 가수의 목소리에 인간적인 감정이라곤 전혀 느껴지지 않았다. 마치 인류의 운명에는 아무 관심도 없는 저승의 노래처럼. 방안은 죽음과 같은 냉기가 흘렀다.

*

1970년대 중반, 어느 날 할아버지는 갑자기 당신이 태어난 마을이 아직도 그곳에 있는지 확인해봐야겠다며 고향으로 향했다. 그때 일은 내 어린 시절 소련 영화와 비슷하다. 면도하고 말쑥하게 차려입은 70세의 할아버지와 나의 아버지는 점심식사를 마친 후 마당으로 나가 오토바이에 올랐다. 할아버지는 아버지의 허리를 꽉 붙잡았다. 두 사람은 트베르스카야 주의 울퉁불퉁한 길을 따라 거의 300킬로미터를 달렸다. 어두워지자 어딘가에서 밤을 보냈고, 다음 날 아침 마을에 도착했지만, 그들은 마을을 둘러보는 데 시간을 쓰지 않았다. 아버지는 할아버지가 가리키는 대로 곧장 이리저리 길을 따라 오토바이를 움직였고, 주변의 다른 모든 집과 마찬가지로 특별할 게 없는 나지막한 어느 집 앞에 멈춰 섰다. 1층은 아무도 살지 않아서인지 을씨년스러웠다. 그들은 2층으로 올라갔다. 문을 두드리자 집주인이 문을 열었다.

여자는 무슨 일로 그러느냐, 전쟁 이후 우리가 죽 이 집에서 살고 있다며 그들을 집안에 들이기를 꺼렸지만, 콜랴 그리고리예비치는 군 사령관처럼 단호한 목소리로 이 집을 되찾기 위해 온 게 아니라고 말했다. 여자는 그 상황이 이해가 안 되는 듯했지만 입을 다물었다. 할아버지는 낮은 천장 아래 잠시 서서 좌우를 둘러보다가 그만 가도 좋겠다고 말했다. 그들은 다시 오토바이를 타고 모스크바로 돌아왔다.

베제츠크 베르흐는 한때 1591년 5월 어느 날 아홉 살의 어린 나이로 사망한, 이반 뇌제의 나어린 아들 드미트리가 소유했던 영지의 일부였다. 천막처럼 생긴 종탑은 드미트리가 죽기 10년 전에 지어졌다. 우리가 그 마을을 방문했을 때는 마치 모든 게 이제 막 시작된 것처럼 사람의 손길이 닿지 않은 모습이었다. 탑 뒤쪽의 작고 네모난 창문 바로 아래 잡초와 진흙에 뒤덮인 사각 형태의 연못이 있었다. 술에 취한 지역주민들이 물건을 훔치려고 기어오르곤 하는 바람에 창문은 막혀 있었다. 종탑의 주인이었던 교회는 철거당하고 없었다.

이전 종탑의 예배당에서 양초 상자를 돌보던 노파는 우리에게 "성상을 훔치려고 창문으로 기어든 도둑들은 모두 끝이 좋지 않았다우"라고 말했다. "그자들은 차 두 대에 나눠 타고 도망갔는데 그 두 대가 충돌하는 바람에 아무도 살아남지 못했지." 마을이 자랑하던 스무 개 정도의 교회 중 서너 곳만 제자리를 지켰다. 무너져 반만 남았거나 반쯤 다시 지어진 나머지 교회들은 차고와 창고 건물의 윤곽을 보고서야 교회라는 걸 짐작할 수 있었다. 대신 갖가지 식물은 마음껏 자라날 자유를 누렸고 점점 몸집을 키우며 부풀어올라 도시의 모든 틈과 비어 있는 공간을 멋대로 차지했다. 선착장은 우엉 잎사귀가 신문지 크기만했고, 파란색과 분홍색 루핀이 사방에서 자라 마을을 밝게 수놓았다. 할아버지가 세례를 받은 대성당의 이름을 따서 성탄광장으로 불리던 중앙 광장은 이제 승리광장으로 이름이 바뀌었고, 잔디로 뒤덮인 깊은 웅덩이가 광장 전체를 따라 뻗어 있었다. 여덟 개의 방사형 예배당을 가진 거대한 성당은 18세기에 건축되었다. "열여섯 개의 기둥이 떠받치고 보기 드물게 우아하고 아름다웠던 제단"과 타원형 성상을 자랑하던 대성당은 봉제공장으로 바뀌었다가 혁명 때 완전히 파괴되었다. 이제 성당은 목이 잘려나간 채 창문에는 구멍이 숭숭 뚫리고, 역시 루핀과 내 키만큼이나 높게 자란 쇠비름이 우산처럼 드리워져 있었다.

우리는 세 번이나 이름이 바뀐 거리를 따라내려갔다. 부르주아식 이름의 '성탄거리'는 '시민거리'라는 이름으로 바뀌어 오랫동안 사용되다가 마지막에는 볼셰비키인 추도프의 이름을 따라 불리기 시작했는데, 이 역시 어느덧 사람들에게 익숙해졌다. 여기, 길모퉁이에 예전 모습 그대로인 건물이 하나 있었다. 1920년대에 엄마, 아빠가 모두 시인이었던 레프 구밀료프라는 또 다른 어린 소년이 그곳에 살았다. 그가 일곱 살이었을 때인 1921년, 그의 아버지 니콜라이 구밀료프가 총살당했고, 그의 어머니 안나 아흐마토바는 상트페테르부르크에 살고 있었다. 레프는 베제츠크에서 할머니 안나 이바노브나 구밀료바의 손에 자랐다. 소년의 어머니는 베제츠크를 단 두 번 찾아왔다. 주위 대부분 집처럼 2층짜리 건물은 여전히 주거용이었고, 그 울타리 뒤편에 텃밭이 있으리라("집에 산책하기 딱 좋은 아주 넓은 정원이 있단다"라고 안나 이바노브나는 아들에게 썼다) 짐작할 수 있었다. 우리 가족은 여기서 몇백 미터 떨어진 곳에 살았던 것 같았다. 잡초가 우거진 이 건물 중 하나는 무조건 우리 집이었을 터였다. 같은 해인 1921년, 소년 콜랴 스테파노프는 대장장이의 제자로 막 일을 시작한 참이었다. 레프 구밀료프는 소련의 학교에 다녔다. (그는 나중에 거기서 나는 거의 죽임을 당했다고 말했다.)

"메인 리드, 쿠퍼, 쥘 베른, 웰스, 그리고 다른 많은 매력적인 작가들의 작품이 가득한" 도서관이 없었다면, 두 소년은 시장 광장으로 가려면 반드시 지나야 하는 길목의 먼지와 우엉을 제외하고는 공유할 게 거의 없었을 것이다. 역사학자 레프 구밀료프는 노년에 종종 그 도서관을 회상했다. 도서관은 누구에게나 열려 있었다. "뒤마, 코난 도일, 월터 스콧의 역사 소설" 같은 모든 연령대의 소년들이 그토록 좋아하는 책들을 누구나 와서 빌려볼 수 있었다. 그곳에서 서로를 모르는 두 소년은 같은 서가에서 책을 찾으려고 손을 뻗었다. 어린 시절 대역사의 소용돌이 속으로 빨려들어간 한 십대 소년과 기꺼이 그 소용돌이 속으로 빨려들어가고자 했을지도 모를, 하지만 다행히 빠져나온 나의 할아버지가.

*

그의 삶은 이야기의 조각조각, 중간에 툭 끊어졌다가 그 자리에서 다시 시작하는 다양한 기록들, 취업 기록, 군인 신분증, 그리고 사진들을 모아 조립해야 한다. 이중 가장 상세한 기록은 1927년부터 시작된 취업 기록으로, 콜랴 그리고리예비치 스테파노프의 국적(러시아), 직업(목수), 학력(베제츠크 농촌 학교 3년, 다른 문서에는 4년), 첫 일자리(베제츠크 시와 자르키 마을에서 목동 생활)가 죽 나열돼 있다. 열여섯 살이 되자 그는 개인 소유의 대장간에 일자리를 찾았지만, 두어 달 만에 그만두었다. 1922년 11월부터는 기계공장에서 수습 목수로 일했고, 바로 거기서 같은 나이인 열여섯에 공산당에 입당하기 위한 전 단계로 1918년 창설된 레닌청년동맹 콤소몰에 가입했다. 열여덟에 그는 같은 공장에서 금속 노동자로 구성된 공장위원회의 서기장이 되었고, 열아홉 살에는 지역 공산당 학교의 간부 후보생이 되어 트베리로 이사했다.

이 여정을 상상하기 위해 나는 영화의 필름을 맨 처음으로 되감아야 했다. 한낮의 열기 외에는 아무것도 없는 시작점으로. 거기서 그는 어머니 뒤를 따라 이 마당에서 저 마당으로 천천히 걸음을 옮기고, 낯선 집의 문이 열리고 어머니가 "그리스도를 위해"라고 말할 때마다 말

없이 땅바닥의 갈라진 틈을 내려다본다. 아마도 나의 친할아버지는 우리 가족 중 유일하게 혁명을, 대지에 곡식을 가득 채워주는 오랫동안 기다려온 7월의 단비처럼 받아들인 사람이었을 것이다. 그의 삶은 모든 희망이 끝나버린 지점, 바로 거기서 시작되었다. 갑자기 모든 상황이 좋아지면서 의미로 가득 찼다. 불의는 부러진 팔을 고치듯 바로잡을 수 있었고, 세상은 콜랴 스테파노프 같은 사람들에게 적합한 곳으로 변했다. 땅과 일자리는 모든 사람에게, 한 사람 한 사람에게 태어날 때부터 권리로 주어졌다. 노동자 계급의 젊은이도 그토록 기다려온 배움의 기회를 얻게 되었다. 배움은 이제 깨끗이 닦인 도서관 책꽂이의 책처럼 손을 뻗으면 닿는 곳에 있었다.

이 새롭고 사려 깊은 현실은 신문의 머리기사와 당의 법령을 통해 자기 의사를 전달했고, 그 모든 약속은 콜랴와, 또 그의 이익과 밀접한 관련이 있었다. 이제 직장 내에서도 무기 다루는 법이며 공장 노동자들로부터 군수품을 공급받는 군부대의 지휘 체계를 작동시키는 질서며 남성에게 중요한 기술을 습득하는 게 가능해졌다. 베제츠크 기계공작소는 군수품 및 화기 공장으로도 불렸고 신생 공화국에 빵보다 더 필요한 리볼버 '콜트', 러시아 소총, 박격포, 카빈총 그리고 '막심' 시스템의 새로운 기관총을 제때제때 꾸준히 제공했다. 시간이 흐르면서 그들의 전문성에 대한 수요가 점차 줄어들고 쟁기에서 커피 분쇄기에 이르기까지 평화로운 시대에 필요한 물품을 생산하기 시작했지만, 이곳의 노동자들에게는 혁명의 이득을 누림과 동시에 전투에서 획득한 성과를 지키는 일이 무엇보다 중요했다. 콜랴는 이미 원자재 구매에서 노동자 임금 지급에 이르기까지 공장의 모든 일을 처리하는 경영진과 노동조합을 결합한 조직, 공장위원회의 비서였다. 이 위원회는 또한 필요한 경우 시가전과 야전 전술에 익숙한 무장 노동자 분대를 조직하는 역할도 맡았다.

세상은 혼돈과 불확실의 시대였다. 예를 들어, 고향 자리키와 주변 마을의 농민들은 자신들에게 무슨 이익이 되냐는 듯 새로운 정부를 위해 자기 곡식을 나누는 데 그리 적극적이지 않았다. 무슨 이유에선지 알곡을 숨길 수 있는 곳이란 곳은 다 찾아 숨겼고 직접 요구를 받으면 시무룩하게 적대적으로 나왔다. 곧 선생이 터지거나 봉기가 일어날 거고, 볼셰비키가 개 한 마리당 5루블, 고양이는 30코페이카라는 새로운 세금을 부과할 것이란 소문이 마을 주변에 파다했다. 농민 봉기는 읍에서 읍으로, 마을에서 마을로 트베리 주 전역으로 번졌고 수천 명의 농민이 합세했다. 작은 마을 베제츠크는 3년 동안 적어도 스물여덟 번이나 폭동이 일어났다. 반란을 진압하기 위해 새로 구성된 붉은군대의 병사들이 파견되었다. 양측은 회의를 열고, 결의안을 채택하고, 범죄자들을 구타하고 총살하고 산 채로 땅에 묻었다. 전쟁이 끝난 후 타인의 생명을 빼앗는 행위에 대한 자연스러운 두려움은 사라졌고, 방아쇠를 당기는 일은 쉬워졌다. 이제 무기는 주위에서 흔히 볼 수 있는 물건이었고, 징발이 있을 때마다 소총이 수십 개씩 수북하게 쌓였다. 농민들에게 소련과 협력할 필요성을 이해시키는 임무를 맡은 정치 선동가들은 마치 군사 작전이라도 펼치듯 마을로 향했다. "권총이 허리춤에 매달려 있었고, 때로는 주머니가 불룩하도록 폭탄을 두 개씩이나 챙겨넣었다."

사각지대나 캄캄한 자루 속에 갇힌 것 같은 순간들이 있다. 그 속에서 사람들은 우왕좌왕 허둥대고, 서로를 알아보지 못하고, 분노에 차 자신의 옳음만을 주장한다. 새로운 볼셰비키 정부와 어떤 부름이나 명령에도 따르지 않고, 수 세기 동안 변하지 않은 그들만의 세상에서 암울하고 무겁게 몸을 뒤척이는 농촌 마을 사이의 커다란 적대감은 그럭저럭 괜찮은 관계로 끝날 수도 있었다. 하지만 농촌 사람들이 먼저 굴복했고, 이는 러시아 농촌 공동체의 붕괴를 재촉했다.

세금 징수는 각 마을에서 심판의 날처럼 두려워하며 기다리던, 특별히 창설된 식량 징발대가 앞장서서 수행했다. 이 낯선 방문객들은 비축해둔 물품을 모두 긁어모으고, 집을 뒤집어놓고, 지하실을 뒤지고, 마지막 식량을 가져갔다. 이런 관행에 익숙하지 않은 공동체는 처음에 저항을 시도했고 불청객들을 내쫓기 위해 모두 나서서 자기 역할을 해냈다. 때로는 다락방에 숨어 징발대의 머리를 향해 총을 쏘기도 하고, 때로는 예기치 않게 누군가를 죽이기도 했다. 귀중한 곡물이 운반돼 들어오는 곡물 저장고를 약탈하려는 시도도 있었다. 농민들은 장창과 도끼를 들고 떼 지어 다니며 자신들의 몫을 요구했다. 붉은군대 병사들이 쇠사슬에서 풀려난 경비견처럼 진압에 나섰고 군중은 천천히 흩어졌다.

총격과 군대 규율을 훈련받은 사람들이 부족했고, 그래서 콜랴 같은 사람들이 필요했다. 새 정권의 햇살로 따뜻하게 몸을 녹이고 이 정권이야말로 새로운 정의의 시작이라 믿으며 이를 지키기 위해서라면 목숨도 버릴 각오가 된 사람들. 이쯤 어딘가에서 열여섯 살(지금 같으면 술도 주문하지 못하는 나이)의 콜랴는 특수임무부대에 합류한다. 가족 앨범에는 이를 증명할 문서도 사진도 없지만, 굳이 증명할 필요도 없다. 그의 배와 등에 난 끔찍한 흉터들, 무언가 몸을 관통한 흔적이 이미 그 충분한 증거이다.

특수임무부대의 장점은 자원병으로 이루어진 의용군과 어느 정도 성격이 비슷하면서도 군대에 맞먹는 거대한 군 조직(1922년 당시 60만 명)을 갖추었다는 것, 무기가 충분할뿐더러 난로 뒤나 침대 아래 같은 곳에 두고 아무때나 사용할 수 있다는 것이었다. 그들 중 4분의 3은 훈련받은 전문 군인이 아니었다. 그들은 필요에 따라 출동하는 신속한 대응 부대였다. 아니 그보다는 기계 옆에 있다가, 부엌 식탁 앞에 앉아 있다가도 사회주의 정의를 수호하기 위해 언제든 자리를 박차고 일어날 준비가 된 하나의 거대한 군사 공동체로서 소련 이념의 살아 있는 구현에 더 가까웠다. 부대원들은 자신만의 제복과 규정이 있었고, 정규 부대원처럼 위험한 분쟁 지역으로 파견되었다. 하지만 그러함에도 불구하고 그들은 붉은군대의 곁다리 취급을 받았다. 마치 그들이 군대에 부적절한 열정을 과도하게 발휘하는 존재들인 것처럼. 그 대신 특수임무부대는 군대와 달리 어린 나이의 지원자도 받아주었다. 16세부터 모집 대상이었고 입대하자마자 모제르총을 쥐여주었다.

여전히 연기가 피어오르고 고통에 신음하는 시골 변두리에서 특수임무부대는 공동의 목표를 위해 직접 전투에 나서 싸웠다. 하지만 중부 지방은 상황이 달랐다. 거기서는 계급의 원수들이 아주 교묘하게 우물가의 물을 긷는 노인이나 누군가의 친척인 척, 심지어 당신 자신인 척 가장하는 위장술에 능했다. 특수임무부대가 자기들 마을이나 때론 이웃 마을에서 어떤 일을 행했는지, 그 이야기는 이곳의 집단 기억 속에서 유령처럼 떠돌았다. 나의 할아버지는 저항의 물결이 잦아들기 시작한 1922년에야 그들 중 한 사람이 될 수 있었다. 1924년 4월에 특수임무부대는 중앙위원회 조직국의 특별결의로 폐쇄되었다. 그때 콜랴 스테파노프는 채 열여덟도 안 된 나이였다. 그는 그 2년 동안 자신이 무엇을 했는지, 무엇을 보았는지 단 한 번도 밝히지 않았다. 목욕탕에서 그의 흉터가 눈에 띄었고 궁금해들 하자, 그는 "농민들에게 세금을 징수할 때 쇠창살에 찔렸어"라고만 짧게 언급하고는 곧장 화제를 다른 데로 돌렸다. 그의 기억 속에 무엇이 있었는지, 나는 모른다. '사회적 배경'을 묻는 설문 조항에 베제츠크 농민의 아들이자 손자인 그는 변함없이 공장 노동자라고 썼다.

*

어린 시절 나의 아버지는 아침에 잠에서 깨면 이미 일어나 점점 가늘어지는 푸르스름한 아침 햇살 속에 팔굽혀펴기를 하거나 검은색 아령을 들거나 세면대에 몸을 굽히고 세수하거나 거울 앞에서 뺨에 비누칠하는 그의 아버지의 모습을 볼 수 있었다. 그의 장화는 전등처럼 환히 빛났고 장교 셔츠는 다림질되어 있었다. 할아버지는 훤칠하게 키가 컸고 아버지는 그런 할아버지가 사랑스러웠다.

내 친척들의 지극히 평범한 얼굴 중에 아주 잘생긴 사람이 한 명 있는데, 그의 아름다움은 마리나 츠베타예바의 소설 속 여주인공의 말처럼 세 마을이나 욕망에 휩싸이게 만든, "해병의 아름다움이자 군인의 아름다움이며, 가장 현실적이면서도 참을 수 없을 정도로 잔인하고 영웅적인 남성미"였다. 콜랴 스테파노프의 어릴 적 사진은 없다. 사실 존재했던 적도 없지만. 내가 아는 그의 가장 초기 사진에서 그는 스무 살쯤 되었고 모자와 넥타이를 착용한 채 앉아 있다. 아직 머리를 밀기 전으로, 군복도 입지 않고 건장한 체격도 아니었지만 이미 국가의 요구는 무엇이든 수행하고 미래의 정원 도시를 건설하고 그 안을 직접 거닐고픈 맹렬한 욕망에 사로잡힌, 소련의 몽상가 세대에 속했음은 분명했다. 그들의 세대는 1940년대 말에 사라졌지만 나는 여전히 그들을 사진 초상화에서 보곤 한다(누구는 모자를 쓰고, 누구는 가죽 재킷을 입고, 누구는 외투를 입었지만 모두 같은 천에서 잘려나온 존재들로, 이미 너무 많은 것을 목격한 사람들처럼 지친 표정마저 똑같다). 나는 또 질리도록 아버지라는 주제에 매달리는 이들이 만든 후기 영화에서도 그들을 만난다.

우리는 그들을 혁명으로 탄생한 젊은이로 기억하고 싶어한다. 마치 그들의 젊음이나 열정이 우리에게 과거의 모든 일을 아이들 놀이처럼 가볍게 넘길 수 있도록 기회를 주기라도 하는 듯 말이다. 이제 그들이 죽인 자들과 그들을 죽일 자들이 길가의 먼지에서, 공동묘지에서, 시멘트 벽돌 아래에서 부스스 일어나 머리를 매만지고, 각자 자기 일을 다시 시작할 것이다. 군사위원, 마을 지역당 및 빈농위원회 의장과 비서, 경찰, 붉은군대 간부들은 새로운 세상이 그들에게 뭔가 중요한 약속이라도 했는지 고개를 높게 쳐들고 다녔다. 모든 직업이 훌륭해 보였고, 경찰이라면 무조건 따라오던 오랜 경멸도 잠시나마 자취를 감췄다. 우리 집 옛날 문서 중에 트베리의 도서관 사서들이 좋아하는 강한 여성들과 함께 카메라 앞에서 자세를 취한 사진이 몇 장 있다. 그녀들은 죄수를 감시하는 도시수용소의 경비대원들이었다. 사뭇 진지한 표정의 이 어린 아가씨들은 한쪽 무릎을 꿇어앉은 채 소총을 어깨에 올리고 하얀빛을 향해 총구를 겨누고 있다. 그들 중 한 명이 공부하러 대도시로 나온 나의 할머니 도라이다.

도라의 부모 잘만과 소피야 악셀로드는 네벨 근처 어느 마을 출신이었다. 내가 그들에 대해 아는 사실은 잘만이 훌륭한 제조 기술로 비누도 만들고 맛있는 아이스크림도 만들었으며 특히 아이스크림은 르제프라는 다른 도시에서도 성공을 거두었다는 게 전부다. 아이들은 모두 여섯이었고 다들 사이좋게 지냈으며 하나같이 지역 공산당 청년 단체의 일원이었다. 그들의 아버지는 시대의 변화를 거부하는 독실한 유대인으로, 저녁 여덟시면 집안의 모든 문을 단단히 걸어 잠그고 잠자리에 들었기 때문에 아이들은 밤에 집 밖을 나갈 수가 없었다. 아이들은 다락방 창가에서 한 시간 넘게 기다렸다가 꼬투리에서 빠져나오는 완두콩처럼 도라를 시작으로 한 사람씩 사다리를 타고 내려와 콤소몰 회의장으로 달려가곤 했다. 한 회의에서 국가에 사서들이 시급히 필요하다는 말이 나왔고, 그 말에 도라는 사서 훈련을 받기 위해 트베리로 떠났다.

한 학교에 도서 기금이 필요하다는 이야기를 듣고 도라는 그곳으로, 곧장 새로 부임한 교장을 찾아갔지만 그는 교무실에 없었다. 그러자 그녀는 빈 역사 교실로 향했고 거기 문 앞에 멈춰 섰다. 도라는 키가 작았는데, 그녀의 눈높이로 시선이 닿는 저쪽에 목이 길고 번쩍이는 부츠가 보였다. 키 큰 남자가 책상 위에 올라가 전구를 끼우고 있었다. 동갑내기인 나의 할아버지와 할머니는 그렇게 처음 만났고, 그 후 평생 한 번도 헤어지지 않았다. 할아버지는 '붉은군대에 들어가기 위해' 마을을 떠나기 전까지 마을 학교에서 4년, 지역 정당 학교에서 2년 동안 역사와 사회학을 가르쳤다.

하지만 권력의 핵심인 붉은군대도 그의 기대와는 달랐다. 그는 거기서 삶의 의미와 목적을 설명하고 정당화할 해답을 얻을 수 있으리라 기대했지만, 다시 한번 외면당했다. 마치 고통스러우리만큼 순수한 열정을 가진 프롤레타리아 콜랴 그리고리예비치는 구시대의 '잉여 인간'처럼 나라에 필요하지도 어울리지도 않는 존재라는 듯 말이다.

그가 끊임없이 읽어대는 책도, 아내와 어린 딸도, 극동수비대의 장교라는 직책도 그에게 드리운 우울의 그림자를 완전히 쫓아버리지는 못했다. 스테파노프 부부는 다른 수비대 가족들과 함께 살았지만, 그들과 가까이 어울리지는 않았다. 그래서 그가 군대의 인민위원이었음에도 불구하고 거의 찾아오는 손님이 없었다.

다시 한번 말하지만, 그는 정말 잘생겼다. 쭉 뻗은 자세에 한마디도 틀림이 없는 언어 구사력, 정확한 동작과 간결하고 신중한 말투, 말끔히 면도한 턱에 옴폭 들어간 보조개. 그는 월터 스콧을 읽으며 기사도 정신을 키웠지만, 만 명이나 새로 주민이 유입된 주둔지 아르툠에서는 거의 쓸 데가 없었다. 군부대나 도라가 담당한 도서관만 유일하게 약간의 변화가 있었을 뿐 처음은 꽤 오랫동안 특별한 사건 없이 평화롭게 지났다. 그러다가 7년째 되는 해에 그들에게 불행이 닥쳤다.

우리 가족은 외부 세계에서 벌어지는 대단하고 끔찍한 변화를 훨씬 작은—인간의 크기—규모로 줄여서 바라보고 설명하길 좋아했고, 그래서 모든 건 할아버지의 누나인 나쟈의 탓이라고 말하곤 했다. 당시 나쟈는 젊은 소련의 베를린 전권 대표부에서 근무했는데, 거기서 남동생을 위해 번쩍이는 새 자전거를 보내왔다. 그녀는 끝없는 당의 사다리를 타고 더 높은 곳으로 오르고 올랐고 이제 우랄산맥, 아니 시베리아 땅 전체의 책임자가 되었다. 모두 나쟈의 탓이라고 말했듯이, 어느 날 거기서 위험한 선물이 도착했다. 전투용 권총. 무슨 까닭인지 할아버지는 거절하지 않고 그 선물을 받았다. 다른 무엇보다 불법 무기 소지 혐의로 그는 1938년에 기소되었다. 그의 딸, 나의 갈카 고모는 신문을 가지러 거대한 호밀밭을 가로질러 걷던 행복했던 마지막 여름을 기억했고, 아버지의 동료 중 한 명이 어린 자신에게 아버지가 레닌의 열번째 책을 가졌는지 아닌지 집요하게 캐물었던 일도 떠올렸다.

1938년, 나중에 대테러로 불리게 되는 상황 속에서 국가의 징벌 능력은 한계에 다다랐고, 더는 수용 공간도 없었다. 강제수용소는 파도처럼 밀려드는 죄수들을 감당할 수 없었고 심지어 강제노동마저 중단됐다. 섬멸만이 해결책이었고 장교들이 그 첫번째 대상이었다. 갑자기 수백, 수천의 외국 간첩들이 그들 사이에서 발각되었다. 사람들은 갑자기 스테파노프와 대화하기를 피했고 동료들은 마치 멀리 강 건너 구경하듯 그를 바라보았다. 그러고는 당 회의에서 누군가 그를 대놓고 인민의 적이라고 불렀다. 바로 그날 할아버지는 집으로 돌아와 아내에게 짐을 싸 부모님에게 돌아가라고 말했다. 도라는 거절했다. 그녀는 죽어야 한다면 함께 죽겠다고 했다.

할아버지는 즉시 거의 모든 무기를 반납해야 했지만 체포되지는 않았다. 당국은 뭔가 다른 명령을 기다리는 것 같았다. 모두가 서로서로 알고 지내는 작은 수비대 마을에서 스테파노프 가족은 어디서나 눈에 띄었고 마을의 유일한 가게에 그들이 나타나면 사람들은 전염병 환자라도 만난 듯 멀찍이 거리를 두었다. 할아버지는 자신이 아무 죄가 없다고 확신하면서도 심문에 대비해 마음을 단단히 먹었다. 하지만 갑자기 그럴 필요가 없어졌다. 조사 결과 할아버지가 결백하다는 사실이 밝혀졌고 다시 필요한 사람이 되어 추후 명령을 기다려야 했다. 새로운 명령은 11월 말에 내려왔고 콜랴는 우랄 지방의 스베르들롭스크로 근무지를 옮겼다. 이 모든 과정은 무엇으로도 설명할 수 없었다.

침묵의 '베리야 사면'은 짧은 기간 동안 단행되었는데, 그사이 범죄 혐의로 기소된 사람 중 일부는 사면되었고 이미 수용소에 가 있던 일부는 석방되어 집으로 돌아왔다. 이 사건은 어떤 논리로도 설명이 안

됐기에 가족의 역사를 위해서라도 어떻게든 그 비밀을 밝혀야 했다. 우리 가족은 비밀에 싸인 나쟈가 자신의 동쪽 왕국에서 동생을 위해 한마디해준 덕에 할아버지가 무사했다고 믿었다. 석방은 서로 연락이 끊기기 전 그녀의 마지막 선물이었다. 누나의 도움 덕분이리라는 이 가정은 다른 어떤 것보다 가능성 면에서 신뢰할 만했지만, 국가 정책의 예기치 못한 잦은 변화를 고려할 때 지나치게 섣부른 판단일 수도 있었다. 1939년 1월 1일에 조사를 받은 사람 중 3분의 2 또는 그 이상이 석방되었다. 사건은 종결되었고 피고인들은 온갖 어려움에도 불구하고 무죄 판결을 받았다. 사면은 오래 지속되지 않았지만, 스테파노프 가족에게는 새로운 기회가 주어졌다. 정치적인 사건들에 대한 재조사는 다름 아닌 바로 군에서, 장교들로부터 시작되었다.

스베르들롭스크의 집은 대도시다운 고급스러움으로 그들을 놀라게 했다. 건물은 사방형의 화강암 주춧돌이 외관을 장식했고 입구는 안뜰에 숨겨져 있었다. 아파트에는 방 두 개와 커다란 부엌, 그리고 파란색으로 환한 욕실이 있었다. 스베르들롭스크로 이사하면서 그들은 오랜만에 숨통이 트이는 것 같았다. 1939년 8월, 살아남은 자들의 아이인 나의 아버지가 태어났다.

*

콜랴 그리고리예비치는 일주일에 한 번씩 서점들을 한 바퀴 돌며 신간이 들어왔는지 확인하곤 했다. 소련의 유통 체계에서는 책을 구하는 일이 일종의 모험이자 사냥과 비슷했다. 서점의 종류도 다양했고, 각 서점이 소장한 책도 다양해서 일부는 다른 곳보다 눈에 띄게 좋은 책들을 구해다놓았다. 어쩌다 우연히 진열대에 모습을 드러내는 희귀한 판본은 좋은 책을 구하고야 말겠다는 의지를 더욱 불타오르게 했다.

할아버지가 평생 모은 책은 거대한 도서관을 이루고도 남았는데, 할아버지가 그 책들을 모두 읽었다는 데는 의심의 여지가 없었다. 빨간색과 파란색 연필로 표시해놓은 것을 보면 알 수 있었다. 할아버지는 저자와 동의한 부분은 빨간색 밑줄을, 저자와 독자의 의견이 갈리는 부분은 파란색 밑줄을 그었고, 자신의 의견을 적어놓는가 하면 수정까지 했다. 그래서 숄콥스카야 아파트의 서가에 꽂힌 책은 모두 빨간색 아니면 파란색 선으로 덮여 있었다. 특별한 경우 할아버지는 책을 필사하는, 영웅적이면서도 그 당시로서도 어느 정도는 무의미한 수고를 했는데, 인터넷을 통해 접근하지 못할 텍스트가 없는 오늘날에 비추어보면 완전히 정신 나간 짓이다. 어쩌면 할아버지는 책을 필사한 마지막 사람 중 하나였지 않을까.

나는 손으로 꿰매 만든 공책 몇 권을 보관하고 있다. 그 공책에 할아버지는 클류쳅스키*의 『역사』 중 한 권을 자신의 능숙한 인쇄체 글씨로 장에서 장으로 넘어가며 모두 베껴 썼다. 그리고 새로운 장마다 머리글자를 아름답게 장식해놓았다. 할아버지는 왜 이 책을 선택했을까? 원칙적으로 암시장을 이용하지 않았던 할아버지로선 당시 그 책을 손에 넣기가 쉽지는 않았을 것이다. 하지만 그렇게 구하기 힘든 책은 다른 것도 많았는데, 하필 왜 그 책이었을까? 아마 누군가 할아버지에게 그 희귀한 판본을 빌려주었고 할아버지는 몇 달 동안 인쇄된

* 러시아의 역사학자.

텍스트를 한 자 한 자 베껴 쓴 끝에 러시아 역사를 처음 원고 상태로 되돌렸으리라. 할아버지가 나중에 독자로서 자기 작품으로 돌아온 적이 있는지는 모르겠다. 하지만 책과 예술에 관련된 모든 것을 향한 은밀하고 실현되지 않은 열정은 클류쳅스키로부터 시작된 것도 아니고 그에게서 끝난 것도 아니다.

전쟁 후, 갈색 표지의 작고 손에 들기 편한 공책이 나왔다. 공책은 작가 코롤렌코*의 초상화가 그려진 달력("하지만 우리 앞에는 여전히 불빛이 비친다!"라는 문구가 뒷면에 인쇄돼 있다) 한 장을 포함하고 있었다. 1946년 12월 18일, 일출 8시 56분, 일몰 15시 57분. 40세의 할아버지가 공책에 글을 쓰기 시작한 건 그 무렵부터였다. 특별히 멋진 손글씨부터 할아버지가 공책의 소유자인 자신의 이름을 쓰는 데 사용한 색 잉크까지 공책의 모든 것은 이것이 단순히 생각과 사소한 일을 재빨리 기록하는 데 사용하는 도구가 아님을 말해주었다. 그 공책은 다시 읽을 수 있도록 의도한 일종의 책이자 선집이었다.

이 공책에 쓰인 인용문은 기이할 정도로 그 출처가 다양하다. 괴테와 볼테르에서 체호프와 톨스토이에 이르기까지 고전은 물론 동양의 일화, 민간 속담이 담겨 있다. 물론 모든 공산주의자가 의무적으로 공부해야 했던 '마르크스주의 고전'도 포함된다. 마르크스와 엥겔스 모두 있는데 무슨 이유인지 레닌은 보이지 않는다. 대신 당시 도서관 책꽂이를 차지했던 소련의 작가가 총출동됐다. 예렌부르크, 고리키, 콘스탄틴 페딘, 그리고 용감한 동지애의 교훈을 전한 독일 작가 에리히 마리아 레마르크까지. 이미 10년 전에 살해된 키로프의 연설도 있고,

---

* 러시아의 작가이자 기자, 인권운동가.

물론 스탈린을 인용한 구절도 있다("자신의 자존심을 극복하고 자신의 의지를 집단의 의지에 종속시킬 수 있는 능력 없이…… 이러한 자질들 없이는 집단은 있을 수 없다.").

온전한 한 권의 책은 대개 자기 교육에 좋은 훈련이다. 책을 구성하고 부지런히 보완한 사람은 자신을 영리하지만 재갈을 물리고, 조련하고, 행동하도록 밀어붙여야 하는 일종의 게으른 가축이라고 여겼다. 할아버지에게 그리고 할아버지가 좋아하는 작가들에게 삶은 자기 완성을 위한 부단한 노력인 듯 보인다. 영웅주의, 그것은 할아버지를 숨쉬게 한 뜨거운 공기였다. 용감한 행동과 희생, 자신을 불사름에 대한 요구는 '당신은 바로 소련 사람이기에!' 자연스러운 조건이었다. 하지만 이중 어느 것도 그에게 요구되지 않았다. 군 인사 부서들, 군사 도시들, 작은 학교들과 도서관들에서 삶은 평범하고 단조롭게 흘러갔고, 사람들은 월급 받을 날을 손꼽아 기다렸고, 길게 줄을 섰다. 세상은 마치 공산주의자들의 노력이 필요치 않다는 듯 제자리에 멈춰 서서 변할 줄을 몰랐다. 명확한 규칙을 가진 당 학교와 공장들은 결정적인 도약을 원하지 않는 것 같았다

할아버지는 필사적으로 웅대한 성취를 준비했지만 모두 부질없는 짓이 되었다. 할아버지는 마치 코트 안주머니에 구멍이 난 것처럼 시간 속으로 굴러떨어졌다. 그는 안감을 긁지 않고 지나기엔 몸집이 너무 컸고 자신이 길을 잃었다는 사실을 모르기엔 눈이 너무 밝았다. 갈색 공책에는 타협 없는 헌신과 더 높은 부름에 대한 많은 인용문 외에도 외로움에 대한, 온기를 갈구하는, 채워지지 않는 열망에 대한 단어들도 보인다. 마지막에는 이런 글이 있다. "운명을 불평하지 마라. 사람의 운명은 그 자신과 비슷하다. 그 사람이 시원찮으면 그의 운명도

시원찮기 마련이다. 몽골 민담."

*

갈카 고모는 옛일을 회상했고, 나는 전화기 옆에 앉아 네모난 작은 종이에 고모의 말을 받아 적었다. 극동에 살 때 할아버지는 어린 갈카 고모를 재우며 나폴리 노래를 불러주곤 했다. 그중에 선원과 회색 치마를 입은 소녀에 대한 노래가 있었는데, 무척이나 아름다웠다. 나도 할아버지의 노래를 기억했지만, 레퍼토리도 달랐고 더 음울했으며, 무엇보다 금방이라도 툭 끊어질 듯 할아버지의 목소리는 매우 불안정했다. 할아버지는 자살한 젊은이를 주제로 한 네크라소프의 고전 발라드를 반복해 불렀다. "쓰라린 슬픔이 이 세상을 떠돌다 문득 우리에게 닥쳤도다."

갈카 고모는 한 살배기 내 아버지 미샤가 과자와 생강빵을 가득 늘어놓은 크리스마스트리 주위를 돌아다니며 손에 닿는 것은 죄 한입씩 베어 물었다고 말했다. 전쟁 발발 1년 전 스베르들롭스크에서의 일이었다. 아버지의 첫 기억도 그때와 비슷한 시기였다. 아버지는 '장교들의 집'의 넓은 계단에 털이 덥수룩한 엘크의 박제가 천장까지 닿을 듯 우뚝 솟아 있고 자신이 높이 들어올려져 양털 목덜미에 앉았던 일을 기억했다. 전쟁이 터졌다는 소식은 5월의 일요일 소풍 중에 알려졌다. 군부대 전체가 모여 나들이를 떠났다. 장교의 아내들은 가장 좋은 옷을 차려입었고 아이들은 음식 바구니를 들었다. 그들은 두 시간 정도 걸려 나들이 장소로 이동했다. 풀밭에 소풍용 천이 깔리고 누군가는 물속에 들어간 바로 그때 갑자기 전령이 도착했다. 모든 장교는 무기를 소지하고 복귀해야 하며, 가족은 모임을 계속해도 된다는 전갈이었다. 남자들은 물놀이도 꽃놀이도 못하고 곧바로 그 자리를 떠났다. "그리고 모두가 아는 바로 그 일이 일어났다."

콜랴 스테파노프는 전쟁 내내 우랄에서, 깊은 후방에서 복무했다. 가족의 기억에 따르면 그를 향한 의혹(할아버지가 인민의 적이었을 때, 가족은 그 사건을 그렇게 불렀다)은 여전했을 가능성이 크다. 최전선은 그에게 금지되었고, 평생 위업을 달성하기 위해 준비한 이 남자에게 그 거절은 씻을 수 없는 상처가 됐음이 분명했다. 그는 전쟁이 끝나기도 전인 1944년에 일찌감치 동원 해제되었고, 심지어 그의 눈앞에서 모욕적으로 문이 쾅 닫혔을 때조차 그는 저항하지 않았다. 아마도 할아버지는 그들이 마음을 바꾸어 자신을 붙잡아주기를 바랐을지 모르지만 그런 일은 일어나지 않았다.

스테파노프 가족은 모스크바로 이사했고, 크렘린 상공에서 팡팡 터지는 승리의 폭죽이며 예포로 밝게 물든 하늘 아래 거대하게 빛나는 스탈린의 초상화를 두 눈으로 볼 수 있었다. 그들은 바르샤바 고속도로 뒤쪽에 있는 프룩토프카의 긴 바라크 건물에 살았다. 할아버지는 당의 지시에 따라 배정받은 여러 사무실과 공장의 인사부에서 근무했는데, 이 일이 군복무의 연속인 것처럼 항상 군복을 입고 다녔다. 나는 아빠의 어린 시절 이야기가 인디언이나 해적의 모험 이야기라도 되는 듯 피부로 쏙쏙 빨아들였다. 아빠와 친구가 달리는 기차 지붕 위에서 달리기 내기를 감행한 것이며, 타잔이라 불린 산처럼 거대한 몸집의 체육 선생님 이야기며, 남학생 학교 이야기며, 난데없이 여자아이들과 뒤섞여 한 교실에서 공부하게 된 사연까지 모두 다. 알리크 마카레비치라는 빨간 머리 소년이 건설 현장의 돌바닥에 떨어져 죽었다. 여름이 끝날 무렵 아버지는 길모퉁이에서 알리크의 어머니와 우연히 마주쳤고, 그 어머니는 아버지에게 여름방학과 앞으로의 계획을 묻더니 갑자기 "알리크에게는 이제 다 소용없는 일이 됐구나"라고 말했다.

캄무날카에는 온갖 종류의 사람이 모여 살았다. 어느 가족의 방은 트로피 같은 잡동사니로 가득했고, 또 어느 가족은 풍족하게 아주 잘 먹었다. 캄무날카의 귀염둥이 강아지 미르타는 용맹한 마당개 보빅과 함께 어디론가 사라져버렸다. 한번은 아버지가 서랍 속에서 할아버지의 총을 발견하고는 환호성을 지르며 마당으로 가지고 나가 놀았다. 저녁이 되자 경찰이 출동했고 해명과 따끔한 질책이 뒤따랐다. 수고양이와 암고양이도 있었고, 평행봉도 있었다. 프룩토프카의 어른들은 아이들이 호기심 어린 눈으로 지켜보는 가운데 평행봉에서 끙끙대며 몸을 단련시켰다. 그들이 가진 유일한 장난감은 군복을 입은 사랑스러운 모직 토끼였다. 할아버지는 차량 기지에서 일했고 매일 아침 "페초린*처럼 견장이 없는 가벼운 외투를 입고" 그곳으로 출근했다. 그들의 어머니인 나의 할머니는 평생 도서관에서 그녀의 '여자'들에게 둘러싸여 일했다. 할머니는 유대인 여성이나 정치범의 딸 같은, 다른 데서는 받아주지 않을 여성 직원을 주저 없이 채용했다. 하지만 집에서는 그들의 아버지가 군림했다. 그의 규칙, 변덕, 의지와 상관없이 덮쳐오는 우울함에 집안 분위기가 좌우되는 등 모든 게 아버지를 중심으로 돌아갔다. 그들의 집에 손님은 찾아오지 않았다.

어느 날 그들의 아버지는 머리가 깨지고 피범벅이 돼 집으로 돌아왔

---

* 미하일 레르몬토프의 소설 『우리 시대의 영웅』의 주인공.

다. 차량 기지에서 누군가 무언가를 훔치려는 시도가 있었고 그 바람에 큰 싸움이 벌어졌다. 할아버지도 예의 그 성실함을 발휘해 도둑질을 막기 위해 나섰다. 그날 밤, 1월의 눈 속을 걸어가는 할아버지 뒤를 두 남자가 따라붙었다. 그들은 쇠파이프로 등 뒤에서 할아버지를 공격하고는 파이프를 땅바닥에 내던졌다. 타격은 살짝 빗나가 맞았고, 스테파노프는 가까스로 몸을 돌려 가해자 중 한 명에게 반격을 가할 수 있었다. 그 남자는 고꾸라졌고 쓰고 있던 모자가 눈바닥에 나뒹굴었다. 다른 한 명은 얼굴을 가린 채 도망쳤다. 콜랴는 무슨 이유인지 값나가는 두툼한 그 모피 모자를 집으로 가져왔고, 그의 열 살짜리 아들 미샤가 오랫동안 그걸 쓰고 다녔다. 다른 모자가 없었기 때문이었다.

삶은 단순했다. 너무 가난하고 너무 투명해서 바닥에 깔린 조약돌마저 하나하나 두드러지고 특별해 보였다. 한번은 우리 조부모님이 키슬로보드스크로 휴가를 떠나서 진기한 야생 식물, 삼나무 가지, 낙엽송 등을 반으로 접은 신문지 두 장에 넣어 오셨다. 특히 장검이나 바이올린 활처럼 생긴 단단한 갈색 잎이 가장 멋졌다. 도라는 이 나뭇잎들이 바스러져 가루가 될 때까지 간직했다.

때때로 도라의 어머니인 매부리코의 소피야 할머니가 그들을 찾아와 함께 지내곤 했다. 오래된 옛날 사진에서 소피야는 나무껍질처럼 칙칙한 피부에 피곤한 모습이었지만 가족은 그녀를 미인으로 기억했다. 그렇다면 정말 그랬을 것이다. 소피야는 또 다른 딸인 베라네에서 살았는데, 그녀의 남편이 전리품처럼 힘들게 얻은 거대하고 반짝이는 그랜드피아노와 함께 작은 방에서 지냈다. 손님이 오면 소중한 피아노 뚜껑 위에 엎드려 잠이 들기도 했다. 소피야 할머니가 머물 때면 콜랴는 할머니가 읽을 수 있도록 책꽂이에서 숄렘 알레이쳄의 책을 여러 권 꺼내 파이처럼 탁자 위에 올려놓았다.

그들은 가끔 시골에 사는 할아버지의 여동생 마샤 고모에게 다녀왔다. 마샤 고모의 남편에게도 리볼버 권총이 한 자루 있었다. 고모부는 나의 아버지 미샤 스테파노프가 권총을 분해하고 다시 조립해보는 건 물론 한번 발사해보는 것까지 허락했다. 그런 다음 미샤를 강가로 데려가 미샤가 보는 앞에서 온 힘을 다해 총을 강 한가운데로 던졌고 두 사람은 권총이 가라앉으며 일으키는 동그랗고 자잘한 물결을 말없이 바라보았다. 아빠는 그해 여름을 똑똑히 기억했다. 할아버지와 함께 건초더미 위에 나란히 누웠고, 그러자 따뜻하고 나른하게 밀려오던 잠, 어둠 속에서 이글이글 타오르던 할아버지의 담뱃불, 그리고 너무나 크고 든든하며 너무도 생생해서 존재 자체로 한없는 안정감과 만족감을 주던 할아버지. 그리고 이 행복은 어느 날 더이상 존재하지 않게 될 때까지 계속되었다. 몇 년 후 도라가 모스크바에서 세상을 떠났고 70세의 마샤 고모는 할아버지에게 위로의 편지를 보냈다. "이제 드디어 진짜 러시아 여자와 결혼할 수 있게 되었네요." 그리고 얼마 지나지 않아 마샤 고모할머니도 할아버지도 모두 돌아가셨고 이제 아무도 남지 않았다.

*

우리 가족의 역사를 생각하면 할수록 이루지 못한 꿈의 목록을 보는 것 같다. 베타 리베르만과 그녀의 시작조차 하지 못한 의사의 꿈, 삶의 중요하고 유일한 걸 한 번도 얻지 못한 사람처럼 무슨 일이든 움켜쥐었던 그녀의 아들 료냐, 채 마흔 살도 넘기지 못한 변호사 미샤 프리드만과 가족이라는 배를 항구까지 무사히 데려오지 못한 고집 센 그의 미망인 아내. 출판의 희망도 없이, 종이에 닿기도 전에 단어들이 사라지기를 바라는 것처럼 연필로 희미하게 그 모든 시를 써내려간 나의 엄마 나타샤 구레비치. 내 아버지의 가족도 다르지 않았다. 손으로 직접 옮겨 적은 수많은 로망스를 아무도 듣지 않을 때 혼자 조용히 불러보던 갈카 고모, 그림 그리기를 너무도 사랑한 콜랴 할아버지. 할아버지는 이것저것 시도해가며 스케치하며 어린 시절 내내 그림을 그렸고 성인이 되어서도 그리기를 멈추지 않았다. "네 아빠보다 훨씬 잘 그리셨어"라고 고모가 내게 말했다. 갈카에게 내 아빠보다 더 높은 권위는 없었기에 그 말은 특별한 찬사였다. 할아버지의 그림은 1938년까지 계속 늘어나 차곡차곡 쌓였다. 고모는 체포될 일을 예상하며 부모님이 가족 문서를 모두 불태웠던 그날을 또렷이 기억했다. 모든 서신과 가족사진들이 난로 안으로 들어갔고, 마지막으로 쌓아놓았던 콜랴 그리고리예비치의 그림들이, 그의 평생의 작품들이 모두 불 속으로 사라졌다. 당국의 수색은 없었다. 그리고 할아버지는 두 번 다시 붓을 들지 않았다.

그렇게 그들 각자의 삶에는 풀리지 않는 뭔가가 있었다. 하지만 아주 먼 친척 중에 가수가 한 명 있었고, 라디오에서 흘러나오는 그녀의 노래는 캄무날카의 부엌과 복도를 가득 채우곤 했다. 그녀는 마치 입을 닫은 우리 가족을 대표해 스스로 세상 앞에 나선 것 같았다. 그녀는 우리의 승리의 목소리였다. 물론 그녀는 그런 의도와 전혀 상관없이 자신의 삶을 사는 것이었지만.

빅토리아 이바노바는, 내 생각에 20세기 최고의 가수 중 한 명이다. 그녀는 니즈니노브고로드 긴즈부르크 가문의 후손인 유라와 결혼했다. 파란 드레스, 슈베르트와 구릴료프, 박수갈채, 순회공연으로 가득 찬, 축제 같은 그녀의 삶은 얼마 지나지 않아 비극으로 막을 내렸다. 그녀의 외동딸 카탸가 병을 앓고 수술에 실패한 후 영원히 그런 상태로 남을 게 분명해졌다. 나이도 들고 몸은 자라겠지만 정신 연령은 영원한 열 살짜리 아이로. 빅토리아의 삶은 점점 더 힘들어졌고, 팬들은 떠나갔고, 공연은 줄어들었다. 하지만 목소리만은 비대한 그녀의 몸과 어울리지 않게 여전히 젊은 여자처럼 굴었다. 그녀의 목소리는 어떤 공간이든 넘치도록 채우며 풍선처럼 부풀어오르게 했고, 전율을 일으켰고, 쟁그랑쟁그랑 샹들리에를 울렸다.

빅토리아는 늘 누군가의 강렬한 생각, 절대적인 집착의 대상이었다. 여기서 이야기는 다시 아버지의 누나이자 콜랴의 딸인 갈카에게로 돌아간다. 집안에서 그녀의 이름은 '자기 의지'의 상징과도 같았다. 생각한 대로 하고야 마는 능력. 그녀는 "사람들은 원하는 대로 말하게 두고 당신의 길을 가라"라는 누군가의 말을 자주 인용했다. 1950년대 중반에 갈카는 엔지니어 자격을 땄고 곧 키르기스스탄에 일자리를 구해 그곳에서 돈을 벌었다. 그 시절 갈카에 대해 전설처럼 회자되는 이야기가 있다. 첫 월급을 받자마자 샀다가 금세 내팽개친 값비싼 카메라, 남부 휴양지에서 상자째 주문한 머스캣 포도주, 친구들에게 준 호화로운 선물과 정작 가족에 대해선 무심하기 짝이 없는 태도. 그녀가 삶에서 갖지 못한 모든 것을 생각하면 자신의 운명에 색깔을 입히고 그럴싸한 규모를 부여하려는, 한심하다면 한심한 그녀의 이 같은 시도가 훨씬 더 쉽게 이해되고 인간적으로 보인다. 젊은 시절 고모가 아내가 있는 남자와 연애한다는 소문이 가족 사이에 돌았고, 할아버지는 그 관계를 승인하지 않았다. 다시 말해, 그 연애는 그걸로 끝이었다. 고모는 비싼 옷을 입고 전시회를 보러다니고 친구들과 그들의 아이들 이야기를 나눴다.

1970년대 초, 갈카는 암에 걸렸다. 고모는 수술받았고 수술은 성공적이었지만 이 사건은 고모의 정신건강에 지속적이고 심각한 영향을 미쳤다. 고모는 병원에 입원했다가 또다시 입원했다. 고모를 돌보는 일은 모두 내 아버지의 몫이었다. 이런 일을 처음 겪는 할아버지가 수치심과 공포에 휩싸여 아무런 대처도 하지 못했기 때문이었다. 고모는 입원과 퇴원을 반복했다. 고모의 병은 고모의 이루지 못한 꿈, 노래하는 목소리와 직접적인 관련이 있었다. 상태가 나빠지면 고모는 가능한 모든 콘서트에 필사적으로 쫓아다녔고, 이런 흥분의 격발은 항상 병원행으로 끝났다. 빅토리아 이바노바의 천사 같은 목소리 혹은 반대로 지나치게 인간적인 목소리는 고모에게 특히 의미가 컸다. 빅토리아는 가깝진 않지만 친척은 친척이었고, 그래서 고모는 그녀를 최고의 존재이자 승리한 또 다른 자신으로 생각했던 것 같다. 나는 갈카가 콘서트 표를 구해달라고 부탁해올 때마다 부모님의 불안해하던 모습이 어렴풋이 떠오른다. 빅토리아의 성공적인 콘서트는 매번 고모의 또 다른 발작으로 끝이 났다.

두 사람 모두 오래전에 세상을 떠났다. 빅토리아는 생애의 마지막 몇 년을 하루 스물네 시간 간호가 필요한 딸을 돌보며 딸보다 조금 더 오래 살다가 먼저 사망했다. 갈카는 침대에서 옙투셴코*가 한동안 TV에 안 보인다는 둥 나와 멀쩡하게 이야기를 나누다가도 갑자기 짧고 명료하게 이렇게 덧붙이곤 했다. "이제 엄마한테 갈 시간이야." 하지

* 러시아의 시인이자 배우, 영화감독.

만 끝을 알 수 없는 인터넷의 저장 공간에 빅토리아의 모든 유명한 노래가 보관돼 있으며, 거기엔 50년대의 가볍고 경쾌한 곡들과 그녀가 후반에 부른 슈만과 말러도 포함돼 있다. 마치 아무 일도 일어나지 않은 것처럼, 모든 존재는 신성불가침하고 불변하며 불멸이라고 말하는 것처럼 그들의 묘지 위를, 그리고 노랗게 바랜 종이와 콘서트 프로그램 더미 위를 맴도는 녹음된 이 젊은 목소리는 뭔가 기괴하면서 섬뜩하다.

*

아들이 태어난 지 몇 달 안 되었을 때 나는 출근길 지하철에서 예상치 못한 능력을 발휘했다(그 능력은 서랍처럼 열렸다가 닫혔다). 내 맞은편에 섰거나 앉은 사람들에게 시선을 돌리는 순간, 마치 그들에게서 덮개를 벗기거나 커튼을 열어젖힌 것처럼 마법 같은 일이 저절로 일어났다. 가방을 들고 다차에서 집으로 돌아오는 아주머니, 짤막한 바지에 정장 재킷을 입은 직장인, 할머니, 군인, 서류철을 든 여대생, 갑자기 그들의 두세 살 적 모습이, 그들의 동그란 뺨과 뭔가에 집중한 표정의 어릴 적 얼굴이 눈앞에 보이기 시작했다. 그 갑작스러운 능력은 피부 아래 감춰진 뼈마디와 그 명확한 구조를 알아보는 예술가의 능력과 비슷했다. 나는 그렇게 거기서, 수년에 걸쳐 형성된 얼굴 아래 감춰진 그들의 무방비함을 알아보았다. 지하철 객차가 갑자기 유치원이 되었다. 나는 그들 모두가 사랑스러웠다.

베제츠크에서 돌아오는 길에 우리는 볼가강의 범람으로 중심부가 물속 깊이 잠겨버리고 지금은 교회 종탑만 외롭게 기념비처럼 우뚝 솟아 있는 칼랴진 시를 지나갔다. 우리는 늦어도 저녁까지는 세르기예프 포사드*에 도착하기 위해 서둘렀다. 그곳엔 무엇보다 사람들의 많은 사랑을 받는 유서 깊은 장난감박물관이 있었다. 이 박물관은 1931년에 문을 열었고, 나무 인형, 점토 인형, 헝겊 인형, 그리고 스케이트와 납으로 만든 병정 인형 등이 수년에 걸쳐 이곳에 다정하게 둥지를 틀었다. 우리 엄마와 할머니가 트리에 걸어놓곤 했던 크리스마스 장식품과 비슷한 것들도 있었다. 눈덩이를 든 아이들, 낙하산을 탄 작은 토끼들, 스키 타는 사람들, 고양이, 별. 에레크테이온 신전의 조각상처럼 무표정의 무시무시한 여자들이 안에 일렬로 늘어선 멋진 삼두마차 썰매도 보였다. 베제츠크의 가난한 아이들은 더 단순한 장난감을 가지고 놀았을 것이다. 인형을 포대기로 폭 싸거나 9세기 이후로 한 번도 모습을 바꾸지 않은 호루라기를 불면서. 나는 아기를 싸매듯 포대기를 씌우고 심지어 모자 비슷한 것까지 씌워놓은 통나무가 전시된 진열장 앞에서 가장 오랜 시간을 보냈다. 그 평범한 나무는 인간의 특징에 근접하는 무언가를 가지고 있었지만, 나는 좀 과하다는 생각이 들었다. 주인이 누구인지 모르지만 인형이 사랑받는 데는 팔로 감싸고 안아주기에 적합한 길이와 부피면 충분하다.

박물관에는 이름만 들으면 단박에 알 만한 가족의 장난감을 전시하기 위한 두 개의 새로운 공간이 있었다. 인형, 인디언 통나무배, 드럼, 보초병이 들어 있는 작은 상자 등, 전시물은 거의 백 년 동안 박물관 창고에 보관되었다가 처음으로 공개되었다. 그것들은 리바디아, 가치나, 알렉산드롭스키 왕궁에서 이곳으로 옮겨졌는데, 1918년 7월 17일

* 러시아 모스크바 주에 있는 도시이자 행정 중심지.

밤 예카테린부르크에서 아버지와 어머니 그리고 아이들 다섯, 이렇게 가족 전체가 몰살당한 로마노프 왕가 가족의 장난감이었다. 죽임당한 소녀들과 소년의 이름은 이렇다. 올가, 타티아나, 아나스타시야, 마리야, 그리고 알렉세이. 막내인 알렉세이는 열네 살이었다. 아이들은 꽤 자라서 로토 게임이나 인형 옷을 담는 작은 여행가방이나 유일한 연극 〈황제를 위한 삶〉이 있는 기계식 극장에는 흥미를 느끼지 못했을 터였다. 그들이 늠름한 옆모습과 우스꽝스러운 표정을 가진 거대한 흔들 목마를 타며 놀았을 것 같지는 않았다. 목마는 아니치코프 궁전에서 왔으며 또 다른 어린 소년, 파벨의 것이었다. 파벨은 자라서 러시아 황제가 되었고, 1801년 3월 어느 날 밤 암살당했다. 고운 진홍색 안장을 걸친 말은 새로운 기수를 기다리고 있었다.

모든 오래된 물건은 죽은 자들의 소유물이고, 옆방의 농부 인형과 나무 곰도 예외는 아니었다. 다만 여기서는 내가 그들의 주인이 누구였고 또 그 주인들에게 언제 무슨 일이 일어났는지 정확히 알고 있다는 점만 다를 뿐이었다. 황금빛 우리 안에 든 기계 앵무새는 말할 것도 없거니와 작은 황동 대포조차 나는 고아처럼 느껴졌다. 대부분의 왕실 장난감은 1930년대 초에 각지의 고아원으로 보내졌지만, 이것들은 살아남아 창고에서 지내다가 이제는 잊힌 추억처럼 유리 밑에서 힘차게 고개를 쳐들고 주위의 빛을 가렸다. 그때 내가 무엇을 생각했는지 기억나지 않는다. 아마 소년 야코프 스베르들로프를 생각했을 것이다. 캐러멜을 무척이나 좋아했던 어린 소년. 나중에 그는, 많은 이들이 믿는 바에 따르면 예카테린부르크에서 로마노프 가족에 대한 발포 명령을 내렸다. 아니면 전쟁 전 스베르들롭스크에서 두 살짜리 미샤 스테파노프가 크리스마스트리에 매달린 생강빵을 한입 깨무는 모습과 그의 털북숭이 토끼 병사를 생각했는지도 모른다. 내 아들은 베제츠크의 공동묘지에 가기를 거부했고, 내가 페인트칠된 무덤들 울타리 사이를 거닐며 이바노프, 스테파노프, 쿠즈네초프 등 옛 마을에 살았던 셀 수 없이 많은 사람의 이름을 읽는 동안 화가 나서 씩씩대며 뜨겁게 달궈진 흙바닥에 혼자 앉아 있었다. 그러더니 나중에는 마음을 바꿔 묘지는 여전히 싫지만 이곳에 있는 기념물은 모두 사진 찍고 싶다고 말했다. "인스타그램에 올리려고요"라고 아들은 말했다. "그러면 아무도 아무것도 잊지 않을 테니까요."

동글동글하고 다정한 도라 할머니는 1980년에 돌아가셨다. 할아버지는 할머니 없이 사는 삶을 배우지 못했다. 1985년 가을, 할아버지는 생을 마감할 즈음 우리와 함께 반느이에서 지내게 되었고, 엄마가 일을 마치고 돌아오기를 기다리며 이 방 저 방을 돌아다녔다. 그러고는 집으로 돌아온 나타샤의 손을 잡고 앉아서 이야기를 나누었다. 할아버지는 절실하게 대화 상대가 필요했고, 말하고 또 말하고 싶은 얘기가 너무 많았다. 아버지의 죽음, 곧 닥칠 성인으로서 삶에 대한 두려움, 처음 느낀 수치심, 처음 받은 상처, 가출, 노동, 외로움. 엄마는 마치 처음 듣는 이야기인 양 귀를 기울였다. 할아버지의 기억은 점점 희미해졌다. 학교에서 돌아오면 나는 외출 복장으로 복도 의자에 앉아 있는 할아버지를 발견하곤 했다. 할아버지는 코트에 모자를 쓰고 반들반들 닦은 구두를 신고 다림질한 셔츠를 입고 깨끗이 면도한 뺨을 하고 계셨는데, 발치에는 책 몇 권을 넣은 망태기 가방이 놓여 있었다. 할아버지는 집으로, 도라에게로 가려는 것이었다. 할아버지는 겨우 두 달밖에 더 살지 못했다.

나의 부모님이 퇴근해 오기를 기다리는 동안 할아버지가 쓴 메모

중 하나가 남아 있다.

이 사랑스러운 집에 사는 친절한 주인들께 진심으로 감사드립니다. 나는 가족이 기다리는 집으로 돌아갑니다. 화내지 마요. 우리는 다시 만날 거예요.

당신들을 안아주고 싶어요. 콜랴.

오늘 날짜를 모르겠군요.

전화하세요, 정말 반가울 겁니다.

4장
사진사의 딸

우리가 사랑 이야기를 하고 있다고 가정해보자.

그리고 여주인공이 있다고 가정해보자.

그녀는 열 살 때부터 가족 이야기를 책으로 써보자 마음먹는다. 자신의 엄마, 아빠뿐만 아니라 실제로 자주 만났거나 잘 알지는 못하지만 그 존재만은 분명한 조부모와 증조부모에 대해서도.

그녀는 책을 쓰겠다고 스스로 다짐하지만 미루고 또 미룬다. 왜냐하면 그런 책을 쓰기 위해서는 그녀 자신이 성장하고 더 많이 알아야 하기 때문이다.

세월이 흘러도 그녀는 성장하지 않는다. 아는 게 거의 없고 처음에 알았던 것조차 잊어버렸다.

때때로 그녀는 역사의 그늘로 숨어들어 그곳에 정착한, 거의 보이지 않는 이들의 이야기를 뭐라도 하고 싶어하는 자신의 집요한 욕망에 놀란다.

주인공은 그들 이야기를 쓰는 게 자신의 의무라고 믿는다. 하지만 왜 그게 의무일까? 그리고 그들이 어둠에 숨기를 결정했다면 이 의무는 누구를 위한 걸까?

주인공은 자신을 가족의 산물이자 불완전한 결과물이라고 생각하지만 실제로는 그녀가 상황의 주도자이다. 그녀의 가족은 화자인 그녀의 선의에 의존한다. 화자가 말하는 대로 그들의 운명이 정해질 것이므로. 그들은 그녀의 인질이다.

주인공은 두렵다. 그녀는 이야기와 이름이 든 자루에서 무엇을 꺼내야 할지, 그리고 자기 자신을, 저것은 숨기고 이것은 드러내고 싶은 자신의 욕망을 신뢰해도 될지 알지 못한다.

주인공은 자신의 집착이 가족에 대한 의무, 어머니의 희망, 할머니의 편지인 척하면서 자신을 속이고 있다. 이 모든 이야기는 그녀 자신에 관한 것이지 그들에 대한 게 아니다.

사람들은 이를 열정이라고 말할 수도 있지만, 주인공은 자신을 객관적으로 바라보는 법을 모른다.

주인공은 자신이 원하는 대로 행동하지만, 어쩔 수 없는 일이라고 스스로 정당화한다.

어떻게 이런 책을 쓸 생각을 했느냐는 질문을 받으면 그녀는 주저 없이 가족 이야기 중 하나를 들려준다. 이 모든 게 무엇을 위한 것이냐는 질문을 받으면 주인공은 또 다른 가족 이야기를 들려준다.

주인공은 일인칭으로 말할 수 없거나 말하고 싶지 않은 것처럼 보인다. 동시에 자신을 삼인칭으로 지칭할 때 그것은 항상 그녀를 두렵게 한다.

주인공은 이중 역할을 하려고 시도한다. 그녀의 조상이 늘 하던 대로 행동하는 것, 즉 어둠 속으로 사라지는 것. 하지만 저자는 어둠 속에 숨을 수 없다. 제아무리 기를 써도 이 책이 그녀 자신에 관한 이야기라는 사실에서 벗어나지 못한다.

옛 유대 농담 중에 두 유대인의 대화가 있다. 한 유대인이 다른 유대인에게 말한다. "자네 코브노*에 간다고 했나? 그 말은 자네가 르비우**에 간다고 내가 생각하길 바란다는 뜻이지. 하지만 나는 자네가 정말로 코브노에 간다는 걸 알고 있네. 왜 나를 속이려는 겐가?"

*

1991년 가을 부모님은 갑자기 이민을 고민하기 시작했고, 나는 이 계획에 동의하지 않았다. 부모님은 겨우 오십대였고, 소련 정권은 실패한 8월 쿠데타를 거품처럼 부풀려보려 했지만 결국은 무너졌다. 부모님은 이 순간을 오랫동안 기다렸다. 나는 지금이야말로 러시아에서 살아야 할 때라고 생각했다. 잡지들은 인쇄가 금지돼 타자기 활자로만 알던 시와 산문을 앞다투어 지면에 싣기 시작했다. 거리에서는 우리의 단조롭고 지루한 옛날 물건과는 전혀 다른, 색색의 화려한 물품들이 손에서 손으로 날개 돋친 듯 팔려나갔다. 나는 생애 첫 월급으로 파란색 아이섀도, 무늬 스타킹, 그리고 소련 국기처럼 빨간 레이스 팬티를 샀다. 엄마와 아빠는 내가 함께 떠나기를 원했지만 나는 침묵을 지키면서 부모님의 마음이 바뀌기를 기다렸다.

---

* 리투아니아 남부에 있는 도시.

** 우크라이나 서부의 역사적 도시.

이민 과정은 예상보다 훨씬 더 오래 걸렸다. 4년 후에야 독일로부터 이민 허가가 나왔고, 나는 여전히 떼려야 뗄 수 없는 우리 관계가 이렇게 끝나버릴 수 있다는 사실을 믿을 수가 없었다. 하지만 부모님은 이미 떠날 준비가 한창이었고 내게도 어서 결정하라고 성화였다. 나는 아무데도 가고 싶지 않았다. 무엇보다 내 주변의 이 새로운 삶은 나를 매료시켰고 또 반쯤 문을 열고는 어서 들어오라며 계속해서 나를 불렀다. 엄마와 아빠에게는 너무도 명백한 그것이 무엇인지 도무지 이해할 수 없었다. 마치 그걸 알아보기엔 내 눈의 시력이 부족한 것처럼. 부모님은 이미 충분한 역사를 가졌고 이제 가장자리로 물러나고 싶어했다.

이민 절차가 시작되었고, 그건 뭔가 이혼과 비슷했다. 부모님은 떠났고 나는 남았다. 우리는 모두 이 상황이 무슨 의미인지 알았지만 부러 입 밖에 내지 않았다. 아파트의 내장이 모두 뒤집혔고, 서류와 물건들 역시 떠나는 이들과 남는 이들로 나뉘었고, 포크너와 푸시킨의 편지는 갑자기 모습을 감추었으며, 책은 골판지 상자에 담겨 발송을 기다렸다.

엄마는 가족 기록물을 정리하는 데 대부분의 시간을 보냈다. 여전히 유효한 소련 법에 따르면 가족의 소유이든 아니든 모든 오래된 물건은 가치가 없다는 증명서가 있어야만 러시아에서 가지고 나갈 수 있었다. 정작 이 나라는 에르미타주의 값비싼 그림들을 내다 팔아놓고 다른 사람의 재산이 자신의 손아귀에서 빠져나가는 건 철저히 단속하기를 원했다. 할머니의 찻잔과 반지, 오래된 엽서와 내가 그토록 좋아하는 사진들이 감정 전문가에게 보내졌다. 그들의 전통적인 질서는 이제 깨졌다. 엄마는 내 기억을 믿지 못하고 사진 뒷면에 일일이 이름을 적어 한가득 쌓아두었다. 엄마는 당신이 고른 사진들을 한때 유행한 일본식 무늬가 표지를 장식한 커다란 앨범에 붙여넣었다. 첫 페이지에 비스듬한 프랑스어로 이렇게 쓰여 있다. "나를 기억하기를 바라며 사라에게, 미샤로부터."

이제 모두 이 앨범에 모였다. 엄마가 이름을 기억하는 모든 사람, 새로 준비한 방주에 꼭 데려가야 한다고 여기는 모든 사람이. 할머니의 학교 친구들은 해외에서 케렌스키*와 가까운 사이가 되었다고 전해지는 런던 이모의 분홍빛 뺨을 가진 아이와, 나는 잘 알지 못하는 콧수염을 기른 남자들과 나란히 자리를 잡았다. 률랴와 베탸는 같은 페이지를 공유했고, 학교 사진들 속의 나, 언덕 위에 침울하게 앉아 있는 콜랴 할아버지, 그리고 우리 개 카리하와 또 다른 우리 개 리나가 있었다. 스무 살 어른이 된 나는 다시 마지막 페이지 중 하나에, 신문에서 오려낸 반체제 물리학자 사하로프와 사제 알렉산드르 멘의 두 초상화 사이에 엄숙하게 끼어 있었다. 우리는, 심지어 사하로프 박사까지 모두 아버지가 손으로 직접 작성한 긴 목록 '1880년부터 1991년까지의 친구, 친척, 가족'에 이름을 올렸다.

부모님은 기차를 타고 떠났다. 1995년의 따뜻한 4월이었고 자연은 축제를 맞은 듯 경쾌하고 아름다웠다. 옛 브레스트역인 벨로루스키역 위의 하늘은 눈부시게 파랬다. 마침내 기차가 방향을 틀고 멀어지자 뒤에 남겨진 우리는 몸을 돌려 천천히 플랫폼을 빠져나왔다. 일요일답게 조용했고, 내가 울어야 할지 말아야 할지 고민하고 있는데 맥주캔을 든 어떤 남자가 기차 문에서 나를 빤히 바라보며 "유대놈들을

* 러시아의 정치가. 7월혁명 후 러시아군 총사령관이 되었으나 반란으로 망명했다.

없애고 러시아를 구하라"라고 재빨리 내뱉었다. 지나치게 문학적이지만, 들은 그대로 옮겼다.

나중에 나는 독일로 부모님을 찾아갔고 거기서 한 달을 머물렀다. 그러면서 아무런 확신도 갖지 못한 채 새로운 삶을 시작할 수 있을지 그 가능성을 살펴보았다. 거기든 어디든. 고향으로 돌아가는 러시아계 독일인들이 12개 층 중 10개 층을 차지한 뉘른베르크의 거대한 호스텔에서 맨 위의 2개 층이 유대인 몫으로 할당되었는데, 절반은 비어 있었다. 기차의 침대칸처럼 10개의 이층침대가 두 줄로 늘어선 거대한 빈방에서 나는 이틀을 혼자 여왕처럼 보냈다. 내가 있는 방으로 다른 사람을 들여보내지는 않았지만, 녹색 우표처럼 생긴 음식 쿠폰은 내게도 주어졌다(독일인들은 주황색 쿠폰이었다). 나는 얼른 차 한 잔을 끓여 들고 앉아 유럽의 밤을 바라보았다. 창밖 저 멀리 온통 검은 초목들에 둘러싸인 놀이공원의 불빛이 밝게 빛났고, 경기장이 보였고, 아래층의 이웃 중 누군가 기타 치는 소리가 들렸다.

부모님은 엄마가 수술하기 6개월 전에 다시 모스크바를 찾았다. 엄마에게 필요했던 심장관상동맥우회술은 그 당시 흔한 수술은 아니었지만, 독일에서라면 그런 종류의 수술도 문제없으리라는 확신이 들었다. 아무튼 선택의 여지가 없었다. 전시에 얄루토롭스키 군사도시에서 처음 진단받은 선천성 심장기형이 악화되는 바람에 당장 치료를 서둘러야 했다. 나는 스물세 살이었고 꽤 어른이 된 기분이었다. 우리는 내가 기억하는 한 엄마의 병과 함께 살아왔다. 열 살 때부터 나는 밤이면 복도에 나와 엄마가 숨을 쉬는지 가만히 귀를 기울이곤 했다. 하지만 늘 해는 떴고 아침은 왔으며, 모든 게 괜찮았다. 나는 엄마의 병에 점점 익숙해졌고 가뜩이나 위태롭게 유지되는 균형이 행여 깨질까봐 겁이 나 아무것도 묻지 않았다. 우리는 정작 수술 이야기는 피하면서 그저 병원 치료에 대한 사소하고 가벼운 세부 사항들만 논의했다. 그래서 엄마는 우리가 아니라 친구에게 "어떡하겠어, 다른 방법이 없는데"라고 힘없이 말했다.

그때 나는—이것이 엄마의 마지막 모스크바 방문임을 암시한다 싶은 모든 징후를 무시하려고 제아무리 노력해도—엄마가 옛 추억을 떠올리고 싶어하지 않는 게 못내 마음에 걸렸다. 모스크바는 연못과 흙먼지에서 싱그러운 냄새가 올라오는 평온한 여름날이었다. 나는 엄마가 옛날 우리 집이 있는 포크로프로 찾아가 대로변 벤치에 앉아보거나 우리 세 사람(룰랴-나타샤-나)이 차례로 졸업한 학교를 보고 싶어하리라고 확신했다. 나는 또 어린 시절 엄마와 내가 늘 해왔던 것처럼 '옛일'을 추억하는 긴 대화를 계획했고, 이번에는 소중한 정보를 한 톨도 놓치지 않도록 엄마 이야기를 받아 적을 생각이었다. 언제가 됐든 결국 나는 가족에 관한 책을 쓸 테니까. 하지만 놀랍게도 엄마는 향수를 불러일으키는 산책을 처음에는 평소처럼 부드러운 말로 싫다고 하다가 나중에는 그럴 마음이 전혀 없다며 딱 잘라 거부했다. 대신 엄마는 아파트를 청소하기 시작했고, 가장 먼저 가장자리에 이가 나간 낡은 그릇 몇 개를 쓰레기통에 던져버렸다. 1970년대부터 우리와 함께한 그릇들이었다. 그런 신성모독은 감히 생각도 할 수 없었던 나는 충격과 흥분에 휩싸여 엄마를 바라보았다. 집은 반들반들 윤이 날 정도로 깨끗해졌다. 엄마의 학교 친구들과 친척들이 찾아왔고, 그들의 방문은 작별인사를 의미했지만 아무도 그 사실을 입 밖에 내지 않았다. 그리고 부모님은 떠났다.

수년이 흐르고 흐른 후, 사랑하는 사람들이 보낸 옛 편지를 아버지

앞에서 읽고 있자니 그때 일이 모두 떠올랐다. 아버지는 10분 정도 앉아 귀를 기울였지만, 점점 안색이 어두워졌고 그만하면 됐다고 말했다. 기억해야 할 건 모두 머릿속에 있다면서. 그때 난 아버지를 잘, 심지어 지나치게 잘 이해했다. 지난 몇 달 동안 나는 마치 부고를 읽듯 사진을 보는 데 익숙해졌다. 산 사람이든 죽은 사람이든 모두 똑같이 과거에 속한 듯 보였고, 사진에 적힌 글귀 중 "이 또한 지나가리라"라는 말만 유일하게 마음에 와닿았다. 반느이 골목에서 가져온 격자무늬 양탄자를 네 겹으로 접어 깔아놓은 아버지의 뷔르츠부르크 아파트에서 내가 마음의 동요 없이 편하게 마주할 수 있었던 유일한 물건은 아버지의 옛 사진과 새로운 사진들이었다. 텅 빈 강둑에 잎사귀만 무성한 텅 빈 검은 배 한 척, 지나는 사람 하나 없는 텅 빈 노란 들판, 수천 송이 물망초만 가득 피어 있을 뿐 인간의 손길도 누군가의 선택도 받지 못한 순결한 역시 텅 빈 초원. 이 모든 풍경을 바라봐도 아프지 않았고 나는 태어나서 처음으로 초상화 사진보다 풍경 사진이 더 좋았다. 할아버지와 증조할머니의 사진이 든 일본 앨범은 서랍 어딘가에 있었지만, 우리 둘 다 꺼내고 싶어하지 않았다.

*

어느 봄에 나는 옥스퍼드의 퀸스칼리지에서 몇 주를 보내는 행운을 누렸다. 대학은 내 일이 부끄러운 집착도, 반쯤 죽은 파리가 파르르 몸을 떨며 달라붙은 끈끈이 종이도 아닌, 합리적이면서 존경받을 만한 작업이라는 듯 우리를 따뜻하게 맞아주었다. 내 기숙사 방의 하얀 벽에는 책꽂이가 늘어서 있었지만 나는 그 위에 놓을 게 아무것도 없었다. 특히 동네 식당과 도서관에서의 기억은 나에게 또 다른, 낯선 의미로 다가왔다. 그 기억은 고통스럽고 지루한 여정의 목표가 아니라 그저 시간이 흐르면서 자연스레 생기는 결과였다. 삶은 비밀처럼 기억을 만들었고, 기억은 아무도 방해하지 않고 아무도 괴롭히지 않으면서 시간이 갈수록 점점 더 깊어졌다.

나는 일하기 위해 옥스퍼드에 왔지만, 글은 선뜻 손에 잡히지 않았다. 그곳의 평온한 생활은 내가 마치 존재한 적 없는 요람에 다시 누운 듯 나를 멍하고 나른하게 만들었다. 매일 아침 나는 변치 않는 감사의 마음으로 낡은 마룻바닥을 맨발로 딛고 섰다. 정원은 찻잔처럼 잔잔하게 떨리는 녹음으로 가득차 있었고, 꾀꼬리는 그 위에서 달그락달그락 양철통 소리를 냈다. 심지어 완벽한 석조건물 외벽과 기이한 돌 장식에 멋지게 떨어지는 신선한 비조차도 내 마음을 부드러운 감동으로 채웠다. 나는 매일 책만 잔뜩 쌓아놓은 채 책상 앞에 몇 시간이고 앉아 정면만 바라봤다.

그 거리는 '높은'이라는 의미의 'High'로 불렸고, 과하다 해도 틀리지 않을 만큼 내 생활에서 중요한 의미를 차지했다. 대학 캠퍼스를 향해 난 창문의 오른쪽 반은 시원한 그늘이 드리웠고, 나머지 왼쪽 창으로는 비가 오거나 햇빛이 밝게 비칠 때면 거리가 마치 켜진 텔레비전 화면처럼 살아 움직였다. 거리는 도로처럼 지평선으로 사라지는 것을 완강히 거부하고 오히려 배의 갑판처럼 점점 더 높이 기울었다. 그래서 지나는 버스며 사람이며 모두 나에게서 멀어질수록 더 잘 보였고 아무리 작은 모습이라도 완전히 사라지지 않았다. 오히려 더 가까워지고 더 또렷해졌다. 심지어 모기만큼 작은 크기의 자전거에 앉은 사람, 그 바퀴의 비스듬히 기울어진 둥근 선까지도. 그리고 이 원근법의 속임수가 나를 사로잡았고 간간이 진행되던 내 작업을 방해했다.

그곳은 언제나 복잡했고 내가 예측하는 대로 움직였다. 마치 인형극장처럼 시간마다 울리는 종소리에 맞춰 누군가의 끝없이 매혹적인 삶이 펼쳐졌다. 대형 고속버스들은 시야의 모든 것을 가리며 우르릉 거리를 질주했고, 운전자들은 버스정류장 계단에서 서로 근무를 교대했다. 사람들은 멀리서 나타나 점점 가까워지면서 계속 시야에 머물렀고, 때로는 일부러 눈에 띄는 돌발행동을 보이기도 했다. 난데없이 길 한가운데로 튀어나와 손뼉 한번 치는 것처럼 가볍게 서커스 재주를 넘는 긴 다리의 깡마른 소녀처럼 말이다. 내 게으름엔 변명의 여지가 없지만, 아무튼 나는 제인 오스틴 소설의 주인공처럼 몇 시간이고 창가에 앉아 지나는 사람들을 지켜보았다. 그들은 망각 속으로 빠져드는 대신 하루하루 점점 더 커지고 점점 더 눈에 띄었다. 나는 창가에 설 때마다 멀리 휘어 올라가는 길 끝에서 내가 버스들을 아주 손쉽게 세고 있다는 사실을 깨닫고 깜짝 놀라곤 했다. 그리고 나는 작디작은 재킷을 입고 그보다 더 작은 운동화를 신은 행인들이 선명하게 초점을 유지하는 방식에 사로잡혔다. 그건 움직이는 숫자로 시간을 나타내며 작동하는 시계의 메커니즘과 같았다. 거대한 검은색 자동차 한 대가 마치 사소하고 작은 부분까지 증인의 위엄을 지니는 멀고 먼 과거에 존재하는 듯 번쩍거리며 길모퉁이를 돌았다. 하지만 사실 날씨가 점점 따뜻해지고 맞은편 보도에 라일락 그림자가 드리우기 시작했다는 사실 외에 따로 증언할 건 없었다.

그러던 어느 날, 친구가 나를 박물관에 데려갔고 나는 그곳에서 피에로 디 코시모의 〈산불〉이라는 그림을 보았다. 재난 영화를 상영하는 대형 복합상영관의 화면을 연상시키는 그림은 박물관에서 가장 중요한 자리를 차지하고 있었음에도 박물관 가게에서 그 이미지가 담긴 엽서나 찻잔 받침 같은 건 찾아볼 수 없었다. 그림 속 묘사가 편안함이라는 개념과는 거리가 멀어도 너무 멀었기 때문에 그러려니 하고 이해가 됐다. 16세기에 그려진 그 그림은 만물의 본성을 읊은 루크레티우스의 시와 그 당시 헤라클레이토스와 관련된 논쟁 및 그의 세계관을 다루고 있는 것처럼 보였다. 그렇다면 피에로는 우주의 심판은 합리적인 불의 도움으로 이루어진다고 주장한 늙은 그리스 철학자의 편이었다. 나무판 위에 그 비슷한 광경이 펼쳐져 있었다. 덤불과 나무로 뒤덮이고 "야생동물, 가축, 공중과 육지와 물속에 사는 모든 생물"을 포함하는 섬 하나 규모는 됨직한 무시무시한 최후의 심판.

그림은 무엇보다 축제의 불꽃놀이와 비슷해서 마치 숲속에서 카니발이 열리는 것 같았다. 귀청을 찢을 듯 요란하게, 하지만 우리 귀에는 들리지 않는 소리로 쩍쩍 균열을 일으키며 빨간색, 노란색, 흰색의 섬광들이 현란하게 화폭을 가로질렀다. 불은 그림의 중심일 뿐만 아니라, 그들 우주의 배꼽-옴팔로스였고, 너무 놀라 넋이 나간 수십 마리의 짐승들이 무슨 일이 일어났는지, 또 그들 자신이 누구인지 알지 못한 채 사방으로 흩어져 달리고, 기어가고, 날아다녔다. 화가는 미처 그 명칭을 몰랐겠지만 내가 이해하기로는 그건 빅뱅을 묘사한 것이었다.

동물들은 방금 새로 생성된 은하계처럼 중심에서 사방으로 흩어졌다. 중심에서 눈을 뗄 수가 없었다. 마치 난로 안이나 활화산의 입구를 들여다보는 것처럼. 동물들은 말랑한 용암처럼 아직은 완전히 굳지 않았고, 심지어 그중 일부는 인간의 얼굴을 하고 있었다. 그건 영락없는 사람이었다. 적어도 불이 나기 이전에는 분명 존재했던 사람들. 여기, 그들의 나무 우물이 길머리에 떡하니 서 있지 않은가. 몇몇 인물은 폼페이 프레스코화처럼 점선으로 스케치돼 있었는데, 분명 인간의 형상이었지만 따뜻한 육체를 가진 동물 옆에서는 마치 그들 자신의 그림자처럼, 벽에 남겨졌다가 폭발로 환히 드러난 자신의 흔적처럼 보였다. 하지만 분명하게 묘사된 한 명의 생존자가 있었다. 그 양치기는 달아나는 자기 양 무리처럼 어찌할 바를 모르며 반쯤 몸을 돌린 채 고개를 앞으로 내밀고는 당장이라도 뒤쫓을 태세였다. 그는 얼굴은 없었지만, 그가 최선을 다해 사용한 막대기만으로 충분했다. 왜냐하면 헤라클레이토스가 말했듯 "모든 생물은 먹이를 위해 달게 채찍을 받는다"는 사실을 그는 알고 있었기 때문이었다.

동물들은 방주의 거주자처럼 짝을 지어 그림 속을 가로질렀고, 그 중 일부는 부분적으로 인간의 얼굴을 하고 있었다. 하지만 그렇다고 분노나 모욕감이 들지는 않았다. 집돼지와 사슴 같은 짐승이 달리는 중에 그들의 형상이 점점 인간의 얼굴로 변했는데, 그 부드럽고 사려 깊은 온화한 표정이 인상적이었다. 얼굴은 그림이 거의 완성될 무렵 화가가 추가했다고 한다. 후원자의 요청으로 그려넣은 희화적인 요소라는 의견도 있다. 하지만 화환으로 장식된 잡종에 풍자의 그림자는 전혀 보이지 않았고 오히려 그들은 참나무 아래를 거닐기 위해 모인 학생 철학자들을 연상시켰다. 나는 이해가 되지 않았다. 분명 변형은 일어나고 있는데 그 궤적은 따라갈 수가 없었다. 우리 눈앞에서 사람이 서서히 동물로 변한 걸까? 아니면 동물이 사람이 되어 뿔이나 날개가 자라듯 얼굴도 자라난 걸까? 다프네는 월계관이 되었을까, 아니면 곰이 사냥꾼이 되었을까?

대재앙을 견디고 살아남은 세계에서 짐승들은 남아 있는 마지막 인간들인 듯 보였다. 그리고 이제 모든 희망은 그들에게, 이 생명체들에게 있었다. 두려움과 분노로 몸을 웅크린 사자, 둥근 머리를 쳐들고 어찌할 바를 모르는 곰 가족, 굴하지 않는 독수리, 그리고 우울한 황새, 그들은 모두 하나의 완전한 '자아'로 융합될 독특하고 뚜렷한 자질들을 지닌 존재였다. 그들에 비하면 거의 구별이 되지 않는 우리는 흔적만 남은 기관 또는 실현되거나 실현되지 않을 미래의 스케치처럼 보였다. 나머지는 구원받았고 땅을 물려받았다. 그들은 피로스마니나 앙리 루소의 그림 속 인물들처럼 사각형 모양으로 생생하게 살아서 그 위를 걸었다.

작품의 주인공이 동물의 왕인 포식자가 아니라 유순한 초식동물이라는 사실도 놀랍다. 사상가의 강력한 이마를 가진 황소는 그림을 두 부분으로 나누는 지식의 나무와 벌겋게 달궈진 불구멍의 위치에 맞춰 한가운데 서 있다. 깊은 생각에 잠긴 고통스러운 표정은 그를 미켈란젤로의 〈최후의 심판〉에 나오는 죄인과 닮아 보이게 한다. 이해할 수 없다는 듯 벌어진 입, 주름진 얼굴. 그러나 이번에는 원죄가 없는 피조물에 선택권이 주어졌다. 황소는 인간이 될지 말지 자유롭게 결정할 수 있다.

1937년 암흑기에 에르빈 파노프스키*는 피에로의 그림을 "우연히 복잡한 문명의 시대에 던져진 원시인"의 감정적 격세유전이라고 평하며, 피에로가 문명인의 향수 대신 사라진 과거를 향한 간절한 그리움에 사로잡혀 있다고 말한다. 내 생각에 이 해석 뒤엔 예술가를 다른 존재로 보고자 하는 오랜 욕망이 숨겨진 것 같다. 이질적인 인물, 파리 만국박람회의 원주민, 외계 행성의 화성인 같은 존재로. 논쟁의 여지

* 독일계 유대인 미술사학자.

가 있을 수 있지만, 한 가지 중요한 면에서 그의 말은 옳다. 그가 묘사한 마음의 상태 역시 일종의 변형이자 세상을 일상의 궤도에서 벗어나게 만든 끔찍한 재앙의 결과라는 점에서 말이다.

〈산불〉에서 우리는 번쩍이는 섬광의 순간을 본다. 빛은 이미지를 태워버리고 그 자리는 무無의 눈부신 광채가 차지한다. 모든 게 변형되어 그 마지막 형태로 드러나는 지점은 기억의 영역을 벗어나며 전달도 불가능하다. 그것은 우리가 처음 눈을 뜰 때 마주하는 순간이다.

피에르 디 코시모의 그림은 적어도 나에게는 쿠르베의 〈세상의 기원〉과 거의 동등하다. 정확한 운율, 심지어 충격과 함께 단번에 마음을 사로잡는 방식도 매우 비슷하다. 이 동등성은 의미를 직접 전달한다는 점, 그리고 우주가 어떻게 삶이 영원한 경사면을 따라 계속 아래로 굴러가도록 강요하며 새로운 세부 사항을 대량으로 만들어내고 또 내버리는지 다큐멘터리처럼 자세하고 정확하게 보여준다는 점에 있는 것 같다. 그렇다면 재앙은 어쩌면 새로운 생성의 시작점일지도 모른다. 아니면 점토 조각을 굽는 가마거나 변형을 위한 용해용 도가니일 수도 있다. 이는 프로메테우스 이후의 세계에서 창조가 일어나는 방식이다. 낙원으로부터의 탈출은 공중전과 화학무기의 세계에서 분명 그렇게 보였을 것이다. 숲속의 불은 화염검으로, 자고새는 삼각 대형으로 낮게 나는 전투기로 말이다.

*

엄마는 내 어린 시절의 말과 대화를 기록해놓은 공책 중 한 권에, 그 줄 쳐진 페이지 맨 위, 민들레와 암소에 대한 나의 여름 수다 위에 이렇게 덧붙였다. 이날 엄마가 돌아가셨다. 그런데 우리는 아무것도 몰랐다.

그날을 나는 잘 기억한다. 그리고 지금 나는 낯선 집에서 아침을 맞고, 내게는 너무 높은 탁자 밑에서 걸어나온 거대한 개를, 내리닫이 창문틀을 본다. 그리고 이어서 세상 끝까지 펼쳐진 무시무시하고도 광활한 수면을 본다. 그 속에서 흔들흔들 어렴풋이 떠오르는 엄마의 머리. 무슨 이유인지 이 멀고 황량한 물속을 헤엄쳐온 엄마는 이제 사라지고 거의 보이지 않는다. 나는 엄마가 가버렸다고 확신했다. 새롭고 낯선 삶이 시작되었고 나는 완전히 혼자였다. 거대한 볼가강과 오카강이 만나는 강둑에 서서 나는 소리 내 울지 않았다. 울어도 들어줄 사람이 없었다. 어른들이 웃으며 돌아왔을 때는 이미 무언가 돌이킬 수 없을 정도로 달라져 있었다.

어쩌면 삶은 우리보다 훨씬 이전부터 종종 발생하는 재앙에서 시작될 수밖에 없는지도 모른다. 심지어는 불길에 휩싸인 잔가지들로 탁탁탁 맹렬한 소리를 내고, 머리 위로 깃발처럼 하얀 불꽃 혀를 날름거리는 재앙을 불행이라 여기지 않을 수도 있다. 그것은 우리 탄생의 필연적인 조건, 어머니의 자궁인지도 모르니까. 우리가 태어나고 그곳을 빠져나오며 고통에 울음을 터뜨리는 어머니의 자궁. 그해 8월 우리가 니즈니노브고로드에서 돌아와 다차에 갔을 때, 그곳엔 할머니의 말린 꽃다발이 구석구석 장식처럼 놓여 있었다. 할머니의 가방에는 여전히 지갑과 정기 교통권이 들어 있었고 플록스 냄새가 났다. 그리고 우리의 모든 이야기는 후렴구가 있는 노래처럼 앞으로 수십 년 치가 미리 구성되었다. 률랴 할머니는 겨우 쉰여덟이었고, 우리가 집으로 돌아오기도 전에 심장마비로 돌아가셨다. 이제 엄마의 삶은 방향이 정해졌다. 삶의 과제와 역할 모델이 생겼다. 만약 엄마의 예전 삶이 엄마 마음을 따라 흘러갔다면, 이제는 실현 불가능한 기준에 도달하기 위한 삶이었다. 엄마는 입 밖에 내 말하진 않았지만 자신을 위해, 우리를 위해 다른 사람이 되고 싶어하는 것 같았다. 엄마는 가족에게 빛나는 기쁨을 주고, 넉넉하게 파이를 구워내고, 따듯하게 안아주고, 그리고 집안일도 척척 해내는 룔랴 할머니처럼 되기를 원했다. 하지만 엄마는 룔랴가 될 수 없었고, 룔랴가 될 수 있는 사람은 아무도 없었다.

내가 듣기로 우리 집 역사는 백 년 전이 아니라 1974년 8월에 시작되었다. 할머니는 마지못해 엄마와 내가 다차의 식탁과 파랗고 빨간 사과 무늬 앞치마에서 벗어나 휴가를 떠나도 좋다고 허락했다. 우리가 돌아왔을 때 그곳엔 아무도 없었고 우리는 이제 혼자였다. 엄마는 자기 탓이라며 괴로워했고 나는 엄마 옆에 앉았다. 늑장 부리며 아픈 엄마에게 물을 가져다주지 않다가 급히 달려갔을 때는 너무 늦어버린 어린 소녀의 무서운 이야기가 생각났다. 새들이 푸드덕 머리 위로 날아갔고 그중 하나가 소녀의 엄마였다. 늦었어, 이제 늦었어, 돌아오지 않을 거야! 내게 그렇게 말한 사람은 없었지만, 왠지 그 이야기는 우리 이야기 같았다. 나는 그냥 그걸 알았고 공범자로서 입까지 가져다주지 못한 그 물을 생각하며 흐느껴 울었다.

그 이후 내가 알게 된 모든 건 그 이야기의 빛 아래서 말해지고 들린 것이었다. 엄마는 말했고, 나는 한마디라도 놓칠세라 기를 쓰고 기억했다. 하지만 결국은 잊어버렸고, 동화 속 아이처럼 도망치고, 밖에 나가 놀고, 성장하면서 그렇게 살았다. 연필로 적힌 요리법 노트와 함께 두 살짜리 어린 딸에 서로는커녕 자신조차 알아보지 못하는 두 노인까지 부양하며 살아야 했던, 지금의 나보다 어리고 젊었던 엄마 자신도 나와 크게 다르지 않았으리라 생각한다. 나중에 엄마는 증조할머니 사라의 결혼반지를 끼기 시작했는데, 반지 안쪽에는 내 아버지의 이름이기도 한 증조할아버지의 이름 **미샤**가 대문자로 새겨져 있었다. 끝난 건 아무것도 없었다.

아빠가 실험실로 사용하던 욕실에는 유일한 전구의 붉은 빛을 받으며 네모난 인화지 조각들이 갈비뼈처럼 울퉁불퉁한 틀 위에 둥둥 떠다녔다. 아빠는 이미지가 사진으로 만들어지는 과정을 보도록 허락해 주었다. 완전한 공백이 갑자기 흐릿한 각도와 선의 잔물결들로 뒤덮였고 서서히 하나의 일관된 형태를 이루기 시작했다. 나는 성장하며 자라고 있는 나처럼 어떤 크기로든 확대할 수 있는, 미세한 이미지가 가득한 밀착 인화지를 가장 좋아했다. 부모님의 작은 초상화는 주머니에 쏙 들어갔고 그 덕에 나는 유치원의 저녁 시간을 조금은 덜 지루하게 보낼 수 있었다. 그리고 아빠의 여권에서 아빠 사진을 몰래 찢어내서 가지고 다니다가 들통난 적도 있었다.

나의 첫 카메라는 조리개와 셔터속도를 조절하는 눈금판이 달린 작고 가벼운 스메나8이었다. 열 살 때 선물로 받았고, 받자마자 구조하고 보존하는 일에 돌입했다. 회색의 살티코프 소나무, 철도역의 침목, 다차 친구의 부모님, 돌 사이로 흐르는 물, 모두 망각의 위험에서 수면으로 부지런히 떠올랐다. 집게로 고정 틀에서 들어올린 이미지들은 바싹 말랐지만 이전의 생명력을 되찾지는 못했다. 나는 곧 사진 촬영을 그만두었지만 정작 그 일에서 교훈은 얻지 못했다.

이 책은 끝을 향해 가고 있다. 내가 구해내지 못한 것들이 〈산불〉 속의 땅딸막한 새들처럼 사방으로 흩어진다. 이제 아브람 긴즈부르크의 아내 이름이 로자였다는 사실을 알려줄 사람이 없다. 나는 사라가 전쟁중에 곰팡이가 페니실린이라고 단언했던 일은 쓰지 않을 생각이다. 어렵게 구한 『수용소 군도』를 보고 료냐 할아버지가 "이 책이 우리 모두를 죽일 것"이라며 날 밝기 전 집에서 당장 치워버리라고 언성을 높인 일도, 포크로프의 캄무날카에 사는 여자들이 모두 일주일에 한 번씩 대야와 수건을 들고 부엌에 모여 발톱을 다듬는 위생 의식을 행하며 수다를 떨었던 일도 쓰지 않을 거다. 또는 70년 전, 지금도 존재하는 호흘롭스키 골목의 아파트 발코니에 살며 쳇바퀴를 돌리던 다람쥐 이야기도. 다람쥐는 달렸고 바퀴는 빙글빙글 돌았으며 여자아이는 서서 그것을 지켜보았다.

1890년대 포친키의 가족은 매일 저녁 식탁에 모여 앉아 조용히 식사를 기다렸다. 맨 먼저 수프가 나왔다. 정적 속에서 아버지가 수프 그릇의 뚜껑을 열자 구수한 김이 모락모락 피어올랐다. 아버지는 냄새를 맡아보고는 "별로 맛있을 것 같지는 않군"이라고 묵직하게 한마디 던졌다. 그제야 수프를 나눠 따를 수 있었고, 무서운 가장 아브람 오시포비치는 자기 수프를 바닥까지 싹싹 비우고는 더 달라고 요구했다.

미샤로브나는 률랴 할머니의 유모가 되기 전에 군인의 아내였다. 모든 게 침전물처럼 가라앉은 기록물 보관 서랍에는 미샤로브나의 소중한 기념품들도 있었다. 사진 세 장과 종이 성상 하나. 갈리시아 늪지대 어딘가에서 러시아 군대에 모습을 나타낸 성모마리아의 성상이었다. 세 장의 사진은 미샤로브나의 삶을 들려주었다. 젊은 그녀가 작업복 차림에 침울하고 한없이 피곤해 보이는 한 남자와 마주보고 서 있다. 그녀는 또 불쌍하리만큼 작고 마른 아기를 두 팔에 안고 있다. 마지막 사진에서는 아까 그 남자가 두꺼운 외투를 입고 머리에 모자를 쓰고 있다. 남편은 비명에 갔고 아기도 죽었다. 그녀가 이 땅에서 소유했던 재산이라곤 성상 하나가 전부였다. 언젠가 증조할아버지가 그녀에게 선물한 라파엘전파의 성모마리아를 모사한 종이 성상은 묵직한 은테 안에 들어 있었다. 혁명 후 생활이 다시 어려워지자 유모는 남몰래 성상에서 은테를 떼어내 팔았고 그 돈을 평생 함께한 집에 내놓았다. 후에 찍은 사진들에서 미샤로브나는 얼굴을 제외한 나머지 부분은 모두 흰색이나 회색, 검은색의 원뿔 모양 머릿수건으로 단단히 감싼 모습이다. 그녀는 싸구려 종교 사진 몇 장과 그녀가 매일 저녁 읽던 슬라브어 시편만 남겼다

갈카 고모는 임종을 앞두고 "딱 한 번, 고모 집에 개가 놀러왔던 30분 동안만" 입었다며 내게 화려한 인도 드레스를 선물로 주었다. 나는 고모의 은밀한 짝사랑에 대해 알고 있었다. 개를 데리고 마당을 산책하곤 했던 그 이웃 남자는 고모가 왜 매일 저녁 자기를 만나러 밖으로 나왔었는지 상상조차 하지 못한 채 죽었다.

과거가 다시는 돌아오지 않는다는 확신이 있어야만 과거를 사랑할 수 있을 것 같은 때가 종종 있다. 만약 내가 이 여정의 끝자락에 코넬의 상자처럼 작은 비밀 상자가 숨겨져 있기를 기대했다면 실망했을 것이다. 우리 가족이 걷고, 앉고, 입맞춤했던 장소들, 우리 가족이 강가로 내려가거나 전차에 뛰어 올라탄 곳들, 우리 가족을 얼굴로, 이름으로 알았던 도시들, 그들 중 아무도 나에게 곁을 내주지 않았다. 푸르고 무심한 전장은 풀밭으로 뒤덮였다. 그것은 컴퓨터게임과 같았다. 게임 방법을 모를 때 단서는 엉뚱하게 다른 사람의 문으로 연결되고 비밀의 문은 그저 빈 벽일 뿐으로, 아무도 아무것도 기억하지 못한다. 그리고 그것이 최상의 방법이다. 한 시인은 아무도 돌아오지 않는다고 말했다. 다른 시인은 잊는다는 건 존재하기 시작한다는 의미라

고 말했다.

소포는 더이상 꼼꼼할 수 없을 만큼 꼼꼼하게 포장된 상태로 왔다. 상자 안은 담배 종이를 넣어 안전하게 공간을 채웠고 내용물은 하나하나 얇고 불투명한 포장재로 감싸놓았다. 나는 하나씩 포장을 풀어 모두 식탁 위에 일렬로 눕혔다. 그러자 부서진 곳, 움푹 팬 곳, 도자기 틈새에 박힌 흙, 그리고 발과 손, 머리가 떨어져 휑한 곳 등 도자기 몸체가 훤히 드러났다. 하지만 대부분은 머리가 붙어 있었고, 심지어 일부는 그들에게 허용된 유일한 세면용품인 작은 양말까지 그대로 신고 있었다. 하지만 전체적으로 그들은 마치 온갖 흠집과 상처를 안고 이제 막 태어난 것처럼 벌거벗었고 하얬다. 생존자 집단을 대표하는 얼어붙은 샤를로테들, 나에게는 이들이 가족처럼 느껴진다. 그리고 이들에 대해 내가 말을 아낄수록 이들은 내게 더 가까워진다.

가계도

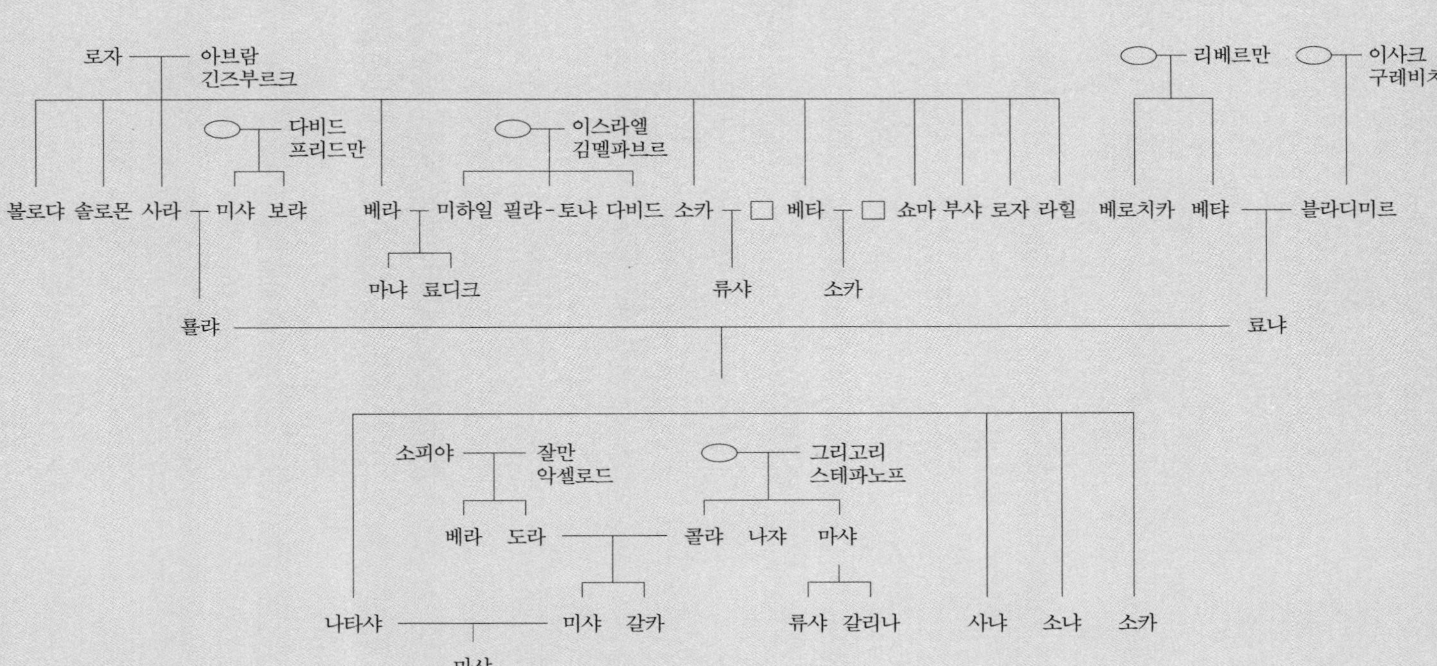

로자
아브람
긴즈부르크
다비드
프리드만
이스라엘
김멜파브르
리베르만
이사크
구레비치
볼로다 솔로몬 사라
미샤 보랴
베라
미하일 필랴-토냐 다비드 소카
베타
쇼마 부샤 로자 라힐
베로치카 베탸
블라디미르
마냐 료디크
류샤
소카
률랴
료냐
소피야
잘만
악셀로드
그리고리
스테파노프
베라 도라
콜랴 나쟈 마샤
나타샤
미샤 갈카
류샤 갈리나
사냐 소냐 소카
마샤

옮긴이 **박은정**
조선대학교 러시아어과를 졸업하고 러시아 페테르부르크 게르친 국립교육대학교에서 언어학 석사와 박사 학위를 받았다. 현재 조선대 동북아연구소 학술연구교수로 있으면서, 전남대학교와 조선대학교에서 학생들을 가르치고 있다. 옮긴 책으로 스베틀라나 알렉시예비치 『아연 소년들』 『전쟁은 여자의 얼굴을 하지 않았다』, 도스토옙스키 『백야』, 안톤 체호프 『갈매기』, 톨스토이 『무도회가 끝난 뒤』 『이반 일리치의 죽음』 및 『러시아의 영웅서사시』(공역)가 있다.

기억의 기억들

초판 인쇄 2024년 1월 15일
초판 발행 2024년 1월 25일

지은이 마리야 스테파노바
옮긴이 박은정

펴낸곳 복복서가㈜
출판등록 2019년 11월 12일 제2019-000101호
주소 03720 서울특별시 서대문구 연희로 28길 3
홈페이지 www.bokbokseoga.co.kr
전자우편 edit@bokbokseoga.com
마케팅 문의 031) 955-2689

ISBN 979-11-91114-54-6 03890